L'APPEL
DE LA PASSION

Retrouvez toutes les collections **J'ai lu pour elle**
sur notre site :

www.jailu.com

SHIRLEE BUSBEE

L'APPEL
DE LA PASSION

Traduit de l'américain
par Hélène O'Brien

POUR elle

Je dédie ce roman aux trois personnes dont l'aide m'a été très précieuse :
Avec toute mon affection et mes remerciements chaleureux.
- À Rosemary Rogers, qui m'a encouragée à écrire ce livre et qui m'a harcelée et conseillée tout au long de sa rédaction ;
- À mon mari, Howard, sans la compréhension et la confiance duquel je n'aurais pu écrire le moindre mot ;
- À mon père, J. G. Egan, qui s'est proposé, Dieu le bénisse, pour revoir la ponctuation de cet ouvrage et qui m'a soutenue lors de la dactylographie finale.

Titre original :
Gypsy Lady
Avon Books

LE BRACELET EN OR

Septembre 1791

Par cette chaude journée, après de longues semaines passées en selle sous un soleil brûlant, Jason se réjouissait d'apercevoir enfin leur but. Tous trois — lui, son ami d'enfance, un vigoureux Indien chiroquois répondant au nom de Buveur de Sang, et Philip Nolan, l'actuel chef du trio — avaient suivi la Rivière Rouge, qui tirait son nom d'une couleur terreuse due à la traversée des plaines du Texas recouvertes d'argile rougeâtre. Profondément engagé dans le canyon Palo Duro, Jason poussa un soupir de soulagement en voyant au loin le premier tepee des Comanches Antelopes ou *Kwerha-rehnuh.*

Souvent appelés *Kwah-huher Kehuh* par les autres membres de leur « peuple », ces Indiens étaient les plus solitaires et les plus cruels de tous les groupes qui occupaient le vaste Territoire comanche. Les *Kwerha-rehnuh* parcouraient à cheval les régions de l'Etat de Llano balayées par le vent. De par leur férocité, ils disposaient des terrains de chasse les plus riches. Ils avaient établi leurs campements dans le canyon Palo Duro et, bien qu'ils fussent à l'époque le plus petit groupe comanche, personne ne se risquait à les inquiéter.

5

Partant du nord, ils s'abattaient comme des aigles, pillant tout sur leur passage, jusqu'au sud à Chihuahua, au Mexique, et à l'ouest aussi loin que Santa Fe dans le Nouveau-Mexique. Ils ne laissaient dans leur sillage qu'une traînée de ranchs brûlés. Dans toute la Nouvelle-Espagne, aucune force n'arrivait à les contrôler.

Ils étaient les grands maîtres des hautes plaines, arrogants dans leur puissance et impitoyables dans leur domination.

Comme tous les autres groupes du « peuple » indien, ils possédaient d'immenses troupeaux de chevaux : un simple guerrier détenait souvent deux cent cinquante têtes alors qu'un chef guerrier pouvait en compter jusqu'à mille cinq cents. Les Comanches étaient les voleurs de chevaux les plus adroits et, de tous les Indiens des plaines, eux seuls réussissaient leurs élevages. De ce fait, la plupart des autres tribus faisaient commerce avec eux.

Si les trois hommes s'aventuraient une nouvelle fois aussi loin dans le territoire comanche, c'était pour les immenses troupeaux des *Kwerha-rehnuh*. Jadis, Nolan avait vécu deux ans avec cette tribu et il la connaissait bien. Pourtant les cavaliers avançaient avec prudence, Nolan en tête. Par signes, celui-ci indiqua aux Indiens qu'ils venaient négocier l'acquisition de chevaux.

Légèrement mal à l'aise, Jason serrait fermement son fusil posé, pour plus de commodité, en travers de sa selle. C'était le moment critique. Car une fois que les Comanches acceptaient de parler affaires, ils ne rompaient jamais la trêve établie avec leurs visiteurs. Nolan conversa avec un guerrier à l'aide de signes. Quelques minutes plus tard, Jason se détendit un peu lorsque Nolan murmura du coin des lèvres :

— Ils consentent !

On apercevait les tepees à travers les trouées parmi les innombrables cotonniers et saules qui bordaient les rives sablonneuses. Les Indiens attribuèrent aux trois visiteurs un tepee situé au milieu du campement. A chacune de ses visites chez les *Kwah-huher Kehuh*, Jason ne manquait pas de s'émerveiller devant la totale négligence des Comanches en matière de fortifications. En cas d'attaque, il aurait été impossible de défendre le camp qui s'étirait le long de la rivière... mais qui, en vérité, oserait se risquer à une telle action ?

Souriant à cette pensée, Jason aida Buveur de Sang à décharger leurs chevaux de bât et à emmagasiner dans l'énorme tepee en peau de buffle les marchandises qu'ils avaient apportées pour leurs tractations.

Les femmes observaient avec curiosité ces grands étrangers et, en regardant les petites silhouettes trapues, aux cheveux courts et hirsutes, Jason se réjouit que le peuple indien ne partageât pas ses femmes avec les hommes blancs ; il lui aurait grandement déplu d'insulter un chef guerrier en refusant d'honorer son épouse à l'odeur forte ; les Comanches ne se lavaient jamais, sauf pour certaines cérémonies de purification.

Parti immédiatement renouer ses anciens liens avec les *Kwerha-rehnuh*, Philip Nolan revint au tepee de fort bonne humeur. Haut de six pieds quatre pouces, les cheveux noirs et les yeux bleus, cet homme possédait des épaules en rapport avec sa taille. Il avait environ cinq ans de plus que Jason et avait mené une vie dure et exaltante ; les histoires extravagantes et les contes scandaleux qui l'entouraient étaient légion. A peine âgé de dix-huit ans et perpétuellement en quête d'aventure, Jason professait à l'égard de son ami un culte du héros qu'il ne perdrait pas avec le temps — tout ce que Nolan faisait semblait parfaitement merveilleux à ses yeux.

A cette époque, Buveur de Sang était devenu l'ombre de Jason et, sous certaines réserves, il avait observé de loin l'amitié qui mûrissait entre les hommes blancs. Par nature, Jason possédait ce pouvoir magique d'enchaîner les hommes à lui. De fait, le lien qui unissait Jason à Philip Nolan était aussi fort que celui qui rapprochait Jason et Buveur de Sang. Et parce que la même sauvagerie coulait dans ses veines et dans celles de Jason, Buveur de Sang était devenu le troisième membre de ce trio venu commercer avec les Comanches.

Dans l'intimité toute relative du tepee, Nolan expliqua à ses amis :

— Nous ne devrions avoir aucune difficulté à conclure de bonnes affaires : ils sont très impatients de faire du négoce. Une mise en garde, cependant. N'engagez pas de paris lors des courses sur des chevaux qui n'ont l'air de rien mais courent comme le vent. Dépouiller les étrangers est leur passe-temps favori.

Jason et Buveur de Sang suivirent le conseil de Nolan et leur visite se déroula sans incident jusqu'au matin de leur départ. Ils avaient troqué tous leurs couteaux en acier, leurs haches, ainsi que quelques fusils et des miroirs — qui fascinaient les guerriers — contre cinquante chevaux soigneusement choisis.

Les difficultés commencèrent avec le retour de Quanah. Revenant d'une partie de chasse, ce guerrier comanche demanda qu'on le payât pour un poney qu'il déclarait sien. Nolan expliqua patiemment qu'il avait acheté l'animal à Nakoni, un des chefs. Mécontent de cette réponse, Quanah devint belliqueux. Avec beaucoup de tact, Nolan proposa au Comanche d'aller voir Nakoni pour résoudre le problème. Malheureusement, les Indiens persistèrent tous deux à se prétendre propriétaires du cheval. Avec diplomatie, Nolan déclara que l'animal ne l'intéressait plus. Il le rendit et affirma que les deux guerriers n'avaient plus qu'à régler l'affaire entre eux.

A quelque distance de là, Jason et Buveur de Sang avaient observé la discussion attentivement et, à l'expression de Nolan lorsqu'il revint vers eux, ils comprirent que tout ne se déroulait pas aussi bien que prévu.

— Nous ferions mieux de partir d'ici, et vite ! Je n'aime pas la tournure que prennent les événements. Il vaudrait mieux être hors de vue le plus tôt possible !

Les trois hommes montèrent en selle et quittèrent le camp après avoir rassemblé les bêtes nouvellement acquises.

Nolan était inquiet. Si le perdant de cette controverse décidait de décharger sa rancune sur les hommes blancs, il ne manquerait pas de réclamer l'aide de volontaires. Les trois cavaliers auraient alors une horde de Comanches sur les talons. Même si cela ne changeait rien, mieux valait s'y attendre !

Nolan n'avait pas besoin d'exposer à Jason et à Buveur de Sang les pensées qui l'angoissaient. Grâce à leur grande expérience, ses deux amis percevaient le danger et, instinctivement, les trois hommes scrutaient les parois du canyon aride qui s'élevaient sur plus d'un millier de pieds. D'un regard exercé, ils fouillaient les cimes et les pics en quête d'une cachette, d'une niche qui leur offrirait protection, avec l'espoir que ce refuge serait défendable. A regret, ils devraient abandonner les chevaux aux Comanches car, à moins d'une chance extraordinaire, ils n'auraient aucun moyen de s'échapper en sauvegardant à la fois leurs vies et les bêtes. Par nature, Jason ne cédait généralement pas aussi facilement. Soudain, il poussa un cri et désigna une large fente qui s'ouvrait à leur gauche, dans les parois en apparence impénétrables.

Laissant les chevaux sous la surveillance de Nolan et de Buveur de Sang, Jason guida sa monture vers l'espace percé dans la muraille du canyon. Tout juste large pour deux chevaux ; il ne laissait entrevoir qu'une étroite bande de ciel bleu. En parcourant la faille, Jason fut heureux de découvrir que cette légère ouverture menait à un canyon plus petit que le précédent. Avec un optimisme croissant, il fit demi-tour et rejoignit ses compagnons.

Quelques minutes plus tard, les poneys indiens étaient rassemblés dans l'étroit passage. Le défilé se révéla défendable mais ce petit canyon, au sol de sable jaune jonché d'armoises et de prosopis, risquait de devenir un coupe-gorge. Aussi continuèrent-ils à zigzaguer à travers un dédale de canyons qui s'élargissaient pour se rétrécir ensuite jusqu'à ne plus former qu'un étroit passage. Les cavaliers avançaient régulièrement, jetant sans cesse des regards inquiets par-dessus leur épaule.

En fin d'après-midi, ils se rassurèrent complètement : quel qu'ait été le résultat de la dispute, le perdant n'exprimerait pas son mécontentement en attaquant les hommes blancs qui avaient, par inadvertance, provoqué le conflit. Malheureusement, dans son désir de laisser derrière eux une piste embrouillée et difficile à suivre, le trio avait réussi à se perdre. La situation n'était cependant pas désespérée : ils étaient tous trois coutumiers des grandes étendues sauvages. Toutefois, s'ils possédaient actuellement assez de nourriture et d'eau pour eux-mêmes, leurs chevaux avaient besoin de s'abreuver immédiatement.

A la recherche de cette précieuse denrée, Jason découvrit un passage étroit. Ses jambes effleuraient les flancs des parois calcaires et rocheuses ; des éperons il poussa son cheval dans l'ouverture, à peine visible derrière un amoncellement d'énormes blocs de pierre. Il y faisait frais et sombre. Jason explora cette étrange faille creusée dans la mer infinie des roches et des canyons. Avec satisfaction, il remarqua l'humidité qui imprégnait les lieux.

La fente paraissait serpenter sur des milles entre les majestueux canyons. Attiré par les signes de moisissure qui allaient en se multipliant, petites taches d'humidité sur les parois, Jason poursuivit son exploration et atteignit un lieu où l'eau suintait des murs. Il comprit alors qu'une source devait se dissimuler à l'intérieur de la barrière rocheuse.

Le passage prit brusquement fin et Jason se trouva devant une vallée miniature. Une luxuriante herbe à bisons en recouvrait le sol, parsemé çà et là de petites mares bleues entourées de saules et de cotonniers verdoyants. Qu'une telle oasis se cachât au fond de cette région aussi aride qu'un désert étonna Jason. Incrédule, il admirait ce spectacle. Mais des visions encore plus saisissantes l'attendaient. Sidéré, il contemplait l'incroyable scène qui s'étalait sous ses yeux lorsqu'il se figea soudain de stupéfaction : devant lui, des rangées et des rangées de pueblos taillés dans les parois rocheuses s'échelonnaient sous les falaises en surplomb. Les demeures paraissaient adhérer aux flancs du canyon qui entourait la vallée. Du sol s'élevait fièrement une énorme pyramide qui attira irrésistiblement l'attention d'un Jason de plus en plus médusé.

Ses yeux se fixèrent sur les innombrables marches qui menaient à une plate-forme d'où l'on avait sûrement une vue magnifique. Jason en resta abasourdi. Puis, dans un état proche de l'hébétude, il guida son cheval le long de la paroi en pente raide de laquelle il venait d'émerger et s'avança prudemment vers le fond du canyon.

Il agissait déraisonnablement, ce qui ne lui arrivait jamais. Hypnotisé, il s'approcha lentement des maisons perchées, comme des aigles, contre les murs verticaux orange et jaune qui les dominaient sur des centaines de pieds. On atteignait la première rangée d'habitations par un étroit chemin sinueux. D'un long regard, Jason balaya les demeures dénuées de vie. Elles semblaient désertées.

Soudain conscient du risque qu'il était en train de courir, Jason ne poursuivit pas plus avant son exploration. Evaluant à la hâte le canyon fermé, il éperonna son cheval en direction de la trouée à peine visible par laquelle il était arrivé. Revenu vers le monde extérieur — du moins le considérait-il comme tel à cet instant —, il fit part de sa découverte à Nolan et à Buveur de Sang.

Dans moins de trois heures, il ferait nuit. Après une rapide discussion, les trois hommes décidèrent de camper dans le canyon que Jason venait de découvrir. Ils eurent quelque difficulté à faire avancer les chevaux dans la passe. Mais finalement, Jason en tête tirant derrière lui un des poneys, ils réussirent à rassembler les bêtes récalcitrantes et à leur faire traverser en file indienne le passage tortueux.

De retour dans le canyon, Jason descendit de cheval et veilla à ce que les animaux dévalent rapidement la pente pour atteindre le sol verdoyant. Puis il attendit Buveur de Sang et Nolan. Lorsque ses amis aperçurent la vallée, Jason sourit avec un réel plaisir devant leur expression.

— Je vous avais bien dit que c'était incroyable ! Avez-vous jamais vu quelque chose d'aussi extraordinaire ?

Ses yeux bleus rivés sur la grande pyramide, Nolan hocha la tête distraitement.

— Au Mexique, les Aztèques ont construit des pyramides comme celle-ci en guise de temples, affirma-t-il d'un ton neutre.

— Crois-tu... ? demanda vivement Jason.

— Je n'ai jamais entendu raconter que des Aztèques s'étaient avancés aussi loin vers le nord, mais la chose n'est pas impossible. Lorsque les envahisseurs ont conquis Tenochtitlán — ou Mexico si tu préfères — de nombreux Aztèques s'enfuirent. Et rien ne prouve que certains ne se soient pas réfugiés ici.

De son côté, Buveur de Sang examinait la pyramide d'un air inquiet. La sensation d'un danger imminent lui donnait la chair de poule. Comme s'il connaissait l'utilisation faite de la haute plate-forme qui couronnait l'édifice de pierre, il murmura :

— L'endroit n'est pas sûr. Il est maudit.

Nolan et Jason ignorèrent ses paroles et, à pas lents,

12

Buveur de Sang suivit ses amis ; ils glissèrent vers le fond du canyon, menant leurs chevaux par la bride. L'Indien n'avait pas peur mais, plus sensible aux atmosphères qu'un homme ordinaire, il détestait profondément les mauvais courants qui l'entouraient.

Il fit sombre trop rapidement pour qu'ils puissent pousser plus avant leur exploration cette nuit-là. Jason en tête, les deux Blancs durent se contenter d'un regard jeté à la hâte sur les intérieurs vides de la première rangée d'habitations taillées dans le roc. Buveur de Sang refusa de les rejoindre.

— Vous ne trouverez rien là-bas. Ils sont partis depuis d'innombrables lunes, déclara-t-il.

Le lendemain, répugnant à partir sans une exploration plus approfondie, Jason et Nolan passèrent au peigne fin les demeures à plusieurs niveaux. Buveur de Sang les suivait avec dédain. Ils ne découvrirent que des bols en terre cuite cassés et des tapis tressés qui s'effritaient au toucher, ce qui confirma les paroles prononcées par le Chiroquois la nuit précédente. Découragé, assis sur le toit plat du bâtiment le plus élevé, à l'abri des falaises, Jason déclara avec dégoût :

— Quelle déception ! Aucun indice ne permet de préciser d'où ils venaient ni le motif de leur départ.

Nolan haussa les épaules.

— Qui sait ? Peut-être apprirent-ils que la pénétration espagnole prenait une plus grande ampleur ? Ils se seraient alors dirigés vers un autre lieu. A moins que la maladie ou une année de mauvaises récoltes ne les ait incités à rechercher un autre havre. Ou encore que leurs grands prêtres ne leur aient ordonné de partir. Qui sait ?

— Es-tu certain qu'il s'agissait d'Aztèques ? demanda Jason, peu satisfait de cette réponse.

— Je ne suis pas spécialiste le moins du monde, mais

— Nolan inclina la tête en direction de la pyramide — ceci m'incite à le croire. Si nous allions la regarder de plus près ?

L'enthousiasme de Jason s'enflamma à nouveau et il acquiesça.

Buveur de Sang refusa de se joindre à eux et resta sur place, appuyé contre la paroi rocheuse, fraîche et solide, qui se trouvait derrière lui. Il regarda s'éloigner les deux silhouettes puis décida à regret de retourner vers le fond du canyon. Soudain, ses cheveux se dressèrent sur sa tête. Alors, à contrecœur, il s'approcha de l'imposante pyramide en pierre.

L'ascension jusqu'au sommet lui prit du temps et, à chaque marche, sa profonde impression de malaise s'accentuait. Une fois tout en haut, il découvrit Jason et Nolan qui fouillaient l'intérieur d'un petit édifice en pierre. Selon Nolan, il s'agissait d'un temple, consacré au dieu qu'ils adoraient, quel qu'il fût. Mais l'attention de Buveur de Sang fut attirée par un autel en pierre à la surface ternie de sombres taches brunâtres. Un frisson de dégoût le secoua.

Sans doute plus ou moins sensible à l'effroi qui affectait son compagnon, Jason le regarda et lui demanda brusquement :

— Buveur de Sang ?

Mais l'Indien était sous l'empire d'une force étrange devant laquelle le présent s'évanouissait. Il ne voyait plus Jason et Nolan mais les grands prêtres, habillés de noir, les cheveux collés par le sang du sacrifice, les oreilles déchiquetées par les coupures qu'ils s'imposaient pour offrir leur sang aux dieux. Leurs visages cruels étaient recouverts de larges bandes de peinture noire qui traversaient leurs yeux et leurs bouches. L'autel en pierre n'était plus vide. Comme si le passé surgissait devant lui, Buveur de Sang regarda fixement la scène qui se déroulait sous ses yeux, incapable de s'en détourner : un jeune homme, grand et de constitution

14

délicate, était étendu en travers de l'autel. Quatre prêtres grotesques l'y maintenaient ; un cinquième, vêtu de rouge, les yeux luisant à l'avance, brandissait le couteau du sacrifice qu'il enfonça profondément dans la poitrine du jeune garçon. Du trou béant et sanglant, le prêtre arracha le cœur encore chaud qui battait toujours. Puis il l'offrit au soleil.

Bouleversé, Buveur de Sang s'éloigna d'une démarche d'aveugle. Seule la voix troublée de Jason l'arrêta.

— Qu'y a-t-il ?

Buveur de Sang tremblait. Il respira profondément avant de répondre à Jason d'une voix tellement basse que celui-ci eut du mal à percevoir ses paroles.

— C'est un lieu maudit. Mourir sur un champ de bataille ou au combat, c'est honorable. Mais être mis à mort comme un cochon pour un dieu assoiffé de sang, c'est horrible !

Il n'en dit pas plus et demeura le reste de la journée à l'écart de ses amis, replié sur lui-même.

Cette nuit-là, il dormit mal, hanté par de sinistres rêves de brutalités et de malheurs.

Au lever du soleil, lui seul était réveillé. D'un air sombre, il regarda fixement la pyramide de pierre avant de se rendre à la plus haute demeure de la falaise pour y chercher quelque réconfort. Soudain, comme attiré malgré lui, il avança vers le mur. Guidés par une connaissance qui le dépassait, ses doigts se mirent à sonder le mur de pierre sans faille apparente. Instantanément, une partie parut s'en détacher, et Buveur de Sang resta les yeux braqués sur le trou noir qui menait à l'intérieur de la paroi du canyon. Combattant l'influence malfaisante qui le tiraillait, il demeura cloué sur place jusqu'à ce que la voix de Jason derrière lui rompît le sortilège.

Visiblement soulagé, il se tourna vers son ami.

— Quittons cet endroit ! supplia-t-il.

Toujours sensible aux émotions ressenties par

Buveur de Sang, Jason se serait plié à ce désir si Nolan n'avait proclamé, les yeux brillants :

— Quelle stupidité ! Maintenant que nous avons découvert une passe dans la muraille, nous serions fous de ne pas l'explorer !

A la fois attiré et terrifié par l'enthousiasme de Nolan, Buveur de Sang céda. Torches à la main, les trois hommes pénétrèrent dans la caverne de pierre. De plafond haut et voûté, cette cavité leur parut petite, presque circulaire. Par un passage taillé dans le roc, ils aperçurent une autre grotte.

— Une antichambre, peut-être ? murmura Jason d'un ton rêveur en franchissant le premier l'ouverture.

Il s'arrêta si soudainement que Nolan, qui le suivait de près, le heurta. Mais, après avoir vu ce qui retenait son ami, le sang de Nolan se glaça. Buveur de Sang arriva le dernier, mais lui savait déjà ce qu'ils trouveraient dans ce lieu.

Une statue massive, édentée, aux sourcils froncés, était assise sur une grande corniche qui émergeait du roc. Elle était hideuse. On avait sculpté l'emblème d'un cervidé sur son front et, par un contraste bizarre, deux colibris en pierre reposaient sur ses poignets. D'innombrables ornements d'or, d'argent, de perles et de turquoises la décoraient. On avait soigneusement disposé à ses côtés un brûleur d'encens qui n'avait pas servi depuis longtemps ainsi que plusieurs objets façonnés en or et en argent. Mais après ce premier coup d'œil surprenant, l'attention des trois hommes fut retenue par un petit autel en pierre qui se dressait en face de la statue, encore recouvert des os de sa dernière victime, demeurés intacts au fil des siècles.

Les deux hommes blancs se rapprochèrent avec précaution. Sans réfléchir, Jason se pencha pour ramasser une lame dentelée en obsidienne, au manche orné de mosaïque turquoise. Il tressaillit en la touchant et, comme si la lame lui communiquait sa volonté,

16

il poussa un juron et la jeta violemment dans un coin.

Dans cet étrange silence, ils étaient peu disposés à déranger la statue ou à toucher les objets d'or et d'argent qui s'alignaient sur la corniche. Jason recula imprudemment, effleurant le bras du squelette. Les os s'éparpillèrent en tombant et Jason, comme hypnotisé, suivit des yeux le bracelet en or serti d'émeraudes qui entourait autrefois la chair et les os. Le bijou roula sur le sol et vint s'arrêter pratiquement à ses pieds. Incapable de s'en empêcher, Jason le ramassa en murmurant :

— Je ne prendrai que ceci !

Moins ému que ses deux cadets, Nolan rit et enleva négligemment le bracelet en or, jumeau de celui de Jason, qui entourait l'autre bras décharné.

— Eh bien, j'en prendrai un également. Si j'avais la possibilité de tout emporter, j'avoue que je n'hésiterais pas !

Rebuté par cette idée, Jason déclara gravement :

— Je ne t'aiderais pas.

— Cela vous ennuie tous deux à ce point ? demanda Nolan avec incrédulité.

Instantanément son visage avait changé d'expression.

Les deux amis hochèrent la tête. Haussant les épaules avec indifférence, Nolan poursuivit :

— Eh bien, puisque nous n'avons pas le moyen de transporter ce trésor, la question ne se pose pas — aujourd'hui... Verriez-vous un inconvénient à ce que je revienne dans ce but, un jour ? Je partagerai le butin avec vous à parts égales.

A cette interrogation posée d'un ton railleur, les deux têtes s'agitèrent à nouveau dans un refus véhément.

— Tu peux tout garder pour toi, déclara fermement Jason.

Puis, avec un large sourire, il ajouta :

— Sauf ceci !

Et il montra le bracelet en or serti d'émeraudes.

Buveur de Sang ne voulut rien emporter ; son seul désir était de mettre le plus de distance possible entre eux et ce lieu. Après un dernier long regard en arrière, l'Indien sortit rapidement de la caverne pour retrouver la lumière du soleil. Il ne supportait plus le manque d'air et étouffait entre les parois de pierre. Jason le suivit de près.

Nolan resta encore quelques minutes dans la grotte, légèrement amusé et étonné par la réaction de ses amis. « Ils sont encore très jeunes, pensa-t-il. De plus, Jason possède une grande fortune, ce qui le différencie de moi, qui suis obligé de vivre d'expédients et dont la naissance est entourée de mystère. Bah ! Ils changeront sûrement d'avis. Il y a largement de quoi tout partager et faire de chacun un homme riche, donc indépendant. S'ils persistaient dans leur refus bizarre — eh bien, allez savoir ? »

LE RETOUR

Cornouailles, Angleterre, octobre 1796

Le ciel était couvert, la nuit noire, hostile et dépourvue d'étoiles. Un croissant de lune argenté se cachait derrière de lourds nuages défilant à vive allure. Un vent glacial soufflait à l'intérieur des terres. Venu de la Manche, il déchargeait sa fureur contre les falaises rocheuses et les criques de la côte de Cornouailles.

Dissimulée parmi les ruines d'un vieux château fort normand solidement planté au sommet d'une falaise, une fillette était allongée, son corps svelte tendu en avant. Tout en évitant de se faire remarquer, elle observait l'activité qui se déroulait en bas, sur la plage. Avec un vif intérêt, elle surveillait les silhouettes sombres qui se dépêchaient d'entasser boîtes et caisses dans une étroite caverne située presque en dessous de son perchoir. Derrière l'adolescente se tenait un homme, petit et sec, dont les cheveux noirs et les traits basanés révélaient une origine gitane. Son attitude protectrice envers la fillette indiquait visiblement qu'ils étaient venus ensemble — Tamara pour voir les contrebandiers et Manuel pour veiller sur Tamara.

Tamara ne cessait de gigoter pour s'installer plus confortablement sur les durs rochers. Un soupir d'envie lui échappa. Qu'elle aurait aimé se trouver sur la plage ! Adam, son frère, était en bas au milieu de toute cette effervescence. La fillette estimait fort injuste que le garçon participât à une telle aventure alors qu'elle devait attendre calmement à l'arrière-plan, là où on l'avait reléguée. Jetant un coup d'œil à son compagnon, elle lui demanda, enjôleuse :

— Manuel, ne pourrions-nous pas descendre ? Uniquement pour vérifier s'ils n'ont rien apporté d'autre que du cognac et de la soie ? S'il te plaît !

Manuel secoua la tête ; alors, avec un grognement d'exaspération, Tamara lui tourna le dos pour observer les contrebandiers. La révolte grondait en elle. Quand elle avait proposé de s'habiller en garçon pour participer au déchargement, Adam et Manuel avaient refusé ! Et dire que l'idée de cette mission nocturne venait d'elle ! Plus elle y pensait, plus ses lèvres se serraient en une moue têtue. Elle donna un coup de pied rageur dans un rocher, ce qui provoqua une minuscule avalanche de galets et de pierres, puis feignit d'ignorer le brusque chuchotement de Manuel qui réclamait le silence. « Ce n'est pas juste ! » se répétait-elle. Ses douze ans n'étaient pas à eux seuls une raison suffisante pour que son frère, qui en avait quinze, profitât sans elle de toute l'excitation qu'apportait l'aventure.

Maussade, Tamara fixait la silhouette vague du bateau français *La Marianne*, ancré juste au-delà des brisants à crête blanche. Le bateau s'élevait de plus en plus haut sur les vagues pendant qu'on déchargeait la marchandise de contrebande dans des petits bateaux de pêche qui la transportaient ensuite rapidement jusqu'au rivage. Bientôt, et c'était maintenant une question de minutes, le navire s'éloignerait lentement de cette crique protégée, et son équipage, riche en or anglais, le guiderait à travers la Manche pour retourner en France.

Une rafale de vent poussa Tamara à se serrer plus étroitement dans son châle déchiré et elle soupira lorsque le bateau commença sa lente progression vers le large. Elle aurait pu passer pour un garçon ! La peste soit de ces deux autres qui l'en avaient empêchée ! Avec un sentiment de culpabilité, elle évitait de penser à la colère que ne manquerait pas de manifester Reina si elle découvrait cette escapade nocturne. Tamara considérait la vieille gitane comme une sorte de mère. Adam et elle l'avaient toujours connue, et si Reina s'apercevait que son fils Manuel les avait aidés à désobéir à son ordre formel d'éviter tout contact avec les contrebandiers, elle les écorcherait vifs !

Manuel pensait également à Reina, ce qui augmentait son inquiétude et son malaise. En effet, il savait que sa mère serait doublement furieuse si elle apprenait qu'il s'était laissé persuader par Tamara, soutenue avec enthousiasme par son frère, de l'emmener dans les frasques de cette nuit. Voyant que l'activité sur la plage s'était ralentie et stimulé par la colère éventuelle de Reina, Manuel déclara fermement à l'enfant :

— Adam sera ici d'un moment à l'autre. Il est temps de partir. Tu l'attendras ici pendant que j'irai chercher les chevaux. Et ne discute pas ! Si quelqu'un découvrait ce que nous avons fait cette nuit, quelle note à payer ! Gare à la danse !

Le visage de Tamara reflétait incontestablement des regrets lorsqu'elle suivit des yeux Manuel qui se dirigeait vers l'endroit où ils avaient attaché les chevaux. Après sa disparition, au coin du château en ruine, elle regarda une nouvelle fois la plage maintenant déserte. Les contrebandiers avaient terminé leur activité nocturne et la grève vide paraissait lui reprocher de n'avoir pas été plus intrépide et d'avoir ainsi perdu sa chance de participer à une véritable aventure.

Adam apparut soudain au pied des remparts. Surprise, Tamara sursauta et poussa un petit cri. Les yeux bleu vif du garçon pétillèrent lorsqu'il sourit à sa sœur en brandissant sous son nez deux guinées en or.

— Pas un mauvais salaire pour aider à entasser quelques marchandises, n'est-ce pas ? Mais tu n'aurais jamais tenu le coup, petite sœur, et si tu avais crié comme tu viens de le faire à l'instant, on aurait découvert notre ruse à la minute même.

— Je n'ai pas crié ! Tu m'as prise au dépourvu en arrivant de la sorte, lui rétorqua vivement Tamara.

Adam siffla d'incrédulité et ils entamèrent une bonne dispute qui ne se termina qu'avec la réapparition de Manuel qui menait les trois chevaux par la bride. Pendant une seconde, il regarda les deux adolescents : en effet, ils grandissaient ! Et sur ce point il rejoignait Reina qui, ces derniers temps, se mettait à le rabâcher. Tamara était encore une enfant, mais son corps élancé commençait à s'épanouir. Elle quitterait bientôt les années de la première enfance. Adam, quant à lui, mesurait déjà presque six pieds et possédait des épaules joliment étoffées qui faisaient que plus d'une gitane le fixait avec admiration. Ses cheveux noirs contrastaient avec le bleu de ses yeux au regard audacieux. Son charmant sourire éblouissait autant que celui de sa sœur, ce qui était leur seule ressemblance.

Engendrés par des pères différents, Adam et Tamara n'étaient qu'à demi frère et sœur. En fait, leur seul trait commun, outre leur délicieux sourire, était la couleur de leur chevelure, même si celle de Tamara présentait des reflets bleutés que ne possédait pas celle d'Adam. Par contre, leur plus grande différence apparaissait dans leurs yeux : bordés des cils les plus épais et les plus noirs que Manuel eût jamais vus, ceux de Tamara étaient en forme d'amande et d'un violet incroyable. La petite briserait plus d'un cœur dans quelques années, songea le gitan.

Distraitement, il secoua la tête, tout en pensant à l'avenir : révélerait-on un jour aux enfants leur véritable origine ? Il se le demandait. Mais cette affaire concernait Reina, se rassura-t-il rapidement. Il ne tenait pas à danser au bout d'une corde, ce qui lui arriverait sans doute s'il parlait d'un événement qu'il valait mieux oublier — même si, dernièrement, Reina s'était mise à murmurer le contraire.

La querelle entre Adam et Tamara s'acheva comme à l'accoutumée : Adam jeta affectueusement ses bras autour de sa sœur en riant.

— Maintenant, Kate, arrête ! Tu as gagné ! Je me suis caché derrière toi.

A ces mots, Manuel pinça les lèvres. Combien de fois Adam n'avait-il pas été réprimandé et puni pour avoir appelé sa sœur Kate, comme il persistait à le faire ! En s'en souvenant maintenant, Manuel le revoyait, enfant effaré de cinq ans, les yeux troublés par l'incompréhension, qui criait :

— Ce n'est pas Tamara — c'est Kate !

« Diable ! Heureusement que personne n'a posé de questions sur cette bizarrerie ! » pensa Manuel.

— Parlez plus bas, vous deux. Il pourrait y avoir des douaniers ici et nous n'avons pas besoin d'être découverts !

Instantanément, Adam et Tamara se turent et s'approchèrent de lui. Le gitan leur tendit les rênes de leurs chevaux et, d'un mouvement gracieux et souple, ils se hissèrent tous deux sur le dos nu de leurs montures. Manuel se tenait face aux enfants et regardait dans leur direction tout en se préparant à enfourcher son propre cheval lorsque l'expression épouvantée de Tamara le poussa à s'arrêter net.

Son visage blêmit : là, près d'eux, les yeux brillants de fureur, ses frêles épaules couvertes d'un châle cramoisi aussi déchiré que celui de Tamara, se dressait Reina. Elle était en colère — une colère qui faisait trembler tout son corps. Malgré ses quarante ans, Manuel se sentit soudain redevenir un enfant effrayé.

Un silence de mort s'abattit sur le groupe. Reina les

y laissa mijoter tout en contemplant les trois visages coupables.

— Ainsi donc, voilà comment vous passez vos soirées ! commença-t-elle enfin.

Manuel avala sa salive avec difficulté.

— Parfois, Reina...

La gitane l'interrompit d'un mouvement furieux de la tête.

— Espèce de larve ! Silence ! Tu t'expliqueras plus tard. Et vous... vous regretterez longtemps ce travail nocturne !

Ses yeux étaient durs, dépourvus de leur habituelle lueur d'affection lorsqu'elle effleura du regard Adam et Tamara. Instinctivement, les deux enfants se rapprochèrent l'un de l'autre. Ils avaient déjà vu Reina en colère et souvent contre eux. Mais jamais à ce point ! Les paroles de la gitane n'annonçaient rien de bon et un frisson d'angoisse parcourut lentement le dos de Tamara. Adam essaya de calmer le courroux de Reina ; mais sa tentative échoua complètement. Après ces propos violents, Reina leur ordonna de rentrer au camp. Dociles, craintifs, les enfants adressèrent un rapide coup d'œil de commisération à Manuel avant de s'enfuir, le laissant face à la fureur de sa mère.

Reina déversa sur son fils un tel torrent d'invectives que, lorsqu'elle se tut, il était presque anéanti. Enfin, après un dernier regard furieux à l'adresse de Manuel, elle fit demi-tour et se dirigea vers le campement.

Résigné, menant son cheval par la bride, Manuel marchait aux côtés de sa mère. A la dérobée, il lança un coup d'œil à ses traits figés. Voyant que la colère de Reina commençait à se calmer, il lui demanda gravement :

— Qu'as-tu l'intention de faire ? Les battre ? Adam n'est plus un enfant, il ne l'admettrait pas et ne permettrait pas non plus que tu touches Tamara. Comment vas-tu les punir ?

Les paroles de Manuel flottèrent dans l'air. Sous ses

yeux, Reina semblait se ratatiner. Elle poussa un profond soupir et la responsabilité du gitan dans l'escapade le tourmenta. Ce soir, il avait été tout aussi fautif que les petits — même plus car il connaissait mieux sa mère. Il aurait dû savoir que Reina les découvrirait — elle y parvenait toujours. Devant son visage fatigué, il se rendit compte que sa mère vieillissait ; trop âgée pour contrôler deux êtres aussi vivants qu'Adam et Tamara. Quant à lui, il n'envisageait pas de se charger d'eux — personne ne savait mieux que lui qu'il était comme de la cire dans leurs mains ardentes, en particulier dans celles de Tamara.

Ils poursuivirent leur marche en silence, et Manuel pensait que Reina allait ignorer sa précédente question, lorsqu'elle dit soudain :

— Je n'ai pas l'intention de les punir... Pourtant ce que j'ai décidé risque de leur paraître le châtiment le plus ignoble que je puisse leur infliger.

Inquiet et déconcerté, Manuel la regarda mais Reina n'ajouta rien. Après un instant de silence, il se révolta :

— Nous avons eu tort de les voler, Reina. Nous n'aurions jamais dû nous laisser tenter par l'or de cet homme !

— Manuel, nous en avons discuté plus d'une fois durant ces dix dernières années... Oui, nous avons eu tort de les prendre, mais au moins nous ne les avons pas tués comme on nous l'avait ordonné. Quel mal avons-nous vraiment fait ? En outre, si nous avions refusé cette proposition, l'argent aurait été certainement donné à quelqu'un d'autre — quelqu'un qui n'aurait pas hésité à les égorger et à jeter leurs corps dans un puits. Nous avons peut-être eu tort — mais nous avions sérieusement besoin d'or, et Adam et Tamara ont été heureux. Je doute qu'ils se souviennent de l'événement.

— Je ne sais pas... Parfois, je crois qu'Adam se le rappelle, particulièrement ces dernières années, chaque fois que nous revenons dans cette région. Tamara, sûrement pas. Elle n'était à l'époque qu'un bébé de deux ans. Je me suis toujours demandé pourquoi il voulait que nous enlevions les deux enfants. Tamara était la seule à représenter une menace. Pourquoi Adam, aussi ?

Reina lui lança un regard moqueur.

— Il ne voulait pas courir le risque de voir le garçon hériter. Un beau-fils aurait tout aussi bien fait l'affaire en l'absence de tout autre descendant.

Manuel approuva, mais ajouta d'un ton obstiné :

— Néanmoins, nous n'avons pas bien agi !

— Ça suffit ! Cesse de radoter et ne te demande plus si ce que nous avons fait était bien ou mal. La valeur des choses dépend de la façon dont on les envisage. Nous les avons volés et nous nous en sommes occupés. Tes scrupules arrivent trop tard !

Manuel se calma et ils ne prononcèrent plus un mot jusqu'à leur arrivée au groupe de roulottes et de tentes usées du camp. Là, ils se séparèrent : Manuel alla s'occuper de son cheval et Reina entra dans une grande tente dressée près du centre du camp.

Tamara était roulée en boule sur son matelas posé à même le sol. Avec prudence, elle surveillait Reina qui se préparait à se coucher. La fillette ne réussit à se détendre qu'une fois la gitane allongée par terre.

Mais elle dormit mal et se réveilla le lendemain avec le pressentiment d'une condamnation imminente.

Reina restait distante, comme si son mécontentement durait encore. Même les tentatives répétées d'Adam pour faire sourire la vieille femme ne rencontrèrent d'autre réponse qu'un regard fixe et préoccupé. Il adressa une triste grimace à Tamara lorsqu'ils s'assirent sur le sol près d'un grand feu pour manger leur petit déjeuner, composé de bouillon chaud et de pain noir.

— Selon toi, que compte-t-elle faire ? demanda doucement Tamara, les yeux dilatés d'inquiétude, la lèvre inférieure légèrement tremblante.

Elle n'aimait pas faire de la peine à Reina et, actuellement, elle se sentait très coupable. Demain, elle rirait, mais, pour le moment, son esprit était inhabituellement tracassé. Adam la serra dans ses bras d'un geste vif. Les trouvant là, Reina les regarda une longue seconde avant de les questionner d'un ton froid :

— Avez-vous terminé ?

Comme les deux têtes s'inclinaient en une réponse affirmative, elle grommela :

— Bon ! Venez avec moi !

Avec circonspection, Tamara et Adam la suivirent. Ils s'éloignèrent du camp et empruntèrent un étroit chemin. Comme on savait de notoriété publique que ce sentier sinueux menait à la propriété du comte de Mount, les enfants s'interrogèrent sur les intentions de Reina. Les gitans n'étaient pas les bienvenus chez les gens respectables, en particulier dans les élégantes maisons des riches aristocrates de la société anglaise. Et la demeure, qui apparaissait au bout d'une allée d'arbres, était suffisamment imposante pour faire hésiter la plupart des gens.

Bâtie en pierre grise décolorée par les intempéries, flanquée de deux tourelles couvertes de lierre, elle présentait des formes lourdes. Chose surprenante vu son apparence, on décrivait souvent Mountacre comme un « château fort ». Du moins, Adam et Tamara le considéraient-ils comme tel lorsqu'ils avancèrent timidement dans le sillage de Reina. Tous trois longèrent les pelouses et les parterres méticuleusement entretenus qui entouraient la maison.

S'attendant à être conduits vers l'arrière du bâtiment, ils furent confondus lorsque Reina monta d'un pas déterminé les marches du perron. Arrivée à la porte, elle souleva le marteau en cuivre poli.

Un maître d'hôtel en livrée, très correct, ouvrit la porte. Un instant, il fixa les gitans avec dédain. Puis, quand il saisit toute la signification de la scène qui se déroulait sous ses yeux, il recula involontairement, scandalisé par une telle audace. Comment! Ces créatures sales et dégoûtantes qui campaient avec impudence dans la prairie désiraient entrer! Il allait claquer la porte au nez des visiteurs lorsque, par hasard, son regard tomba sur le visage intéressé de Tamara. Un soupir d'étonnement lui échappa.

Devant sa réaction, dont elle devinait la cause, Reina demanda sèchement :

— Maintenant, nous mènerez-vous jusqu'au comte ?

Le maître d'hôtel aurait encore pu les chasser, mais le destin prit la relève sous l'aspect du comte en personne.

— Qui est-ce, Bakins ? Pour l'amour de Dieu, ne les laissez pas sur le pas de la porte ! ordonna-t-il, irrité.

Le majordome fit donc entrer les trois personnes dans le hall.

Tout près l'un de l'autre, Adam et Tamara regardaient avec curiosité l'intérieur somptueux de la demeure : des glaces dans des cadres dorés s'alignaient sur les murs ; un lustre en cristal ornait le plafond et, sous leurs pieds, le sol en marbre blanc scintillait comme de la neige récemment tombée. Au bas d'un gracieux escalier incurvé se tenaient un homme et une femme vêtus à la toute dernière mode. Un homme plus jeune, au visage sardonique, traversait le hall pour les rejoindre, mais il s'arrêta soudain à la vue des gitans ; un éclair de crainte vacilla dans ses yeux d'un gris froid. Le couple au pied de l'escalier restait immobile, la main de la femme reposant sur la manche de l'homme. Ils venaient visiblement de descendre pour se rendre dans une autre pièce.

L'homme le plus âgé avait un visage ridé, mais avenant, et des cheveux noirs généreusement parsemés de fils d'argent. Il ne pouvait s'agir que du comte de Mount, Lord Tremayne. Charmante dans une robe en mousseline rose, et bien que beaucoup plus jeune que lui, la femme était manifestement son épouse, Lady Tremayne. La dernière personne était sans doute un invité ou un parent.

Tamara ne leur accorda qu'une faible attention. Mais, lorsque le comte prit un air menaçant, mécontent de voir ce trio mal tenu dans son hall d'entrée, les traits de l'enfant imitèrent incontestablement les siens et elle le fixa avec fureur.

De son côté, Adam eut un choc en voyant la femme aux yeux bleus, à l'allure élancée, qui se trouvait aux côtés du comte. Poussé par une impression de déjà-vu, il avança d'un pas hésitant, en fronçant les sourcils. Paralysée, Lady Tremayne le regarda, pâlit visiblement et sa main serra fébrilement le bras de son mari.

Le comte jeta un coup d'œil surpris à son épouse dont le regard allait avec une incrédulité grandissante du jeune homme en face d'elle à la fillette aux cheveux emmêlés qui se tenait à ses côtés. Le comte, troublé, observa plus attentivement les deux adolescents.

— Que diable... ! s'exclama-t-il.

Puis sa voix se perdit dans le silence alors qu'il contemplait Tamara. Son cœur battit douloureusement dans sa poitrine lorsque les yeux violets de la fillette plongèrent dans son regard ; des yeux aussi violets que les siens ! Abasourdi, il n'entendit que faiblement — comme si la voix venait de très loin — la vieille gitane expliquer :

— Voici votre fille Catherine, m'lord. Nous l'avons appelée Tamara. Et voici votre beau-fils, Adam. Ils nous causent maintenant du souci, et moi, je suis devenue trop âgée pour faire face à la turbulence de ces jeunes. Prenez-les !

PREMIÈRE PARTIE

BEAU SAVAGE

Hiver 1802-1803

1

Sans souci de la femme qui dormait à ses côtés, Jason Savage croisa ses mains derrière la tête. L'esprit ailleurs, il fixait les poutres en bois grossièrement taillées. Jason occupait la meilleure chambre que l'*Auberge du Cheval Blanc* avait à offrir.

Davalos. En se répétant doucement ce nom, il éprouva une nouvelle fois le choc ressenti plus tôt dans la soirée. Alors qu'il jetait un regard rapide au-delà de la salle principale de l'auberge, il avait soudain reconnu son ami d'enfance. La présence de Jason avait manifestement étonné Davalos car il avait sursauté et s'était précipité en hâte dehors, ses yeux noirs d'Espagnol dilatés sous le coup de l'effrayante surprise. Jason, quant à lui, s'était levé pour le suivre. S'agissait-il vraiment de Blas Davalos ? Il en doutait encore. En effet, la Virginie se trouvait loin de La Nouvelle-Orléans espagnole ; or, Davalos était un officier de l'armée espagnole — ce seul fait aurait dû empêcher son apparition soudaine en Virginie américaine.

Fronçant les sourcils dans l'obscurité de la chambre,

Jason se rappela qu'à la suite d'un accident il avait décidé de passer toute la nuit à l'auberge au lieu de rentrer ce soir-là à *Greenwood*, la propriété de son père. Son cheval avait perdu un fer, et Annie, la femme allongée à son côté, s'était révélée aussi accommodante que dans son souvenir. Le crépuscule était tombé pendant qu'on referrait l'animal. Aussi, plutôt que d'entreprendre un voyage de quinze milles dans le froid et l'obscurité pour atteindre le domaine de son père, il avait envoyé un message pour le prévenir de son retard et de son arrivée le lendemain matin. De surcroît, il savait qu'Annie l'attendait. Sans cet incident, il n'aurait pas vu Davalos puisqu'il ne serait pas resté à l'auberge.

Sachant qu'il ne pourrait dormir, Jason se leva, repoussant les chauds édredons qui couvraient le lit. Avec cette grâce de félin qui lui était particulière, il avança jusqu'à la fenêtre aux volets de bois. Insensible à la fraîcheur de l'air nocturne malgré sa nudité, il ouvrit les volets et s'accouda à la balustrade pour regarder le paysage.

Le clair de lune qui filtrait dans la pièce dessinait de lui une image captivante où se mêlaient l'argent et le noir : les rayons trompeurs de la lune argentaient ses cheveux noirs ; le vert de ses yeux était sombre ; son nez, ses pommettes saillantes et sa bouche sensuelle baignaient dans l'argent ; son menton et les méplats de ses joues rendaient son visage beau dans son énergie et sa cruauté, sous la pâleur du clair de lune. Les muscles durs de ses bras ressortaient. Les reflets de la lune caressaient le bracelet en or serti d'émeraudes qui cerclait un de ses bras et la toison brune de sa poitrine frissonna légèrement lorsqu'une douce brise souffla de l'extérieur.

Perdu dans ses pensées, Jason était indifférent à la fraîcheur qui pénétrait dans la chambre. Le front toujours barré d'un pli, il s'étonnait à nouveau de la présence de Davalos. Une coïncidence, peut-être ! Mais, malgré tout, il en doutait. Un sixième sens l'avertissait du danger et il se demanda soudain, en blêmissant, si Nolan avait éprouvé la même sensation de malaise avant son départ pour cette expédition à l'issue fatale qu'il avait entreprise au canyon Palo Duro. La bouche de Jason si fièrement dessinée se déforma un instant sous le coup d'une douleur mal cicatrisée lorsqu'il se souvint que Nolan était mort — mort par la main de Davalos.

Ô Jésus ! pensa Jason avec colère. Quelle folie d'avoir laissé cette chose se faire. Nolan était un homme qui avait couru d'innombrables risques. L'esprit de Jason se refusait toutefois à n'y plus songer : il semblait prendre un plaisir pervers à se rappeler l'affreux événement et à jouir de la blessure qu'il ravivait.

Nolan était mort — comme tous les hommes qui l'avaient accompagné dans le voyage. Tous, sauf un. Et ce survivant, récemment rentré, avait raconté une histoire où se mêlaient trahison et horreur. Histoire que le gouverneur espagnol de La Nouvelle-Orléans niait avec véhémence. Mais Jason y croyait... il connaissait Davalos et l'en savait capable.

Jason serra le poing et maudit le sort qui s'était arrangé pour qu'il fût loin de La Nouvelle-Orléans au moment du départ de Nolan. Cependant, il était suffisamment honnête pour admettre que sous aucun prétexte il n'aurait fait partie de l'expédition. Buveur de Sang non plus. Même présent à La Nouvelle-Orléans, il n'aurait pas appris assez tôt que Davalos avait habilement convaincu le gouverneur que Nolan était en fait un espion... Il aurait aussi ignoré la date du départ de Davalos et de sa troupe de soldats endurcis en vue d'arrêter, à tout prix, la pénétration de l'Américain en territoire espagnol.

Davalos savait que Nolan était le meilleur ami de Jason, ce qui lui aurait donné une raison suffisante pour haïr l'homme. Jason n'arrivait néanmoins pas à se convaincre que l'Espagnol avait poursuivi Nolan uniquement pour se venger. Il devait exister une autre raison. Inconsciemment, la main de Jason toucha le bracelet.

Nolan en avait porté le jumeau. Mais, lors du rapatriement de son corps et de ses affaires personnelles, ce bracelet n'y figurait pas. Jason réfléchit une minute. Davalos était cupide ; or l'unique survivant avait expliqué qu'au moment de leur reddition Nolan vivait encore. Le rapport officiel déclarait qu'il avait été tué en résistant, mais l'informateur de Jason avait violemment secoué la tête en l'apprenant. D'après lui, personne n'avait été tué durant l'échange de coups de feu et Nolan avait accepté de se rendre à la troupe espagnole seulement après que Davalos leur eut offert des sauf-conduits pour la frontière. Jason sourit avec amertume dans le clair de lune. Davalos avait manqué à sa parole. On avait capturé et torturé les hommes et, lorsque le seul rescapé avait vu Nolan pour la dernière fois, il portait de lourdes chaînes et on le conduisait à l'écart pour permettre à Davalos de pousser plus avant l'interrogatoire.

Jason soupira, le visage ravagé de tristesse. A son retour à La Nouvelle-Orléans, en apprenant que Davalos allait partir à la poursuite de Nolan, il avait provoqué l'Espagnol en duel. Uniquement pour cette raison. Malheureusement, Jason s'était souvenu de l'amitié qui l'avait uni à Davalos, si bien qu'au moment d'enfoncer son épée dans le corps de son adversaire, il avait retenu sa main. Cependant, il lui avait laissé une cicatrice que l'Espagnol porterait sa vie durant : sa lame lui avait vilainement fendu le front et les sourcils. Or, à l'époque, il ne savait pas encore tout !

Irrité, dégoûté par les pensées que son esprit ne cessait de ressasser, Jason se détourna de la fenêtre et revint rapidement jusqu'au lit. Lorsqu'il se glissa à ses côtés, la jeune femme frissonna brusquement au contact du corps rafraîchi par l'air nocturne. Somnolente, elle se tourna vers son compagnon et murmura :

34

— Jason ?

Soudain complètement éveillé et conscient d'autres passions, Jason rit du fond de la gorge — un rire proche du grognement.

— Annie, Annie, mon amour, réveille-toi, chuchota-t-il doucement à l'oreille de son amie.

Annie ouvrit doucement les yeux, à demi consciente des baisers chauds qui se pressaient sur sa poitrine et son oreille. Mais, lorsque la bouche de Jason trouva la sienne, le sommeil l'abandonna et elle se blottit avidement contre le vigoureux corps allongé à son côté. Jason poussa un petit râle de satisfaction lorsque la main d'Annie le rencontra. Sa passion ravivée, il explora le corps tendre de la jeune femme. Il le caressa doucement jusqu'à ce qu'Annie gémisse, réclamant qu'il la prenne. Couvrant de son corps celui de sa compagne, Jason glissa profondément entre les jambes qui s'ouvraient et s'enfonça en elle de façon ardente, la forçant à se mouvoir avec lui. Son corps dominait le sien, les emportant tous deux par-delà la limite de la satisfaction physique.

Apaisé, le corps au repos, l'esprit éloigné de toute pensée déplaisante, Jason serrait Annie contre lui. Ensemble, ils s'endormirent.

Au matin, le pâle soleil de novembre brillait par la fenêtre ouverte. Annie remua dans ses bras avant de se réveiller un peu plus tard.

A nouveau, Jason chercha son oreille mais elle le repoussa vivement.

— Il est tard, Jason ! Je vais perdre mon travail si je reste avec toi plus longtemps.

Jason la laissa à regret se glisser hors du lit. Elle lui lança un coup d'œil : il était injuste qu'un homme possédât autant de charme et de beauté. Avec ses cheveux noirs ébouriffés, ses yeux verts qui luisaient entre des cils étonnamment longs et un sourire bouleversant, Annie reconnut que Jason était un homme que la plupart des femmes désiraient et que peu pouvaient oublier. Au souvenir de ce qu'elle avait éprouvé au contact de ce long corps vigoureux et en pensant à cette bouche qui avait goûté la sienne, Annie aurait aimé pouvoir regrimper immédiatement dans le lit. Mais elle entendait le propriétaire de l'auberge beugler son nom d'en bas. Bon client ou non, Jason n'obtiendrait pas de cet homme une minute de plus sur le temps que lui devait Annie. Elle s'habilla presque tristement puis déposa un baiser rapide sur la bouche de Jason avant de quitter la pièce.

Après le départ d'Annie, Jason perdit peu de temps. Avec des mouvements rapides et impatients, il s'habilla et, sans attendre son petit déjeuner, se mit en route quelques minutes plus tard. Il avait presque oublié Davalos, mais, en chevauchant vers *Greenwood*, il pensa de nouveau à l'Espagnol. Et, pour la première fois, il se demanda si un lien existait entre ses visites à Jefferson et l'apparition inattendue de Davalos en Virginie.

A cette époque, l'Espagne était très agitée — des affaires politiques requéraient peut-être la présence de Davalos. Mais Jason n'en était pas totalement convaincu. Cet après-midi, lorsqu'il verrait Jefferson, il l'informerait de l'arrivée de Davalos dans la région. Ils discuteraient alors ensemble des mesures à prendre à ce sujet. Sachant qu'il devait se changer avant de se rendre à Monticello, Jason amena son cheval à un trot rapide, l'esprit déjà orienté vers la rencontre à venir.

Jason considérait la bibliothèque de Thomas Jefferson, à Monticello, comme un endroit agréable — en particulier par cet après-midi de novembre, froid et orageux. Un feu brûlait joyeusement dans le foyer en brique, et des tentures de velours bordeaux protégeaient des vents glacés qui soufflaient autour de la maison.

Il était impossible de ne pas reconnaître la tête léonine, les grands traits bien dessinés, les yeux noisette, profondément enfoncés sous des sourcils touffus, du troisième président des Etats-Unis. La chevelure d'ébène de Jason Savage offrait un contraste absolu avec la blancheur de celle de Jefferson. Tous deux étaient grands, mais Jefferson paraissait plus mince que le jeune homme puissamment bâti, installé dans le fauteuil devant le feu.

Ils savouraient pour le moment un petit verre d'eau-de-vie et semblaient tout simplement se détendre. Jason était le fils de Guy Savage, un très bon ami de Jefferson — *Greenwood*, la plantation de Guy, se trouvait à quelques miles de Monticello —, et, au fil des années, Jefferson avait vu Jason grandir et passer du marmot braillard et rougeaud à l'homme extrêmement beau et élégant qu'il était maintenant. Grâce à leurs rapports de bon voisinage, lorsque Guy avait fait allusion par hasard au voyage imminent de Jason à Londres, Jefferson s'était saisi de ce départ opportun comme du moyen le plus satisfaisant pour transmettre plusieurs messages qu'il ne désirait pas envoyer par les canaux habituels. Par-dessus le bord de son verre, Jefferson regardait Savage d'un air pensif. Il connaissait plus de choses sur les aïeux de Jason et sur Jason enfant qu'il n'en savait sur le Jason actuel. Quelque dix ans plus tôt, Jason était revenu de Harrow de façon inattendue. Guy et son fils s'étaient alors opposés violemment sur le droit que revendiquait Guy de disposer d'une certaine esclave — dont le nom échappait à Jefferson. A la suite de cette querelle, Jason était parti pour la propriété de son grand-père près de La Nouvelle-Orléans. Et visiblement il y était resté, si l'on excluait quelques brèves visites à *Greenwood*.

Jefferson n'avait jamais rencontré le beau-père de Guy, Armand Beauvais. Mais il sympathisa de tout cœur avec son ami lorsque ce dernier se plaignit amèrement de voir son fils lui préférer son grand-père français et *Beauvais*, la plantation de La Nouvelle-Orléans, à *Greenwood*. Selon Jefferson, la place de Jason était aux côtés de son père.

Fâcheuse situation que cette union-là, pensait Jefferson avec tristesse. Avant le mariage de Guy et d'Angélique Beauvais, il aurait pu avertir son ami que ces femmes de haute naissance, mi-espagnoles, mi-françaises, avaient la réputation d'avoir mauvais caractère. Malheureusement, Guy ne lui avait jamais demandé son avis et le mariage avait été un désastre. Angélique ne pouvait pas et ne voulut pas s'adapter aux coutumes américaines. Donc, peu après la naissance de Jason — seule conséquence heureuse du mariage —, elle était retournée à La Nouvelle-Orléans. En partant, ses beaux yeux émeraude étincelant de fureur, elle avait juré qu'elle ne voulait plus revoir son mari ni son fils.

Après un coup d'œil à Jason, Jefferson estima que l'abandon insouciant de la mère n'avait sans doute pas blessé le fils. Jason avait grandi, il était devenu un démon arrogant et moqueur, aux yeux verts presque toujours marqués d'une lueur sarcastique. Le jeune Savage était très sûr de lui. Et il avait toutes les raisons de l'être. Unique enfant d'une riche mère créole et d'un opulent planteur de l'aristocratie de Virginie, il avait grandi sans que l'on conteste son droit à faire exactement ce qui lui plaisait. Un égoïste ? Oui ! Certes pas par nature, mais en raison de l'époque et de l'environnement dans lesquels il était né. A son crédit, Jefferson reconnaissait qu'il ne se vantait pas de sa propre puissance ni de ses richesses. De même, il détestait perdre son temps à paresser ou à dissiper une fortune en menant une existence de sybarite.

Cependant, il aurait été erroné d'affirmer que Jason était un modèle de vertu. Comme n'importe quel jeune homme, il était capable de jouer une nuit entière — perdant et gagnant d'énormes sommes dans les maisons de

38

jeu de La Nouvelle-Orléans — et il lui arrivait de tuer le temps en compagnie de prostituées. Ceci jusqu'à ce que, las et nerveux, il s'introduisît secrètement et profondément dans le territoire espagnol. Il passait alors des semaines à chasser les mustangs sauvages ou à commercer avec les Comanches pour acheter leurs poneys mouchetés que l'on prisait hautement. Après quoi, il revenait à *Beauvais*.

Oui, Jason Savage correspondait exactement à l'homme dont Jefferson avait besoin : jeune, intelligent, bien né, obstiné, habile à l'épée ou au pistolet, et, si l'occasion le commandait, absolument impitoyable. Jefferson avait également besoin de lui pour une autre raison : le demi-frère de Guy, donc l'oncle de Jason, était le très puissant duc de Roxbury, réputé pour sa sagesse en matière de politique.

Jefferson sourit un moment en lui-même et bénit le caprice qui, quelque cinquante ans plus tôt, avait amené le vieux duc de Roxbury en Louisiane pour inspecter une terre gagnée lors d'une partie de cartes. Durant son séjour, il rencontra et prit comme seconde épouse la jeune Française Arabella Saint-Clair. Guy était le résultat de ce mariage. Plus âgé que lui, son demi-frère devint par la suite l'actuel duc de Roxbury et — ce qui semblait le plus important pour Jefferson — le conseiller particulier du Premier ministre Addington. Roxbury avait été le conseiller et le confident de plus d'un Premier ministre anglais, mais ce qui intéressait en ce moment Jefferson était ses rapports avec Addington et le fait que le jeune Savage séjournerait chez Roxbury pendant une partie de son séjour londonien.

Pensant à tout ceci, Jefferson interrogea son visiteur :

— Eh bien, Jason, allez-vous le faire ? Porterez-vous mes dépêches à Rufus King ?

Jason sourit ironiquement.

— Pourquoi pas ? La situation actuelle à La Nouvelle-Orléans me déplaît. A mon avis, les Espagnols ont agi stupidement en fermant le port aux Américains le mois dernier, et j'apprécierais peu que Napoléon annexe le territoire. Etes-vous certain de votre fait ?

Jefferson se mordit la lèvre et son front se plissa lorsqu'il admit finalement :

— Non. Du reste, personne ne l'est. Mais rien ne dément que des rumeurs en provenance des hautes sphères circulent couramment en Europe au sujet d'un traité secret par lequel l'Espagne retournerait le territoire de la Louisiane à la France. A Paris, Livingston essaye de découvrir le bien-fondé de cette rumeur, mais, jusqu'à présent, la France est demeurée excessivement réservée dans ses réponses. Malheureusement, je dois envisager la possibilité que la France devienne la nouvelle propriétaire du territoire. Voilà pourquoi, à Londres, vous porterez à Rufus King des instructions pour qu'il recherche une alliance avec l'Angleterre. Une alliance militaire avec ce pays me répugne, mais c'est le seul espoir que nous ayons, hormis celui de prier pour que la France et l'Angleterre reprennent bientôt les hostilités. Et il y a tout lieu de le croire ! Personne ne s'attend à ce que le traité d'Amiens dure. Mais d'ici là, il est impératif de négocier avec l'Angleterre car je crois que, pas plus que nous, elle ne désire l'établissement d'un empire français dans le Nouveau Monde.

Jason approuva en silence. Personne ne voulait de Napoléon à La Nouvelle-Orléans. Sauf peut-être Napoléon lui-même et la population française de Louisiane. En tout cas, Jason ne le désirait certainement pas. Voilà pourquoi il avait accepté de porter les lettres de Jefferson à Rufus King, l'actuel ambassadeur américain en Angleterre ; il avait également promis de se tenir prêt si Robert Livingston avait besoin de lui à Paris. Il aurait pour seconde tâche de convaincre son oncle Roxbury de donner un avis favorable à l'alliance américano-anglaise proposée. « Somme toute, mon voyage en

Angleterre risque de se révéler très, très intéressant »,
décida-t-il avec un large sourire.

— Tout ceci vous amuse ? explosa Jefferson en apercevant ce sourire.

Jason reprit son sérieux pour avouer :

— Non — pas la situation en Louisiane. J'étais en
train de penser que mon voyage entrepris pour acheter
des chevaux, se colorait maintenant des dessous d'une
intrigue politique.

— A propos d'intrigue politique... êtes-vous certain
d'avoir reconnu Blas Davalos, hier ? grommela Jefferson.

— J'en suis convaincu.

— Mais pourquoi vous éviterait-il ? Vous étiez très
bons amis, n'est-ce pas ? Quelle est la cause de votre
rupture ? Une femme ? Ou le détestez-vous parce qu'il
est lieutenant dans l'armée espagnole ?

Un sourire sardonique traversa rapidement le visage
sombre de Jason.

— Qu'il soit dans l'armée espagnole ajoute à ma
haine, et aussi qu'il m'ait apparemment suivi depuis La
Nouvelle-Orléans sans vouloir que je le sache ! Mais la
cassure entre nous date d'avant... et ce n'est pas à cause
d'une femme.

— Alors, quelle est la vraie raison ? ne put s'empêcher de demander Jefferson, poussé par la curiosité.

— Vous l'avez rencontré autrefois, répondit Jason,
éludant la question du Président.

— Ah ? interrogea Jefferson, surpris, en haussant les
sourcils.

— Il y a environ cinq ans, il m'a accompagné lors d'une
visite que j'ai faite en fils respectueux à *Greenwood*.
Nous sommes restés ici près de deux mois et au cours
de ce séjour vous l'avez rencontré de temps en temps.

— Oh, oui ! Je m'en souviens maintenant — un individu mince, aux yeux noirs, à peu près de votre âge et
typiquement espagnol avec la peau basanée...

— Blas est espagnol. Voilà pourquoi je me demande

ce qu'il fait ici, en Virginie, au lieu de se trouver à La Nouvelle-Orléans.

— Hmmm ! Vous marquez un point. Mais... vous avez aussi évité très intelligemment ma question. Que s'est-il passé entre vous ?

Jason parut hésiter comme s'il se refusait à parler ; finalement, il demanda :

— Vous rappelez-vous également avoir rencontré Philip Nolan ?

Surpris, Jefferson admit :

— Oui, il est venu me voir une fois, il y a deux ans. Je l'ai jugé intelligent. Sa mort est fort regrettable.

Sentant son cœur se serrer comme chaque fois que l'on faisait allusion à la mort de Philip, Jason rétorqua d'un ton bourru :

— Oui ! C'est vraiment dommage ! Et c'est Davalos qui l'a assassiné !

Bouleversé, Jefferson s'écria :

— En êtes-vous sûr ? Le rapport mentionnait uniquement que Nolan avait été tué en essayant d'échapper à la troupe espagnole envoyée pour arrêter son expédition.

Incapable de changer brusquement de conversation, Jason relata brièvement les faits, tels qu'ils s'étaient réellement déroulés lors du dernier voyage de Nolan. Il termina en affirmant :

— Et, comme vous le savez, on rapatria par la suite le corps de Nolan, ce qui prouve que sa mort n'est pas un accident.

— Non, évidemment, répondit Jefferson, profondément troublé.

Puis, comme frappé par une idée nouvelle, il demanda gravement :

— Jason, croyez-vous vraiment que Davalos vous suit ?

Jason haussa les épaules.

— Pour quelle autre raison serait-il ici ?

— Je n'aime pas cela du tout ! Peut-être serait-il prudent que nous sachions exactement pourquoi il a quitté La Nouvelle-Orléans.

Soulagé de voir Jefferson exprimer précisément ses propres pensées, Jason expliqua calmement :

— Si vous m'y autorisez, je préférerais choisir moi-même la personne qui découvrira ce que Davalos a en tête.

Jefferson le regarda un moment sans broncher, puis il demanda :

— Quelqu'un en qui vous avez confiance ? Implicitement ? Rappelez-vous : nous ne voulons pas que vous attiriez une attention excessive pendant votre voyage en Angleterre. Livingston peut ne jamais avoir besoin du renseignement que je vous ai donné, mais, dans le cas contraire, il vous enverra chercher. Dans cette optique, nous ne voulons pas qu'un agent, quel qu'il soit, surveille en Europe tous vos mouvements.

Inclinant la tête, Jason sourit, rassurant.

— Faites-moi confiance... Je serai aussi prudent que possible.

Il n'alla pas plus loin. Jefferson reprit, plutôt à contrecœur :

— Très bien. Je vous laisserai le soin des détails, mais je n'insisterai jamais assez sur la nécessité du secret le plus absolu. Nous ne pouvons pas courir le risque d'une guerre avec l'Espagne à ce sujet — en dépit de ce que cette tête brûlée d'Andrew Jackson proclame !

Jason rit franchement. Il était de notoriété publique que Jackson serait ravi de marcher tout de suite sur La Nouvelle-Orléans et de se débarrasser de l'Espagne dans le Mississippi. Jefferson n'était pas précisément opposé à l'idée, mais plutôt au moment choisi.

— Avez-vous d'autres instructions ? demanda Jason.

— Non, non. Vous avez les lettres, et le reste est inscrit dans votre tête. N'en oubliez rien ! C'est tout ce que je peux ajouter.

Cette réplique fit rire son visiteur.

— Je vous assure que non ! Bon ! Alors, si vous n'avez rien à ajouter, je vais vous quitter. Nous ne nous reverrons pas avant mon retour car mon bateau part à la marée du soir, demain.

Quelques minutes plus tard, Jason chevauchait un étalon alezan, en direction de *Greenwood*. Il approcha bientôt de l'allée bordée d'arbres qui menait à la maison de son père ; mais il n'avait pas le sentiment de rentrer chez lui. Pour lui, *Greenwood* restait associée à des souvenirs par trop désagréables ; en outre, Guy et lui, malgré leurs diverses tentatives, ne parviendraient jamais à cohabiter un long temps sans se quereller. Le cœur lourd, Jason admit qu'il était dommage que tous deux aimassent n'en faire qu'à leur tête, sans pouvoir supporter l'intervention de l'autre. Si l'on ajoutait des caractères caustiques à ce tableau, on comprenait mieux leurs rapports. Jason sourit un instant. Arabella Saint-Clair s'était fait remarquer par son caractère emporté ; visiblement elle l'avait transmis dans son intégralité à son fils et à son petit-fils.

Jason conduisit son cheval vers la grande écurie en brique rouge qui s'élevait derrière la maison à colonnes blanches, cachée par une colline en pente douce. Lançant les rênes au garçon qui attendait, Jason glissa à terre. Il s'éloignait lorsqu'un léger sifflement sur sa gauche le fit pivoter. Voyant le grand Indien au visage altier qui se levait de son abri formé d'un tas de paille douce, le visage de Jason s'éclaira. Son sourire rivalisait avec celui qui illuminait les traits de l'Indien.

— Buveur de Sang ! Bon Dieu ! Comment as-tu senti que je voulais te voir et, de plus, sacrément vite ?

En réponse, les yeux noirs de Buveur de Sang scintillèrent et il murmura :

— Cela me semble tout naturel.

Le large sourire de Jason s'effaça aussi rapidement qu'il était venu, et il dit sans préambule :

— Davalos est ici, en Virginie !

Ne trahissant aucune surprise, Buveur de Sang resta calme.

— Quel dommage que tu ne l'aies pas tué lorsque tu en as eu la possibilité ! De personne d'autre, tu n'aurais toléré ce qu'il a fait et, telle la panthère qui vit dans les marais, tu as l'habitude de frapper vite et sans pitié. Mais à cause de votre ancienne amitié, tu t'es retenu.

Jason était silencieux, conscient de tout ce qu'il y avait de vrai dans les paroles de Buveur de Sang. Le silence se prolongea entre eux pendant plusieurs secondes, chaque homme perdu dans ses pensées, jusqu'à ce que Jason le rompît enfin.

— J'ignore ce que Blas est en train de faire — peut-être rien. Mais sa présence peut aussi créer de sacrées perturbations, et pas uniquement pour nous ! Je veux savoir pourquoi il a quitté La Nouvelle-Orléans et je veux que tu le découvres pour moi — discrètement. Si tu apprends que le gouvernement espagnol l'a envoyé m'espionner, informes-en Jefferson le plus rapidement possible. Si, par contre, il n'est ici que pour continuer une vendetta entre nous, je réglerai cette petite affaire à mon retour.

Buveur de Sang hocha la tête avec gravité.

— Entendu ! déclara-t-il simplement.

Et Jason sut qu'à dater de cet instant il pouvait oublier Davalos en toute sécurité.

Les deux hommes se regardèrent puis, avec un large sourire, Jason changea de sujet et déclara doucement :

— Je regretterai ton absence. Quels sacrés bons moments nous aurions pu passer ensemble ! Londres ne se serait jamais remise de ta venue — en particulier les femmes !

Amusé, Buveur de Sang s'épanouit.

— Mon frère, c'est toi que les femmes n'oublieront jamais. Ce n'est pas moi que les tendres mamans considèrent avec méfiance. Ce n'est pas moi qui pousse les maris jaloux à garder leurs épouses aussi prudemment !

N'ayant plus rien à ajouter, les deux amis se donnèrent une poignée de main solennelle avant de se séparer. Buveur de Sang s'enfonça dans l'obscurité qui tombait ; Jason s'avança à grandes enjambées vers la maison de son père.

Guy était assis dans son cabinet de travail. Lorsque Jason entra, il leva les yeux des papiers qu'il étudiait et interrogea :

— Cela s'est bien passé ?

Jason approuva d'un signe de tête en se servant un alcool qu'il choisit parmi un étalage de flacons posés sur un meuble en bois de cerisier.

— Oui. Et ce dernier entretien vient de mettre un point final à mon travail. A partir de maintenant et jusqu'à ce que je parte demain rejoindre le bateau, je suis un homme désœuvré.

Guy sourit, et un silence presque amical s'établit entre eux pendant quelques secondes. Du même gris que la mer, les yeux de Guy cachèrent la fierté qu'il ressentait à juste titre à la vue de son grand fils à la large carrure lorsqu'il demanda nonchalamment :

— Jason ! Hormis le service à rendre à Jefferson, te rends-tu en Angleterre uniquement pour acheter des chevaux ? Je sais que tu tiens à profiter de la paix qui existe en ce moment entre la France et la Grande-Bretagne. Mais pourquoi ne pas reporter ton voyage jusqu'au printemps prochain si tu envisages de renvoyer des animaux à La Nouvelle-Orléans ?

Jason s'approcha lentement de la cheminée et posa son verre sur le manteau. Il regarda alors son père en tendant ses mains vers le feu pour les réchauffer.

— Il y a quelques mois, dans ma lettre, ne vous ai-je pas expliqué ma position ? Vous savez vous-même comme la situation chevaline est mauvaise en Louisiane. Nous avons besoin de chevaux de toutes sortes. Grand-père et moi avons décidé de construire une ferme d'élevage soit à *Beauvais* soit sur mes propres terres près de la Rivière Rouge, à *Terre du Cœur*. Plus vite j'atteindrai l'Angleterre pour acheter le stock nécessaire, plus vite nous obtiendrons des résultats. Un haras ne se construit pas en une nuit et nous avons perdu suffisamment de temps. Je ne désire pas différer mon départ. Et maintenant, m'étant engagé vis-à-vis de Jefferson, je ne le peux pas. Je l'ai déjà remis une fois.

— C'est vrai. Quel dommage que les Espagnols aient décidé de fermer le port ! Cela a-t-il beaucoup bouleversé ton grand-père ?

Haussant les épaules, Jason déclara :

— Les fonctionnaires espagnols n'ont fermé La Nouvelle-Orléans qu'à vous autres, Américains. Cela ne change rien pour nous qui habitons le territoire. Mais, comme vos compatriotes furent extrêmement... véhéments lorsqu'ils parlèrent avec franchise de ce sujet, j'ai pensé qu'il valait mieux attendre que la situation se résolve d'elle-même.

— Allons donc... Tu es américain tout autant que moi. N'oublie pas que tu es né ici, en Virginie. Et même si tu préfères la famille de ta mère à la mienne et si tu as choisi de vivre en Louisiane, tu n'en es pas moins américain.

Jason sourit largement et ses yeux émeraude jetèrent une rapide lueur de moquerie.

— Cela vous ennuie que je sois plus français qu'américain, n'est-ce pas ? Mais ne vous en prenez qu'à vous-même. Vous n'auriez pas dû épouser une créole.

— Ne parle pas ainsi ! Je n'aurais jamais dû me marier avec ta mère... Ce fut une erreur du début à la fin. Je ne tiens pas à te choquer, mais cette femme aurait lassé la patience d'un saint — et Dieu sait que je n'en suis pas un !

Jason approuva de la tête et ses yeux manifestèrent

soudain une affection amusée à l'égard de son père. En cet instant, il lui ressemblait terriblement. A les voir ensemble, comme maintenant, il existait visiblement entre eux une grande ressemblance physique. Tous deux possédaient la même chevelure noire frisée mais celle de Guy commençait à s'argenter légèrement sur les tempes. Le visage de Jason était plus dur, ses os plus nettement dessinés et il y avait une absence de pitié au pli de ses lèvres qui manquait chez Guy. Cependant, tous deux avaient les sourcils forts, et, même si la couleur de leurs yeux différait, leur forme en était identique. Jason était plus grand que son père. Il avait des épaules larges et puissantes, des hanches minces et de longues jambes aux muscles d'acier, propres aux athlètes. Pour sa taille, il se mouvait avec la grâce rapide et dangereuse d'une panthère — comme plus d'un l'avait découvert avec consternation. En dépit de l'indolence trompeuse de Jason et de l'amusement nonchalant qui luisait fréquemment dans ses yeux émeraude, il y avait chez lui une aura de puissance soigneusement retenue qui en faisait un homme que les gens remarquaient — en particulier les femmes. A cause de ses cheveux noirs et frisés, qu'il portait longs et qui effleuraient le col de son manteau, à cause de ses traits sombres, durs et inflexibles, et de ses yeux verts qui si souvent brillaient d'une passion, plus d'une femme contenue faiblissait devant lui. A vingt-neuf ans, il avait presque tout fait ou vu, excepté se marier et lui fournir un petit-fils, songeait son père avec irritation. Mais Guy chassa hâtivement cette pensée. Ce n'était pas le moment d'entamer un tel sujet.

Il attendit la fin du dîner pour aborder cette question qui lui tenait à cœur. Malheureusement, chaque fois qu'il l'avait soulevée dans le passé, les deux hommes s'étaient invariablement querellés.

Revenu dans le cabinet de travail de Guy, Jason était vautré dans un grand fauteuil devant le feu ronflant, ses

48

longues jambes étirées vers la chaleur et un gobelet d'un fort punch à la main. Il fixait le liquide ambré qu'il faisait tournoyer, l'esprit absorbé par la rencontre qu'il avait eue l'après-midi même avec Jefferson, lorsque Guy interrompit ses pensées.

— J'hésite à briser tes états d'âme, mais j'estime qu'il est temps que nous ayons un entretien sérieux.

— J'ai eu une conversation grave aujourd'hui. Une seconde est-elle bien nécessaire ? interrogea Jason d'un ton allègre.

— Pour moi, oui ! Nous en avons discuté plusieurs fois dans le passé et tu t'es toujours arrangé pour éviter de me répondre. Cette fois-ci, cependant, je tiens à ce que tu m'écoutes et que tu réfléchisses à ce que je vais te dire. Je veux que tu profites de ton séjour en Angleterre pour te chercher une épouse.

— Ô mon Dieu ! Pas encore ! s'emporta Jason.

La dernière fois que Guy avait soulevé ce sujet, il avait répondu clairement : il n'avait aucune envie de se marier. Avec ses parents comme exemple c'était exclu — pas maintenant ! Jamais !

Guy ignora fermement l'explosion de son fils et poursuivit :

— Ne crois-tu pas qu'il est temps de te marier ? J'approche de la cinquantaine, et dans moins d'un an tu auras la trentaine. Nous possédons tous deux de grandes propriétés, et n'oublie pas que tu es l'unique héritier d'Armand. J'aimerais bien que tout ce que j'ai acquis garde le nom de Savage pendant encore au moins une génération.

Un silence glacial accueillit ces mots, et le visage de son fils trahit une expression froide et cruelle. Presque désespéré, Guy cria :

— C'est ton devoir sacré de te marier et de m'engendrer des petits-fils ! Juste ciel, mon garçon ! Mets de côté tes idées préconçues et épouse une demoiselle jeune et belle !

Jason grimaça de dégoût et demanda d'un ton sarcastique :

— Croyez-vous que votre mariage offre un exemple de ce que l'on attend avec impatience ?

Guy eut l'élégance de paraître mal à l'aise.

— J'ai reconnu l'erreur de mon propre mariage, mais cela ne veut pas dire que le tien en sera une. Moi qui avais besoin d'une Anglaise calme, j'ai épousé une mégère créole au caractère emporté.

— Donc ?

— Donc, le voyage que tu vas faire est une aubaine. Trouve-toi une Anglaise bien née et épouse-la. Songes-y, au moins par égard pour moi. Cela me ferait un énorme plaisir si tu ramenais à la maison une épouse anglaise.

Remuant le restant de son rhum d'un mouvement rapide, Jason lâcha d'un ton sec :

— Très bien, je chercherai. Et s'il s'en trouve une qui soit riche, belle et désireuse de ne pas remarquer mes — euh — goûts, comme vous les appelez, eh bien alors, qui sait ?

— S'il te plaît, prends la chose au sérieux. Tu sais, Jason, il est possible que tu tombes amoureux...

— Comme vous ? rétorqua le jeune homme avec insolence.

Guy hésita et ses pensées glissèrent momentanément dans les douloureux méandres du souvenir. Les traits de Rae, son visage rieur, dansaient devant ses yeux et pendant une seconde, toute la douleur engendrée par leur séparation le submergea à nouveau. Savoir également qu'elle avait dû donner le jour à un enfant auquel il n'avait pu attribuer son nom n'était pas la moindre de ses souffrances. Pourtant, il avait fait ensuite la meilleure chose possible : puisque l'enfant ne pouvait porter le nom de Savage, rien n'empêchait de lui accorder celui de sa mère : Saint-Clair. Ces pensées sombres et malheureuses à l'esprit, Guy admit doucement :

50

— Jadis, j'ai chèrement aimé une femme. J'aurais tout abandonné pour elle. Mais cela ne s'est pas fait...

— Mon Dieu ! Grâce ! Je vous ai promis de chercher. Je ne peux rien ajouter de plus ! s'exclama Jason, irrité, avant de sortir de la pièce en claquant la porte.

Pour se calmer, il quitta la maison et se dirigea à grands pas vers les écuries : en effet, il préférait actuellement la compagnie des animaux.

Mâchonnant un brin de paille, il décida, à la réflexion, qu'il valait mieux qu'il n'ait vu son père que de façon épisodique au cours de ces années. Car, dans le cas contraire, le lien d'affection ténu qui les unissait aurait risqué de se rompre.

« Jésus ! pensa-t-il avec dédain. Je ne tiens certes pas à revenir de Londres marié à une fichue demoiselle minaudante ! »

2

Ayant survécu à la fureur des tempêtes hivernales qui balayaient l'océan Atlantique, Jason Savage, son valet de chambre Pierre, et Jacques, son premier palefrenier, débarquèrent avec soulagement six semaines plus tard à Londres. Le voyage ayant été inconfortable, Jason jura amèrement de ne plus jamais entreprendre de traversée en hiver. Rien ne pouvait être pire que la gêne et le manque de confort qu'il avait supportés.

Il arriva à la résidence de son oncle à Berkeley Square, cet après-midi-là, pour trouver le duc qui l'attendait impatiemment.

Roxbury — de son nom complet : Garret Ainsley Savage, Lord Satterliegh, vicomte Norwood, duc de Roxbury — était veuf depuis plus d'une vingtaine d'années, et ses fils étaient déjà adultes lorsque Jason, écolier mal soigné, était venu en Angleterre achever ses études à Harrow. Grand, mince, à l'aspect aussi impressionnant à soixante-cinq ans que sa kyrielle de titres, le duc avait des yeux gris, profondément enfoncés sous d'épais sourcils bruns. Dans sa jeunesse, il avait possédé une chevelure aussi noire et frisée que celle de son neveu. Bien que les années aient argenté ses cheveux, son air et son maintien étaient tels que sa présence engendrait encore une certaine effervescence parmi les dames. Observant le monde avec un cynisme mortel, il était rarement atteint par les émotions qui motivaient les autres hommes... attitude qui faisait sa fierté. La tendresse qu'il portait à son unique neveu déconcertait d'autant plus.

Jason lui-même ne savait comment expliquer l'affection qui les liait. Néanmoins, il était suffisamment intelligent pour comprendre que le duc plaçait l'Angleterre et sa souveraineté au-dessus des simples mortels et que, s'il était nécessaire d'employer ou de sacrifier un individu en vue de maintenir cette souveraineté, Roxbury le ferait sans trop sonder sa conscience. Puisque Jason ressentait la même chose envers la Louisiane et les Etats-Unis, une certaine prudence dans leurs rapports demeurait, en dépit de cette affection.

Pour sa première soirée en Angleterre, depuis un court voyage rapidement effectué quelque cinq ans auparavant, ils mirent de côté la politique et parlèrent surtout du passé, du père de Jason et des projets du jeune homme. Ce fut seulement lorsqu'ils s'apprêtèrent à gagner leurs chambres respectives que le duc mentionna quelqu'un qui n'appartenait pas au cercle familial.

Debout au pied de l'escalier, les yeux rieurs, il taquina son neveu :

— Tu dois t'en douter, tes deux canailles d'amis, Barrymore et Harris, m'ont harcelé pour avoir des nouvelles de ton arrivée. Dès décembre, ils ont commencé

52

à s'enquérir de toi et cela n'a pas cessé depuis, même quand j'étais à la campagne. Lors de mon dernier entretien avec Barrymore, je lui ai expliqué que je ne t'attendais pas avant le 15 janvier. Je te suis reconnaissant de ne pas m'avoir fait mentir et de t'être si gentiment arrangé pour arriver précisément à cette date. Reste assuré que ces deux individus seront à ma porte dès qu'il leur sera décemment possible de se présenter, demain matin. Je te félicite à leur sujet.

— Cette fois au moins, nous ne lâcherons pas un singe comme pendant le dîner d'adieux au principal du collège ! répliqua Jason, un large sourire aux lèvres.

Le duc frémit à ce souvenir.

— S'il te plaît, ne me parle plus de cela. Comment avez-vous pu faire une telle chose ? Non, ne me l'explique pas. Laisse ce souvenir mourir paisiblement parmi plusieurs autres que je préfère enterrer. Bonsoir, Jason. A demain.

Comme son oncle l'avait prévu, Barrymore et Harris arrivèrent le lendemain à dix heures très précises et demandèrent à voir Jason. Celui-ci venait de passer quelques heures très actives à prendre des dispositions avec le palefrenier en chef de son oncle, homme hautement efficace, pour l'installation temporaire et les soins à donner aux chevaux qu'il envisageait d'acheter et de transporter à La Nouvelle-Orléans. Il avait également écrit un mot à porter sur l'heure à Rufus King, l'ambassadeur américain en Angleterre. Dans son message, Jason demandait à le voir le plus rapidement possible. Il pouvait donc maintenant se détendre et s'amuser sans remords. Et nulle part ailleurs il n'aurait pu trouver deux compagnons plus empressés et désireux de l'assister dans cette entreprise.

Héritier d'une baronnie, Frederick Barrymore était presque aussi grand que Jason, mais bâti selon des lignes trompeusement souples. Des cheveux blonds et ondulés ainsi que des yeux bleu vif complétaient son portrait.

Par sa personnalité exubérante, il ressemblait à un papillon heureux et turbulent. Tom Harris possédait des yeux d'un marron terne et les taches de rousseur qui accompagnent ordinairement les cheveux du même rouge carotte que ceux qui poussaient en abondance sur sa tête ronde. Il était de petite taille et enclin à l'embonpoint. Calme, l'esprit aimablement lent, il suivait avec joie le pétillant Barrymore partout où il se rendait.

Les yeux illuminés de bonheur lorsqu'il serra la main que lui tendait Jason, Barrymore s'écria avec enthousiasme :

— Bon sang, Jason ! Quel plaisir de te revoir ! Hormis ton bref séjour ici il y a quelques années, voici presque dix ans de passés depuis nos fredaines à Harrow.

Un large sourire aux lèvres, Jason confessa qu'il n'avait pas remarqué que tant de temps s'était écoulé depuis cette époque.

Moins volubile que le turbulent Barrymore, Harris sourit tout simplement. En serrant la main de Jason, il se contenta de déclarer :

— Enchanté !

Ils passèrent tous trois quelques heures agréables dans la chambre de Jason à renouer leur amitié et à se rappeler leurs souvenirs. Lorsque Jason révéla qu'il était en Angleterre pour acheter des chevaux, Barrymore et Harris lui demandèrent immédiatement le privilège de l'accompagner aux célèbres ventes de Tattersalls. Et naturellement, après son travail, eh bien, alors...

Détendu, Jason écoutait ses amis remplir avec entrain tous les instants de son séjour. Sentant qu'ils s'éloignaient trop de son objectif, l'achat de chevaux, il ramena adroitement sur ce sujet la conversation orientée pour le moment sur les charmes de certaines danseuses des théâtres proches de Covent Garden qu'ils pourraient apprécier à leur retour de Tattersalls.

Jason était arrivé trop tard pour les ventes du début

janvier au cours desquelles on offrait les meilleurs pur-
sang. Cela ne le décourageait pourtant pas car il recherchait des bêtes de haras et non des chevaux de course.
Comme il envisageait de rester en Angleterre quatre ou
cinq mois environ, il était certain de pouvoir trouver les
chevaux adéquats.

Barrymore et Harris déplorèrent son arrivée tardive,
puis cessèrent d'y penser. Constatant qu'ils venaient de
consacrer suffisamment de temps aux affaires, Barrymore demanda à son ami :

— Nous accompagneras-tu cet après-midi ? Il y a un
combat de coqs à la foire de Bartholomew. Tu y verras
un roux splendide reproduit par croisement. Je parie
qu'il gagnera tous les combats. Viens avec nous. Cette
créature à l'œuvre t'amusera.

Au grand mécontentement de Barrymore, Jason
hésita car il pensait au mot envoyé à Rufus King. Frederick insista :

— Oh, allons, voyons ! Jason ! Ne nous refile pas une
piteuse excuse alors que tu viens tout juste d'arriver !
Je sais bien que tu n'as pas beaucoup vu ton oncle, mais
tu habites chez lui, n'est-ce pas ? Il te verra suffisamment souvent avant ton départ, de quoi être dégoûté de
ton visage.

Jason sourit en remarquant :

— C'est vrai, mon ami. Mais je n'ai pas l'intention de
passer mon séjour sous le toit de mon oncle. Je ne resterai à cette adresse qu'en attendant de trouver un logement personnel. Et, comme je suis son hôte en ce
moment, je crains de ne pouvoir arriver un soir pour
disparaître le lendemain en compagnie de canailles telles que vous. Vous connaissant, après le combat de coqs
nous nous retirerions à *Cribble's Parlor* ou dans quelque autre lieu de bas étage pour boire du gin jusqu'aux
premières heures de la matinée.

Secouant la tête avec regret, Jason poursuivit :

— Non, mes amis ! Pour ma seconde nuit à Londres,

je ne dois pas monter d'une allure chancelante les escaliers de mon oncle... Attendez une semaine ou deux que j'aie trouvé ma garçonnière. Alors, je serai ravi de vous suivre dans vos divertissements ! ajouta-t-il, une lueur de malice dans ses yeux verts.

A ces paroles, Barrymore sourit largement. Mais Tom, qui se souvenait des escapades du passé, s'exclama d'un ton enjoué :

— Nous entraîner et non nous suivre !

Jason en convint en riant. Puis ils se séparèrent. Jason accompagna ses deux amis jusqu'à la porte. Après l'avoir fermée derrière eux, il se retourna pour traverser le grand hall jusqu'au bureau de son oncle.

Le duc était sur le point de partir au *White's Club*, réservé aux hommes du monde. Ne faisant qu'effleurer Jason du regard, il suggéra :

— Aimerais-tu m'accompagner ? Si oui, le moment est bien choisi pour te présenter comme futur membre.

Secouant sa tête brune, Jason répliqua :

— Je l'apprécierais. Malheureusement, j'attends la réponse à un message que j'ai envoyé ce matin. Pourrions-nous remettre à plus tard, cette semaine — disons, vendredi ?

Le duc haussa les épaules. Ses yeux gris posés pensivement sur son neveu, il réfléchit :

— Déjà au travail ! Si tôt ! Tu as changé, mon garçon. Et je me demande si cela me plaît.

— Devrais-je effectuer une action atroce pour apaiser vos craintes ? Si j'y songeais, je pourrais penser à la façon de placer sur-le-champ le chat parmi les pigeons, proposa vivement Jason, les yeux remplis d'un rire moqueur.

Roxbury lui adressa un regard de reproche.

— Je t'en supplie, pour mon salut, ne te donne pas cette peine ! Je suis certain que nous réussirons ensemble à nous accommoder de cet état de choses.

Après le départ de son oncle, Jason erra seul dans la pièce, impatient d'être occupé. Car, au point où en étaient les choses, il ne serait détendu qu'après avoir eu des nouvelles du ministre américain. Ses pensées allèrent aux dépêches qui reposaient dans une pochette en cuir habilement disposée contre sa peau. Plus tôt il s'en débarrasserait, mieux cela vaudrait ! Et, un bref instant, il se permit de penser au message qu'il portait dans sa tête. Mais ces instructions ne concernaient en rien l'Angleterre, aussi les rejeta-t-il. S'il le pouvait, il ne se laisserait pas entraîner dans les affaires politiques. Il était ici pour acquérir des chevaux et pour se divertir — mais pas nécessairement dans cet ordre, conclut-il joyeusement.

L'arrivée d'une réponse au billet envoyé à Rufus King interrompit la rêverie de Jason. Il prit l'enveloppe des mains du serviteur en livrée et lut rapidement le message. King acceptait de le voir l'après-midi même à quatorze heures.

A deux heures précises, on introduisit Jason dans le bureau de Rufus King. Cette rencontre aurait pu être embarrassante. Jason savait parfaitement que l'homme gras et chauve qui se tenait devant lui ne soutenait pas Jefferson car il était en réalité un fidèle ami d'Alexander Hamilton, l'ennemi acharné du Président. En retour, King savait très peu de chose sur le grand jeune homme athlétique assis en face de lui. Excepté qu'il était un parent du duc de Roxbury dont la position actuelle, quoique puissante dans les cercles gouvernementaux, n'était pas tout à fait claire ; et que Guy Savage, le père de Jason, avait la confiance entière de Jefferson. Mais Rufus King était un diplomate capable, et son accueil ne laissa transparaître aucune réserve.

— Eh bien ! Quel plaisir de vous rencontrer enfin. J'ai beaucoup entendu parler de vous.

Devant le regard surpris de Jason, un sourire plissa

le visage de Rufus orné d'un double menton fortement prononcé.

— J'ai un peu connu votre père. Comme tous les hommes, il brûlait de parler de son fils. Mais, à dire vrai, c'est votre oncle, le duc, qui m'a parlé de vous en termes élogieux.

Un sourire sardonique se dessina sur les lèvres de Jason lorsqu'il murmura :

— Je vois que ma renommée m'a précédé. Je vous en prie le plus sérieusement du monde : ne fondez pas votre opinion de moi sur ce que ces personnes vous ont raconté. Pour des raisons qui leur sont propres, ces deux hommes sont bien disposés à mon égard.

Rufus rit poliment.

— Oui, je crains que cette réaction ne soit habituelle chez des parents. Mais, maintenant, dites-moi : Que puis-je pour vous ?

Heureux de voir interrompre cet échange de banalités, Jason se leva et, sous le regard étonné de King, commença à enlever son manteau. Devant l'expression de King, Jason sourit franchement et s'expliqua :

— Ne vous alarmez pas ! Je ne suis pas prêt pour Bedlam[1] — encore ! J'ai des lettres pour vous de la part de Jefferson, et mon vêtement ne dissimule rien d'autre que ces fichues dépêches. Je vous prie d'être patient.

Rufus se détendit légèrement dans son fauteuil. Mais il prit un air songeur lorsque Jason lui tendit la pochette. Haussant les épaules, Jason remarqua :

— Voilà l'unique but de ma visite ici. En ce qui me concerne, je suis diantrement content d'en être débarrassé.

Pour toute réponse, King grogna d'un ton préoccupé et examina rapidement la grande écriture. Sa lecture terminée, il leva la tête et regarda Jason avec une curiosité manifeste.

1. Célèbre maison où l'on enfermait les fous *(N.d.T.)*.

58

— Savez-vous ce que cela contient ? questionna-t-il enfin.

Jason acquiesça de la tête.

— En partie, oui. Je n'ai pas jugé nécessaire d'en apprendre davantage. Jefferson m'a tout simplement fait part de son désir de voir conclure un traité entre l'Angleterre et les Etats-Unis. Ses instructions concernant les négociations que vous devez entreprendre en vue d'un tel traité dépassent ma curiosité et mes capacités... Monsieur King, je suis un simple messager. La seule raison qui explique que je connaisse le souhait de Jefferson est que je n'aurais jamais accédé à sa demande sans savoir d'abord ce que cela impliquait, ajouta Jason avec un sourire désarmant, conscient du mensonge qu'il venait de formuler.

— Je vois !

Et effectivement, King en saisissait une partie. Le Président avait son propre système pour recevoir des renseignements et transmettre des messages, et certaines de ses méthodes n'étaient décidément pas très orthodoxes — la situation actuelle en était un splendide exemple. Pourtant, comme le jeune homme venait de le déclarer, il était un simple messager. Mais était-ce bien vrai ?

Intelligent et malin, King ne parvenait pas à trouver une faille dans l'histoire ou dans la conduite de Jason. Néanmoins, il gardait le sentiment qu'une autre raison expliquait que Jefferson eût engagé Jason. Si Jefferson l'avait utilisé pour porter ces messages, pourquoi le Président ne lui aurait-il pas donné d'instructions supplémentaires ? Dissimulant ses soupçons sous un sourire affable, il s'exclama :

— Eh bien, alors, si c'est tout, il n'y a plus rien à ajouter, n'est-ce pas ? Laissez-moi vous remercier pour la rapidité avec laquelle vous m'avez apporté ces lettres... J'espère que vous profiterez au mieux de votre séjour en Angleterre. Et si je peux vous aider d'une manière ou d'une autre, n'hésitez pas à faire appel à moi, proposa King en se levant de son fauteuil pour tendre la main à Jason.

— Vous y connaissez-vous dans l'achat des chevaux de haras ? Si oui, je risque de faire appel à vous plus tôt que vous ne l'imaginez.

— Chevaux de haras ?

— Oui. Mon grand-père, Armand Beauvais, et moi-même envisageons d'essayer la reproduction de pur-sang en Louisiane. Je suis venu en Angleterre acheter ce qui, je l'espère, sera le départ d'un célèbre haras.

— Ah oui, votre oncle a fait allusion à quelque chose de ce genre. Je vous suggère de commencer par les ventes de Tattersalls.

Ce que fit Jason. Avec Barrymore et Harris, il assista aux ventes de février à Tattersalls. Les résultats le contentèrent au-delà de toute espérance. La présence de ses deux joyeux compagnons avait été une bénédiction mitigée. L'après-midi, lors de la première enchère, Barrymore s'était immédiatement extasié devant une brillante pouliche de deux ans, nantie d'un pedigree impeccable. Malheureusement, en la regardant de plus près, Jason ne fut pas impressionné. Le dos de l'animal était trop court et les postérieurs pas aussi parfaitement formés qu'ils auraient dû l'être. Jason ne put s'empêcher de le dire. Se sentant hautement insulté, Barrymore s'écria :

— Sacrebleu, Jason ! J'ai un aussi bon œil que tout le monde lorsqu'il s'agit de chevaux. Tu es sacrément difficile à satisfaire.

— Il l'a toujours été, ajouta simplement Harris.

Barrymore lui jeta un regard noir de colère. Puis il se souvint que Jason avait précédemment repoussé un animal choisi par Tom et sa colère s'évapora. Il eut un large sourire et admit :

— Jadis, tu ne faisais jamais attention à nous. Je ne

sais pourquoi je m'attendais à ce que tu agisses différemment maintenant.

A la fin des ventes, qui s'étaient déroulées sans problème, Jason se trouva en possession d'un certain nombre de chevaux. Comme convenu, la plupart séjourneraient à l'écurie sous la surveillance du premier palefrenier de son oncle. Jason avait cependant amené avec lui son propre palefrenier : Jacques, le cousin de Pierre, car il envisageait que Jacques s'occupât uniquement des chevaux qu'il achèterait à son usage personnel en Angleterre. Il eut la chance de trouver un étalon noir, de belle allure et solidement bâti, ainsi qu'une paire de chevaux bais et quelques chevaux de chasse réservés exclusivement à cet emploi. Il les avait tous immédiatement confiés aux mains expertes de Jacques.

Février le trouva également installé dans son propre appartement à St James's Street. Le duc avait froncé les sourcils lorsque Jason lui avait fait part de ses intentions, mais il avait ensuite négligemment haussé les épaules en remarquant :

— Fais comme bon te semble. Mais rappelle-toi que tu dois dîner ici mercredi soir avec Rufus King et moi-même.

La remise de la dépêche de Jefferson à King, l'achat d'un certain nombre de chevaux comme noyau de son haras et maintenant son installation dans sa garçonnière rendaient Jason franchement satisfait du début de son séjour. En conséquence, il accepta de se laisser accaparer de plus en plus par Barrymore et Harris.

Un matin, il se réveilla la tête tellement lourde à la suite d'une nuit de beuverie qu'il se demanda s'il survivrait longtemps à cette insouciante vie de bâton de chaise. Etendu dans son lit, il décida qu'il avait mené suffisamment longtemps une existence dissolue. Il fallait que cette vie, gaspillée à boire abondamment, à jouer et à courir les filles, cessât, sinon il rentrerait à

La Nouvelle-Orléans sous l'aspect d'un homme ruiné, du moins en ce qui concernait sa santé !

A cet instant même, Pierre entra dans la chambre. Son visage simiesque reflétait la perplexité.

— Monsieur cherchait-il quelque chose la nuit dernière ?

Lui adressant un coup d'œil quelque peu embrumé, Jason lui demanda d'un ton moqueur :

— Quand ? A 4 h 30 ce matin, lorsque je suis rentré ? Et quoi ?

— Je l'ignore. Mais les vêtements qui se trouvent dans la garde-robe de Monsieur ont été mis en désordre et les chaussures de Monsieur ne sont plus comme je les avais laissées.

Haussant les épaules, Jason commenta d'un ton léger :

— Il s'agit probablement de la fille de service qui s'occupe de l'appartement. Elle aura été incapable de résister à la curiosité.

— Dans ce cas, monsieur, elle a également fouillé les tiroirs du secrétaire ainsi que le bureau dans l'autre pièce, rétorqua Pierre avec aigreur.

— Que diable voulez-vous dire ? Comment le savez-vous ?

D'un air supérieur, Pierre répliqua avec calme :

— Quand j'ai remarqué ce matin le désordre des vêtements et des chaussures de Monsieur, je me suis permis de vérifier jusqu'où cette... cette fouineuse... avait été. De toute évidence, elle a tout regardé. Rien n'a été terriblement dérangé, mais suffisamment pour qu'on puisse dire que des objets ne sont pas à leur place habituelle.

— Eh bien, dites à la gosse que vous avez découvert son petit vice et que si la chose se reproduit, je la congédierai !

Sur ces paroles, Jason chassa l'incident de son esprit.

Moins d'une semaine plus tard, il assista à une vente aux enchères à Epsom Downs. Comme à l'habitude, Barrymore et Harris l'accompagnaient. En ce mois de février, l'Angleterre jouissait d'une température exceptionnellement clémente pour la saison. Il faisait beau ; néanmoins, des plaques de neige persistaient sur le sol. La vente avait attiré une véritable foule. Les trois amis erraient parmi les stalles et les bas-côtés encombrés, regardant au passage toutes sortes de chevaux qui allaient des poneys gallois, petits et vigoureux, aux chevaux de trait, gros, forts et majestueux. Et, naturellement, ce furent les pur-sang qui attirèrent Jason.

Une corde écarlate délimitait l'enceinte où l'on faisait parader les chevaux et d'où l'on passait les offres. Installé près du bord, Jason admirait une pouliche alezane à la robe particulièrement luisante lorsqu'il eut la désagréable sensation d'être observé. Tout d'abord, il ne s'en inquiéta pas ; cette impression persistant, poussé par une certaine curiosité, il jeta un coup d'œil sur la foule colorée et mouvante pour en découvrir la source. Mais son regard scrutateur ne s'arrêta sur personne en particulier. Haussant les épaules, il allait se retourner vers l'animal placé dans l'enceinte lorsqu'il aperçut une jeune femme élégamment vêtue, accompagnée d'un homme, qui fendait la foule dans sa direction. Au même instant, Barrymore laissa tomber du coin des lèvres :

— Mon ami, ne regarde pas maintenant ; mais voici venir la Markham accompagnée de Clive Pendleton.

Un sourire prudent sur le visage, Jason surveilla l'approche du couple en se demandant s'ils étaient ici par coïncidence ou à dessein.

Belle veuve d'environ vingt-cinq ans, Elizabeth Markham possédait une silhouette pleine d'énergie, mise en valeur ce jour-là par une robe à taille haute, en mousseline à fleurs lavande. Un chapeau de paille agrémenté d'un ruban en velours vert très large noué sous une oreille ainsi que des gants de chevreau d'un vert doux complétaient l'ensemble. Le père de cette riche aristocrate était Lord Tremayne, comte de Mount, titre dont il avait hérité moins d'une année auparavant à la mort de son frère Robert. Jason avait rencontré Elizabeth et ses parents lors d'un dîner qu'ils donnaient à Londres. Il y avait assisté avec Roxbury. Attiré vers Elizabeth par ses yeux marron qui pétillaient et ses cheveux qui, bien que n'étant pas franchement roux, brillaient aussi magnifiquement que le manteau soyeux de l'alezane dans l'enceinte, il s'était prêté à un flirt courtois avec la jeune femme ; flirt qu'il avait poussé au point de rechercher discrètement sa compagnie. Quelle satanée belle femme ! décida-t-il, et il remarqua que ses sens s'échauffaient ; un frisson de désir le parcourut à l'instant où elle lui sourit.

— Quel plaisir de vous revoir, Jason ! Il semble que nous nous rencontrions perpétuellement ces derniers temps. Avez-vous bien profité de votre chevauchée à Hyde Park, l'autre matin ? J'étais désolée de ne pouvoir vous accompagner mais, comme je vous l'ai expliqué, j'avais d'autres projets.

Plaçant une main gantée sur le bras de Jason, elle lui jeta un coup d'œil à travers ses longs cils rehaussés d'or en ajoutant avec coquetterie :

— J'espère que vous renouvellerez votre invitation.

Jason murmura une réponse polie. Elizabeth aurait été excessivement vexée de cette brève réplique si, simultanément, il ne lui avait lancé un coup d'œil langoureux. Devant ce regard suggestif, Elizabeth sentit son cœur battre plus vite dans sa poitrine. Jason Savage était assurément un bel animal ! se dit-elle avec satisfaction. Clive l'avait priée de se rendre agréable à Jason et cette demande ne serait pas si dure à exécuter, pensat-elle. Elle aimait la façon dont son manteau bordeaux foncé mettait en valeur son teint bronzé et ses larges épaules. Elle appréciait également la manière dont le pantalon fauve, coupé avec élégance, révélait ses longues jambes bien galbées.

Au même instant, elle leva les yeux et saisit le regard que l'Américain fixait sur elle. Les yeux de Jason s'attardaient délibérément et longuement sur sa poitrine, comme s'il était conscient de l'excitation que sa proximité éveillait en elle. Elizabeth reconnut que, même si Clive ne le lui avait pas suggéré, Jason l'aurait attirée ; il était son genre d'homme. Sa bouche large et mobile captivait irrésistiblement le regard de la jeune femme qui désira soudain se retrouver seule, pressée contre cet homme par le bras musclé qu'elle sentait sous sa main, sa bouche réclamant la sienne. Elle soupçonna Jason de deviner cette pensée car il lui adressa un sourire complice qui en disait long tout en la laissant dans l'incertitude.

Derrière elle, une toux impatiente l'obligea à regarder par-dessus son épaule l'homme qui l'escortait. Souriant gentiment, elle s'excusa :

— Pardonnez-moi ! Que vous devez me trouver grossière ! Puis-je vous présenter Clive Pendleton ?... Suis-je bête ! Vous l'avez rencontré à la réception de mon père, n'est-ce pas ? ajouta-t-elle après avoir mis brusquement une main sur sa bouche, geste qu'elle accompagna d'un rire mutin.

Jason répondit au salut de Pendleton. Il savait que ce dernier avait été capitaine dans l'armée avant son retour à la vie civile. Jason le croyait parent des Tremayne, ou presque, puisqu'il avait eu pour parrain Robert, le défunt frère de l'actuel comte. Jason ne se souciait pas de Pendleton et n'aimait pas la froideur de ses yeux gris ni ses traits fins mais sombres et sarcastiques.

« Une brebis galeuse ! Toutes les familles en ont une et celle des Tremayne ne fait pas exception à la règle », avait expliqué Barrymore à propos de Clive.

Jason inclinait à approuver cette déclaration révélatrice. Extérieurement, on ne pouvait rien reprocher à Clive ; ses vêtements étaient impeccables, adaptés à sa silhouette virile, ses manières agréables, et il paraissait vivre à la manière d'un membre de la société mondaine. Néanmoins, l'odeur vague des ruelles sombres et répugnantes semblait lui coller au corps, trahissant des rapports moins qu'honnêtes, pensait Jason.

Dissimulant son aversion, il sourit en tendant la main à Clive.

— Vous joindrez-vous tous deux à nous ?

Apparemment indécise, Elizabeth se chargea de la réponse :

— Oh ! Je ne le pense pas. En vérité, nous partions faire un tour à cheval. Nous ne pouvons pas rester.

Après avoir murmuré des salutations de politesse, Barrymore et Harris tournèrent délibérément le dos et manifestèrent un intérêt soudain pour les enchères. Jason aurait aimé les imiter. En effet, l'idée de courtiser Elizabeth lui était plutôt agréable, mais son esprit était actuellement attiré vers l'enceinte et ce qui s'y passait. Cependant, contrairement à ses amis, il ne pouvait s'éloigner immédiatement — en particulier parce que la main d'Elizabeth reposait toujours sur son bras. Souriant à la jeune femme, il lui mentit :

— Quel dommage que nous ne puissions vous convaincre de demeurer avec nous ! Mais nous nous rencontrerons peut-être au bal que donne votre mère à la fin de la semaine prochaine ? J'espère que vous me réserverez une ou deux danses.

— Oh, oui, naturellement... Freddy, Tom et vous viendrez-vous au bal ? interrogea-t-elle d'un ton déterminé car l'attitude de Barrymore et d'Harris l'irritait : ils l'ignoraient !

— Eh ? prononça Tom, surpris qu'Elizabeth lui ait posé une question.

Alors, Barrymore répondit à la jeune femme :

— Avec regret, c'est non. Tom et moi partons demain

pour le Leicestershire. Je possède là-bas un pavillon de chasse, vous savez. Nous espérons y passer une quinzaine de jours à chasser avant de rejoindre les invités réunis chez les Brownleigh en mars.

— Oh, comme c'est agréable! mentit Elizabeth. Nous nous reverrons donc à Melton Mowbray car nous nous y rendrons également, mes parents, Clive et moi.

Puis, les yeux posés sur Jason, elle s'enquit :

— Envisagez-vous d'y aller ?

— Oui. Bien que je connaisse peu les Brownleigh, Tom et Freddy se sont arrangés pour m'obtenir une invitation. Je logerai dans une auberge proche de chez eux, afin de ne pas les déranger plus que nécessaire. Laetitia Brownleigh m'a assuré que ma présence ne les gênerait aucunement ; néanmoins, je me considère comme un invité de la dernière heure, alors...

— Oh! s'exclama Elizabeth.

Par là, elle manifestait son total désappointement : il ne serait pas aussi disponible qu'elle l'aurait aimé.

Jason posa sa main sur la main gantée aux doigts fuselés qui reposait toujours sur son bras et affirma doucement :

— Ne craignez rien ; vous me verrez cependant beaucoup... J'aimerais aussi acheter quelques chevaux de plus — principalement en vue de les revendre à La Nouvelle-Orléans ; en descendant à l'auberge, je pourrai concilier travail et plaisir... Je ne pense pas que les Brownleigh apprécieraient que je profite de leur hospitalité pour traiter des affaires personnelles, ajouta-t-il en souriant.

Arrachant son regard des chevaux réunis dans l'enceinte, Barrymore lança par-dessus son épaule :

— Un sacré marchand de chevaux, voilà ce qu'il est !

Clive Pendleton demeurait tranquillement aux côtés d'Elizabeth, apparemment impassible devant l'intérêt indiscutable que la jeune femme témoignait à un autre homme. Pourtant, il expliqua brusquement :

— Eh bien ! Je suis certain que vous trouverez près de Melton Mowbray plusieurs fermes où vous devriez pouvoir acheter sans peine tout ce que vous désirez en matière de chevaux.

Comme frappé par une idée subite, Tom s'exclama soudain :

— Melton Mowbray !... Votre cousine habite près de là-bas, n'est-ce pas ? Elle y vit très paisiblement avec sa mère ? interrogea-t-il après avoir regardé Elizabeth.

La jeune femme approuva de la tête. Mais comme la question lui déplaisait, elle répondit sèchement :

— En effet. Le décès de mon oncle datant de moins d'un an, Rachel et elle poursuivent encore leur année de deuil.

Elle aurait préféré changer de sujet, mais Harris sembla s'intéresser de façon inattendue à cette discussion :

— Intéressante petite personne que votre cousine Catherine.

— Oh ! Comment le savez-vous, Harris ? s'enquit Clive avec curiosité.

— Elle allait en classe avec ma sœur Amanda. J'avais l'habitude de les emmener en ville à Bath où je leur achetais des gâteaux à la crème.

— Je vois. Cela a dû vous être très agréable ! affirma Clive d'un ton qui insinuait tout juste le contraire.

Sentant qu'on avait assez parlé de Catherine, l'absente, il éleva la voix pour qu'on l'entendît par-dessus le bruit de la foule et demanda :

— Vous verrai-je tous les trois ce soir, au *White* ?

— Non. Nous allons passer une soirée de célibataires chez Freddy. Nous jouerons aux cartes et sabrerons au moins le col d'une bouteille pour fêter correctement le départ de Freddy et de Tom... Aimeriez-vous vous joindre à nous ? ajouta poliment Jason.

Clive les surprit en acceptant.

— Merci. Cela me plairait. Freddy, vous me donnerez l'heure et l'adresse.

Quelques minutes plus tard, après le départ de Clive et d'Elizabeth, Freddy se tourna vers Jason en grommelant :

— Pourquoi diable as-tu dit cela ? Ce lécheur de bottes à l'air sournois gâchera toute la soirée.

— Qu'aurais-je pu faire d'autre ? Je ne m'attendais certes pas à ce qu'il acquiesçât, répliqua Jason avec sincérité.

— Eh bien, zut ! il l'a fait ! Et maintenant nous l'avons sur le dos pour toute la nuit ! se plaignit Freddy.

Jason haussa les épaules puis changea de sujet en demandant à Tom :

— Passerai-je te prendre, ce soir ?

Comme Jason aimait beaucoup marcher, Tom s'informa d'un ton soupçonneux :

— Tu viendras à pied, ou à cheval ?

Souriant, Jason déclara :

— Tom ! Freddy habite tout près ! Et si le temps se maintient, nous aurons une belle soirée. Je marcherai donc. M'accompagneras-tu ?

A ce moment, Tom secoua la tête. Jason eut une nouvelle fois cette sensation étrange que quelqu'un derrière lui dans la foule le regardait ou écoutait attentivement leur conversation. Il pivota rapidement ; mais, apparemment, personne ne s'intéressait à eux.

— Que diable se passe-t-il ? interrogea Barrymore avec irritation.

— Désolé. Je voulais demander quelque chose à Elizabeth, mais je ne la vois nulle part, expliqua Jason en guise d'excuse.

— Tant mieux ! Je te préviens, Jason : prends garde à cette vaurienne. Elle joue serré et jusque-là elle n'a jamais été directement impliquée dans un scandale. Mais d'ici peu elle causera sa propre perte. Reste fidèle aux pourvoyeuses de Covent Garden pour tes divertissements et laisse cette petite grue trouver quelqu'un d'autre à flouer, l'avertit Barrymore.

— Mon ami, je ne suis pas aussi novice que tu sembles l'imaginer ! Depuis quelques années maintenant, je manipule mes mésalliances avec aise...

Tom l'interrompit en affirmant, sur le ton de la condamnation :

— Le fait est qu'elle joue ! Elle est venue à bout de la propriété de son mari en une année. Son père dut honorer ses dettes et lui demanda de regagner sa maison. On raconte volontiers qu'elle cherche un riche mari !

Dissimulant une pointe d'amusement, Jason assura avec gravité :

— Croyez-moi : je prendrai toute précaution nécessaire pour ne pas me retrouver devant M. le Curé avec une femme comme Elizabeth Markham.

Non satisfait par cette réponse, Barrymore conclut :

— Tu ferais mieux de prendre garde, Jason. Il est clair que tu l'attires — toi et ton argent.

Au même moment, Clive disait quelque chose d'identique à Elizabeth. Ils rentraient à Londres dans son tilbury. Clive ne fit aucun effort pour cacher son mécontentement.

— Il t'attire, n'est-ce pas ? Il suffisait de voir tes yeux grands ouverts et ta bouche en cul de poule ! railla-t-il.

Le regard plein de colère, Elizabeth lui rétorqua vivement :

— Qu'aurais-je dû faire d'autre ? Tu m'as dit de lui être agréable. Si tu veux que je découvre quelque chose pour toi, laisse-moi agir à ma guise ! Il n'a sûrement pas remarqué mes yeux ronds ni ma bouche en cul de poule. Il fut un temps où tu les trouvais attrayants... Mais c'est sa réaction qui m'intéresse — pas la tienne !

Les lèvres minces de Clive frémirent lorsqu'il répliqua, mauvais :

— Tu ferais bien de te soucier de moi aussi, ma chère... Je paie tes factures, souviens-t'en. A ce propos :

combien as-tu perdu chez Mrs Everett ? Cinq cents...
mille ?

— Plus, avoua Elizabeth d'un air boudeur.

— C'est ce que je pensais. Ton père va-t-il te couvrir ?

— Tu sais bien que non. Clive, ne sois pas mesquin !
Si je ne paie pas mes dettes, il m'enverra à la campagne,
à Mountacre. Rappelle-toi la scène qu'il a faite lorsqu'il
a réglé mes dettes, la dernière fois. Je ne supporterai
pas de la subir à nouveau. Et je mourrais si je devais rester à la campagne, loin de l'agitation de Londres. Dieu,
comme je hais Mountacre ! s'écria Elizabeth d'une voix
venimeuse.

Puis, son ton se radoucit et elle plaida :

— S'il te plaît, ne sois pas méchant. Je ne t'ai jamais
déçu jusqu'à présent, n'est-ce pas ?

— Non. Et veille à ne pas le faire... Tiens. Prends ça.
De quoi te satisfaire pour l'instant. Mais rappelle-toi : je
veux savoir ce que trame Savage ! menaça Clive tout en
tendant à la jeune femme une bourse en cuir de bonne
taille, renflée de pièces d'or, qu'il venait de retirer de
son gousset.

Fronçant les sourcils, Elizabeth s'enquit :

— Qu'est-ce qui te pousse à croire qu'il manigance
quelque chose ? Depuis son arrivée, il s'est contenté
d'acheter des chevaux.

Clive sourit, cynique.

— Pas tout à fait. Il s'est rendu, extrêmement vite,
chez Rufus King. Et depuis lors, ce vieux renard intelligent (si jamais cette sorte de bête existe) de Roxbury a
organisé au moins un dîner intime réunissant uniquement autour de lui King et Savage. Je donnerais beaucoup pour savoir de quoi ils ont parlé ! Mon instinct me
dit qu'il se combine quelque chose que Napoléon payerait cher pour connaître. Et, comme tu le sais, je vis
d'expédients — ce qui me permet également, ajouterai-
je, de récompenser généreusement les bribes de conver-

sation que tu me rapportes. Il faudra t'en souvenir et essayer avec encore un peu plus d'efficacité de capter l'intérêt de Savage — mais pas au point que tout le monde le sache.

— Oh, très bien. Mais je pense que tu as tort. Savage ne sait sans doute rien.

— Tu as peut-être raison : je peux me tromper et ce ne serait pas la première fois. Mais il n'est jamais prudent de dédaigner une source d'information quelle qu'elle soit et j'aimerais en apprendre davantage sur Savage avant de le classer parmi les inoffensifs.

Ils conversèrent encore un moment. Finalement, Elizabeth lança d'un ton persifleur :

— Tu prétends que mon attitude avec Jason était claire. Mais toi, n'étais-tu pas sur le point d'étrangler Tom Harris lorsqu'il a fait allusion à Catherine ?

— Pas du tout. Je voulais savoir où il l'avait rencontrée — et je l'ai découvert.

— As-tu des espérances dans cette direction, Clive ?... Dans ce cas, elles sont vouées à l'échec, tu sais. Catherine, Tamara ou tout autre nom sous lequel ces gitans répugnants l'appelaient, ne supporte pas ta vue, ajouta Elizabeth avec suffisance sans avoir pris la peine d'attendre que Clive réponde à sa première question posée d'un ton malicieux.

Les mains de Clive se resserrèrent sur les rênes ; ce geste prouva que la flèche d'Elizabeth avait porté. Gardant en apparence son calme, il tenta de s'expliquer :

— Mon penchant pour Catherine n'a rien à voir avec le mariage. Rachel me trouve acceptable et je suis absolument certain de pouvoir rallier Catherine, d'une façon ou d'une autre. En cas d'impossibilité, je veillerai à ce que personne d'autre ne l'épouse. On ne me lésera pas une seconde fois d'une fortune !

Ces mots engendrèrent visiblement chez Elizabeth le sentiment d'être maltraitée car elle s'écria, en colère :

— Ce testament est abominable et infâme ! Qui aurait

pu supposer que mon père n'hériterait que de si peu de choses : du titre et de Mountacre ! Et voilà que maintenant cette gosse gitane, pitoyable et malheureuse, possède tout le reste : les propriétés du Leicestershire et une fortune en sus ! Pourquoi l'oncle Robert ne m'at-il rien légué ? Dieu sait qu'il était suffisamment riche ! Et toi, son filleul, il t'ignore également. Que n'aurais-je pas fait avec un souvenir de lui, si minime soit-il !... Nous formons une triste paire, Clive ! Nous avons attendu toutes ces années un généreux héritage et puis cette misérable vieille gitane a ramené Catherine et Adam. J'aimerais tordre son cou décharné !

Impassible, Clive ne répondit pas à l'explosion amère d'Elizabeth. Celle-ci se demanda alors à quel point exactement le retour dans la famille de Catherine Tremayne et de son demi-frère l'avait blessé. Jusqu'à cette date, Clive avait représenté l'héritier présomptif de la fortune qu'une môme gitane aux yeux violets et à la crinière noire lui avait usurpée ! Quelle gifle pour lui ! Elizabeth avait également souffert car elle avait été la préférée de son oncle, situation pour laquelle elle avait travaillé très durement. Mais Catherine était ensuite revenue ! La colère la reprenait chaque fois qu'elle pensait aux richesses qui auraient pu être les siennes si Catherine était restée chez les gitans.

— Même Adam s'en est tiré mieux que nous. Au moins, Robert lui a carrément transféré par acte ses terres près de Natchez, reprit Elizabeth avec mélancolie.

— Une petite fortune également, ne l'oublie pas, rétorqua Clive d'un ton sec en regardant la jeune femme.

— C'est ce qui t'ennuie vraiment, n'est-ce pas Clive ? Que Robert ait veillé à l'avenir d'Adam et t'ait ignoré. Il aurait pu tout aussi bien te léguer la propriété de Natchez.

— Ma chère, ce que mon défunt parrain a fait de son

argent, je ne m'en soucie guère. J'admets avoir été déçu de la réapparition soudaine de Catherine, après tant d'années. Mais dès cet instant-là et jusqu'à la mort de Robert l'an dernier, j'ai eu tout le temps de m'habituer à cette idée. Et comme j'envisage d'épouser Catherine, mes plans ne sont que très légèrement différés.

— Et moi ? réclama Elizabeth avec colère.

— Je veillerai naturellement à ce que tu sois bien traitée — pourvu que tu agisses comme je te l'ai indiqué.

— Par exemple : me prostituer pour découvrir des renseignements ? s'enquit-elle d'un ton glacial.

— Exactement, ma chère. C'est un rôle que tu remplis admirablement.

Elizabeth poussa un cri outragé qui mit fin à leur conversation. Clive la quitta à Grosvenor Square où se trouvait la résidence du comte de Mount. De très mauvaise humeur, la jeune femme passa la soirée à envisager — et à les abandonner aussitôt — plusieurs horribles méthodes pour se débarrasser de Clive.

Pendant ce temps-là, Clive jouait aux cartes avec Jason, Barrymore et Tom Harris dans l'appartement de Freddy. Malgré les craintes de ce dernier, la soirée se déroula plutôt bien. Mais elle aurait pu être meilleure sans la présence de Pendleton. Le petit groupe se sépara après trois heures du matin. Complètement ivre, Harris resta dormir chez Barrymore. Avec beaucoup de tact, Clive partit le premier. Freddy et Jason parlèrent ensuite quelques minutes, puis Jason souhaita à son ami un agréable voyage dans la matinée, en espérant pour lui qu'Harris n'aurait pas trop mal à la tête. En le quittant, Jason promit de les retrouver chez les Brownleigh en mars.

La nuit était agréable. Comme prévu, Jason rentra à pied chez lui, en flânant en direction de St James's Street. Les réverbères jetaient des taches de lumière dorée, ici et là, le long des rues étroites et vides qu'il parcourait. A mi-chemin environ, un léger mouvement, près d'une allée sombre qui donnait sur la rue, attira son attention. Comme il n'en était éloigné que de quelques mètres, Jason ralentit et jeta prudemment un coup d'œil dans la ruelle déserte. Il n'était pas armé et jura tout bas. Il regrettait l'absence du couteau qu'il portait habituellement sur lui aux Etats-Unis, caché sous ses vêtements. Il n'avait qu'une canne qui lui serait de faible utilité si, comme il le soupçonnait, un attaquant se dissimulait là-bas dans l'ombre. Il envisagea de revenir sur ses pas, mais les deux silhouettes qui surgirent de l'allée le devancèrent. Un des assaillants se plaça de façon à lui couper la retraite. La main de Jason monta jusqu'à l'agrafe de son manteau. En la défaisant soigneusement, il sourit amèrement en lui-même car un manteau et une canne ne représentaient pas pour lui les armes appropriées pour affronter les gourdins que les deux autres portaient vraisemblablement.

Tels des loups, ils le bloquèrent. Mais sa taille les faisait hésiter. Selon son habitude, Jason frappa le premier. Enlevant lestement son manteau, il le jeta avec précision sur celui qui se tenait en face de lui, se rapprocha ensuite promptement et abattit sa main d'un mouvement de couperet qui cassa presque le cou de l'homme. Au même moment, il leva son genou et l'enfonça profondément dans l'aine de l'agresseur qui se plia en deux sur le pavé. L'abandonnant, Jason tournoya sur lui-même, telle une panthère, et intercepta de sa canne le gourdin que l'autre homme levait. La canne vola en éclats mais cela donna à Jason le temps suffisant pour se saisir du gourdin de celui qui gisait à terre. Armé et prêt à combattre, il fit face. L'attaquant restant sur pied n'avait pas assez d'estomac pour continuer la lutte. Après un regard étonné en direction de Jason, il dévala la rue. Jason se retourna vers son premier assaillant et ne fut pas surpris de constater qu'il s'était également enfui et filait le long de la rue comme un crabe blessé. Jason demeura immobile une minute et respira profondément. Puis, il sentit au fond de lui qu'une troisième personne se tenait encore dans l'ombre de l'allée. Il hésita plusieurs secondes avant de jeter un regard pénétrant dans l'obscurité et de décider de ne pas poursuivre l'affaire. Il n'était pas assez fou ! Il ramassa alors son manteau, garda une main d'acier nouée autour du gourdin et reprit sa marche vers sa garçonnière.

Une fois à son appartement, il renvoya Pierre pour la nuit. Arrivé dans sa chambre à coucher, il enleva ses vêtements qu'il laissa en tas puis se jeta sur son lit. Le sommeil ne vint pas, mais il s'y attendait.

Il profita de ce temps de réflexion pour faire la part des choses : sans exagération, il pouvait mettre la fouille de sa garçonnière sur le compte d'une servante chapardeuse. Quant à l'incident de la soirée, pourquoi ne pas l'imputer aux risques que l'on courait à circuler dans Londres la nuit ? Mais, pour une raison qu'il s'expliquait difficilement, Jason doutait que ces deux événements se résumassent à des coïncidences. Pendleton se cachait-il derrière tout cela ? Clive s'intéressait manifestement à ses faits et gestes. Mais de là à l'attaquer — dans quel but ? Voilà où résidait l'énigme. Pourquoi l'agression de cette nuit ? A moins qu'elle n'ait eu lieu pour une raison évidente : des voleurs en quête d'une proie facile. Peut-être !...

Jason ne dormit pas bien et s'éveilla l'esprit hargneux. Son humeur ne s'améliora pas quand son oncle arriva avant même qu'il ait terminé de s'habiller. Il était inhabituel que Roxbury vînt lui rendre visite, aussi Jason le regarda-t-il avec une certaine prudence, par-dessus la table du petit déjeuner.

Le duc portait un costume en beau drap bleu, qui convenait à ses larges épaules, ainsi qu'une cravate d'un blanc immaculé, nouée de façon compliquée. Tel quel, il présentait le parfait tableau du gentleman oisif.

Comme le duc ne faisait aucun effort pour parler, se contentant de regarder autour de lui avec intérêt, Jason se sentit obligé de l'interroger :

— Y a-t-il une raison pour que vous veniez me rendre visite de si bonne heure ?

— Non, mon cher garçon. J'étais dans le voisinage, ce qui m'a incité à m'arrêter ici. Comment vas-tu ces temps-ci ?

— Bien.

— Oh ? Pas mieux ? Raconte-moi maintenant. T'es-tu bien amusé ? questionna le duc d'un air innocent.

Jason le regarda pensivement. Roxbury savait-il ce qui s'était passé la nuit dernière ? Si oui, comment diable l'avait-il appris si vite ? Sirotant une tasse de café que Pierre venait de lui verser, Jason expliqua d'un ton catégorique :

— Je me suis très bien diverti. Barrymore et Harris m'ont gentiment introduit dans tous les repaires du vice, à Londres. Je me suis même arrangé pour en découvrir certains qu'ils ignoraient totalement. Je dois admettre pourtant que ma soirée d'hier fut plutôt insipide. J'ai joué aux cartes chez Barrymore avec lui, Harris et Clive Pendleton, jusqu'aux toutes premières heures de la matinée. Est-ce ce que vous vouliez savoir ?

— Jason, Pendleton est-il un de tes amis intimes ? demanda le duc en fronçant les sourcils.

Jason se renversa dans sa chaise et admit :

— Non. Je dirais plutôt que lui et Elizabeth Markham sont arrivés au moment où je les attendais le moins. Clive semble vouloir devenir un de mes familiers — pour une raison que je ne comprends pas.

Roxbury hésita. Puis, comme s'il prenait une décision, il trancha :

— Au point où nous en sommes, je crois important que tu aies une idée la plus complète possible de Clive

Pendleton. Ce n'est pas seulement un parasite de la société qui se nourrit de scandales savoureux. Capitaine dans l'armée, il la quitta il y a deux ans en revendant sa commission. Pour être précis, je dirai qu'on lui a demandé de le faire. Nous nous sommes intéressés à lui pour la première fois durant la période où il était encore en service. L'armée utilisait à l'époque son unique faculté : il peut examiner un document, ou toute autre chose, en quelques secondes et le répéter mot pour mot des jours ou des mois plus tard ! Il s'est révélé inestimable derrière les lignes de Napoléon jusqu'au jour où il s'est malheureusement mis à vendre au plus offrant les renseignements qu'il rassemblait. Attitude très antipatriotique ! On ne prouva jamais rien, mais on lui conseilla de vendre sa commission et de retourner à la vie civile, ce qu'il fit. Il n'arrêta pas pour autant ses autres activités. Tout comme à l'armée, nous n'avons pu le prendre en faute jusqu'à présent. Il est très rusé et on ne peut arrêter un homme uniquement parce qu'on l'a vu en compagnie d'agents français connus.

Un sifflement échappa à Jason. Ses yeux verts soudain en alerte, il suggéra lentement :

— Ainsi, selon vous, Pendleton me considérerait comme une source possible de renseignements à vendre ? Ce qui expliquerait son intérêt à mon égard ?

Le duc approuva de la tête.

— C'est très probable. Et je tenais à t'avertir. Sois prudent. Pendleton est un mauvais coucheur. Je ferais n'importe quoi pour le pincer.

— Je vois. Je prendrai votre avertissement à cœur, mon oncle, mais je ne crois pas qu'il obtienne quelque chose de moi.

— Moi non plus... si tu as un secret !

Refusant de se laisser provoquer par le regard railleur de son oncle, Jason sourit. Les deux hommes bavardèrent quelques minutes encore puis le duc s'en fut.

Barrymore et Harris partis pour la campagne, Jason trouva que la semaine avait tendance à traîner en longueur. D'habitude, l'idée d'un bal ne le remplissait pas de joie, mais, cette fois-ci, il se mit à attendre avec impatience sa prochaine rencontre avec Elizabeth. Il devait la revoir le vendredi, au cours de la réception de sa mère. Il serait amusant d'observer son travail de séduction. De même, il était curieux de voir comment Clive s'arrangerait pour glaner des renseignements de sa part.

Le vendredi matin arriva et Jason accompagna son oncle lors de sa promenade à cheval à Hyde Park. C'était l'heure à la mode, onze heures. Au cours de leur chevauchée, ils rencontrèrent Clive Pendleton. Mais ce dernier se comporta très fraîchement à leur égard : il se contenta d'effleurer son chapeau avant de poursuivre son chemin. Jason échangea un coup d'œil avec son oncle et le duc haussa les épaules.

— L'as-tu sérieusement battu au jeu chez Barrymore, l'autre nuit ?

— Non. Je ne pense pas qu'il s'agisse de cela. Il a probablement changé de tactique — et me laisse à la tendre merci d'Elizabeth. Je me demande si c'est chez elle qu'il se rendait ? réfléchit tout haut Jason.

Clive allait en effet chez Elizabeth. Malgré leur discussion du début de la semaine, ils étaient convenus de se rencontrer le matin du bal donné par la mère d'Elizabeth. Clive arriva chez le comte de Mount pour trouver la jeune femme en rage. Il eut tout juste le temps d'entrer dans le petit salon. Sitôt la jeune servante partie, Elizabeth explosa :

— Cette fichue môme gitane et sa mère sont ici — elles sont arrivées la nuit dernière !

3

Au même moment, dans une chambre à coucher à l'étage, par une fenêtre étroite, Catherine Tremayne fixait Grosvenor Square d'un air triste. Avec une sorte de rancune, elle jetait des regards furieux à la rue pavée ainsi qu'aux élégantes maisons citadines qui bordaient la place, en pensant avec nostalgie à ses prairies vertes et paisibles du Leicestershire. Elle continuait à préférer la vie à la campagne au remue-ménage de la ville ; à cet égard, elle n'avait pas beaucoup changé, ces six dernières années. Cependant, il existait une grande différence entre l'enfant sauvage et mal peignée de jadis et cette jeune femme qui portait une robe à taille haute en mousseline lavande, ses mèches noires indisciplinées capturées dans un élégant bandeau de tresses. Mais les transformations concernaient principalement l'aspect extérieur : elle s'habillait comme l'exigeait sa position de fille d'une vieille famille noble ; lorsqu'elle ne pouvait y échapper, elle savait servir le thé et converser intelligemment et poliment avec une douairière hautaine. Rien dans son attitude, dans sa manière de s'exprimer ou dans sa conduite ne rappelait l'histoire de sa prime enfance. Mais au fond d'elle-même, Catherine ressemblait encore beaucoup à cette « môme gitane » qui suscitait les invectives d'Elizabeth.

Les trimestres qu'on l'avait forcée à passer dans une école de jeunes filles, stricte et de bon ton, n'avaient pas non plus réussi à vaincre sa nature volontaire et la soif de liberté insouciante qu'elle avait connue pendant ses années parmi les gitans. Au rappel du pensionnat pour jeunes filles de Mrs Siddon, sa bouche frémit et une lueur perça dans ses grands yeux violets. Dieu, comme elle l'avait haï ! Elle sentit à nouveau la rébellion qui l'avait submergée cet horrible matin où Reina les avait poussés violemment devant le comte dédaigneux — le comte, son père. Une nouvelle fois, elle éprouva le ressentiment et la fureur qui avaient été les siens lorsqu'on l'avait arrachée à la vie aventureuse et plaisante d'une gitane pour la plonger au sein d'une famille aristocratique. Etroitement attachés l'un à l'autre, Adam et elle s'étaient mutuellement réconfortés, unis contre ces gens étranges qui leur demandaient de faire les choses les plus bizarres — comme de se laver et de porter des chaussures. Au souvenir de toutes ces vieilles blessures et de la confusion qui régnait dans son esprit à l'époque, Catherine secoua tristement la tête. Pour la centième fois, elle regrettait qu'on l'ait empêchée de rester une gitane inconnue et mal peignée. Il lui était presque impossible de ne pas combattre fréquemment les chaînes qui la liaient aux Tremayne.

Dieu merci, leur vraie mère, Rachel, était une femme de grand tact, se réjouit soudain Catherine. Lady Tremayne avait su maîtriser les désirs de son cœur aimant et s'était refusée à couvrir ses enfants d'une dose excessive d'amour maternel. Telles les créatures sauvages des forêts auxquelles ils ressemblaient, Rachel les avait laissés faire leurs premières découvertes de l'amitié. Catherine s'était profondément méfiée de cette jeune femme qui sentait bon et qui était supposée prendre la place de Reina dans son cœur ; sa mère s'était abstenue de lui manifester ouvertement son amour, ce qui avait amèrement irrité l'enfant. Mais le temps avait émoussé ses premières aversions et Catherine avait découvert avec énormément de surprise qu'elle chérissait sa mère. « Rachel appartient à cette catégorie de personnes que l'on ne peut s'empêcher d'aimer », songea-t-elle, amusée.

Dans son dos, sa mère gémit faiblement. En silence, Catherine traversa rapidement la pièce pour s'approcher du lit drapé de soie sur lequel gisait Rachel. En contemplant avec affliction la mâchoire enflée de sa mère, la jeune fille demanda :

— Que puis-je faire pour vous ? Voulez-vous que je baigne votre front avec de l'eau de rose ? Cela vous soulagera-t-il ?

Rachel Tremayne était une femme mince, aux yeux d'un bleu brillant dans un visage exceptionnellement gracieux. Elle semblait être la sœur de Catherine plutôt que sa mère, en partie grâce à ses cheveux du même brun que ceux de sa fille et qu'aucun fil d'argent ne parsemait encore. Pour l'instant, elle se remettait des suites, assez douloureuses, de l'extraction d'une dent malade effectuée le matin même.

Souriant faiblement à Catherine, Rachel lui affirma :

— Non, ma chérie, laisse-moi simplement me reposer et tout à l'heure je pourrai peut-être avaler un peu de cet excellent potage préparé par Mrs Barrows. Tu ne devrais pas rester ici, tu sais ? Sors, profite de notre venue impromptue. Pourquoi ne rends-tu pas visite à Amanda Harris ? Je suis certaine qu'elle sera ravie de te voir.

Catherine haussa les épaules.

— Non. Amanda a peut-être d'autres projets et, en outre, notre séjour va être si court que j'aimerais autant ne voir personne. Après tout, nous ne sommes pas venues pour nous amuser.

Rachel approuva tristement.

— Certes. Mais puisque nous sommes là, pourquoi ne pas en jouir ? Peut-être préférerais-tu prendre le thé cet après-midi avec ta tante ? Cela te sortirait au moins de cette chambre, ajouta-t-elle.

Un gémissement, qui ne convenait décidément pas à une personne bien née, accueillit ces paroles.

— J'aime mieux rester ici avec vous plutôt que d'écouter ma tante babiller sur le bal de ce soir. D'autant qu'avec son habileté coutumière elle s'arrangera pour rapporter à tous combien notre arrivée tombe mal ! Croit-elle que vous avez prémédité ce fâcheux mal de dents ? s'indigna Catherine.

Devant l'emportement de sa fille, Rachel poussa un faible soupir de détresse. Elles avaient entrepris leur voyage précipité à Londres à cause de cette dent enflammée qui la torturait. Malgré leurs rapports tendus depuis un certain temps, elle avait espéré que sa belle-sœur Ceci, maintenant comtesse de Mount, aurait accepté de fermer les yeux sur leurs différends passés. Malheureusement, elles étaient arrivées la veille du premier bal de l'année que donnait Ceci. Submergée par les préparatifs, elle avait été contrariée par leur venue, en dépit du motif invoqué.

Au fil des années, Rachel avait très réellement essayé de maintenir des relations agréables avec Ceci, mais la nature froide et égoïste de cette dernière avait rendu la chose impossible. Leurs rapports étaient devenus encore plus tendus lorsque Ceci avait compris que son mari, Edward, n'héritait de son frère que peu de chose à part le titre et Mountacre. Elle avait éprouvé un choc désagréable en découvrant que la richesse qu'elle convoitait depuis longtemps n'entrait pas automatiquement dans l'héritage — et Elizabeth, sa fille aînée, en avait également été furieuse !

La lecture du testament avait été de bout en bout totalement déplaisante. Et lorsqu'on avait lu à haute voix la clause stipulant que les gitans auraient le droit de camper dans une grande prairie près de Hunter's Hill, sur la propriété du Leicestershire, Elizabeth n'avait pu dissimuler plus longtemps son dépit. Elle avait fait preuve d'une amère franchise, sans tenir compte de son père qui, embarrassé, avait tenté de calmer ses déclarations ridicules et extravagantes. D'abord étonnée par la réaction de sa cousine, Catherine s'était soudain révoltée et avait expliqué en termes précis qu'elle n'était qu'une sotte créature. Incapable d'accepter cet outrage, Ceci avait sérieusement réprimandé sa nièce. De son côté, Clive avait défendu Catherine sans enthousiasme. Rachel et Edward avaient alors vainement essayé de mettre fin à cette déplorable scène. Aucun n'oublia de sitôt ce détestable épisode.

Inutile de dire que des rapports pénibles persistaient entre eux, et les mois écoulés ne les avaient aucunement améliorés. Tuteur de Catherine, Edward aimait sincèrement sa nièce qu'il voyait de temps à autre ainsi que sa mère. Mais, en général, les familles communiquaient peu entre elles.

Heureusement, Rachel et Catherine préféraient mener une vie retirée et calme à Hunter's Hill, où le défunt comte avait fondé un grand haras. Quelques années auparavant, lorsque Catherine avait montré un intérêt pour l'élevage des pur-sang, son père avait immédiatement délaissé Mountacre pour s'installer avec sa famille à Hunter's Hill, près de Melton Mowbray, dans l'élégant château de style Tudor.

Après la mort du comte, survenue lors d'un accident de cheval moins d'un an auparavant, Rachel et Catherine décidèrent de continuer à vivre dans la demeure qu'elles avaient fini par aimer. Elles quittaient rarement la région, n'ayant aucune envie de se mêler à la société mondaine, si importante aux yeux de Ceci et d'Elizabeth. En outre, il était hors de question qu'elles assistassent à un divertissement avant l'achèvement de leur année de deuil. Cependant, Rachel pensait depuis quelque temps qu'il lui faudrait bientôt présenter sa fille et l'inciter à apprécier sa première saison.

Catherine ne s'intéressait à aucune des occupations propres à toute jeune fille du monde, ce qui troublait Lady Tremayne. A dix-huit ans, elle préférait toujours nettoyer les écuries, faire travailler ses chevaux bien-aimés, ou errer familièrement à travers le campement gitan. L'éventualité d'un voyage à Londres n'éveillait chez elle aucune émotion. Elle se comportait pareillement à propos des jeunes gens : elle n'en connaissait que quelques-uns et semblait parfaitement heureuse de la façon dont les choses se déroulaient.

Récemment, Rachel avait émis l'idée d'aller vivre une saison à Londres, et, sur le ton de l'étonnement le plus absolu, Catherine lui avait demandé :

— A Londres ? Pour quelle raison ?

Déconcertée, ne sachant que répondre, Rachel avait arrêté là la discussion. Mais, sans se soucier de l'échec de sa tentative, elle avait fermement décidé que Catherine devrait abandonner les activités qui l'intéressaient, indignes d'une jeune fille, pour tenir sa place dans le beau monde — et y trouver un mari. Elle ne pourrait pas s'enterrer éternellement à la campagne avec pour seuls compagnons des garçons d'écurie et des gitans.

A la pensée des gitans, Rachel fronça les sourcils. Comme tous les autres, elle avait été surprise d'entendre que Robert avait introduit dans son testament cette clause supplémentaire les concernant. D'autant que la première réaction de son mari envers Reina avait été de la faire jeter dans un cachot. Il ne s'était laissé fléchir qu'après des arguments, des larmes et des silences de glace de la part de Catherine. Dans un éclair de compréhension, il avait compris qu'en punissant Reina et les gitans il allait créer une barrière supplémentaire entre lui et son unique enfant. A contrecœur, il avait autorisé les deux adolescents et les gitans à se voir. Cela ne lui plaisait certes pas, mais au moins sa fille ne lui jetterait-elle plus de regards furieux, comme s'il était son ennemi mortel ! Ceci expliquait sans doute, et fort justement, pourquoi Robert s'était arrangé pour que, même après sa mort, Catherine ne fût pas arrachée à ses gitans, pensa tristement Rachel. Incapable d'extérioriser ses sentiments, cet homme distant et froid avait cependant essayé, par de nombreux actes de bonté, de prouver à sa fille combien il l'adorait. Si seulement il avait tenté la même chose avec elle ! Leur mariage aurait été beaucoup plus heureux, songea amèrement Rachel.

Avec détermination, elle chassa ces pensées mélancoliques pour observer sa fille qui arpentait la pièce. La jeune fille offrait un éclatant contraste avec les murs crème et le tapis d'un gris délicat ; sa marche incessante rappelait à Rachel celle d'une lionne en cage. Catherine était un être vibrant, toujours occupé, et l'inaction prolongée semblait l'affecter. Il avait peut-être été cruel de la livrer à la bonne éducation du pensionnat de Mrs Siddon. Des endroits tels que celui-ci ressemblaient souvent à des prisons et, pour la première fois, Rachel sentit pleinement l'épreuve traumatisante que Catherine avait traversée pour s'adapter à une société complètement différente de celle dans laquelle elle avait vécu les toutes premières années de son existence. Mais la jeune fille s'en était bien sortie, pensa-t-elle avec fierté. A nouveau, elle se demanda par quel prodige elle avait pu engendrer une créature aussi belle et aussi volontaire que Catherine !

Svelte et d'ossature fine, Catherine n'était pas une beauté conventionnelle, mais plutôt un objet de contrastes qui surprenait et retenait l'attention. On remarquait tout d'abord ses cheveux d'un noir bleuté, qui choquaient presque avec la blancheur de sa peau, et son visage triangulaire. Puis, pétillant fréquemment de malice, ses yeux violets, mystérieux et taillés en amande, frappaient le regard jusqu'à ce que sa bouche aux lèvres pleines et galbées en une invite à la fois innocente et provocante captât l'attention.

A l'instant même, la bouche de Catherine était figée en une expression qui n'annonçait rien de bon pour le reste de leur court séjour. Regardant fixement le visage déterminé de sa fille, Rachel désirait de tout son cœur être déjà au lendemain sur la route d'Hunter's Hill.

— Ne fais pas attention à Ceci, ma chérie. Elle ne

peut s'empêcher de se conduire ainsi. Et je suppose que notre visite est terriblement inopportune, dit-elle à sa fille avec douceur.

— Je ne vois pas pourquoi ! Nous n'allons pas assister à son bal stupide et Dieu sait que la maison contient suffisamment de chambres inoccupées, protesta Catherine.

Une lueur combative dans les yeux, elle ajouta :

— Nous ne dérangeons pas ses serviteurs comme elle le fait avec les nôtres !

Un sourire indulgent aux lèvres, Rachel murmura :

— Je sais. Mais s'il te plaît, Catherine, promets-moi de ne pas contrarier ta tante. Tu me le promets ?

La promptitude avec laquelle Catherine donna sa parole ainsi que l'étincelle qui brillait dans ses yeux violets incitèrent Lady Tremayne à considérer sa soudaine capitulation comme suspecte.

— Catherine, tu n'as rien en tête, n'est-ce pas ?

Avec une innocence feinte, Catherine ronronna suavement :

— Comment ? Bien sûr que non, madame ! Qu'est-ce qui vous pousse à l'imaginer ? Pour vous plaire et puisque vous ne vous sentez pas tout à fait bien, je vous promets de ne pas ennuyer tante Ceci !

La façon dont Catherine insista en prononçant le nom de sa tante mit Rachel en garde ; mais avant qu'elle n'ait pu ajouter une parole, on frappa à la porte. Rachel donna la permission d'entrer. Clive Pendleton pénétra dans la pièce, un sourire poli aux lèvres.

Rachel était ravie de le voir, aussi l'accueillit-elle avec chaleur. Mais Catherine le regarda avec circonspection lorsqu'il s'assit confortablement sur une chaise près du lit de sa mère. Les réactions des deux femmes étaient caractéristiques : pour Rachel, Clive déployait tout son charme et elle retrouvait le jeune homme agréable qu'avait été le filleul de son défunt mari ; mais Catherine soupçonnait chez lui une autre face, une face sombre habilement cachée; elle l'évitait donc.

Ces dernières années, il était venu plusieurs fois à Hunter's Hill pendant ses séjours à Melton Mowbray. Mais Rachel le recevait seule car Catherine se souvenait invariablement de quelque course à faire qui la tenait éloignée de la maison tout le jour.

Pressentant qu'elle l'évitait à dessein, Clive observait secrètement ses allées et venues dans la pièce. Une lueur désagréable s'alluma brièvement dans ses yeux mais elle passa si rapidement que Rachel, qui bavardait de tout et de rien, ne la perçut pas.

Cependant, Catherine l'avait vue car elle n'avait jamais détourné ses yeux du visage de Clive. Doutant de la sincérité de son affabilité, elle se tenait avec raideur à l'écart. Elle fut donc considérablement surprise lorsqu'il partit, après quelques minutes seulement d'une conversation courtoise. Une fois la porte fermée derrière lui, la jeune fille fronça les sourcils, l'air menaçant.

Devant son expression, Rachel ne put s'empêcher de sourire intérieurement. Néanmoins, elle ne comprenait pas la raison pour laquelle ses deux enfants voyaient Clive avec une antipathie aussi violente. Sa curiosité l'emportant, elle demanda à sa fille :

— Pourquoi le détestes-tu autant ? C'est un beau jeune homme et je reconnais volontiers qu'il était fort élégant cet après-midi.

De mauvaise humeur, Catherine la regarda avant d'admettre avec froideur :

— Il est assez beau... pour qui aime ce type de physionomie.

— Sais-tu vraiment quelle sorte de beauté tu aimes ? Tu sembles très sûre de tes opinions ! affirma Rachel avec amusement.

— Eh bien... Je n'y ai jamais beaucoup réfléchi mais, à mon avis, les traits physiques de quelqu'un ne sont pas l'important. Bien entendu, personne ne voudrait d'un mari véritablement laid ! Mais un homme peut être excessivement beau tout en étant intérieurement méprisable. Je préférerais un homme qui ait de l'affection pour moi à quelqu'un comme Clive qui maltraiterait une femme.

— Tu n'en sais rien, chérie, tu le juges injustement. Pour employer tes propres termes, Clive a toujours montré de l'affection pour toi. Le jour de votre enlèvement, il était presque aussi gravement bouleversé que ton père et moi. Personne n'aurait pu effectuer des recherches avec plus de diligence que lui. Je crains que tu ne te sois toujours trompée sur son affection pour toi, affection que j'estime, moi, très réelle.

— Peut-être. Mais rien ne me convaincra jamais que Clive se soucie de quelqu'un d'autre que de lui-même, murmura Catherine en évitant le regard sérieux de sa mère.

Sagement, Rachel ne poursuivit pas cette conversation car si elle s'opposait à Catherine, celle-ci s'enfermerait dans son opiniâtreté et s'accrocherait à ses propres opinions. A nouveau, Rachel encouragea sa fille à ne pas rester près d'elle. Cette fois, Catherine céda, devinant que sa mère, souffrant réellement, souhaitait vraisemblablement se retrouver seule. Mais avant son départ, se souvenant de leur précédente discussion, Rachel demanda :

— Tu ne feras vraiment rien pour contrarier ta tante, n'est-ce pas ?

Catherine lui adressa une grimace impertinente et, en sortant de la chambre, lança par-dessus son épaule :

— J'ai promis de ne pas ennuyer tante Ceci, mais je n'ai rien dit en ce qui concerne Elizabeth !

Avec un grondement d'irritation, Rachel retomba contre ses oreillers de satin blanc. Sachant qu'il n'y avait pas moyen d'arrêter Catherine, elle se reprocha à nouveau le peu de contrôle qu'elle exerçait réellement sur sa fougueuse fille.

Pendant ce temps, souriant et fredonnant un air joyeux, Catherine descendait l'escalier d'un pas léger pour se rendre dans la petite bibliothèque que Ceci avait à contrecœur réservée à leur usage. Catherine était immédiatement tombée amoureuse de cette pièce à l'aspect confortable et paisible. C'était le seul endroit qui lui rappelât Hunter's Hill. De beaux volumes reliés de cuir garnissaient un mur tandis qu'une cheminée en marbre, sculptée avec élégance, occupait le mur opposé. On avait placé un bureau à une extrémité de la pièce et, en face de la cheminée, un sofa démodé.

Catherine avait à peine fermé la porte derrière elle et fait quelques pas qu'elle l'entendit s'ouvrir à nouveau. S'attendant à voir un des serviteurs, elle se retourna. Le sourire d'accueil posé sur ses lèvres disparut soudainement lorsqu'elle vit que l'intrus n'était autre que Clive Pendleton.

Ils se regardèrent une seconde ; l'hostilité de Catherine transparaissait à travers l'expression dédaigneuse de son beau visage. Clive arborait un sourire des plus courtois qui n'attira aucune réponse de bienvenue chez la jeune fille.

— Vous me guettiez, n'est-ce pas ? interrogea-t-elle brusquement.

— Comment m'en empêcher ? Vous m'évitez constamment et je ne pouvais pas négliger une aussi bonne occasion...

— Dans quel but ? Croyez-vous que quelques instants passés seul avec moi triompheront de mon aversion ?

A ces paroles méprisantes, le sourire de Clive se crispa quelque peu et la vilaine expression que Catherine avait déjà remarquée vacilla une seconde dans ses yeux durs. Il se rapprocha et Catherine eut peine à refréner l'impulsion qui l'incitait à s'éloigner de lui à reculons. Néanmoins, elle tint bon, le menton levé en signe de défi.

— Eh bien ? lança-t-elle.

Retenant la colère qui l'envahissait subitement, Clive accentua son sourire et avança délibérément la main pour lui toucher légèrement la joue. Catherine recula, comme si l'on venait de la gifler, et écarta la main. Ce geste ne découragea visiblement pas Clive qui murmura :

— Qui sait ce qui peut arriver ? On me considère comme un bon parti, vous savez. Et si vous mettiez de côté l'aversion que vous me portez, vous trouveriez que je possède plusieurs vertus qu'une femme souhaiterait se voir offrir. Votre mère ne verrait certainement aucun inconvénient à ce que je vous fasse la cour — et vous, ma chère, pourriez découvrir que je sais au suprême degré comment plaire à une femme !

Stupéfaite, Catherine resta clouée sur place. Elle l'avait évité chaque fois qu'elle l'avait pu et, malgré l'opinion de Rachel, elle ne parviendrait jamais à se sentir à l'aise en sa compagnie. Elle n'arrivait pas à définir ce qu'elle détestait chez lui, mais son comportement l'obligeait toujours à rester sur ses gardes lorsqu'elle se trouvait en sa présence. Cette aversion instinctive n'était fondée sur aucun incident précis mais se rapportait plutôt à une répulsion naturelle à l'égard de sa personnalité froide et calculatrice. Il fallait ajouter à cela l'hostilité franche que manifestaient Reina et Manuel envers lui — une hostilité teintée d'une étrange prudence, comme s'ils connaissaient tous deux quelque chose à porter à son discrédit, et dont ils refusaient de parler.

Bien qu'elle ne fondât ses sentiments sur rien de concret, Catherine savait qu'elle se méfiait de Clive. La pensée qu'il envisageait de la courtiser était une perspective à laquelle elle n'avait jamais réfléchi — la déshonorer, il en était tout à fait capable, mais l'épouser ?

Secouée par cette idée, elle le regarda vraiment, et les paroles prononcées plus tôt par sa mère lui revinrent à l'esprit. Oui, c'était un bel homme, pensa-t-elle. Mais sa beauté ne soulevait en elle rien d'autre que du dégoût. En vérité, il était habillé avec élégance, sa silhouette virile correspondait à tout ce qu'une jeune fille pouvait souhaiter, sa taille dépassait un peu la moyenne et lui donnait une allure autoritaire, mais ses yeux gris étaient froids et durs, ses traits trop peu aristocratiques et trop souvent railleurs. Ce n'était sûrement pas l'homme qu'elle désirait épouser !

Clive observait de près le visage expressif de Catherine, vaguement conscient des pensées qui la tourmentaient. Il avait pris un risque calculé en exposant si tôt le but qu'il s'était fixé mais il avait décidé qu'elle devait commencer à le considérer sous un jour différent. Il était temps qu'elle le regardât comme un homme — et un prétendant à sa main.

Avec calme, il la parcourut du regard et ressentit à nouveau l'émotion douce-amère qu'elle éveillait dans son cœur. Pourquoi avait-elle reparu après toutes ces années ? Et pourquoi, en grandissant, était-elle devenue aussi jolie ? Le jour où Reina l'avait poussée devant le comte, elle était belle même dans ses vêtements loqueteux, avec son visage sale et ses cheveux noirs emmêlés qui tombaient sur ses yeux violets illuminés de fureur.

Clive avait été fasciné malgré lui. Et, tandis que son retour condamnait ses propres espérances, une autre pensée l'avait immédiatement frappé. Il s'était réjoui de la trouver aussi séduisante. Si, à cette époque-là, elle était déjà désirable, il trouvait que maintenant elle l'était plus encore. Etouffant un juron, il perdit son sang-froid, se saisit de force de la jeune fille et lui donna un baiser avide...

La bouche de Catherine, surprise, était chaude et

douce. L'attirant encore plus près de lui, il approfondit son baiser, forçant ses lèvres à s'ouvrir, sa langue envahissant la bouche de Catherine.

Catherine avait compris à demi qu'il allait l'embrasser. Elle ignorait les émotions qu'un simple baiser pouvait susciter. Mais, comme elle avait plus qu'atteint l'âge de s'interroger sur ce qui se passait entre les hommes et les femmes, elle avait décidé par pure curiosité de laisser Clive la prendre dans ses bras. Cependant, elle découvrit immédiatement qu'elle venait de commettre une horrible erreur : ce baiser lui répugnait, et lorsque les mains de Clive touchèrent ses seins, elle trembla de répulsion. Déconcertée par la tempête d'émotions qu'elle avait inconsciemment provoquée, elle repoussa énergiquement le torse de Clive afin de se libérer. Ignorant ses tentatives de fuite, éperdu de désir, Clive la serra encore plus fort. La fureur extrême qui envahissait Catherine décupla ses forces ; elle réussit à dégager un bras et le gifla avec vigueur tout en lui écrasant violemment un pied de la pointe de son talon. Sous cette double attaque terriblement douloureuse, la passion de Clive mourut aussi rapidement qu'elle était née. Avec plus de hâte que de grâce, il lâcha la jeune fille.

Catherine ne lui adressa pas un regard. Apercevant sur le bureau un coupe-papier en argent, elle s'en empara brusquement, le tint comme un couteau et fit face à Clive, les yeux illuminés d'un feu violent.

Le jeune homme avança d'un pas impatient, mais la vue du coupe-papier que tenait Catherine avec tant d'assurance l'arrêta.

— Restez où vous êtes ! Rapprochez-vous un tant soit peu et je vous prouverai que je sais me servir de ce charmant objet, cracha Catherine d'une voix pleine de dégoût.

Désireux de détendre l'atmosphère, Clive sourit d'un air pincé et murmura d'une voix qui se voulait légère :

— Ma chère petite, vous vous trompez sur mes intentions. Que représente un baiser entre nous ? Voyons ! nous sommes pratiquement parents. Je ne voulais pas vous blesser.

Incrédule, Catherine rétorqua avec colère et dédain :

— Je ne suis pas folle, Clive. Vous pouvez garder vos baisers pour Elizabeth. Je suis sûre qu'elle les apprécierait beaucoup plus que moi.

Un étrange silence accueillit ses paroles, et Clive se mordit la lèvre. Comment avait-elle appris sa liaison avec Elizabeth ? Haussant les épaules, il répondit :

— Vous ne pouvez blâmer un homme pour ses fautes, ma chère. Les péchés commis par quelqu'un du temps de sa jeunesse inexpérimentée ne peuvent pas lui être éternellement reprochés. Et, mes fredaines abandonnées, soyez certaine que je serai un mari fidèle, ajouta-t-il à dessein.

La lèvre de Catherine s'arqua de mépris :

— Gardez vos beaux discours pour quelqu'un d'autre, s'il vous plaît. Et j'apprécierais que vous me laissiez seule. Je ne vois aucune raison de prolonger cette scène répugnante.

Sachant qu'il ne gagnerait rien à poursuivre et regardant avec défiance le coupe-papier en argent, Clive fit une sortie aussi élégante que possible, vu les circonstances. Après son départ, Catherine rumina quelques instants de sombres pensées. Puis, se persuadant que Clive ne pouvait lui faire aucun mal, elle écarta de son esprit le souvenir de cet épisode déplaisant. Elle voulait se détendre et penser à des sujets agréables.

Traversant la pièce, elle alla s'agenouiller devant la cheminée et tendit ses mains frêles vers la chaleur de la flamme. Quelques minutes plus tard, elle s'assit et appuya sa tête contre le canapé. Fixant le feu d'un air rêveur, elle se demandait ce que faisait Adam, s'il était aussi heureux en Amérique que ses lettres l'indiquaient. Il lui manquait toujours terriblement, même après trois ans d'absence.

En dépit de sa gaieté, Catherine était une solitaire. Néanmoins, elle aurait été surprise si on le lui avait affirmé. Mal à l'aise et peu sûre d'elle avec ses contemporains, elle ne s'était fait qu'une amie chez Mrs Siddon, la douce et timide Amanda Harris — mais cette amitié n'avait pas duré. A leur sortie du pensionnat, leurs chemins s'étaient séparés : Amanda était allée vivre chez sa grand-mère, l'effrayante duchesse douairière d'Avon, et Catherine était retournée vers la relative tranquillité d'Hunter's Hill. Sa vie lui plaisait ainsi et ses désirs franchissaient rarement les limites du domaine. Heureuse de passer ses jours plongée dans les activités d'Hunter's Hill, elle n'était pas éveillée au monde extérieur.

Satisfaite du présent, elle fixait le feu avec bonheur, l'esprit tourné vers la maison, consciente d'entendre vaguement le remue-ménage des préparatifs du bal de ce soir. La dernière chose dont elle se souvint avant de sombrer dans le sommeil fut le tintement de l'énorme horloge, en bas, qui sonnait l'heure.

Elle se réveilla en sursaut longtemps plus tard. Qu'est-ce qui avait provoqué son réveil ? Elle l'ignorait, mais, d'après les sons qui pénétraient jusque dans la pièce, le bal de Ceci était déjà ouvert. Il devait donc être tard ! Aussi silencieuse qu'un chat, elle s'étira en clignant des yeux en direction des braises incandescentes qui reposaient dans l'âtre. Elle resta assise un moment, encore à moitié endormie. Puis, lorsqu'elle entreprit de se lever, un bruissement de papier la retint de bouger.

Avec prudence, elle regarda par-dessus le canapé. A sa grande surprise, elle découvrit un inconnu, installé au bureau. La lueur d'une chandelle vacillait à la hauteur de son épaule et sa tête brune était courbée car il lisait une lettre qu'il tenait à la main, sans se rendre compte qu'il était observé.

Elle ne voyait pas nettement ses traits, mais, d'après ses vêtements, elle supposa qu'il devait faire partie des invités. Habillé à la mode, il portait une veste en velours vert et un gilet de soie jaune minutieusement brodé. Soudain, comme s'il avait senti qu'on le regardait, l'homme leva rapidement les yeux et la lumière des bougies éclaira son visage. Un vertige étrange et douloureux saisit Catherine lorsqu'elle contempla ses traits durs et basanés.

C'était un visage viril avec un nez accusé qui semblait s'évaser aux narines comme s'il flairait sa présence cachée ; elle éprouva une sensation aiguë et étouffante lorsque les yeux verts de l'inconnu scrutèrent la pièce en quête de la source de son léger malaise. Glacée comme un petit animal effrayé, Catherine fut incapable d'en détacher son regard jusqu'à ce qu'il haussât nonchalamment ses larges épaules et inclinât à nouveau la tête.

Lentement, elle lâcha son souffle, en un soupir tremblant, et se sentit en proie à une panique aveugle et irraisonnée. Poussée par le sentiment de devoir fuir cet homme, elle se glissa rapidement jusqu'à la porte. Elle ignorait exactement ce qui la contraignait à éviter cette présence inquiétante ; elle savait simplement que cet homme étrange éveillait en elle une crainte primitive.

Arrivée à la porte, la main sur la poignée, elle fut un instant effrayée lorsqu'une voix cria derrière elle avec un accent prononcé :

— Arrêtez ! Stop !

Obligée de regarder en arrière, elle vit l'homme se lever de derrière le bureau. Les yeux de l'inconnu rencontrèrent les siens, dilatés par la crainte, et elle éprouva un choc au plus profond d'elle-même. Puis elle cessa d'avoir peur. Une simple colère l'envahit devant la stupidité de ses émotions. Foudroyant l'étranger du regard, elle fronça son petit nez droit et tira la langue avec impudence. Un éclat de rire résonna à ses oreilles ;

elle quitta alors brusquement la pièce et monta l'escalier à toute vitesse comme si les démons de l'enfer la poursuivaient.

Telle une enfant timide, elle courut jusqu'à la chambre de sa mère, se haïssant de céder à une panique insurmontable. Hors d'haleine, elle attendit un moment à l'extérieur pour forcer son cœur qui battait la chamade à se calmer. Lorsqu'elle se sentit à nouveau maîtresse d'elle-même, elle frappa doucement à la porte. Entendant Rachel répondre, elle ouvrit et entra.

— Comment ! Catherine ! Que fais-tu encore debout ? Il est très tard, tu sais, s'écria Rachel, surprise.

En souriant, Catherine déposa un léger baiser sur la joue de sa mère et lui répondit :

— J'ai tout bonnement dormi. Je me suis assoupie dans la bibliothèque et je viens juste de me réveiller. Puis-je faire quelque chose pour vous avant d'aller me coucher ?

— Non, mon amour. Je me sens beaucoup mieux, et la pensée que nous partons demain matin me remonte le moral. J'attends avec impatience notre retour à la maison.

Catherine approuva. Si tout se passait bien, elles partiraient aussitôt que prévu et seraient demain soir en sécurité à Hunter's Hill. Sécurité ! Quel mot bizarre ! Mais il convenait parfaitement à Catherine, à cette heure.

Elles bavardèrent encore quelques minutes, puis Catherine souhaita à sa mère un affectueux bonsoir et se dirigea vers sa chambre, quelques portes plus loin.

C'était une pièce agréable, décorée dans le même style et dans les mêmes couleurs que celle de sa mère. Mais Catherine prêta peu d'attention à ce qui l'entourait lorsqu'elle se prépara à se coucher.

Pour ce voyage hâtif à Londres, elle s'était dispensée des services de sa femme de chambre. Elle enleva donc rapidement sa robe et ses sous-vêtements puis se glissa nue entre les draps de fil, goûtant le plaisir presque coupable que lui procurait leur douceur contre sa peau. Un petit rire lui échappa en pensant à l'expression choquée et désapprobatrice de sa mère si elle l'avait su. Soudain, sa gaieté la quitta et son visage félin prit une expression inquiète car l'évocation d'un visage bronzé et arrogant aux yeux verts brillants traversa vivement son esprit.

Elle essaya d'oublier le jeune homme de la bibliothèque, mais c'était comme si son visage et sa silhouette étaient imprimés à jamais dans son cerveau. Maintenant encore, un frisson de peur et d'une autre chose indéfinissable parcourait ses veines au souvenir de ce corps aux larges épaules, de l'élégance nonchalante de la tenue de soirée, de son aura d'insouciance, et de la passion mâle qui avait semblé jaillir de lui et l'atteindre, lorsque, glacée, elle se tenait accroupie, les yeux rivés sur son visage.

Fébrilement, elle se retourna dans son lit, bouleversée par les pensées bizarres et les émotions contradictoires qui la troublaient et l'irritaient. De colère, elle bourra de coups de poing l'oreiller inoffensif tout en se traitant de stupide nigaude qui rêvait d'un homme qu'elle ne reverrait sans doute jamais. Et, ajouta-t-elle vicieusement au fond d'elle-même, il s'agissait très vraisemblablement d'un fat, suffisant et affecté, qui l'ennuierait à mort si elle le rencontrait un jour !

Mais rien, pas même ces pensées désagréables, n'arrivait à le bannir de sa mémoire. Avec un petit grognement de défaite, Catherine s'attarda sur leur brève rencontre. Juste avant de s'endormir, elle s'émut en imaginant le contact de la bouche de l'inconnu doucement pressée contre la sienne.

4

Riant intérieurement, Jason Beauvais de Ulloa Savage s'enfonça lentement dans son fauteuil. Ses yeux verts reflétaient son amusement. Quelle petite friponne impertinente ! Elle l'avait fait sursauter lorsqu'il avait levé les yeux et l'avait aperçue rampant vers la porte. Quand il lui avait ordonné de s'arrêter, il ne s'était certes pas attendu à ce que la jeune fille lui tirât la langue ! Une ride barra son front ; il ne se souvenait d'elle que de façon confuse. Il ne s'agissait pas d'une servante car sa robe était élégante. Pourtant, elle n'était pas habillée pour le bal. Et comme les plus jeunes sœurs d'Elizabeth vivaient encore à la nursery, qui diable était donc cette petite créature aux yeux coléreux ? Il lui consacra ses pensées encore quelques secondes puis l'abandonna à regret, pour reporter son attention sur l'exécrable gribouillage de Barrymore.

Jas,

Quand vas-tu descendre ? Devant la pauvreté de la chasse, Tom et moi allons devenir fous ! Ne peux-tu précipiter les dispositions prises pour ton voyage ? Je sais que tu accompagnes Amanda et sa grand-mère chez les Brownleigh, mais ne peux-tu les convaincre d'arriver quelques jours plus tôt ? Voilà pour cette question. Maintenant, passons au véritable objet de cette lettre.

J'ai trouvé près d'ici les chevaux que tu recherches. Ils appartiennent à une bande de gitans qui campent sur la propriété de la comtesse douairière de Mount (la tante de la belle Elizabeth). Tom peut essayer d'organiser une entrée en matière, mais je crois qu'il vaudrait mieux approcher directement les gitans. De toute façon, ces chevaux sont de loin supérieurs à tous les autres et cor-

*respondent totalement à tes projets de revente à La
Nouvelle-Orléans. Comme chacun sait, les gitans ne restent jamais longtemps à la même place. A mon avis, il
serait donc prudent que tu viennes dès que possible.*

*Je t'expédie cette lettre par mon homme le plus opiniâtre, avec l'ordre de te trouver tout de suite! Avec de la
chance, il interrompra une « bêtise ».*

Ton dévoué
Frederick Barrymore

On avait interrompu Jason au milieu d'une danse afin
de lui remettre la lettre. A sa demande, le comte lui
avait indiqué la bibliothèque où, dans un calme relatif,
il y avait déchiffré le message. Comme il en lisait le contenu, son amusement augmenta car il s'était attendu
aux nouvelles les plus sinistres. C'était bien dans la
nature de Freddy de considérer la découverte de chevaux comme un événement majeur, songea-t-il, mi-figue, mi-raisin.

Souriant en lui-même, Jason jeta le billet dans les
braises et décida pensivement que quelques jours à la
campagne ne seraient pas désagréables. Accoutumé à
une vie active et énergique, il commençait à trouver
Londres pesante, en particulier à cause des tentatives
bien intentionnées mais persistantes de plusieurs
mères désireuses de l'introduire dans les familles pourvues de jeunes filles à marier.

Distrait par un léger bruit, il se tourna rapidement et
s'étonna d'éprouver une certaine déception en voyant
Elizabeth Markham entrer dans la pièce au lieu de la
charmante créature qui l'avait troublé précédemment.

Les hanches oscillant avec grâce, Elizabeth s'approcha de Jason, un sourire engageant sur les lèvres. Une
lueur appréciatrice dans les yeux, Jason admira la robe
de bal en satin vert bronze si scandaleusement décolletée qu'elle dévoilait ses seins fermes et pleins plus

qu'elle ne les cachait. Elizabeth exhibait assurément tous ses charmes !

L'odeur de son parfum s'éleva agréablement jusqu'aux narines de Jason et sa voix était douce lorsqu'elle s'exclama :

— C'est donc ici que vous vous êtes réfugié ! Mon père m'a appris que vous aviez reçu un message urgent et que vous désiriez en prendre connaissance dans un lieu retiré. Rien de grave, j'espère ?

— Non. Mais si j'avais su qu'un message urgent vous amènerait à mes côtés, je me serais arrangé pour en recevoir un il y a des siècles.

Par jeu, elle frappa de son petit éventail le poignet de Jason.

— Là ! Quel séducteur ! J'étais uniquement inquiète à la pensée que vous ayez pu recevoir de mauvaises nouvelles.

Les yeux remplis d'une curiosité évidente, elle lui jeta un coup d'œil. Mais il feignit d'ignorer la question non formulée et l'attira à lui, effleurant légèrement des siennes les douces lèvres d'Elizabeth.

— Est-ce uniquement cette inquiétude qui vous a conduite ici ?

— Pas exactement, admit-elle timidement, baissant les yeux d'un air sage.

Jason la rapprocha lentement de lui. Ses lèvres prirent celles de la jeune femme en un baiser exigeant qui ne laissait aucun doute sur le désir qui grandissait en lui. Elizabeth se serra contre lui, appréciant la façon dont il explorait ses lèvres. Sa langue fouillait la bouche de Jason, son corps enflammé réclamait plus que de simples baisers. Pourtant, elle se dégagea avec désinvolture de ses bras lorsqu'il murmura près de sa bouche :

— Me rejoindrez-vous après le bal ? Dans un lieu où nous pourrions nous retrouver en toute intimité ?

Agitant vivement son éventail, elle rit.

— Par exemple ! Monsieur, quelle audace ! Je crains que vous ne vous trompiez sur moi. Il ne serait pas convenable que je vous rencontre seule.

Puis, ne souhaitant pas le décourager trop rudement, elle ajouta avec malice :

— Je dois me soucier de ma réputation. Londres est remplie de mauvaises langues et on pourrait nous voir.

— Que proposez-vous ? demanda-t-il, un sourcil noir levé par dérision.

Incertaine, elle mordilla sa lèvre inférieure. Cette question abrupte et la soif de se retrouver dans ses bras la plongeaient dans l'embarras. Vivant presque aux crochets de Clive, elle était prête à tout risquer pour faire un mariage avantageux qui serait une solution à ses problèmes. Et Jason Savage convenait parfaitement à ses plans.

Malheureusement, Mr Savage ne pensait pas au mariage. Et, avec une alliance désastreuse derrière elle, elle ne pouvait se permettre une intrigue manifeste avec l'homme de la Louisiane ; cependant, si elle devenait sa maîtresse, elle savait intuitivement qu'il serait un amant généreux, enclin à lui offrir des cadeaux et des colifichets coûteux, objets qu'elle pourrait plus tard convertir en belles pièces d'or. De plus, elle aurait peut-être une meilleure chance de s'appeler un jour Mrs Savage. Ce ne serait pas la première fois qu'un homme aurait été piégé par sa maîtresse. Des draps de soie en avaient conduit plus d'un à l'autel. Cette pensée à l'esprit, elle avança ses lèvres vers Jason en soupirant.

— Vous êtes tellement impatient... Laissez-moi réfléchir.

Devinant les pensées intéressées qui couraient dans la tête d'Elizabeth, incapable de contrôler la contraction de ses lèvres, Jason s'inclina, moqueur.

— Madame, vous m'enchantez. J'attendrai avidement votre message. Et, puisque vous vous souciez tant de votre réputation, je pense qu'il vaudrait mieux que l'on ne nous découvre pas ici seuls, ajouta-t-il doucement.

Avec perversité et parce qu'elle ne désirait pas rompre leur tête-à-tête, Elizabeth le provoqua :

— Etes-vous toujours aussi prudent ? Si oui, il n'est pas surprenant que Mr King et le duc de Roxbury vous reçoivent avec plaisir. Eux-mêmes très prudents, ils doivent vous faire grande confiance pour se comporter de façon si intime avec vous. Assurément, vous paraissez passer beaucoup de temps en leur compagnie.

A la mention de King et de son oncle, les yeux de Jason se rétrécirent. Son oncle l'avait averti des relations qui existaient entre Elizabeth et Clive Pendleton ; mais Jason n'avait pas pris l'avertissement avec autant de sérieux qu'il aurait dû. En effet, Elizabeth le sondait visiblement pour obtenir des renseignements.

Jason resta impassible mais ses yeux se durcirent lorsqu'il demanda sans ménagement :

— Comment connaissez-vous nos rapports ? Avez-vous des espions qui me surveillent ?

Blêmissant brusquement, la jeune femme répondit d'un ton acerbe :

— Ne soyez pas stupide ! Je vous taquinais seulement. Et si vous devez me réprimander ainsi dès que j'ouvrirai la bouche, je crois inutile de vous parler plus longtemps ce soir.

Fâchée, elle releva ses boucles châtaines et commença à s'éloigner d'un air souverain. Un large sourire aux lèvres, Jason lui fit faire volte-face et l'attira sans hésitation dans ses bras en expliquant :

— Je suis désolé de vous avoir parlé sèchement, mais je n'avais aucune envie d'échanger des potins. Vous êtes beaucoup trop belle pour que nous perdions notre temps en bavardages. Restez ici avec moi, et je vous montrerai ce que je veux dire.

A son contact, Elizabeth sentit fondre toute sa colère. Comme elle observait le visage bronzé, une sensation de bien-être envahit son corps. Pourquoi ne pas rester ?

Lisant la réponse dans ses yeux, Jason ne lui laissa aucune chance de parler car il l'embrassa longuement et profondément. Sentant Elizabeth s'abandonner contre lui, il lâcha brièvement ses lèvres pour lui murmurer à l'oreille :

— Si nous fermions la porte à clé, personne ne nous dérangerait ?

C'était tentant, trop tentant, pensa Elizabeth, le corps de Jason tout contre le sien. Elle regarda le feu qui luisait faiblement dans l'âtre et donnait à la pièce une calme intimité. Personne ne les dérangerait car personne ne savait où ils se trouvaient, hormis son père. Mais le comte, occupé à divertir ses invités, l'avait oubliée depuis longtemps.

Sans lui permettre de s'attarder sur cette question, Jason atteignit la porte en deux enjambées et tourna la clé dans la serrure. Les yeux assombris de désir, il revint vers elle et Elizabeth sut qu'il allait lui faire l'amour. Elle ne pourrait l'en empêcher ; l'éventualité qu'on les découvrît rendait même la chose encore plus excitante.

Jason l'allongea doucement sur le canapé, sa bouche chaude contre son cou, et le désir l'étourdit lorsque la main de Jason remonta sous sa robe pour caresser sa cuisse. Sans conviction, elle tenta de l'arrêter, mais il écarta les mains de la jeune femme et l'embrassa profondément, le poids de son corps dur la maintenant sous lui, prisonnière consentante.

Ses veines parurent s'embraser lorsque les lèvres de Jason voyagèrent jusqu'à ses seins. A cet instant précis, Elizabeth se prit à désirer qu'ils se déshabillent tous deux entièrement. Elle voulait voir Jason nu près d'elle. Pourtant, il y avait quelque chose de terriblement dépravé à faire l'amour revêtus de leurs habits, décida-t-elle vaguement.

Jason dégagea ses seins du décolleté et elle sentit la chaleur de sa main lorsque son pouce frôla un mamelon, sa bouche dure et exigeante pressée contre la sienne. De son autre main, il releva sa robe de satin et les doigts qui l'exploraient trouvèrent la tiédeur qu'ils cherchaient. Elizabeth ne put retenir une plainte de plaisir animal quand il la caressa et l'explora. Elle avait tellement faim de lui qu'elle allait crier s'il ne la prenait pas bientôt. Son corps tout entier brûlait pour lui et elle le voulait comme elle n'avait jamais voulu un autre homme. Ses mains empoignèrent la veste en velours et elle gémit :

— Enlève-la !

— La prochaine fois. Et ce n'est pas ma veste qui me gêne ! murmura Jason très vite à son oreille.

Déplaçant légèrement son poids, il se libéra de son pantalon en satin noir d'un mouvement rapide et se glissa profondément entre les jambes offertes d'Elizabeth. Affamée, elle se poussa contre lui. Le sentant en elle, troublée par sa virilité parfaite, caresse véritable, elle s'écria :

— Ô Dieu ! Jason, oui !

La bouche de Jason s'abattit sur la sienne avec une force presque brutale. Ses mains épousèrent étroitement ses fesses lorsqu'il s'enfonça plus profondément et plus durement en elle ; maintes et maintes fois, jusqu'à ce que le corps d'Elizabeth tremblât dans sa totalité sous la violence de leur passion.

Quelques minutes plus tard, rassasiée et comblée, elle reposait à nouveau contre les coussins. De toute sa vie, elle n'avait jamais été aussi complètement satisfaite. Puis, retrouvant son bon sens, elle prit conscience de ce qui venait de se passer ainsi que de l'endroit où ils se trouvaient. D'un mouvement brusque, elle se redressa :

— Oh, je ne sais pas ce que vous devez penser de moi ! commença-t-elle.

Jason, remettant calmement son pantalon, lui lança un regard railleur puis se pencha pour l'apaiser d'un baiser avant de l'aider à rajuster sa robe.

— Je vous trouve belle et j'espère qu'un jour vous accepterez de m'en dévoiler plus que je n'en ai aperçu tout à l'heure !

Ces paroles ne correspondaient pas précisément à ce que la jeune femme espérait entendre mais elles lui laissaient de l'espoir. Au moins voulait-il la revoir !

Ils se mirent d'accord pour retourner séparément dans la salle de bal. Jason entra le premier afin de permettre à Elizabeth de s'enfuir dans sa chambre et d'effacer les traces de leur union.

Il s'arrêta à l'entrée de la salle. Lorsqu'il remarqua Amanda Harris assise près de sa grand-mère, Jason se dirigea rapidement dans leur direction. Augusta Dudley, la duchesse douairière d'Avon, avait des cheveux blancs, des yeux noirs et vifs, et approchait des soixante-dix ans. C'était une vieille dame impressionnante. Voilà pourquoi Jason n'appréciait pas la tâche qui lui incombait : il allait devoir lui demander d'avancer leur date de départ pour la propriété des Brownleigh. Par chance, et sans avoir eu besoin de converser trop longuement sur un mode courtois, il réussit à exposer son problème. A sa grande surprise, Augusta accepta immédiatement ce changement dans leurs projets. Londres offrait toujours une bien mince compagnie et, à franchement parler, elle s'y ennuyait.

— Dans une semaine à dater de ce soir, si vous êtes d'accord ? proposa-t-elle.

Jason s'inclina.

— Entendu. Demain, j'enverrai quelques-uns de mes chevaux en avant et je prendrai toutes les autres dispositions nécessaires pour notre voyage. Ceci réglé, Amanda, m'accorderez-vous cette danse ?

Rougissante, ses yeux marron dissimulés par ses cils, Amanda accepta son offre avec grâce. Elle ressemblait peu à son frère, sauf qu'elle était comme lui plutôt trapue et rousse. Mais chez Amanda, la chevelure était d'un roux vif, et petite la décrivait mieux que trapue. Jason éprouvait de l'affection pour cette jeune fille ravissante : l'affection d'un grand frère pour une petite sœur. Ils entretenaient déjà les rapports les plus amicaux et lorsqu'ils dansèrent, elle discuta avec lui de leur futur voyage vers la propriété des Brownleigh. La danse allait se terminer quand, se souvenant de son intruse aux yeux courroucés, Jason s'enquit avec curiosité de son identité :

— Y a-t-il une jeune fille d'environ votre âge qui demeure chez Elizabeth ?

Perplexe, Amanda réfléchit une seconde avant de répondre.

— Oh ! Vous devez parler de Catherine ! Mais j'ignorais qu'elle séjournait ici. La petite peste ! Je me demande pourquoi elle n'est pas venue me rendre visite.

— Catherine ?

— Eh bien, oui. La cousine d'Elizabeth.

— Oh ! s'exclama Jason, légèrement déçu.

L'affaire compliquée qui le liait à Elizabeth lui interdisait toute tentative en vue de faire la connaissance de sa cousine. A regret, il l'écarta de son esprit, et ne prêta qu'une faible attention au récit enflammé d'Amanda qui lui contait l'histoire de Catherine. Plus tard, viendrait le jour où il se reprocherait de n'avoir pas écouté plus attentivement Amanda. Pour l'instant, son esprit était déjà tourné vers d'autres sujets, si bien que les paroles d'Amanda ne l'atteignirent pas.

Elizabeth était entrée dans la salle de bal. Les yeux plissés, Jason la vit se diriger immédiatement vers Clive Pendleton. Elle l'avait donc bien sondé pour obtenir des renseignements ! Souriant amèrement, il se demanda si elle lui relaterait ce qui s'était passé entre eux.

Elizabeth n'avait aucune envie de tout raconter à

Clive, tenant à garder pour elle ses rapports avec Jason. Si Clive soupçonnait d'une façon quelconque qu'elle essayait d'épouser Savage, il trouverait un moyen d'arrêter l'entreprise. Elle lui était trop précieuse pour qu'il se risquât à la perdre au profit de la position respectable que lui offrait le mariage.

Clive leva les yeux à l'approche d'Elizabeth. Quittant un compagnon, il lui prit le bras et fit quelques pas avec elle.

— Eh bien ? As-tu quelque chose à m'apprendre tout de suite, ou préfères-tu remettre à plus tard les nouvelles ? demanda-t-il sous le couvert du brouhaha.

Lançant un coup d'œil nerveux par-dessus son épaule, Elizabeth répondit d'un air renfrogné :

— Il n'a rien voulu me dire. Dès que j'ai cité King et son malheureux oncle, il m'a accusée de l'espionner !

— N'exagères-tu pas ? questionna Clive avec irritation, une lueur de scepticisme dans ses yeux d'un gris glacial.

— Peut-être un peu. Néanmoins, il ne me fera pas confiance avant un certain temps. Un tel homme ne lâche certainement jamais une information devant une femme qu'il connaît à peine. Il n'est pas fou, rétorqua-t-elle lentement.

— Dans ce cas, je te conseillerais de t'attirer très rapidement son affection, si toutefois tu désires que je continue à honorer tes dettes les plus pressantes, laissa tomber Clive d'un ton sec.

Les lèvres pincées de colère, Elizabeth se força à répondre avec courtoisie.

— J'ai la ferme intention de devenir indispensable à Jason Savage, et dès que j'aurai appris quelque chose, je te le ferai savoir.

— Parfait. Mais rappelle-toi, mon bijou : qui paiera tes factures après son départ ?

Silencieusement, Elizabeth reconnut la sagesse de sa remarque et, quelques minutes plus tard, elle flânait dans la salle au bras d'un admirateur. Souriant cyniquement en lui-même, Clive observait sa façon de flirter outrageusement avec le jeune homme, stupéfait de sa chance. Oui, si quelqu'un pouvait découvrir la raison des rapports entre Jason Savage et l'ambassadeur américain, et si oui ou non il existait autre chose qu'une affection familiale derrière les visites fréquentes qu'il rendait au duc de Roxbury, ce serait Elizabeth. Elle était très douée pour soutirer des renseignements à ses amants.

Clive demeura extrêmement pensif le reste de la soirée. Elizabeth ne lui avait pas raconté tout ce qui s'était passé entre elle et Jason, mais il était suffisamment intelligent pour le deviner. Grâce à son expérience, il avait reconnu dans les yeux d'Elizabeth ce regard brouillé, signe de désir assouvi ; il pouvait donc facilement imaginer ce qui était arrivé. Que Jason ait réussi à la « monter », cela le dérangeait peu, mais qu'elle ait omis de l'en avertir, c'était un tout autre problème. Elizabeth courait ainsi deux lièvres à la fois, n'est-ce pas ? Les lèvres de Clive esquissèrent un vilain sourire. « Nous verrons qui courra », pensa-t-il méchamment... et cette réflexion impliquait Catherine. Dans le courant de l'après-midi, la jeune fille l'avait humilié et sa fierté ne s'en était pas encore complètement remise. Il avait réfléchi à la discussion qu'il avait eue avec Elizabeth à son retour d'Epsom Downs. S'il n'épousait pas Catherine, il veillerait à ce que personne d'autre ne le fît avant qu'il n'ait d'abord causé sa perte !

Clive pensait encore à Catherine lorsqu'il rentra dans son appartement peu de temps après. En se reposant dans son salon devant le feu, il commença à échafauder différents plans en vue de prendre le contrôle de cette garce de petite gitane et de sa fortune. En termes clairs et nets, elle avait rejeté avec mépris sa demande en mariage, mais si elle se trouvait face au malheur, agirait-elle encore de même ? Clive en doutait. Il vaudrait peut-être mieux la détruire d'abord puis lui proposer le mariage comme échappatoire. « Oui, voilà exactement ce qu'il faut faire ! » décida-t-il.

Le front plissé par la concentration, il gagna son coffre-fort, dissimulé dans un mur. L'ouvrant, il fouilla dans les papiers pour en sortir une lettre portant l'écriture nette de Rachel. Comme il avait été bien inspiré de la garder !

Antérieure de quelques années, la lettre avait été adressée par Rachel à une cousine française, Mme Pouillin, quand les sympathies anglaises étaient à leur apogée durant les conflits avec Napoléon. Espionnant à l'époque derrière les lignes françaises, Clive s'était vu dans l'obligation de se cacher chez Mme Pouillin jusqu'à ce qu'on ait pu organiser un transport sûr. De par sa fonction, il avait systématiquement examiné la maison de son hôtesse en quête de toute information qui pourrait éventuellement lui être un jour de quelque utilité. Il avait trouvé la lettre dans le bureau de la dame et l'avait soigneusement fourrée dans son manteau. Jusqu'à présent, il n'avait eu aucune raison précise de se souvenir de son existence. Il la relut avec soin. Oui. Il pourrait s'en servir comme arme contre la belle Catherine. Comment, il l'ignorait plus ou moins, mais en y réfléchissant suffisamment, il était certain de trouver un plan.

Le lendemain matin, il se réveilla totalement satisfait de lui. La reddition de Catherine n'était plus qu'une question de temps.

Il venait de terminer son petit déjeuner et allait faire amener son cheval en vue d'une promenade à Hyde Park lorsque son serviteur pénétra dans la pièce.

— Un étranger désire voir Monsieur. Il n'a pas voulu donner son nom, mais a affirmé que ceci lui donnerait le droit d'entrer.

Ceci, c'était un grand rouleau de monnaie. Excessivement intéressé, Clive accepta de recevoir l'homme.

La personne qui se présenta était de toute évidence espagnole ; ses cheveux et ses yeux noirs ainsi que son teint basané trahissaient totalement ses origines. Une cicatrice déformait un sourcil et, lorsqu'il parla, il s'exprima avec un accent prononcé.

— Asseyez-vous, monsieur... ?

Clive regarda l'homme d'un air interrogateur.

— ... Señor Davalos, répondit lentement l'homme après une seconde d'hésitation.

— Ah, oui, je vous en prie, asseyez-vous, señor Davalos et dites-moi ce que je peux faire pour vous.

Davalos s'exécuta et s'installa dans un fauteuil en face de Clive. Mal à l'aise, celui-ci observait les yeux noirs et durs de son visiteur qui le fixaient sans cligner et lui rappelaient ceux d'un reptile.

— Maintenant, que puis-je pour vous ? répéta Clive.

A nouveau, Davalos parut hésiter comme s'il pesait le bien-fondé de sa démarche.

— Votre nom m'a été donné comme celui d'un homme capable de me fournir une chose dont j'ai grand besoin. Une chose que je préférerais que les autres ignorent — vous comprenez ? expliqua-t-il finalement.

Clive comprenait très bien. Plus d'un homme s'était assis en face de lui comme aujourd'hui Davalos, quémandant ses services pour des activités qu'ils ne tenaient pas à voir exposées au grand jour.

— Je comprends parfaitement. Vous ne voulez aucun contact entre nous, mais vous aimeriez que je vous rende certains services, services qui sont mieux accomplis en secret et hors de la loi, rétorqua-t-il quelque peu sèchement.

Davalos approuva d'un signe de tête, un sourire mince traversant son visage.

— Maintenant que nous sommes d'accord, qu'attendez-vous de moi ? reprit Clive brusquement.

Davalos répondit par une question :

— Vous connaissez un certain Jason Savage, qui parcourt actuellement l'Angleterre, officiellement dans le but d'acheter des chevaux ?

Très intéressé, Clive inclina la tête.

— Oui. J'ai rencontré Savage. Voulez-vous qu'il soit tué ou tout bonnement inquiété ? Je peux arranger l'un ou l'autre.

Davalos haussa les épaules.

— Sa mort éventuelle ne m'intéresse pas outre mesure. Mais avant qu'il ne quitte cette terre, je voudrais récupérer une carte qu'il possède. Si vous devez le tuer pour l'obtenir — qu'il en soit ainsi.

— Une carte ? De quoi ?

— Disons la carte d'un trésor, répondit Davalos, choisissant visiblement ses mots avec soin.

Une lueur soudaine d'avidité brilla dans les yeux de Clive mais elle disparut rapidement.

— Un trésor enterré ? Un trésor enfoui sous la mer ? s'enquit-il d'un ton dédaigneux.

— Non, rien de tout cela, admit Davalos à contrecœur. Je ne suis pas certain que la carte que je recherche existe réellement. Il a peut-être tout dans la tête. Mais il se peut qu'il en ait une. Et si les raisons de son séjour en Angleterre sont celles que je soupçonne, il doit sûrement posséder une sorte de preuve à présenter à ses acheteurs.

— Ses acheteurs ? De quoi ? De terrain ? Êtes-vous en train de me raconter que cette carte qui peut exister ou non fait partie d'un projet d'achat de terrains ?

— Non. Et je dois vous avertir que cela ne concerne en rien la politique. Si la carte existe, elle indique une piste dans le territoire espagnol, en Amérique. Les Blancs pénètrent rarement dans cette région. Mais assurément elle contient un trésor, cela j'en suis sûr.

Davalos gardait les yeux fermement fixés sur le visage attentif de Clive.

— Je tiens à vous avertir : si vous obteniez cette carte, vous feriez mieux de ne pas me doubler. Seuls quelques hommes savent comment l'utiliser. Je fais moi-même partie de ce petit nombre. Je doute que vous puissiez découvrir un autre acheteur. Nous nous comprenons bien l'un l'autre ?

Devant la menace implicite de son vis-à-vis, Clive haussa un sourcil et éprouva un certain malaise dans la colonne vertébrale, réaction qu'il dissimula néanmoins.

— Il n'est pas dans ma nature de chercher l'introuvable. J'achète et vends des renseignements. Si vous désirez que je vole cette carte pour vous, je le ferai. Mais ne me menacez pas, señor Davalos, dit Clive d'une voix dure teintée d'irritation.

Les lèvres crispées sur un semblant de sourire, Davalos se détendit légèrement dans son fauteuil.

— Entendu. Nous savons chacun comment situer l'autre, n'est-ce pas ? Maintenant, si nous parlions argent ?

Clive approuva de la tête et ils se séparèrent rapidement après s'être mis d'accord sur un prix. Clive conclut un marché exorbitant et demanda qu'on lui versât immédiatement la moitié de la somme ; le reste une fois la tâche accomplie. Davalos était mécontent. Il avait accepté de payer un prix élevé, et parler à quelqu'un de la carte le dérangeait. Malheureusement, ses deux tentatives personnelles et maladroites n'avaient abouti à rien, ce qui le désespérait. Satané Philip Nolan ! Pourquoi était-il décédé si tôt ? Qui aurait pensé que cet homme, robuste comme un taureau, mourrait si facilement sous la torture ?

De retour à la petite chambre qu'il occupait dans un quartier considérablement moins élégant que celui habité par Jason ou Clive, Davalos ferma sa porte à clé, s'assit devant une table en bois brut et retira de sous son manteau un objet soigneusement enveloppé. Avec des gestes respectueux, il défit l'emballage et posa l'objet au centre de la table.

Il était beau. C'était un bracelet primitif en or incrusté d'émeraudes. Davalos le contempla un long moment, comme hypnotisé par l'éclat du métal et des pierres précieuses. Puis, ses lèvres formèrent un sourire rapace. Un jour, tout lui appartiendrait et un soir, très bientôt, Jason Savage aurait une surprise inévitable. Déplaisante.

5

Comme très souvent le soir depuis son arrivée à Londres, Jason passa hors de chez lui une partie de la nuit qui précéda son départ pour le domaine des Brownleigh. En compagnie d'un ami, il savoura un excellent dîner servi dans la garçonnière qu'il occupait maintenant à St James's Street ; après quoi, les deux compagnons parcoururent la courte distance qui menait chez *White*, club réservé aux hommes de la bonne société, où ils se joignirent à des amis pour une partie de cartes.

Au cours de la soirée, Jason absorba du porto en quantité plutôt généreuse. Légèrement ivre, il rentra chez lui à pied aux petites heures de la matinée.

D'humeur agréable, un sourire endormi sur les lèvres, Jason monta l'étroit escalier recouvert d'un tapis qui conduisait à sa suite. Mais, une fois la porte ouverte, un violent mécontentement effaça son sourire. Avec dégoût, il contempla les ténèbres qui l'accueillaient. Sacré Pierre ! Il aurait pourtant juré avoir vu de la lumière sous la porte. Il avait donné sa nuit à ce gredin de valet mais le fou aurait dû avoir suffisamment de bon sens pour laisser une chandelle ou deux allumées !

Il se dirigea à travers l'obscurité et jura doucement en trébuchant sur une chaise. Ses sens émoussés par la boisson, il ne se tenait pas sur ses gardes lorsque quelqu'un le heurta violemment, le jetant à terre. Il resta momentanément cloué au sol sous le poids de son agresseur ; sa respiration lui martelait la poitrine. De ses doigts d'acier, il trouva alors la gorge de l'inconnu. Un grognement de surprise échappa à l'intrus car les doigts de Jason se refermaient autour de son cou avec une force meurtrière. Poussé par le désespoir, l'homme essaya frénétiquement d'échapper à la prise mortelle en se contorsionnant dans les ténèbres.

La sinistre lutte se poursuivit dans l'obscurité : leurs mouvements désordonnés brisaient les meubles, envoyaient les chaises et les tables en l'air... Progressivement, Jason augmentait la pression de ses mains et l'intrus combattit bientôt non pour s'enfuir mais plutôt pour sauvegarder sa vie. L'étreinte de Jason était impitoyable. Sans scrupule, de ses mains nues, il étrangla à mort l'assaillant inconnu. Puis, lorsque le corps sous lui fut immobile, il se leva en respirant lourdement. A pas sûrs, il traversa la pièce jusqu'au buffet appuyé contre le mur et frappa une pierre à feu pour allumer le chandelier qui se trouvait là.

Tenant la lumière au-dessus du corps, Jason examina son ouvrage avec calme. Le mort n'était pas quelqu'un qu'il connaissait et, d'après son habillement, il semblait appartenir aux très basses classes de la société. « Sans doute un maraudeur », pensa-t-il en remarquant que l'homme portait un jersey, tenue habituelle du marin.

Abandonnant son examen, il réclama Pierre en hurlant ; mais un silence inquiétant répondit à son appel. Anxieux, il ouvrit violemment la porte de la chambre de son valet et poussa un soupir rassuré lorsque la lumière qui vacillait tomba sur Pierre, attaché et bâillonné, une expression de colère et de crainte dans ses yeux noirs.

A la vue de son maître, il éprouva un soulagement immédiat.

Jason avait à peine enlevé le bâillon qu'il était accueilli par un flot de paroles en français que Pierre bredouillait et déversait avec volubilité. Ses bras s'agitaient de manière désordonnée pendant qu'il expliquait son aventure en termes pittoresques. Il fallut quelques minutes à Jason pour le calmer et rassembler les fragments du récit.

Après une entrevue amicale avec Jacques dans un pub à quelques rues seulement de Jermyn Street, Pierre était rentré tôt. Il venait d'ouvrir la porte lorsqu'il avait soudain été attaqué par-derrière, maîtrisé puis attaché et bâillonné. Tout s'était déroulé facilement car Pierre, bien que possédant le courage d'un lion, était mince et petit.

Jason revint lentement dans l'autre pièce, Pierre sur ses talons parlant toujours avec abondance. Son chapelet de français rapide s'arrêta lorsqu'il découvrit le corps qui gisait sur le sol. Jason répondit à son regard interrogateur par un hochement sec de la tête, tout en versant pour Pierre, maintenant silencieux, et pour lui-même de généreux verres de cognac.

Les deux hommes sirotèrent tranquillement leur alcool jusqu'à ce que Jason, fixant le corps d'un air pensif, dît à regret :

— Pierre, je sens qu'à cause de moi mon oncle va avoir de grands ennuis.

— Oui, monsieur ! Ces Anglais sont tous des barbares... sauf l'oncle de Monsieur. Il saura ce qu'il faut faire.

— Exact, mais on ne peut rien faire maintenant car je suis certain que le duc me reprocherait énergiquement de le sortir du lit à une heure aussi avancée. Il sera déjà très grincheux lorsqu'il comprendra pourquoi je tiens à le voir. Aussi pour l'instant, nous ferions mieux de nous retirer et de tenter de dormir. Je pressens que la journée de demain va être excessivement éprouvante pour mes nerfs !

— Mais, monsieur, et ce fouillis ! Il faut nettoyer ! s'écria Pierre : l'état de la pièce révoltait son âme ordonnée.

Jason remarqua alors le désordre incroyable dont une partie seulement résultait de la lutte.

On avait ouvert les tiroirs de son bureau, éparpillé les papiers sur le plancher, bousculé les livres, dont certains avaient rejoint le désordre du sol. On n'avait pas même épargné le buffet en chêne massif : ses portes ouvertes montraient que son contenu avait été fouillé.

Après avoir contemplé quelques minutes les dégâts d'un air pensif, Jason lança un coup d'œil d'excuse au mort et fit remarquer à la ronde :

— Il semble que j'aie eu tort : il n'était pas venu pour m'assassiner.

A grands pas, il s'avança vers le corps devant lequel il s'agenouilla pour le fouiller. Mais il ne découvrit que quelques petits objets qui lui appartenaient visiblement ; une ride de perplexité plissa son front. Se levant avec souplesse, il essuya délicatement ses mains puis se dirigea à grandes enjambées vers sa chambre à coucher. Comme il s'y attendait, il y trouva les mêmes signes révélateurs d'une fouille précipitée.

Ses vêtements étaient éparpillés, les tiroirs jetés sur le sol, les oreillers du lit éventrés et son matelas crevé ; des plumes d'oie voletaient en petits nuages au-dessus de tout ce désordre. Pourtant, un fait intrigua l'Américain : l'homme avait ignoré — après l'avoir déversée sur le plancher — une petite fortune en bagues, épingles de cravate et bijoux qui brillaient à la lumière de la chandelle.

Le soupir scandalisé de Pierre lorsqu'il pénétra dans la pièce interrompit les pensées de Jason. Néanmoins, poursuivant ses investigations, il dit calmement, presque pour lui seul :

— Pourquoi ce voleur ne s'est-il pas emparé de mes bijoux ?... A quelle heure êtes-vous rentré ? demanda-t-il à son valet en tournant vers lui son brillant regard vert.

— Avant minuit, monsieur.

Tirant de sa poche une montre en or, Jason vérifia l'heure.

— Il est plus de quatre heures, maintenant. J'ai donc dû rentrer après trois heures. Pourquoi ce fou était-il encore ici ? Il avait tout le temps nécessaire pour s'enfuir. Et si ce n'est pas un cambrioleur, que diantre cherchait-il ?

Sachant que Jason n'attendait aucune réponse, Pierre se détourna pour commencer à ramasser les vêtements tout en grognant intérieurement : il était honteux que quelqu'un, même un Anglais, osât traiter de la sorte des vêtements aussi délicats.

Un sourire sardonique sur les lèvres, Jason l'observait en cherchant une solution satisfaisante à l'énigme. Rien n'avait de sens ! Deux mois plus tôt, à son arrivée en Grande-Bretagne, il avait envisagé une fouille éventuelle. Mais maintenant ? A moins... à moins que, d'une manière quelconque, on n'ait découvert son autre mission, celle pour le compte de Jefferson ! Non ! Impossible ! L'événement de ce soir représentait sûrement un cas de pur vandalisme. Mais un vague malaise persista dans son esprit.

— Bah ! A quoi sert de s'inquiéter sur le motif de la présence de ce sinistre individu ? Il est mort, un point c'est tout !

Cependant, Jason avait la ferme conviction que le duc n'allait pas classer si facilement l'affaire, car il lui incomberait en particulier la tâche peu attrayante de se débarrasser du corps et celle de prendre en main toutes les questions fâcheuses qui pourraient se poser.

En réponse au message de Jason, rédigé à dessein d'un ton urgent et porté par Pierre, le duc de Roxbury arriva le lendemain matin avant midi, élégamment vêtu d'un costume gris-bleu très pâle ; une canne de Malacca se balançait négligemment à l'extrémité de ses longs doigts. Comme Jason l'avait supposé, il considéra la découverte d'un corps dans la garçonnière de son neveu comme un événement choquant. Et tout bonnement inopportun ! En dépit de son attitude mondaine, le duc n'était pas totalement blasé devant la réalité d'une mort violente. Aussi fut-il considérablement déconcerté en trouvant son neveu qui dégustait un copieux déjeuner composé d'un rosbif excellent dont il arrosait de grandes bouchées de bière, tandis que le corps de l'homme qu'il avait tué la nuit précédente gisait à quelques pas de lui.

Jason répondit par un large sourire au regard outré de son oncle. D'un signe de la main, il lui indiqua un fauteuil puis lui offrit de partager son repas. Mais le duc répliqua, en frissonnant de manière théâtrale :

— Mon cher garçon, je t'assure que je serais bien incapable d'avaler un morceau !

Puis, de ses yeux trompeusement endormis auxquels n'échappait aucun détail, si minime fût-il, il regarda la pièce en désordre et remarqua :

— Je présume que ceci explique ce que cachait le petit mot ingénieux que j'ai reçu ce matin ?

Il écouta alors attentivement le rapport succinct de Jason sur les événements de la nuit et ne fit aucun commentaire. Il se détendait dans un des quelques fauteuils qui avaient échappé au drame et ses yeux gris ne quittèrent son neveu qu'une fois le récit achevé. Alors, d'une voix contrariée, il s'exclama :

— Tu as eu une soirée fort occupée, jeune homme. J'avais espéré que, depuis ton séjour à Harrow, tu avais perdu l'habitude d'agir de façon aussi précipitée, mais je vois que mes espoirs ne reposaient sur rien... Et, comme à l'époque tu réussissais habituellement à te sortir seul de tes bêtises, je sais que si je ne me débarrasse pas de cet objet détestable, tu es tout à fait capable de le faire toi-même. Je suis donc surpris que tu me déranges pour cela — à moins que, par extraordinaire, tu n'aies enfin acquis une certaine dose de sagesse et pris au sérieux tes devoirs de messager ? ajouta le duc avec un soupir.

Sans sourire, le visage dur et impassible, Jason approuva d'un signe de tête, et Roxbury soupira à nouveau. Son neveu lui rappelait fréquemment et avec force son pays d'origine : comme l'Amérique elle-même, Jason était jeune, téméraire, querelleur et enclin à se servir de ses muscles sans penser aux conséquences. Lentement, Roxbury hocha la tête et examina le corps.

— Jason ! Jason, que tu es insouciant et imprudent ! Ce pauvre type n'est visiblement qu'un voleur ; était-il nécessaire de le tuer ?

— Sur le moment, j'ignorais que ce n'était qu'un voleur. Je ne connaissais pas son identité. On m'a attaqué dans l'obscurité et lorsque j'ai cru ma vie menacée, j'ai agi d'abord et examiné ensuite le bien-fondé de mes gestes !

Une expression peinée sur le visage, Roxbury reprit avec vivacité :

— Maintenant, ne joue pas au dur avec moi, mon neveu ! Cette mine furieuse pourrait tromper les autres, mais moi, je te connais depuis que tu portes des culottes courtes !

Instantanément, Jason changea d'expression ; un large sourire dévoila ses dents blanches.

— Je me demande si un jour vous me le laisserez oublier !

— Pas de danger ! C'est la seule façon dont il faut vous traiter, vous autres blancs-becs. Vous avez besoin que l'on vous rappelle de temps à autre que vous êtes entourés de têtes plus vieilles et plus sensées que les vôtres, lui renvoya le duc.

— Peut-être, mais, dans le cas présent, je crois que vous avez tort de ne lui mettre que l'étiquette de voleur.

D'un mouvement brusque, Jason désigna le corps.

— Je ne vous ai pas tout dit, volontairement. Venez dans ma chambre. J'ai quelque chose à vous montrer.

Légèrement perplexe, Roxbury le suivit dans la chambre. Montrant les bijoux, Jason expliqua :

— Tout d'abord, j'ai eu la même réaction que vous : j'avais par inadvertance tué un voleur ; mais, dans ce cas, pourquoi aurait-il abandonné ceci par terre ? Pourquoi ne les a-t-il pas fourrés dans ses poches avant de s'enfuir, au lieu de rester ici ?

Le duc caressait sa mâchoire d'un air absent. Brusquement, il cessa de regarder les bijoux et, pensif, fit un inventaire détaillé de la pièce avant de dire lentement :

— Tu l'as peut-être surpris en pleine action, tu sais.

Jason nia de la tête.

— Le facteur temps l'exclut. Il pouvait trouver mes objets de valeur et partir, s'il voulait seulement de l'argent. Je le soupçonne d'avoir recherché quelque chose d'autre.

— J'espère sincèrement que tu ne le suspectes pas de s'intéresser aux messages de Jefferson ? questionna Roxbury, en haussant un sourcil.

— Oh, je suis d'accord. Le pauvre diable ne cherchait certes pas les dépêches pour lui-même mais plutôt pour le compte de quelqu'un qui l'aurait engagé dans ce but. Réfléchissez. Il a ignoré l'argent, les vêtements et les bijoux !

— Ce n'est pas cet incident seul qui t'y a fait penser ! Et n'essaye pas de me contredire ! remarqua Roxbury.

Jason sourit amèrement. Habitué à diriger ses propres affaires, il jouait serré et n'admettait pas les intrusions. Mais comme il savait que le duc était au courant de tous les trafics et de toutes les rixes en ville et que très peu de choses échappaient à ses yeux clairvoyants, Jason expliqua :

— Il y a eu deux incidents auxquels je n'ai pas fait allusion auparavant car, considérés en eux-mêmes, ils n'avaient aucune importance — et tout à fait franchement, je ne les estimais pas de votre ressort.

— Si tu veux parler de la tentative faite récemment pour fouiller ta garçonnière et de l'altercation que tu as eue avec ce voleur de grand chemin, je suis déjà au courant de ces deux événements. Me connaissant, tu aurais dû savoir que je les apprendrais ! rétorqua Roxbury avec aigreur.

Piqué au vif par le ton mordant de son oncle, se sentant l'âme d'un élève pris en faute, Jason serra les lèvres sous la colère qui montait en lui.

— En règle générale, je ne fréquente pas des êtres aussi rusés que vous ; vous me pardonnerez donc si j'ai de temps en temps oublié les moyens tortueux que vous employez avec délice, entre autres pour me suivre... J'en déduis que vous avez constamment attaché quelqu'un à mes pas depuis mon arrivée à Londres. Et dans ce cas, pourquoi diable cet espion m'a-t-il laissé faire cette bêtise la nuit dernière ? ajouta Jason d'un ton plus calme car il luttait pour contrôler son humeur enflammée.

— Puis-je d'abord te dire que je n'ai mis personne sur tes traces ? Qu'on n'a assigné que récemment quelqu'un à la surveillance de ta résidence ? Je pourrais ajouter que j'ai appris accidentellement les deux incidents dont nous parlions tout à l'heure, assura le duc, apparemment calmé par l'explosion de son neveu.

Si Roxbury avait espéré apaiser la colère de Jason, il dut être déçu car le visage du jeune homme resta froidement hostile et le duc éprouva un vague regret en voyant que la franchise qui avait existé entre eux avait disparu. Jason ne se confiait jamais à la légère et le duc avait toujours été secrètement content de voir son sauvage de neveu le préférer à son propre père ; Roxbury

122

lui rendait du reste cette affection en le favorisant plus que ses propres fils.

« Quelle erreur de ma part de ne pas avoir mis Jason dans la confidence ! » s'avoua le duc. Il savait qu'il pouvait confier jusqu'à sa vie à Jason ; mais sa prudence innée l'avait poussé à dissimuler l'information. Malheureusement, il était trop tard pour l'expliquer au jeune homme obstiné qui se méfiait à présent. Comme il cherchait des mots qui évoqueraient du moins leur intimité passée, Jason interrompit ses pensées moroses en affirmant d'un ton glacial :

— Si tout ce que vous venez de dire est vrai, c'est extrêmement instructif mais j'attends toujours une réponse à ma question : pourquoi votre espion n'a-t-il fait aucun effort pour empêcher ce qui aurait très bien pu être une tentative d'assassinat sur moi ?

— Pour la simple raison que ton intrus avait déjà tranché la gorge de mon homme, répliqua le duc d'un ton fatigué.

Intéressé, Jason fixa pensivement son oncle. Tout comme Roxbury, la froideur soudaine qui tombait entre eux le rendait malheureux. Découvrir que son oncle manquait de confiance en lui au point de poster un espion devant sa porte aurait dû le décevoir. Mais ce ne fut pas le cas, car, dès l'instant où il apprit que la personne chargée de fouiller ses biens avait été jusqu'à tuer quelqu'un, ce geste le troubla davantage. Comprenant aussi qu'il avait cédé à la déplorable tendance qui le poussait à agir comme un collégien boudeur, il demanda d'un ton beaucoup plus raisonnable :

— Pourquoi me surveillait-on ?

Instinctivement, Roxbury se détendit.

— Un certain nombre de raisons m'ont amené à prendre cette décision. A l'inverse de toi, j'ai immédiatement relié les deux premiers événements. Souviens-toi que cela fait partie de mon travail et je crois qu'au fil des ans j'en arrive à me méfier de tout, même des actes en apparence les plus innocents. Ainsi, lorsque Clive Pendleton « machina » une autre rencontre entre sa maîtresse et toi, mes soupçons s'accrurent. Grâce à mes observations, même limitées, il est apparu qu'il ne s'intéressait pas tellement à toi mais plutôt à tes rapports avec moi et l'ambassadeur Rufus King, ce qui naturellement m'a conduit à penser qu'on connaissait ton rôle de messager de Jefferson. Informé des activités antérieures de Pendleton, il me semblait logique qu'étant incapable d'en apprendre plus par toi directement, il fasse éventuellement fouiller ton appartement dans le but de découvrir le moindre renseignement.

Le duc s'arrêta et jeta un coup d'œil à Jason. Celui-ci ne portait qu'un pantalon jaune pâle et une chemise de lin blanche, ouverte presque jusqu'à la taille. Pour l'instant, il était nonchalamment appuyé contre une des énormes colonnes du lit, ses longues jambes croisées aux chevilles et ses bras légèrement repliés sur la poitrine. Il regardait très attentivement son oncle et Roxbury se maudit en silence de ne pas l'avoir assuré de son concours à la minute même où Pendleton était entré en scène.

Jason avait écouté avec le plus grand sérieux les paroles de son oncle, et lorsque le duc s'interrompit, il lui dit :

— Ne m'en racontez pas plus. J'imagine facilement le reste. Vous espériez surprendre Clive dans une situation suffisamment embarrassante pour qu'il ne puisse s'en tirer.

Roxbury approuva d'un signe de tête, mais c'est avec une pointe d'exaspération qu'il avoua son dépit.

— Et tout ce que nous y gagnons, c'est deux cadavres !

Un large sourire traversa le visage de Jason. Le rire qui se dissimulait dans ses yeux verts incita Roxbury à remarquer avec raideur :

— Ce n'est pas drôle ! Pour une fois que j'avais

l'espoir de voir Clive faire une faute ! Cependant, je dois admettre que son intérêt pour tes faits et gestes me surprend... Jason, es-tu absolument certain que l'intrus ne recherchait pas quelque chose d'autre ? demanda-t-il comme frappé par une pensée soudaine.

— Je n'ai pas de quoi intéresser un espion, et voici le seul objet de valeur qui ne se trouvait pas dans la chambre !

Tout en parlant, Jason s'approcha de Roxbury, défit sa chemise et dénuda son bras droit. Le membre qu'il tendit à l'inspection de son oncle était aussi bronzé que son visage. Le regard de Roxbury se riva sur le large bracelet en or, serti d'émeraudes, qui cerclait l'avant-bras de son neveu.

Le duc souleva le lorgnon qui pendait à un ruban de soie noire et s'en servit pour examiner de près le bel objet au dessin primitif. Après une étude plus poussée, il discerna les vagues traces de gravures jadis inscrites sur le bracelet. Comprenant qu'il devait dater d'innombrables siècles, il fut instantanément frappé par le fait qu'il semblait correspondre totalement au Jason qui se tenait devant lui avec ses cheveux noirs tombant sur le front, sa poitrine nue aux muscles déliés et ses yeux aussi verts que les émeraudes du bracelet. Il paraissait l'incarnation d'un prince sauvage et cruel, et le duc ressentit une fierté presque paternelle envers le jeune animal qui lui faisait face. Mais sa voix n'en laissa rien percer lorsqu'il s'écria d'une voix lente :

— Très beau !

Devant la remarque prosaïque de son oncle, Jason haussa les épaules et rit.

— Vous êtes un démon ! Ce bracelet aztèque vous rend curieux comme pas un.

— Aztèque ? questionna Roxbury avec intérêt.

— Je l'ai trouvé, il y a des années de cela, en territoire espagnol, et je suppose tout simplement qu'il date de cette époque-là. Dès l'instant où je l'ai aperçu, il m'a enchanté et je ne l'ai jamais retiré depuis. C'est un talisman, en quelque sorte, ajouta Jason avec prudence.

— Penses-tu que l'intrus de la nuit dernière le recherchait ?

— J'en doute. Je vous assure que je ne circule pas en enlevant mes vêtements pour l'exhiber.

— Eh bien alors, pourquoi diable as-tu attiré mon attention sur cet objet ?

— Mais parce que vous seul m'avez demandé s'il y avait quelque chose d'autre, rétorqua Jason d'un ton suave.

Roxbury vit son neveu sourire, ce qui ne l'amusa pas outre mesure.

— Très drôle, Jason ! Maintenant, si tu es prêt à te montrer sérieux, nous pouvons poursuivre l'affaire ! Je n'ai pas toute ma journée pour ça. Le Premier ministre, Addington, m'attend à une heure.

— Qu'y a-t-il d'autre ? Je n'ai aucun renseignement sauf ce qui se trouve dans cette tête extrêmement dure à laquelle vous vous référez assez souvent. Averti de l'intérêt que me porte Clive, je ne révélerai sûrement pas ce que je sais. Donc, à supposer que l'incident de la nuit dernière lui soit dû, nous ne pouvons rien faire d'autre que d'attendre une nouvelle tentative de sa part.

— Eh bien ! Je le vois avec plaisir, tu reconnais que Clive peut encore te considérer comme un détail absorbant !

Un aboiement de rire accueillit les paroles acérées de Roxbury.

— Mon oncle ! Mon oncle, quand admettrez-vous que vous n'êtes pas le seul à pouvoir prévoir les événements ?

— Jason ! Ne considère pas cela comme un nouveau passe-temps frivole ! Clive et ses semblables doivent tout ignorer de l'éventuelle signature d'un traité entre la Grande-Bretagne et l'Amérique. Cette paix difficile ne durera pas ; mais nous autres, en Angleterre, devons la prolonger le plus longtemps possible. Si Napoléon apprenait les clauses proposées pour le traité, cela lui fournirait l'excuse qu'il recherche pour envahir La Nouvelle-Orléans, ou il pourrait s'en servir comme motif pour rompre le traité d'Amiens.

La lueur taquine qui scintillait dans les yeux verts de Jason disparut brusquement et, dégrisé, il déclara :

— Je ne traite pas cette affaire aussi légèrement que vous semblez l'imaginer. Je vous l'assure : j'éviterai très prudemment Clive et la délicieuse Elizabeth.

— Si tu pouvais t'en tenir au moins à cela ! murmura Roxbury en soupirant.

Puis, changeant de sujet, il demanda :

— As-tu reçu une invitation pour la réception des Brownleigh ?

Un peu surpris par ce détournement de conversation, Jason leva un sourcil mais répondit assez spontanément :

— Oui. J'y pense d'avance avec plaisir. J'ai refusé de demeurer chez eux et me suis arrangé pour loger dans une auberge proche de leur domaine. Je vais y retrouver Harris et Barrymore.

— Quand rejoins-tu les invités ?

— Pour quelle raison portez-vous un intérêt particulier à la soirée des Brownleigh ? s'enquit Jason avec impatience.

— Jason ! Ne me mets pas des bâtons dans les roues et réponds à ma question !

Vexé, Jason allait montrer à son oncle jusqu'à quel point il pouvait faire obstruction, lorsqu'un regard particulièrement perçant de la part de ce dernier l'y fit renoncer.

— J'accompagne la sœur et la grand-mère d'Harris. Comme j'envisageais de regarder quelques chevaux près de Melton Mowbray, nous devions partir cet après-midi. Vu ce qui vient de se produire, il va bien falloir que j'attende quelques jours encore.

— Cela t'ennuierait-il beaucoup de te conformer à ton projet initial ?

— Aucunement, si vous le désirez. Mais, en ce qui concerne le corps ?

— Tu avais déjà prévu que je m'en débarrasserais pour toi, n'est-ce pas ? Donc, rien ne t'empêche de rejoindre Harris. A vrai dire, je le préférerais. Je pense qu'il vaut mieux que tu quittes Londres un certain temps. La nuit dernière n'est pour rien dans cette décision, excepté qu'elle nous a apporté la confirmation de nos soupçons. Officiellement, tu es ici pour acheter des chevaux. Par conséquent, continue à agir comme si rien ne s'était produit. Que Pierre fasse tes bagages, mais qu'il ne perde pas de temps à ranger ce chaos. J'enverrai quelqu'un pour s'en occuper.

— A vous entendre, on dirait que je ne suis qu'un niais. Depuis de nombreuses années, je me charge de mes propres affaires et je déteste qu'on m'enveloppe dans du coton.

Une lueur de compréhension brillait dans les yeux gris du duc lorsqu'il murmura :

— Je sais. Je te traite comme si tu étais encore sous ma protection en train de poursuivre tes études à Harrow. Pardonne-moi ! Les vieilles habitudes meurent difficilement et, actuellement, plutôt que de rester à Londres, tu me rendrais un grand service en allant chez les Brownleigh et en t'amourachant volontairement de la belle veuve. Ne crains rien. Au besoin, je me mettrai en rapport avec toi.

Jason voulait discuter ce point, mais son bon sens lui prouva le bien-fondé des paroles de son oncle. De ce fait, après le départ de Roxbury, Pierre s'affaira activement au remplissage des valises de son maître qui arpentait l'appartement avec une insouciante énergie. Ses réflexions l'amenèrent à regretter, un bref instant, d'avoir cédé à la requête de Jefferson.

Hormis sa rencontre avec l'ambassadeur américain et les quelques désagréments qu'il venait de subir, la remise des messages ne lui avait rien coûté, admit Jason loyalement. Les conséquences des événements de la nuit précédente ne le transportaient pas de joie, bien sûr, mais il reconnut honnêtement que tous les incidents de ces derniers temps animaient ce qui aurait pu devenir un voyage ennuyeux. La perspective de duels verbaux avec Clive Pendleton ajoutait même du piment à ce séjour à la campagne qu'il prévoyait déjà agréable !

6

Conformément au projet initial, Jason conduisit son cabriolet jusqu'à Melton Mowbray, en suivant posément le vieux carrosse encombrant d'Augusta. Après avoir jeté un regard à l'élégant attelage de Jason que tiraient deux alezans fougueux, Amanda avait immédiatement sollicité l'autorisation d'effectuer le trajet en compagnie du jeune homme. Augusta lui avait lancé un coup d'œil inquiet, mais avait finalement cédé. Les yeux étincelants de plaisir, Amanda avait donc profité du soleil de mars et d'un voyage agréable, dans un véhicule aux solides ressorts.

En raison de leur départ tardif et de l'allure imposée par le carrosse d'Augusta, ils durent passer une nuit en route et n'arrivèrent que tard le lendemain soir chez les Brownleigh. Une réception bruyante s'y déroulait déjà. Néanmoins, fatiguée et d'humeur acariâtre, Augusta avait insisté pour qu'on leur montrât, à Amanda ainsi qu'à elle-même, leurs lits sur-le-champ !

Les deux femmes arrivées saines et sauves à destination, Jason partit à la recherche de son hôte, un petit homme jovial et rondelet, afin de s'enquérir de Barrymore et d'Harris. A son regret, on l'informa que les deux hommes dînaient chez le châtelain voisin en compagnie de quelques autres jeunes gens. Dissimulant sa déception à l'annonce de cette nouvelle, Jason bavarda légèrement tout en observant les convives qui l'entouraient. Il repéra rapidement Clive Pendleton et Elizabeth Markham, mais bien que celle-ci essayât à plusieurs reprises de capter son attention, l'Américain n'était pas d'humeur à badiner ; ses tentatives ne rencontrèrent donc qu'un sourire poli et impersonnel. En prenant finalement congé de son hôte, Jason promit de revenir le lendemain pour la chasse.

L'auberge connue sous le nom d'*Auberge du Renard* surprit agréablement le jeune homme car on avait réservé presque tout le second étage à son usage personnel. On lui avait visiblement donné la meilleure suite — deux grandes chambres à coucher pourvues chacune d'un cabinet de toilette, un salon et une salle à manger privés. On avait également attribué des chambres à ses serviteurs juste au fond du hall. La seconde chambre ne lui parut d'aucune utilité, mais comme elle allait avec la suite... Jason fut pleinement satisfait des dispositions prises.

Tel un animal qui reconnaît des lieux nouveaux, Jason parcourut l'appartement pour se familiariser avec toutes les entrées et toutes les sorties, en sirotant lentement un gobelet de vin. Desserrant sa cravate, il flânait maintenant dans la seconde chambre. Distraitement, il ouvrit d'une chiquenaude la porte d'une armoire en bois de cerisier. Devant son vide béant, il l'imaginait remplie des galons, mousselines et pièces de soie si nécessaires au sexe féminin ! Et il fut surpris lorsque le souvenir, légèrement confus pourtant, de la jeune fille aperçue dans la bibliothèque traversa son esprit comme un éclair. Sacrebleu ! Qu'il désirait se rappeler ce à quoi elle ressemblait vraiment ! Ce n'était pas une servante. Quel dommage ! Car, dans ce cas, il aurait pu tenter sa chance auprès d'elle.

Entendant Pierre qui se déplaçait dans la pièce voisine, Jason se dirigea vers la porte et entra dans sa propre chambre à coucher. Le valet y rangeait les dernières pièces d'habillement. Jetant sa cravate chiffonnée, l'Américain remarqua :

— J'espère que la femme de l'aubergiste est une bonne blanchisseuse. Je ne supporterai pas du linge sale.

— Comme si j'allais confier le linge de Monsieur à ces provinciales ! rétorqua Pierre avec raideur, l'œil outragé.

Dissimulant un sourire, Jason remplit à nouveau son gobelet au carafon posé sur la table bien cirée, installée près d'une cheminée en pierre. Après avoir bravé l'océan Atlantique pour mettre le pied sur le vieux continent, Pierre — qui s'était rarement aventuré plus loin que La Nouvelle-Orléans — se considérait maintenant comme un grand voyageur.

Des années auparavant, Jason avait refusé d'accéder au désir de son grand-père qui souhaitait le voir engager un valet ; mais M. Beauvais avait insisté et, pour avoir la paix, il avait attaché à son service ce Pierre au visage simiesque. En dépit de la détermination de Pierre à vouloir parer son maître à la toute dernière mode, les deux hommes réussissaient à vivre ensemble en assez bonne harmonie. Leur seul véritable affrontement remontait au jour où Pierre n'avait absolument pas pu résister à son envie de commander un pantalon lilas pour son maître.

Jason avait jeté un regard au vêtement présenté et un hurlement de rire avait résonné à travers la pièce. Grandement amusé, il avait lancé le pantalon à son valet surpris en lui disant, en termes clairs, qu'il serait damné si on le voyait dans cette couleur. Quelles affres Pierre souffrit-il ? Nul ne le sut et il ne l'avoua jamais. Par la suite, il se contenta de devenir le complément nécessaire au confort du jeune Savage et maintenant il suivait son maître partout sauf lors des mystérieux voyages de Jason dans les régions désertiques de la Nouvelle-Espagne.

Le lendemain matin, lorsque le jeune homme quitta l'auberge, personne, pas même Pierre, n'aurait pu médire de sa tenue. Une veste en drap vert bouteille s'ajustait superbement à ses bras et à ses épaules ; un pantalon chamois dévoilait la force de ses longues jambes tandis que des bottes d'un noir brillant révélaient l'habileté de Pierre à maintenir les chaussures de son maître dans un excellent état. Jason tenait une petite cravache noire, plus pour la forme que pour l'utilité. Monté sur son acquisition la plus récente — un splendide hunter noir —, il fit sensation parmi le contingent féminin lorsque son cheval alla au petit galop rejoindre le groupe qui attendait le signal du départ, dans la large avenue qui s'étendait devant la demeure des Brownleigh. Elizabeth Markham en particulier ne put s'empêcher de lancer des coups d'œil en biais dans sa direction.

C'était une belle matinée pour la chasse ; l'air était pur et vif avec des nappes de brouillard qui flottaient, spectrales, au-dessus des collines environnantes et des petites vallées. Les chevaux étaient turbulents au moment du départ ; on voyait nettement leur souffle dans l'air glacial. La meute, quant à elle, poussait une série d'aboiements aigus et excités qui se répercutaient dans l'atmosphère limpide.

Jason avait attendu avec plaisir cette matinée qui lui fournirait enfin l'occasion d'une chevauchée agréable, ainsi que l'éventualité d'une nouvelle rencontre avec la charmante veuve.

Sensible aux coups d'œil d'Elizabeth, Jason tenta de se porter à son côté avant l'entrée en scène des chiens et le début de la chasse proprement dite. Mais la meute trouva presque immédiatement une trace à suivre. Comme un seul corps, le groupe tout entier se précipita avec la rapidité du tonnerre derrière les chiens qui aboyaient. Jason perdit la jeune veuve de vue. Quelque temps plus tard, elle apparut soudain à son côté. Elle semblait venir de nulle part et jetait un regard de défi au jeune homme tout en entraînant à vive allure sa jument à la robe d'un gris pur.

Intrépide cavalier lui-même, Jason admira son adresse en selle lorsqu'elle sauta un mur de pierre que la plupart des cavaliers auraient contourné. Il l'évita lui-même, non par manque de courage mais par désir d'épargner son cheval. Le hunter s'était en effet heurté une jambe de devant en franchissant une barrière en bois à quelques milles de là.

Jason se coupa du groupe et pressa son cheval en direction d'un chemin qui retournait à l'auberge. Il s'était à peine éloigné de la chasse qu'il entendit derrière lui les bruits caractéristiques d'un autre cavalier. Il se retourna et découvrit Elizabeth quelques mètres en arrière.

Vêtue d'un costume en velours vert de coupe militaire, d'un petit chapeau perché sur ses boucles luisantes, Elizabeth souriait agréablement tout en amenant son cheval à prendre le pas de celui du jeune homme.

— Quel dommage que votre cheval se soit blessé. Vous allez manquer la curée, remarqua-t-elle.

— Il y aura d'autres chasses dans les prochains jours. De plus, je crains de ne pas posséder l'amour d'un Anglais devant le spectacle d'une meute qui déchire un renard en morceaux, rétorqua Jason en lui retournant son sourire.

— Oh, allons ! Ne me dites pas que vous êtes une de ces poules mouillées qui frissonnent à la vue d'un peu de sang, reprit-elle d'un ton méprisant.

— Puisque vous le dites, madame, répliqua Jason avec un hochement de tête poli qui dissimula un haussement de sourcils.

— Pardonnez-moi. Ce n'était pas courtois. Ma mère me reproche perpétuellement d'être trop impertinente, même pour une veuve. Je devrais apprendre à tenir ma langue, expliqua gentiment la jeune femme, déconcertée par la brève réponse de son compagnon.

— Puisque vous le dites, madame ! répéta-t-il.

Devant cette riposte peu encourageante, une moue se dessina sur les lèvres pleines de la jeune femme qui s'écria d'un ton sec :

— J'aurais apprécié que vous me disiez quelque chose de plus intéressant que ce « puisque vous le dites, madame » !

Jason lui adressa un coup d'œil appréciateur qui enroba ses seins pleins, sa taille mince et ses hanches arrondies. Lentement, la déshabillant du regard, il admira la rougeur qui commençait à monter au visage irrité. Il goûtait l'œuvre d'art que représentait l'ensemble. Puis, il rencontra le regard indigné d'Elizabeth, qu'il soutint en demandant :

— Qu'auriez-vous aimé que je vous réponde ? Vous me suiviez et c'est vous qui avez entamé la conversation.

— Je vois que vous préférez visiblement votre propre compagnie. Je suis désolée de m'être imposée. Excusez-moi, je vais rejoindre les autres ! répliqua-t-elle avec raideur car elle ignorait comment se mesurer à l'Américain.

Elle commençait à faire pivoter son cheval lorsque la main brune du cavalier parvint à saisir ses rênes. L'instant suivant, elle fut brutalement arrachée à sa selle et pressée contre la poitrine de Jason qui l'embrassait de façon cruelle. Cette bouche masculine était chaude sur la sienne. Sous la surprise, elle resta immobile lorsqu'il approfondit son baiser et qu'elle sentit sa main cher-

134

cher la tiédeur de ses seins. Elizabeth était douloureusement consciente du corps mâle qui la maintenait ; et elle ne se mit à lutter, sans grand enthousiasme, pour s'éloigner de lui que parce qu'ils se trouvaient au milieu d'un sentier campagnard.

Jason ignora ses efforts et murmura contre ses lèvres :

— Doucement, doucement, ma belle ! Je sais que ce n'est pas l'endroit qui convient, mais vous êtes tellement tentante. Je veux plus qu'un simple baiser volé. Quand et où pouvons-nous nous retrouver à nouveau dans l'intimité ? lui demanda-t-il après avoir penché la tête pour lui mordiller l'oreille.

Furieuse à la fois contre lui, car il prenait un avantage absolument indiscutable, et contre elle-même pour le flot de désir qui la secouait, elle ouvrit la bouche pour lui lancer quelque parole particulièrement cinglante. Mais il plaça un doigt sur ses lèvres et hocha la tête.

— Si vous le dites, je vous pose à terre immédiatement et m'éloigne sur-le-champ. Si vous rejoignez vos amis, tout sera fini entre nous à l'instant même. Nous ne sommes plus à Londres !

Elizabeth le regarda fixement. Au souvenir de la sensation produite par le contact de son corps contre le sien dans la bibliothèque de Londres et sachant qu'elle voulait cet homme comme jamais, elle accepta avec résignation.

— Le propriétaire de *l'Auberge du Renard*. On m'a dit qu'il était très discret.

A ces mots, Jason lui décocha un sourire rapide. Sans une parole de plus, il la remit sans effort en selle et ils se dirigèrent vers l'auberge.

Le salon de Jason était joliment décoré de tapis épais couleur moutarde, de rideaux jaune pâle et de deux fauteuils en cuir rouge tirés devant un feu joyeux. Une table reine Anne placée près de la cheminée et un canapé bleu installé sous une des fenêtres complétaient l'ensemble.

Trop consciente de l'homme au visage dur qui se tenait à ses côtés, Elizabeth ne jeta pas le moindre regard à la pièce lorsqu'elle s'assit doucement sur le canapé. Jason versa du vin chaud épicé, qui attendait commodément sur la cheminée, et l'offrit à Elizabeth avec un sourire si lent et intime que son cœur s'affola.

Seul le crépitement du feu rompait le calme qui emplissait le salon. Jason s'assit nonchalamment dans un fauteuil et tendit ses jambes vers les flammes. Elizabeth l'observait, et le silence qui pesait entre eux commençait à lui porter sur les nerfs.

Jason la regarda à la dérobée et sourit intérieurement. Ah, les femmes ! Pourquoi fallait-il toujours les convaincre de vous rejoindre au lit ? Soudain impatient des jeux de l'amour, il posa son verre de vin et se leva d'un mouvement silencieux. Traversant la pièce pour se placer devant la jeune femme, il lui prit son verre et l'attira ensuite lentement dans ses bras. Une profonde fossette apparut sur sa joue gauche lorsqu'il lui sourit langoureusement. Ses yeux caressaient ouvertement le corps qu'ils parcouraient. Puis sa bouche ouvrit celle d'Elizabeth en un long baiser exigeant ; avec un soupir de satisfaction, elle se serra contre lui.

Il la voulait et elle s'en rendit compte en sentant son corps dur épouser le sien et ses mains la caresser franchement. Elle comprit que la passion de Jason augmentait lorsqu'il la poussa doucement sur le canapé. Il écarta sa veste et ouvrit son corsage pour dévoiler les mamelons qu'il désirait toucher. Puis il continua d'explorer son corps impatient. Ses mains exigeantes relevèrent vivement sa jupe et elle se cambra pour se rapprocher de lui, en gémissant de plaisir sous ses doigts. Promptement, Jason couvrit de son corps celui de la jeune veuve, et la pénétra avec une telle violence qu'elle tressaillit. Mais soudain, gagnée par son propre plaisir, elle alla au-devant de toutes les poussées brutales de son partenaire ; il l'emporta jusqu'à la jouissance avec une expérience qui la laissa faible et comblée.

Un peu plus tard, Jason se dressa, rompant le silence qui avait envahi la pièce.

— N'était-ce pas plus excitant que l'observation d'une meute qui détruit un petit renard ? demanda-t-il à Elizabeth d'une voix moqueuse.

Par la suite, il admit qu'il s'était comporté comme un barbare, méritant probablement tous les autres noms que la jeune femme lui avait lancés à la tête avec colère. Mais son persiflage avait accompli deux choses qui le soulagèrent. En effet, ses paroles avaient immédiatement réduit sa compagne au silence, l'empêchant ainsi de le questionner en vue d'obtenir des renseignements. D'autre part, elles avaient entraîné le départ précipité de la veuve. Furieuse de le voir traiter aussi légèrement leurs jeux amoureux, elle s'était levée subitement et avait à peine rajusté ses vêtements qu'elle quittait déjà la pièce. Observant ses mouvements, Jason avait contenu avec beaucoup de difficulté le rire qui s'étranglait dans sa gorge. Souriant en lui-même après la sortie d'une Elizabeth déchaînée, il secoua la tête. Quel agréable interlude ! Mais il se serait damné plutôt que de présenter ses excuses à la jeune femme ou à toute autre personne de son sexe pour avoir pris ce qu'on lui offrait. Elizabeth se prenait beaucoup trop au sérieux !

Le soir même, Barrymore lui fit indirectement écho en exposant une pensée à peu près identique devant Jason et Harris alors que tous trois se détendaient dans l'appartement de Jason après le dîner. Quelques heures après le départ d'Elizabeth, les yeux pétillants, Barrymore était entré en coup de vent chez son ami sans se faire annoncer. Il lui raconta qu'il avait innocemment demandé à la jeune femme si elle avait vu l'Américain ce matin-là et qu'en guise de réponse elle l'avait rembarré vivement. Par la suite, Barrymore plaisanta Jason sur la façon sans doute maladroite dont il l'avait traitée. Ce dernier prit les railleries de son ami avec bonne humeur et lui retourna des réponses qui ne l'engageaient en rien. Quelques minutes plus tard, il orienta adroitement la conversation sur les chevaux qu'ils devaient voir au camp gitan.

Immédiatement, Freddy se lança dans un récit coloré des activités qu'il avait entreprises pour le compte de Jason. Il avait organisé une visite au campement gitan pour le lendemain matin.

Avant qu'il n'ait pu en dire davantage, Harris arriva et Jason observa ses deux joyeux compagnons avec une affection amusée. Comme ils s'installaient pour une longue soirée qu'ils passeraient à jouer aux cartes et à boire, Jason estima qu'il n'aurait pu trouver dans toute l'Angleterre deux hommes aussi loyaux et sociables qu'eux. Il souhaitait cependant que Barrymore cessât de le critiquer à propos d'Elizabeth Markham.

Mais Freddy ne put résister à l'envie qui le tenaillait. Clignant ses yeux de hibou par-dessus le bord de son verre, il avertit à nouveau son ami :

— Tu ferais bien de te surveiller avec la veuve. Si tu n'es pas prudent, tu te retrouveras pieds et poings liés à cette greluche ! Elle a des vues sur toi !

Freddy était plus près de la réalité qu'il ne le croyait. En effet, après quelques réflexions sévères, Elizabeth avait décidé que Jason Savage ferait un mari parfait. Il était beau et possédait une grande fortune — facteur qui revêtait une importance certaine dans la froide estimation de la veuve — et malgré son habitude bizarre de persifler en des circonstances inopportunes, c'était un excellent amant. Mentalement, elle examina l'éventualité d'une rivale. Observant avec suffisance ses charmes généreux dans le miroir, elle en vint à considérer toutes les autres jeunes femmes comme quantité négligeable. Elizabeth était donc satisfaite lorsqu'elle descendit nonchalamment l'escalier ce soir-là pour rejoindre les autres invités. Mais au fil de la soirée, une moue de déconvenue déforma ses lèvres quand elle découvrit que Jason avait préféré ne pas assister à la réception organisée par les Brownleigh. Pour l'éblouir, elle avait revêtu une robe en soie verte excessivement décolletée.

Clive n'arrangea pas les choses en lui murmurant :

— Ta proie t'a abandonnée ce soir, il me semble. Permets-moi de te donner un conseil, ma chère : attention à ne pas te précipiter sur ton gibier avec trop d'impétuosité. Savage peut trouver plus de plaisir à chasser qu'à être chassé.

Elizabeth lui décocha un coup d'œil chargé de colère.

— Essaierais-tu par hasard de m'expliquer comment séduire un homme ? Dans ce cas, je pense pouvoir apaiser tes craintes. Si je te racontais que nous avons passé la matinée dans son appartement, et qu'il ne pouvait pas garder ses mains éloignées de moi ! Il n'y a pas ici une seule femme qui puisse en dire autant !

— Exact. Mais la plupart ne se couchent pas non plus avec autant d'empressement ! rétorqua Clive avec cruauté.

Observant avec satisfaction la bouffée de rage qui montait au visage de sa complice, il sourit doucement puis quitta la salle.

Quelques minutes plus tard, il fronça les sourcils en pensant à la jeune femme. Elle devenait trop sûre d'elle depuis l'arrivée de Savage et Clive n'était plus certain de pouvoir encore lui faire confiance. Tant qu'elle serait capable de tout pour obtenir de l'argent, elle agirait selon ses ordres. Mais si Savage en faisait officiellement sa maîtresse, il doutait qu'elle réfléchirait à ce qu'elle deviendrait après le départ de Jason pour l'Amérique. Et elle était assez stupide pour croire que Jason pouvait proposer le mariage à quelqu'un de son espèce. Il y avait également chez Elizabeth un trait qui l'avait toujours fasciné : sa colossale vanité. Certes, elle était capable de glaner quelques renseignements sur les rapports entre Jason et le duc de Roxbury et sur la visite de l'Américain à Rufus King. Néanmoins, sa curiosité à lui, Clive, restait pour l'instant insatisfaite — jusqu'ici, Elizabeth ne lui avait fourni que des excuses.

Ecartant temporairement l'idée d'un éventuel engagement politique de Jason, Clive orienta son esprit vers un sujet plus profitable : la mystérieuse carte que désirait Davalos.

Comme il se méfiait d'Elizabeth, il s'était abstenu de l'informer en détail de sa rencontre avec l'homme de la Louisiane. Son marché avec Davalos resterait un secret. Il fronça les sourcils une seconde en se rappelant avec déplaisir l'échec de la tentative de l'autre nuit pour fouiller la garçonnière de Savage. Maudit soit l'homme d'être rentré si tôt ! Et il se demanda ce que Jason avait fait de l'intrus.

Mais il ne s'attarda qu'un instant sur ces événements passés.

Il venait de trouver une façon de combiner son travail pour Davalos et son désir de posséder — ou de perdre — Catherine. Le moyen de découvrir cette carte, pour laquelle Davalos consentait à payer un prix très élevé, associée à la vieille lettre de Rachel lui procurerait l'occasion de tenir la dragée haute à la jeune fille.

Catherine ferait n'importe quoi pour sa mère — même si, pour cela, on l'obligeait à fouiller la chambre d'un étranger et à chercher une mystérieuse carte. Elle ignorait que la vieille missive de Rachel était relativement inoffensive et lui s'arrangerait pour qu'elle crût sa mère fortement menacée d'une dénonciation. En outre, il y gagnerait de plier la jeune fille à sa volonté, en la forçant à exécuter le vol qu'il projetait, pensa-t-il avec une joie mauvaise. Il était temps qu'il ait une conversation personnelle avec Catherine, décida-t-il, un sourire déplaisant aux lèvres. Elle allait appren-

dre qu'il n'était pas prudent de le rejeter avec mépris
— et que, d'une façon ou d'une autre, il obtenait toujours ce qu'il voulait !

7

De très bonne heure le lendemain, Clive se rendit au
campement gitan, situé à quelques milles de Melton
Mowbray. Il trouva assez facilement le rassemblement
de roulottes aux couleurs criardes et de tentes en
loques qui se nichaient dans une petite vallée entourée
de bois. Un cheval renâcla en frappant le sol dans l'air
froid du matin. Assourdi et indistinct, le bruit flotta
dans l'atmosphère jusqu'aux oreilles de Clive tandis
qu'il contenait sa propre monture.

Au premier coup d'œil, les habitants semblaient
dormir encore car l'endroit avait une apparence de
désolation. Les chiens dormaient sous les chariots. Une
vieille femme aux cheveux noirs striés de gris sortit
d'une tente pour jeter quelques brindilles sur un des
feux qui se consumaient. Ses vêtements déchirés
n'avaient plus aucune couleur mais ils portaient encore
les traces d'un dessin jadis vert et jaune ; des anneaux
dorés pendaient à ses oreilles et un châle couvrait ses
épaules décharnées. En l'observant avec un dégoût
mal dissimulé, Clive se demandait ce qui poussait
Catherine à rechercher avec obstination la compagnie
de ces gens.

Il avait dû faire du bruit car la vieille se retourna soudain pour regarder fixement dans sa direction ; ses yeux
noirs s'agrandirent lorsqu'il s'avança. Il reconnut
Reina au moment même où celle-ci le reconnaissait, et
le sourire de bienvenue que la gitane ébauchait se figea.
Ses yeux se rétrécirent et elle cracha violemment en

direction du feu. La contrariété rendant sa voix plus aiguë, Clive demanda d'un ton sec :

— Où est Catherine, ou plutôt Tamara, comme vous continuez à l'appeler ?

— Tamara dort encore, mon gaillard. Vous devrez vous divertir tout seul jusqu'à ce qu'elle se réveille et soit prête à vous voir... Profitez-en donc pour rendre visite à Manuel. Il est dans la roulotte que vous voyez là-bas, ajouta sournoisement Reina après un temps d'arrêt.

Elle accompagna ses paroles d'un mouvement brusque de la tête pour lui montrer la voie à emprunter puis, délibérément, elle lui tourna le dos.

Devant le ton et l'attitude de Reina, Clive serra les lèvres.

« Vieille garce insolente ! J'aurais dû lui trancher la gorge il y a longtemps ! » maugréa-t-il en la suivant des yeux.

Comprenant que Reina n'ajouterait rien, Clive fit demi-tour pour se diriger vers le chariot indiqué.

Peint en rouge et or éclatant, le chariot qu'occupait Manuel était une maison sur roues, comme toutes les roulottes gitanes. Il était néanmoins plus grand que la plupart, comme il convenait à son rang de chef de tribu. Au moment où Clive l'atteignait, la porte s'ouvrit et Manuel en descendit.

La peau du gitan était basanée, et ses yeux d'un noir vif, semblables à deux joyaux étincelants, luisaient dans son visage gai. Il souriait en sortant de la roulotte, de ses dents très blanches qui contrastaient avec son visage brun ; mais son sourire disparut pour faire place à une grimace lorsqu'il aperçut Clive.

— Que voulez-vous ? grommela Manuel.

Clive haussa les épaules.

— L'accueil que vous et votre mère me réservez ne manque jamais de me consterner.

Manuel continua à le fixer avec hostilité. Impatient,

142

détestant chaque seconde qu'il devait passer parmi les gitans, Clive interrogea d'une voix froide mêlée de mépris :

— Où est Catherine ?

Manuel fit mine de ne pas comprendre et Clive reprit avec colère :

— Oh, très bien. Zut ! Tamara, puisque vous insistez pour l'appeler encore ainsi. Où est-elle ? Je la sais ici, aussi allez me la chercher — immédiatement !

— Je suis juste derrière vous, Clive, et j'aimerais, à l'avenir, que lorsque vous vous adressez aux personnes qui demeurent sur mes terres vous fassiez preuve de la courtoisie la plus élémentaire — si vous en êtes capable !

Entendant Catherine lui parler d'un ton sec teinté d'une pointe de sarcasme, Clive se retourna lentement et il eut du mal à la reconnaître dans la jeune fille qui se tenait devant lui. Elle ressemblait peu à la demoiselle réservée qu'il avait vue récemment à Londres. Libérés de leurs tresses, ses cheveux formaient une masse ondulante de soie noire qui tombait presque jusqu'à sa taille mince, ce qui changeait toute la physionomie du visage et donnait à ses traits un aspect sauvage et passionné, caché auparavant. Elle n'était plus habillée à la dernière mode, mais portait le costume d'une jeune gitane, composé d'une jupe toute simple écarlate et d'un corsage en mousseline jaune clair. En cet instant, avec ses yeux violets, hostiles et méfiants, elle rappelait au jeune homme un petit chat qui hésitait entre détaler pour se cacher ou bondir et griffer.

— Excusez-moi. Il fallait que je vous parle d'un sujet qui relève d'une certaine urgence, et Manuel y faisait plutôt — hmmm — obstacle, expliqua Clive en se forçant à un simulacre de sourire.

A ces mots, Catherine devint soucieuse.

— De quoi s'agit-il ? De ma mère ? Quelque chose est-il arrivé à Rachel ? questionna-t-elle rapidement d'une voix anxieuse.

— Non. Rien ne lui est arrivé... tout au moins, pas encore ! murmura Clive doucement car, pour lui, Catherine n'aurait pu mieux réagir.

— Qu'entendez-vous par « pas encore » ?

— Eh bien, cela dépend entièrement de vous, ma chère. Venez, allons nous entretenir en tête à tête. C'est un sujet personnel qui ne doit pas se colporter dans tout le camp.

Les sourcils froncés, elle le regarda avec suspicion. Manuel s'approcha d'elle et lui parla dans la langue des bohémiens.

Le camp s'éveillait petit à petit : le cliquetis des marmites résonnait maintenant ; une odeur de fumée de bois et de bacon frit planait dans l'air. De quelque part derrière les chariots, on entendait les voix graves des hommes qui nourrissaient le bétail. Mais en ce qui concernait les trois personnes réunies près de la roulotte rouge, elles auraient pu se trouver à des milles de là. Brusquement, d'un mouvement rapide de la main, Catherine imposa silence à Manuel pour lui répliquer en romano d'un ton apparemment résigné. Sa réponse dut satisfaire le gitan car, non sans avoir jeté auparavant un regard plein de dégoût à Clive, il s'éloigna.

Catherine observa Clive une minute. Elle se méfiait de lui mais se sentait contrainte d'accéder à sa demande devant la menace contenue dans ses paroles.

— Très bien. Nous nous éloignerons donc vers un lieu où personne ne pourra surprendre notre entretien.

— Pourquoi ne pas aller dans votre roulotte ? J'ai appris que le comte en a fait construire une spécialement pour vous.

Catherine lui lança un coup d'œil avant de déclarer tranquillement :

— Croyez-vous que j'irais m'isoler quelque part avec vous, dans un endroit où ni Manuel ni les autres ne pourraient voir ce que vous feriez ? Je n'ai pas oublié ce qui est arrivé la dernière fois que vous m'avez trouvée seule. En outre, j'ai promis à Manuel de ne pas le faire. C'est à cette unique condition qu'il a accepté de nous laisser, ajouta-t-elle d'une voix froide.

Clive perdit un peu de sa suffisance et ses yeux devinrent encore plus gris ; pourtant il dissimula ses pensées lorsque Catherine le conduisit à une petite clairière juste au-delà du campement. La plupart des arbres étaient encore nus, mais le lieu permettait une certaine intimité même s'ils restaient en vue du camp.

S'arrêtant au centre de la clairière, la jeune fille se tourna vers Clive pour lui demander brusquement :

— Que se passe-t-il avec ma mère ?

— Actuellement, Rachel joue un très petit rôle et si vous faites ce que je vous demande, il ne lui arrivera rien. J'attends de vous que vous trouviez pour moi un document appartenant à un Américain qui réside à *l'Auberge du Renard*, commença doucement Clive.

— Pourquoi devrais-je courir un tel risque, et pourquoi accepterais-je de voler pour vous ? Je ne vous comprends pas. Et quel rapport avec ma mère ? interrogea Catherine, perplexe.

Le regard froid, un sourire désagréable aux lèvres, Clive tira un morceau de papier d'une poche intérieure de sa veste.

— Vous pourrez lire ceci si vous le désirez. Mais pour simplifier l'affaire, sachez qu'il s'agit de la copie d'une lettre écrite par Rachel à une cousine française durant la guerre avec Napoléon. La plus grande partie de la lettre ne concerne que des bavardages féminins, mais, à la fin, Rachel cite un certain lieutenant Starmer qui avait rendu visite à quelques amis près d'ici.

Il s'arrêta ; Catherine le surveillait attentivement. Le sourire de Clive s'accentua. Il poursuivit :

— Rachel fut suffisamment imprudente pour mentionner le lieu de départ du lieutenant Starmer ainsi que le nom de son bateau. Malheureusement, peu après sa sortie du port, le navire sombra sous le feu ennemi.

— Donc ? s'enquit Catherine que cette explication consternait de plus en plus.

— Donc, ma chère Catherine, quelqu'un pourrait laisser entendre que Rachel espionnait pour le compte de Napoléon en décrivant aux Français le mouvement des troupes. Nous savons tous deux qu'il en est autrement et que ce fut une coïncidence tragique — mais je me demande si mon ami attaché aux Horse Guards, le Major White, verrait cela du même œil.

Si Catherine avait jamais eu un jour quelques doutes sur le bien-fondé de son aversion pour Clive, ils se seraient évanouis à l'instant même.

— Vous êtes un démon ! cracha-t-elle en bondissant pour se saisir de la lettre.

Mais Clive se mit prestement hors d'atteinte. A la seconde où elle bondissait, la raison triompha de la colère aveugle qui l'avait envahie. Elle ne poursuivit pas plus avant sa tentative et se contenta de foudroyer du regard l'homme qu'elle haïssait d'oser menacer Rachel. Elle dut admettre également qu'elle éprouvait un sentiment proche de la crainte. Elle n'avait pas d'autre choix que de lui obéir — elle ne pouvait courir le risque que Clive remette cette lettre à l'armée. Même si on réussissait à prouver l'innocence de Rachel, celle-ci devrait subir les commérages et les conséquences qu'entraînerait l'apparition de cette missive. Catherine eut mal au cœur à la pensée que la paisible et timide Rachel risquait de se trouver à la merci de quelque officier en colère. La supposition de Clive se révélait juste : Catherine ferait tout pour épargner sa mère — même si, pour cela, elle se mettait elle-même en danger.

Frustrée et irritée, la jeune fille ne cessait de lui jeter des regards furieux. De son côté, Clive fixait le petit visage expressif et il ne put contrôler l'éclat du désir qu'il avait d'elle. Suffisamment avertie, Catherine reconnut la concupiscence qui brillait dans son regard, ce qui la dégoûta. Avec détermination, elle refoula la nausée qui lui montait à la gorge.

— Vous m'écœurez! Comment pouvez-vous nous faire cela? Je croyais que vous aimiez bien Rachel. Pensez-vous que votre geste m'aidera à vous apprécier davantage?

— Si je vous promettais de jeter ce dangereux morceau de papier, m'épouseriez-vous? demanda Clive.

— Certainement pas! Je ne vous épouserais pas, même si vous étiez le dernier homme sur la terre! s'écria Catherine, outrée.

— Vous voyez bien! Je n'ai par conséquent rien à perdre. Je n'ai jamais caché que je vous veux et je vous aurai, consentante ou non. Puisque vous ne viendrez pas de vous-même dans mes bras, je m'amuserai en vous forçant à exécuter mes volontés. Vous fouillerez cette chambre pour moi!

— Entendu. Vous ne me laissez pas le choix, acquiesça-t-elle d'un ton morne car elle se savait battue — pour le moment tout au moins.

En souriant, Clive lui glissa un papier dans la main.

— Voici un plan de l'étage de l'auberge où séjourne Jason Savage. Vous pouvez l'atteindre en utilisant le treillis de roses qui s'élève près d'une des fenêtres.

Il indiqua l'emplacement sur le plan et continua rapidement son explication.

— Son valet dort quelque part ailleurs. Si vous êtes prudente, vous pourrez ainsi fouiller son appartement sans qu'on vous découvre. Dans une semaine à dater de ce soir, Savage et les autres invités des Brownleigh assisteront à un bal chez le comte de Waterford. Comme la demeure du comte se situe à quelques milles de l'auberge, Savage rentrera tard. Vous aurez par conséquent toute la soirée pour gagner son appartement et le fouiller... Vous n'êtes absolument pas obligée de le faire vous-même. Si vous préférez que ce soit Manuel, je n'y vois aucun inconvénient, ajouta Clive après un temps d'arrêt.

— Je refuse de mettre quelqu'un d'autre en danger. J'irai moi-même. Que dois-je voler ? interrogea la jeune fille en lui lançant un regard perçant.

— J'ai des raisons de croire que quelque part dans ses bagages, Savage a une carte ou un graphique qui pourrait m'intéresser. Je veux que vous trouviez cette carte et me la rapportiez.

— Une carte de quoi ?

D'abord peu disposé à répondre à cette question, Clive fronça les sourcils, mais après un instant de réflexion, il déclara :

— Je n'en suis pas certain. Je ne peux même pas affirmer que cette carte existe. Mais j'ai de bonnes raisons de croire qu'elle se trouve là-bas, et, dans ce cas, je peux la vendre pour une belle petite somme.

Pensive, Catherine demanda :

— Qu'est-ce qui m'empêcherait de ne rien faire et de vous dire que je n'ai pas trouvé la carte ? Vous venez d'affirmer que vous n'étiez même pas certain de son existence.

— Ne soyez pas sotte, ma chère ! Si vous me mentez, je le saurai ! J'ai des moyens de le découvrir. Et je vous promets qu'alors rien ne m'arrêtera plus et je causerai la perte de votre mère. N'en doutez pas : si je le décide, je le ferai ! Selon ma convenance, je pourrais par exemple rassembler de nombreuses preuves de trahison. Je connais tellement de gens habiles — certains même sont capables de forger des lettres supplémentaires que Rachel aurait pu écrire. Pensez-y ! Et, à la réflexion, vous vous apercevrez peut-être que ma demande en mariage n'est pas si déplaisante que cela.

— Vous êtes vraiment un démon ! lâcha-t-elle les dents serrées.

— Et je commence à me lasser de devoir vous appeler du nom que vous portiez dans votre enfance ! Si vous persistez sur ce point, je peux démasquer Rachel simplement pour vous apprendre qu'il ne fait pas bon m'ennuyer !

Les yeux de Catherine flambèrent de haine, mais elle refréna les paroles de colère qui allaient déferler. Clive était parfaitement capable de mettre sa menace à exécution. Voler une carte à un étranger lui parut un petit prix à payer pour l'empêcher de nuire à Rachel. Mais Dieu — quelle humiliation !

Impassible, Clive poursuivait doucement :

— Si vous ne trouvez pas la carte, assurez-vous que vous ne laissez aucune trace de votre passage. Je ne veux pas qu'il ait des soupçons. Il est possible que ce que je recherche se trouve encore dans ses bagages à Londres.

Il ne leur restait plus maintenant qu'à fixer la date de leur prochaine rencontre.

— Comment vous informerai-je du résultat ? s'enquit Catherine d'une voix calme.

Clive ne put répondre car un rire viril fendit l'air doux du matin. Catherine pivota pour regarder le grand homme qui traversait la clairière et son cœur bondit inexplicablement. Elle le reconnut instantanément et sentit un frisson la parcourir. La pensée qu'il pourrait se souvenir d'elle la terrifiait. Ses yeux croisèrent alors ceux de l'homme. Sous ce regard qui l'évaluait ouvertement, elle oublia tout et ne retint que l'émotion qui soulevait son cœur et l'excitation qui la traversait de façon insensée.

Jason la fixait, sans faire d'effort pour cacher son admiration. Pendant son approche, il avait remarqué l'intimité qui semblait régner entre Clive et Catherine. Avec insouciance, il supposa que la gitane était la maîtresse de Clive — pour l'instant ! En son for intérieur, il ne doutait pas qu'elle allait se trouver d'ici peu sous sa protection, car soudain, avec une force qui le surprit, il avait faim d'une femme — de cette femme ! Elle était beaucoup trop belle pour se consumer en compagnie d'un vaurien comme Clive.

Catherine sentait de façon insoutenable qu'il continuait à la contempler. Pendant une seconde de folie sauvage, elle désira qu'ils fussent seuls. Mais immédiatement ou presque, elle bannit l'idée de son esprit. Cet homme qu'elle n'avait jamais rencontré l'attirait-il vraiment à ce point ? Au point de ne pouvoir souhaiter que de se trouver seule avec lui, à la merci de tous les plaisirs que ses yeux et sa bouche promettaient ? Non ! Jamais !

Elle se sentit soulagée lorsque, pressé par Jason, Clive s'adressa à elle sous le nom de Tamara. Pour une raison qu'elle ne s'expliquait pas, elle ne voulait pas que cet homme qui la troublait sût qu'elle était Lady Catherine.

Après les brèves présentations faites par Clive, Jason planta ses yeux dans ceux de la jeune fille.

— En ce moment, je me réjouis tout particulièrement que Freddy se soit arrangé pour que nous chevauchions jusqu'ici aujourd'hui. Sinon, je n'aurais probablement jamais rencontré votre belle amie, avoua Jason Savage.

Et nul ne douta qu'il sous-entendait quelque chose de considérablement plus intime que le terme « amie ».

Clive ne supportait pas l'attitude du nouvel arrivant. Voir cet homme explorer des yeux le corps de Catherine le rendait furieux. Bouleversé, il prit brusquement conscience de sa jalousie. Comment osait-il la regarder ainsi — elle lui était réservée, à lui Clive ! Il remarqua également l'effet bizarre que Jason produisait sur Catherine. Même si elle n'en était pas consciente, Clive devinait sans peine que Jason éprouvait pour elle un intérêt plus que passager. Une inquiétante émotion tordit ses entrailles au point de lui faire presque oublier le lieu où ils se trouvaient. Se ressaisissant avec effort, il se jura que Jason regretterait d'avoir exposé si clairement son désir.

— Qu'est-ce qui vous amène au camp, Jason ?

demanda-t-il d'une voix mielleuse, tout en dissimulant son ressentiment.

— Je suis venu examiner les chevaux. On m'a dit que ce groupe de gitans possédait quelques très beaux animaux, répondit l'Américain, sans cesser d'étudier avec insolence la silhouette élancée qui se tenait aux côtés de Clive.

Puis il hocha la tête en direction du camp et poursuivit :

— J'ai laissé en arrière Barrymore et Harris qui admirent quelques — hmmm — animaux d'une toute autre espèce. Barrymore paraît tellement ensorcelé par une séduisante personne aux yeux noirs qu'il a refusé de s'arracher à sa compagnie.

Les pensées de Jason suivaient visiblement le même chemin car il était singulièrement peu disposé à interrompre sa contemplation. Poussé par la jalousie et la rancœur, Clive déclara :

— Je dois vous quitter, mais Tamara peut vous montrer les chevaux — si ce sont les chevaux qui vous intéressent réellement !... Et dans le cas contraire, elle vous aidera peut-être d'une autre façon également, ajouta-t-il en jetant un regard sombre à Catherine.

L'esprit troublé par des réflexions contradictoires, Catherine sentit son visage s'embraser devant le sous-entendu et sa colère contre Clive s'accrut. En même temps, elle se refusa à examiner les émotions que lui inspirait l'Américain. Quelque chose en lui la fascinait et l'avertissait tout à la fois d'un danger. Pour l'instant, elle désirait seulement le voir s'arrêter de la fixer comme il le faisait — c'était extrêmement grossier et mal élevé de sa part ! Profondément troublée, elle hésitait sur la conduite à adopter face à Jason. Le départ brusque de Clive une seconde plus tard ne l'aida en rien à résoudre son dilemme. On la laissait seule avec Jason et elle n'était pas tellement sûre que cela correspondait à ses désirs — bien qu'elle y eût aspiré quelques minu-

151

tes auparavant. Vexée devant les émotions qui la submergeaient, Catherine se mordit la lèvre et jeta un regard curieux à l'adresse de Jason. Ses yeux rencontrèrent un regard vert et ce qu'elle y lut fit douloureusement battre son cœur.

Profondément enfoncés sous des sourcils noirs, les yeux de Jason hypnotisaient Catherine et elle oublia qu'elle le fixait et que son regard voyageait lentement sur le visage de l'homme. L'arrogance de ses traits, ses narines légèrement évasées et ses pommettes saillantes l'attirèrent à nouveau. Incapable d'en détacher ses yeux, elle le regardait fixement. La bouche de Jason, qu'arquait maintenant un sourire impudent, captivait la jeune fille. En observant la lèvre inférieure pleine et sensuelle, elle l'imaginait durcie par la passion et, avec étonnement, elle s'aperçut soudain qu'elle voulait que Jason l'embrassât comme Clive l'avait fait. Le bruit produit par le rire de l'Américain la ramena brusquement à la réalité et elle tressaillit comme une coupable.

— Satisfaite ? Je suis sûr que vous me reconnaîtrez à l'avenir, dit-il légèrement.

— Je m'excuse de vous avoir fixé, monsieur, mais c'est la première fois que je vois un Américain, affirmat-elle d'un air de sainte-nitouche.

Jason lui jeta un coup d'œil attentif que les yeux violets de Catherine lui renvoyèrent innocemment. Trop innocemment, pensa-t-il.

— Eh bien, vous en avez vu un maintenant. Et je propose que vous me conduisiez jusqu'aux chevaux ou au moins jusqu'à quelqu'un qui pourra répondre à certaines de mes questions.

Puis, il tendit une main brune aux doigts minces et lui souleva doucement le menton en poursuivant :

— J'aurai du temps plus tard pour parfaire nos relations, *chérie*, mais pour l'instant, les mérites des chevaux m'intéressent plus que vos charmes manifestes.

152

La saisissant par les épaules, il la fit pivoter rapidement en direction du camp et tapota gaiement ses fesses rondes, en commandant avec bonne humeur :

— Avancez !

A la fois émue et confuse, Catherine exécuta son ordre sans discuter. Mais elle avait à peine parcouru quelques pas que sa colère s'éveillait déjà. Comme elle ne possédait pas un tempérament calme, elle faillit se jeter sur lui toutes griffes dehors.

« Cet homme arrogant et hautain mérite une leçon », décida-t-elle. Manuel pourrait peut-être lui jouer un mauvais tour en lui faisant acheter le cheval de selle tape-à-l'œil qu'il avait gagné lors d'une partie de cartes, pensa-t-elle avec un amusement soudain. L'animal était beau à voir, mais ne possédait pas la puissance d'un cheval de fond — une vraie limace. Savage resemblerait à un imbécile s'ils arrivaient à obtenir qu'il achetât la bête. Cela lui apprendrait à la traiter de façon aussi familière !

Avec une certaine affabilité, elle présenta l'Américain à Manuel en ajoutant d'un ton joyeux en romano :

— Manuel, essaye de lui vendre le nouveau. Tu sais, le magnifique alezan sans fond. Et colle-le-lui pour un bon prix !

Puis, après un sourire limpide à l'homme basané qui se tenait à ses côtés, elle commençait à s'éloigner lorsqu'elle s'arrêta brusquement car Jason expliquait d'un ton pensif :

— On m'a toujours appris qu'il était impoli de s'entretenir avec quelqu'un dans une langue que les autres personnes présentes ne comprenaient pas... Naturellement, je l'ai personnellement fait lorsque j'organisais quelque chose de désagréable pour l'étranger, ajouta-t-il.

Son regard dur et son sourire énigmatique la clouèrent sur place et elle cherchait comment lui répliquer quand il poursuivit :

— Mais je suis sûr que vous ne feriez jamais une telle chose ! En particulier à quelqu'un qui a tant à vous offrir !

Distraitement, il prit une boucle noire qui reposait sur la poitrine de Catherine et les cheveux, comme d'eux-mêmes, s'enroulèrent autour de sa main. Toujours cet étrange sourire aux lèvres, il insista :

— Croyez-moi, petite ! J'ai beaucoup à vous donner. Je n'aurais pas choisi cet instant pour en discuter, mais je peux vous offrir plus que Clive Pendleton et je le désire de plus en plus. Vous êtes une créature ravissante. Si vous étiez ma maîtresse, vous ne manqueriez de rien ; et moi, je ne vous partagerais pas, comme Clive semble le faire. Si vous m'appartenez un jour, vous ne devrez plaire qu'à moi seul ! Donc, ne me jouez pas des tours stupides !

Ecarlate, Catherine resta stupéfaite devant la calme présomption qu'elle était à vendre. Elle n'était pas sans connaître les visites nocturnes que de jeunes roués à belle allure rendaient aux gitanes consentantes, mais que cet étranger se fût déclaré de sang-froid prêt à acheter sa compagnie et même plus la laissa silencieuse et effarée. En songeant à ce qu'il voulait avec précision, sa bouche s'assécha soudain et elle fut incapable de prononcer un mot. Pendant ce qui lui sembla des heures, elle demeura clouée au sol à le fixer, puis, avec un cri de rage, elle pivota pour s'éloigner à grands pas. Avec difficulté, elle contint l'impulsion qui la poussait à se retourner pour gifler le visage moqueur. C'était un bourgeois vain, suffisant, autoritaire, tyrannique et effronté ! Oh ! comme elle aurait aimé lui dire ce qu'elle pensait de lui... Délicieusement, les mots jaillirent de sa bouche. Elle égrenait toujours les défauts de Jason Savage lorsqu'elle pénétra dans sa roulotte.

8

Extérieurement, la roulotte de Catherine ressemblait aux autres, mais à l'intérieur, elle en différait sensiblement. On avait encastré dans une paroi un petit lit dont le couvre-pied orné de motifs recouvrait le matelas en plume. Un coffre de chêne partageait la paroi arrière avec un poêle bas et ventru ; face au lit, sous la minuscule fenêtre, on avait placé une petite table flanquée de deux chaises assorties. Sans prêter attention à cet aspect confortable, Catherine se jeta sur son lit et fixa d'un air absent le plafond sombre.

Quelle matinée agitée ! Une foule d'émotions contradictoires bouillonnaient en elle. En ce qui concernait Clive, il n'y avait rien à faire : il la tenait fermement en son pouvoir — actuellement, tout au moins. Mais avec l'Américain, elle avait le choix, ce qui la perturbait davantage que les menaces de Clive.

La solution la plus saine et la plus raisonnable consistait à enfourcher son cheval et à retourner le plus rapidement possible à Hunter's Hill où elle serait en sécurité après avoir repris tranquillement son apparence de Lady Catherine Tremayne. Jason Savage se demanderait alors en vain ce qu'il était advenu de la gitane de Clive. Intuitivement, Catherine pressentait qu'il ne s'en inquiéterait pas longtemps et qu'il chercherait vite quelque léger jupon consentant qui lui conviendrait tout aussi bien. Il ne l'avait pas reconnue et l'oublierait à nouveau très facilement. Et cette pensée l'ennuyait au plus haut point. Elle roula sur le ventre et, l'esprit ailleurs, joua avec une boucle brune qu'elle entortilla autour de ses doigts, tout en poussant un profond soupir. Que faire pour que cet Américain insolent se souvienne longtemps d'elle ? Un sourire malicieux traversa soudain son visage animé. Elle décida de ne rien faire, au demeurant ! La vengeance a des limites ! Mais quel plaisir de contraindre cet arrogant à se soumettre !

Elle savait peu de chose sur la passion ou les désirs ardents qui attiraient les hommes, mais ce matin-ci, elle s'était trouvée face à l'évidence que des hommes pouvaient convoiter son corps. Sous l'examen de Clive, elle s'était sentie salie et souillée, mais lorsque les yeux de Jason avaient erré sans aucune retenue sur elle, Catherine avait éprouvé des émotions étranges. Une partie de son être avait été fière de ce qu'elle avait lu dans ses yeux ; l'autre l'avait avertie de courir se cacher pour se protéger de ce regard. Maintenant encore, elle sentait le pouvoir de ces yeux émeraude lorsqu'ils avaient parcouru sa silhouette. Pour la première fois, elle se rendit compte qu'il pouvait y avoir du vrai dans les avertissements de Rachel et dans sa constante désapprobation face à sa conduite sauvage et garçonnière. Elle sut soudain que si sa mère comprenait sa façon d'agir, d'autres ne la saisiraient pas et ne s'en soucieraient guère mais en profiteraient vite. Dans une certaine mesure, elle ne blâmait pas Savage pour sa réaction : il l'avait vue sous l'apparence d'une jeune gitane et il ne lui viendrait sûrement pas à l'esprit qu'une jeune fille de bonne famille fît quelque chose d'aussi imprudent et dangereux que d'errer à travers un camp gitan. Catherine prit conscience du côté provocant de ses attitudes. Si elle avait écouté Rachel ou même Reina, ni Clive ni Jason ne l'auraient traitée comme ils l'avaient fait.

Elle poussa un grognement exaspéré. En voilà assez ! Elle ne retournerait pas à Hunter's Hill comme une nigaude effrayée. Elle n'allait pas non plus se cacher ici toute la journée. Elle s'imaginerait tout simplement que cette matinée n'avait pas eu lieu et que Jason Savage n'avait pas fait sa proposition déplacée. Mais... !

On frappa avec insistance à la porte, ce qui interrompit sa rêverie et, avant qu'elle n'ait pu bouger, la porte s'ouvrit sur le visage ridé de Reina.

— Eh bien, eh bien ! Que complotes-tu, ma jolie ? demanda brusquement Reina, en remarquant l'étrange regard de Catherine.

La jeune fille sourit, tout en aidant la vieille femme à entrer.

— Vous me connaissez trop bien, Reina. Je ne peux pas vous cacher grand-chose !

— Tu oublies que c'est moi qui vous ai élevés, toi et ton misérable demi-frère !

— Quelle farceuse ! Vous tenez à Adam comme à la prunelle de vos yeux ! Tant que vous existerez, il ne fera rien de mal.

Reina grommela et s'assit au bord du lit. Au premier abord, la gitane semblait froide, et elle savait en effet être aussi dure que le granit ; mais elle avait une douce inclination pour les deux marmots, comme elle les appelait fréquemment ; elle les avait élevés autant que protégés contre certains faits désagréables qu'engendrait la vie dans un camp gitan. Pour des raisons connues d'elle seule, elle avait veillé à ce que Catherine restât vierge et qu'Adam ne se trouvât pas entraîné dans une situation embarrassante avec une gitane.

Reina ignorait elle-même pourquoi elle les protégeait ; les considérait-elle maintenant, dans son esprit, comme ses propres enfants, ou bien n'oubliait-elle jamais leur véritable identité ? Les deux enfants n'auraient pu avoir meilleure protectrice. En dépit de ses haillons, elle était la mère de la tribu. Sa parole faisait loi et personne, pas même son fils Manuel, ne discutait une fois qu'elle avait parlé.

Confortablement installée sur le lit, elle fixait la jeune fille avec une sorte d'envie. Jadis, elle avait été aussi belle et vibrante qu'elle. Mais à l'âge de Catherine, elle avait déjà eu une vingtaine d'amants et laissé une traînée de cœurs brisés sous ses petits pieds. Elle avait autorisé ses amants à posséder son corps, sans jamais ressentir la moindre affection pour les hommes qui l'avaient connue intimement. Elle se servait d'eux et, quand ils ne lui étaient plus d'aucune utilité, elle les congédiait sans hésitation. Même son fils Manuel ne représentait pour elle qu'un fléau. Seuls cette enfant et son frère lui avaient fait éprouver un sentiment proche de cette tendre émotion qu'on appelait l'amour. Et pour le moment elle s'inquiétait de ce que l'avenir offrirait à Catherine.

Percevant ce malaise, Catherine s'agenouilla devant Reina et lui sourit tendrement.

— Qu'est-ce qui vous trouble, ma chérie ? Est-ce Clive ?

— Cet imbécile ? Hmmm ! affirma la vieille gitane en renâclant avec dégoût. Que voulait-il ?

Extrêmement pensive, Catherine s'assit à nouveau sur ses talons. Elle ne pouvait pas raconter la vérité à Reina, car rien n'arrêterait celle-ci tant que Clive ne serait pas puni. De plus, Reina haïssait Rachel ; elle considérait cette innocente femme comme quelqu'un qui lui volait l'affection des deux enfants. Peu lui importait que Rachel fût leur véritable mère ! La gitane n'avait jamais rien partagé et ne comprenait pas que Catherine et Adam pussent aimer Rachel sans diminuer en rien l'amour qu'ils lui portaient. Si en punissant Clive, elle causait la perte de Rachel, tant mieux ! Ainsi, et malgré son dégoût du mensonge, Catherine se contraignit à lui taire la vérité.

— Il venait me voir, commença-t-elle lentement.

— Je le sais ! Je veux savoir pourquoi !

Catherine avala avec difficulté.

— Il a entendu dire que je séjournais ici ; il est venu me voir par curiosité, avoua-t-elle.

Les yeux aussi durs que des morceaux de charbon, Reina regardait attentivement la jeune fille, fouillant son visage où elle nota les yeux baissés et la rougeur qui teintait ses joues. Le silence augmentait entre elles; avec colère, la gitane le brisa enfin.

— Me prends-tu pour une idiote ?

— O Reina, ne criez pas ! Je vous assure : ce n'était que par curiosité. Vous savez, Clive est comme ça. Il fourre toujours son nez partout.

— Hmm !

— C'est vrai ! Il semble toujours tout savoir et ce n'est pas la première fois qu'il vient à l'improviste.

Indécise, Reina fixa Catherine si longuement et si durement que la jeune fille faillit lâcher la vérité. Les yeux noirs et inébranlables de la vieille femme pouvaient encore la faire trembler, comme une enfant prise en faute.

Par un nouveau grognement, Reina indiqua qu'elle n'appréciait pas l'excuse plutôt mince de Catherine mais qu'elle lui permettait ce mensonge. De toute manière, seule la réaction de la jeune fille face au jeune roué arrivé après Clive l'intéressait vraiment.

— Que veut l'étranger qui est avec Manuel ?

— Cet être répugnant ? Il dit qu'il veut voir des chevaux, mais je pense que ses amis et lui ne sont sortis que pour une partie de plaisir.

— Et c'est tout ce qu'il veut ? Simplement des chevaux ? demanda sèchement Reina.

D'un mouvement gracieux, Catherine se leva et se dirigea vers la fenêtre où ses mains jouèrent distraitement avec les rideaux d'une blancheur immaculée.

— Non ! Il veut que je devienne sa maîtresse ! Il a dit qu'il payerait plus que Clive pour obtenir mes faveurs. Avec autant d'impudence que d'effronterie, il m'a ordonné de ne pas lui jouer de tours stupides !

Catherine termina son explication d'une voix chargée de colère, mais l'éclat de rire de Reina la fit se retourner et elle regarda la gitane avec des yeux agrandis de surprise.

— Quel homme ! Un beau gaillard, ma foi ! Il entre

dans le camp à cheval et décide immédiatement de te séduire ! Tu devrais te réjouir qu'il te trouve à son goût, affirma la gitane en poussant des petits cris de joie.

— Vous pensez que je devrais devenir sa maîtresse ? demanda Catherine avec confusion.

Son front lisse s'assombrit soudain.

— Le veux-tu ?

— Bien sûr que non ! Et j'aimerais lui donner une leçon. Quelle créature arrogante est-il pour penser que, sur un seul claquement de doigts, je bondirais dans son lit ?

— Si tu étais une gitane, une vraie par le sang, tu ne serais pas aussi offensée — tu penserais à l'or qu'il pourrait te donner. Si tu n'étais pas Lady Catherine, imagine ce que jouir de ses faveurs signifierait pour toi.

— Mais je suis Lady Catherine ! cria-t-elle, désespérée.

— Alors explique-moi pourquoi cet homme te surprend dans la prairie, habillée en gitane en compagnie d'étranges hommes, comme n'importe quelle catin ? interrogea Reina d'une voix dure, le visage glacial.

Catherine la fixa avec consternation. Jamais la gitane ne lui avait parlé avec autant de rudesse, et des larmes remplirent ses yeux. Une gifle ne lui aurait pas fait plus mal. Elle avait l'impression qu'on venait de lui enfoncer un couteau dans le cœur. La vieille femme enfonça la lame encore plus profondément en affirmant :

— Voici le temps venu. Tu dois choisir. Ou tu acceptes cet homme et tu deviens l'une des nôtres ; ou tu nous quittes. Tu ne peux pas suivre les deux voies en même temps. Et je veux que tu t'éloignes de nous !

— Mais pourquoi ? supplia Catherine.

Reina tendit rapidement la main pour saisir le poignet de la jeune fille et le tordit pour la faire tomber à genoux. Se penchant soudain en avant, elle fixa le jeune visage effaré et reprit d'un ton menaçant :

160

— Crois-tu que ce jeune Américain sera le seul à te désirer ? Crois-tu que la tribu te protégera constamment ? Que Manuel ou moi serons toujours à portée d'un appel ? Et si ce jeune gaillard décidait de t'étendre dans la prairie ? Ne me fais pas signe que non ! Ses amis pourraient nous retenir jusqu'à ce qu'il ait pris son plaisir avec toi ! Crois-tu que cela ne s'est jamais produit ?

La voix de Reina s'élevait avec passion, devant le regard incrédule et scandalisé de Catherine. L'émotion secoua la vieille femme lorsqu'elle s'écria ensuite :

— Comment crois-tu que l'enfant d'Ambre a été conçu ? Je vais te l'apprendre ! Un jeune hobereau, semblable à l'Américain, est entré à cheval dans le camp en compagnie de quelques amis un après-midi où les hommes étaient absents. Ambre attira son attention. Après l'avoir violée devant nous, il la partagea avec ses amis. Aimerais-tu que cela t'arrive, ma fière demoiselle ?

Quand elle se tut, Reina respirait avec difficulté et le rouge de la colère avivait encore son visage basané.

— Je ne l'ai jamais su, murmura Catherine, horrifiée.

— Hmm. Tu ne l'as jamais su !... Pourquoi l'aurais-tu appris ? Tu es la grande Lady Tremayne qui joue à la bohémienne. Non, tu ne sauras jamais à quoi cela ressemble d'être une gitane. Les jeunes gaillards qui ne sont pas de notre race pourraient nous tuer, voler nos animaux, et violer nos jeunes femmes — le *constable* ne quitterait même pas la ville pour s'assurer que l'on nous a décemment enterrés.

Catherine ne put empêcher une larme, perle de cristal, de glisser sur son visage blême. D'une voix que troublait la blessure infligée par Reina, la jeune fille demanda :

— Pourquoi m'avez-vous caché ces choses ? Pourquoi ne m'avez-vous jamais appris ce que vous éprouviez vraiment ? J'avais le droit de savoir !

— Tu n'as aucun droit hormis ceux que je t'accorde. Et je te le répète, je veux que tu quittes le camp.

— Si c'est ce que vous ressentez, vous auriez dû me le dire, reprocha Catherine.

Reina perçut, sous la douceur de ces mots, tout le chagrin de la jeune fille.

Son visage ressemblait à une sculpture de marbre lorsqu'elle se leva. Luttant pour garder son sang-froid, Catherine poursuivit :

— Je vais seller Sheba pour partir maintenant. Et... et...

Perdant tout contrôle, elle tourna la tête afin de dissimuler des larmes qui coulaient en abondance. D'une voix que la douleur rendait indistincte, elle acheva sa pensée :

— Si vous m'aviez dit que je n'étais pas désirée, que vous ne teniez pas à me voir ici, je ne me serais jamais imposée à vous. Mais... je croyais que vous m'aimiez — comme moi, je vous aime !

Reina soupira lourdement avant de prendre la parole d'une voix lasse.

— Mon enfant, ce n'est pas que je ne te veuille pas. Mais tu ne peux continuer à vivre dans deux mondes aussi opposés. Ce qui est arrivé aujourd'hui est un avant-goût de ce qui se produira dans l'avenir. La prochaine fois, on ne te demandera pas si tu veux devenir la maîtresse d'un homme. Tu ne peux pas courir ce risque. Rends-nous visite, oui, mais en tant que Lady Catherine ! Pas en tant que gitane. Oui, viens passer la journée avec nous, mais en compagnie de tes servantes. Je t'aime, mon enfant, et je ne voudrais pas qu'on te blesse. Voilà la raison de ces paroles cruelles.

Pivotant, Catherine entoura la vieille femme de ses bras et l'étreignit.

— O Reina ! Je m'imaginais que vous ne m'aimiez plus !

La sensation de ces jeunes bras vigoureux autour de

son corps frêle émut profondément la vieille femme qui apaisa doucement sa compagne.

— Non, mon enfant, il ne s'agissait absolument pas de cela ! Je t'aime ! Mais il faut que tu cesses ce jeu. Il est dangereux ! Tu es trop jeune et trop belle pour passer inaperçue.

— Dois-je partir maintenant, aujourd'hui ? s'écria Catherine d'un ton désespéré tout en reconnaissant en son for intérieur que la gitane avait raison.

Reina haussa les épaules.

— Plus tu tarderas et moins ce sera facile ; et il me déplaît de t'y forcer. Peut-être pas aujourd'hui, mais bientôt Tamara doit disparaître pour faire définitivement place à Lady Catherine.

Le chagrin de Catherine faisait peine à voir.

— Pourquoi dois-je être déchirée ?

— Est-ce tellement dur, ma petite ? En tant que Lady Catherine, tu peux en faire tout autant pour nous. Tu viendras nous voir. Nous t'accueillerons toujours. Tu me blesserais en ne venant pas.

— Mais je ne me sentirai plus jamais libre, Reina ; je serai constamment enfermée !

— Mon enfant, aucun d'entre nous n'est libre de faire ce qu'il aime. Et tu dois choisir soit de devenir une gitane, et renoncer de ce fait à tout ce qu'entraîne ta position sociale de Lady Catherine Tremayne, soit de tenir ton rang légitime.

Pendant quelques minutes, Catherine fixa le visage soucieux levé vers le sien. Puis elle se dirigea vers la porte.

— Je vais faire un tour à cheval. Je ne peux pas me décider aujourd'hui. Il faut me donner du temps, Reina ! dit-elle sans un regard en arrière.

— Quelle que soit ta décision, tu dois la prendre bientôt.

Les paroles de Reina bourdonnant toujours dans sa tête, Catherine courut au point d'attache des chevaux.

Elle rejeta la tête en arrière avec colère, tourmentée par des réflexions désagréables tout en pansant Sheba. Elle tirait vigoureusement sur la crinière noire de l'animal comme si la jument arabe était la cause de son problème. Habituellement, elle aimait s'occuper de Sheba, cela la détendait. Mais aujourd'hui, elle se sentait fatiguée et abattue. Pleurer la mettait toujours dans cet état. Dieu merci, elle ne cédait pas souvent aux larmes ! Cependant, petit à petit, tandis qu'elle brossait et peignait le cuir déjà satiné de Sheba, un sentiment d'impuissance l'envahit.

Reina avait raison ! Elle devait cesser de se comporter comme une sauvageonne. Rachel le disait également ; quant aux autres membres de la famille, s'ils soupçonnaient le temps qu'elle passait avec les gitans, ils défailliraient. Catherine ébaucha un sourire en songeant à la réaction de tante Ceci en particulier.

Eh bien, puisque dorénavant elle ne passerait plus la moitié de son temps au camp, autant profiter de chaque seconde qui lui restait au lieu de flâner tristement. Cette décision prise, Catherine détacha Sheba, bondit avec grâce sur son dos et sortit du camp au petit galop en n'utilisant que la longe.

9

Hors de vue du camp, Catherine quitta le sentier. Pressant Sheba, elle se fraya un passage à travers un petit bois. Une grande prairie à ciel ouvert s'étendait de l'autre côté. Dès que les sabots de la jument touchèrent le sol souple, Sheba rejeta la tête en arrière et, tel un boulet de canon, entama une course sauvage à travers la grande prairie.

Silhouette élancée et brillante sur la jument racée,

Catherine ne guidait pas son cheval mais faisait corps avec l'animal. Soudain, elle se pencha en avant, allant presque appuyer sa joue sur le cou déployé de Sheba. Tel un long drapeau noir, ses cheveux se mêlaient à la crinière qui volait jusqu'à se confondre avec elle. Catherine s'oubliait dans la sensation du corps qui bougeait, tandis que le vent fouettait son visage, rosissait ses joues. Elle était perdue — une chose sans nom qui ne pouvait exister ; son esprit représentait un espace vide ; Reina, Lady Catherine, et tous les autres, le vent les emportait au loin.

Seulement consciente du corps lisse qui martelait le sol sous elle, elle ne vit ni n'entendit le cavalier qui les rejoignait. Avec la rapidité du tonnerre, un autre cheval arriva soudain aux côtés de Sheba. Catherine sentit le frôlement de la jambe du cavalier lorsque l'animal l'atteignit. Un bras d'acier s'allongea brusquement, enserra sa taille et l'arracha sans effort au dos de sa jument. Tel un sac de farine, on la jeta alors en travers de l'autre cheval. Le choc la maintint calme. Incapable de comprendre ce qui lui arrivait, elle gisait sans énergie et sentait le sang lui monter à la tête. Le contact de la selle contre son corps lui était douloureux.

Le cavalier inconnu fit ralentir doucement son cheval et le dirigea vers la lisière du bois où coulait un petit ruisseau. Une fois arrêté, il descendit promptement et Catherine se sentit à nouveau soulevée sans aucune douceur par le bras d'acier qui l'encerclait. Le vide paisible qui l'enveloppait la quitta brusquement à la vue de l'homme en face d'elle. Ramenée à la réalité, elle se remémora vivement les événements de la matinée. Jason Savage ! Bien sûr ! Il fallait s'y attendre !

— Tout va bien ? demanda-t-il d'une voix grave.

— Pourquoi non ?

— Je vois que la frayeur ne vous a pas ravi votre caractère emporté, répondit-il avec humeur, une fois l'inquiétude disparue de ses yeux.

— La frayeur ? questionna-t-elle avec impatience.

— Peut-être me suis-je trompé, mais il m'a semblé que vous aviez perdu le contrôle de votre cheval. Je croyais vous sauver d'un cheval emballé, expliqua-t-il lentement, sourcils froncés.

— Jouez-vous au galant homme ? Quel rôle inhabituel pour vous, n'est-ce pas ?

Appuyant ses larges épaules contre l'écorce rugueuse de l'arbre et croisant ses pieds bottés, Jason se détendait.

— Vous savez, ce sera un plaisir de vous mater, ma petite. Clive doit vous avoir abominablement gâtée. Nos rapports seront orageux, mais je pense que les plaisirs que vous en tirerez l'emporteront sur votre irascibilité.

La rage cloua Catherine sur place. Ses yeux jetèrent des étincelles de feu. Suffoquant sous le flot de paroles enflammées qui montaient de ses lèvres, elle s'exclama avec fureur :

— Goujat stupide ! Tête de lard ! Croyez-vous vraiment que je deviendrai votre maîtresse tout simplement parce que cela vous plaît ?

Jason se mit lentement à sourire, croisa ses bras sur sa poitrine et laissa ses yeux parcourir nonchalamment le corps de la gitane, s'attardant sur ses seins qui tendaient fièrement le mince tissu du corsage. Puis, il devina qu'elle portait peu de chose ou même peut-être rien sous sa robe.

Il abandonna brusquement sa pause décontractée ; avec l'aisance d'une panthère qui frappe, il l'attira avec rudesse dans ses bras. Catherine frissonna un instant, de crainte et d'excitation tout à la fois. Puis la bouche de Jason scella la sienne dans un long baiser exigeant qui brisa à jamais ses notions naïves et romantiques sur l'amour. Les lèvres dures de Jason la meurtrissaient, mais la chaleur et le plaisir sensuel qu'elle ressentit lorsqu'elles bougèrent sciemment sur les siennes effacèrent toute pensée cohérente de son esprit stupéfait. Sans pouvoir s'en empêcher, elle glissa ses bras trem-

blants autour du cou de l'Américain ; ses doigts caressèrent inconsciemment la chevelure noire et un attendrissement étrange envahit tout son être jusqu'à ce qu'elle
se collât à lui, incapable de penser clairement. Ils se
laissèrent tomber au sol.

Elle voulait le voir continuer — et continuer ! Ce qu'il
fit. Son grand corps à demi étendu sur le sien, Jason
glissa une jambe au-dessus de ses cuisses ; sa bouche
laissa une traînée de feu lorsqu'il la fit descendre
jusqu'à la base de sa gorge dont il embrassa le doux
creux : enfin il baisa ses seins mis à nu dont les mamelons enflammés se dressèrent vers ses lèvres. Puis sa
bouche quitta la poitrine palpitante de Catherine et pos-
séda une fois de plus ses lèvres consentantes. Inconsciemment, la jeune fille se rapprocha de l'Américain qui
appuya une main sur son ventre avant de soulever sa
jupe et de toucher sa peau nue. Le corps embrasé,
Catherine souleva ses reins pour se presser davantage
contre la main qui l'explorait. Elle laissa échapper un
gémissement de plaisir lorsqu'il appuya avidement sa
bouche sur la sienne.

Quelque part dans les replis cachés de son cerveau,
des signaux de danger interféraient petit à petit avec le
pouvoir presque paralysant des caresses de l'Américain, et Catherine commença à s'écarter de lui. Mais
Jason se contenta de rire du fond de la gorge et poursuivit sa progression sous sa jupe, glissant lentement une
main vers le haut de sa cuisse soyeuse. Avec épouvante,
elle prit alors conscience de la façon dont cette rencontre allait finir.

Ce qui avait été faible avertissement devint alerte
pressante. Catherine luttait avec gravité et tentait
désespérément de briser son étreinte. Il fallait que cela
cesse avant qu'il ne fût trop tard ! Comprenant qu'elle
essayait de lui échapper, Jason leva la tête. Catherine
vit le violent désir qui flamboyait dans ses yeux ; alors,
et alors seulement, cette vision la galvanisa. Avec une

force qui les surprit tous deux, elle se libéra et se leva, sans le quitter des yeux.

Jason allongea un bras et, avec un cri de terreur, elle évita son étreinte. Il se leva d'un mouvement aisé et souple et, les yeux chargés de mépris, il grogna :

— Combien ? Quel prix imposes-tu pour tes faveurs ? Combien cela va-t-il me coûter pour que tu reviennes consentante dans mes bras ? Un équipage ? Un voyage à Londres ? A Paris ?

— Pa-Paris ? bégaya Catherine, stupéfaite de voir qu'il consentirait à cela tout simplement pour s'offrir une gitane qu'il ne connaissait que depuis le matin.

Prenant sa question balbutiée pour un assentiment, Jason avança la main en grommelant :

— Entendu ! Je t'emmènerai donc à Paris.

Catherine s'éloigna avec agilité. « Surtout qu'il ne me touche plus ! » Au risque d'encourir sa colère, elle devait l'empêcher de détruire ses défenses. Bouleversée, elle craignait son baiser plus que n'importe quelle blessure physique qu'il pourrait lui infliger. A nouveau, Jason bondit pour la saisir et, cette fois-ci, sa main rencontra de l'acier nu. En jurant, il recula brusquement et regarda avec incrédulité le sang qui jaillissait de l'entaille profonde qui barrait la paume de sa main. Les yeux soudainement froids, il fixa la jeune fille : elle serrait fermement un petit couteau dans sa main.

Le cœur de Catherine lui martelait la poitrine ; jusqu'à présent, elle ne s'était servie d'une lame qu'une seule fois dans sa vie, mais elle sut gré à Manuel de lui avoir enseigné comment se battre avec une telle arme. C'était sa seule défense contre l'homme irrité qui lui faisait face. Ils respiraient tous deux péniblement et sa crainte augmentait à chaque mouvement de l'Américain car le conflit qui les opposait prenait maintenant une tournure dangereuse et implacable. Les yeux fendus par une rage glaciale, Jason fit ployer en arrière le corps de la gitane, en quête d'une faiblesse de sa part, mais elle brandit la petite lame tranchante comme un rasoir. Jason était physiquement plus fort, néanmoins, ce couteau la plaçait dans une meilleure position. La lutte était toutefois inégale et Catherine le reconnaissait. Elle employa sa seule chance de liberté : la course. Faisant demi-tour, elle bondit et courut pour sauver sa vie. Tout en s'enfonçant dans le bois, elle priait désespérément pour que Jason ne la poursuive pas. Mais l'Américain n'avait pas l'intention de la laisser s'échapper aussi facilement. Il avait un compte à régler avec cette petite garce excitante !

Jason avançait avec la rapidité de l'éclair et Catherine n'avait pas parcouru quelques mètres que déjà les mains de l'Américain, telles des griffes de fer, saisissaient ses bras par-derrière et les maintenaient solidement le long de son corps. Puis il la souleva du sol et la serra contre sa poitrine haletante. Impuissante, elle lui donnait des coups de pied et se tortillait pour tenter de se libérer. Une seconde plus tard, il relâcha légèrement son étreinte et, avec une facilité cruelle, lui tordit le bras derrière le dos afin de retirer le couteau de sa main devenue molle. Il ignora le cri de rage et de douleur qu'elle poussa devant sa défaite. Jetant la lame brillante dans la poussière, Jason fit pivoter Catherine.

— Petite mégère ! Tu aurais pu me tuer avec ce joujou-là ! A quelle sorte de jeu joues-tu encore ? J'ai grande envie de te traiter comme tu le mérites et de tordre ce petit cou si beau !

Catherine explosa. La rage furieuse qui bouillonnait en elle éclipsa la crainte qui l'avait dominée quelques instants plus tôt ; sans réfléchir, elle leva une main, paume ouverte, et frappa durement le visage basané de l'Américain. La gifle claqua comme une détonation et le bruit surprit les deux adversaires.

Alors, délibérément, Jason leva lentement sa main qui n'était pas blessée ; il lui rendit sa claque.

— Ne me frappe plus jamais, ma chère. Je supporterai beaucoup de choses de ta part, mais cela, je ne le tolérerai pas ! affirma-t-il, la voix et les yeux de glace.

Telles des gouttes de diamant, d'âpres larmes de douleur et d'humiliation scintillèrent dans les yeux de Catherine. L'empreinte de la main de l'étranger formait une marque écarlate sur sa joue blême ; elle pencha la tête pour essayer de cacher ses larmes, qui tombèrent néanmoins sur la main étroitement serrée qu'elle portait à sa bouche pour tenter, mais en vain, d'arrêter le tremblement de sa lèvre inférieure.

Brusquement, la colère de Jason s'évanouit et il fut pris d'une envie bizarre de consoler la jeune fille. Avec douceur, il attira à lui ce corps qui ne résistait plus et un étrange sourire traversa son visage lorsque la soyeuse chevelure de Catherine lui chatouilla le menton. Il la berça tout contre lui et, d'une voix affectueuse où perçait une note d'amusement, s'exclama :

— Tamara, Tamara ! Que dois-je faire de toi, petite ? Tu me souris de façon tellement séduisante, tu me laisses t'embrasser et puis tu me menaces d'un couteau ! Et maintenant je sens dans mes bras une *jeune fille* douce et tendre !

La tête enfouie contre la large poitrine de son adversaire, le nez fortement pressé sur sa chemise blanche, Catherine leva un visage strié de larmes et le contempla avec perplexité. Puisqu'elle se trouvait maintenant sans défense, il allait sûrement continuer à lui faire l'amour ! Aucune trace de passion ne passait dans les bras qui la tenaient de façon tellement sécurisante ; les yeux de Jason ne montraient qu'un amusement moqueur. L'Américain la lâcha doucement, presque à regret. Un bras jeté sur les épaules de Tamara, il commença à revenir avec elle vers la prairie où les chevaux paissaient tranquillement. Il la conduisit au petit ruisseau, plongea son mouchoir en fil dans l'eau glacée et baigna délicatement le visage marqué par les larmes. Il surprit encore plus la jeune fille en lui rajustant avec détermination son corsage. Ce brusque changement d'attitude déconcerta complètement Catherine. Avec une intense lucidité, elle souhaitait le voir rester dans cette humeur étrangement apaisante. Quelle créature changeante ! pensa-t-elle, en oubliant fort à propos ses propres revirements.

Un sourire aux lèvres, Jason s'arrangea pour la désarmer encore plus en murmurant doucement :

— Nous mettons-nous en route, *chérie* ?

Avant qu'elle ait pu prononcer une parole, il s'inclinait cérémonieusement sous ses yeux stupéfaits.

— Puis-je me présenter ? Jason Savage de la Louisiane. Je trouve vos charmes si capiteux qu'ils chassent toute pensée rationnelle de mon esprit, dit-il d'un ton flatteur.

Comme un sourire timide se dessinait au coin de la bouche de Tamara, Jason prit singulièrement conscience d'un bond suspect dans la région de son cœur. Notant l'approbation hésitante de Catherine à son discours enjoué, il broda gaiement sur ce thème.

— Je dois m'excuser de m'être jeté sur vous ; mais nous sommes un peuple impatient, et une beauté comme la vôtre pousse l'homme à oublier ses bonnes manières. Après avoir vu votre charmant visage, il est fort compréhensible que j'aie perdu la tête. Nous autres, Américains, nous en sommes très privés ! expliqua-t-il, une lueur moqueuse dans les yeux.

— Sottises ! Je suis sûre qu'il y a beaucoup de belles femmes en Amérique ! s'exclama Catherine en éclatant de rire.

Fixant avec amusement le visage radieux levé vers lui, Jason frémit légèrement et perdit son attitude détachée et flegmatique. Maintenant que les yeux violets n'étincelaient plus de rage, il était soudain frappé par une ressemblance entre la gitane et une personne dont le nom lui échappait.

— ... Je crains que vous n'exagériez énormément. Mon frère m'a dit que les femmes du Nouveau Monde sont très belles, ajouta-t-elle, le détournant ainsi de ses pensées.

— Ah ! oui. Peut-être. Mais j'affirme qu'en Louisiane il n'existe personne qui vous soit comparable.

Catherine lui lança un coup d'œil soupçonneux, mais le visage de Jason était sans malice. Il aurait pu agir avec plus d'intelligence, pourtant elle n'allait pas le défier. Il fallait éviter le pire.

— La Louisiane est-elle différente du reste de l'Amérique ?

— Mais oui, *chérie* ! Elle en est tout aussi différente que la rose exotique l'est d'une simple marguerite.

— La Louisiane étant la rose, je suppose ? questionna-t-elle.

— Absolument ! affirma Jason avec un large sourire qui dévoila des dents excessivement blanches dans un visage bruni par le soleil.

Catherine remarqua distraitement les petites rides qui se dessinaient au coin de ses yeux ainsi que la profonde fossette qui apparaissait quand il souriait. C'était un beau visage, décida-t-elle. A l'instant où elle relâchait sa surveillance, Jason la déconcerta en lui saisissant le bras pour l'attirer lentement vers lui.

— Mais parlons d'autre chose, non ? murmura-t-il, en souriant à une Catherine à nouveau sur ses gardes.

Lui effleurant légèrement le front de ses lèvres, il ajouta :

— Viendras-tu bientôt à moi, petite ? Quand me laisseras-tu t'aimer ?

— Que... qu'entendez-vous par là ? balbutia-t-elle, une nouvelle fois incapable de penser clairement car la chaleur du corps de l'Américain envahissait le sien et son odeur virile lui tournait la tête.

Poussant un soupir moqueur, il lui souffla doucement à l'oreille :

— Je m'explique : combien de temps te faudra-t-il pour annoncer à Clive que tu as trouvé un autre protecteur ? J'attends avec impatience le moment de consommer nos relations.

Catherine passa rapidement sa langue sur ses lèvres soudain sèches et chercha frénétiquement une réponse. Tandis qu'elle le fixait en silence, le sourire de Jason s'évanouit, la lueur taquine qui brillait dans ses yeux verts disparut et son regard devint aussi dur et impitoyable que lors de leur lutte un peu plus tôt. Elle déglutit avec nervosité, craignant de faire quelque chose qui risquerait de contrarier l'humeur apparemment satisfaite de l'Américain.

Se méprenant sur le regard craintif qu'il lisait chez la gitane, Jason poursuivit avec douceur :

— Je comprends. Cela te semble trop difficile de le lui annoncer. Je verrai donc Clive moi-même. Tu n'auras qu'à rassembler tes affaires et venir me retrouver à *l'Auberge du Renard.*

— Quand ? réussit-elle à demander, parce que cela lui semblait la sécurité.

Le sourire apparut à nouveau dans les yeux de Jason.

— Demain soir ! D'ici là, j'aurai pris toutes les dispositions nécessaires.

Alors, pour sa plus grande crainte, Catherine découvrit qu'elle ne voulait pas bouger — elle voulait rester ici, sentir encore les lèvres de Jason sur les siennes, éprouver le plaisir douloureux de ses bras lorsqu'il la maintenait serrée contre lui. Son visage avait dû révéler quelques-unes de ses pensées ou bien Jason réfléchissait-il à la même idée, toujours est-il qu'une seconde plus tard, il refermait ses bras sur elle et sa bouche scellait ses lèvres entrouvertes, comme s'il avait soif de leur contact. Une excitation enfiévrée submergea tout le corps de Catherine, troublant ses sens jusqu'à ce que, volontairement, elle en vînt à le laisser faire tout ce qu'il désirait !

Mais cette fois, Jason s'écarta de lui-même, laissant Tamara avec un vide douloureux. Il lui adressa un sourire de biais. Voyant ses lèvres humides et son regard voilé, il faillit la reprendre dans ses bras. Pour une fois, cependant, il lutta contre ses propres instincts.

— Tamara, si tu ne veux pas que je te couche maintenant dans l'herbe, ne me tente pas ! Je ne suis pas un homme habitué à attendre et, en ce moment, j'ai grande envie de toi. Donc, à moins que tu n'acceptes que je te fasse l'amour ici immédiatement, je propose que tu cesses de me provoquer !

Les paroles et le regard semi-coléreux de Jason détruisirent l'état de rêve de Catherine et la plongèrent instantanément dans la réalité. Comprenant qu'elle avait failli s'abandonner à ses exigences passionnées, elle s'arracha violemment à lui et, sans un regard, s'avança avec raideur vers son cheval. La honte, la colère et une étrange frustration lui tailladaient le corps. Elle était folle ! En silence, elle se reprocha ses actes stupides. Mon Dieu ! Elle ne l'aurait pas volé si Savage l'avait violée ! Elle l'avait vraiment bien cherché ! Qu'est-ce qui l'avait donc poussée à l'encourager, à soupirer après ses caresses ou même pire, à lui laisser percevoir son envie d'être embrassée ?

Absorbée par ces sombres pensées, Catherine n'avait pas remarqué que Jason la suivait de près. Elle s'apprêtait à monter enfin Sheba, lorsqu'elle faillit hurler de surprise car Jason la saisit subitement et la hissa rapidement sur le dos du cheval.

— Ne t'inquiète pas, petite. Je veillerai sur tout et nous passerons bientôt de nombreuses heures délicieuses ensemble. Sois à l'auberge demain soir. Je dirai à l'aubergiste de t'attendre, expliqua-t-il en plaçant une main possessive sur la cuisse de la jeune fille.

Puis, ses yeux émeraude parcourant à loisir son corps tendu, il remarqua :

— Ne te tracasse pas pour tes vêtements. Je t'achèterai de belles toilettes... Mais je doute que, durant les premières journées de notre liaison, tu en aies besoin, ajouta-t-il, moqueur.

Catherine laissa échapper un soupir d'indignation ; mais avant qu'elle n'ait trouvé une riposte, Jason donna une tape au flanc luisant de Sheba.

— Souviens-toi : demain soir à *l'Auberge du Renard*, lui rappela l'Américain comme la jument bondissait en avant.

Maîtrisant le sursaut de colère qui la traversait soudain, Catherine étouffa l'impulsion qui l'incitait à revenir sur ses pas pour foudroyer Jason de quelques mots bien choisis. A la place, elle chevaucha à folle allure en direction du camp.

Un peu plus tard, préoccupée, l'esprit ailleurs, elle bouchonna Sheba qui transpirait et se dirigea lentement vers l'endroit où Reina était assise en compagnie de son amie Ilone, près de sa roulotte personnelle.

Ilone était une des femmes les plus laides et les plus vieilles du camp. Jamais, pas même dans sa jeunesse, elle n'avait été belle et la vie avait profondément marqué ses traits. Des années plus tôt, elle avait perdu son œil gauche dans un combat au couteau, et un morceau de taffetas sale couvrait maintenant le trou aveugle. Par contre, rien ne parvenait à cacher la cicatrice décolorée qui traversait sa joue ratatinée et son large front pour disparaître ensuite dans sa chevelure clairsemée. Ilone accueillit Catherine avec un sourire qu'elle accompagna de plusieurs soupirs, révélant ainsi une bouche où des dents pourrissaient et d'autres manquaient. Catherine aimait bien Ilone. Se jetant sur le sol entre les deux vieilles femmes, elle se joignit à leur conversation.

Quelques minutes plus tard, sentant peut-être que la jeune fille désirait s'entretenir en tête à tête avec Reina, Ilone les quitta.

— Vous aviez raison ce matin quand vous disiez qu'il était dangereux que j'aille ici et là sans mes servantes. Que cela me plaise ou non, il faut que je cesse de venir ici en prétendant que je suis une gitane répondant au nom de Tamara, avoua tristement Catherine.

Les yeux remplis de questions, Reina lui lança un coup d'œil surpris.

— ... Je crois que je vais suivre vos conseils. Ma mère sera ravie d'apprendre que je n'envisage pas de hanter cet endroit plus longtemps sauf en compagnie de mes servantes... Vous pourrez mettre vos affaires dans ma roulotte car je ne m'en servirai plus. Une fois que vous en aurez pris possession, je n'aurai pas le courage de vous dire que j'ai changé d'avis, poursuivit Catherine vivement, sa décision prise.

Elle adressa ensuite un sourire malicieux à Reina dont les traits restaient impassibles car elle avait décidé de ne pas laisser paraître sa satisfaction.

— Et qu'est-ce qui t'a fait changer d'avis aussi rapidement ? Tout à l'heure, quand tu es partie, tu étais encore indécise.

Comment lui expliquer qu'elle craignait de se comporter comme une débauchée, une catin ou guère mieux qu'une prostituée que l'on payait ? songea douloureusement Catherine. Et tout cela parce qu'un homme, de surcroît un étranger, l'avait amenée à un désir tellement douloureux qu'elle aurait aimé lui permettre de la prendre pour accomplir l'acte le plus intime qui puisse exister entre un homme et une femme.

— Il s'est produit quelque chose. C'est tout. J'ai reconnu que vous aviez raison. Vous devriez être contente que je suive votre conseil — en outre, il est dangereux de vivre ici ! Il va maintenant falloir que j'apprenne à me comporter comme une jeune fille convenable, affirma-t-elle avec mélancolie.

Reina la regarda d'un air soupçonneux. En effet, elle aurait aimé connaître la cause de ce brusque revirement. Mais elle savait que si la jeune fille avait voulu l'en informer, elle l'aurait fait.

— As-tu oublié le mariage ? Lady Catherine l'honorera-t-elle de sa présence ou bien Tamara ? demanda calmement Reina.

Catherine soupira de découragement ; elle n'y avait pas pensé. Dans deux jours, Sanchia et Zoltan allaient se marier, événement qu'elle avait attendu avec plaisir. Les soirs de noces, une joie à la limite de la frénésie envahissait le camp. Les feux eux-mêmes semblaient brûler avec plus de vivacité lorsque les mélodies tziganes s'élevaient des violons qui jouaient follement et que le vin coulait à flots car, verre après verre, on buvait à la santé du jeune couple. C'était injuste ! Lady Catherine accompagnée de ses servantes jetterait une ombre sur l'heureuse cérémonie — les gitans se sentiraient mal à l'aise sous l'œil d'une grande dame. La plupart d'entre eux avaient oublié qu'elle n'était pas de leur race ; mais, vêtue avec élégance, elle en serait un rappel constant. Satanée Reina ! Maintenant qu'elle avait fait son choix, la vieille femme mettait sa résolution à l'épreuve. Catherine grimaça.

— Je viendrai cette nuit-là sous l'apparence de Tamara, affirma-t-elle avec détermination.

— Hmmm ! J'étais certaine que tu y assisterais !

— Ce sera vraiment la dernière fois, je vous le promets, répondit Catherine en inclinant le menton d'un air têtu.

Reina étudia le visage de la jeune fille avec une grande attention et ce qu'elle y vit dut la satisfaire car elle se détendit et tapota doucement la main de Catherine.

— C'est dur, mon enfant ; je le sais. Mais un jour, tu verras que j'avais raison. Par ailleurs, j'aimerais que ce soir-là tu viennes en tant que Lady Catherine.

Catherine hocha la tête d'un air résolu.

— Non ! Je veux danser. Ce sera la dernière fois que

j'en aurai l'occasion. Lady Catherine ne le pourrait pas
— par contre, Tamara, elle, le peut !

— Très bien, mon enfant, je n'en discuterai pas avec
toi si tu me promets qu'après le mariage Tamara n'exis-
tera plus.

Catherine grimaça mais répondit assez spontanément :

— Je vous le promets. Je pars pour Hunter's Hill
maintenant et Tamara fera son ultime apparition la
nuit du mariage.

Dès que Catherine commença à s'éloigner, Ilone
revint vers la roulotte d'un pas traînant. A la vue de la
femme âgée, une idée diabolique germa dans sa tête.
Une lueur espiègle dans les yeux, Catherine s'arrêta
pour s'entretenir quelques minutes avec Ilone. Quand
la jeune fille remonta finalement sur Sheba, elle souriait — d'un sourire malicieux.

10

Si Catherine mit l'après-midi pour prendre des décisions irrévocables, ce ne fut pas le cas de Jason qui
passa un moment très agréable à Melton Mowbray où
il choisit des vêtements pour parer sa toute nouvelle
maîtresse. Il avait promis à Tamara quelques vêtements neufs — elle en aurait donc.

De retour à l'auberge, il constata que Pierre avait déjà
préparé sa tenue de soirée. Agité, il s'en voulut d'avoir
accepté l'invitation à dîner des Brownleigh. En soupirant, il se demanda comment il s'était laissé entraîner
dans ce tourbillon d'activités mondaines si prisées par
ses amis. Mais plus tard, ce soir-là, vêtu d'une veste en
velours vert admirablement coupée et rehaussée de
velours noir, ses longues jambes galbées dans une

culotte en satin noir et sa cravate impeccablement nouée, il semblait tellement beau et alerte que nul ne soupçonna à quel point il s'ennuyait.

Le dîner fut agréable, la compagnie sympathique et la seule note discordante concerna l'étrange conduite de Pendleton. De toute évidence, il brûlait du désir de se battre, mais la raison de cette envie rendait Jason perplexe. Il ne s'agissait pas de la jeune gitane, car Clive la lui avait pratiquement jetée à la tête le matin même et lorsqu'il l'avait informé plus tôt qu'elle serait sous sa protection à dater de maintenant, Clive s'était contenté de hausser les épaules avec indifférence. Cependant, toute la soirée durant, Clive avait énormément bu et chaque fois que son regard rencontrait celui de l'Américain, celui-ci remarquait la violence contenue qui perçait dans les profondeurs grises des yeux de son vis-à-vis.

Après le dîner, les femmes quittèrent la salle à manger. On apporta alors sur la nappe immaculée de nombreuses bouteilles de porto et d'eau-de-vie ; la fumée épaississait l'air car les hommes s'étaient à nouveau assis pour profiter de leurs cigares et de leurs digestifs. La soirée ressemblait à tant d'autres ! Jason réfléchissait à la manière dont il pourrait prendre congé poliment dès que les hommes auraient rejoint les femmes, lorsque Clive, assis en face de lui, un vilain regard dans les yeux, s'exclama :

— Les Américains ! Beuh ! Ce sont des barbares nés pour pendre au bout d'une corde ou pour mourir de la petite vérole !

Un silence embarrassé tomba sur l'assemblée. Il se fit plus oppressant encore quand Jason, les yeux baissés pour en cacher l'expression, leva son verre et remarqua doucement :

— Cela dépend, je crois, si nous embrassons vos principes ou vos maîtresses.

Quelqu'un rit nerveusement et Clive but une large gorgée d'alcool avant d'insinuer :

— Vous êtes très intelligent... pour quelqu'un de votre race.

— Il est rare de rencontrer des gens aussi rapides que vous à me reconnaître cette qualité, rétorqua Jason avec froideur.

Un sourire moqueur au coin de la bouche, il ajouta :

— Et je prendrai votre affirmation pour un compliment.

Pendleton n'eut pas le temps de lui répondre car Brownleigh, qui présidait la grande table, se leva précipitamment et dit :

— Nous devrions rejoindre les dames.

Et, sans attendre de voir si ses invités l'approuvaient, il commanda au maître d'hôtel de les introduire tous dans le salon bleu où bavardaient les dames.

Avec adresse, Tom Harris contraignit Jason à monter dans sa chambre à coucher, où Barrymore, qui les suivait de près, explosa :

— Ma parole, Savage ! Comment as-tu pu encaisser cela ?

— Qu'aurais-tu aimé me voir faire ? Fournir de la matière aux médisants en provoquant en duel un homme ivre ? interrogea Jason d'un air ennuyé.

— Ivre ! Pendleton est la personne la plus résistante à l'alcool que je connaisse ! aboya Barrymore, fou de colère.

— Son manque de savoir-vivre ne me paraît pas une raison suffisante pour le défier, expliqua Jason en haussant les épaules.

— Ses mauvaises manières n'entrent pas en ligne de compte. Il a agi volontairement, pour te pousser à le provoquer ! Je l'ai senti, interrompit Tom.

— Bien sûr qu'il l'a fait exprès ! éclata Barrymore, avant de lancer un regard sombre en direction de l'Américain. Et toi, tu étais assis là, à le laisser faire !

Jason bâilla devant le visage irrité de Barrymore avant d'arborer un large sourire.

— *Mon ami*, tu voudrais que je tue un homme que je connais à peine, tout simplement parce qu'il a exprimé une opinion que je trouve déplaisante ?

— Ce n'est pas cela, et tu le sais bien ! Dès ton arrivée, Clive a cherché l'occasion de t'insulter. Une demi-douzaine de fois ce soir, il a prononcé des paroles désagréables que tu as feint d'ignorer.

D'un air distrait, Jason contemplait son ami Barrymore qui boudait ostensiblement. Ses dents étroitement serrées et sa mine renfrognée enlaidissaient son beau visage. Ses yeux bleus, qui souriaient en général, étaient durs et chargés de colère. Même ses cheveux blonds soigneusement brossés semblaient se hérisser sous le courroux.

— Ne comprends-tu pas qu'il t'insultait volontairement et d'une façon qu'aucun homme ne supporterait ? affirma Barrymore dans un grincement de dents.

— Exact ! De ce fait, tu aurais dû le défier ! renchérit Tom.

Confortablement allongé sur le canapé, Jason soupira et joignit ses mains derrière la tête.

— Mais je n'ai pas mordu à l'appât ; je me suis contenté d'ignorer ses insultes infantiles.

— Je m'en moque pas mal ! Tu aurais dû demander à ce prétentieux de choisir ses témoins ! Tom et moi aurions été honorés d'être les tiens ! s'écria Barrymore.

Puis, devant le silence de Jason, il lui demanda :

— Tout le monde va croire que tu as eu peur de cet individu et cela ne te dérange pas ?

— Et toi ? questionna Jason avec douceur en fixant Barrymore de ses yeux émeraude, ce qui le cloua sur place.

— Bien sûr que non ! rétorqua Freddy d'un ton indigné.

— En fait, nous, nous savons que tu ne crains pas Pendleton, mais tous les autres ? s'enquit Tom avec sincérité.

— As-tu peur des ragots ? interrogea Jason d'un ton froid.

Il s'assit soudain, perdant son attitude détendue et nonchalante ; une lueur glacée apparut dans ses yeux. Barrymore et Harris échangèrent des coups d'œil anxieux. Jason en rage était beau — à condition que sa colère fût orientée sur quelqu'un d'autre ! Devant ce regard froid qui ne cillait pas, Tom se mit à s'agiter nerveusement et Barrymore tenta d'alléger l'atmosphère.

— Jason, tu n'as aucune raison de te fâcher contre nous.

— Pendleton, lui au moins, n'a jamais mis en doute mon courage ! Mais vous, mes amis, cela semble vous tracasser énormément !

La colère de Barrymore tomba rapidement et il dit, d'une voix calme :

— Voyons ! Un échange d'insultes ne nous mènera à rien. Tom et moi n'avions pas l'idée de mettre ton courage en doute. Quant à moi, je n'avais aucun motif valable pour m'emporter comme je l'ai fait. Pendleton me barbe et j'ai tendance à sortir de mes gonds lorsqu'il est en cause.

Jason ne répondit pas, mais son air irrité disparut pour faire place à un rire triste.

— J'ignore une insulte qu'un étranger me porte délibérément et, pour cette raison, j'en viens presque aux mains avec mes amis !

— Tu es certain qu'il l'a fait volontairement ? demanda Barrymore avec curiosité.

— Oui, *mon ami*, je sais qu'il a agi en toute connaissance de cause ! Je vis depuis suffisamment longtemps pour reconnaître quand on m'attaque.

— Alors pourquoi l'as-tu laissé s'en sortir ? questionna Barrymore en plissant le front.

Jason se leva et se dirigea sans précipitation vers la porte.

— Pourquoi ? Parce que, *mes enfants*, j'aimerais

182

bien comprendre, expliqua-t-il en se tournant vers ses amis.

— Comprendre quoi ? lâcha Barrymore, déconcerté.

A la vue de la lueur qui brillait dans les yeux émeraude, Tom frissonna.

— Pourquoi Pendleton veut me tuer, déclara Jason d'une voix suave.

— Il ne ferait jamais d'un prétexte aussi banal un motif de meurtre. Il s'est effectivement comporté odieusement. Mais il ne désire sûrement rien d'autre qu'un peu de sang versé, assura Barrymore.

— Ah oui ? Alors comment expliques-tu son insistance ? Tandis que j'avais décidé de jouer les sots en ne tenant pas compte de sa première insulte, il en a proféré une seconde dirigée elle aussi contre moi. Il y a un instant vous brûliez vous-mêmes de comprendre la raison de ces insultes délibérées.

— Mais... mais nous n'envisagions pas un duel à mort ! balbutia Tom.

Devant le regard inquiet de ses deux amis, l'humeur noire de Jason s'envola et son sourire le plus charmant étincela.

— Mes amis, n'en discutons pas plus longtemps. Allons plutôt rejoindre ces dames et profitons du reste de la soirée, proposa-t-il en riant.

Tom soupira.

— Malheureusement, ce ne sera pas mon cas : lorsque ma sœur et ma grand-mère ne boivent pas chacune de tes paroles, Jason, elles s'attendent à ce que je sois aux petits soins pour elles ! Quant à toi, Elizabeth Markham cherchera certainement à t'attirer dans ses filets !

Puis il se dérida, frappé par une idée nouvelle.

— Et si nous restions ici ? Sonne pour que le maître d'hôtel nous apporte un plateau avec de quoi boire.

Mais il ne réussit pas à convaincre Jason. Harris grommelant dans son coin, ils descendirent donc tous trois le grand escalier et pénétrèrent dans le salon où étaient réunies plusieurs personnes.

Vêtue d'une longue robe rose vif, aussi potelée et aimable que son mari, Mrs Brownleigh s'avança vivement dans leur direction. Frappant légèrement de son éventail le bras de Jason, elle s'exclama :

— Méchant garçon ! Où étiez-vous passé ? Elizabeth affirme que vous lui aviez promis de tourner les pages de ses partitions. Nous vous attendons dans la salle de musique.

Après avoir jeté un regard horrifié aux douairières qui s'approchaient de lui, Tom lança à Jason un coup d'œil qui semblait signifier « Je te l'avais bien dit ! » puis entreprit une retraite stratégique en compagnie de Barrymore. Résigné à subir une nouvelle heure d'ennui, Jason présenta un charmant sourire à son hôtesse et la complimenta abondamment sur sa robe tout en l'accompagnant à la salle de musique.

Déjà assise au piano, Elizabeth adressa à Jason un regard qui montrait clairement son irritation. Mais la colère lui seyait bien et ajoutait de l'éclat à ses yeux. Dans une robe de couleur ambre, elle offrait une vision à accélérer le pouls d'un homme. Malheureusement, Jason s'en moquait éperdument.

On avait dressé en demi-cercle autour du piano de fragiles chaises dorées. Lorsque chacun eut choisi son siège et se fut installé confortablement, Jason avança sans se presser vers Elizabeth.

— Où étiez-vous cet après-midi ? demanda la jeune femme d'une voix sifflante.

Jason demeura un instant embarrassé : il avait oublié sa demi-promesse d'aller se promener à cheval avec elle. Il la regarda pensivement mais elle était visiblement beaucoup trop en colère pour pardonner un oubli sincère. Quelle soirée ! Il la passait à se sortir de situations fastidieuses. Son impatience augmenta à la pers-

pective de devoir aborder prudemment le sujet qui intéressait Elizabeth.

— Plus tard, mon amour. Je vous expliquerai tout,
murmura-t-il avec un haussement d'épaules.

Les lèvres d'Elizabeth esquissèrent une moue méprisante.

— Ne vous donnez pas cette peine! Clive m'a déjà
parlé de votre penchant pour la compagnie vulgaire!

Jason serra les mâchoires. Sentant que l'assistance
commençait à s'agiter et à s'impatienter, il suggéra à
voix basse:

— Il n'y a donc rien à expliquer, n'est-ce pas? Je vous
propose d'abandonner le sujet et de vous mettre à jouer,
sinon les mauvaises langues vont avoir quelque chose
de nouveau sur quoi jaser.

Elizabeth se mordit les lèvres car elle savait qu'il
avait raison; mais elle en aurait pleuré de vexation.
Elle avait envisagé leur nouvelle rencontre sous une
autre forme. Ravalant son chagrin, elle sourit brillam-
ment aux invités, disposa ses partitions et se mit à
jouer. Elle avait une bonne connaissance du piano; son
exécution manquait cependant d'inspiration: ce n'était
que l'interprétation mécanique des notes portées sur
les pages que Jason tournait pour elle. Il ne fut donc pas
surprenant de voir les spectateurs commencer rapidement à s'agiter sur leurs sièges; prudemment, elle
acheva son exécution guindée. Il y eut des applaudisse-
ments de politesse, puis le groupe se dispersa. Leur
devoir accompli, plusieurs femmes d'un certain âge
s'enfuirent vers la salle de jeu. Les plus jeunes se ras-
semblèrent autour du piano, tandis qu'à l'autre extrémité de la pièce, d'autres buvaient des rafraîchissements servis par le maître d'hôtel aidé d'un jeune valet.
Jason quitta ce groupe et se dirigea vers l'endroit où
Amanda et sa grand-mère étaient assises. Sachant que
seule la timidité retenait la jeune fille aux côtés de sa
grand-mère et voyant les regards d'envie qu'elle lançait

à la foule gaie qui entourait Elizabeth, il la taquina gentiment.

Entendant la voix traînante de Jason, Augusta interrompit la conversation qu'elle entretenait avec Ceci Tremayne pour demander à l'Américain :

— Où est mon coquin de petit-fils ? Il devrait être ici à s'occuper de sa sœur !

— Je crois qu'il est allé rejoindre Barrymore et les autres et qu'il joue aux cartes, *madame*.

— Hmmm ! Nous ne le reverrons donc certainement pas ce soir ! Encore moins s'il sait que je veux le voir, termina-t-elle avec sagacité.

D'un sourire, Jason approuva cette affirmation. Les amis de Tom connaissaient bien son aversion pour sa grand-mère à la langue acérée et s'en amusaient beaucoup. Sachant exactement ce que suggérait le sourire de Jason, la douairière s'écria :

— Quelle poule mouillée ! Dire que j'aurai vécu suffisamment longtemps pour voir un de mes petits-fils effrayé par une vieille femme !

Jason lui répliqua sur un ton léger puis changea de sujet. Il ravit la douairière, mais quelle mégère ! Cependant elle paraissait ce soir de bonne humeur.

— Combien de temps envisagez-vous de rester en Angleterre ?

— Je l'ignore, *madame*. J'ai acheté plusieurs bêtes mais jusqu'à présent je n'ai pas encore trouvé l'étalon qui me conviendrait pleinement.

— Je suppose par conséquent qu'une fois que vous aurez acheté ce que vous cherchez, vous tournerez les talons ?

— Pour quelle autre raison devrais-je rester ici ?

— Pour trouver une épouse ! répondit la vieille femme avec aigreur.

L'éclat de rire de Jason incita plusieurs personnes à regarder dans leur direction. Entendant son rire et le voyant assis près de la rousse Amanda, Elizabeth

186

fronça les sourcils de mécontentement. Mais, lassé de ses bouderies et de ses états d'âme, Jason demeura indifférent.

— Madame, en vous écoutant, je croirais entendre mon père ! Ce furent ses paroles exactes ! expliqua-t-il à Augusta, ses yeux émeraude pétillant d'amusement.

— Eh bien, alors ?

— Qui sait ? Avez-vous à l'esprit une épouse à ma convenance ?

Ceci, qui suivait la conversation avec avidité, s'interposa :

— Selon moi, un homme aussi cultivé que vous doit ne vouloir pour épouse qu'une Anglaise bien née. Je ne souhaite naturellement pas insulter les jeunes Américaines, mais je suis certaine que vous leur préférerez une belle jeune fille — issue d'une bonne famille anglaise !

Irritée par l'interruption de Lady Tremayne, Augusta lui lança un regard méprisant.

— Quelle question ! Mais je pense qu'une bonne lignée n'est pas tout ce que vous recherchez chez une femme.

— Oh ! C'est évident ! Vous voudriez une épouse belle et talentueuse, roucoula Ceci d'un air satisfait et son regard maternel posé fièrement sur Elizabeth semblait ajouter : « Voici la réponse parfaite ! »

Jason bannit tout rire de ses yeux et rétorqua fraîchement :

— Puisque vous semblez connaître exactement ce qui me conviendrait, mesdames, je vais vous laisser décider pour moi. Qui sait... je pourrais même approuver votre choix !

Sur ces mots, il tourna les talons.

Tandis qu'il sortait à grands pas de la pièce, Augusta le suivit des yeux ; puis elle jeta un regard cruel à Ceci.

— Eh bien, madame ! Vous lui mettez assurément le grappin dessus ! Vous ne verrez plus maintenant ce

jeune homme pendu aux basques de votre fille acariâtre !

— Comment osez-vous dire une chose pareille !
Elizabeth n'a pas mauvais caractère ! répliqua Ceci,
profondément outrée, le rouge de la colère au visage.

— Son humeur importe peu ; Savage voudra sûrement une femme d'esprit, poursuivit Augusta en feignant d'ignorer l'explosion de Ceci.

— Ma chère, Elizabeth est la femme la plus spiri-
tuelle que je connaisse ! affirma Lady Tremayne avec
un sourire satisfait.

— Il ne prendra certainement pas de la marchandise
de second choix. Pitié pour son mari !

— Ce n'est vraiment pas sa faute s'il s'est tué !

— Bah ! Tout le monde sait qu'elle l'y a conduit
avec ses manières extravagantes et ses accès de colère.

— Ce n'est pas vrai ! s'écria Ceci d'une voix aiguë.
(Ses lèvres se serrèrent de façon inquiétante. Elle
n'allait certes pas en tolérer davantage de cette vieille
mégère ! Même si celle-ci était la marraine d'Edward et
la duchesse douairière d'Avon ! Avec emportement, elle
poursuivit :) Vous ignorez ce dont vous parlez ! C'était
un jeune homme très instable. Quel dommage qu'Elizabeth l'ait épousé !

— Quel dommage pour lui, voulez-vous dire !

Maîtrisant un soupir de rage, Ceci se leva, souhaita
d'un ton glacial une bonne soirée à son bourreau puis
sortit dignement de la salle. Augusta rit de contentement. Stupide nigaude ! Ceci aurait dû se garder de
croiser le fer avec elle ! La femme était aussi folle que
sa fille si elle croyait que Savage pourrait trouver en
Elizabeth une épouse possible.

Jason pensait à peu près la même chose en entrant
dans la salle de jeu avec l'espoir d'y retrouver Barrymore et Harris. Elizabeth faisait une agréable compa-

gne de lit mais que Dieu assiste l'homme qui serait assez sot pour l'épouser !

N'apercevant pas ses amis, il se retournait pour partir lorsque l'incident avec Pendleton survint. Par la suite, il s'interrogerait sur la raison de son geste, mais, en cet instant, Pendleton lui tapait sur les nerfs et cela seul comptait. Une seconde plus tard, son éclat accompli, Jason sortit de la pièce très content, ne laissant derrière lui qu'un silence étonné. Il donna l'ordre qu'on lui avançât son cabriolet et, pendant son attente, Barrymore, Harris et Brownleigh vinrent le retrouver.

Brownleigh souhaitait beaucoup que l'affaire restât secrète, mais Tom pensait la chose impossible car la salle où s'était produit l'incident était remplie d'hommes prêts à révéler l'insulte et le défi qui en avait découlé. Bigre ! Qu'est-ce qui avait poussé Jason à agir ainsi ? D'autant qu'un peu plus tôt, il paraissait vouloir éviter une querelle. De mauvaise humeur, Tom fixa Jason avec l'espoir d'y lire une réponse. Mais le visage de l'Américain ne portait qu'une expression froide et indifférente qui ne trahissait rien.

Intensément mortifié et gêné qu'une telle affaire survienne sous son toit, mettant en cause un invité qui, de surcroît, demeurait chez lui, Brownleigh hésitait sur la personne qui supporterait sa colère : Pendleton pour avoir commencé l'ignominieux travail ou Savage pour l'avoir achevé ? Dieu merci, les femmes n'y avaient pas assisté ! Pensif, il s'inquiétait de savoir si tout le monde saurait se taire.

Mais Barrymore, qui n'avait aucune intention de rester muet, s'exclama avec colère :

— Diantre, Jason ! Ne prétends pas que l'individu t'irritait ! Car s'il t'irritait tant, pourquoi ne l'as-tu pas provoqué plus tôt ?

Les yeux baissés, Jason haussa négligemment les épaules et s'approcha de son cabriolet qui arrivait.

— Je préfère attaquer, *mon ami*, plutôt qu'attendre comme un agneau l'abattoir !

— Nom de Dieu ! Qu'entends-tu par là ? explosa Barrymore.

Sans tenir compte de l'éclat de son ami, Jason grimpa dans le cabriolet, serra les rênes des chevaux qui s'agitaient et congédia le palefrenier. Puis il se tourna vers les trois personnes debout sur les marches.

— Vous me pardonnerez si je ne m'attarde pas, n'est-ce pas ? Le vent se lève et je déteste laisser mes chevaux à l'arrêt. S'il vous plaît, Brownleigh, veuillez présenter mes hommages à votre exquise épouse. Je me suis énormément diverti et j'espère avoir le plaisir de vous revoir sous peu.

Barrymore tenta de l'interrompre mais Jason lui jeta un regard qui tua dans sa gorge les mots qu'il allait prononcer.

— Tom et toi, Freddy, vous chargerez-vous de tout organiser ? leur demanda l'Américain.

A contrecœur, Barrymore acquiesça et Tom passa un doigt nerveux le long de son col, comme si soudain ses vêtements le serraient.

— Parfait. Dans ce cas, faites-moi signe avant le bal des Waterford, la semaine prochaine... Ne vous inquiétez pas, *mes enfants*, tout se passera bien.

Sur cette réplique, Jason donna un coup de rênes et ses chevaux fougueux bondirent, éloignant rapidement le cabriolet de la demeure des Brownleigh.

11

En cette nuit bien éclairée par la lune, où un léger vent du nord rafraîchissait l'atmosphère, Jason appréciait le trajet de retour vers l'auberge. A regret, il fit ralentir les chevaux à l'approche de l'écurie. En entendant du bruit, Jacques sortit et, à la vue de son maître, appela impatiemment le garçon d'écurie qui somnolait. Souriant intérieurement, Jason observait les deux hommes qui déharnachaient rapidement les deux chevaux fumants avant de les conduire à leurs stalles respectives.

Jason les suivit à l'intérieur car il se sentait étrangement peu disposé à se coucher. L'odeur des animaux et du foin mélangée à la senteur des harnais et des selles produisait une odeur âcre mais non désagréable qui assaillit ses narines. Il dépassa les deux hommes, occupés à bouchonner les chevaux, et erra entre les rangées de stalles. Distraitement, il remarqua que les bêtes qu'il avait achetées le matin même étaient arrivées du camp gitan et qu'on les avait déjà installées. Une jument baie tachetée de noir, dont le museau révélait l'origine arabe, hennit à son approche. Elle s'agitait fébrilement dans sa stalle comme si elle trouvait étrange d'être à l'intérieur plutôt que dehors au clair de lune. Jason caressa avec douceur la bouche veloutée qui se pressait contre sa main.

— Tout doux, mon amour. Que tu es belle ! Mais je me demande par quel hasard tes compagnons d'écurie et toi en êtes venus à vivre chez les gitans, lui murmura-t-il.

Jason quitta la jument après avoir donné une petite tape sur son cou lisse, puis il traversa l'écurie à grands pas pour gagner l'entrée. Au passage, il s'arrêta pour surveiller Jacques et le garçon qui couvraient les deux chevaux de couvertures. Jacques leva les yeux de sa besogne et Jason répondit à l'interrogation qu'il lisait dans son regard :

— Non, je n'ai besoin de rien. Je regardais simplement.

Ce qu'il continua à faire quelques minutes encore puis, leur souhaitant bonsoir, il se dirigea vers l'auberge.

En haut, dans sa chambre, l'Américain se débarrassa de sa veste et de son manteau. Jetant ensuite un coup d'œil à sa montre de gousset, il constata avec surprise qu'il était à peine minuit. Il frappa du pied la grosse bûche qui se consumait dans la cheminée et, tout en lançant sa cravate chiffonnée sur le plancher, appela Pierre pour que celui-ci l'aidât à enlever ses bottes brillantes. Une fois la tâche accomplie, Jason congédia son serviteur d'un petit signe de main.

La pièce redevint silencieuse et Jason, maintenant seul, se détendait dans un confortable fauteuil installé devant le feu de bois qui projetait une lueur orange. Le tic-tac mesuré de la pendule posée sur le manteau de la cheminée en bois poli couvrait le crépitement du feu. Quelques bougies créaient une nappe de lumière chaude qui vacillait au-dessus de la silhouette alanguie. A son coude se trouvait une petite table élégante ; on avait mis sur le plateau de marbre une carafe en cristal remplie d'eau-de-vie. Jason serrait distraitement dans sa main un verre à moitié vide tout en fixant le feu mourant. Rejetant sa tête brune contre le dossier du fauteuil, il but jusqu'à la dernière goutte le contenu du verre qu'il posa ensuite sur la table ; le bruit rompit le calme apaisant de la pièce. Jason se leva rapidement, rôda dans la pièce comme une bête sauvage enfermée dans une cage, puis il quitta brusquement le salon, pénétra dans sa chambre et regarda son lit avec humeur.

Le lit, énorme, s'élevait sur une estrade au fond de la grande pièce. Son baldaquin aux tentures en velours rubis luisait comme du sang dans la faible lumière produite par l'unique bougie que Pierre avait laissée brûler sur la table de chevet. Jason écarta d'un geste brusque les rideaux qui enfermaient le lit et jeta un coup d'œil à l'intérieur. Pierre avait retiré la couverture pour exposer les draps blancs comme neige. Le lit semblait une invite, mais l'Américain n'avait pas sommeil.

Il arpenta fébrilement la pièce. Bon sang ! Pourquoi n'avait-il pas demandé à la gitane de venir ce soir ? Elle aurait occupé son temps ! Un large sourire éclaira soudain son visage et il s'avança silencieusement vers l'armoire. Voilà ce dont il avait besoin ! Une femme ! Ayant trouvé l'heureuse solution, il termina de se déshabiller, dévoilant ainsi un corps aussi mince et basané que son visage. Fouillant ensuite au fond de l'armoire en bois, il trouva les habits qu'il cherchait.

Pierre avait fortement protesté devant l'insistance de son maître à emporter ses vêtements en peau de daim — en particulier la chemise à manches longues ornées de franges. D'un ton sec, il lui avait affirmé que seul un sauvage[1] pouvait la trouver seyante ! Le jeu de mots involontaire avait fait sourire Jason à l'époque, et son souvenir provoqua à nouveau la même réaction. Avec la chemise et le pantalon, tous deux mal coupés, il avait empaqueté ses mocassins. Paré de ses habits en peau de daim, Jason s'admira dans le miroir en pied et une étincelle jaillit dans ses yeux. Cette auberge n'avait sûrement jamais vu un homme habillé de la sorte ! Sa tenue s'adaptait plus aux plaines du Texas ou aux Indiens qui y vivaient, d'autant qu'avec ses cheveux noirs et son visage basané, il aurait pu passer lui aussi pour l'un d'entre eux.

Aussi silencieux qu'un Indien, il se faufila hors de l'auberge endormie. Déverrouillant le loquet, il ouvrit la porte et écouta attentivement les bruits qui risquaient de provenir de la taverne habituellement animée ; mais son oreille ne perçut que le silence. Un instant plus tard, il était dehors dans l'air frais. Il ne lui fallut qu'une autre minute pour atteindre l'écurie. En souriant, il se demanda s'il possédait toujours son habileté à voler des chevaux.

Il apparut que oui, car bientôt, juché sur un vigoureux

1. En anglais, *savage*, le nom de Jason, signifie sauvage.

étalon noir, il galopait vers la résidence des Brownleigh. Jason chevauchait sans selle, ses longues jambes
serrant les flancs du cheval qui galopait. Il avait pris le
temps de mettre une bride à l'animal, mais s'il n'en
avait trouvé aucune à portée de sa main, un bout de
corde aurait tout aussi bien fait l'affaire. La chevauchée
l'ayant décoiffé, une mèche noire indocile lui barrait le
front. Buveur de Sang aurait reconnu l'éclat téméraire
qui brillait dans ses yeux. Tel un chat, Jason longea la
maison à la recherche d'une certaine fenêtre. L'ayant
trouvée, il écarta les feuilles de lierre pour se saisir en
guise de corde des branches qui adhéraient comme des
patelles au mur de la maison. Il grimpa rapidement jusqu'à la fenêtre, sans éveiller d'autre bruit que le mur-
mure des feuilles qui frémissaient sous son corps. Comme
il s'y attendait, la fenêtre était largement ouverte. Non
parce que Elizabeth savait qu'il allait venir mais parce
qu'il connaissait sa passion pour l'air frais. Un sourire
rapace sur les lèvres, Jason pénétra furtivement dans
la pièce et s'évanouit dans les tentures de brocart.

Elizabeth se préparait à se coucher et portait un léger
déshabillé vert de mer qui révélait son corps plus qu'il
ne le cachait. Sa chevelure formait une masse châtain
autour de ses épaules crémeuses. Assise devant sa coiffeuse, elle surveillait dans le miroir la femme de chambre qui lui brossait les cheveux. Lassée d'observer la
servante, elle parcourut distraitement la chambre du
regard. Soudain, elle écarquilla les yeux et faillit crier
car elle venait d'apercevoir le visage moqueur de Jason.
Celui-ci soutint un moment son regard et lui fit un clin
d'œil audacieux avant de s'évanouir dans les plis dorés
des tentures car la femme de chambre, soupçonnant
qu'il se passait quelque chose, levait la tête.

— Arrêtez ! Cela suffit pour ce soir. Vous pouvez partir maintenant et je ne veux pas que l'on me dérange à
nouveau cette nuit, ordonna la jeune femme d'un ton
cassant.

Surprise par l'ordre tranchant de sa maîtresse, la servante faillit laisser tomber la brosse. Cela ressemblait tout à fait à Elizabeth Markham ! Avec ça, jamais reconnaissante et ladre par-dessus le marché ! « Sale garce ! » pensa la femme de chambre avec rancune en quittant la pièce. Elle s'arrêta un instant dans le hall et entendit avec étonnement qu'on tournait la clé dans la serrure.

Les pans de son déshabillé tourbillonnant comme de l'écume marine sur ses chevilles fines, Elizabeth pivota lentement pour faire face à Jason. La main encore sur la serrure, elle s'appuya contre la porte d'acajou dont la couleur sombre contrastait avec l'éclat chaud de sa chevelure. Un sourire charmeur incurvait sa bouche tandis qu'elle observait Jason qui avançait dans sa direction.

Un sourire presque aussi satisfait que celui de la jeune femme animait le visage de l'Américain. Incertain de la réception que lui réserverait Elizabeth, il avait néanmoins tenté l'aventure et, visiblement, il avait parfaitement compris son caractère. Il s'arrêta à quelques pas d'elle et ses yeux caressèrent le corps qui se révélait à lui de façon si tentante.

Le négligé vert au décolleté profond recouvrait vaguement la poitrine gonflée d'Elizabeth et laissait entrevoir ses mamelons à pointes corail à travers le tissu léger. Une flamme de plus en plus intense dansait dans les profondeurs émeraude des yeux de Jason qui erraient lentement sur son corps. Le sourire d'Elizabeth s'accentua sous l'examen appréciateur de ses charmes.

— Aimez-vous ce que vous voyez ? murmura-t-elle, provocante.

Pour seule réponse, Jason étendit un bras et attira à lui le corps qui ne résista pas. Observant alors le visage émacié au-dessus d'elle, la jeune femme lut à la place du sourire de tout à l'heure une expression devant laquelle tout son corps frémit de plaisir. Conscient de ce tremblement, Jason pencha la tête et embrassa les lèvres chaudes qui n'attendaient que cela. Sans interrompre le baiser qui s'approfondissait, il souleva dans ses bras la fine silhouette, la porta jusqu'au lit, l'y posa délicatement, et se mit lentement à déshabiller Elizabeth en écartant tout d'abord la robe légère pour offrir ses seins fermes aux caresses de ses mains. Lâchant les lèvres de sa compagne, Jason embrassa légèrement les mamelons durcis ; lorsque sa bouche retrouva celle d'Elizabeth, une mer de désir submergea la jeune femme. Puis la chemise de nuit alla s'abandonner en tas sur la descente de lit ; les mains expertes de Jason parcouraient la chair satinée avec des exigences croissantes.

Jason s'arrêta un instant, juste le temps de se dévêtir rapidement, avant de rejoindre Elizabeth dans le lit, son corps long et dur serré étroitement contre le sien. Ses mains et ses baisers excitaient celle-ci comme aucun homme ne l'avait fait jusqu'à présent ; elle cambra ses reins pour se rapprocher encore plus de l'Américain et gémit de plaisir quand il la pénétra. Sans se hâter, il la conduisit vers l'extase ; en se mouvant lentement en elle, il accroissait le désir brûlant qui la consumait déjà. Le corps d'Elizabeth se soulevait, à la recherche de toutes les caresses, et Jason l'emporta jusqu'à la jouissance.

Plus tard, ils reposèrent en silence, leurs corps alanguis des suites de la passion qui les avait engloutis. Soudain, elle frotta sa tête ébouriffée contre l'épaule de son compagnon et fit courir ses doigts avec légèreté sur sa poitrine.

— Mmmm, tu n'aurais pas dû venir ici en grimpant par la fenêtre ; c'est mal de ta part, murmura-t-elle. (Puis elle s'étira paresseusement comme une chatte repue et ajouta en ronronnant :) Mais je suis heureuse que tu sois aussi effronté !

Un sourire pervers aux lèvres, Jason la regarda avec amusement. C'était une délicieuse compagne au lit où elle possédait presque autant d'expérience que lui. Et Dieu merci, elle n'avait pas essayé de jouer à la farouche — jusqu'ici tout au moins, corrigea-t-il en silence. Allongé auprès d'elle, un bras posé sur ses yeux, il se détendait. Elizabeth s'appuya sur un coude et se mit à nouveau à faire courir ses doigts sur le corps étendu. Pour la première fois, elle remarqua le bracelet en or qui cerclait le bras de son amant.

— Qu'est-ce ?

Jason rétorqua :

— Tout simplement un bijou que j'aime. Pourquoi ?

Elizabeth haussa les épaules.

— Pour rien. Simple curiosité de ma part. Il est rare de voir un homme porter un tel bijou et je me demandais s'il avait une signification particulière — peut-être, est-ce le cadeau d'une femme ?

Jason se mit à rire.

— Qui sait ?

Cette réponse ne la satisfaisant pas, Elizabeth changea de sujet et demanda d'un ton qui se voulait taquin :

— Crois-tu que je sois meilleure que la donzelle de Clive ?

— Comme je n'ai pas couché avec « la donzelle de Clive », pour employer tes propres termes, je ne peux comparer, répliqua-t-il d'une voix tranchante.

Mécontente de cette sortie, Elizabeth fit la moue et reprit, avec une curiosité apparemment futile :

— Que faisais-tu là-bas ?

L'Américain soupira. Ah, ces satanées femmes ! Pourquoi s'obligeaient-elles toujours à parler après ? Il roula sur le ventre et expliqua brusquement :

— J'allais acheter des chevaux.

— Chéri ! Dans cet endroit bizarre ! Penses-tu vraiment que je vais te croire ?

Jason bougea impatiemment car il détestait les questions qu'elle posait pour le sonder.

— Je me moque complètement que tu me croies ou

non. C'est la vérité, et si cela te déplaît, c'est bougrement fâcheux pour toi !

Avec sagesse, elle abandonna le sujet et se blottit contre lui.

— Que t'a raconté Clive sur ce qui s'est passé là-bas ? lui demanda-t-il, ce qui surprit la jeune femme.

— Uniquement que tu semblais plus qu'attiré par les charmes de Cath... — euh — ... Tamara, termina-t-elle rapidement, avec l'espoir qu'il n'aurait pas compris le début de sa gaffe.

— Pourquoi en a-t-il discuté avec toi ?

— Clive fait partie de ces gens qui adorent semer le trouble et il savait que cela me bouleverserait, expliqua-t-elle en riant nerveusement.

Pour clore la question, elle embrassa lentement Jason sur la bouche et, les yeux dans les siens, murmura :

— Je suis très jalouse !

Un rictus déforma la bouche de l'Américain. Il étendit Elizabeth, le dos contre les oreillers parfumés, pour lui caresser les oreilles et le cou où il laissa une trace lourde de promesses, tandis que ses lèvres embrassaient son corps avec lenteur. Elizabeth bougea de manière suggestive, et son esprit se mit à flotter lorsque les premiers remous du désir que son compagnon venait de raviver commencèrent à la parcourir.

— Au fait, connais-tu vraiment bien Pendleton ?

Elizabeth faillit s'alarmer sous la question murmurée à son oreille et le regard froid de Jason ne fit rien pour diminuer ce sentiment.

Elle ronronna alors de plaisir : il était jaloux ! Un rire s'échappa du fond de sa gorge et elle noua ses bras autour du cou de Jason.

— Mais, chéri, tout le monde connaît Clive ! On le rencontre partout.

— A-t-il été ton amant ?

— Quelle question ridicule ! répliqua la jeune femme avec irritation avant de poursuivre d'une voix plus calme qui dissimulait sa nervosité : ... Comme c'était le filleul de mon oncle, je le connais depuis mon enfance. Il n'y a aucune raison pour que tu croies qu'il a été mon amant, à moins que... tu ne sois jaloux ?

— Pas jaloux, *chérie*, simplement curieux.

— Pourquoi ?

— Il semble s'intéresser de façon peu ordinaire à mes faits et gestes. Et cette attitude m'étonne.

— Oh, qui sait pourquoi Clive agit de telle ou telle manière ? Je suis fatiguée de parler de lui... il crée toujours des problèmes, maugréa-t-elle.

— C'est bien vrai, ma mignonne ! C'est bien vrai.

— Qu'entends-tu par là ? s'informa-t-elle, les yeux vifs.

— Ce soir, il était fermement résolu à créer une situation à laquelle il m'a été très difficile d'échapper sans complications.

— Mais tu n'as pas fui, tu l'as provoqué ! s'écria-t-elle étourdiment.

Elle n'aurait jamais dû dire cela ! pensa-t-elle, et les paroles de Jason confirmèrent ses craintes.

— Oui. Mais comment le sais-tu ? Par Clive encore ? Nous étions convenus que les femmes l'ignoreraient.

Elizabeth maudit en silence Clive et ses intrigues. Mais un sourire séducteur se dessina sur ses lèvres lorsqu'elle se lamenta :

— Jason, es-tu venu ici uniquement dans le but de me poser des questions stupides ? Si oui, tu peux partir.

— Je ne le pense pas ! affirma-t-il en souriant, et il embrassa ses lèvres offertes.

Cette fois, ils n'eurent aucun besoin d'éveiller leurs sens car la passion les enflamma tous deux dès qu'il la toucha. Elle gémit et souleva violemment son corps affamé vers celui de son partenaire qui la prit avec brusquerie comme si le plaisir d'Elizabeth ne l'intéressait plus. Mais sa brutalité même excita la jeune femme presque autant que ses caresses antérieures et rapidement elle sentit l'explosion familière qui accompagnait la jouissance.

Quand il reposa ensuite à ses côtés, elle l'observa en se demandant ce qu'il soupçonnait de ses rapports avec Clive. Sacré Clive ! Puisqu'elle envisageait d'arracher à Jason une proposition de mariage, il fallait qu'elle se montrât prudente. Actuellement, elle se sentait plus sûre de l'Américain qu'elle ne l'avait été précédemment. Il devait l'aimer ! Ne l'avait-il pas recherchée ? Il se trouvait dans sa chambre et ceci n'était-il pas une preuve ? Bien évidemment si ! Qui sait, il pourrait même lui demander sa main ce soir ! Alors elle lui parlerait de Clive et de ses curiosités indiscrètes. Se pelotonnant contre son compagnon, la main sur son torse, elle posa la question que toute femme pose en la circonstance :

— M'aimes-tu ?

Jason aurait pu répondre par un vague grognement. *Mon Dieu*, pourquoi persister ? N'étant pas d'humeur à raconter des mensonges insignifiants, il se leva brusquement du lit, enfila d'un coup sec son pantalon en daim, enfonça ses pieds dans ses mocassins et chercha sa chemise qu'il aperçut un instant plus tard de l'autre côté du lit. Intriguée par son attitude qui la faisait douter de son emprise sur lui, Elizabeth fit les quelques pas nécessaires pour se trouver en face de lui. Nouant ses bras doux et parfumés autour de son cou, elle réclama avec un sourire provocant :

— Tu n'as pas répondu à ma question. M'aimes-tu ?

— Non ! rétorqua-t-il d'un ton bourru en fixant le beau visage confiant levé vers le sien.

Surprise, elle abaissa les bras et le regarda attentivement. Jason put voir nettement son agitation.

— Je... je ne comprends pas. Que veux-tu dire ?

— C'est très simple : je te voulais. Tu étais consentante et, en te prenant, je t'ai donné autant de plaisir que j'en ai reçu. Ce fut agréable... Mais cela ne signifie nullement que je t'aime. Je te désire ! Tu es très belle mais tu ne m'attires pas plus qu'une douzaine d'autres femmes que je pourrais citer.

— Comment oses-tu dire cela après ce qui vient de se passer entre nous ? interrogea-t-elle, incapable de croire ces paroles brutales.

— Ma chère, on confond fréquemment désir et amour. Heureusement, je ne crois pas à ce que tu appelles « l'Amour » et le reconnais pour ce qu'il est... à savoir : un simple désir bestial !

Devant l'effondrement de ses beaux rêves, Elizabeth sentit une colère amère brûler dans sa poitrine. Il n'allait pas partir comme ça ! Elle ferait un scandale ! Elle lança un coup d'œil vers la porte fermée à clé. Il lui suffirait d'ouvrir cette porte et de crier. Ses parents, les Brownleigh, ainsi que les autres invités déferleraient dans le hall quelques minutes plus tard ! On surprendrait alors Jason Savage à demi nu dans sa chambre et il n'aurait d'autre choix que celui de l'épouser ! Peu importaient le scandale et les commérages qui s'ensuivraient ! Elle serait la riche Mrs Jason Savage, de la Louisiane ! Affichant un sourire rayonnant, elle lui répondit d'un ton calme :

— Comme tu dois être intelligent pour pouvoir distinguer l'un de l'autre !

Jason se tenait sur ses gardes. Il la surveilla tandis qu'elle cherchait à travers la pièce son peignoir qu'elle trouva enfin près de la chemise de son amant. Après s'en être enveloppée, elle tint à bout de bras la chemise d'un air provocant.

— En as-tu besoin ? demanda-t-elle, une lueur calculatrice dans ses yeux marron.

Jason allongea le bras pour se saisir de son vêtement. Au moment où sa main l'effleurait, Elizabeth retira la chemise et bondit jusqu'au centre de la chambre tout en la serrant fortement contre sa poitrine. Un sourire tendu animait le visage de Jason lorsqu'il traversa la pièce. S'arrêtant au coin du lit, il s'appuya tranquillement contre un pilier et observa la jeune femme. Il émanait de son corps une puissance maîtrisée qui démentait son attitude nonchalante. Il ressemblait ainsi à une panthère guettant sa proie. L'expression de ses yeux effraya presque Elizabeth.

La jeune femme l'observait avec un sourire provocant. Elle jouait un jeu dangereux et la pensée même de ce danger faisait battre son cœur d'excitation. Elle jeta subrepticement un coup d'œil à la porte fermée à clé, mais Jason s'en trouvait plus près qu'elle. Il lui faudrait donc s'en approcher — et prendre le temps de tourner le loquet.

— Tu ne mets pas ta chemise ? Il fait diantrement frais dehors, dit-elle.

Puis elle agita la chemise de façon audacieuse près de la silhouette immobile mais Jason n'essaya pas de l'attraper.

L'Américain semblait contenir la violence qui l'habitait, ce qui aurait dû faire cesser les machinations d'Elizabeth ; mais elle ne tint pas compte de cet avertissement. Furieux contre lui-même, Jason se maudissait avec véhémence pour sa propre stupidité. Conscient de la position précaire dans laquelle il se trouvait, il examina la femme qui se tenait devant lui ; il ne se faisait aucune illusion sur Elizabeth. Comme s'il lisait dans son esprit ingénieux, il savait qu'il devait la réduire au silence s'il voulait quitter la chambre cette nuit en évitant une scène.

Telle une phalène attirée par la flamme, elle se rapprochait de lui en dansant pour s'en écarter aussitôt.

— Jason, mon amour, tu ne joues pas le jeu ! Allons, tu ne veux pas ta chemise ? railla-t-elle d'un ton chargé de mépris tout en maintenant le vêtement hors d'atteinte.

Si elle avait été moins sûre d'elle, elle aurait remarqué le léger raidissement des muscles de son vis-à-vis. Mais avec une insouciance croissante, elle s'approcha de plus en plus près de lui. Avec la rapidité d'un serpent qui attaque, Jason projeta un bras en avant pour lui arracher violemment sa chemise. Perdant tout son bon sens, Elizabeth s'avança d'un pas mal assuré. Mais son menton rencontra l'autre main de l'Américain, poing d'acier fortement serré, qui la frappa avec une telle puissance que sa tête se balança brusquement en arrière au risque de lui briser le cou. Sans même un gémissement, elle s'effondra, inconsciente, sur le plancher. Jason s'agenouilla près d'elle pour vérifier qu'il n'existait aucune trace de blessure grave. Rassuré, il se leva, l'étendit sur le lit froissé et lui donna la position de quelqu'un qui dort d'un sommeil naturel. Il enfila ensuite rapidement sa chemise et se dirigea vers la porte. Ne percevant aucun bruit à l'extérieur, il commençait à s'en éloigner lorsqu'il remarqua la serrure qu'il débloqua silencieusement avant de traverser la chambre. Arrivé à la fenêtre, il passa une jambe par-dessus le rebord puis balaya la pièce du regard. Ses yeux s'attardèrent sur le corps d'Elizabeth. Ah ! Si elle avait su se contenter de la partie de lui-même qu'il donnait volontiers, il l'aurait prise pour maîtresse et aurait renvoyé la gitane avec une poignée d'or. Mais, comme toutes les autres femmes avant elle, Elizabeth voulait quelque chose qu'il ne tenait pas à céder. Alors, il grimaça. Qu'il était fat et vaniteux ! Elles l'auraient toutes épousé avec joie pour son nom et son argent, sans se soucier le moins du monde de savoir s'il les aimait. Jetant un dernier coup d'œil à la jeune femme, sa grimace s'accentua. Demain, elle se réveillerait avec un violent mal de tête, une mâchoire douloureuse et un bleu qu'il lui serait difficile d'expliquer. Peut-être choisirait-elle mieux ses amants à l'avenir, pensa Jason.

Il atteignit peu après les écuries de l'auberge où il ne fut pas surpris de voir que Jacques l'attendait. Ses cheveux courts ébouriffés par le vent, le petit homme grommela :

— Vous avez encore fait des vôtres ! Vous auriez eu l'air malin si j'avais réveillé tout le monde en criant d'une voix perçante qu'on avait volé un cheval !

Jason sourit puis glissa à bas de sa monture.

— Mais je m'en rapportais à ton jugement : je te sais suffisamment sensé pour ne pas le faire !

— Allez-vous-en ! ronchonna Jacques avant d'ajouter, en agitant un doigt osseux sous le nez de Jason : Attention ! Ces Anglais sont différents de nous ; vous risquez de vous retrouver dans les tréfonds d'un certain fleuve de ma connaissance !

Confiant l'étalon aux mains expertes de Jacques, Jason revint silencieusement à sa suite. Immédiatement et sans savoir pourquoi, il arpenta les pièces vides en recherchant inconsciemment des traces lui prouvant que quelqu'un était entré en son absence. Mais rien n'avait bougé ! Jason jeta alors une grosse bûche sur le feu qui se consumait à peine et la poussa du pied dans les cendres. Elizabeth avait raison ; il faisait frisquet dehors !

Il se versa un verre de cognac qu'il but lentement ; il savoura le goût de cet alcool qui laissa une trace de feu jusqu'à son ventre. Puis il entra dans sa chambre où il se débarrassa de ses vêtements avant de s'approcher du lit. Assis sur le matelas en plume, il dut admettre qu'il était confortable au point de susciter le respect ! Allongé sur le dos, il fixa le baldaquin rubis tout en réfléchissant à la soirée qui venait de s'écouler. Quelle folie d'avoir manqué de sang-froid avec Pendleton ! Ce n'était pas à cause de celui-ci qu'il avait perdu son calme mais plutôt parce que cette damnée affaire l'ennuyait. Il ne put s'empêcher d'en reporter le blâme sur Jefferson et ses satanées lettres. Il n'était assurément pas taillé pour participer aux intrigues qui entouraient les jeux de la politique.

Il entendait encore Jefferson affirmer avec calme :

— Je suis certain que vous vous comporterez convenablement en Angleterre. Je n'ai certes pas de pouvoir réel sur vous, mais j'ai appris vos activités dans votre territoire. Puisque vous agissez comme mon courrier personnel, j'espère que vous vous conduirez bien et que vous ne serez pas mêlé à des escapades lors de votre séjour en Grande-Bretagne... Essayez de ne pas provoquer de scandale avec les femmes et, si possible, maîtrisez votre tempérament emporté, avait ajouté le Président d'une voix autoritaire.

Guy avait fait écho, avec plus de violence, aux paroles mesurées de Jefferson :

— Tiens-toi loin de ces sacrés jupons légers et ne va pas t'emparer de la femme de quelqu'un.

Les deux hommes étaient restés avec le sentiment désagréable de s'être adressés à un mur de pierre et maintenant, en souriant dans le noir, Jason reconnaissait tardivement la sagesse de leurs remarques. Les deux hommes auraient été furieux d'apprendre ses méfaits de ce soir. Cette réflexion le plongea au cœur du sujet. Pourquoi Pendleton s'était-il montré aussi prompt à le provoquer ? L'homme s'était manifestement arrangé pour fabriquer à dessein une situation qui ne présentait logiquement à Jason d'autre issue qu'un défi. Mais, au dîner, l'Américain avait adroitement évité la provocation. Il n'empêchait que Pendleton l'avait volontairement offensé et que ses attaques avaient finalement porté leurs fruits.

Incapable de se détendre, Jason se leva ; nu, il alla dans le salon se verser un autre verre d'alcool. Absorbé par tous ces problèmes, il fixait les flammes jaunes qui dansaient dans l'âtre. Ah ! Pourquoi avoir laissé libre cours à son mauvais caractère qui l'avait poussé à cet acte irresponsable ! Mais l'association des récents sarcasmes de Pendleton et de la remise en cause de son courage par Barrymore et Harris l'avait irrité à un point dangereux. Comme il se préparait à quitter la salle de jeu, il avait suffi que Pendleton lui tournât ostensiblement le dos en ricanant pour que l'emportement qui bouillonnait déjà en lui éclatât, comme chauffé à blanc. Sans réfléchir, il avait fait pivoter Pendleton qui avait sursauté d'étonnement et, après lui avoir enlevé des mains son verre de vin, il lui en avait jeté le contenu au visage avec un suprême dédain. Sur le point d'étouffer de rage, Pendleton avait crié à Jason de nommer ses témoins. Brièvement, l'Américain avait cité d'un ton mordant les noms de Barrymore et Harris.

Pour l'amour de Dieu ! Quelle stupidité d'avoir laissé Pendleton l'exaspérer ! En particulier avant de savoir ce que tout cela cachait. Roxbury serait, à juste titre, mécontent de ses singeries et, en réexaminant la situation avec calme, Jason admit qu'il ne pourrait pas l'en blâmer. *Juste ciel !* Il avait agi comme un novice !

De retour dans son lit, Jason essaya de détourner son esprit de ces pensées troublantes pour le porter sur des sujets plus agréables ; mais même le fait de s'attarder sur les charmes de la petite gitane n'empêcha pas des idées plus sombres de s'insinuer en lui. Il se retournait sans cesse dans le grand lit en se demandant s'il existait un rapport entre les dépêches qu'il avait remises à King et les tentatives effectuées pour fouiller sa garçonnière à Londres. Et si Pendleton ne s'intéressait à lui que par pure curiosité ? Mais par contre, si les instructions de Jefferson intriguaient Pendleton, pourquoi ce dernier avait-il attendu jusqu'à maintenant ? Pourquoi s'en préoccupait-il des semaines après leur remise ? A moins... à moins que... mais Jésus ! Non... impossible ! Seuls Jefferson et lui connaissaient les autres instructions que le Président lui avait personnellement confiées. Même son père les ignorait. Et s'il y avait une fuite dans le camp de Livingston, à Paris ? pensa-t-il soudain. Momentanément, Jason eut la désagréable impression d'avoir mis le pied sur une de ces surfaces perfides de sables mouvants qui abondaient dans les marais et les baies mystérieuses de la Louisiane.

12

La journée suivante se déroula sans événements marquants, avec une lenteur extrême pour Jason qui attendait avec impatience l'arrivée de Tamara dans la soirée. La sagesse lui avait fait éviter la demeure des Brownleigh et il se demandait combien de temps mettrait Elizabeth pour redevenir maîtresse d'elle-même. N'ayant aucune course ni aucun projet pressants, il passa la plus grande partie de la journée à l'auberge. Au milieu de l'après-midi, le squire[1] Hampton, un veuf entre deux âges, pénétra dans la salle commune. Quelques jours auparavant, on avait présenté Jason à Hampton. Maintenant que l'inactivité lui pesait, l'Américain apprécia grandement de pouvoir boire un bock de bière en cette nouvelle compagnie. Lorsque Hampton découvrit que Jason était seul, il insista pour que ce dernier vînt dîner chez lui ce soir-là. Incapable de refuser l'invitation, Jason accepta cordialement l'offre du squire.

Jason avait vainement espéré que Tamara arriverait avant son départ. Il s'était donc habillé et, une fois son cabriolet avancé, s'était brièvement entretenu avec l'aubergiste. Il avait également demandé à Pierre d'attendre la gitane.

Il passa chez le squire une agréable soirée, agrémentée par la découverte que plusieurs hommes qu'il connaissait déjà s'y trouvaient. La présence d'Edward Tremayne parmi les invités l'avait momentanément embarrassé. Mais le comte de Mount, gentilhomme élégant, lui avait souri et s'était inquiété de son confort à *l'Auberge du Renard*. Devant cette attitude cordiale,

1. *Squire*: châtelain.

Jason avait poussé un soupir de soulagement. Elizabeth avait tenu sa langue sur leur aventure de la nuit précédente, ce dont il avait douté. Tout au moins, elle n'en avait pas parlé à son père ! Comme il se faisait tard, Jason attendit avec impatience une occasion de partir ; dès qu'elle se présenta, il prit poliment congé de son hôte. Pendant tout le trajet de retour, sous le clair de lune argenté, ses pensées ne se portèrent que sur son lit, en s'attardant plus précisément à la délicieuse jeune fille qu'il y trouverait. Au souvenir des douces lèvres de Tamara pressées sur les siennes, il ressentit en son corps une réponse immédiate. Il n'arrivait pas à se remémorer le jour où il avait désiré pour la dernière fois une femme avec autant d'avidité que la petite gitane d'aujourd'hui. Au rappel d'Elizabeth et de la nuit précédente, il constata qu'il ne pouvait imputer son désir pour la friponne aux cheveux noirs au fait qu'il fût resté chaste ces derniers temps ! Souriant en son for intérieur, il pressa l'allure de ses pur-sang.

Le cabriolet s'engouffra très peu de temps après dans la cour des écuries à l'auberge. Jetant les rênes à Jacques, Jason bondit du véhicule et se dirigea rapidement vers le bâtiment principal ; dès son entrée dans le hall, il rencontra l'aubergiste auprès duquel il se renseigna :

— La jeune fille est-elle arrivée ?

L'homme lui décocha un coup d'œil bizarre avant de hocher la tête. Sifflant doucement, Jason allait grimper l'escalier qui menait à sa suite lorsque Pierre l'arrêta pour lui demander poliment s'il aurait besoin de ses services ce soir-là. Jason éclata de rire.

— Je ne crois pas ! Il y a des choses qu'un homme préfère accomplir seul, par exemple, coucher avec une jolie fille ! lui affirma-t-il, une étincelle diabolique au fond de ses yeux émeraude.

— Elle ne correspond certes pas au genre habituel de Monsieur !

— Se pourrait-il que Tamara ait froissé votre dignité ? Décidément, quelle pièce de choix !

— Bien sûr que non ! Elle était tellement emmitouflée que je n'ai pas pu la voir et les goûts de Monsieur ne concernent que lui, répondit Pierre avec raideur.

— Je suis heureux que vous le preniez sous cet angle. Après tout, ce serait terrible si je réussissais à choquer le goût de mon valet de chambre !

Légèrement offensé, Pierre souhaita fraîchement une bonne nuit à son maître avant de se retirer, tandis que Jason montait rapidement l'escalier. Il entra dans la première chambre à coucher, celle que personne n'utilisait mais, n'y trouvant pas la jeune fille, il traversa promptement les pièces sombres pour pénétrer enfin dans sa propre chambre où une petite chandelle près du lit luisait doucement. Dès le seuil, une agréable odeur de parfum lui assaillit les narines et, avec un sourire satisfait, il remarqua la pile colorée de vêtements féminins que l'on avait jetés sur une chaise près de l'énorme lit. Les tentures étaient tirées, dissimulant ainsi l'intérieur à son regard, mais il vit les rideaux bouger légèrement et entendit le lit craquer lorsque son occupante changea de position. Alors, son sourire augmenta.

— Tamara, dormez-vous ? appela-t-il d'une voix douce.

Il dut tendre l'oreille avant de percevoir une réponse chuchotée. Marchant à grands pas vers le lit, il étendit le bras pour saisir les plis qui cachaient l'intérieur.

— S'il vous plaît, monsieur, éteignez la bougie et venez me rejoindre. Je vous attends depuis des heures, murmura la voix étouffée.

Jason essaya d'écarter les rideaux, mais la gitane les tenait fermement serrés, puis elle ajouta plaintivement :

— Je vous en prie, ne me couvrez pas de confusion ; jusqu'ici, personne ne m'a jamais vue nue ! S'il vous plaît, laissez les tentures fermées et soufflez la lumière. M'accorderez-vous cette faveur ?

Riant en lui-même, Jason s'éloigna du lit. Il imaginait

Tamara blottie là, sa chevelure noire tombant jusqu'à ses hanches d'albâtre, ce qui le poussa à se déshabiller avec impatience et à lancer ses vêtements en un tas désordonné sur le plancher. Pierre allait sûrement déplorer, avec des gestes indignés, un traitement aussi sacrilège ! Mais pour le moment, l'unique préoccupation de Jason était de les enlever le plus vite possible ! Il ne lui fallut pas plus d'une autre seconde pour éteindre la chandelle, ce qui plongea la pièce dans l'obscurité totale. D'un mouvement brusque, il écarta les tentures mais ses mains qui fouillaient les ténèbres ne rencontrèrent que le vide.

— Tamara ? demanda-t-il à voix basse.

— Ici, monsieur.

La réponse de la gitane s'éleva jusqu'à lui du fin fond du lit. Une seconde plus tard, il l'avait enfermée dans un baiser affamé. La bouche céda facilement sous la sienne tandis qu'on se pressait contre son corps musclé. Avec rapidité, les mains de Jason parcoururent sa silhouette fine, mais il se raidit soudain, outré et surpris. Avec un juron, il repoussa le corps qui se collait au sien.

— Qui êtes-vous ? grogna-t-il d'une façon incertaine.

— Tout simplement Tamara, votre petit amour qui soupire après vos baisers, répondit une voix assourdie tandis qu'un bras se tendait vers lui.

L'Américain échappa à son étreinte, sauta rapidement à bas du lit, frappa une pierre à briquet et alluma la chandelle. La tenant haut, il écarta à nouveau les rideaux et fixa avec un mélange d'incrédulité et de colère la femme qui se tenait nue devant lui.

Un sourire malicieux révéla les dents pourries d'Ilone qui lui renvoyait son regard avec insolence. Des seins ratatinés et ridés pendaient jusqu'à sa taille tandis que des poils rudes et gris se dressaient sur sa tête, lui donnant l'apparence d'une sorcière. Nue, elle s'assit avec indifférence devant le jeune homme irrité et son bon œil le surveilla avec mépris.

210

Jason décida après un premier coup d'œil étonné qu'il n'avait jamais vu une vieille femme aussi hideuse. Mais, chose encore plus importante, il était en proie à une colère froide qui le mettait au bord de l'étouffement. Il réprima difficilement l'impulsion aveugle qui l'entraînait à tordre le cou décharné de cette femme.

— Que diable faites-vous ici ? Où est Tamara ? grogna-t-il d'une voix indistincte.

En posant cette question, il en connaissait déjà la réponse. La petite garce ! Elle avait organisé toute cette affaire avec intelligence.

Le rire que poussa Ilone ressemblait à un craquement, puis elle répliqua à l'Américain, en suivant les consignes qu'on lui avait données :

— Tamara ne pouvait pas venir ce soir et, comme elle savait que vous seriez seul, elle m'a envoyée ici en témoignage de la haute estime dans laquelle elle vous tient !

A ces paroles, les yeux de Jason se rétrécirent et son corps tout entier se raidit sous l'affront.

— Sortez ! ordonna-t-il d'un ton glacé.

Il n'allait pas échanger des insultes avec cette vieille femme ! L'affaire concernait Tamara !

Ilone enfila avec peine ses vêtements sans cesser de jeter des regards furtifs à la silhouette de Jason qui déployait un calme inquiétant. Elle sentait parfaitement les vagues de frustration et de colère qui irradiaient de cet homme et elle priait pour que, jusqu'à son départ au moins, il pût contrôler la fureur qui le brûlait visiblement. Telle une statue, il resta près du lit, glacé et silencieux, jusqu'après la sortie précipitée d'Ilone. Puis en jurant, il éteignit la chandelle d'un geste brusque qui la fit presque tomber du bougeoir et se dirigea vers l'armoire à grandes enjambées rapides et furieuses. Il en sortit violemment ses habits en daim.

Elle le prenait pour un fou, n'est-ce pas ? Eh bien, cette sorcière à la peau pâle allait découvrir qu'il n'était pas prudent d'agir de la sorte ! Avant la fin de la nuit, elle ferait appel à sa « haute estime » à lui, Jason, et elle aurait de la chance s'il ne l'étranglait pas ! Il prendrait plaisir à sentir ce mince cou blanc entre ses mains.

Jason laissa le grand étalon noir libre de galoper à une allure dure et rapide pendant quelques milles ; il ne le fit ralentir et n'en reprit le contrôle que lorsque le plus gros de ce premier accès de colère diminua. Son esprit s'attardait désagréablement sur Tamara. Elle l'avait insulté comme jamais personne n'avait osé le faire. Qui plus est, elle avait frappé d'un coup vicieux sa virilité, et à cause de cela il se trouvait dans l'incapacité de rire de la petite comédie qui s'était jouée dans sa chambre. Toutes ses actions semblaient destinées à le faire enrager et à le mystifier. Eh bien, cette fois-ci, elle ne s'en tirerait pas ainsi !

Jason s'approcha silencieusement du camp gitan, attacha son cheval à quelque distance de là, avant d'y pénétrer furtivement. Il savait exactement où se situait la roulotte qu'il cherchait car la veille, lorsque Tamara l'avait quitté, il avait suivi des yeux sa silhouette élancée tout en notant mentalement l'emplacement de la roulotte dans laquelle elle était entrée. Le fait qu'elle se trouvât légèrement à l'écart des autres amena un large sourire sur le visage de l'Américain.

Il rampa vers la roulotte plongée dans les ténèbres et, sans faire de bruit, entra pour s'arrêter sur le seuil où il se tint, hésitant. Le clair de lune, qui s'infiltrait par la petite fenêtre, jetait une étrange lumière grise sur la pièce. Jason remarqua vaguement la petite table et les chaises puis ses yeux se rétrécirent lorsqu'il découvrit le lit et son occupante. Sans rien soupçonner, il s'avança vers la dormeuse qu'il fixait avec attention. Comme elle lui tournait le dos, il ne voyait pas ses traits mais il aurait juré qu'elle souriait dans son sommeil de la conduite ingénieuse qu'elle avait adoptée à son égard ce soir. Debout, les yeux tournés vers le lit, il se sentit en proie à une colère glacée.

Se mouvant avec rapidité, il se jeta sur le lit ; son poids écrasa le corps immobile, une de ses mains étouffa le cri effrayé que la dormeuse laissa échapper tandis que l'autre pointait un couteau vers sa gorge. Ce qu'il projetait de faire ensuite, il ne le savait pas exactement mais tous les plans qu'il avait échafaudés disparurent lorsqu'un rayon argenté frappa la femme qui se débattait sous lui. Ce n'était pas Tamara ! Sous le choc que lui causait cette découverte, il desserra momentanément son étreinte de fer et Reina faillit réussir à s'échapper avant que les réflexes de son assaillant n'opèrent ; mais il réussit à la retenir prisonnière.

En silence, ils se jetaient mutuellement des regards furieux dans la faible lumière du clair de lune. En reconnaissant le visage dur de Jason au-dessus d'elle, Reina se détendit. Pensivement, elle détailla les cheveux noirs qui tombaient sur son front, les yeux verts qui brillaient d'un vif éclat et sa grande bouche mobile. « Tamara est folle », décida-t-elle. Une femme intelligente mettrait tout en œuvre pour s'attacher un homme comme celui qui se tenait près d'elle. Sentant ce long corps souple qui pressait sa silhouette frêle, elle souhaita soudain avoir quarante ans de moins. Ah ! Comme elle l'aurait aimé ! Même maintenant, elle percevait en elle un timide tourbillon de désir presque oublié. « Bah ! Tamara est une vierge stupide ! Elle devrait plutôt remercier le ciel que cet homme la désire ! », pensa-t-elle brusquement.

Fixant avec colère le vieux visage ridé, Jason jura longuement. Ce soir il ne rencontrait, semblait-il, que de vieilles femmes pitoyables là où il pensait trouver le corps élancé et chaud qui commençait à le hanter.

— Si vous élevez un tant soit peu la voix, je vous

coupe la gorge. Me suis-je bien fait comprendre ? grommela-t-il en essayant de maîtriser sa fureur.

Reina acquiesça ; prudemment Jason enleva sa main, libérant la bouche de la gitane, puis il se redressa. Reina restait allongée, immobile, à l'observer avec circonspection.

— Où est Tamara ? demanda Jason d'un ton froid.

Reina renifla bruyamment et mentit :

— Avec Clive. Vous ne supposez tout de même pas qu'il allait la laisser sans protection en sachant que vous la suiviez à la trace ?

Elle surveilla avec un intérêt sournois le muscle qui se crispait par saccades près de la bouche de Jason. « Ho ! Ho ! Mon beau gaillard rage ? » Malicieusement, pour sa joie personnelle, elle mit de l'huile sur le feu qui brûlait déjà en affirmant :

— Tamara vous trouvait trop présomptueux. C'est une gitane courageuse qui préfère choisir elle-même.

— Quand reviendra-t-elle ? interrogea-t-il avec impatience, en haussant les épaules.

— Pourquoi ? A quoi cela servirait-il ? Elle a clairement exprimé qu'elle ne vous trouvait pas à son goût.

— Je désire m'en rendre compte par moi-même ! A mon avis, vous mentez, vieille femme. Tamara essaye uniquement d'augmenter son prix, car si elle m'avait trouvé aussi déplaisant que vous semblez le dire, elle ne m'aurait pas laissé la prendre, ou presque, dans la prairie, hier.

Surprise, Reina se demanda pourquoi Tamara n'avait pas jugé bon de lui parler de cette rencontre dans la prairie. Elle fixa avec intensité le jeune homme debout devant elle et prit une décision.

— Demain, dans la soirée, nous aurons ici un mariage gitan. Tamara y assistera, déclara-t-elle.

Elle vit l'éclat subit de ses dents lorsqu'il sourit largement dans l'obscurité, elle entendit son rire sourd. Ce renseignement le détendit légèrement.

— Vieille sorcière, dites-moi : puis-je partir d'ici sans que vous ameutiez tout le monde ? lui demanda-t-il, une lueur méditative au fond des yeux.

— Votre dispute concerne Tamara. Laissez-moi dormir en paix, commanda-t-elle tout en riant sous cape, avant d'ajouter en lui tournant le dos, ce qui le surprit : Fermez la porte derrière vous.

Jason revint vers son cheval, un sourire aux lèvres. Deux vieilles femmes et une impudente friponne l'avaient effectivement réduit à l'impuissance. Sa colère grondait encore en lui, néanmoins il comprenait que Tamara avait gagné cette petite escarmouche. Et pour ce soir, il ne pouvait rien faire de plus.

Peu pressé de rentrer dans son appartement vide, il laissa son cheval adopter une allure modérée. De temps à autre, la lune se cachait derrière des nuages qui avançaient rapidement ; l'obscurité enveloppait alors l'étroit chemin qu'il parcourait. Les arbres qui poussaient près du sentier en terre battue créaient de grandes ombres noires sous le clair de lune qui perçait par intermittence.

Tamara l'avait fait sortir de ses gonds et avait gravement porté atteinte à sa fierté. Ruminant ces pensées déplaisantes, il hésitait sur ce qui le mettait le plus en colère : qu'elle ne fût pas venue, consentante, dans son lit, ou qu'elle eût décidé de céder sa place à une vieille femme repoussante. Au souvenir de sa bouche pressée contre les lèvres minces de la gitane, son estomac se souleva. Cette petite vipère de Tamara ! Elle l'avait profondément blessé et maintenant, comme elle devait rire de lui ! Pour la première fois de sa vie, une femme le piquait au vif !

Jason entendit soudain le faible bruissement de feuilles mortes qu'on écrasait, derrière lui, à sa gauche. Depuis un certain temps déjà, il avait remarqué ces bruits furtifs, mais, plongé dans ses réflexions, il n'y avait pas pris garde. Son invisible traqueur se montrait maintenant certainement moins attentif et Jason plus vigilant.

Il examina rapidement la route qui se dessinait devant lui et jura en silence. Absorbé par ses pensées irritantes, il n'avait pas observé le chemin que son cheval empruntait et comme il ne reconnut pas le poteau indicateur qui lui était familier, il sut qu'il s'était égaré.

Sa main glissa jusqu'au couteau pourvu d'une longue lame qui pendait à son côté et lorsque ses doigts se resserrèrent sur ce manche qu'il connaissait bien, il poussa inconsciemment un soupir de soulagement. Si jamais son compagnon invisible se rapprochait de lui, il serait prêt à parier sur sa propre adresse à la lame contre n'importe quelle arme brandie par l'autre. Il lui vint vite à l'esprit que la vieille gitane avait réveillé tout le camp mais, dans ce cas, les gitans lui auraient donné la chasse avec fracas, or la personne qui le poursuivait agissait en silence, prouvant ainsi qu'elle ne voulait pas qu'on le sût.

Se comportant comme si le cavalier derrière lui n'existait pas, Jason avança le long de l'étroit sentier. Sa nuque le picotait et, les nerfs tendus, il guettait tout mouvement chez l'autre. D'après les quelques bruits qui montaient jusqu'à ses oreilles attentives, il comprit qu'un seul cavalier le poursuivait. Ils lutteraient donc à un contre un, pensa-t-il. Vu l'état d'esprit dans lequel il se trouvait, il accueillerait avec plaisir un combat. Avec une apparente indifférence, il amena sa monture au petit galop. Il ne tenait pas à alerter son poursuivant et préférait flâner dans l'attente d'un geste de l'autre. Cet individu qui se tenait à distance n'était peut-être qu'un curieux mais, les conseils de son oncle lui revenant, il repoussa cette possibilité.

Accélérant l'allure de son cheval, il entendit l'animal de l'autre cavalier soutenir la cadence comme s'ils jouaient à un jeu étrange et dangereux sous les étoiles. Lorsque Jason ralentissait sa monture, l'autre faisait de même ; s'il accroissait la vitesse, son compagnon invisible restait près de lui. Puisque l'autre cavalier n'essayait plus de cacher sa présence, Jason comprit que, dans quelques minutes au plus, l'homme sortirait des bois et se montrerait. Comme son propre cheval adoptait un galop paisible, il eut envie de provoquer son poursuivant à la course mais il abandonna cette idée car il ignorait absolument les alentours et n'était pas tout à fait convaincu que son adversaire fût dangereux. Il ne tenait pas plus à s'enfoncer dans des chemins sombres qu'il ne connaissait pas qu'à s'enfuir devant une ombre.

« Bah ! pensa-t-il avec dégoût. Quelle situation stupide et puérile ! » Pour y mettre fin, il conduisit son étalon à une allure plus rapide. Le cavalier qui se dissimulait jusqu'alors sortit brusquement des arbres comme si le jeu commençait à le lasser. Jason jeta un rapide coup d'œil par-dessus son épaule, mais des nuages cachaient la lune et il ne discerna que vaguement les contours d'une silhouette corpulente montée sur un animal qui avançait vite.

Bien qu'ayant quitté l'abri des arbres, le poursuivant ne tenta pas de rejoindre Jason, à son grand étonnement. Puis il comprit dans un terrible éclair de lucidité qu'on le conduisait délibérément dans cette direction en vue de le tuer. La lune sortit soudain de derrière les nuages. A la seconde même, Jason surprit un reflet métallique : la lune argentée frappait le pistolet que tenait levé un second cavalier, apparu subitement sur le sentier, et qui avançait vers lui.

Instinctivement, Jason tira sur les rênes de son cheval qui se cabra et hurla de rage sous la douleur qu'on infligeait à ses barres. L'Américain lutta pour maîtriser l'étalon qu'il força à se placer latéralement sur la route étroite. Les événements se succédèrent rapidement : un coup de feu claqua dans l'air et il ressentit une brûlure qui lui déchira l'épaule comme si on venait de le marquer au fer rouge. Le premier cavalier tenta désespérément d'éviter l'étalon qui battait l'air et dévia vers le bord du sentier ; néanmoins son cheval lui heurta malgré lui le flanc. Surpris par le mouvement imprévu de Jason, l'agresseur qui arrivait de face fut incapable d'arrêter sa monture qui galopait et rentra violemment dans les chevaux enchevêtrés. Le puissant étalon faillit tomber sous l'assaut combiné des deux bêtes et, durant les quelques secondes qui suivirent, ce fut un véritable tohu-bohu.

Secoué, furieux au-delà de l'imaginable, Jason s'oublia complètement : avec un grognement à glacer le sang, il se transforma en attaquant. Dégageant rapidement son cheval qui s'enfonçait sous la mêlée, telle une Némésis impitoyable et rageuse, il revint à la charge au grand étonnement de ses deux prétendus assassins, qui luttaient toujours pour maîtriser leurs montures effrayées.

L'homme qui avait tiré ne vit jamais son meurtrier : avec la rapidité de l'éclair, une lame jaillit sous ses yeux ébahis et le cri de peur qu'il allait pousser se transforma en un faible gargouillement de surprise lorsque le couteau s'enfonça dans sa gorge. Mortellement touché, il tomba à bas de son cheval.

Les narines dilatées sous l'odeur du sang, un scintillement terrible au fond des yeux et le couteau taché de sang serré dans la main, Jason éperonna son cheval à la poursuite de l'autre cavalier. Dépassant rapidement la silhouette qui battait en retraite, il bondit avec un cri glacial de triomphe sur le dos de l'autre animal. Le fuyard sentit un bras aux muscles de fer lui enserrer le cou au point de l'étrangler ainsi que la piqûre vive du couteau que Jason lui enfonçait dans les côtes. Terrifié, il s'écarta de l'Américain en se tortillant, ce qui entraîna la chute des deux hommes.

Tout en roulant sur eux-mêmes, ils luttaient sur la terre dure. Jason, qui ne tenait pas à prolonger le com-

bat, domina vite son assaillant; de ses genoux, il lui
écrasa les bras et put enfin fixer son visage. Il s'aperçut
alors avec effarement qu'il ne connaissait absolument
pas cet homme !

— *Mon ami*, tu es fou ! Et je te tuerai peut-être pour
ta folie ! lâcha Jason en appuyant doucement la lame de
son couteau contre la gorge du meurtrier, sans cesser
de l'examiner avec dureté.

Il portait des vêtements bon marché qu'il mettait certainement depuis longtemps car les manchettes de son
manteau marron paraissaient usées. Il émanait de lui
une odeur immonde qui assaillit les narines de Jason
que dégoûtaient les yeux bleus exorbités et le menton
fuyant de son captif. Il le piqua volontairement de la
pointe de son couteau, ce qui jeta l'inconnu dans un
babil effrayé.

— Mon Dieu ! Laissez-moi partir ! Nous ne recher-
chions qu'un peu de pèze.

— Et vous me trouviez une cible facile ?

— Exactement ! L'association d'un homme seul et
d'une route solitaire convenait parfaitement au vol.

— Tu mens, stupide ami ! Mes vêtements ne sont pas
ceux d'un homme riche et ton défunt compagnon a
essayé de me tuer. Sur l'ordre de qui ?

— De personne ! Cette rencontre est due au hasard,
je vous l'ai déjà dit !

Nonchalamment, Jason écarta d'un petit coup sec le
manteau et la chemise en tissu grossier pour dévoiler
le buste de son prisonnier.

— Il me semble important de t'avertir que je ne suis
pas anglais. Tu as certainement entendu parler des brutes sauvages qui vivent dans le Nouveau Monde, n'est-ce
pas ? Eh bien, mon cabochard, ces brutes m'ont appris
les nombreuses façons d'utiliser un couteau. Je pourrais te dépecer comme un lapin et t'écouter sans broncher me supplier de mettre fin à ton agonie... Si tu ne
me dis pas qui vous a envoyés à ma poursuite, tu éprou-

veras mon habileté à la lame, ajouta Jason en remarquant la terreur qui traversait vivement le visage de l'homme.

Vicieusement, il enfonça la pointe de son couteau dans la poitrine velue exposée à ses yeux.

L'individu cria et, les lèvres sèches, expliqua :

— Je l'ignore. C'était un étranger ; je ne l'avais jamais vu auparavant. Ne me tuez pas ! C'est la vérité, je vous assure.

— Bah ! Et tu espères me faire croire qu'un étranger vous aurait demandé de me tuer ? Comment, dans ce cas-là, savait-il que vous ne vous précipiteriez pas immédiatement chez le squire pour lui rapporter votre entrevue ?

— Le patron de l'*Auberge du Renard* sait qu'on peut nous faire confiance. C'est lui qui dirigeait les hommes sur nous. Interrogez-le !

Jason fixa pensivement le visage du fuyard. Après tout, l'homme avait peut-être dit vrai. L'aubergiste était à même de connaître ceux qui, dans la région, ne refuseraient pas de rendre service à un étranger — quelle qu'en fût la requête ! Et surtout si l'on pressait quelques pièces d'or dans leurs paumes tendues. Plus tard, il faudrait qu'il s'entretienne en privé avec l'aubergiste ; mais, pour l'instant, il y avait cette créature-ci !

— A quoi ressemblait-il ? demanda-t-il d'un ton cassant.

— Sais pas. Je ne l'ai pas vu.

D'une brusque secousse de la tête, l'individu indiqua le mort et ajouta :

— Buckley, il s'est occupé de conclure le marché. Cinq cents livres maintenant et encore cinq cents après votre mort.

Jason laissa échapper un sifflement étonné. Quelqu'un ne voulait donc pas qu'il vive. Cet aubergiste grassouillet ferait bien d'avoir une bonne mémoire, décida-t-il fermement.

— L'homme a-t-il expliqué à Buckley pourquoi il fallait me supprimer ?

Le bandit nia d'un signe de tête avant d'avouer de son plein gré :

— 'dit que nous devions nous occuper de vous. 'dit qu'il se moquait de savoir comment nous nous y prendrions mais qu'il fallait que vous soyez mort dans le courant de la semaine.

La rage furieuse qui consumait jusqu'à présent Jason s'évanouit pour faire place à une colère glaciale qu'il parvint à maîtriser. Il se trouvait dans l'embarras : que diantre allait-il faire de l'homme en face de lui ? Mais, tandis que Jason hésitait, l'individu répondit lui-même à la question et scella ainsi son propre destin. Il saisit une poignée de boue molle qu'il jeta dans les yeux de l'Américain. Aveuglé, Jason s'éloigna en trébuchant tout en essayant de se nettoyer les yeux. Ils luttaient maintenant tous deux pour la possession de l'arme, mais la vue encore brouillée de Jason le désavantageait. Jason roula puis courut maladroitement sur le sentier boueux, l'autre cherchant toujours à atteindre le couteau. A l'aveuglette, Jason le frappa vigoureusement et la chance était de son côté car la lame glissa infailliblement dans la veine jugulaire de l'inconnu.

Debout près du corps, Jason essuyait distraitement la lame sur sa cuisse recouverte de peau de daim. Impassible, il fixait son ouvrage lorsqu'il prit soudain conscience de la douleur qui lui taraudait l'épaule. Tout en grimaçant, il s'avança vers son cheval qui attendait, avant de se hisser sur son dos. Puis, il dirigea son étalon dans la direction empruntée à l'aller et se mit en route. Avec un peu de chance, il retrouverait rapidement son chemin — du moins l'espérait-il.

13

Le retour à l'auberge se passa assez facilement une fois que Jason eut découvert le chemin sur lequel son cheval avait erré entre la route fréquentée qui menait à *l'Auberge du Renard* et l'étroit sentier qui l'avait conduit vers la mort. Repoussant les questions de Pierre sur le sillon sanglant qui formait une vilaine plaie sur son épaule et commençant à ressentir le contrecoup de la blessure, Jason s'en remit avec reconnaissance aux soins dévoués et habiles de son valet de chambre. Ce n'était pas la première fois que Pierre le retapait et le soignait.

Laide mais bénigne, la blessure de Jason lui élançait douloureusement à chaque geste imprudent. Il feignit d'ignorer les tentatives renouvelées de Pierre pour en connaître l'origine et le valet, grâce à son expérience passée, comprit qu'il était inutile d'insister. Tant et si bien qu'après avoir pansé légèrement la plaie, il se retira dans un silence désapprobateur, en serrant les lèvres.

Jason surveilla la retraite guindée de son valet et perdit un instant son sérieux au profit d'un sourire amusé. Mais une fois la porte refermée, l'Américain se retrouva seul avec des pensées désagréables. Des pensées qui ne le faisaient pas rire du tout !

Il se demandait jusqu'à quel point Jem Noakes, l'aubergiste, était impliqué dans l'affaire. Il aurait aimé interroger Noakes sur l'étranger — si étranger il y avait vraiment — qui avait dû poser des questions d'un ordre particulier pour que l'aubergiste l'ait dirigé vers ces deux prétendus assassins. Mais Noakes était indubitablement intelligent et il en arriverait instantanément à des conclusions qui gêneraient Jason. Tout spécialement lorsque la nouvelle de la découverte de deux corps à la gorge tailladée se serait répandue dans la région. L'aubergiste l'associerait peut-être aux morts, et Jason n'y tenait pas. Sa curiosité devait donc, pour le moment, rester insatisfaite.

Trop agité pour se coucher, Jason passa le reste de la nuit dans un fauteuil en cuir installé devant le feu. Tout en fixant d'un air rêveur les flammes rouges et orange, son esprit bouillonnait de questions sans réponse et de suppositions sans fin. Absorbé par ses pensées, il n'alla se coucher que lorsque la lumière de l'aube s'infiltra petit à petit à travers la fenêtre.

Il était peut-être trois heures de l'après-midi lorsque Jason s'éveilla brusquement, tiré d'un sommeil profond par la sensation d'une soudaine humidité sur son visage et par la voix de son oncle qui disait calmement :

— Je crois qu'il est temps que tu te réveilles. Moi, je suis debout et je voyage depuis bien avant le lever du soleil et tout cela pour te trouver assoupi comme un bébé répugnant !

Encore sous le choc de l'eau reçue subitement, Jason en soupçonna la provenance en apercevant Roxbury qui se tenait près du lit, un gobelet vide à la main.

Jason s'assit lentement, les cheveux ébouriffés par le sommeil. Un sourire paresseux arquait sa bouche, mais il contemplait l'élégance de la tenue du duc. Son oncle portait un costume bien coupé, taillé dans un tissu gris excessivement fin, venant du meilleur tailleur de Londres. Ce jour-là, comme très souvent, il était entièrement vêtu de gris, sa couleur préférée.

Les joues rasées de près du duc et sa cravate nouée avec précision rappelèrent à Jason la barbe qui lui poussait au menton. Etre trouvé nu, hormis le bandage utilisé par Pierre pour panser sa blessure la nuit dernière, n'ajoutait pas à sa joie. Aussi lança-t-il un coup d'œil sombre à son oncle en lui demandant d'un ton peu aimable :

— Qu'est-ce qui vous amène ? Je croyais que vous ne quittiez jamais Londres ?

— Ah, oui, c'est exact, mais cela fait parfois du bien de venir admirer la campagne, n'est-ce pas ? expliqua Roxbury avec nonchalance tout en s'installant confortablement dans un large fauteuil rembourré placé près du lit de son neveu.

Jason lui décocha un regard franchement sceptique, entortilla le drap autour de sa taille, se leva et se dirigea vers la tablette en marbre pour faire un brin de toilette.

— Que t'est-il arrivé ? interrogea le duc en montrant le bandage.

— Je n'y suis pour rien ! lança Jason, qui n'était jamais au mieux de sa forme au réveil.

Le duc leva son lorgnon pour examiner d'un regard lent et énervant le visage revêche de son neveu.

— Es-tu de mauvaise humeur, Jason ?

— Oui ! Vous entrez brusquement dans ma chambre, vous me réveillez et vous ne répondez toujours pas à ma question ! Que faites-vous dans le Leicestershire ?

— Peut-être après un bain et un peu de nourriture seras-tu mieux disposé. J'ai pris la liberté de commander un repas pour nous deux et Pierre prépare ton bain. Devrai-je errer dans cette délicieuse auberge un certain temps ou verrais-tu un inconvénient à ce que je reste ici pendant que tu t'habilleras ?

— Faites à votre guise — comme toujours ! rétorqua Jason.

Au même instant, Pierre entra, suivi de près par quatre serviteurs de l'auberge qui portaient un énorme baquet en cuivre.

Le duc et Jason, dont la mauvaise humeur s'était évaporée dans l'intervalle, étaient à présent attablés dans la salle à manger et le repas se déroulait dans un silence agréable. Mais une fois la table débarrassée et les serviteurs partis, Roxbury demanda d'un ton grave :

— Voudrais-tu m'expliquer, s'il te plaît, comment tu as récolté cette blessure par balle ? Ne nie pas que c'en est une ! J'ai observé Pierre tandis qu'il changeait ton bandage et je sais reconnaître la marque d'une balle lorsque j'en vois une !

Brièvement, Jason relata les événements de la nuit précédente mais omit volontairement les raisons qui l'avaient poussé à se trouver dans cette région. Au fur et à mesure, le visage de Roxbury se tendit de mécontentement, mais, chose curieuse, à la fin du récit de son neveu, il remarqua simplement :

— Je suppose que je devrais m'estimer heureux de ne pas avoir à enlever ces deux corps de tes appartements !

Sans tenir compte de cette réflexion, Jason l'interrogea avec impatience :

— Allez-vous me dire maintenant pourquoi vous êtes ici ? Je suis absolument certain que ce n'est pas pour vous délecter de la vue de la campagne au printemps !

— Tu es injuste à mon égard ! Allons ! Partons faire une promenade à cheval pour que tu puisses me montrer les arbres en fleurs... Et je ne craindrai pas alors que l'on surprenne notre conversation ! ajouta-t-il devant le regard incrédule de Jason.

Ils quittèrent l'auberge très peu de temps après ; Jason conduisait son cabriolet, dévalant la route, avec l'habileté donnée par une longue pratique. Ils restèrent quelques minutes sans parler avant que le duc ne brisât le silence.

— Je regrette que tu ne te sois pas montré plus franc lors de notre dernier entretien, cela m'aurait évité le désagrément de découvrir que tu es bien plus impliqué dans la mission de Livingston à Paris que tu ne voulais me le laisser croire.

Il attendit une réponse de son neveu, mais Jason, impassible, semblait davantage intéressé par ses chevaux que par la conversation de Roxbury. Comme le silence se poursuivait, le duc reprit avec ennui :

— Très bien ! Il va donc falloir que je te raconte ce que j'ai appris, à savoir que Livingston a reçu, par un autre courrier, l'ordre verbal d'entrer immédiatement en contact avec toi si ses négociations pour l'utilisation du port de La Nouvelle-Orléans aboutissaient à une impasse ! Le président Jefferson t'a manifestement donné des instructions qui pourraient être capitales pour Livingston. Et je suis déçu de voir que tu n'y as pas fait allusion lorsque je t'ai demandé s'il y avait une autre raison pour que l'on s'intéressât à tes bagages... Tu noteras que je ne te demande pas le contenu du message que tu dois remettre, ajouta Roxbury avec sécheresse.

— Tout simplement parce que vous l'avez sans doute déjà découvert !

— Jason ! Nous sommes tous les deux du même bord ! Je t'affirme en toute sincérité que l'Angleterre n'a en ce moment aucune visée sur la Louisiane, car nous nous trouvons en face d'un volcan qui a l'apparence d'un petit Français vaniteux répondant au nom de Napoléon et qui est sur le point d'entrer en éruption sur le pas même de notre porte. Je t'assure que si Jefferson envisage de laisser Andrew Jackson envahir La Nouvelle-Orléans, et par là même de prendre le port, nous en serions ravis, nous autres en Angleterre ! J'ajouterai même que mon gouvernement s'est demandé pourquoi les tiens ne l'ont pas déjà fait.

Imperturbable, Jason reporta son regard vert sur son oncle et lui répliqua d'un ton égal :

— Mais vous ignorez si c'est bien ce que Jefferson m'a raconté ! Moi seul sais ce qui s'est passé entre nous ! Et vous n'avez toujours pas répondu à ma question. Vous ne vous êtes pas arraché à Londres tout bonnement pour m'annoncer que vous avez découvert mon manque de sincérité à votre égard !

— Fichtre, Jason ! Le seul message qui pourrait être de quelque utilité à Livingston face à ce satané Français serait une menace de violence ! Et depuis que les Espagnols ont fermé le port l'année dernière, Andrew Jackson et son armée de volontaires du Tennessee brûlent de trouver un prétexte pour envahir le territoire. N'essaye donc pas de me raconter que Jefferson t'a donné un autre message... Je vois. Tu n'as vraiment plus confiance en moi, ajouta-t-il lentement devant le manque de réaction de son neveu face à ses accès de colère.

Jason se concentrait car il prenait un tournant particulièrement sec ; il ne vit pas la douleur qui perça un bref instant dans les yeux gris qui scrutaient son visage. Sinon, il ne se serait pas exprimé avec autant de dureté dans la voix.

— Allons, voyons ! Vous avez votre gouvernement et moi j'ai le mien. Si vous me parlez comme vous le faites, c'est que cela vous sert à quelque chose. Maintenant et pour la dernière fois, arrêtons là ces sottises et dites-moi pourquoi diable vous êtes ici.

— Je suis ravi de te voir si fidèle envers les Etats-Unis car Livingston négocie pour le territoire de la Louisiane tout entier — et non pas uniquement pour l'usage du port de La Nouvelle-Orléans et pour les droits de libre navigation sur le Mississippi, expliqua Roxbury sèchement car le ton hargneux de Jason le rendait furieux.

Et il observa avec satisfaction le visage stupéfait de son neveu. Impressionné par la portée de ces paroles, Jason tira les chevaux au bord de la route où il arrêta le véhicule avant de se tourner vers Roxbury.

— La Louisiane tout entière ?

— Oui ! On attend James Monroe d'un jour à l'autre et je suis certain que Livingston et lui pousseront ensemble les négociations en vue de l'achat de la totalité du territoire. Napoléon semble les écouter — même si l'idée ne vient pas de lui ! La terre ne lui est d'aucune utilité et il a besoin d'argent pour se battre contre nous. D'après ce que je sais de Talleyrand, il préférerait sans doute coloniser la zone, mais Bonaparte tient le pouvoir et il veut la guerre !

Jason n'avait jamais envisagé la possibilité que cet immense espace de terre sauvage et vierge passât aux mains des Etats-Unis et l'idée le laissa ébahi... Il n'y voyait aucune objection bien qu'il eût préféré que le territoire devînt une nation indépendante, mais il éprouvait un grand choc à découvrir que la France risquait à présent de posséder cette terre — où elle était mêlée à une des plus grandes escroqueries de tous les temps — et qu'elle désirait vendre cet immense territoire avec son potentiel de culture et de puissance, tout simplement pour financer une guerre destructrice en Europe ! *Mon Dieu !* Ils avaient dû se tromper dans l'évaluation des richesses du Nouveau Monde s'ils supposaient les Etats-Unis capables de payer ce qui ne manquerait pas d'être d'un prix très élevé.

— Combien propose-t-on pour la vendre... à moins que vous ne l'ignoriez ?

— Le bruit court que cela dépasserait dix-sept millions de dollars.

— Mais c'est plus d'argent que n'en possèdent les Etats-Unis tout entiers ! On ne pourra jamais rassembler une telle somme ! s'exclama Jason avant de se retourner pour examiner avec suspicion l'expression suffisante de son oncle.

Il poursuivit :

— Comment savez-vous ce que fait Livingston ? Non, ne me le dites pas ! De toute évidence, si vous avez appris ce qui me concerne et que vous connaissez maintenant cette information, vous devez avoir un espion dans le personnel de Livingston.

Le duc haussa les épaules sans faire de commentaire

et Jason grimaça. Rien, jamais rien ne parvenait à enlever à son oncle cet air de détachement. Comme il savait qu'ils resteraient assis à goûter la clarté du soleil printanier qui pâlissait jusqu'à ce que son oncle se décidât à lui révéler les raisons de sa venue dans le Leicestershire, Jason s'appuya avec désinvolture contre la banquette en cuir, croisa les bras et posa un pied botté sur le tablier de la voiture.

— Es-tu prêt à m'écouter et à cesser de considérer tous mes mouvements comme d'éventuels actes d'hostilité ? questionna le duc en remarquant les gestes de son neveu.

— Pour votre premier souhait, la réponse est oui, mais pour le second, je ne vous promets rien ! admit Jason, une lueur moqueuse dans les yeux.

— As-tu personnellement des rapports avec Livingston ou avec Monroe ? demanda brusquement Roxbury, satisfait en partie par la réplique de Jason.

— Je n'ai jamais rencontré Livingston, quant à Monroe, c'est un bon ami de mon père. Je l'ai par conséquent vu plusieurs fois. Comme par un fait exprès, il a dîné avec nous avant mon départ pour l'Angleterre et il a assisté à l'un de mes entretiens avec Jefferson.

Roxbury acquiesça d'un lent signe de tête comme s'il confirmait ainsi ce qu'il savait déjà et fixa ensuite ses yeux gris sur le visage arrogant si semblable au sien.

— Donc, si tu devais transmettre une proposition à Monroe, il l'accepterait comme vraie et authentique ?

— Oui. Mais, mon oncle très cher et très rusé, si vous souhaitez que je vous serve de courrier, convainquez-moi d'abord de la véracité et de l'authenticité du message à porter.

— Naturellement ! Cela va sans dire. Et dans ce but, tu vas devoir rentrer à Londres avec moi ce soir pour te préparer à voguer vers la France dans les tout prochains jours.

— Non !

— Qu'entends-tu par non ? s'enquit Roxbury, surpris par la réponse de Jason.

— Simplement que je n'irai pas à Londres ce soir ! Et je ne traverserai pas la Manche pour me rendre en France tant que je n'aurai pas réglé un certain différend avec Clive Pendleton.

— Différend ?

— Mmmm ! Je lui ai jeté un verre de vin au visage et il a désapprouvé mon geste, rétorqua Jason, exaspéré.

— Jason ! T'ai-je déjà dit que tu soumettais ma patience à très rude épreuve ?

— Oui et fréquemment !

Sur cette réponse impertinente, Jason s'assit brusquement, saisit les rênes et tourna le cabriolet en direction de l'auberge, avant d'ajouter :

— Je verrai Harris et Barrymore ce soir et j'insisterai pour que la rencontre ait lieu dans la matinée. Ils seront à juste titre scandalisés mais, si je pars bientôt pour Paris, je dois d'abord régler cette affaire avec Pendleton. Cela vous conviendrait-il si j'arrivais à Londres après-demain ? Du moins si j'ai réussi à forcer Pendleton à me rencontrer dans la matinée...

— Pourquoi me le demander ? Tu as déjà pris ta décision et tout en regrettant que tu aies eu à t'opposer à lui, j'approuve ton désir de voir ce différend conclu avant ton départ pour la France.

Jason lança à son oncle un coup d'œil moqueur puis se mit à rire.

— Moi qui croyais que vous seriez content d'apprendre ce duel ! Réfléchissez : si je le tue, vous n'aurez plus à vous préoccuper de son arrestation.

— Ne sois pas fou ! Il peut te tuer lui aussi et la mort pure et simple de Pendleton ne m'intéresse pas ! Je veux les autres également — ceux qui achètent ses renseignements. Clive, en lui-même, ne représente qu'un très petit poisson !

Ils conversèrent à bâtons rompus pendant toute la

durée du retour vers l'auberge et, peu après leur arrivée, le duc entreprit le long trajet qui le ramènerait à Londres.

Immédiatement après le départ de Roxbury, Jason se rendit chez les Brownleigh pour y rencontrer Harris et Barrymore. Il attendit ensuite avec impatience les conclusions de l'entrevue peu cordiale entre ses deux amis et les témoins de Pendleton : Philippe de Courcey et un certain Anthony Newhope, jeune fat sans cervelle. Il faisait déjà sombre lorsque les dispositions pour le duel furent établies. Enfin, Jason put quitter la demeure des Brownleigh. Il rencontrerait donc Pendleton à l'aube dans une petite clairière proche de l'auberge. Pendleton avait choisi le pistolet et cette découverte amena un sourire satisfait sur le visage de Jason. Parfait ! Il voulait donc un duel à mort et faisait tout pour y arriver... les rapières prenaient du temps ; mais un pistolet — en un coup rapide et bien ajusté, tout était terminé ! Avec un peu de chance, il pourrait atteindre Londres demain soir. Et plus tôt il connaîtrait la nature du message que le duc souhaitait qu'il transmît à Monroe, mieux cela vaudrait. En outre, il s'avouait qu'il était curieux comme un diable !

A l'auberge, il paya sa note et informa Noakes de son départ dans la matinée. Un bref instant, il joua avec l'idée d'interroger l'aubergiste pour voir ce qu'il savait de l'attentat dont il avait fait l'objet mais, tout bien considéré, il s'abstint. Si, en plus de Pendleton, quelqu'un voulait sa mort, on essayerait sûrement de le tuer à nouveau et la prochaine fois, il s'y attendrait.

De retour à sa suite, il s'installa dans un fauteuil en cuir car il devait attendre un peu : les festivités avaient sans doute à peine commencé au camp gitan. Voilà l'autre petit compte qu'il tenait à régler avant son départ. Pierre avait déjà fait les bagages et il avait lui-même informé Jacques de leur départ imminent ; il ne lui restait donc rien d'autre à faire que de passer le temps jusqu'au duel de l'aube. Comme il se détendait pour la première fois depuis que son oncle l'avait réveillé de façon si rude, des heures auparavant, il envisagea soudainement d'abréger son séjour en Angleterre avec une certaine satisfaction.

En ce qui concernait ses projets, son voyage s'était révélé bénéfique : son premier embarquement de poulinières pur-sang devait déjà se trouver à La Nouvelle-Orléans. Un second groupe, composé de plusieurs hunters et de chevaux de selle destinés à la vente en Louisiane, arriverait quelques semaines après les poulinières. Il avait pensé voyager avec le dernier chargement qui comprenait les chevaux gitans — quelques juments pleines, certaines même avec des poulains à leurs côtés, et le jeune étalon noir. A sa grande déception, il n'avait pas trouvé exactement l'étalon qu'il désirait. Il aurait aimé acheter deux étalons, mais visiblement il lui faudrait se contenter d'un seul.

Jason avait réalisé tous ses objectifs, hormis celui de rechercher une épouse. Dieu merci ! Mais en son for intérieur, il reconnut une certaine valeur à la requête de son père. Il était vraiment de son devoir de se marier et d'engendrer un héritier. A cette pensée, il grimaça. Car un seul problème se posait : il n'avait pas rencontré une femme qu'il aimerait posséder pour procréer. Par malheur, celles de la même espèce que la petite gitane, qui excitaient ses battements de cœur et qui lui réchauffaient le sang, étaient tout à fait capables de lui présenter le bâtard d'un autre homme !

Comme l'heure avançait, Pierre apporta un plateau qu'il posa près de son maître. Jason se versa un verre d'eau-de-vie et en savoura le bouquet avant de la laisser doucement glisser dans sa gorge. Il examina pensivement les choix qui s'offraient à lui. On avait présenté à son attention plusieurs jeunes filles de bonne famille mais elles se ressemblaient toutes : bien élevées, frisées, habillées de manière identique et incapables d'aligner deux idées de suite dans leurs têtes vides. Amanda Harris était la seule à pouvoir vaguement entrer dans la course — Elizabeth aurait été grandement chagrinée d'apprendre qu'il négligeait totalement son existence. Comme il pensait à Amanda, un autre visage, entra-perçu une seule fois dans une bibliothèque sombre à Londres, lui vint brusquement à l'esprit ; ces traits confus, remarqués la nuit du bal de la comtesse de Mount, semblaient le hanter. Par la suite, il eut la sensation torturante de les avoir revus, ce qui le tourmenta. Soudain, et parce qu'il s'en voulait de s'attarder à un beau visage dont il ne gardait qu'un vague souvenir, il vida son verre et s'en versa un autre.

Devant la mine renfrognée de son maître et remarquant que l'eau-de-vie disparaissait petit à petit, Pierre se demanda ce que Jason avait à l'esprit. Une chose était sûre : s'il continuait à boire, il serait ivre avant minuit !

Mais Jason n'avait aucunement l'intention de s'enivrer ce soir-là. Il lui fallait garder les idées claires pour la suite de la soirée. Fébrilement, il s'agita dans son fauteuil, sans tenir compte du petit élancement de sa blessure, puis se leva pour se diriger vers une des fenêtres qui dominaient la cour pavée de l'auberge.

Dans la faible lumière que produisaient deux ou trois lanternes suspendues il vit qu'elle était vide à l'exception des quelques bidets d'un fermier et de l'élégante voiture d'un gentilhomme. En regardant le ciel éclairci par la lune mais que traversaient des nuages noirs menaçants, il se demanda distraitement s'il n'allait pas pleuvoir avant le lendemain. L'idée de rencontrer Pendleton sous la pluie lui déplaisait au plus haut point.

Ennuyé par cette supposition, il vérifia l'heure. Il était maintenant plus de neuf heures. Un sourire cruel traversa subitement son visage. Il était temps de partir pour le camp gitan. Il y avait assurément une surprise en réserve pour une certaine petite garce effrontée, beaucoup trop maligne !

14

La pluie présagée s'était arrêtée, laissant la place à une nuit étoilée, claire et fraîche, que Catherine bénit en silence lorsqu'elle se glissa hors de la maison plongée dans l'obscurité. La pluie aurait gâché la célébration des noces. Catherine savait qu'elle avait manqué la véritable cérémonie, accomplie au coucher du soleil, mais elle n'avait pas pu partir tant que la maisonnée n'était pas allée se coucher. Elle pouvait maintenant en toute liberté s'associer aux réjouissances bruyantes et animées qui embraseraient le camp gitan.

L'énorme feu de joie vacillait et dansait dans la nuit noire, jetant une douce lueur jaune au-dessus des roulottes et des tentes qui formaient cercle, ce qui créait une atmosphère à la fois intime et mystérieuse. La chaleur que provoquaient les flammes bondissantes repoussait la fraîcheur relative de cette nuit printanière ; le vin rouge, très fort, ajoutait son propre attrait et sa chaleur car, toast après toast, on buvait à la nouvelle épousée rougissante aux yeux sombres ainsi qu'à son mari à l'allure fière et aux cheveux noirs.

Les visages basanés déployaient des sourires heureux, les dents blanches brillaient et les yeux noirs étincelaient de joie. Errant à travers le camp, Catherine s'arrêta pour parler à divers amis car elle se sentait remplie d'une chaude affection pour tous. Elle appartenait à cette race aussi sûrement que si elle était née parmi eux. Ils formaient sa famille !

Violons et guitares jouaient doucement et le son indistinct d'un flamenco envahit tout son corps : ses pieds se mirent à bouger en mesure et ses hanches minces ondulèrent en réponse à la musique primitive qui parcourait le camp. Une fille, Juana, bondit près d'un feu et commença à danser avec un gracieux abandon ; le tambourin qui vibrait dans sa main ajoutait à la symphonie des sons qui se répandaient dans le camp.

Quelques gitanes plus âgées s'étaient rassemblées en petits groupes et observaient d'un air distrait tout en riant et en bavardant la silhouette qui tournoyait. De leur côté, les plus jeunes, dont Catherine, tapaient en mesure dans leurs mains et marquaient de leurs pieds le rythme qui vibrait. La jeune fille était sous le charme d'une vive émotion tandis que les flammes bondissaient et s'agitaient en harmonie avec les mélodies passionnées et sauvages qui flottaient dans l'obscurité. Spontanément, un cercle s'était formé autour de Juana. Quand elle se sentit fatiguée, on poussa Catherine avec un enthousiasme bienveillant au centre.

Le vin et la musique lui enflammaient les veines et, comme le tempo augmentait, elle tourbillonnait et dansait en mouvements instinctifs. Sa chevelure noire ondulait avec une vie qui lui était propre lorsqu'elle rejetait la tête en arrière tout en levant en l'air ses bras menus et qu'elle se mettait à frapper du pied, réponse sensuelle à la musique des violons. Catherine portait une robe coquelicot qui épousait sa silhouette souple de la poitrine à la taille et qui se répandait en corolle large et frémissante de ses hanches jusqu'à ses pieds qui piétinaient sauvagement. Tandis qu'elle dansait, le vêtement écarlate tournait et se balançait, accompagnant ses mouvements à la limite de la frénésie, offrant un aperçu tentant de ses longues jambes splendidement galbées.

Créature possédée, prise au piège de l'enchantement de la nuit et de l'attrait de la musique, Catherine avec sa danse portait un message aussi vieux que le temps. Elle perdit conscience de la foule qui riait et tapait des mains — seuls comptaient pour elle la nuit, le feu étincelant et cet étrange abandon sauvage que nourrissaient les sons rythmés et animés qu'envoyaient les violons. Ses yeux de félin à demi fermés, elle regardait sans le voir le kaléidoscope coloré et mouvant qui l'entourait. Mais, petit à petit, son regard lointain se concentra sur un étranger, grand et hâlé, appuyé avec désinvolture contre un vieux chêne en bordure de la lumière que projetait le feu.

Son visage était dans l'ombre mais Catherine remarqua la ligne dure de sa mâchoire ainsi que la courbe songeuse de sa lèvre inférieure. Un long manteau noir obscurcissait sa mise mais elle aperçut vaguement le blanc de sa cravate et des manchettes de sa chemise. L'émotion qui parcourait le camp ne semblait absolument pas atteindre l'homme et, inconsciemment, Catherine se mit à danser pour lui — pour lui seul.

Ses hanches fines oscillèrent en mesure avec la musique, ses bras parurent rechercher son étreinte et ses seins, que dissimulait à peine la robe coquelicot, se projetèrent en avant, en une sorte d'invite à la caresse. L'inconnu avança soudain dans le cercle de lumière et ses yeux verts fixèrent la jeune fille comme pour la marquer au fer rouge. La secousse que provoqua en elle ce regard la ramena brusquement et désagréablement à la réalité. Il n'y avait pas à se tromper sur le feu qui brûlait dans les profondeurs émeraude des yeux de l'étranger.

Catherine trébucha sous ce regard fixe, lumineux et décidé, mais elle se ressaisit rapidement et s'éloigna de lui en tourbillonnant pour se diriger en dansant vers la partie extérieure du cercle la plus éloignée de cette présence qui la terrifiait. Elle s'enfonça alors dans la foule fourmillante qui souriait ; lorsqu'une autre jeune fille prit sa place et poursuivit la danse, on ignora Catherine.

La respiration difficile, Catherine se fraya un chemin à travers la foule amicale des gitans. La chaleur et l'excitation de la nuit l'avaient quittée comme si on l'avait éclaboussée avec un seau d'eau glacée ; la crainte dilatait ses yeux et lui pinçait la bouche. Jetant un coup

d'œil par-dessus son épaule, elle ressentit une peur terrifiante, fut secouée d'un choc sauvage : Jason, qui avait
fait une apparition, s'était évanoui dans les airs ! Avec
frénésie, elle inspecta la foule qui se déplaçait à la
recherche de sa haute silhouette, mais il avait bel et
bien disparu. Frappée de panique, elle quitta stupidement la sécurité qu'offrait la masse pour se précipiter
vers sa roulotte. Une crainte primitive et irréfléchie la
possédait à tel point qu'elle fut incapable de crier
lorsqu'il se dressa subitement devant elle, les bras tendus pour l'arracher du sol.

Catherine essaya désespérément de se libérer en
tirant violemment sur les bras qui la retenaient prisonnière en une étreinte de fer. Sous le choc, la crainte qui
l'étouffait disparut, mais à l'instant où elle ouvrait la
bouche pour appeler à l'aide, les lèvres de Jason fermèrent les siennes d'un baiser profond et avide.

Déconcertée, étonnée à l'extrême par cette attaque
scandaleuse, Tamara se sentit frissonner sous des
secousses brûlantes qui la foudroyaient tandis que les
lèvres de l'Américain lui réclamaient soumission.
Après ce qui parut des heures, Jason leva la tête. Puis,
avec un rire profond, il la jeta sans cérémonie sur sa
large épaule et la porta jusqu'à son cheval.

Respirant avec difficulté à la suite du rude traitement
qu'on lui infligeait, Catherine mit une seconde ou deux
avant de réussir à pousser un petit gémissement où se
mêlaient rage et peur. Mais la musique atteignait son
apogée. La foule rassemblée autour du feu riait, tout
entière à la danse qui se déroulait dans le cercle. De ce
fait, personne, à l'exception toutefois de la vieille Reina,
ne remarqua le cheval qui s'éloignait au galop, portant
sur son dos le grand homme et la jeune fille en robe
coquelicot qui se débattait.

Tout en surveillant leur départ dans la nuit noire,
Reina était partagée entre deux opinions : elle hésita,
indécise, puis haussa les épaules. « Bah ! Laissons-les

résoudre seuls leurs différends. Tamara est allée trop souvent au-devant du danger ; qu'elle récolte donc maintenant les fruits de son obstination ! »

Sans cesser d'observer la monture qui les emportait, Reina en vint à prendre une décision. Tant que les gitans resteraient dans les parages, Tamara ne romprait jamais les liens qui la rattachaient à eux. Reina allait donc les trancher, et ceci immédiatement. Dans ce but, elle se mit avec détermination à la recherche de Manuel qu'elle écarta légèrement de la foule riante.

— Il est temps que nous quittions l'Angleterre. Je brûle de revoir l'Espagne, mon pays natal. Préviens les autres que nous partirons demain matin à l'aube, lui annonça-t-elle.

— A l'aube ! Pour l'Espagne ! Et Tamara ? Si nous nous rendons en Espagne, qui sait quand nous reviendrons ? Peut-être pas avant plus d'un an ! s'exclama Manuel, incrédule.

— Précisément ! Et dans l'intervalle, Tamara aura admis le fait qu'elle ne peut être à la fois Lady Catherine et Tamara ! acquiesça sèchement Reina.

Puis elle se retourna et ne consacra qu'une seconde supplémentaire à Jason et à Tamara. Un sourire triste se dessina sur ses lèvres. Ce jeune homme élégant mettrait fin à l'entêtement de Tamara !

Une fois à l'écart du camp, Jason changea la position du corps qui se débattait et fit asseoir Catherine en amazone. Passant son bras, véritable lien d'acier, en travers de sa poitrine, il la pressa contre lui. En vain, elle s'efforçait de s'écarter de ce corps dur, mais à chaque fois, Jason la ramenait facilement à lui avec un rire amusé.

Puis, la colère remplaçant cette panique sauvage qui l'avait d'abord secouée, Catherine releva la tête et demanda d'un ton glacé, parfaitement maîtrisé :

— Et où pensez-vous m'emmener ?

— J'ai estimé bon que nous passions la nuit ensemble, après tout ! Je regrette que ta remplaçante n'ait absolument pas convenu. Je l'ai trouvée un petit peu trop... mûre pour mon goût, répliqua-t-il, un sourire moqueur aux lèvres mais les yeux toujours durs comme pierre.

Catherine n'était pas d'humeur à plaisanter et la conduite sans scrupule de Jason la rendait presque aussi furieuse que cet enlèvement soudain. Sans réfléchir, elle leva la main et gifla la bouche souriante de toute la force dont elle était capable. Instantanément, le sourire moqueur disparut au profit d'un regard tendu et inquiétant. Amenant brusquement le cheval à l'immobilité, Jason agrippa la chevelure emmêlée couleur d'ébène et tira en arrière la tête de Catherine avec une telle violence qu'elle laissa échapper un cri où se mêlaient tout à la fois rage et douleur. Puis les lèvres de Jason trouvèrent celles de la jeune fille qu'il écrasa en un long baiser brutal et avec une force meurtrière qui fit venir le sang à la bouche de Tamara.

Elle lui griffa le visage ; mais Jason retint une de ses mains captive derrière son dos et écarta violemment l'autre avant de déchirer sa robe jusqu'à la taille, libérant ainsi sa belle poitrine. Outrée et effrayée, Catherine chercha à s'échapper. Lorsque sa main toucha la chevelure de l'homme, elle tira fortement et rageusement dessus tout en lui mordant la langue. Avec un juron hargneux, Jason déposa lourdement la jeune fille sur le sol froid. Dans sa chute, la robe coquelicot s'entortilla autour de ses hanches et ses longues jambes blanches luisirent à la clarté de la lune ; Tamara tomba sur le sol comme une masse et resta un moment immobile. Puis elle bondit sur ses pieds, mais avant qu'elle n'ait pu s'échapper, Jason sauta à bas de son cheval, lui saisit le bras et la fit pivoter.

Face à face comme deux chats en colère, échevelés,

furieux, ils respiraient tous deux fortement avec un bruit rauque dans la nuit calme. L'air lui-même paraissait vibrer sous la violence de leurs émotions. Jason se rappela en un éclair leur dernier face-à-face : si ce jour-là il avait été stupide de ne pas la prendre, il ne renouvellerait pas aujourd'hui cette erreur ! Elle s'était moquée de lui, allant même jusqu'à railler et insulter sa fierté — il était donc temps qu'elle goûtât de l'humiliation qui avait été la sienne !

Jason bougea soudain pour la rapprocher de lui. Instantanément, Tamara réagit à son contact en frappant de ses petits poings sa poitrine musclée. Mais il feignit d'ignorer ses efforts frénétiques et sa bouche captura à nouveau celle de la jeune fille. Les mains de Catherine demeuraient inutiles, serrées entre leurs corps, ce qui permettait à Jason de la caresser en toute liberté. Les mouvements convulsifs de la gitane pour s'échapper ne réussirent qu'à attiser la flamme de désir qui le transperçait ; les cuisses de Tamara se raidissaient contre les siennes et la douceur de sa peau, lors de ses torsions, effleura son aine.

Son corps virginal en proie à des émotions contradictoires, Catherine était très consciente du danger de sa position ; pourtant la proximité du corps de Jason contre le sien annihila à nouveau sa raison et elle se mit à vouloir qu'il lui fît l'amour. Incapable de se maîtriser, elle s'abandonna soudain avec une ardeur qui surprit Jason. Avec un rire grave, il jeta rapidement son manteau au sol et tendit une fois de plus la main dans sa direction. Néanmoins, comme il réduisait à néant l'espace qui les séparait, la faiblesse momentanée de Tamara s'envola. Dans une dernière tentative pour s'enfuir, elle lui donna sauvagement un coup de genou entre les jambes.

La douleur éclata dans le corps de Jason. Déterminé, en dépit du coup reçu, il maintint sa prise sur le corps qui se débattait.

— Sale petite garce ! Tu vas me payer ça ! jura-t-il d'une voix grinçante.

Il la jeta alors sur le manteau, la clouant au sol de son corps vigoureux.

Ses yeux verts étincelaient au clair de lune sous l'examen minutieux et pénétrant du beau visage obsédant qui se trouvait si proche. En sentant la gitane trembler sous lui, Jason adressa un sourire dur aux yeux qui le défiaient, se déplaça légèrement et ouvrit en la déchirant le reste de la robe.

Dans un état proche du traumatisme, Catherine l'épiait, l'esprit en tumulte. Par-dessus tout, elle ressentait un désir mi-curieux, mi-craintif de découvrir enfin à quoi cela ressemblerait d'être possédée par cet homme. Cette disposition d'esprit ne l'avait malgré tout absolument pas préparée au plaisir complet qui envahit son corps passif lorsqu'il pencha sa tête et que sa bouche chaude se referma sur un sein jeune et ferme.

Ils étaient étendus ensemble sur le manteau. Une jambe jetée en travers des cuisses de Catherine, Jason calmait ses faibles tentatives pour éviter les mains qui exploraient son corps. « *Mon Dieu*, qu'elle est belle ! » pensa-t-il, et son désir de revanche disparut brusquement devant l'envie irréfléchie et avide qui le submergeait. Il cessa de taquiner ses seins pour caresser le creux de sa gorge avant de remonter prendre en un baiser exigeant des lèvres qui ne le désiraient pas. Malgré la douceur de sa bouche sur la sienne, Tamara essaya avec obstination de résister à ses avances jusqu'à ce qu'il levât la tête et lui capturât le menton.

— Cesse de me résister ! Tu as suffisamment lutté comme ça ! Avant que nous ne partions d'ici ce soir, j'ai l'intention de me satisfaire avec toi. Tu verras ! Je peux te donner autant de plaisir que Clive. Aussi, arrête de jouer à la jeune vierge naïve !

Catherine essaya de lui crier qu'elle était bel et bien une vierge naïve, mais Jason inclina la tête et l'embrassa profondément. Sa langue força sa bouche et, presque nonchalamment, il fit courir une main sur le corps immobile jusqu'au ventre plat de Tamara. Le frisson de feu que la gitane ressentit alors lui fit cambrer involontairement les reins. Lorsqu'il sentit le geste inconscient et sensuel de ses hanches, rien ne put arrêter l'ardeur de Jason.

A nouveau il bougea, de sorte que son corps recouvrit celui de Tamara. Elle tenta une nouvelle fois de s'échapper, mais les doigts de Jason s'enfoncèrent cruellement dans ses cuisses qui se débattaient. De ses mains autoritaires, il étendit les jambes de Catherine, sans tenir compte des poings qui le martelaient avec fureur tandis qu'elle se tordait frénétiquement pour essayer de griffer son visage basané. L'Américain se tint un instant en équilibre au-dessus du corps pris au piège. Puis, d'une poussée sauvage, il la pénétra, s'enfonçant profondément en elle.

Quand il prit impitoyablement sa virginité, Catherine poussa un cri d'agonie qui ne cessa que lorsqu'il écrasa sa bouche de la sienne. Mais il avait senti ce léger obstacle. Momentanément étonné, il resta immobile, enfoui en elle. Abasourdi par cette découverte, il lâcha sa bouche et plongea son regard dans des yeux que la douleur voilait. Indécis, il hésitait. Mais ce qui était fait était fait. Il lui fit alors lentement l'amour, se mouvant doucement en elle.

— Je suis désolé, *chérie*, murmura-t-il tendrement avant de céder aux exigences de son corps.

Ses mouvements devinrent de plus en plus rapides tandis qu'une onde de plaisir, prémice de son accomplissement, traversait son corps.

Aux yeux de Catherine, la douleur qu'on infligeait à son corps ne représentait rien comparée à l'humiliation et au supplice mental qu'elle éprouvait. Une torture intérieure troublait son regard. Telle une poupée cassée, elle gisait immobile, et n'essayait même pas de recouvrir son corps nu de ses vêtements déchirés. Elle était tellement perdue dans sa souffrance qu'elle ne le sentit absolument pas se retirer et ne remarqua pas quand il se leva et se rajusta.

Les lèvres déformées par un pli amer, Jason regardait Catherine, allongée devant lui, et sa bouche s'emplit d'un goût de bile. Colère, remords et rage l'embrasaient tout à la fois et il se dégoûtait de savoir qu'il s'était laissé aveugler par ses propres désirs au point de n'avoir pas compris que la petite gitane ne jouait pas mais qu'elle défendait plutôt son honneur. Il s'agenouilla près d'elle et commença délicatement à ramener la robe déchirée sur elle. Mais à son contact, elle fit un écart d'animal effrayé et il jura doucement.

Le choc paralysait Catherine. Mais le contact de Jason lui inspirait de la crainte et elle ne put maîtriser un frisson de terreur quand il tendit à nouveau une main vers elle. Pourtant, cette fois-ci, il se montra bon et berça la jeune fille sans énergie qui gisait près de lui, tout en murmurant de façon apaisante des phrases dépourvues de sens et en l'enveloppant soigneusement dans les plis de son manteau.

Ils revinrent en silence à l'auberge. Catherine reposait contre le buste de Jason et écoutait inconsciemment les battements réguliers du cœur de son ravisseur. Après avoir abandonné le cheval à l'écurie, Jason porta la jeune fille jusqu'à sa chambre, en la protégeant des regards curieux qu'ils auraient pu croiser sur leur chemin. Dans sa suite, il l'allongea doucement sur le lit et ordonna à Pierre de lui préparer un bain. Puis il versa une bonne dose d'eau-de-vie dans un verre et força Catherine à avaler le liquide. Elle s'étrangla et cracha mais réussit néanmoins à en avaler quelques gorgées. Comme une chaleur brûlante envahissait tout son corps frissonnant, elle se mit lentement à recouvrer une partie de ses esprits que l'aventure avait bouleversés et chercha désespérément un moyen de s'enfuir. Mais Pierre revint et s'affaira, supervisant en particulier l'installation du baquet en bronze près d'un feu allumé à la hâte. Catherine resserra le manteau autour de son corps pour dissimuler sa robe déchirée et fendue aux regards curieux du serviteur. Jason disparut dans l'autre pièce. Tandis que des servantes remplissaient le baquet, Pierre et Catherine s'examinaient en cachette. Le visage du valet semblait aimable. Il l'aiderait peut-être à s'enfuir, pensa-t-elle, le cœur plein d'espoir. De son côté, Pierre décida qu'elle était de loin la plus belle fille qui ait jusqu'à présent partagé le lit de son maître.

Catherine ne reconnut aucun des autres membres du personnel mais elle garda son visage soigneusement détourné en priant le ciel que personne ne l'identifiât. Elle souhaitait en silence les voir partir avant le retour de Jason qui détruirait toute chance de fuite. Elle aurait pleuré de rage quand ils partirent enfin. Comme elle se mettait prudemment au bord du lit, Jason revint. Il avait jeté sur son bras plusieurs vêtements féminins en tissu léger qu'il lança sur une chaise où ils s'entassèrent en désordre. Il remarqua alors que le regard effrayé et aveugle qui l'avait troublé précédemment avait maintenant disparu malgré la persistance d'une bouche pincée, ce qu'il n'aimait pas.

Jason congédia Pierre avant d'avancer vers la jeune fille tapie sur l'énorme lit. Tamara restait sur ses gardes ; comme l'Américain approchait de la silhouette immobile, des flammes de défi se mirent à brûler dans les profondeurs violettes des yeux de la gitane. Devant la haine et la colère furieuse qui y étincelaient, Jason sourit subitement. Le remords inhabituel qu'il avait ressenti plus tôt le mettait mal à l'aise et les sentiments de compassion qu'elle avait soulevés en lui l'avaient ennuyé et tracassé. Par contre, les femmes en colère, il les comprenait et savait comment les manipuler. De fait, son sourire s'élargit, quand il s'inclina d'un air moqueur.

— Votre bain vous attend, Milady !

— Dans ce cas, laissez-moi ! Je ne vais pas m'exposer plus longtemps à votre regard lascif, cracha-t-elle en lui jetant un regard furieux, lourd de colère.

Jason se mit à rire. Comme Catherine se précipitait à l'extrémité la plus éloignée du lit, il s'y laissa tomber près d'elle et attira à lui le corps qui se débattait. Il la poussa sans effort dans le moelleux du matelas de plume où il l'étendit, couvrit à moitié de son corps celui de la gitane, et regarda en souriant son visage furieux. Avec des gestes doux, il écarta en les lissant les cheveux ébouriffés qui recouvraient le front de Catherine et la surprit en affirmant d'un ton grave :

— Mon amour, je suis vraiment désolé pour la façon dont je t'ai prise. Si j'avais su, j'aurais choisi un meilleur endroit et veillé à ce que tu ne souffres que légèrement. Tu aurais dû te confier à moi.

— Me confier à vous ? bredouilla-t-elle car la rage qui l'étouffait l'empêchait pratiquement de parler.

Jason acquiesça de la tête, avec arrogance, sûr de son charme et de son pouvoir. Puis il fronça ses sourcils noirs.

— Comment se fait-il que Clive ne t'ait pas déflorée depuis longtemps ? demanda-t-il avec curiosité.

Mais avant qu'elle ait pu se forcer à répondre, son front s'éclaircit et il ajouta d'un ton entendu :

— Ah ! je vois ! Clive a un goût prononcé pour les garçons et il t'employait de la même manière qu'eux.

Catherine le regarda sans comprendre mais il ne vit pas son air déconcerté car son manteau s'était ouvert et la vue de son corps presque nu le distrayait. Instinctivement, elle tenta de réunir les plis mais il écarta brusquement ses mains et caressa des siennes la chair soyeuse qui s'étalait sous ses yeux ; Tamara se raidit, en proie à un désir rétif, réaction dont il parut inconscient car il avoua pensivement :

— Clive doit être fou. Chérie, tu es si merveilleusement faite ! *Mon Dieu*, quel sacrilège de t'avoir traitée ainsi !

Il pencha la tête et elle se mit à haleter fortement lorsque sa bouche mordilla un sein à bout rose. Ses lèvres allaient d'un sein à l'autre laissant à chaque fois un picotement enflammé ; puis, soudain, elles montèrent avidement vers la bouche de Catherine. L'Américain l'embrassa sans se presser, tendrement, jusqu'à ce qu'il la sentît se détendre au point de répondre involontairement à ses baisers. Mais il la surprit en lui ôtant complètement sa robe en loques, en l'enlevant dans ses bras solides et en la portant jusqu'au bain qui l'attendait. Quelques secondes plus tard, les cheveux fixés sommairement sur la tête, Catherine se retrouva dans l'eau chaude et parfumée. En cet instant, rien, pas même la présence troublante de Jason, ne réussit à diminuer les délices qu'elle éprouvait en sentant l'eau chaude glisser sur ce corps dont on avait abusé.

Paresseusement étendu sur le lit, Jason l'observait avec des yeux curieux. Elle semblait une combinaison déconcertante de chaude tentatrice et d'adolescente encore endormie, ce qui l'intriguait malgré lui. Il pourrait la garder une année entière sans savoir pour autant ce qui courait dans sa belle petite tête. De son côté, Tamara ne supporterait pas sa présence pendant la même période, pensa Jason en souriant. Ses humeurs changeantes étaient comme du vif-argent et même si elle l'exaspérait de temps à autre, il savait que ce corps doux et beau lui procurerait toujours un grand plaisir. Mais, en examinant ce profil enchanteur, une vague ressemblance le frappa à nouveau. Bon sang ! Où avait-il déjà vu ce visage ?

Tandis que Jason se détendait sur le lit en se creusant la tête devant l'aspect familier de son profil, Catherine l'observait avec soin sous ses longs cils. L'homme était indéniablement attirant. Sa chemise en soie blanche, ouverte jusqu'à la taille, dévoilait un torse musclé et bronzé que recouvrait une toison noire et rugueuse. A cette vue, elle se sentit parcourue par un frisson de quelque chose qui ne ressemblait pas totalement à du désir ni totalement à de la crainte, au souvenir de la sensation de ce corps puissant contre le sien. Elle était elle aussi intriguée car elle avait l'impression fugitive d'avoir déjà vu ce beau visage, bien longtemps avant ce soir-là, chez sa tante — mais elle avait beau se concentrer, elle ne parvenait pas à mettre le doigt sur ce qu'il lui rappelait. Elle se résigna pour l'instant à supporter cette situation fâcheuse, qui s'apparentait à un horrible cauchemar et elle priait en silence pour se réveiller en sécurité dans son propre lit.

Catherine se lava entièrement comme si, par ce geste, elle pouvait effacer le contact de Jason. Lorsqu'elle eut terminé, il se leva en souriant et lui tendit une grande serviette douce qui chauffait près du feu. Il la lui présenta et elle n'eut pas d'autre possibilité que de sortir de l'eau et de se laisser envelopper dans la serviette. Elle lui lança des regards lourds de ressentiment et le rouge de ses joues montrait l'embarras dans lequel elle se trouvait.

Conscient de la raison de cette rougeur, Jason augmenta son trouble en lui murmurant avec perversité :

— Tu as oublié que j'ai fait plus que de te regarder, ma petite chatte !

Sans le savoir, il avait employé son diminutif[1] et Catherine faillit sortir de ses gonds. Devant ce regard subitement craintif, Jason fronça les sourcils. *Mon Dieu !* Qu'avait la donzelle ? Elle semblait absolument pétrifiée ! Aussi la réprimanda-t-il avec douceur :

1. En anglais, le diminutif de Catherine est *cat* (chat en français). *(N.d.T.)*

— Chérie, n'aie pas peur... Le pire est passé. Je prendrai soin de toi et t'apprendrai comment plaire au mieux à un homme véritable. Clive ne doit être homme qu'à demi !

Aux prises avec une angoisse soudaine, Catherine ferma les yeux. Si seulement elle avait écouté... si seulement elle ne s'était pas montrée si têtue en insistant pour danser avec les gitans ce soir-là, si seulement... Mais il était maintenant trop tard pour exprimer des regrets futiles. En ouvrant les yeux, elle vit que Jason l'observait attentivement.

— Laissez-moi partir ! Vous avez eu votre plaisir... je vous en prie, laissez-moi partir ! supplia-t-elle, incapable de se maîtriser.

Cela lui coûtait un effort de le solliciter, mais elle était disposée à faire quelque chose si seulement il consentait à la relâcher. Ses yeux violets baignés de larmes de frayeur, elle se mordit la lèvre pour calmer un tremblement révélateur.

— Ah, petite, ne te désole pas comme ça. Je ne te blesserai pas. Ce soir, je me suis conduit comme un lourdaud sans tact. Mais tu apprendras bientôt que je peux aussi me montrer très doux, affirma-t-il d'un ton apaisant en déployant tout son charme pour calmer ses craintes.

Catherine le fixa avec incrédulité. Ne réalisait-il pas qu'elle ne voulait rien de lui ? Le désir de lui crier son identité la saisit un moment, mais la prudence l'en empêcha. Elle ne voulait pas de scandale et s'accrochait à l'espoir de bientôt pouvoir s'enfuir chez les gitans, sans que personne sache rien de cette aventure. Et si elle lui avouait son véritable nom, Jason la croirait-il ? Rien n'était moins sûr. Elle se détourna brusquement de ce visage moqueur car elle ne tenait pas à ce qu'il vît à quel point elle était troublée et même effrayée.

Indécise au milieu de la pièce sans rien d'autre que

248

la serviette pour cacher sa nudité, elle se réjouit lorsque Jason lui tendit une robe en velours noir prise sur la pile de vêtements posés sur la chaise. Il venait de l'aider à s'asseoir près du feu lorsque Pierre frappa et entra dans la pièce avec un plateau chargé de plats. Les odeurs appétissantes qui montèrent aux narines de Catherine lui firent prendre conscience de sa faim.

On ne pourrait affirmer que le repas qui suivit se déroula dans une ambiance agréable ; ce fut un simple interlude dans la violence de cette nuit-là. Jason se montra sous son jour le plus charmant et le plus courtois ; détendue par le bain chaud, enveloppée dans la douceur voluptueuse de la robe de velours et devant l'humeur désarmante de son tourmenteur, Catherine se sentait presque en sécurité et s'aperçut bientôt, avec étonnement, qu'elle souriait à un des récits amusants que narrait l'Américain. Durant ce dîner bizarre et étrangement intime, la gitane intrigua de plus en plus Jason. Aucune autre femme de sa race ne possédait des traits aussi finement modelés, ni une peau aussi claire et blanche. Il décida finalement qu'elle devait être la bâtarde de quelque seigneur du coin. Cependant les gentilshommes n'élevaient habituellement pas leurs bâtards et pourtant elle se tenait à table comme une femme du monde. Sa manière de parler révélait également une certaine instruction : elle s'exprimait aussi clairement et parfaitement que lui qui avait fait ses études à Harrow ! Il lui vint à l'esprit, de façon désagréable, que Clive l'utilisait peut-être comme espionne et que, dans ce but, il était nécessaire qu'elle pût passer pour une femme du monde.

Comme ils conversaient, chacun sondant l'autre, Jason fut surpris de l'intelligence qu'elle déployait et en particulier de sa curiosité avide sur la Louisiane.

— Comment se fait-il que mon pays t'intéresse tant ? lui demanda-t-il, un sourire au coin des lèvres.

— Mon frère y habite. Il a hérité de mon père une

propriété près de Natchez, répliqua-t-elle sans réfléchir.

Elle se serait mordu la langue pour ces paroles impulsives ; mais Jason parut ne pas relever ce faux pas, bien qu'un de ses sourcils noirs se haussât de surprise et qu'il questionnât sèchement :

— Une propriété ?

— Comment appelleriez-vous donc une terre héritée ? rétorqua-t-elle avec éclat en humectant ses lèvres subitement sèches.

— Tout dépend de la taille. La plus grande partie de notre territoire se mesure en milles carrés[1] qui forment ce que nous appelons des plantations. Ton frère en a-t-il hérité d'une ? interrogea-t-il ironiquement.

— Des milles carrés ? Vous voulez dire des milliers d'acres ? questionna-t-elle d'un ton respectueux, les yeux grands ouverts remplis d'innocence, sans aucune trace de vanité.

Jason rit de sa réflexion.

— *Mais oui !* Moi-même, je n'ai jamais encore atteint à cheval la limite nord de ma plantation, ce qui n'est pas le cas de mon grand-père qui se plaît à surveiller son domaine.

Catherine le regarda avec curiosité. De toute évidence, ce jeune homme était nanti d'un destin bienveillant. Il possédait en effet un beau visage, de la fortune, un air charmant et était si négligemment sûr de ses biens qu'il ne se tracassait pas à vérifier l'étendue d'une terre qui lui appartenait. Quelle arrogance !

Les questions naïves de Catherine avaient diverti Jason, et son regard s'attardait maintenant sur son visage, avant d'errer un peu plus tard à loisir sur le corps admirablement formé que la robe noire ne parvenait pas à dissimuler. Un sourire alangui et nonchalant détendit sa bouche : il savait comme il serait facile de

1. Un mille carré = 259 hectares. *(N.d.T.)*

250

la défaire de cette robe ; du reste, ne la lui avait-il pas donnée dans ce but ? Il sentit son désir croître au souvenir de sa chair douce et satinée ainsi qu'à la pensée des heures à venir ; à travers ses paupières qui s'alourdirent soudain, il jugea à quel point elle était désarmée !

Inconsciente du changement d'humeur qui s'effectuait chez son vis-à-vis, Catherine s'enfonça dans son fauteuil. Elle avait chaud, elle était rassasiée et Jason avait veillé à ce qu'elle bût généreusement du punch au rhum corsé qu'il avait servi après le dîner. Elle somnolait en cet instant et le souvenir des événements qui l'avaient choquée au début de la nuit ne demeurait que de façon floue dans son esprit. Remplie d'une sensation de bien-être procurée par la forte liqueur, elle ne souhaitait rien d'autre que de se trouver dans un lit — ce qui correspondait exactement à l'endroit où Jason la voulait lui aussi !

Elle allait à la dérive sur un nuage d'engourdissement lorsque Jason la souleva sans hâte pour déposer avec douceur le corps détendu sur l'énorme lit. De ses yeux lourds de sommeil, elle remarqua le feu qui étincelait et essaya de se rappeler si ce lit tellement grand avait bien toujours été le sien. Trop hébétée pour y réfléchir, elle poussa un soupir et se lova dans l'accueillante douceur du matelas.

Tout en se déshabillant avec des gestes rapides, Jason observait tous ses mouvements, ce qui le fit sourire. Elle aurait grandement le temps de dormir dans la matinée, tandis que lui, Jason, rencontrerait son dernier protecteur. Dans l'immédiat, il ne songeait qu'à assouvir son désir.

Elle remarqua le mouvement que fit le lit lorsqu'il s'allongea près d'elle mais comme elle se trouvait encore dans l'état agréable que procure une légère ivresse, elle considéra l'intrusion de Jason dans sa chambre à coucher comme partie intégrante du songe extatique dans lequel elle nageait. Il se mit alors à lui enlever lentement sa robe et toute son euphorie s'évanouit. Instantanément, elle se souvint et s'écarta aussitôt de lui d'un mouvement convulsif.

Avec un rire profond, il la maintint facilement prisonnière et lui murmura :

— Du calme, du calme, petite chatte. Il est inutile de me combattre quand j'ai pris une décision !

Le regard fixé sur les yeux verts et la bouche pleine qui rôdait près de la sienne, Catherine accepta son sort avec résignation. Qu'importait qu'elle luttât de toutes ses forces... Jason gagnerait inévitablement. En outre, quelle importance maintenant ? Elle n'avait plus rien à perdre. Il y avait veillé, pensa-t-elle avec amertume.

Il explorait à loisir son corps et semblait prendre un plaisir immense à sentir et goûter sa peau soyeuse tandis que ses mains et sa bouche parcouraient savamment les vallées et les courbes qui l'intriguaient tant. Catherine luttait vainement contre les vagues insidieuses de plaisir qui irradiaient dans tout son corps. La bouche de Jason était chaude et exigeante, ses attouchements tendres et exercés dans leurs caresses ; avec un soupir frémissant, Catherine tourna à l'aveuglette le visage pour capter son baiser et, presque à son corps défendant, elle mit ses bras autour du cou de l'Américain. Il prit sa bouche avec avidité et pressa la jeune fille contre son corps dur bruni par le soleil. De ses mains qui effleuraient tendrement son dos et ses reins, Jason l'attira encore plus près de lui. Au contact de la toison de son torse, elle sentit un faible picotement sur ses mamelons et quand il la serra encore plus près, elle fut scandalisée de sentir son sexe chaud et dur pousser avec insistance contre son ventre.

Remarquant son mouvement involontaire, il lui dit d'une voix sourde :

— Touche-moi, petite.

Il guida adroitement la main qui hésitait et poussa un

profond grognement de plaisir lorsque la petite paume de Catherine se referma autour de lui. Ce contact sembla l'enflammer ; il se mit à embrasser Tamara avec avidité, sa langue recherchant la douceur de sa bouche ; ses mains caressaient avec une avidité croissante et pressante tout le corps de la gitane. A cet instant, un intense désir de sentir Jason la prendre une nouvelle fois saisit Catherine. Elle cambra les reins comme pour solliciter son entrée en elle ; et lui, la sentant empressée, couvrit son corps du sien et la pénétra en douceur.

Il bougea lentement en elle, savourant le contact et les sensations que lui procuraient son beau corps ; inconsciemment, Catherine se mit alors à se mouvoir avec lui. Un gémissement profond lui échappa comme il continuait à lui embrasser les oreilles, le cou et la bouche et que son corps s'enfonçait profondément dans le sien, les faisant véritablement devenir un. Dans l'incapacité de penser clairement, elle se tordait sauvagement sous lui, remontait et descendait avec frénésie ses mains le long du dos de Jason ; son corps allait sans cesse à la rencontre de celui de son partenaire jusqu'à ce qu'une bouffée de sensations parût exploser en elle ; simultanément, elle sentit l'Américain frémir de tout son corps sous l'assouvissement de sa jouissance.

L'abandon avec lequel elle avait répondu à son contact étonna Catherine. En dépit de tout, Jason l'avait excitée et rendue consciente du plaisir qu'un homme pouvait procurer à une femme ; il lui avait également donné un vague aperçu du pouvoir de son propre corps. De plus, il semblait maintenant curieusement peu disposé à la quitter, comme s'il n'allait jamais se fatiguer d'elle ; les lèvres de Jason effleuraient avec douceur son front et son nez, voyageaient avec indolence jusqu'à sa bouche qu'elles embrassèrent profondément.

Comme ils reposaient ensemble, Catherine remarqua pour la première fois le bracelet en or serti d'émeraudes qui cerclait le bras de Jason. Tout comme les événements de la nuit, il semblait sortir d'un rêve et elle ne l'interrogea pas plus sur cette bizarrerie que sur la façon dont il l'avait trouvée au camp gitan. Il lui paraissait logique que ce jeune homme étrange, qui l'avait littéralement enlevée à la sécurité, de manière rapide et secrète, et qui lui avait pris sa virginité, portât un ornement aussi sauvage et barbare. Cela faisait partie de son personnage et elle ne s'y attarda pas plus longtemps. D'autant qu'avec la bouche de Jason qui errait avec insistance sur son corps, elle ne se trouvait pas en état de penser clairement.

Finalement, il l'abandonna à regret et la serra contre son corps chaud. La tête de Catherine reposait maintenant contre sa poitrine et sa chevelure lui chatouillait le nez. Tout en lui caressant la hanche d'un geste possessif, Jason lui déposa un baiser sur la tête.

— Hmm, petite ! J'ai l'impression qu'il me reste peu de choses à t'apprendre. Quelle chance que nous ne nous soyons pas rencontrés plus tôt !

Les yeux alourdis de sommeil, l'esprit embrumé par le rhum et toutes les émotions qu'elle éprouvait pour la première fois, Catherine se serra contre son compagnon. Immédiatement, Jason partit d'un rire profond et doux. Vexée, Catherine s'écarta de lui d'un air rancunier. Epuisée, elle n'aspirait plus qu'à dormir. Elle aurait le temps plus tard, beaucoup plus tard, de se faire du mauvais sang !

DEUXIÈME PARTIE

UN PRINTEMPS AIGRE-DOUX

France, printemps 1803

15

Jason se réveilla en sursaut. La pièce était plongée dans l'obscurité, mais il sentit instinctivement que l'aube approchait. Une odeur de cire brûlée dans les narines, il s'interrogea un instant sur ce qui l'avait éveillé avant de réaliser que la gitane n'était plus nichée contre lui et qu'elle ne se trouvait même plus dans le lit ! Un léger bruit l'alerta soudain : il lui semblait que quelqu'un, qui ne connaissait pas bien la chambre, marchait d'un pas mal assuré dans cette nuit noire comme de l'encre. « Que diantre la donzelle fait-elle debout à cette heure ? »

— Tamara ! Reviens ici ! ordonna-t-il, le front barré d'un pli.

Un grand silence envahit la pièce. Pour eux deux, qui se tenaient immobiles, les minutes qui s'écoulèrent ensuite leur parurent des années. Figée près de la porte, Catherine sentit son cœur battre douloureusement dans sa poitrine. Brusquement, Jason rompit ce silence pesant : tout en poussant un juron assourdi, il sortit vivement du lit et alluma une chandelle posée tout à côté. Comprenant qu'il lui serait maintenant impossible de fuir, Catherine poussa un cri de découragement avant de faire demi-tour et de se précipiter vers la porte qui menait à l'escalier, donc à la sécurité.

Mais elle avait compté sans la méfiance de l'Américain à l'égard de l'aubergiste. Trop somnolente, elle n'avait pas remarqué la veille que Jason avait fermé la porte à clé en y adossant, pour plus de précaution, un gros fauteuil. Fébrile, Catherine écarta suffisamment l'obstacle pour se glisser derrière, sans cesser pour autant de jeter des coups d'œil par-dessus son épaule. La crainte la rendait maladroite, ce qui lui était inhabituel. Lorsque ses doigts se refermèrent sur la clé, Jason s'élança vers la porte. Mis à part le bracelet en or qui luisait faiblement à son bras, il était complètement nu. Dans sa précipitation, Catherine laissa échapper la clé qui tomba sur le sol avec fracas. Comprenant qu'elle venait de perdre sa seule chance de s'enfuir, elle fit volte-face, leva la tête d'un air de défi et fixa Jason sans sourciller.

Devant la situation fâcheuse dans laquelle se trouvait Tamara, Jason ralentit l'allure. Sans se préoccuper de sa propre nudité, il embrassa du regard la tenue vestimentaire de la gitane : elle portait un pantalon de nankin jaune qui lui appartenait et qu'elle avait dû retrousser plusieurs fois, une chemise en toile blanche beaucoup trop grande pour elle et une veste en satin marron qui lui descendait presque jusqu'aux genoux. Avec ses pieds nus et son visage blanc qu'encadraient des boucles noires naturellement désordonnées, Tamara ressemblait à une créature sauvage aux abois.

Après ce premier examen qui l'avait amusé, Jason posa la bougie, feignit d'ignorer la jeune fille et jeta du bois sur les braises qui se consumaient dans l'âtre. Puis il s'assit avec désinvolture avant de se tourner vers elle pour la contempler une fois de plus.

Tout en gardant les yeux soigneusement détournés de

lui, Catherine était néanmoins très consciente du corps nu de Jason. Inquiète de l'attention minutieuse dont elle faisait l'objet, elle sursauta nerveusement lorsqu'il lui demanda d'une voix dure :

— Et où pensais-tu aller ?

Légitimement indignée, elle laissa éclater la colère qu'elle avait jusque-là contenue avec peine. Furieuse, les mains sur les hanches, elle avança vers cet homme si parfaitement à l'aise.

— Vous n'avez aucun droit de me questionner ! Je pars et ma destination ne vous regarde pas ! Vous ne pouvez pas me garder ici et, si vous n'ouvrez pas cette porte sur-le-champ, je crierai si fort que toute l'auberge en sera réveillée !

Elle n'oserait pas le faire, mais il ne le savait pas ! se dit-elle pour se rassurer.

Ils se foudroyèrent quelques minutes du regard puis, au moment où Catherine commençait à craindre qu'il n'ait réalisé qu'elle bluffait, Jason haussa les épaules avec indifférence et se leva. D'un air arrogant, il donna un coup de pied dans le fauteuil près de la porte, ouvrit cette dernière, s'écarta et, avec ironie, fit signe à Tamara de partir.

Intriguée par sa facile démission, Catherine le fixa d'un œil méfiant avant de se tourner avec raideur vers la porte ouverte. A peine avait-elle tourné le dos qu'il bondit comme une panthère. Une main jaillit pour contenir le cri étonné qu'elle poussa et l'autre se referma autour de sa taille. La gitane étroitement serrée contre sa poitrine, Jason la souleva du sol. Les talons de Catherine tambourinaient contre ses tibias et ses mains le griffaient pour rompre son étreinte. Malgré cela, Jason la ramena tranquillement dans la chambre et la jeta sur le lit, le visage contre le matelas.

Elle réussit à pousser un cri assourdi qui reflétait toute sa rage avant qu'il ne lui enfonçât brutalement la tête dans le matelas en plume. Puis, il détacha le cordon

257

de lit en soie qui pendait, captura les bras qui le frappaient sauvagement et les lia fermement derrière le dos. Catherine essaya de libérer son visage du matelas qui l'étouffait tandis que Jason maintenait avec peine un genou sur sa nuque. Elle luttait pour respirer.

— Je te garderai aussi longtemps qu'il me plaira et là où cela me conviendra. Quand je ne te désirerai plus, je te le ferai savoir ! D'ici là, tu resteras là où je le déciderai ! gronda-t-il au-dessus d'elle.

Une fois ses bras liés, Jason retourna vivement Tamara sur le dos, puis l'emprisonna entre ses jambes, posa une main sur sa bouche, saisit la taie d'oreiller qu'il vida de son contenu en la secouant et en bâillonna Catherine. Devant ce geste sauvage effectué de sang-froid, les yeux violets de la gitane tournèrent au pourpre sous la rage qui l'enflammait. Lorsqu'il se leva enfin du lit, Jason haletait légèrement. Saisissant alors le couteau à longue lame qu'il avait toujours à portée de main, il s'approcha à nouveau du lit... Pour la première fois, Catherine craignit pour sa vie. Le visage dur, les yeux à demi clos, Jason coupa un autre morceau du cordon. Puis, sans quitter des yeux la silhouette rigide de Catherine, il taillada méthodiquement tous les vêtements qu'elle portait. Glaciale, calme, Tamara s'attendait d'une minute à l'autre à sentir cette lame froide s'enfoncer fatalement dans son corps.

Mais Jason n'envisageait pas de la tuer. Quand elle fut nue, il noua ses chevilles l'une à l'autre et les attacha par précaution au bout du lit. Satisfait de son œuvre, il s'assit alors sur ses talons et adressa un large sourire à sa prisonnière dont les yeux jetaient des éclats meurtriers.

— Je n'aurais pas dû t'attacher les jambes, *chérie* ! Mais cela vaut mieux car sinon je me mettrais à te faire l'amour ce matin, ce qui me retarderait pour mon duel avec Clive.

Ces paroles ébranlèrent Catherine au point de chasser la colère qui étincelait dans ses yeux mais Jason ne remarqua rien, trop occupé à s'habiller tout en bâillant bruyamment. En silence, Catherine l'observait qui allait et venait dans la pièce. Néanmoins, la fureur l'agitait toujours.

Jason avait presque fini de s'habiller lorsqu'un bruit de voix venant de l'escalier le contraignit à jeter négligemment les couvertures par-dessus la gitane, ne laissant apparaître que ses cheveux noirs emmêlés et ses yeux violets. Puis, sans même un regard en arrière, il quitta la chambre. Impuissante, Tamara l'entendit ouvrir la porte et parler à quelqu'un. Ensuite, un bruit de vaisselle que l'on entrechoquait lui parvint aux oreilles ; elle supposa, très justement, que Pierre, remplissant les fonctions de maître d'hôtel, avait dû entrer avec le petit déjeuner. Pierre n'était pas seul car elle entendit une autre voix se plaindre :

— Jason, à mon avis, c'est une heure diabolique pour se lever. Pourquoi ces maudites choses ont-elles toujours lieu à l'aube ! Quelqu'un devrait lancer la mode des rencontres à une heure plus civilisée... par exemple, une heure avant le thé de l'après-midi.

— Mmm... je te promets d'insister sur ce point la prochaine fois que j'accepterai un duel. Harris et toi avez-vous mangé quelque chose ? demanda Jason en riant.

— Je prendrais bien un peu de cet excellent jambon, si cela ne te dérange pas. Ignore Tom. Il est toujours maussade tant qu'un duel n'est pas terminé. C'est le pire tatillon que je connaisse ! proclama Barrymore, les yeux pleins d'excitation.

En écoutant leur conversation légère, Catherine fut saisie d'appréhension. Ô Dieu, si Tom la voyait ! Mais elle espérait néanmoins que peut-être, puisqu'il ne s'attendait pas à la voir ici, il ne la reconnaîtrait pas, d'autant plus qu'ils ne s'étaient pas rencontrés depuis un an au moins. Grâce à Dieu, Jason ne l'avait pas obligée à se joindre à eux pour le petit déjeuner. Avec amusement, elle réalisa que sa tentative avortée pour s'enfuir ce matin même avait pour seule conséquence positive qu'il ne la faisait pas parader en tant que sa toute dernière maîtresse ! Elle remua avec difficulté sous les couvertures car le cordon en soie entaillait la peau sensible de ses poignets et de ses chevilles et le bâillon l'étouffait. Dans combien de temps la délivrerait-il ? Combien de temps durait un duel ? se demandait-elle avec désespoir. Elle risquait de demeurer sur ce lit des heures et des heures durant avant le retour de l'Américain, à moins qu'il n'ait laissé des instructions pour que son valet la relâchât, pensa-t-elle avec espoir. Mais l'idée qu'un autre homme la vît dans une telle impuissance lui déplaisait. C'était bien assez de Jason !

Malgré ces sombres réflexions, Catherine reconnut honnêtement que, si elle se trouvait en ce moment dans cette situation, c'était bel et bien de sa faute ! Cette constatation n'offrait malheureusement qu'un piètre réconfort et elle se demandait avec angoisse si Rachel s'était déjà aperçue de son absence. Combien de temps Jason envisageait-il de la garder ici ? Si seulement il la délivrait bientôt, il lui serait encore possible de rentrer chez elle et d'apaiser l'anxiété de sa mère. Son esprit se refusait à se souvenir de son viol par Jason et de leurs gestes d'amour, plus tard ; elle ne souhaitait pas s'appesantir pour l'instant trop profondément sur ce qu'elle ressentait à son égard. Elle voulait seulement s'échapper pour pouvoir se ressaisir et examiner avec objectivité tout ce qui venait de lui arriver.

Elle réalisa soudain que le calme régnait dans l'autre pièce et en conclut, avec justesse, que les trois hommes étaient partis pour la rencontre avec Clive. Pour la première fois, elle s'interrogea sur ce que cachait ce duel. Il n'était pas dans la nature de Clive de s'exposer à un danger éventuel ; on avait donc dû fortement le pousser à bout pour qu'il n'ait pu éviter cette confrontation.

Pierre entra dans la chambre, ce qui la détourna de

ses préoccupations. D'un œil prudent, elle surveilla le valet qui traversait la pièce. Pierre lui lança un regard extrêmement intrigué avant de ramasser les vêtements déchirés et tailladés, tout en se parlant à lui-même. Il était visiblement dévoré de curiosité. De plus, Jason ne lui avait manifestement pas donné d'instructions précises la concernant car, sans cesser de jeter de fréquents coups d'œil à sa silhouette immobile, il ne lui adressa pas la parole et parut, la plupart du temps, l'ignorer.

Pierre ouvrit ensuite l'armoire et commença à la vider des vêtements de son maître. Tout en l'observant distraitement, Catherine se prit à souhaiter avoir appris plus tôt le duel imminent car, dans ce cas, elle aurait facilement échappé au valet ! A son réveil, lorsqu'elle avait vu que Jason dormait encore profondément, elle avait estimé l'instant propice pour s'enfuir. Ah ! si seulement elle n'avait pas eu besoin d'allumer cette maudite bougie pour dénicher parmi les vêtements de Jason quelque chose de mettable ! D'un air sombre, elle lança des regards furieux à la pile de vêtements féminins que l'Américain avait jetés sur le fauteuil, la veille. Pourquoi les avait-elle oubliés ? Probablement parce qu'elle était trop occupée à s'attendrir sur son sort pour remarquer autre chose. Ainsi, au lieu de s'emparer d'une des robes qui se trouvaient presque à portée de ses doigts, elle avait perdu de précieuses minutes à enfiler les vêtements de son ravisseur. Pourtant, alors même que son instinct la poussait à s'enfuir de l'auberge, la crainte du chantage que Clive exerçait sur elle l'avait contrainte à procéder à une fouille fébrile des biens de Jason pour rechercher la carte que Clive désirait si fortement posséder. Cette fouille ne lui avait pris que quelques minutes mais ce laps de temps avait suffi pour que Jason grognât dans son sommeil. Si elle avait soufflé en toute hâte la chandelle pour s'enfuir, elle avait malheureusement trébuché contre une chaise dans l'obscurité et ce bruit avait renseigné Jason sur sa position.

Si seulement elle n'avait pas perdu ce temps précieux à rechercher quelque chose dont l'existence ne paraissait pas certaine à Clive ! Mais elle avait trouvé cela tellement logique ; Jason dormait profondément et elle était déjà dans la place. Alors, pourquoi ne pas en profiter ? Qu'elle avait été stupide de ne pas prévoir qu'il se réveillerait et l'attraperait ! Et elle était maintenant dans une fâcheuse situation ! Uniquement à cause de son obstination absurde ! Cette constatation la déprima et elle s'agita sous ses couvertures tout en luttant contre le désir infantile qui la prenait soudain de pleurer. Ses bras commençaient à lui faire mal ; avec détermination, elle cessa de se faire des reproches pour concentrer à nouveau toute son attention sur Pierre. Engourdie, elle l'observait qui pliait les vêtements et les disposait dans une malle en cuir qu'il remplit ensuite avec les objets personnels de Jason. Brusquement, elle comprit toute la signification de ces mouvements précis.

Ce qu'elle n'avait pas perçu plus tôt lors de sa fouille rapide des deux malles, elle le saisissait à présent : Jason s'apprêtait à partir et, chose surprenante, Catherine succomba à sa curiosité. Comme elle s'interrogeait sur la destination de l'Américain, elle s'inquiéta soudain : Jason projetait peut-être de l'emmener avec lui. Presque malade d'angoisse, elle s'ordonna de ne pas jouer à la sotte ! Jason la relâcherait à son retour. S'il avait agi comme il l'avait fait, ce n'était que pour lui donner une leçon, pour satisfaire sa fierté de mâle qu'elle avait meurtrie. Et non — plût au ciel — parce qu'il envisageait de la garder indéfiniment.

Les gestes que Pierre effectua ensuite semblèrent apporter un démenti à sa prière éphémère car il se mit, avec indifférence, à extraire des soies en fouillis sur le fauteuil un assortiment de vêtements que seules les femmes portaient. Après quoi, il disparut dans l'autre pièce pour revenir avec d'autres objets féminins parmi lesquels il sélectionna soigneusement une paire de bottines en chevreau rose pâle et une pelisse en belle laine bleu foncé, avant d'empaqueter le reste dans une malle plus petite.

Tout en sentant croître une étrange sensation au creux de son estomac, Catherine examinait maintenant la robe en mousseline rose foncé et le corsage à lacet que Pierre plaçait sur un fauteuil. Soudain, la bizarrerie de la chose la frappa avec force. Pourquoi un gentilhomme possédait-il des vêtements féminins ? Méchamment, elle pensa que Jason les gardait à sa disposition pour payer ses petits divertissements. Elle aurait été étonnée d'apprendre que ces soies et ces galons avaient été achetés tout particulièrement à son intention — qu'après leur rencontre orageuse dans la prairie, il s'était rendu dans ce but à Melton Mowbray pour lui choisir, plusieurs heures durant, tous ces vêtements.

Déterminée à ne pas s'attarder sur ce problème de parures féminines dans la suite de Jason, Catherine observa avec indifférence Pierre qui terminait sa tâche. A plusieurs reprises, elle eut du mal à résister au triste désespoir qui commençait à l'envahir. Pierre se mit ensuite à vérifier une dernière fois le contenu des deux autres malles. Lorsqu'il découvrit les ravages que Catherine y avait créés lors de sa fouille éclair, il poussa une exclamation horrifiée qui la fit sursauter désagréablement et elle détourna ses yeux du regard soupçonneux qu'il lui adressait.

L'aube commençait à peine ; un brouillard gris qui s'effilochait donnait un air sinistre à la petite clairière choisie comme terrain pour le duel. Les arbres qui encerclaient l'endroit étaient dépourvus de feuilles ; les bourgeons vert pâle qui s'échelonnaient le long de leurs grosses branches étaient sur le point d'éclore pour accueillir le printemps. Les branches sombres s'élevaient vers le ciel tels des bras suppliants, implorant l'apparition du soleil ; mais celui-ci boudait comme s'il refusait de se lever pour entamer le jour d'une façon aussi violente. L'herbe était humide de rosée ; on entendait le faible ruissellement d'une eau qui tombait goutte à goutte des branches nues et parvenait au sol avec un bruit doux, mat.

D'un air pensif, Jason observait Clive qui descendait de sa voiture ; il constata ainsi que, fait étrange, les témoins de Pendleton, Philippe de Courcey et Anthony Newhope, étaient venus dans leurs véhicules personnels. Ses yeux se reportèrent sur l'attelage de Clive et il remarqua avec un brusque soupçon les bagages attachés sur le haut et à l'arrière de la voiture. De toute évidence, Mr Pendleton s'apprêtait à fuir...

Barrymore avait dû avoir la même pensée car il souffla à l'oreille de Jason :

— Cela ne me plaît pas ! Pendleton est résolu à transformer ce duel en meurtre et si, par chance, il y réussissait, il devrait alors quitter le pays précipitamment. Du reste, sa voiture paraît remplie pour un sacré long voyage. Tu ferais mieux de te méfier, Jas. Que je suis content d'avoir insisté pour qu'il y ait des chirurgiens !

Jason grommela une réponse, tandis que son regard, lourd d'ennui, errait brièvement sur le médecin qui se tenait un peu à l'écart des autres, sa petite sacoche en cuir noir posée à ses pieds.

Lorsque les six hommes se rencontrèrent, leurs salutations se limitèrent à des inclinaisons de la tête, puis on choisit avec solennité les pistolets. Comme on s'était déjà mis d'accord pour les vingt pas, il ne restait plus aux deux duellistes qu'à ôter leur manteau. Ce qu'ils firent rapidement et silencieusement. Jason et Clive portaient tous deux une tenue sombre exempte de tout objet brillant qui permettrait de viser avec plus de précision. Jason, qui gardait tout son sang-froid, surveillait Clive sans cesse pour autant de s'interroger sur la subite animosité de l'homme à son égard, puis il haussa mentalement les épaules. Si la raison de la haine brûlante qui luisait dans les yeux gris était de quelque importance, il le découvrirait bien un jour, et dans le cas contraire, qu'importaient les démons qui animaient cet homme ?

Harris avait été choisi pour compter les pas à haute voix ; nerveusement, la bouche sèche, il compta les premiers tandis que Barrymore, de plus en plus inquiet pour Jason, fixait d'un air sombre la distance qui augmentait entre les deux adversaires, avant d'arrêter son regard bleu vif sur le dos de Pendleton comme on approchait des vingt pas. Frappé d'horreur, Barrymore poussa soudain un cri qui avertit Jason. Instinctivement, l'Américain se jeta violemment sur le sol humide et roula rapidement pour se mettre sur le dos. Une balle siffla dans l'air, là où se trouvait la tête de Jason quelques secondes seulement auparavant ; le coup de feu venait d'ébranler la tranquillité du matin. D'un air glacé, Jason observa l'arme de Pendleton qui fumait avant de viser soigneusement. Il entendit alors Barrymore s'écrier sauvagement :

— Pendleton ! Espèce de salaud ! Vous avez sauté le compte ! C'était un assassinat prémédité ! Vous ne quitterez pas ce terrain vivant, je vous l'affirme, car je vous tuerai moi-même !

Mais au moment précis où Barrymore se mettait en marche, Jason tira et tous les autres chancelèrent au bruit effrayant que produisit le coup de feu retardataire. A sa grande satisfaction, l'Américain vit Pendleton, dont le visage reflétait une immense surprise, osciller et s'effondrer. Un large sourire aux lèvres, Jason bondit sur ses pieds et, sans s'attacher aux expressions étonnées de ses deux amis, demanda poliment :

— Barrymore ! Mon manteau, s'il te plaît. Il fait diablement froid ici et cette satanée herbe est mouillée.

A la fois stupéfait et soulagé, Barrymore faillit trébucher dans sa hâte à obéir.

— Ma parole ! Voilà le coup le plus agréable que j'aie vu jusqu'à présent. Mais nous avons frôlé une chose horrible ! J'étais certain que tu étais mort. Dieu merci, ce Pendleton de malheur, qui est un terrible tireur, t'a manqué !

— Il ne m'a pas manqué, mon ami. J'ai tout bonnement tenu compte du cri théâtral que tu as poussé de surprise et je me suis précipité hors de sa ligne de tir.

— Théâtral ? Ah oui, vraiment ! Je t'ai sauvé la vie et voilà comment tu m'en remercies !

Jason évita les yeux bleus qui l'accusaient, frappa sur l'épaule de son ami et le poussa en direction de l'homme à terre. Agenouillé près de Pendleton, le médecin arrêtait le sang qui jaillissait d'une blessure en haut de l'épaule.

Voyant approcher les trois hommes, Newhope, rouge de honte, lâcha :

— Je dois vous présenter mes excuses. Ce qui vient de se produire me révolte à l'extrême.

— Des excuses ! Comment pouvez-vous supporter cet individu ? Quand tout le monde connaîtra les événements d'aujourd'hui, il aura de la chance si on ne le chasse pas d'Angleterre ! interrompit Barrymore.

— Il vaudrait mieux oublier ce qui s'est passé ce matin. Il suffit de dire que nous nous sommes rencontrés et que j'ai blessé mon homme, expliqua Jason qui pensait à sa conversation avec son oncle.

Ses cheveux roux presque dressés sur la tête, Harris se retourna et posa sur Jason ses yeux marron qu'un certain scepticisme teintait.

266

— Tu ne vas rien faire à ce sujet ? demanda-t-il avec incrédulité, tandis que Barrymore restait coi pour la première fois.

— *Mon ami*, j'ai déjà tiré sur cet homme ! Que veux-tu que je fasse de plus ? Laissons à quelqu'un d'autre le soin de créer le tout dernier scandale, s'exclama Jason en riant.

A contrecœur et comme un chien auquel on offre un os, Harris se laissa persuader de ne pas crier l'infamie de Pendleton sur tous les toits de la société mondaine de Londres. De son côté, comme ils se dirigeaient vers la voiture, Barrymore murmura de sinistres menaces qui révélaient ce qu'il aurait aimé lui faire.

Catherine comprit que son geôlier était de retour lorsqu'elle entendit le rire de Jason.

— Ça suffit, mes amis. Arrêtons là. Je ne changerai pas d'avis ! J'ajouterai même que je suis extrêmement troublé de découvrir que vous êtes devenus des sauvages sanguinaires ! Je ne l'aurais jamais soupçonné, affirma-t-il d'une voix où perçait une dureté d'acier.

Inexplicablement ravie de le savoir vivant et apparemment indemne, la jeune fille écouta les trois hommes qui se mettaient à leur aise. Puis, elle pensa que bientôt elle devrait affronter ce regard vert et moqueur et toutes ses craintes nébuleuses lui revinrent précipitamment à l'esprit. Son cœur bondit de peur lorsque Jason, suivi de près par Pierre, apparut soudain dans l'encadrement de la porte.

Pierre n'avait manifestement pas perdu une minute pour informer Jason de la fouille de ses malles. Pierre avait évidemment indiqué aussi qui, à son avis, les avait examinées de fond en comble et Catherine retint son souffle lorsque Jason traversa la pièce. Après avoir vu leur contenu en désordre, il ordonna d'un ton sec à Pierre de les refaire. Jason était visiblement furieux et sa colère transparaissait sur ses lèvres crispées et dans le regard noir qu'il jeta à la gitane avant de sortir à grandes enjambées de la chambre. Catherine comprit qu'au retour de son ravisseur il vaudrait mieux qu'elle ait des réponses toutes prêtes à fournir aux questions excessivement précises qu'il ne manquerait pas de lui poser.

Instinctivement, elle se raidit tandis qu'orgueil et ressentiment combattaient en elle lorsqu'elle fit en silence vœu de ne jamais lui avouer pourquoi elle avait fouillé ses bagages. Vu la façon dont il l'avait traitée, pourquoi le ferait-elle ? Elle attendit avec délectation son retour, l'esprit tendu pour percevoir ce que l'on racontait dans l'autre pièce. Elle ne surprit pas ce que Jason disait à Barrymore et à Harris pour les faire partir mais elle entendit la lourde porte se refermer et l'au revoir grommelé par Barrymore.

A son grand étonnement, Jason ne se dirigea pas immédiatement vers elle lorsqu'il pénétra dans la pièce. Il observa par contre d'un air songeur Pierre qui finissait de remplir pour la seconde fois les malles et les enlevait de la pièce. Puis ils se retrouvèrent seuls. Alors, Jason s'approcha d'elle avec détermination, le regard froid et l'air implacable. D'un mouvement brusque et irrité, il tira les couvertures qui la dissimulaient et Catherine se força à rencontrer ses yeux et à le défier à nouveau de son regard violet qui ne vacillait pas. Les yeux de Jason explorèrent avec insolence son corps rigide et le seul signe d'émotion qu'il manifesta fut une légère contraction de la joue. Le silence qui suivit énerva Catherine et elle ne put maîtriser un frisson lorsqu'il tendit soudain une main chaude pour y enfermer avec une certaine douceur un petit sein.

Un sourire sans gaieté arqua les lèvres de l'Américain. Elle sentit instinctivement qu'il n'avait pas l'intention de lui faire l'amour bien qu'il lui caressât la poitrine avec désinvolture. Sa gorge se noua et elle eut du mal à avaler. Avec nervosité, elle essaya de déglutir et de réunir toute son énergie pour affronter ce qui arrivait. Elle ne put cependant refréner un petit grognement d'agonie lorsqu'il enfonça avec cruauté ses doigts dans sa chair douce et qu'il lui infligea délibérément une douleur atroce. Telles de froides émeraudes, ses yeux fixaient le visage que la souffrance tordait.

— Ma petite sorcière à la peau blanche, ce n'est qu'un exemple de ce que je peux te faire... Quand j'aurai enlevé ton bâillon, tu feras bien de me dire exactement ce que je veux savoir, sinon je te blesserai vraiment. Compris ?

Catherine acquiesça de la tête ; un soupir de soulagement s'échappa brusquement de ses lèvres blêmes. Il cessa alors de lui étreindre le sein pour couper à coups précis et vifs les liens qui lui entravaient les chevilles. Tamara s'assit prudemment sans oser croire que l'homme qui lui avait fait l'amour si tendrement la veille pouvait être également cet étranger au visage sinistre qui l'avait si douloureusement maltraitée. Puis, elle regarda son sein et ses yeux se dilatèrent lorsque, sur la pâleur de sa peau, elle vit la marque encore très rouge de ses doigts. Avec amertume, elle se souvint de son viol et de la façon brutale dont il l'avait traitée le matin même.

Docile en apparence, elle attendit le prochain geste de Jason et, au fil des secondes, sa résolution de ne pas lui avouer ce qu'il cherchait à savoir s'affermissait. Avec calme, ses yeux rencontrèrent ceux de Jason et elle y vit une ferme détermination lorsqu'il défit lentement la taie d'oreiller. Tellement heureuse d'en être libérée, elle savoura pleinement pendant une minute l'agréable sensation de n'avoir plus la bouche entravée par le bâillon.

La voix de l'Américain la ramena brusquement au présent lorsqu'il déclara avec rudesse :

— Avant que tu n'essaies, je tiens à t'avertir que, si tu cries, ce sera le dernier son que tu pousseras jamais. Maintenant, que recherchais-tu ?

— De l'argent ! répondit-elle.

Son menton s'avançait d'un air batailleur.

Jason parut un instant étonné comme si cette idée ne l'avait jamais effleuré puis, les lèvres pincées, il lui demanda d'un ton mielleux :

— De l'argent, ma chère ? Je ne le crois pas !

Ses mains se refermèrent, menaçantes, autour du cou de la gitane et il hocha la tête lentement, avant de poursuivre :

— Tu ne recherchais pas de l'argent. Il y avait là, à la vue de tous, ma montre en or ainsi que de l'argent ; tu as ignoré et l'une et l'autre. Mais tu vas peut-être me raconter que tu ne les as pas remarqués ? questionnat-il, railleur.

La bouche de Catherine se durcit et, avec obstination, elle cracha :

— Je ne vous dirai rien ! Pourquoi le ferais-je ? Vous m'avez enlevée, violée et rendu la vie intolérable.

La respiration lourde, les yeux brillant d'un feu pourpre et tout son être en proie à une grande agitation, elle refréna au maximum sa colère tout en l'invectivant :

— Allez ! Frappez-moi ! Comme mes bras sont attachés, je ne peux pas vous en empêcher. Qu'attendezvous ? Mais quoi que vous fassiez, je ne vous dirai jamais, jamais, pourquoi j'ai fouillé vos malles. Plutôt mourir que de vous l'apprendre !

Jason la regarda pensivement, s'attardant de façon déconcertante sur sa bouche volontaire. Puis leurs yeux impérieux s'affrontèrent en un combat silencieux. Jason l'étonna complètement en souriant soudain largement et en affirmant :

— La paix, petite sorcière ! Tu es trop belle pour que l'on te marque et je découvrirai bien un jour ce que tu cherchais.

Il ajouta à sa confusion en lui libérant les mains. Elle le regarda avec circonspection tout en frictionnant avec reconnaissance ses bras engourdis pour y rétablir la circulation. Il saisit alors la robe rose et le corsage à lacet qu'il lui lança.

— Nous poursuivrons cette intéressante conversation plus tard. Pour l'instant, tu ferais mieux de t'habiller car nous allons entreprendre un long voyage.

Un toussotement embarrassé les fit se retourner tous les deux et ils contemplèrent Tom Harris qui hésitait dans l'encadrement de la porte, le visage presque aussi rouge que ses cheveux.

— Ah... mmm... Excusez-moi. Savage, j'ignorais que tu avais mmm... une dame avec toi !

— Qu'y a-t-il, Tom ? As-tu oublié quelque chose ? demanda simplement Jason que le fait d'être découvert en compagnie d'une jeune femme nue, assise sur son lit, ne troublait absolument pas.

Etreignant la robe, Catherine regardait avec horreur le frère d'Amanda. « Ô mon Dieu ! s'il vous plaît, faites qu'il ne me reconnaisse pas ! » suppliait-elle.

Malheureusement, Tom, qui se souvenait rarement de quelque chose, se rappelait l'avoir vue les rares fois où, ayant pitié de sa petite sœur, il lui avait rendu visite au pensionnat pour jeunes filles de Mrs Siddon. Et bien qu'il pensât avoir reconnu en cette jeune fille l'amie d'Amanda, il était suffisamment lent d'esprit et vrai gentilhomme pour ne pas croire à l'évidence qu'il avait sous les yeux. Après ce premier coup d'œil étonné, il regarda tout sauf la jeune fille aux cheveux noirs installée sur le lit de Jason.

Instantanément conscient qu'il se passait quelque chose, Jason fronça les sourcils, fixa tout d'abord le visage complètement horrifié de Catherine et ensuite celui d'Harris, soigneusement dépourvu de toute expression.

— Vous vous connaissez ? questionna-t-il enfin.

Ses yeux se rétrécirent de suspicion quand les deux autres affirmèrent simultanément et catégoriquement :

— Non !

— Je n'ai jamais vu cette fille auparavant ! Je te parlerai plus tard ! ajouta Harris, volubile, avant de quitter brusquement la pièce.

— Que diable tout cela signifie-t-il ? demanda Jason.

Mais l'arrivée de Pierre empêcha Catherine de répondre, ce qui la sauva momentanément.

— Monsieur, tout est emballé. Monsieur a-t-il besoin que je m'occupe d'autre chose ?

Jason balaya la chambre d'un coup d'œil avant de rétorquer :

— Je crois que ce sera tout, Pierre. Vous pouvez partir maintenant. Je vous reverrai à Londres.

16

Exténuée, troublée au plus haut point, Catherine se réjouit lorsqu'ils atteignirent la garçonnière londonienne de Jason dans St James's Street. La précipitation ainsi que la multitude des événements des dernières vingt-quatre heures l'empêchèrent de regarder autrement qu'avec des yeux mélancoliques la petite mansarde où Jason l'avait enfermée à clé. Avant son départ, il lui avait toutefois offert un dernier repas et l'avait à nouveau dévêtue.

Les quatre murs de la pièce étaient nus. Dans un coin, à même le sol, se trouvaient une paillasse et quelques couvertures. Un coffre branlant sur lequel reposaient une cruche remplie d'eau et un bol constituait le reste de l'ameublement. Dans cette mansarde sombre, seul un rayon de lune qui s'infiltrait par une minuscule fenêtre percée au-dessus de la tête de Catherine rompait l'obscurité. La fraîcheur de l'air poussa finalement la jeune fille à se recroqueviller sur sa paillasse et à se réchauffer sous les couvertures tandis que, déconcertée, elle regardait la pièce sans la voir.

Choc, regret, incrédulité et anxiété l'enchaînaient à cette mansarde aussi sûrement que des menottes de fer ; avec lassitude, elle appuya sa tête contre le mur. Pourquoi avait-elle pris le temps de rechercher cette carte ? se demanda-t-elle tristement. Si... Mais à quoi bon de vains regrets ? On la retenait prisonnière et jusqu'à ce que survienne une occasion de s'enfuir, elle devrait rester là où Jason le voulait.

L'étonnement de Tom Harris en la reconnaissant avait provoqué en elle un choc qui avait clarifié son esprit. Elle avait pris pleinement conscience de l'horreur de sa situation. Dorénavant, elle ne pouvait que prier pour que Tom tînt sa langue. Elle convint amèrement qu'elle aurait dû se jeter à ses pieds pour le supplier de la sauver ; mais une fausse fierté, l'espoir que d'une manière ou d'une autre elle pourrait s'échapper et effacer de son souvenir les événements de la nuit précédente l'avaient irrévocablement décidée à se taire. Elle allait actuellement au-devant de sa perte car Rachel entreprendrait sûrement des recherches pour retrouver sa fille. En plus du scandale de jadis, une seconde disparition de Lady Catherine ne passerait certainement pas inaperçue !

On ne trouverait aucune trace d'elle dans le Leicestershire car elle avait à peine eu le temps d'avaler une bouchée de son petit déjeuner que Jason la traînait déjà littéralement de l'auberge à son cabriolet qui attendait. Elle avait pensé se jeter hors du véhicule qui roulait à vive allure, mais l'Américain avait dû deviner son intention car, à quelques milles de l'auberge, il avait arrêté les chevaux, puis lui avait attaché rapidement les bras sous la pelisse bleue, tuant dans l'œuf toute idée de fuite. Froidement, il l'avait avertie que, si elle essayait de solliciter une aide quelconque, il expliquerait qu'elle était sa sœur, une sœur folle qu'il ramenait à Bedlam, et qu'il ne fallait pas s'occuper d'elle.

Tout au long de ces événements vécus comme un cauchemar, elle avait entretenu le faible espoir qu'on pourrait éviter un scandale si elle réussissait à fuir : à présent, enfermée à Londres dans une petite mansarde, à des milles de chez elle, elle estimait qu'elle avait peu de chances de s'échapper, encore moins de rentrer chez elle. Avec un sanglot de désespoir, elle enfouit son visage dans ses mains et gémit.

— Reina ! Reina, ah ! Pourquoi ne vous ai-je pas écoutée ? Pourquoi étais-je tellement certaine de pouvoir jouer avec le feu sans m'y brûler ?

Des larmes lui échappèrent soudain et de grands sanglots lui déchirèrent douloureusement la poitrine, secouant son corps. Combien de temps demeura-t-elle ainsi, à pleurer, plongée dans sa douleur ? Elle l'ignorait ; mais petit à petit, ses larmes diminuèrent ; au tréfonds de son être, une flamme se mit à brûler avec éclat, la poussant à surmonter ses difficultés. Une étincelle agressive dans les yeux, elle leva fièrement la tête et jura farouchement que non seulement elle triompherait de la situation désastreuse dans laquelle elle se trouvait mais encore que la conduite de Jason serait un jour punie ! De même qu'il l'avait humiliée, de même il serait humilié ! Elle verrait son orgueil brisé en miettes même si cela devait lui prendre toute sa vie. Elle se promit de le détruire.

Etrangement, ces sombres vœux de vengeance la réconfortèrent ; la boule de crainte et de détresse qui s'était nouée dans sa poitrine disparut lentement, la laissant épuisée et complètement vidée. Plus calme, presque satisfaite, elle s'installa pour la nuit et se coucha en chien de fusil sur la paillasse pour dormir du sommeil sans rêves propre aux jeunes enfants.

Elle se réveilla tard l'après-midi et se sentit étonnamment reposée. Les résolutions vindicatives qu'elle avait

274

prises la nuit précédente demeuraient claires et fermes dans son esprit. Il lui fallait d'abord s'enfuir. Elle drapa une couverture en sari autour de son corps nu, s'aspergea le visage avec l'eau du pichet et essaya de mettre un peu d'ordre dans ses cheveux emmêlés. Elle inspecta ensuite la pièce avec l'espoir de n'avoir pas remarqué la veille, dans son découragement, un moyen de sortir.

Malheureusement, il n'en était rien. La porte et la lucarne placée haut au-dessus de sa tête restaient les seules issues possibles. La solide porte en chêne était fermée à clé de l'extérieur. Puérilement, Catherine y lança un coup de pied, se heurta douloureusement puis ôta le pichet et le bol du coffre qu'elle traîna avec difficulté sur le plancher pour l'amener sous la minuscule fenêtre. Ses efforts l'absorbaient si intensément qu'elle sursauta à l'ouverture de la porte et dégringola presque du coffre sur lequel elle était juchée. Mais elle se ressaisit rapidement et put observer Jason qui entrait sans se presser, un grand plateau en argent dans les mains. A la vue des plats de jambon, de fromage à pâte jaune et des tranches épaisses de pain généreusement beurrées, ses résolutions antérieures faillirent s'évaporer. Elle feignit d'ignorer les gargouillis de faim qui grondaient dans son estomac et regarda son ravisseur avec mépris.

D'un coup de botte bien ajusté, Jason claqua la porte et posa ensuite le plateau sur la paillasse. Avec un large sourire, il examina la position de Catherine avant de demander malicieusement, en haussant un sourcil :

— Es-tu montée là-dessus par peur d'une souris ou crains-tu une inondation ?

Au ton de sa voix, Catherine pinça les lèvres de mécontentement. Comme elle se sentait stupide, elle lui jeta des regards furieux, rancuniers, et se mordit la langue pour retenir les paroles cinglantes qui montaient à ses lèvres.

Plus amusé qu'irrité, Jason traversa la pièce. Avec un rire tonitruant devant son expression agacée, il la fit descendre rapidement du coffre. Puis, comme ses mains resserraient leur étreinte autour de la taille fine de la gitane, il l'attira à lui et l'embrassa avec lenteur. Quand enfin il abandonna sa bouche rétive, il murmura contre sa gorge :

— Mmm, petite, tu m'as manqué la nuit dernière. Si tu persistes dans ce désir monstrueux de m'échapper, je demanderai à Pierre de nous enfermer tous les deux à clé le soir !

Haletante et bouleversée, Tamara s'écarta de lui avec détermination pour lutter contre les émotions qu'il éveillait si facilement en elle. Au souvenir des précédentes duperies de Jason et de son indifférence brutale à l'égard de ses sentiments, elle réprima le trouble qui montait en elle à son contact. Elle passa devant lui avec raideur, se dirigea rapidement vers la paillasse sur laquelle elle s'assit. Elle faillit laisser alors libre cours à la faim qui la poussait à dévorer la nourriture ; mais elle se maîtrisa cependant et se contraignit à manger lentement, en s'attardant sur chaque bouchée comme s'il s'agissait de la dernière.

Jason était adossé avec désinvolture à un mur, les bras croisés sur la poitrine, une lueur pensive au fond des yeux.

Tout en mâchant un morceau du délicieux jambon, Catherine le regardait. Comme à l'accoutumée, il était habillé avec goût, d'un pantalon de nankin chamois et d'un gilet brodé en piqué jaune ; en dépit de son style conventionnel, l'ensemble lui donnait de l'éclat. Elle se méfiait de son attitude apparemment calme ; son humeur trompeusement charmante la laissait indécise car elle le savait capable de se transformer instantanément, sans aucune raison évidente, en un étranger au visage revêche. Mais s'il était vraiment de très bonne humeur, ne serait-ce pas le moment de lui avouer son identité ? Elle joua avec cette idée puis décida de se taire, par crainte, par crainte de tellement de choses !

S'il acceptait de croire qu'elle était vraiment Lady Catherine Tremayne, qui sait quels dégâts créerait la fureur qui en résulterait ? Penser aux réactions de sa famille lui glaçait déjà suffisamment le sang. Elle imaginait tous les commérages qui courraient sur son compte. Et il y avait Rachel... Elle ne pourrait pas supporter de lui faire honte plus longtemps. Il vaudrait beaucoup mieux qu'elle tînt sa langue et saisît la première occasion qui se présenterait pour s'enfuir. A nouveau, son esprit se troubla. Jason Savage était parfaitement capable de réduire à néant toutes ses explications. Les yeux fixés sur lui, elle s'interrogeait amèrement sur les réactions qu'il manifesterait en apprenant la vérité. Elle décida finalement que, s'il ne l'étranglait pas sur-le-champ, elle aurait une chance d'avoir la vie sauve. Il ne la frapperait pas comme un homme qu'on a dupé... même si cette erreur résultait de sa propre folie. Catherine continuait à le regarder ; il bougea, quelque peu déconcerté par cet examen minutieux.

Jason s'était attendu à des larmes, des récriminations ou des menaces, mais ce silence, qui semblait une acceptation résignée, éveilla ses soupçons ; la lueur taquine disparut de ses yeux qui devinrent durs et vigilants.

— Combien de temps envisagez-vous de me garder ici ? demanda Tamara en avalant un dernier morceau de fromage.

— Jusqu'à ce que tu aies adopté de meilleures manières, ma chère, affirma Jason après avoir haussé un sourcil devant le ton employé par la gitane.

Serrant fortement le poing, Catherine combattit l'impulsion qui l'incitait à le griffer.

— Cela ne vous ennuie-t-il pas que je vous haïsse ? Que je n'aie aucune envie d'être votre maîtresse ?

Jason se mit à rire.

— Je crains bien que non ! Vois-tu, petite friponne, tu

as commencé à m'intriguer. Tu ne te conformes pas à la ligne de conduite habituelle des gens de ton espèce. Tu as conclu avec moi un marché ferme dans la prairie et pourtant tu as envoyé cette vieille sorcière dans mon lit. Tu passes pour la maîtresse de Clive Pendleton, mais je découvre que tu étais vierge. Tu fouilles mes bagages, à la recherche d'argent me racontes-tu, mais tu ignores l'or sur la table. Tes contradictions me fascineraient même si je ne t'avais pas déjà trouvée excessivement désirable, ajouta-t-il devant l'air déconcerté de Catherine.

Incapable de continuer à fixer le visage moqueur de Jason sans perdre son calme, Tamara reporta toute son attention sur ses doigts qui jouaient inconsciemment avec les couvertures. Elle les contempla un instant avant de s'enquérir prudemment :

— Si je vous apprenais ce que je cherchais, me laisseriez-vous partir ?

Il s'ensuivit un long silence tendu. Jason faillit lui mentir mais il ravala la réponse affirmative qu'elle espérait si visiblement et lança d'un ton bourru :

— Non !

Il quitta alors brusquement son attitude nonchalante, l'arracha vivement de la paillasse, l'attira dans ses bras avec rudesse tandis que sa bouche se refermait impitoyablement sur la sienne. Elle combattit vainement la sensation de plaisir qui déferla sur elle tel un étrange éclair sous le baiser qui s'approfondissait : la langue de l'Américain chercha puis sonda la douceur de sa bouche. D'un geste aisé, il balaya la couverture qui les séparait. De son côté, Catherine se forçait à s'écarter de lui, car elle ne voulait pas sentir son corps répondre et se laisser aller à l'impulsion effrénée qui l'incitait à se soumettre avec plaisir à son exigence avide.

Comprenant avec fureur qu'elle voulait ignorer le brûlant désir qui la parcourait, Jason murmura sauvagement :

— Dans ce cas, n'y prends pas plaisir !

Il la jeta ensuite sur la paillasse, lui écarta les jambes et la prit brutalement sans se soucier de savoir s'il la blessait ou s'il lui donnait du plaisir, cherchant seulement à assouvir son propre désir.

Sous les coups violents qu'il lui infligeait et qui lui faisaient l'effet d'une lame enflammée dans son ventre, Tamara luttait avec frénésie pour échapper à la douleur brûlante qui la poignardait. Mais Jason la tenait fermement, regardant avec indifférence son visage sans se préoccuper de la sentir lui griffer la joue et y creuser une entaille laide et ensanglantée ou encore de ne recevoir que peu de plaisir du corps doux qui se débattait sous le sien. Ayant fini, il roula hors d'elle et expliqua d'un ton hargneux :

— Résigne-toi car j'ai l'intention de te garder jusqu'à ce que je te trouve moins énigmatique.

Tout en se levant d'un mouvement souple, il observait sans sourciller Catherine qui s'asseyait péniblement et le foudroyait de ses yeux pleins de larmes.

— Je vous hais, Jason Savage ! Un jour, même si cela doit me prendre cent ans, je me vengerai !

— Hais-moi, ma chérie, tant que tu le veux. Je ne pourrais pas y trouver moins de plaisir. Je n'ai jamais dit que je voulais que tu m'aimes. Tout ce que je désire de toi, je peux le prendre chaque fois que j'en ai envie.

Muette de rage, Tamara rassembla la couverture autour de son corps d'un geste arrogant, puis se leva.

— Allez-vous partir maintenant ? Puisque vous avez pris ce que vous étiez venu chercher, il n'y a visiblement plus de raison pour que vous restiez plus longtemps avec moi !

— Ah, mais si ! Et je n'avais vraiment pas l'intention de te violer en entrant dans la pièce.

— Je suppose que vous étiez tout simplement venu voir si j'étais confortablement installée dans mon cadre élégant.

Touchant pensivement l'éraflure qui saignait sur sa joue, Jason rétorqua lentement :

— Je suis porté à croire que non seulement on devrait t'apprendre quelques bonnes manières, mais encore t'enseigner à retenir cette langue si prompte à s'exprimer !

— Vos manières sont-elles donc si merveilleuses ? demanda-t-elle à travers ses dents grinçantes.

— Non ! Elles sont affreuses ! affirma-t-il subitement avec un large sourire avant d'ajouter méchamment : Seulement vois-tu, moi je ne suis pas un effronté impudent. Les gens ferment donc les yeux sur mes manières, mais les tiennes...

Sa voix traîna d'un ton suggestif. La fureur qui bouillonnait en Catherine depuis des heures explosa soudain. Poussant un cri de rage, elle se jeta sur lui, les doigts tendus dans l'intention de griffer son visage moqueur et de le mettre en lambeaux. Il accueillit sa charge furieuse avec un rire, lui bloqua facilement les bras de chaque côté du corps et l'attira près de son corps ferme. Se débattant avec sauvagerie, elle leva brusquement la tête et lui donna accidentellement un coup violent dans le menton. Jason laissa échapper un grognement étonné ; en dépit de l'avalanche d'étincelles qui passaient devant ses yeux, la jeune fille réussit à renouveler volontairement le procédé, mais avec moins d'efficacité toutefois car il leva simplement le menton pour l'éviter. Poussée à bout, Tamara lui mordit la poitrine, ses petites dents pointues traversant la veste en piqué ainsi que la chemise en fil qu'il portait en dessous. Avec une intense satisfaction elle l'entendit hurler et sentit les doigts de Jason s'empêtrer à dessein dans ses longs cheveux. Savoir qu'elle l'avait blessé valait bien la souffrance qu'elle éprouva lorsqu'il la secoua pour l'écarter de lui, échappant ainsi à sa morsure vicieuse.

Une douleur cuisante dans la poitrine, Jason regarda

d'un air sombre le visage que la gitane levait vers lui. Dieu! Quel feu! Il devrait la jeter dans le ruisseau et en terminer avec elle. Mais, tandis qu'il réfléchissait à cette idée, ses yeux s'attardaient sur la bouche volontaire et il ressentit un certain malaise. La plupart des femmes le trouvaient attirant, alors pourquoi cette jolie fille ne cessait-elle pas de le combattre ? Il pinça les lèvres lorsque Tamara se tordit sous son étreinte, visiblement toujours déterminée à lutter.

Catherine s'était blessée à la tête lorsqu'elle lui avait donné un coup au menton; les doigts qui la tiraient par ses longs cheveux ne faisaient qu'ajouter à la douleur qui lui battait les tempes. Mais, résolue à ne pas reculer, elle regardait Jason d'un air menaçant et avec tant de fierté qu'elle évoqua soudain pour lui un petit chat en colère. Cette comparaison l'amusa et il ne put maîtriser une contraction au coin de sa bouche. Catherine fixait avec incrédulité Jason qui commençait à sourire et qui, lentement, desserrait la main qui lui tirait les cheveux. Puis il la maintint fermement loin de lui.

— Nous voilà quittes à nouveau, n'est-ce pas ? Tu as réussi à marquer mon visage, et je conserverai vraisemblablement la trace de tes dents pendant quelques jours. Tout bien considéré, je crois que tu es incontestablement le vainqueur cette fois !

Catherine acquiesça d'un petit signe de tête prudent. Les brusques revirements de Jason la déconcertaient et elle désirait éperdument le voir demeurer soit l'homme au visage dur qui l'effrayait parfois soit l'étranger fascinant et séduisant qu'il savait être. Elle haïssait le premier, mais l'autre !... Quand il lui souriait comme il le faisait à l'instant même, le front barré d'une boucle noire, elle devenait la proie d'une excitation perfide et troublante et sentait qu'à n'importe quel moment, quelque chose de merveilleux pouvait survenir. Mon Dieu !

Il dominait ses émotions à un point tel qu'elle en devenait incapable de penser clairement.

Elle s'aperçut soudain qu'elle était prête à lui retourner son sourire et découvrit avec un choc que la couverture se trouvait maintenant au sol. Comme Jason avait relâché son étreinte, elle se trémoussa pour échapper aux bras qui la retenaient et se protéger avec la couverture. Enroulée en toute sécurité dans les plis qui la dissimulaient, elle se retourna, surprise de voir qu'il l'observait avec une expression curieuse.

— Es-tu réellement pudique à ce point ? Tu ne le devrais pas ; tu possèdes un beau corps, dit-il en riant fortement tandis que les joues de la gitane s'empourpraient.

Puis, comme il était de très bonne humeur, il ajouta :

— A Paris, je vais visiblement dépenser une fortune pour t'habiller. Il est impensable que ma belle maîtresse reste vêtue d'une vieille couverture. Je suis certain que tu brûles d'en être débarrassée !

— Paris ? M'emmenez-vous vraiment à Paris ? demanda Catherine, les yeux écarquillés à la mention de la capitale française.

Parfaitement inconscient du frisson qui saisissait la jeune fille, Jason répliqua avec un large sourire :

— *Mais oui !* Voilà ce que je venais te dire, ma petite friponne revêche. Depuis la nuit dernière, je prends les dispositions nécessaires et je fais mes adieux. Pierre t'a préparé un bain et tes vêtements t'attendent. Dès que tu seras habillée, nous partirons.

Se méprenant sur le regard subitement frappé de stupeur de Catherine, Jason lui effleura doucement la tête d'un doigt en affirmant :

— J'imagine que tu dois être lasse de ces folles courses à travers l'Angleterre. Dès que nous aurons atteint Paris, je te promets d'y rester un certain temps. Je pense louer un château à l'extérieur de la ville et t'acheter à Paris toutes les parures féminines que ton cœur désire.

282

L'engourdissement glacial qui saisissait Tamara augmentait sans cesse et elle le regardait avec hébétude. Devant son manque évident d'enthousiasme qui commençait à l'ennuyer, Jason se fâcha.

— Allons ! Viens maintenant. Je t'ai promis au tout début un voyage à Paris. Je croyais que tu allais te réjouir de me voir honorer notre contrat.

Catherine répondit par un sourire contraint. Avec impatience, il la pressa de descendre l'escalier et de se rendre dans sa propre chambre. Une fois là, il continua à la houspiller jusqu'à ce qu'elle fût baignée et habillée. Ils se retrouvèrent ensuite à nouveau dans la voiture, mais cette fois, en partance pour Douvres.

C'était une belle journée printanière et la tombée de la nuit ne surviendrait que dans plusieurs heures. Comme les chevaux d'un noir étincelant avançaient à vive allure, Catherine en vint à oublier les circonstances qui entouraient ce voyage et à apprécier le coucher de soleil. Elle aurait presque pu se dire que Jason était son soupirant et qu'ils entreprenaient une agréable excursion. Au fil des heures, comme la nuit se refermait sur eux, Tamara écarta les soucis et sujets d'inquiétude, si familiers maintenant et qui commençaient à la troubler, pour se laisser pénétrer par la sensation qu'elle acceptait tranquillement la situation présente, dans l'attente d'une bonne occasion pour s'enfuir !

L'étrange tranquillité qui l'habitait ne la quitta qu'à l'aube lorsqu'ils mirent pied sur le bateau qui allait l'emmener loin de l'Angleterre. Elle fut alors en proie à une panique sauvage car, si elle ne s'échappait pas immédiatement, elle ne serait plus jamais libre. Mais, attentif et curieusement réconfortant, Jason empêcha son involontaire mouvement pour s'enfuir en la soulevant dans ses bras pour la transporter dans leur cabine, où il la quitta presque tout de suite en fermant la porte à clé derrière lui. Tel un animal pris au piège et réduit au silence, Catherine balaya du regard la petite pièce et pensa brutalement que, cette fois-ci au moins, il ne l'avait pas déshabillée.

17

La chevauchée entre le ferry et Paris touchait à sa fin. Ils avaient laissé derrière eux les verts coteaux accidentés et les pittoresques fermes blanches qui se dressaient en retrait de la route. Ils atteindraient bientôt la ville. Catherine n'avait pas acquis le talent de Jason pour dormir dans la voiture qui se traînait et elle attendait avec plaisir la fin du voyage.

Ils ne s'étaient arrêtés en chemin aux auberges de relais que le temps de changer les chevaux et de prendre à la hâte un repas qui souvent se limitait à une commande faite par Jason d'un panier de sandwiches afin de ne pas avoir à s'attarder au prochain arrêt. La réparation d'un rai d'une roue les retarda une fois pendant plusieurs heures. En observant Jason qui arpentait le salon privé où ils s'étaient retirés lors de leur halte forcée dans une auberge provinciale, Catherine comprit qu'elle n'entrait que pour une faible part dans son impatience à atteindre Paris. Elle avait redouté de devoir passer le voyage à résister avec effort aux tentatives qu'il entreprendrait pour lui faire l'amour. Mais ses craintes s'étaient révélées sans fondement. Il était à peine conscient de la présence de la jeune fille à ses côtés et semblait l'avoir chassée de son esprit. Quant à Catherine, elle constatait avec ennui que son manque d'attention la troublait.

La roue de la voiture heurta une ornière particulièrement profonde dans la route (les routes françaises étaient encore pires que les anglaises qui pourtant étaient épouvantables) et bien que le choc ébranlât le véhicule, Jason qui sommeillait depuis un certain temps continua à dormir ; son corps oscillait au rythme de l'attelage cahotant.

En l'étudiant à loisir, Tamara remarqua que bien qu'au repos son visage conservait une vivacité étrange mais qu'il était dépourvu des lignes cruelles qui le marquaient habituellement. Il paraissait ainsi plus jeune. A ce moment, il ne ressemblait absolument pas à un homme capable d'enlever et de violer une femme rétive ! D'amère expérience, Catherine savait combien son expression et ses desseins pouvaient changer rapidement. Les sourcils froncés, elle se demanda anxieusement ce qu'il projetait exactement pour elle et s'il envisagerait un jour de la renvoyer en Angleterre. Elle en savait trop peu sur lui pour se risquer à toute supposition. Elle examina brièvement la possibilité de s'en remettre à sa merci en lui confessant la vérité ; mais elle abandonna cette idée presque sur-le-champ. L'époque favorable pour des aveux de cette nature était révolue depuis longtemps. Avec colère, elle se tança pour s'être montrée si obstinément sotte.

Perdue dans ses pensées, Catherine regardait mélancoliquement par la vitre. Quand elle tourna enfin la tête, ses yeux rencontrèrent soudain le regard émeraude de Jason. Réveillé, les yeux mi-clos, il avait étudié le profil de sa captive. Devant ce regard si froidement calculateur, Catherine craignit un instant qu'il n'ait lu dans son esprit. Bien décidée à ne lui fournir aucun motif qui entraînerait la punition humiliante dont il savait la gratifier, elle demanda avec afféterie :

— Vous êtes-vous bien reposé ? Vous deviez être épuisé pour avoir dormi aussi longtemps.

Les yeux cyniques, Jason lui adressa un sourire paresseux et amusé.

— Quelle attitude convenable ! On dirait tout à fait une écolière élevée dans un couvent, assura-t-il d'une voix traînante.

Il s'arrêta pour la surveiller avec une moquerie évidente avant d'ajouter doucement :

— Mais nous savons qu'il en va différemment, n'est-ce pas ?

Catherine ravala les paroles blessantes qui montaient à ses lèvres. Les yeux brûlants de ressentiment, elle rétorqua avec raideur :

— Pensez tout ce que vous voudrez. Je n'ai pas l'intention de me mettre en colère. Donc, si vous envisagez de vous divertir à mes dépens, je vous l'assure, vous allez être déçu !

Devant cette réponse froide, le sourcil gauche de Jason se souleva de surprise mais il la déconcerta totalement en l'interrogeant d'un ton sec.

— A quoi pensais-tu à l'instant même ?

— Pourquoi ? Quel intérêt pour vous ? riposta-t-elle, étonnée.

— D'habitude, je me moque pas mal de ce à quoi une femme peut penser, mais j'ai la sensation désagréable que tu me caches quelque chose... quelque chose que je devrais savoir ! murmura-t-il en lui décochant un regard vif.

— Comment le savez-vous ? laissa-t-elle échapper, incapable de retenir sa question.

— Tu as un visage très expressif, ma petite *sorcière infernale*. Je crains bien qu'il ne soit très facile de deviner tes pensées.

— Si je suis transparente à ce point, pourquoi m'interroger ? Pourquoi n'avez-vous pas lu tout simplement la réponse sur mon visage ? répliqua-t-elle, profondément mortifiée.

— Ah ! Mais je voulais en être sûr ! affirma-t-il, avec un large sourire face à la gêne évidente qu'elle manifestait.

Catherine faillit riposter, mais comme elle devinait qu'il la poussait délibérément à bout pour qu'elle s'emportât, elle lui jeta des regards furieux, chargés de venin, et s'enferma dans un silence digne.

Pendant quelques minutes, un calme absolu régna dans la voiture jusqu'à ce que Jason se mît à signaler à sa compagne les endroits intéressants qui jalonnaient leur route tandis qu'ils traversaient la banlieue parisienne.

Le crépuscule tombait lorsque Jason introduisit Catherine dans le hall au dallage de marbre de l'*Hôtel Crillon* et qu'il la guida vers le long comptoir verni où les attendait, avec la raideur qui convenait à sa charge, le concierge en uniforme noir et blanc. Catherine se tint à l'écart pendant que l'on prenait les dispositions nécessaires pour préparer leurs chambres. Sa robe était chiffonnée, elle avait faim et voulait un bain. Peu lui importait ce que le personnel de l'hôtel pensait. Mais elle frémit comme piquée par une épingle quand le concierge murmura :

— Si Madame et Monsieur Savage veulent bien me suivre ?

Il les escorta jusqu'à une magnifique suite au troisième étage. Après leur avoir fait faire le tour des deux chambres à coucher, pourvue chacune d'un cabinet de toilette et d'un salon, il se tourna vers Jason en s'excusant :

— Les instructions que nous avons reçues n'indiquaient pas que Mme Savage accompagnerait Monsieur. Mais nous allons nous assurer qu'il y a une pièce supplémentaire prête à recevoir la femme de chambre de Madame, près des quartiers du valet de Monsieur. Puis-je ajouter que si Madame ou Monsieur ont besoin des services du personnel de l'*Hôtel Crillon* jusqu'à l'arrivée de leurs propres serviteurs, je prie Monsieur et Madame de m'en informer et je m'en occuperai immédiatement.

Il s'inclina profondément avant de sortir à grandes enjambées de la pièce, laissant un silence inquiétant derrière lui.

— Mme Savage ? s'écria Catherine avec colère.

Jason se tourna vers elle, un sourire moqueur au coin des lèvres. Devant le ton scandalisé de sa compagne, un épais sourcil noir se souleva avec cocasserie.

— Aurais-tu préféré m'entendre proclamer que j'amenais ma maîtresse avec moi ? Le *Crillon* est un hôtel conservateur et hautement respectable. Lorsque mon oncle a envoyé un message annonçant mon arrivée, il ignorait que tu voyagerais avec moi. Il ne le sait d'ailleurs toujours pas. Dans le cas contraire, je suis certain qu'il aurait pris des dispositions plus discrètes.

Une lueur incontestablement déplaisante au fond de ses yeux violets, Catherine s'étonna avec une innocence feinte :

— Vous soucieriez-vous actuellement du qu'en-dira-t-on ? Je ne l'aurais jamais supposé d'après votre exploit antérieur. Mais alors ! Cet oncle doit être quelqu'un que vous admirez. Je me demande si... Pardonnerait-il le viol et l'enlèvement ?

Ignorant, du moins en apparence, le sarcasme qui perçait sous ces paroles, Jason haussa les épaules avec indifférence.

— Je sais déjà très bien ce qu'il pense de ma moralité et tu serais surprise d'apprendre que son opinion sur moi s'accorde souvent avec la tienne.

Il gagna avec aisance la lourde porte sculptée qui donnait sur le corridor de l'étage recouvert d'un tapis, et ajouta :

— Je vais demander que l'on te prépare un bain et veiller à ce que l'on envoie une femme de chambre pour déballer tes affaires, si maigres soient-elles. Fatiguée comme tu dois l'être, je te suggère de dîner dans tes appartements et de te coucher de bonne heure.

Comme il n'attendait aucune réponse de Catherine, il partit sans ajouter un mot.

Catherine fixa un instant avec incrédulité la porte fermée. Il n'allait pas la laisser ainsi ! Mais, au fil des secondes, et comme Jason ne revenait pas, il lui parut que non seulement il le ferait mais encore qu'il l'avait fait ! L'état d'épuisement dans lequel elle se trouvait disparut brusquement ; elle traversa la pièce à toute vitesse, ouvrit violemment la porte, hésita dans l'encadrement d'où elle jeta un coup d'œil à gauche et à droite le long du large couloir blanc et or. Il était totalement vide. Aucun serviteur ne s'y trouvait. En mordillant sa lèvre inférieure, elle réfléchit à ce qu'elle devait faire. Elle était indécise à ce sujet.

Pensive, elle rentra dans la pièce et ferma avec assurance la porte derrière elle. Elle n'avait pas d'argent et nulle part où aller. Pour le moment, sa meilleure ligne de conduite lui dictait d'obéir à Jason. Il allait à l'encontre de sa nature de se soumettre aussi docilement, mais elle avait mal dormi depuis plusieurs jours et un grondement très vulgaire poussé par son estomac vide et affamé résolut la question. Elle attendrait au moins de s'être restaurée et d'avoir nettoyé son corps de la crasse du voyage avant d'entreprendre des mouvements stratégiques. Avec une espèce de résignation, elle erra à travers les appartements élégants, incapable de maîtriser la curiosité qui la poussait à les explorer.

La suite était spacieuse et joliment décorée. Des murs crème et de hauts plafonds agrémentés de lustres en cristal se mariaient avec goût à l'or doux des tapis qui recouvraient les planchers cirés. De lourdes draperies en velours doré pendaient aux grandes fenêtres, et Catherine découvrit avec ravissement une double porte vitrée qui ouvrait sur un petit balcon.

On frappa, ce qui interrompit sa rêverie ; en réponse à son ordre d'entrer énoncé avec prudence, la porte s'ouvrit et une petite jeune fille brune aux vifs yeux bruns pénétra dans la pièce. Elle adressa à Catherine un sourire timide et fit une révérence tout en murmurant qu'on l'envoyait aider Madame et qu'elle s'appelait Jeanne.

La femme de chambre portait une tenue noire rehaussée d'un tablier de dentelle blanche et d'une coiffe assortie ; l'ensemble ne nuisait en rien à la fraîcheur de Jeanne dont la jeunesse demeurait apparente. Elle était incontestablement belle, avec des joues roses qui trahissaient des origines campagnardes. Elle ne devait pas avoir plus de seize ans. Tout en surveillant la jeune fille qui déballait ses quelques affaires pour les ranger ensuite dans l'armoire de la chambre à coucher, Catherine se demandait avec rancune si Jason avait lui-même choisi Jeanne... pour des raisons autres que celle de servir de femme de chambre à sa soi-disant épouse ! Instantanément honteuse d'elle-même et de ses soupçons, elle laissa Jeanne à son travail et erra sans but précis à travers les pièces vides, indifférente à la vue de Paris la nuit, qui s'étendait magnifiquement sous ses fenêtres.

On avait allumé les lampadaires qui bordaient les rues pavées ; la chaude lumière jaune qu'ils diffusaient parsemait l'obscurité de mares de clarté. Des attelages élégants, tirés par des chevaux fougueux dont les sabots tambourinaient sur le sol avec un bruit mat, avançaient rapidement et transportaient leurs occupants vers les lieux nombreux et divers propices aux divertissements. Certains se rendaient sans aucun doute au théâtre, peut-être même au Théâtre-Français, que les Parisiens appelaient affectueusement « la Maison de Molière » ; pour les hommes, il existait de grandes salles de jeu qui fournissaient une extrême variété d'amusements dont tous ne se rapportaient pas aux tables de jeu.

Sous les fenêtres de Catherine se trouvait la place de la Révolution où, à peine dix ans plus tôt, le malheureux Louis XVI avait perdu son trône et sa tête sous la guillotine. Au-delà de la place, la Seine au mouvement lent traversait paisiblement la ville.

A nouveau fatiguée, Catherine se désintéressa de la

vue et fut ravie d'entendre Jeanne lui annoncer que son bain était prêt.

Retirant sa robe à la hâte, elle se glissa dans l'eau chaude parfumée à la rose dont elle goûta la sensation soyeuse sur son corps endolori.

Une barre de savon à la rose flottait à la surface de l'eau et elle se frotta vigoureusement du sommet de la tête jusqu'à la plante des pieds. Jeanne l'assistait en maintenant la température de l'eau ; elle entrait périodiquement avec une bouilloire en cuivre remplie d'eau chaude qu'elle ajoutait au bain. Le temps que Catherine se baignât et que ses cheveux fussent longuement rincés, le baquet en cuivre se trouvait plein à ras bord.

En s'en éloignant, Catherine se soumit aux soins actifs de Jeanne, et la femme de chambre était tellement efficace qu'en un rien de temps la gitane se retrouva entièrement séchée, abondamment poudrée ; Jeanne l'aida également à enfiler une chemise de nuit d'un blanc délicat, positivement indécente ! Tamara n'eut pas le loisir de s'y opposer car la servante lui présenta une robe de chambre en velours noir une seconde à peine avant que l'on ne frappât à la porte : on lui montait le repas commandé par Jason.

Plus tard, à demi somnolente à la suite des excellents mets et de la quantité inhabituelle de vin qu'elle avait bue, Catherine s'étendit sur le canapé ; ses yeux clignaient de sommeil et se refusaient à rester ouverts. Elle contemplait la pièce rêveusement. Le bien-être physique qu'elle ressentait l'empêchait de penser clairement et il ne lui fallut pas de trop longues minutes pour que ses yeux frangés de longs cils se fermassent et qu'elle s'endormît.

Jason revint à l'hôtel très tard. Après avoir envoyé à Livingston un message dans lequel il lui demandait d'organiser rapidement une audience avec Monroe, il avait obtenu un rendez-vous avec le ministre français des Finances, François de Barbé-Marbois. Puis, comme il avait décidé avec son oncle qu'il valait mieux expliquer sa venue en France par des raisons familiales (la famille Beauvais ne résidait pas tout entière dans le Nouveau Monde), Jason avait dépêché des billets à ses parents demeurés à Paris. Après avoir dîné dans la salle à manger privée de l'hôtel, il fut agréablement surpris d'apprendre que, dans le hall, un de ses cousins réclamait sa compagnie.

Jeune homme mince de belle allure, Michel Beauvais était sur le point de partir passer la soirée dans une des maisons de jeu les plus réputées lorsqu'on lui avait remis le billet de Jason. Extrêmement aimable, Michel avait immédiatement décidé d'aller accueillir son cousin américain. Les deux jeunes gens sympathisèrent instantanément et Jason accepta aussitôt l'offre de Michel de lui montrer la vie nocturne de la ville. Au fil de la soirée, Michel se mit à décrire, par des récits brefs et souvent amusants, leurs divers parents, en insistant de manière précise sur ceux que Jason se devait d'éviter.

Jason était donc de fort bonne humeur lorsqu'il pénétra tranquillement dans les pièces où Catherine avait erré précédemment. Il entra automatiquement dans la plus grande chambre à coucher, lança sa cravate sur une chaise à haut dossier et enleva lui-même ses bottes avant de se diriger vers les pièces silencieuses, en quête de Tamara.

Il ne s'était certes pas attendu à la trouver dans son propre lit ! Toutefois il supposait qu'elle reposait dans le lit qu'on lui avait attribué. Mais, dans la chambre de Catherine, le lit était vide. En le fixant, Jason fronça les sourcils et passa une main sur la barbe noire qui commençait à se former à son menton. A pas impatients, il avança vers le plus petit des deux salons avant de s'arrêter brusquement lorsqu'il découvrit Tamara endormie sur le canapé.

Elle était étendue sur le côté, une main sous la joue,

l'autre gisant sur le plancher ; ses cheveux noirs et soyeux, maintenant secs, ondulaient comme un nuage luisant autour de ses épaules. En contemplant le délicieux tableau qu'elle offrait, le pli qui barrait le front de l'Américain s'effaça pour laisser place à un curieux sourire — un sourire qui ne correspondait pas au sourire moqueur qu'il arborait habituellement, sans pour autant refléter de douceur... C'était plutôt quelque chose entre les deux. Il resta une minute à observer les seins qui montaient et descendaient régulièrement sous le velours noir. Puis, comme cette vision le troublait et qu'il se méfiait de la soudaine vague de tendresse qu'il ressentait, il s'approcha avec détermination du sofa, enleva Catherine dans ses bras et la porta dans la chambre à coucher qu'elle devait occuper.

Quand il écarta la robe de chambre et qu'il glissa presque rudement le corps entre les draps chauffés, Tamara remua légèrement et cligna des yeux comme un petit chat endormi. A peine éveillée, elle regarda fixement Jason sous ses paupières à demi fermées. Incapables de s'en empêcher, les lèvres de l'Américain trouvèrent la douceur de sa bouche ; le long baiser brûlant et approfondi qui les unit laissa Catherine complètement éveillée et ahurie mais déconcerta un Jason irrité.

Il n'avait pas voulu l'embrasser de la sorte ! Il avait juste eu l'intention de déposer un léger baiser sur sa bouche. Mais au moment où ses lèvres avaient touché les siennes, elles s'étaient trouvées étrangement soudées ; la bouche de la gitane s'était révélée chaude et apparemment assoiffée de la sienne.

Combattant l'envie qui le poussait à s'enfoncer dans la douceur du lit en compagnie de Catherine pour voir jusqu'à quel point allait cette soumission soudaine, Jason regarda Tamara très attentivement. Ils se fixèrent ainsi pendant plusieurs secondes comme s'ils étaient tous deux figés et dans l'impossibilité de rompre le charme étrange qui les enveloppait. Puis, brusquement, Jason murmura un juron, pivota et partit.

Triste et bouleversée, Catherine suivit des yeux la haute silhouette qui sortait rapidement de la chambre. Que lui arrivait-il ? Elle le haïssait ! Il l'avait déshonorée, traitée avec brutalité et tout ce qu'elle y avait gagné était un estomac plein ainsi qu'un instant de douceur lorsqu'elle s'était fondue dans ses bras comme une simple fille des rues. Les yeux clos, elle digérait avec peine le souvenir de ce qui venait de se passer entre eux. Comment avait-elle pu répondre à son baiser avec autant de spontanéité ? Et ce qui la scandalisait encore plus était la déception inattendue qu'elle avait ressentie quand il s'était écarté d'elle, sans poursuivre plus avant ses assiduités. Elle se rappela avec une certaine amertume qu'elle était supposée prendre sa revanche sur lui et non pas l'encourager à effectuer les actes mêmes qui avaient entraîné cette situation au tout début : « Petite sotte stupide ! Rappelle-toi cela la prochaine fois que l'envie te prendra de lui rendre son baiser ! »

Des pensées encore plus désagréables la retinrent éveillée quelques minutes. Puis, comme elle se trouvait dans l'incapacité de résoudre immédiatement ses problèmes et que la sensation bienheureuse qu'elle éprouvait à coucher dans un lit pour la première fois depuis des jours surpassait tout, elle se rendormit enfin.

Par contre, Jason arpenta sa propre chambre pendant une bonne heure avant de succomber finalement au sommeil. Catherine aurait été ravie d'apprendre qu'il avait passé la majeure partie de cette heure-là à essayer de dissiper les émotions inhabituelles et étranges qu'il éprouvait à cause d'elle. Plus il en cherchait l'explication, plus cela le déconcertait. Il s'endormit avec au cœur un sentiment d'injustice qui le tarabustait comme un mal de dents. Qu'il souhaitait n'avoir jamais posé les yeux sur cette sacrée petite gitane ! Comment osait-elle lui troubler l'esprit ?

18

La journée était déjà bien avancée lorsqu'ils se réveillèrent tous les deux. Vêtue ce matin-là d'un fourreau blanc et d'une tunique en soie rose à taille haute, Catherine se penchait par-dessus le balcon pour se chauffer au soleil qui brillait ; elle s'évertuait également à entrevoir le jardin des Tuileries à sa gauche lorsque Jason parla derrière elle. Toute à son examen, elle ne l'avait pas entendu entrer ; surprise, elle poussa donc un soupir effrayé quand il lui dit d'une voix traînante :

— Eh bien, je suis heureux de voir que tu es debout et même habillée. Avant de prendre mon bain, je suis entré chez toi un bref instant mais tu dormais toujours. Vision, devrais-je ajouter, excessivement délectable.

Ignorant du mieux qu'elle le put la provocation qui perçait indiscutablement dans la voix de l'Américain, elle lui fit face, contente de ne pas porter le vêtement indécent de la nuit précédente. En lui décochant un coup d'œil rapide, ses yeux scintillèrent de ressentiment devant le manque d'égards qu'il lui témoignait.

— Etais-je supposée être debout ? Je croyais vous avoir entendu affirmer que je pouvais me reposer aujourd'hui. A moins que je ne doive vous servir de valet et vous aider à vous habiller ? demanda-t-elle d'un ton froid tout en essayant d'ignorer son cœur qui battait follement dans sa poitrine.

Devant la lueur qui apparut brusquement dans les yeux verts, Catherine se tut. Sans lui permettre d'ajouter un mot, Jason l'attira dans ses bras.

— Ma douce, ta vue n'éveille aucune pensée d'habillage... mais plutôt de déshabillage ! Chaque fois que tu proposeras d'offrir tes services, je consentirai très volontiers à céder à tes désirs ! lui murmura-t-il tout en lui mordillant l'oreille.

Déchirée entre une envie absurde de rire et la colère de voir où ses paroles inconsidérées l'avaient conduite, Tamara fut immodérément soulagée d'entendre que l'on frappait doucement à la porte, ce qui détourna l'attention de son compagnon.

Le serviteur en livrée qui entra à l'ordre sec de Jason ne faisait pas partie du personnel de l'hôtel ; Catherine sentit néanmoins que Jason attendait sa venue. De toute évidence, la dépêche qu'il transmit à l'Américain ne réclamait aucune réponse car, après avoir tendu un billet scellé à Jason et empoché la pièce dorée qu'on lui avait glissée, le messager inclina poliment la tête et s'en alla.

Très consciente du bras qui lui entourait toujours la taille avec désinvolture, Tamara observa Jason par en dessous tandis qu'il lisait le message, la tête légèrement penchée, le visage empreint d'une expression sérieuse qu'elle ne lui avait jamais vue jusque-là. Il ne lui fallut qu'un instant pour examiner le billet ; il leva ensuite rapidement les yeux et saisit le regard fixe de la gitane. L'embarras rosit ses joues et elle se dégagea du bras de Jason.

— On joue les timides, petite ? Si tu prends plaisir à me regarder, continue, je t'en prie. Après tout, moi, j'aime à te contempler, plaisanta-t-il en souriant.

Refusant la provocation, Catherine refréna son envie d'effacer d'un soufflet le sourire sur le visage de l'Américain. Le dos délibérément tourné, elle semblait absorbée par les mouvements nerveux de ses mains qui serraient la rambarde. Jason étudia une minute sa nuque droite et raide avant d'annoncer lentement :

— Je dois te quitter un moment. Je suis désolé, tu vas devoir te divertir seule ici, puisque je m'en vais.

Tournant sur elle-même pour lui faire face, elle demanda d'une petite voix dure :

— Ne craignez-vous pas que je ne m'enfuie ?

— Non. Si jamais j'en avais envisagé la plus infime possibilité, je ne t'aurais pas laissée seule la nuit dernière. Je ne suis pas un imbécile, et tu ne désires pas autant m'échapper que tu le prétends, mon petit amour... de plus, tu n'as pas d'argent.

Poussée à bout, Catherine faillit le frapper, mais il saisit son poignet levé et le tordit facilement derrière elle tout en l'amenant durement contre lui. Emprisonnée près du corps musclé, elle jeta des regards furieux dirigés du reste plus contre elle-même que contre lui. Il l'avait volontairement manipulée, essayant délibérément de la mener où il voulait. La rage au cœur, elle le réalisait alors qu'il était trop tard !

— Et maintenant ? Vous avez obtenu ce que vous vouliez depuis le début, n'est-ce pas ? cracha-t-elle en levant le menton d'un air batailleur.

— Non, pas vraiment. Mais tu mords si facilement à l'appât, ma petite saltimbanque, que je ne peux résister à voir combien de fois tu prendras la mouche à la suite de ce genre de réflexion !

Sa bouche plana juste au-dessus de celle de la jeune fille, puis il resserra son étreinte, entourant de ses bras le corps élancé. Il la maintenait tellement près qu'ils se fondirent tous deux en un seul être. Les lèvres de l'Américain errèrent lentement du front jusqu'au bout du nez de Catherine avant d'effleurer les siennes ; puis il lui dit d'une voix douce :

— Il faut vraiment que je t'abandonne un moment. Et si tu as quelques velléités de t'enfuir — tu peux les oublier ! Je crois utile de t'informer qu'avant de quitter l'hôtel la nuit dernière, j'ai eu une conversation des plus claires avec le concierge et Jeanne. Comme tu l'imagines, cela m'a grandement peiné d'être obligé de leur expliquer que, bien que nous soyons mariés de fraîche date et que je sois profondément amoureux de toi, tu étais sujette à des accès de folie inoffensifs, durant lesquels tu te prenais pour quelqu'un d'autre et tu t'imaginais que je t'avais enlevée.

— Comme tu le vois, mon petit chou, il ne te servira à rien de tenter de fuir. Les serviteurs n'auraient qu'à t'enfermer dans ces appartements. Et comme je l'ai déjà dit, tu n'as pas d'argent... or sans argent, tu ne peux aller bien loin. Amuse-toi donc cet après-midi. Ce soir, si j'en ai le temps, nous envisagerons quelque chose de plus excitant, ajouta-t-il avec une certaine bienveillance.

Puis, toute pensée cohérente s'évanouit chez Catherine car la bouche chaude de Jason se posa sur la sienne et elle connut à nouveau la faim, l'inexplicable désir que ses baisers éveillaient en elle.

Après son départ, il régna dans les grandes pièces un silence inhabituel et Tamara se jeta avec colère sur son lit. Satané Jason ! Il la traitait comme une poupée... un jouet ! Il allait organiser pour eux quelque chose de divertissant s'il en avait le temps, n'est-ce pas ? Ah ! Qu'elle aimerait le battre juste une fois au chat et à la souris, jeu auquel ils se livraient tous deux, pensa-t-elle avec perversité.

Jason souriait intérieurement lorsqu'il entra dans la Légation américaine, rue de Tournon, et qu'il présenta sa carte à l'homme en faction près de la porte. Un peu plus tard, on l'introduisit dans un petit bureau, préparé à la hâte pour James Monroe, envoyé extraordinaire du président Jefferson à Paris.

Monroe n'était arrivé que deux jours auparavant, et comme il avait pour tâche d'aider Robert Livingston, l'ambassadeur américain en poste en France, il était absorbé par la lecture des derniers rapports sur les progrès des négociations pour l'usage du Mississippi et de tout le port, qui représentait une activité importante, de La Nouvelle-Orléans.

Assis derrière un bureau massif en chêne noir qui occupait presque la totalité de la pièce, il semblait absorbé par sa lecture. Mais à l'entrée de Jason, Monroe se leva avec un sourire forcé et jeta le long document qu'il était en train d'examiner en remarquant :

— De la paperasse ! On devrait inventer un moyen de condenser cette multitude de pages en un paragraphe précis et concis.

En souriant avec sympathie, Jason serra la main que Monroe lui tendait et affirma :

— Heureusement pour moi, jusqu'ici j'ai toujours eu la chance d'échapper à des obligations de ce genre. Lisez-vous vraiment tout cela ?

Une étincelle au fond de ses yeux gris-bleu, Monroe admit :

— En en lisant une phrase sur trois, je pense faire un effort ! Mais expliquez-moi, jeune homme, ce qui vous amène en France ? Je croyais que Jefferson tenait à ce que vous demeuriez en Angleterre... à moins que Livingston ne vous ait réclamé. Et que je sache, Robert ne l'a pas fait. Donc, racontez-moi tout. Que cachait ce billet plutôt insistant que j'ai reçu de vous hier au soir ? Avez-vous déjà des ennuis avec le gouvernement français ?

Malgré le ton moqueur de Monroe, Jason sentit la gravité qui pointait sous la question. Son sourire disparut alors et il répondit calmement :

— Je vous prie de m'excuser si mon message vous a paru cassant, mais certains événements ont rendu notre entretien impératif avant que les négociations de Livingston ne progressent davantage.

Installant plus confortablement son grand et maigre corps contre la douceur rembourrée du fauteuil, Monroe adressa à Jason un regard scrutateur avant de l'interroger lentement :

— Je sais que vous partagez les secrets de Jefferson en ce qui concerne un certain nombre de choses en rapport avec La Nouvelle-Orléans, mais je crains de n'avoir jamais très bien saisi le rôle exact que vous jouiez dans l'affaire. Verriez-vous un inconvénient à m'éclairer sur ce point ?

— J'ai très peur de ne pas le comprendre totalement moi-même ! Et dans ce cas, il me serait difficile d'en discuter le fond avec vous, n'est-ce pas ? avoua Jason, de la tristesse dans les yeux.

Sans sourire à cette réponse évasive, Monroe rétorqua sèchement :

— Je vois ! Je vous comprends, Savage. Vous ne direz rien. Je suppose que je devrais me réjouir de voir que le Président a, pour le servir, des individus aussi économes de leurs paroles que vous... et, naturellement, vous n'accepterez pas que les liens dus à une amitié personnelle entre nous puissent s'immiscer dans vos devoirs ?

A cette question qui le sondait légèrement, Jason répondit d'un signe de tête affirmatif.

— Eh bien ? Pourquoi désiriez-vous me voir ? ajouta l'envoyé extraordinaire qui respectait le silence de Jason sans toutefois l'aimer.

Jason se détendit un peu et expliqua prudemment :

— J'ai une proposition à vous faire... une proposition qui est en grand rapport avec la tâche que vous remplissez, Livingston et vous-même. Mais auparavant, il y a cependant certains points sur lesquels je me dois de vous éclairer. D'abord, je ne peux révéler ni où ni comment j'ai appris ce que je sais. Vous devrez me faire confiance et considérer comme vrai ce que je vais vous exposer. D'autre part, je ne répondrai à aucune question, car je suis loyal et j'ai donné ma parole de ne pas dévoiler mes sources d'information. Si vous n'acceptez pas de vous plier à ce que je vous demande, il me sera impossible de poursuivre, ajouta-t-il en fixant Monroe droit dans les yeux.

Comme Jason l'avait supposé, ses paroles perturbè-rent et intriguèrent Monroe qui se mit à faire un retour en arrière, vers le passé, pour revoir rapidement ce qu'il savait de ce jeune homme parfois extrêmement arro-gant auquel Jefferson avait confié certains secrets essentiels de politique étrangère. Du reste, il semblait que Jefferson l'avait choisi avec sagesse. Lui-même, Monroe, était en relations étroites avec Guy Savage et, bien que n'étant pas avec le fils en des termes aussi familiers qu'il aurait préféré l'être en la circonstance, il savait qu'il l'aimait... Pourtant le jeune Savage avait la réputation de se méfier et de se montrer têtu et impi-toyable sur la façon de mener sa vie personnelle. De tels traits de caractère avaient parfois leurs avantages.

Monroe était un républicain libéral — beaucoup le trouvaient même trop libéral — et il pariait que, même si Jason était actuellement motivé par un intérêt per-sonnel quelconque, on pouvait utiliser cet intérêt au profit des Etats-Unis. En conséquence, l'envoyé extraordinaire approuva d'un signe de tête et promit :

— Continuez. Vous avez éveillé ma curiosité... et je n'essaierai pas de vous poser trop de questions embar-rassantes.

Le visage dépourvu de toute trace de la moquerie qui le marquait habituellement, Jason se pencha en avant et révéla :

— J'ai appris que Barbé-Marbois vous avait rendu visite à vous et à Livingston l'autre soir. Cette rencontre est de notoriété publique, mais ce dont vous avez parlé ne l'est pas. La principale raison de votre entretien avec Barbé-Marbois, avant même que l'on vous ait officielle-ment présenté au gouvernement français, était d'ouvrir des pourparlers pour la vente de la Louisiane tout entière.

Monroe fut incapable de contrôler l'étonnement qui éclaira momentanément ses traits énergiques. Vexé, il se demandait d'où Savage tenait ce renseignement.

Tout était vrai. Livingston et lui-même connaissaient bien Barbé-Marbois qui avait vécu à une certaine époque à Philadelphie après avoir échappé à la Terreur. En tant qu'actuel ministre français des Finances, il était venu leur communiquer cette nouvelle surprenante : Napoléon envisageait avec sérieux de vendre aux Américains la totalité du vaste territoire de la Louisiane. Jason se rendait-il compte que, en plus de la question d'argent, il fallait surmonter deux obstacles majeurs avant que ne débutât la véritable discussion ? Il était impératif de déterminer si la France possédait véritablement la terre ! D'autre part, ils étaient accrédités pour négocier les droits de navigation ainsi que les droits riverains mais pour ce qui était du pays ?...

Avec finesse, Monroe ne posa aucune question mais expliqua plutôt :

— Vous savez que la Constitution ne prévoit rien pour une telle situation ! Quand je naviguais vers la France, qui aurait pu deviner que Napoléon allait approuver une idée aussi fantasque ou encore qu'il allait la suggérer lui-même ? ajouta-t-il, visiblement irrité.

Indifférent aux questions de légalité que l'achat soulèverait, Jason rétorqua sans ménagement :

— Je suis ici aujourd'hui en qualité d'agent, dirons-nous, de la banque britannique Hope et Baring. On m'a autorisé à vous informer que la banque désire vous prêter de l'argent, à vous, représentant des Etats-Unis, et ceci quel que soit le montant réclamé, afin de mettre la Louisiane à l'abri des Français.

Monroe resta muet un moment. Cela dépassait tous ses espoirs ! Avec un empressement qu'il ne put dissimuler, il demanda :

— Vos patrons désirent aller jusqu'où exactement ?

Pour la première fois depuis son entrée dans la pièce, Jason se détendit.

— Dix millions. A 6 %, affirma-t-il avec vigueur.

Monroe laissa échapper un véritable soupir de contentement. Livingston et lui se demanderaient plus tard comment la Hope et Baring avait appris la proposition de vente et, chose plus importante, le montant exact que les Américains étaient disposés à payer. Il était pour l'instant ébloui par les perspectives qu'ouvrait cette offre inattendue.

Son rôle terminé, Jason répondit habilement aux questions insidieuses de Monroe et admit finalement ne pas en savoir plus. L'affaire était maintenant entre les mains des diplomates. Comprenant que son visiteur n'ajouterait rien, Monroe fut obligé de le laisser partir ; néanmoins il lui soutira auparavant la promesse de revenir le voir quelques jours plus tard et de tenir la Légation américaine informée de ses mouvements.

Jason s'éloigna d'un pas rapide de son rendez-vous avec l'envoyé extraordinaire ; cette fois-ci, il avait aisément échappé aux questions impromptues du diplomate, mais à leur prochaine rencontre, il ne s'en tirerait pas aussi facilement. Il était déçu car, selon lui, cette affaire pouvait se résoudre très facilement si tout le monde acceptait de jouer cartes sur table. Puis il grimaça. Non, ce n'était pas si commode après tout, car si l'Espagne apprenait que la France vendait le territoire sans l'en informer, elle serait obligée de s'y opposer fermement.

Sa mission envers Monroe temporairement accomplie, Jason reporta naturellement ses pensées sur Tamara et ses projets pour le reste de son séjour en France. La promesse qu'il avait faite à Monroe l'obligeait à abandonner son intention première de louer une maison à la campagne, mais ceci ne l'ennuyait pas outre mesure. Il était assurément satisfait de sa suite au *Crillon*.

Sur une lubie, il s'arrêta chez un des nombreux fleuristes dont les boutiques bordaient les rues pour y acheter un énorme bouquet d'œillets rouges. Les bras chargés de ces fleurs odoriférantes, il se sentit légèrement ridicule en traversant le hall de l'hôtel. Le sourire esquissé du concierge n'améliora en rien cette impression et il était sûr qu'en quelques minutes tout le personnel saurait que M. et Mme Savage étaient soit brouillés soit follement amoureux ! Etre l'objet des commérages de l'hôtel ne le ravissait pas, et un léger pli barrait son front lorsqu'il entra dans les appartements qui lui étaient réservés.

Le plaisir procuré par les œillets ayant quelque peu diminué, il les déposa dans sa chambre sur le sofa en brocart vert et lança son chapeau en poil de castor à bord étroit sur une petite table voisine. Il découvrit alors que les rires et les voix que, dans son insouciance, il avait estimé provenir d'une autre pièce de l'hôtel, sortaient en fait des appartements de Tamara. Perplexe et passablement ennuyé, il traversa sa chambre à grandes enjambées rapides, ouvrit violemment la porte qui divisait leur suite et s'arrêta brusquement.

Cloué sur place par la surprise, il fixa l'étalage de vêtements féminins, de tissus splendides et de gravures de mode qui jonchaient la pièce. On avait drapé soies, mousselines et brocarts sur le sofa et recouvert de parures les autres meubles disponibles. Deux jeunes femmes — visiblement des employées, d'après leurs robes — déroulaient des longueurs d'étoffes exquises. Elles levèrent des yeux étonnés à l'entrée soudaine de l'Américain mais le pli qui lui barrait le front effaça leurs sourires heureux.

— Tamara ! Que diable se passe-t-il ? fulmina-t-il d'une voix d'acier.

Les murmures tranquilles qui venaient de l'autre chambre à coucher cessèrent instantanément et, un instant plus tard, Tamara apparut drapée dans un tissu transparent, suivie de près par une femme vigoureuse à cheveux gris et par Jeanne, les yeux dilatés. Un innocent sourire agaçant aux lèvres, Catherine ronronna :

— Comment chéri ! Déjà de retour ! Et moi qui ne vous attendais pas avant des heures et des heures.

Elle s'avança ensuite vers la silhouette figée, se haussa sur la pointe des pieds et déposa un baiser rapide au coin de la bouche de Jason. Avant qu'il n'ait eu le temps de se ressaisir, elle fit la moue.

— Chéri ! Jason chéri, vous me laissiez seule tout l'après-midi, et je m'ennuyais tellement. Vous ne pouvez pas vous imaginer comme c'est affreux de ne pas avoir d'argent sur soi et de ne connaître personne.

Elle leva vers lui des yeux expressifs, et ceux de l'Américain se rétrécirent en signe d'appréciation. Mais Catherine, qui n'en avait pas terminé avec lui, dit tristement :

— C'était positivement insoutenable jusqu'à mon entretien avec le concierge durant lequel il me dirigea vers Mme Elouise. (D'un geste nonchalant, elle indiqua la femme aux cheveux gris.) Le concierge a eu la gentillesse de la contacter en mon nom et elle est venue immédiatement. C'est une couturière très célèbre vous savez, ajouta Catherine d'un ton innocent.

Ayant payé jadis quelques robes importées de France et faites par la célèbre Mme Elouise pour une de ses maîtresses de La Nouvelle-Orléans, Jason gémit en silence. Ceci allait lui coûter une petite fortune !

Ignorant les pensées qui le préoccupaient, mais sachant avec plaisir qu'il était mécontent, Catherine poursuivit son explication en babillant.

— Elle a apporté toutes ces merveilleuses choses pour que je les voie. C'est gentil de sa part, n'est-ce pas ? Je lui ai dit que j'envisageais de lui acheter plusieurs toilettes. Après tout, vous m'avez promis une nouvelle garde-robe ! Pensez comme ce serait épouvantable que votre femme n'ait rien à se mettre ! N'oubliez pas que nous avons quitté l'Angleterre si précipitamment que je n'ai pas eu le temps d'empaqueter quoi que ce soit ! rappela-t-elle, une lueur malicieuse au fond de ses yeux violets.

En colère et déçu sans comprendre exactement pourquoi, Jason était extrêmement conscient du corps doux

305

et souple pressé contre le sien. Une étincelle de revanche dans le regard, il le rapprocha de lui et, devant les quatre femmes qui attendaient, il embrassa Catherine sur la bouche, pleinement, profondément, avec une brutalité voulue. Sans tenir compte du silence légèrement étonné qui accueillit son geste, il caressa insolemment ses hanches, la retenant prisonnière contre lui. A dessein, il permit aussi à son désir de croître jusqu'à ce que Tamara le sentît durci par la passion.

Mortifiée de voir qu'il inversait si facilement les rôles, Tamara s'écarta et lui décocha un regard furieux. Se servant de son corps comme d'un bouclier contre l'état visible de Jason, elle se tourna vers les femmes silencieuses et bégaya, le visage rouge de honte :

— Pouvez-vous... pouvez-vous nous laisser quelques minutes ? Je crois que Jeanne vous a préparé des rafraîchissements dans l'entrée. Nous continuerons les essayages ensuite. Jeanne vous montrera le chemin.

Un silence orageux remplit la pièce après le départ des femmes dont la curiosité était évidente. Catherine se tourna vers lui avec colère.

— Comment avez-vous osé faire une chose pareille ? N'avez-vous donc aucune décence ?

Jason pinça les lèvres de fureur et ses yeux flamboyèrent d'une colère aussi violente que celle de Tamara.

— Tu oublies que ce sont mes appartements et que j'y agirai comme je l'entends. Pour qui diantre te prends-tu pour avoir amené ces femmes ici ? J'allais t'acheter des vêtements supplémentaires. Tu ne pouvais pas attendre, non ? Craignais-tu à ce point que je n'échappe à tes petites griffes cupides avant que tu aies réussi à me soutirer le plus d'argent possible ? demanda-t-il d'un ton mordant.

Le ton employé par Catherine rivalisa avec le sien. Le corps rigide de rage, bien qu'en son for intérieur elle se fît toute petite, Tamara rétorqua d'une voix grinçante chargée de mépris :

— Si vous voulez bien vous en souvenir, quand vous êtes parti cet après-midi, vous m'avez dit de m'amuser. Eh bien, je l'ai fait !

Levant vers lui un regard furieux et provocant, elle le mit au défi de ne pas en convenir. Avec effort, Jason avoua d'un ton neutre :

— Je le vois ! Et cela correspond également à ce que le début de notre association m'a appris, à savoir que tu ressembles exactement à toutes celles de ton espèce... Considérant ce que cela va me coûter quand Mme Elouise aura terminé, dois-je conclure que la prochaine fois que je rechercherai ton lit, je t'y trouverai plus conciliante que par le passé ? demanda-t-il, en lui lançant un regard à la limite du dégoût, un sourire railleur aux lèvres.

Catherine l'aurait frappé jadis pour effacer ce sourire, mais elle était en train d'apprendre douloureusement qu'il existait d'autres façons de combattre.

— Vous n'avez jamais payé pour ma virginité. Le coût d'une garde-robe ne représente certainement qu'une faible somme pour acheter quelque chose d'irremplaçable, donné à contrecœur !

Jason se raidit, piqué au vif ; cette fois-ci la répugnance glacée qu'il ressentait apparut très nettement dans ses yeux et dans sa voix traînante.

— Si tu t'es comportée comme une novice dans ton métier lors de notre première rencontre, tu sembles vraiment en apprendre rapidement toutes les ruses.

— Mais naturellement ! J'ai un professeur tellement expert en la matière, répondit-elle, mielleuse.

Un rire rauque accueillit sa riposte et, après un autre coup d'œil sur la pièce, Jason reprit, d'un ton plus calme :

— Tu peux rappeler tes femmes. Je t'ai promis une garde-robe parisienne, achète donc tout ce que tu désires. Que Mme Elouise vienne me voir avant son départ, aujourd'hui.

— Pourquoi ?

— Ne te hérisse pas, mon petit chat. Je n'annulerai pas tes commandes, je souhaite tout bonnement discuter les aspects les plus vulgaires de la transaction — par exemple, le prix... J'ai idée que tu vas me coûter cher, mais je n'aurais jamais cru obtenir si peu de satisfactions en échange de mon argent ! ajouta-t-il en la regardant avec intensité.

Il s'attendait à ce que Catherine mordît à l'appât, mais il en fut pour ses frais. Elle leva un sourcil pour imiter de façon moqueuse l'Américain avant de le questionner avec innocence :

— N'existe-t-il pas un dicton, en latin, qui dit quelque chose comme « Acheteur, méfie-toi » ?

Il lui répondit en claquant violemment la porte de communication. Après lui avoir jeté un regard meurtrier, Jason s'était retourné et avait franchi d'un pas rageur ses propres appartements.

Un petit sourire triste aux lèvres, les mains tremblantes, Tamara s'enfonça avec lassitude dans le sofa bleu. Elle avait gagné cette manche contre Jason. Mais par quelle force de volonté ! Que cela lui avait coûté d'agir de la sorte. Au lieu de l'heureuse sensation d'ivresse qu'elle aurait dû ressentir, elle n'éprouvait curieusement qu'une impression de vide et de malaise. Jason l'avait regardée de façon tellement méprisante qu'elle en tremblait encore de remords. Il l'avait fixée comme un être repoussant, ramassé dans le ruisseau. Pour renforcer son moral qui faiblissait, elle se dit qu'il méritait ce qu'elle avait fait.

Quand les femmes revinrent, Catherine eut de la peine à s'intéresser aux faits et gestes qui lui avaient procuré une telle joie peu de temps auparavant et elle accueillit avec un certain soulagement la fin des essayages. Après le départ de la couturière, elle entra dans sa chambre à coucher et se jeta sur le lit. Elle aurait dû être en cet instant transportée de joie : Mme Elouise reviendrait le lendemain avec au minimum deux robes prêtes, du moins l'avait-elle promis. Elle serait donc bientôt propriétaire d'une multitude de vêtements somptueux et éblouissants que toute jeune femme à la page serait ravie de posséder. De plus, elle l'avait emporté sur Jason. Dans ce cas, pourquoi le visage sombre de l'Américain, ses yeux remplis de désillusion et sa bouche pincée de dégoût lui restaient-ils présents à l'esprit ?

Elle décida de mettre tout cela sur le compte de la fatigue et du trouble qu'elle ressentait encore après les événements des jours précédents. Elle se réjouirait plus tard de sa victoire. Elle s'étonna un bref instant de sa propre conduite... de son inquiétude à l'idée que Jason pût songer à elle en termes vils... de son intérêt subit pour les parures féminines. A une certaine époque, pas si lointaine, l'achat de vêtements neufs représentait pour elle une corvée. Mais aujourd'hui, les tissus exquis et les dessins des robes à la mode l'avaient vivement impressionnée et fait vibrer... elle qui gémissait et se plaignait chaque fois que Rachel suggérait l'idée d'une visite chez la couturière !

19

Dans les jours qui suivirent, Catherine resta silencieuse et plutôt soumise. Les faits et gestes de Jason n'avaient rien pour lui remonter le moral — il l'exaspérait. Il la laissait souvent seule le soir et l'après-midi, et elle se demandait où il allait. Il ne paraissait pas se soucier le moins du monde de la façon dont elle occupait son temps mais veillait toujours à ce qu'elle n'ait jamais d'argent. D'après les regards curieux qu'on jetait parfois sur son passage, elle comprit qu'il entretenait la légende sur sa folie.

Il semblait la vouloir sans pourtant la vouloir ; il la traitait avec une courtoisie attentive, n'entrait jamais dans ses appartements sans frapper et quand il lui parlait, il lui donnait l'impression de s'adresser toujours à un point situé au-dessus de sa tête. En public, il se conduisait comme le mari parfait et amoureux d'une jeune épouse à l'esprit quelque peu diminué à laquelle il montrait les monuments. Vexée, Catherine en aurait pleuré. Ils visitèrent les jardins des Tuileries et, par beau temps, pique-niquèrent à plusieurs reprises au Champ-de-Mars, grand parc excessivement agréable.

Elle profitait totalement de toutes ces choses qui la réjouissaient car Jason semblait avoir mis de côté leurs différends et se montrait à elle sous son jour le plus charmant. Quand il lui souriait gentiment et qu'il se donnait du mal pour lui faire plaisir, le désir la prenait à nouveau de lui avouer sa véritable identité. Mais elle s'y refusait encore, s'attachant désespérément à l'espoir de retourner en Angleterre sans que l'on puisse jamais soupçonner cette terrible escapade. Aussi longtemps que Jason n'essayait pas de rétablir entre eux des rapports plus intimes, l'attitude calme quoique étonnante de l'Américain la rassurait.

Certaines nuits, il revenait à leur suite peu avant l'aube en l'ayant laissée seule toute la soirée et, aux faibles émanations qui parvenaient jusqu'à ses appartements, elle devinait parfois qu'il avait bu, mais, même ces soirs-là, il ne lui imposait plus ses assiduités.

Jason rentrait très souvent la nuit au *Crillon* dans un état déplorable, mais il se conduisait comme tous les jeunes gens de son rang qui visitaient Paris. Avec son cousin Michel, guide empressé et complaisant, ils explorèrent presque tous les bouges de la ville. Et ce fut

310

dans un des bordels les plus célèbres que Jason rencontra le chevalier d'Arcy, homme trapu, aux yeux d'un bleu dur injectés de sang. Par la suite, Michel lui apprit que la société raffinée tolérait à peine d'Arcy, à cause de ses activités suspectes durant les années effroyables de la Terreur.

— On ne le prouva jamais, mais beaucoup croient qu'il a contribué d'une façon ou d'une autre aux noyades de Nantes ! avait déclaré Michel à voix basse.

Devant l'incompréhension de son cousin, il lui avait expliqué que ces noyades avaient été des événements horribles : on avait attaché « les ennemis de l'Etat » — hommes, femmes et parfois même enfants — sur d'énormes radeaux. Tirés au milieu du fleuve, on les avait coulés avec leur cargaison vivante.

A la fin de ce récit aux détails abjects, Jason avait un goût amer dans la bouche et il dut prendre sur lui pour se montrer poli envers d'Arcy lorsque, quelques jours plus tard, l'homme l'accosta au cours d'une promenade qu'il faisait au Bal Dourlons en compagnie de Tamara et de quelques amis de nationalité anglaise. Jason avait présenté d'Arcy à ses amis et lui avait expliqué que Tamara était sa femme. Plus tard, et à la fureur de Jason, ce petit incident aurait des effets lourds de conséquences.

Les nuits où Jason n'était pas pris ailleurs, il dînait avec Catherine dans les clubs privés les plus coûteux. Mais, pour le peu de plaisir qu'elle en retirait, la jeune femme aurait pu tout aussi bien se trouver seule, abandonnée au milieu d'un désert hostile. Elle souhaitait presque que Jason la violât une nouvelle fois. Car, dans ces moments-là, il ne s'intéressait qu'à elle. Tout valait mieux que sa froideur et son indifférence.

Petit à petit, une sensation d'injustice et de mécontentement s'incrustait en elle. Elle n'avait rien fait de mal, bien au contraire, donc pourquoi se sentait-elle coupable ? C'était lui, le scélérat ! et si sa compagnie lui déplaisait, pourquoi la gardait-il ? Avec quelle joie elle retournerait en Angleterre !

Pierre était arrivé, et avec lui le cabriolet de Jason ainsi que ses chevaux ; ils ne dépendaient donc plus des voitures de louage dont les chevaux avançaient à des allures de limaces. Avant la venue de Pierre, Jason avait cependant acheté deux excellentes bêtes de selle pour le plaisir de l'équitation. Il avait choisi pour lui un alezan brillant à museau busqué et, pour Tamara, une jument grise aux longues jambes et à la robe luisante. Les serviteurs et clients du *Crillon* s'habituèrent rapidement à voir M. et Mme Savage partir sur leurs montures très tôt le matin.

Catherine appréciait sincèrement ces promenades. Elle tomba amoureuse de sa jument grise. Quel délice de sentir à nouveau le vent vous traverser les cheveux à vive allure ainsi que le mouvement d'un cheval qui galope. Lorsqu'ils chevauchaient ensemble, Jason perdait un peu de sa réserve. En ces occasions, plus d'une fois le cœur de Tamara s'affola sous ses regards qui s'attardaient sur ses joues rougies et ses lèvres rosées.

A mesure que le temps s'écoulait, Catherine découvrit avec horreur qu'elle prenait goût à la compagnie de Jason, beaucoup plus qu'elle ne l'aurait dû. Quand il voulait se montrer charmeur, Jason était presque irrésistible. Elle combattait en vain l'attirance qui les poussait l'un vers l'autre ainsi que la pression qu'exerçait sur elle la forte personnalité de l'Américain.

Parfois, plus particulièrement la nuit quand elle avait des insomnies, toutes les ramifications hideuses de sa fâcheuse situation la hantaient et la révoltaient. A ces moments-là, elle haïssait Jason et souhaitait de tout son jeune cœur n'avoir jamais posé les yeux sur lui ou n'être jamais retournée au camp gitan en cette soirée fatale. Mais à l'exception de ces heures passées à se tourmenter seule dans l'obscurité, elle se jetait dans le jeu auquel elle était contrainte de jouer.

312

D'autres Britanniques résidaient au *Crillon*, car depuis la paix d'Amiens et en dépit de la menace d'une guerre imminente, Paris était remplie d'aristocrates anglais. Quelques-uns venaient par curiosité voir ce nouveau gouvernement populaire, d'autres parce que c'était du tout *dernier cri* — l'endroit à la mode où l'on se devait de vivre —, un faible nombre enfin parce qu'il n'existait pas de lieu comparable à Paris au printemps. Avec le déferlement continuel de ses compatriotes, Catherine vivait dans la crainte que tôt ou tard quelqu'un la reconnaisse. Car Jason, sans scrupule et avec un certain cynisme, la présentait comme sa femme à leurs invités ainsi qu'à toutes les personnes qu'ils rencontraient ; cependant il s'appliquait à éviter Monroe lorsqu'il se trouvait en compagnie de Tamara.

S'il était écrit que la chasteté de leur liaison ne pouvait pas durer — Jason était un amant exigeant et il ne l'avait certainement pas emmenée à Paris tout simplement pour lui montrer les monuments —, il était de même évident que leur comportement ne passerait pas inaperçu pendant très longtemps encore. La première faille dans la supercherie qui les entourait allait curieusement venir d'une direction inattendue.

Comme promis, Jason rendit à nouveau visite à la Légation américaine ; comme il l'avait également prévu, il dut discuter avec Livingston et Monroe. La rencontre se révéla fort orageuse. Il passa son temps à louvoyer entre sa bonne volonté qui l'incitait à révéler toute information utile pour apaiser leurs craintes sans en dévoiler la source, et son refus catégorique de répondre à leurs questions.

Robert Livingston était un homme âgé, grand et aux tempes largement dégarnies ; des commérages cruels affirmaient qu'il était complètement sourd. Mais la surdité ne rend pas un homme stupide et Jason décida de se montrer résolument prudent quand Livingston lança un long regard dans sa direction pour l'évaluer.

Les yeux gris perçants semblaient sonder ses pensées intimes ; sous cet examen, Jason s'agita avec gêne dans son fauteuil de cuir, en se demandant si Livingston devinait avec quelle adresse on était en train de manœuvrer les Américains.

Chose bizarre et étonnante, en raison du rôle suspect que jouait Jason dans les négociations, les Américains voulaient le tenir informé de leurs progrès. Ils étaient manifestement quelque peu déconcertés car Monroe grommela avec colère :

— Bon sang ! Que projette donc Barbé-Marbois en affirmant que les Français ne discuteront pas du problème de la Floride ? Je croyais qu'un des points sur lesquels nous allions statuer concernait notre juridiction là-bas ! Et maintenant, Barbé-Marbois déclare catégoriquement que le gouvernement français ne veut négocier avec nous que la vente de la Louisiane tout entière ! Cela et rien d'autre ! J'en suis à me demander si je marche sur les pieds ou sur la tête !

Jason partageait la position américaine, mais tant que le gouvernement de Napoléon n'essayait pas de les escroquer, il ne tenait pas à éclairer davantage les diplomates. Jusqu'ici, son rôle avait été mineur et il entendait bien le voir rester tel !

Il remarqua aussi que Livingston laissait à Monroe le soin d'alimenter toute la conversation mais cela le confortait dans l'idée que, des deux, Livingston allait décrocher l'affaire du siècle plus vraisemblablement que le volubile M. Monroe. Non qu'il doutât des compétences de celui-ci, loin de là, mais il sentait que Livingston était froidement conscient de la façon dont on les menait paisiblement vers la table des négociations. Une fois là-bas, les Français risquaient de découvrir que Livingston n'était pas aussi endormi qu'il le paraissait.

— Vous verrai-je ce soir à la réception ? J'espère que vous ne vous décommanderez pas ! questionna Monroe au moment où Jason s'apprêtait à partir.

314

Incapable de refuser cette invitation sans paraître grossier, Jason approuva d'un signe de tête et, après avoir ajouté quelques paroles polies sur la soirée, il prit congé. L'idée de cette réception ne le réjouissait guère : à cause de l'amitié qui liait Monroe et Guy et parce qu'il soupçonnait les Américains de vouloir le garder sous leurs yeux vigilants, on l'invitait à la plupart des rassemblements mondains qu'ils organisaient. Il ne pouvait ni ne voulait refuser toutes les invitations ; toutefois, il ne tenait pas à se laisser entraîner plus que nécessaire dans les cercles diplomatiques.

Tamara constituait aussi un problème. Il ne voulait pas la présenter dans ces cercles comme sa femme — c'était une chose de tromper les connaissances dues au hasard des rencontres, c'en était une autre de mystifier des gens qui connaissaient bien les familles des uns et des autres. Mais il l'avait laissée trop souvent seule le soir. Ses remords s'expliquaient non par un sentiment de culpabilité à la pensée qu'elle dînait solitaire dans ses appartements tandis qu'il s'amusait avec l'élite de la société parisienne, mais plutôt par la crainte qu'elle ne tentât de s'échapper encore.

Il ne comprenait pas exactement pourquoi il était fermement décidé à la garder avec lui. Ce n'était certes pas parce qu'elle réchauffait son lit vide, puisqu'il ne l'avait pas touchée depuis leur arrivée en France ! Ce n'était pas non plus en raison de l'énorme somme d'argent qu'elle lui avait coûtée en vêtements et en bijoux. Si elle l'avait ennuyé ou lui avait déplu, il l'aurait abandonnée sans scrupule. Pourquoi donc la maintenait-il en sa seule possession comme une princesse dans une tour d'ivoire ? Il reconnut à contrecœur qu'elle l'intriguait toujours — elle le fascinait comme jamais encore une femme n'y était parvenue. Non qu'il restât insensible aux charmes des autres femmes, certes pas ! En effet, son moral remontait à la pensée de la belle Clarisse, une petite blonde qui lui avait tapé dans l'œil lors des deux dernières réunions auxquelles il avait assisté à la Légation américaine. Elle lui avait clairement signifié qu'elle accueillait favorablement ses avances. Et si, par chance, elle venait à la soirée, il envisageait d'organiser un rendez-vous avec elle.

Clarisse représentait le type de femme qui l'attirait habituellement : une beauté mondaine qui s'ennuyait avec un mari beaucoup plus vieux qu'elle, une femme qui aimait flirter outrageusement avec des gaillards jeunes et impétueux. Et si leur flirt aboutissait à une intrigue amoureuse, qui en serait lésé ?

La réception se tenait dans les grands appartements de Livingston qui donnaient sur la Seine et cela plut à Jason maintenant qu'il envisageait cette soirée comme un prélude nécessaire à sa très prochaine liaison avec Clarisse. L'affaire serait menée à bien sous le nez du mari, ce qui pimentait la chose. Avant la fin de la soirée, Jason avait savamment manœuvré pour faire entrer Clarisse dans une pièce déserte. Elle répondit avec ardeur à son baiser, ce qui le confirma dans l'idée qu'elle aspirait à un tête-à-tête plus intime. Entre des baisers qui laissaient Clarisse hors d'haleine, Jason lui avait arraché la promesse de le rencontrer près du Pont-Neuf le lendemain après-midi.

Incontestablement satisfait de son succès, Jason la laissa regagner discrètement le salon principal tandis que lui s'avançait vers un petit groupe d'hommes en discussion près des grandes portes que l'on avait ouvertes et qui donnaient sur un grand balcon surplombant la Seine. Le groupe comprenait entre autres Monroe et le mari ventru de Clarisse, qui servait d'adjoint à Marbois. Jason ne connaissait pas bien deux des autres invités ; il se souvenait toutefois vaguement de leur avoir été présenté plus tôt dans la soirée. Quant au cinquième homme qui composait le groupe, il n'était nul besoin de le présenter ; Jason pinça les lèvres lorsque ses yeux tombèrent sur le pesant chevalier d'Arcy.

Parce qu'il était dans sa nature d'agir de la sorte et qu'il avait remarqué le flirt entre Jason et Clarisse, d'Arcy demanda ironiquement à l'Américain :

— Monsieur Savage, où est donc votre belle épouse ce soir ? Je ne l'ai pas vue de toute la soirée. Elle n'est pas malade ? Elle était tellement charmante lorsque nous nous sommes rencontrés l'autre jour.

Monroe jeta à Jason un coup d'œil étonné et s'exclama :

— Epouse ? Jason, vous ne me l'aviez jamais dit ! Quelle négligence de votre part ! J'aurais été extrêmement heureux d'accueillir votre femme.

— Comme je viens de me marier, je veux la garder pour moi ; de plus, Tamara est plutôt timide, expliqua Jason d'un ton froid, le visage inexpressif.

Une fois remis du choc éprouvé à l'annonce de cette nouvelle, Monroe parut positivement radieux car il savait avec quelle ardeur Guy désirait que son fils se mariât. Il présenta alors ses félicitations au jeune homme en lui tapant affectueusement dans le dos.

— Mon cher ami, quelle délicieuse surprise ! L'avez-vous écrit à votre père ? Comme il doit être ravi !

La nouvelle se répandit rapidement parmi l'assemblée que le jeune Savage se trouvait présentement à Paris en compagnie de sa jeune épouse. Résigné, Jason accepta de bonne grâce les vœux qu'on lui adressait. Seule Clarisse le contempla d'un air de reproche, de ses grands yeux bruns plus expressifs que des paroles. Jason comprit avec regret qu'il n'y aurait pas de rencontre le lendemain. Ignorant complètement les faits réels qui entouraient le « mariage », d'Arcy observait toute la scène avec une satisfaction malicieuse, son seul désappointement étant le calme de Jason devant la situation. Il fit même la terrible erreur de considérer les réactions de Jason comme sincères. Car, si Jason souriait extérieurement et acceptait en riant les taquineries bienveillantes, il fulminait intérieurement.

Sachant qu'il était le seul coupable, Jason se cramponna à un semblant de maîtrise de soi. Les questions que posa Monroe avec excitation sur son « épouse » ne rompirent même pas sa façade glacée ; toutefois, lorsque l'envoyé extraordinaire insista pour que Tamara vînt au bal de la Légation la semaine suivante, Jason faillit jurer à haute voix. Il réussit à se contenir et répondit évasivement. Il aurait dû savoir que Monroe n'allait pas lui laisser de porte de sortie.

Catherine et Jason prenaient ensemble leur petit déjeuner sur le balcon avant de partir pour leur chevauchée matinale lorsque le billet arriva.

Ils avaient maintenant coutume de partager leur petit déjeuner dehors, lorsqu'il faisait beau, et ce jour-là ne faisait pas exception. C'était curieusement le seul moment de la journée où ils semblaient rejeter leur hostilité et oublier presque leur véritable situation.

Catherine était particulièrement attrayante dans une légère robe de chambre violette assortie à ses yeux. Jeanne ne l'avait pas encore coiffée ; ses cheveux, tout simplement brossés, étaient noués lâchement avec un ruban en velours vert. En face d'elle, de l'autre côté de la petite table, Jason se détendait dans un fauteuil à haut dossier recouvert de soie jaune paille. Il avait pris le temps de se raser avant de rejoindre la jeune femme, mais tout comme elle, il n'était pas encore habillé. Sa robe de chambre était en brocart d'un somptueux marron foncé qui le rendait excessivement beau. Les yeux mi-clos, il observait Catherine qui lisait le message.

A sa lecture, les sourcils minces de Tamara se froncèrent. Au bout d'une minute, elle leva la tête d'un air interrogatif et lui tendit le billet. Comme il avait déjà une idée de son contenu, le message ne le surprit pas.

Monroe les invitait à déjeuner. Après un examen rapide, Jason déposa la lettre, se leva et se courba un bref instant avant de dire négligemment :

— J'espère que tu conserveras cet après-midi tes bonnes manières. Jusqu'ici, tu ne m'as nullement gêné en trahissant tes origines gitanes et je suppose que tu continueras à te comporter comme une dame. Monroe s'attend à voir une petite demoiselle calme ; donc, si tu tiens ta langue, nous devrions pouvoir nous en sortir sans incident.

Plus furieuse du contenu de ces paroles que de leur ton, Catherine explosa :

— Vous entendez mystifier votre propre compatriote ? Il écrit comme s'il était l'un de vos amis personnels. Vous ne me ferez certainement pas parader devant lui en tant que votre femme !

Jason eut un sourire dépourvu de gaieté.

— Je n'ai vraiment pas le choix. J'aurais naturellement préféré ne pas le faire, mais les circonstances sont telles que, au point où nous en sommes, ne pas te présenter entraînerait plus de trouble que de continuer à te faire passer pour ma femme. Crois-moi, je souhaiterais n'avoir jamais posé les yeux sur toi, et encore moins avoir dit que tu étais mon épouse ! ajouta-t-il amèrement.

— Eh bien ! Espèce d'imbécile ! N'allez pas me rendre responsable de cette situation ridicule ! Si votre vanité outrecuidante ne vous avait gonflé à ce point, rien de tout ceci ne se serait produit. Ne vous en prenez qu'à vous-même ! cracha Catherine et, après un regard meurtrier, elle pénétra avec emportement dans le salon.

Le visage aussi sombre qu'un nuage d'orage, Jason lui prit le bras d'une poigne de fer et la tira près de lui. Les yeux étincelant d'une émotion contenue, il rétorqua d'un ton grinçant :

— Vanité outrecuidante, ah ! Qui m'a encouragé

dans la prairie, mon amour arrogant ? Et qui était d'accord pour un voyage à Paris en échange de mes faveurs ? Je crois le temps venu de goûter à ce que j'ai acheté, n'est-ce pas ?

Sans attendre et avec force, sa bouche trouva ses lèvres et ses bras l'enveloppèrent pour l'écraser contre lui. Etonnée par cette soudaine violence, Catherine n'essaya pas de se libérer. Mais quand sa mauvaise humeur explosa, elle se débattit comme une mégère, appellation dont il la gratifiait si souvent.

Elle réussit à lui allonger une gifle bien placée qui le frappa douloureusement en travers de la joue avant qu'il ne lui immobilisât les mains.

— Oh, non ! Tu ne vas pas me griffer cette fois-ci, mon petit chat sauvage. Pas cette fois-ci, murmura-t-il contre ses lèvres.

Il la fit alors tournoyer dans ses bras, porta ensuite la jeune femme qui se débattait toujours dans sa propre chambre et ferma la porte derrière lui d'un coup de pied.

Après l'avoir jetée dans la douceur soyeuse du lit, il lança sa robe de chambre sur le sol et se glissa près de Catherine dont le corps nu brûlait sous les vêtements légers. Elle luttait de toutes ses forces pour échapper à son étreinte ; mais lorsque ses mains rencontrèrent, en plein combat, le torse de l'Américain, une chose bizarre survint. Elle ne voulait soudain plus le combattre... elle voulait... elle voulait qu'il la prît... mais pas avec colère, comme les autres fois. Les doigts effilés, prêts à griffer, s'étendirent subitement et se mirent doucement à caresser sa peau chaude ; involontairement, ses mains voyagèrent avec lenteur de sa poitrine à ses épaules lisses, brunies par le soleil. Tout désir de lutte l'abandonnait.

N'étant pas conscient, ou ne se souciant pas, du changement survenu chez sa partenaire, Jason couvrit sa bouche de la sienne. De ses mains impatientes, il libéra son corps ferme des plis de la robe de chambre et de la chemise de nuit. Puis, lorsqu'elle fut entièrement nue, il roula à demi sur elle. Ses lèvres abandonnèrent la bouche meurtrie de Tamara pour descendre avec une ardeur croissante vers sa poitrine ; au passage, il goûta la douceur de son épaule ; puis, affamées, ses lèvres revinrent à sa bouche au goût de miel.

En proie à un tourbillon d'émotions qui la brûlaient comme une fournaise, Catherine ne put se retenir de répondre à l'acte d'amour qu'exigeait Jason. Son corps s'ouvrit à lui tandis que son cerveau embrumé luttait contre le désir de se donner complètement.

Mais, cette fois-ci, le plaisir remplaça la douleur physique. En dépit de la frénésie qui la prenait tout entière, son esprit éprouvait une honte brûlante devant ses propres actes. Alors, avec un cri de souffrance animal, elle s'arracha violemment de dessous lui à l'instant même où Jason atteignait la jouissance. Incapable de maîtriser le tremblement qui le secouait tout entier, il envoya sa semence sur les draps soyeux. Les yeux aussi durs que de la glace, Jason grogna un juron, puis, la respiration lourde, roula pour se mettre sur le dos et jeta un bras sur ses yeux.

Déconcertée, se doutant de la fin de cette aventure, Catherine rassembla hâtivement ses vêtements et se glissa au bord du lit. Sentant bouger Jason, elle se tourna promptement pour lui faire face.

Le visage de l'Américain ressemblait à une pierre sculptée. D'un ton d'autant plus froid qu'il luttait pour garder son impassibilité, il cria :

— Sors d'ici ! Hors de ma vue ! Et, petite garce, après ton apparition à l'ambassade comme ma femme, je veillerai personnellement à ce que tu retournes en Angleterre ! Ne t'inquiète plus pour ta vertu : je préférerais me passer de femme plutôt que de te toucher à nouveau !

Secouée par la méchanceté qu'elle lisait dans ses

yeux, Catherine s'enfuit ; quelques secondes plus tard, elle eut mal au cœur, violemment. Jeanne la découvrit accroupie au-dessus du pot de chambre. Après avoir aidé avec douceur sa maîtresse à entrer dans un bain chaud et parfumé, la servante lui murmura :

— Madame doit être prudente. Ce serait terrible si Madame allait perdre son *bébé* !

Cette nouvelle s'insinua avec terreur dans le cerveau de Tamara et la glaça. Les nausées n'étaient qu'une réaction normale à son état... Ça l'était certainement ! se dit-elle avec acharnement. Une fois revenue dans sa chambre, elle se plaça devant la glace et contempla avec anxiété son corps élancé tandis que Jeanne étalait les vêtements qu'elle porterait pour se rendre chez Monroe. Son ventre n'était-il pas tout aussi plat qu'à l'habitude et ses petits seins aussi pleins, mais pas davantage ? Elle réalisa avec écœurement que, comme elle regardait précisément son ventre avec attention, l'enfant de Jason pouvait s'y former.

« O mon Dieu ! Que vais-je faire ? » se demandait-elle en silence. Telle une araignée hideuse, cette question la perturbait toujours lorsqu'elle rencontra Jason dans le salon peu de temps après.

Jason remarqua son air distrait et sa pâleur inhabituelle mais il mit cela sur le compte du repentir qu'elle éprouvait maintenant en comprenant qu'elle l'avait poussé à bout. Néanmoins, la seule à être vraiment à bout était bel et bien Catherine. Paralysée, elle était incapable de penser à autre chose qu'à la catastrophe qui lui arrivait sans doute. Même la demeure de Monroe, très élégante et récemment louée, quai Malaquais, ne l'impressionna nullement. D'un bout à l'autre de l'après-midi, elle sourit, bavarda peu, se comporta comme quelqu'un en état d'hébétude. Elle était silencieuse à moins qu'on ne lui parlât ; dans ce cas, elle répondait alors par monosyllabes. « Oui », répliqua-t-elle à la question de Monroe : aimait-elle Paris ? ; « non », lui assura-t-elle quand il l'interrogea : y resteraient-ils longtemps ?

Un « autre monde » l'entourait ; ses seules pensées convergeaient sur ce qui arrivait. Jason avait craint qu'elle ne fût de quelque embarras pour lui. Mais sa peur s'évanouit devant le comportement de Tamara. Néanmoins, il la soupçonnait avec irritation d'exagérer son rôle d'épouse timide. Bigre ! Elle créait volontairement une mauvaise impression ! Il imaginait facilement les pensées de Monroe : « Belle fille... pourtant c'est certainement une petite toquée ! Une belle petite toquée, mais tout de même... ! »

D'après l'attitude de Tamara, il paraissait clair que Jason ne l'avait épousée que pour mettre un frein aux reproches de son père et qu'il avait soigneusement choisi une jeune fille qui ne se mêlerait pas de ses autres occupations. Que quelqu'un pût penser cela de lui ennuyait énormément Jason. Pourquoi en était-il ulcéré alors que cela correspondait à son intention première ? Il préférait ne pas répondre à cette question. En surveillant le vague intérêt que Tamara portait à la réception, il s'assombrit de plus en plus au fil de l'après-midi. Ah ! Qu'il maudissait cette petite garce et qu'il aimerait l'étrangler !

Le silence régnait dans la voiture qui les ramenait au *Crillon* à une allure paisible. Mais une fois dans leur suite, toute la frustration qui l'avait brûlé intérieurement jaillit brusquement et Jason s'écria avec méchanceté :

— Quelle actrice ! Si tu avais étudié le rôle d'une épouse faible d'esprit, tu n'aurais pas pu en donner un meilleur portrait !

Il aurait pu en dire davantage mais, pour la première fois depuis la scène désagréable qui s'était déroulée dans sa chambre à coucher le matin même, il regarda fixement Tamara et reçut un choc devant l'affliction qu'il voyait au fond de ses yeux. « Voilà pourquoi Monroe s'est montré si bienveillant à son égard », pensa-t-il stupidement.

Irrité contre l'élan de tendresse qui le submergeait subitement, il pinça les lèvres de dégoût face à ses propres émotions. Elle l'avait humilié de la façon la plus destructrice et dégradante qui fût pour un homme et voilà qu'il hésitait, prêt à l'entraîner dans ses bras et à lui chuchoter des mots de réconfort ! Ah, diable ! il s'écœurait.

— Pour l'amour de Dieu ! Epargne-moi ce regard terrifié ! Nous sommes maintenant entre nous... La représentation est terminée !

Ces paroles de colère détruisirent un peu de la stupeur qui enrobait Tamara. Réalisant que, pour une raison inconnue d'elle, ses agissements du matin et sa froide réserve de l'après-midi irritaient Jason plus que tout ce qu'elle avait pu faire par le passé, elle déclara calmement :

— Je suis fatiguée. Si vous n'avez rien d'autre à me dire, j'aimerais aller me coucher.

Confondu, Jason la regarda fixement. Tamara comprit alors que, pour une fois, elle lui avait cloué le bec. Adoptant le comportement d'une grande dame qui s'adresse à un inférieur, elle ajouta :

— Envoyez-moi Jeanne, je vous prie. Je pense dîner tranquillement toute seule ce soir. Je vous souhaite donc dès à présent une bonne nuit.

Sur ces paroles, elle sortit de la pièce, la tête haute et à pas réguliers, laissant derrière elle un silence étonné et déconcerté.

20

Jason et Catherine se comportaient à nouveau avec une politesse glaciale. Jason se mit à sortir tard, passant son temps à jouer et boire en abondance ; il ne rentrait que lorsque l'obscurité de la nuit disparaissait avec l'aube dorée. Contraint d'effacer de son esprit la scène avilissante qu'il avait eue avec Tamara, il coucha rapidement avec une brunette potelée qui lui avait lancé des œillades dès qu'il s'était mis à jouer aux tables du *Royal Club*.

Ce fut pour lui un grand soulagement de trouver consolation entre de douces cuisses blanches. A lui-même et à la jeune femme, il prouva qu'il était expert en prouesses sexuelles. Plus d'une fois, il revint à l'aube à l'*Hôtel Crillon* en sentant le parfum bon marché, un large sourire satisfait aux lèvres. Comme il dormait la majeure partie de la journée et qu'il passait ses nuits à l'extérieur, il voyait peu la gitane, et s'en tenait volontairement à cela.

Tamara bouleversait ses émotions habituellement si bien ordonnées ! Elle l'avait frustré et avait commis à son égard le crime suprême : elle l'avait fait douter de sa propre virilité ! Plus vite il serait débarrassé d'elle, mieux cela vaudrait. Il se jura donc de l'embarquer sur le prochain paquebot en partance pour l'Angleterre tout de suite après le bal de l'ambassade. Il se refusait à admettre que sa vue lui procurait toujours une douleur subite et inexplicable ainsi que le désir étrange d'une situation différente entre eux ; il reléguait au fond de son cerveau ces émotions qui le dérangeaient ; elles s'y dissimulaient et venaient le hanter aux moments où il s'y attendait le moins.

Ses excès des dernières nuits avec la petite brune et l'excellent cognac français marquèrent davantage ses traits basanés et maigres auxquels ils ajoutèrent une note de débauche. Catherine sentait son cœur se serrer douloureusement à chacune de leurs rencontres. Lorsque, de ses yeux verts pleins de dureté, il lui lançait subitement un coup d'œil, elle ressentait en elle les élans d'une tendresse précaire. Son plus récent souci disparut quand son corps répondit à ses craintes d'une grossesse, deux jours après le désastreux après-midi chez Monroe. Elle ne portait pas d'enfant de Jason ! Cette nouvelle aurait dû la réconforter... et cela la réconforta, du moins dans une certaine mesure.

Livrée à elle-même, Catherine, en compagnie de Jeanne, erra à travers Paris ; une amitié chaleureuse s'établit entre la femme de chambre et sa maîtresse. Jeanne perçut que tout n'allait pas bien dans le mariage des Savage et, bien qu'elle ignorât la cause de leur querelle, toutes ses sympathies se portaient sur sa maîtresse.

Scandalisé par la conduite de Jason qui allait à l'encontre de ses convenances, Pierre accompagnait parfois les deux femmes dans leurs promenades. Il était horrifié de voir que Jason permettait à la femme qui se faisait passer pour son épouse de flâner à travers les rues de Paris sans argent et sans autre compagnie que cette très jeune servante. Pierre désapprouvait violemment Jeanne qu'il trouvait trop jeune et trop volage pour une véritable femme de chambre. Les cameristes et les habilleuses étaient habituellement des personnes d'âge moyen au visage prude et non de beaux brins de filles, aux joues pleines et vermeilles, aux yeux foncés dans lesquels une lueur dansait. Si Pierre trouvait à redire à Jeanne, cette dernière lui retournait bien la pareille et l'estimait trop hautain et trop convenable.

Lorsque Pierre escortait les deux jeunes femmes, Catherine se divertissait énormément en entendant les batailles courtoises qui se déchaînaient fréquemment entre servante et valet. Si elle désirait visiter un quartier précis que Pierre jugeait malfamé, il la détournait délicatement de cette idée, mais il se heurtait à Jeanne qui riait devant son air renfrogné. Les sourcils de Pierre se soulevaient avec dédain dans une attitude qui évoquait celle de son maître, puis, sans tenir compte des paroles de mécontentement dont l'accablait Jeanne, il guidait Catherine loin de ce quartier. Jeanne traînait gaiement derrière eux, ses yeux riant devant la suffisance du valet.

Pierre réussissait habituellement à les divertir. Grâce à lui, Catherine découvrit la délicieuse parfumerie de Jean-François Houbigant, qu'on appelait, de façon plus appropriée, *Le Panier de Fleurs*. Dans cette boutique, les yeux tout excités, Jeanne et Catherine observèrent l'épouse de Napoléon, Joséphine de Beauharnais, qui achetait un peu de sa crème de rose préférée. Catherine avait erré avec convoitise à travers la petite boutique, aspirant les odeurs suaves des essences, des savons et des chandelles ainsi que celles des nombreux parfums qui faisaient la renommée de Houbigant.

Devant l'envie de Catherine, Pierre suggéra avec déférence à Jason de lui remettre une certaine somme d'argent pour qu'il pût acheter les petits objets qui enchantaient Madame.

La jeune aristocrate splendide, la caমériste pleine d'entrain et le valet de chambre excessivement collet monté formaient un étrange trio. Jason observait d'un œil jaloux l'ambiance amicale qui résultait de ces rapports ; mais il n'entreprit rien pour la changer. Néanmoins, il ne put s'empêcher de demander cyniquement à Pierre s'il songeait à quitter son service.

Comme la date du bal de l'ambassade approchait, Catherine et Jason remarquèrent qu'ils devenaient tous deux atrocement irascibles. Jason se mit à entrer à l'improviste et sans but précis dans la chambre à coucher de Tamara. Plus d'une fois même, il s'allongea nonchalamment sur le lit comme une panthère au repos, la défiant en silence de s'opposer à ce qu'il surveillât Jeanne qui l'habillait. Quand ils se trouvaient seuls, on aurait dit qu'il prenait un malin plaisir à la pousser à sortir de ses gonds.

Après un échange particulièrement redoutable de paroles acerbes, Catherine estima qu'elle ne pourrait plus en supporter davantage. Elle commença à se soupçonner avec agacement de tomber amoureuse de cet homme au visage dur qui la raillait, se moquait d'elle et la prenait pour une fourbe, une garce et pire encore ! Dans un profond accès de désespoir, elle envisagea de vendre les bijoux qu'il lui avait donnés pour essayer de retourner chez elle. Mais elle ignorait complètement où trouver des usuriers ; de plus, Jason avait promis de la renvoyer en Angleterre après le bal. Elle combattit le sentiment d'amour qui naissait en elle. Elle ne l'aimait pas ! Elle ne pouvait pas l'aimer ! On n'aimait pas un homme qui se comportait comme lui. Et pourtant... elle se souvenait des jours et des instants où il s'était montré si charmant envers elle, des moments d'oubli durant lesquels il la courtisait. Alors, avec une sorte d'angoisse, elle en arracha fiévreusement le souvenir de son esprit.

Enfin, la nuit du bal arriva. Leurs rapports n'avaient pas changé de manière appréciable. Mais, lorsque vêtue d'une sobre robe de velours noir, Catherine entra dans le salon où Jason l'attendait avec impatience, celui-ci se demanda âprement comment il pourrait la laisser partir. Il contemplait le tableau douloureusement beau qu'elle formait, ses seins d'albâtre se détachant sur le noir de la robe et ses cheveux noir bleuté qui ondulaient doucement autour de ses épaules.

Il était en proie à trop de souvenirs : souvenir des brusques sourires de Catherine qui l'éblouissaient ;

souvenir de son rire clair quand quelque chose lui plaisait et, par-dessus tout, souvenir de la douceur de sa bouche et de son corps. Il reconnut n'avoir jamais complètement possédé la jeune femme... elle le combattait toujours et, hormis le jour où il lui avait ravi de force sa virginité à l'auberge, il ne l'avait jamais prise avec la sollicitude et la tendresse dont il était capable. Il avait eu l'intention... il avait eu l'intention cette fois-ci à Paris d'agir différemment. Mais elle ne cessait de l'irriter à un point tel qu'il devenait un animal et qu'il employait son corps comme moyen de punition.

Jason resta si longtemps à la fixer en silence que Tamara s'éclaircit la gorge avec nervosité et sentit une chaude rougeur lui teinter traîtreusement les joues. L'Américain s'inclina d'un air moqueur devant elle et la complimenta, une lueur au fond de ses yeux émeraude.

— Vous êtes ravissante, madame Savage. Si nous acceptions d'établir une trêve entre nous, pour ce soir ?

— S'il vous plaît... oui ! murmura Catherine, une étincelle d'encouragement dans les yeux.

Monroe rencontra donc ce soir-là une jeune femme extrêmement différente, et le changement qu'il perçut chez les deux Savage l'intrigua. Ce soir, les yeux de Jason cherchèrent continuellement la créature enjouée qu'il appelait sa femme, et, plus d'une fois, le diplomate saisit le sourire espiègle qu'elle lui décochait. Monroe comprenait très clairement maintenant pourquoi Jason n'avait jamais fait allusion à son épouse. Les hommes se pressaient auprès d'elle et plus d'un se déclara transporté par sa beauté.

Catherine fut très demandée lorsque le bal s'ouvrit. Jason resta en bordure de la piste, et ne dansa avec aucune autre. Tout en bavardant avec diverses personnes de connaissance, il ne perdait jamais de vue la silhouette vêtue de velours noir qui tourbillonnait autour de la salle de bal.

Monroe profita de l'absence de Catherine pour

s'entretenir en privé avec Jason. Pendant une valse, il lui expliqua :

— Vous savez, Jason, Livingston est légèrement inquiet à propos des négociations.

Jason lui lança un regard interrogatif ; mais, comme les deux hommes se trouvaient temporairement isolés au fond de la pièce, Monroe poursuivit :

— Robert craint que la France n'essaye de nous escroquer. Barbé-Marbois se refuse toujours à reconnaître que l'Espagne a rétrocédé la Louisiane à la France. D'après ce que nous savons, nous sommes sur le point d'engager les Etats-Unis à payer plusieurs millions de dollars un territoire qui n'appartient pas au vendeur !

Jason grommela tout en restant sur la défensive ; il remarqua avec colère que d'Arcy sollicitait de Catherine la prochaine danse. Voyant cela, il s'éloigna à grands pas pour arracher sa femme à l'étreinte du chevalier. Au cours de la valse suivante, on vit sa tête basanée se pencher à plusieurs reprises vers le visage de Catherine, levé vers le sien. Les yeux de Tamara luisaient comme des améthystes lorsque la danse prit fin... Personne ne doutait plus que Jason la trouvait irrésistible !

Une foule brillante assistait à ce bal donné pour présenter officiellement Monroe à la société française, bien que, quelques années auparavant, il eût rempli la fonction d'ambassadeur américain en France. Les femmes étaient parées de robes de bal fantastiques et leurs magnifiques bijoux scintillaient à la lumière des bougies. Les hommes étaient eux aussi magnifiques à voir dans leurs vêtements en velours et satin ; tels des paons déployant leurs plumes, ils se pavanaient autour de la gigantesque salle de bal. Dans cette réunion, les nationalités se mélangeaient : on rencontrait des Français, des Américains et même quelques Anglais, tous avec leurs épouses et parfois leurs fils et leurs filles s'ils représentaient un bon parti.

Catherine s'amusait énormément; c'était son premier bal, et Jason se comportait de façon désarmante. Lors du souper tardif, il obtint une table retirée et se mit à flirter scandaleusement avec elle, comme s'ils venaient de se rencontrer et qu'elle était une jeune femme qu'il aimerait connaître mieux — beaucoup mieux! Elle lui retourna avec malice son badinage, l'entraînant même fréquemment à rire fort alors qu'elle renchérissait sur un des compliments les plus ridicules qu'il lui adressait. Les yeux de Jason qui s'attardaient sur son visage animé trahissaient une expression inquiétante et quand elle croisa à nouveau ce regard, son cœur battit si fort qu'elle eut la certitude qu'il le voyait.

Il était tard. Bien après minuit. Catherine et Jason conversaient avec Monroe. Soudain, le coup tomba. Ils se trouvaient près de l'encadrement de la porte qui menait à un grand hall dallé où des serviteurs en tenue aidaient les invités qui partaient à enfiler leurs manteaux et leurs capes. La foule diminuait quelque peu, mais il restait encore un grand nombre de personnes. S'ils s'étaient tenus ailleurs, la rencontre n'aurait peut-être pas eu lieu.

Jason venait d'adresser à Catherine un sourire particulièrement chaleureux; de son côté, elle regardait dans le vide, toute aux pensées qui se bousculaient dans son esprit. Avec un certain vertige, elle essayait de calmer le bonheur qui se déversait dans son corps lorsqu'un soupir étonné la fit balayer du regard un groupe qui passait...

— Catherine! Que fais-tu ici? s'exclama une voix de femme étonnée.

Le visage blême, Catherine fixa sa cousine Elizabeth dans les yeux. Muette, elle remarqua tante Ceci et oncle Edward qui se tenaient juste derrière elle, les yeux dilatés par la stupéfaction.

En entendant les paroles d'Elizabeth, Jason interrompit sa conversation avec Monroe et, d'un coup d'œil rapide, saisit la scène qui se déroulait devant lui. Figée d'horreur, Tamara fixait Elizabeth Markham et ses parents, le comte et la comtesse de Mount. Un pli barra le front de l'Américain lorsqu'il demanda calmement :

— Catherine ?

Mais Tamara ne l'entendit pas, l'esprit trop absorbé par les cauchemars qui s'accumulaient en cet instant terrifiant. Elle ne pouvait plus bouger, elle ne pouvait plus respirer, elle ne pouvait plus penser... elle était incapable de faire quoi que ce soit d'autre que de regarder ses parents d'un air halluciné.

Ceci rompit le silence en s'écriant :

— Catherine ! Abominable fille ! Que fais-tu ici ? Ta mère sait-elle que tu es là ? La pauvre Rachel a été complètement bouleversée par ta faute. J'étais sûre que tu allais causer un scandale ! Je l'ai su immédiatement ! Oh, je sens que je m'évanouis... Edward, mes sels !

Personne ne fit attention à la comtesse de Mount car la lueur méchante qui perçait dans ses yeux prouvait de toute évidence que Ceci s'amusait beaucoup trop pour terminer sa grande scène en s'évanouissant.

— S'il vous plaît, voudriez-vous vous expliquer, madame ? questionna sèchement Jason.

Ceci rassemblait ses esprits pour lui répondre lorsque Edward Tremayne, les yeux glacés, rétorqua d'un ton ferme :

— Je crois, Savage, que vous nous devez une explication ! Que fait ma nièce avec vous à Paris ? Sa mère est au bord de la dépression nerveuse car elle n'a aucune idée de ce qui a pu advenir à sa fille !...

Tremayne se tourna vers sa nièce, le regard lourd de reproche, et la semonça.

— Comment as-tu osé traiter Rachel ainsi ? T'enfuir sans lui laisser un mot ? N'as-tu pas honte ?

Jason se raidit, comme pétrifié. Excepté un rictus au

coin de sa bouche, son visage demeurait fermé et ne révélait absolument rien.

— Je pense qu'il serait préférable de discuter de tout ceci dans un endroit plus intime, proposa-t-il d'une voix neutre.

Il se tourna alors vers Monroe auquel il demanda s'il acceptait de mettre une petite pièce à leur disposition. Malgré l'étonnement dans lequel il se trouvait, le diplomate fit entrer rapidement le groupe silencieux dans une antichambre, puis il ferma la porte pour le soustraire aux regards curieux.

— Je suis sûr que tout ceci n'est qu'un malentendu. Tamara que voici est la femme de Jason! expliqua-t-il dans un désir d'apaisement.

— Sa femme! s'écria Elizabeth d'une voix sifflante à travers ses dents serrées avant de jeter un regard venimeux à la silencieuse jeune fille en noir.

— Votre femme? interrogea Tremayne, grandement soulagé.

Son visage s'éclaira.

Jason n'hésita qu'une minute avant d'approuver d'un bref signe de tête. Monroe, avec un sourire indulgent, ajouta:

— Je vois que mon jeune ami a fait, une fois de plus, quelque chose d'insolite. Dois-je comprendre qu'il s'agit d'un mariage clandestin?

Jason hocha à nouveau la tête d'un coup sec. Déçue par une explication aussi banale, Ceci grommela:

— Il s'agit peut-être d'un enlèvement consenti mais tout de même: pourquoi Catherine n'a-t-elle pas eu au moins la décence d'écrire à sa mère?

Puis elle jeta à sa nièce un coup d'œil malveillant et ajouta:

— Tu aurais pu laisser un billet. Cela aurait évité à Rachel de réveiller tout le voisinage et de faire venir des sergents de police. Je n'ai jamais été aussi gênée de toute ma vie. Ta disparition a ranimé tous les racontars sur l'époque où les gitans t'avaient enlevée. Tout le monde parle de toi ! Bonté divine, ma fille, pourquoi ne pas te conduire normalement ? Tu es la seule dans la famille à causer des scandales. Dieu merci, ton pauvre père n'a pas vécu suffisamment pour voir cela...

En bon diplomate, Monroe essaya d'éviter que cet incident n'aille en s'envenimant.

— Je suis certain que Tamara... euh... Catherine a déjà écrit à sa mère. Après tout, voilà quelques jours que vous avez quitté l'Angleterre ; et, dans l'intervalle, les craintes de sa mère se sont sûrement apaisées. En fait, elle est probablement maintenant ravie que Tamara ait fait un mariage aussi excellent, affirma-t-il doucement.

— Elle ne s'appelle pas Tamara, mais Catherine ! Lady Catherine Tremayne ! rétorqua Elizabeth d'un ton grinçant, les lèvres pincées.

Quelque peu secoué par la haine qu'il lisait dans les yeux d'Elizabeth, Monroe resta silencieux. Sachant l'hostilité que les femmes de sa famille portaient à Catherine, le comte s'arrangea pour ne leur fournir aucune occasion supplémentaire de s'expliquer. Très conscient du fait qu'Elizabeth et Ceci avaient caressé l'espoir de traîner Jason à l'autel — Ceci avait harcelé Edward pour qu'il emmenât sa femme et sa fille en France dès que tout le monde eut appris le voyage de Jason à Paris —, le comte tenait à ce que cette scène désagréable se terminât le plus tôt possible.

— A mon avis, on a suffisamment parlé pour ce soir. Si tu n'as pas prévenu Rachel de ton lieu de résidence ainsi que de ton mariage, fais-le immédiatement ! demanda-t-il durement en regardant Catherine qui restait silencieuse.

Puis il jeta un coup d'œil à Jason et ajouta :

— Si vous m'indiquez l'endroit où vous logez, je vous rendrai visite demain pour que nous puissions discuter des contrats.

— Des contrats ? interrogea froidement Jason, et seule Catherine devina la fureur que dissimulait cette froideur.

Le comte approuva de la tête.

— Lady Catherine est une jeune femme riche : elle possède une fortune personnelle. En tant que tuteur, il m'incombe de veiller au bon usage que vous comptez en faire.

Les yeux glacés de Jason se tournèrent un moment vers Catherine. Il remarqua sa pâleur, mais cela ne le radoucit pas. Comme elle l'avait berné ! Et, dans ce regard d'intelligence, Catherine lut l'anéantissement de l'espoir qu'elle s'était forgé de pouvoir s'excuser ou de tout lui expliquer. S'armant de courage, elle fixa son oncle d'un air suppliant, et lâcha :

— Mon oncle, ce n'est vraiment pas nécessaire ! Nous sommes déjà m... m... mariés. (Elle bafouilla en prononçant le mot puis poursuivit d'un ton rapide :) Et... et... certains accords ont été conclus avant le mariage. S'il vous plaît, ne vous en mêlez pas ! Je vous expliquerai tout quand vous viendrez demain.

— Mais, mon petit amour, il faut que tu me laisses rassurer ton oncle. Tu devais certainement te douter que tout ce que je ferais serait fait convenablement ! rétorqua Jason d'un ton mielleux, tout en serrant cruellement de son bras la taille de Catherine.

Il avait envie de l'étrangler mais comme il jouait le jeu, il sourit tendrement au visage levé vers le sien. Seule Catherine put voir à quel point ses yeux étaient glacés et lointains.

Incapable de se maîtriser, Elizabeth sortit toute sa hargne :

— Comme c'est touchant ! Dis-moi, Catherine, Rachel et toi vous êtes-vous organisées pour qu'il te rencontre à point nommé au camp gitan ou était-ce un hasard ? Je soupçonne ta mère d'avoir sagement intrigué... sinon comment t'aurait-elle obtenu un mari ? Après tout, le beau monde de Londres aurait réfléchi à deux fois avant d'intégrer une gosse telle que toi dans son milieu. Tu as eu de la chance que Jason soit un étranger et qu'il ait ignoré ton histoire... Petite morveuse de gitane !

Un silence scandalisé accueillit l'explosion d'Elizabeth et les paroles irritées de Jason firent l'effet d'une douche glacée.

— Oh, mais vous avez tort, Elizabeth. Je connais son histoire !

Catherine ouvrit les yeux tout grands et ses lèvres s'écartèrent de surprise. Mais Jason poursuivit d'un ton froid sans quitter les yeux marron d'Elizabeth, visiblement furieux :

— Il y a quelque temps, Amanda Harris m'a régalé de... (il hésita)... euh... l'histoire de Catherine. Disons que ce fut ce passé inhabituel qui m'a tout d'abord attiré vers ma jeune épouse. De plus, je tiens à vous avertir que je ne tolérerai pas qu'on lui adresse des paroles injurieuses, comme vous venez de le faire. Et cet avertissement vaut pour tout le monde. C'est un plaisir que je me réserve. Je suis certain qu'à l'avenir, vous apprendrez à contrôler vos paroles.

Profondément gêné par l'attaque virulente de sa fille, Tremayne affirma précipitamment :

— Eh bien, voilà qui conclut le problème : Jason n'a pas été abusé. Comme il se fait tard, je propose une nouvelle fois que nous remettions cette discussion à demain. Je suis sûr que Savage et moi arriverons à un accord personnel.

Violemment dégoûté par Elizabeth et Ceci, Monroe murmura à Tremayne :

— Je vais conduire ces dames dans le hall où elles attendront que Jason vous ait donné son adresse et qu'il ait répondu aux questions que vous avez peut-être envie de lui poser.

Elizabeth ouvrit la bouche pour protester mais, avec

une maîtrise de diplomate, Monroe guida fermement les deux femmes hors de la pièce.

Après leur départ, Edward se détendit un peu. Il aimait tout particulièrement sa nièce ; il lui sourit et demanda :

— Catherine, ma chère, faudra-t-il toujours que tu te conduises de façon extravagante ? Je ne te garderai pas plus longtemps car je crois que cet entretien a été des plus tendus. Ce qui est fait est fait. Mais je ne comprends pas pourquoi Savage et toi vous avez décidé de vous marier clandestinement. Rachel ne se serait certainement pas opposée à votre union, et moi non plus. N'aurais-tu pas pu nous avertir ?

Devant la blessure qui perçait sous les paroles de son oncle, Catherine lutta contre les larmes qui montaient de sa gorge et lui remplissaient les yeux. Elle réussit à maîtriser le désir qui la poussait à se jeter dans les bras de son oncle et à lui déverser toute cette vilaine histoire uniquement en se mordant la lèvre inférieure au point de la faire saigner. Tremayne attendit vainement sa réponse, puis, comprenant qu'en dépit de sa détresse, elle ne répondrait rien, il poussa un soupir de lassitude et se tourna vers le jeune homme qui se tenait aux côtés de sa nièce.

— Où résidez-vous ? J'y serai dans l'après-midi, si cela vous convient.

Jason lui donna brièvement le nom de l'*Hôtel Crillon* et les deux hommes décidèrent ensemble de se rencontrer à deux heures le lendemain. Après avoir déposé un léger baiser sur la joue pâle de Catherine, Tremayne sortit de la pièce.

Il régnait maintenant dans le petit salon un silence accusateur plein de colère. Sachant qu'elle devrait le rompre tôt ou tard, Catherine, qui fixait le tapis d'un air malheureux, expliqua à voix basse :

— Vous ne m'auriez pas crue... si je vous avais appris la vérité.

— Tu aurais pu essayer ! Au lieu de me laisser continuer à croire que tu n'étais qu'une catin de gitane en quête d'un riche protecteur ! Mon Dieu ! Quel gâchis ! Et tout cela parce que tu t'es refusée à te servir de ta satanée langue !

Piquée au vif, Catherine allait protester quand il la devança en affirmant d'un ton hargneux et tendu :

— N'ajoute plus un mot ! Je pourrais t'étrangler très facilement ! Ça suffit !

Monroe pénétra dans la pièce, interrompant cette violente altercation. Jason le remercia avec raideur de son aide en vue d'éviter ce qui aurait pu devenir une scène très déplaisante. Ils conversèrent encore quelques minutes avec gêne. Mystifié à l'extrême et mourant de curiosité, Monroe accueillit avec un certain soulagement le départ du couple.

A l'hôtel, Catherine se glissa silencieusement dans sa chambre à coucher, priant le ciel pour que Jason différât la querelle qui menaçait jusqu'à ce qu'elle ait eu la possibilité de recouvrer ses esprits. Il lui sembla, un court instant, qu'il attendrait jusqu'au matin pour attaquer. Mais au moment où, pâle ombre d'elle-même, Tamara se glissait avec soulagement entre les draps soyeux, la porte de sa chambre s'ouvrit avec fracas sur Jason planté dans l'encadrement, un éclair d'acier dans les yeux.

Il avait enlevé sa veste en velours vert et son gilet. Sa chemise de soie blanche à poignets tuyautés ouverte jusqu'à la taille, Jason tenait dans une main un verre à moitié rempli d'un liquide ambré. Une mèche de cheveux noirs lui barrait le front et la lueur qui brillait dans ses yeux suscita chez Catherine un frisson d'une crainte animale primitive. De toute évidence, il avait fortement bu depuis leur arrivée à l'hôtel, mais il n'était pas encore ivre. Il leva haut son verre avec ironie et, malgré la façon indistincte dont il prononça ces paroles, Catherine les entendit clairement... trop clairement.

— Un toast à ma belle femme. Quand j'ai fait de la petite Tamara ma maîtresse, je ne me doutais absolument pas que j'allais y gagner une jeune épouse de bonne naissance. Dites-moi, Lady Catherine — et ceci, simplement pour satisfaire une curiosité toute naturelle —, votre mère a-t-elle organisé notre rencontre ou ne fut-elle due qu'à un maudit accident ?

Sachant qu'il n'était pas d'humeur à écouter les excuses qu'elle lui présenterait ni la raison de son silence et comme elle était mortellement lasse de toutes ces scènes, Catherine riposta froidement :

— Jason ! Vous êtes ivre ! Attendons demain pour en discuter.

C'était précisément la chose à ne pas dire. Car l'ironie vindicative qu'il arborait jusqu'à présent disparut et Jason traversa la chambre à grandes enjambées rageuses.

— Et quand en discuterons-nous, Lady Catherine ? Après que ton oncle m'aura soutiré davantage d'argent ?

Il enserra alors les épaules frêles de Catherine et la secoua sans pitié. Tout en se contorsionnant pour essayer de se libérer, elle lui cracha :

— Très bien, Jason ! Je vais vous le dire ! Non, ma mère n'avait pas prémédité cette rencontre ! Et moi non plus ! Rejetez-en plutôt le blâme sur votre concupiscence aveugle ! Je ne me suis pas violée... et je ne me suis pas emmenée moi-même en France ! Vous avez tout fait, mon cher mari !

Ces mots qu'elle jeta avec fureur le heurtèrent comme si on venait de lui lancer un seau d'eau glacée au visage. Pendant un temps qui parut infini, ils se regardèrent fixement. Puis Jason surprit Catherine en se jetant de tout son long sur le lit, à ses côtés. Allongé sur le dos, les yeux rivés sur le baldaquin garni de ruches qu'il ne voyait pas, il lui rétorqua :

— Je me suis peut-être rendu coupable d'une mauvaise interprétation de la situation. Mais aussi, tu n'aurais jamais dû rester au camp gitan une fois que tu t'étais rendu compte de l'intérêt que je te portais... Et dès ce premier jour, tu savais que je te désirais ! Pourquoi diable n'as-tu rien dit ?

— M'auriez-vous crue ? demanda-t-elle avec lenteur tandis que sa colère s'affaiblissait.

— Probablement pas ! avoua-t-il.

Comme Jason ne manifestait aucun remords, ce qui était en soi une insolence, Catherine l'interrogea d'une voix tendue :

— Et ce que vous avez fait, cela ne vous ennuie pas ?

— Pas particulièrement ! Qu'ai-je fait d'autre que de conclure un mariage clandestin avec, je le découvre ce soir, une jeune femme qui représente un très bon parti ? Et comme l'on me considère moi aussi comme un très bon parti, alors, où est le mal ?

— Mais nous ne sommes pas mariés ! s'exclama Catherine en braquant de nouveau son regard sur lui.

Jason tourna lentement la tête pour la contempler. Devant la froideur qu'elle lut dans ses yeux verts, Catherine comprit soudain avec écœurement qu'il se trouvait dans un état d'esprit extrêmement dangereux... que sous l'attitude apparemment détendue qu'il affichait, il était en réalité furieux. Figée, elle lui rendit son regard et Jason lui sourit avec une méchanceté volontaire.

— C'est vrai, mon beau chaton, mais, demain soir au plus tard, nous le serons !

Les yeux de Catherine se dilatèrent d'horreur et son visage perdit toute couleur.

— Vous ne parlez pas sérieusement... Vous ne voulez pas m'épouser !

— Comme c'est vrai, Lady Catherine ! Malheureusement, la soirée que nous venons de passer ne me laisse aucune alternative. Et t'épouser, je le veux ! affirma Jason d'un air sinistre.

340

— Mais... mais nous ne nous aimons pas ! Nous ne nous plaisons même pas ! Je ne vous épouserai pas ! Je ne le supporterais pas... pas comme ça ! bégaya-t-elle, médusée.

Après l'avoir poussée contre les oreillers, Jason se pencha au-dessus d'elle, le visage dur, ses lèvres pleines et mobiles pincées par la colère. Avec hargne, il lâcha :

— L'amour n'a rien à voir là-dedans ! Nous devons nous marier et nous le ferons ! Si toi tu apprécies de créer des scandales, comme ta tante semble l'insinuer, moi, par contre, je déteste qu'on me traite de goujat et de rastaquouère qui séduit les jeunes femmes de qualité !... Pourquoi, nom de Dieu, n'es-tu pas la jeune gitane que tu paraissais être ? Nous n'aurions alors aucun problème. Maintenant, je vais — que Dieu m'assiste — avoir une femme ! ajouta-t-il d'un ton amer.

— Je ne vous épouserai pas !

— Tu n'as pas le choix... nous sommes collés l'un à l'autre. Si nous ne nous marions pas — immédiatement et secrètement — combien de temps penses-tu qu'Elizabeth ou sa mère pourront taire ce succulent épisode ?

Cet argument irréfutable tomba sur Catherine comme une sentence de mort. D'ici quelques heures, elle serait liée pour toujours à un homme qui la haïssait et qui la méprisait. Devant cette constatation, son cœur se mit à peser comme du plomb dans sa poitrine. Malheureuse, elle se demanda comment une soirée qui promettait beaucoup pouvait se terminer de façon aussi désastreuse. En période d'optimisme, elle avait caressé l'espoir que peut-être, avec le temps et des circonstances favorables, ils résoudraient tous deux leurs différends. Mais maintenant, il ne lui pardonnerait jamais de l'avoir placé dans une position aussi intolérable. Elle avait beau se rappeler qu'il était le seul fautif, cela ne la réconfortait pas pour autant. Visiblement, Jason ne reconnaissait pas ou ne voulait pas reconnaître que, s'ils en étaient arrivés là, il en était seul responsable.

341

Elle leva les yeux vers le visage dur qui se trouvait devant elle et les larmes retenues dans sa gorge lui infligèrent une douleur presque intolérable. Elle craignait énormément d'être tombée amoureuse de cet homme qui, tout en désirant parfois son corps, la considérait comme une terrible gêne. Et la voilà maintenant à la veille d'être contrainte à rester toute sa vie une épouse non aimée et non désirée !

Le visage de Catherine exprimait les émotions qu'elle ressentait. Bien que ne pouvant deviner la nature exacte de ses pensées, Jason remarqua le sombre désespoir qui l'accablait. Il ne s'était pas attendu à la voir se réjouir de cette décision, mais il n'avait certes pas imaginé qu'elle l'envisagerait avec une aversion si manifeste ! Sacrée fille ! Il allait sous peu avoir la charge d'une donzelle à la langue de vipère dont le corps qui promettait tant se refusait à obéir à ses attirances inexprimées. Elle n'avait pas le droit de paraître malheureuse à ce point. Elle retirerait de cette maudite affaire un mari riche tandis que lui, il allait devoir vivre les années qui lui restaient enchaîné à une femme qui le haïssait vraisemblablement !

— Tu n'as pas répondu à ma question. Crois-tu ta tante et ta cousine capables de s'abstenir de raconter ce qui vient de se passer ?

— Vous n'avez pas besoin de réponse. Vous savez tout aussi bien que moi qu'Elizabeth et Ceci seront ravies de la raconter au monde entier, répliqua-t-elle d'une petite voix.

— Eh bien, dans ce cas ?... Acceptes-tu de m'épouser dès que j'aurai pris les dispositions nécessaires ?

Catherine approuva d'un hochement de tête, les yeux grands ouverts et implorants. Jason ressentit comme un coup au cœur. Elle gisait si belle, là, sur le lit, ses cheveux semblables à un nuage de soie noire contre les oreillers blancs. Il prit instantanément et vivement conscience du corps étendu près de lui. A l'instant même où un désir familier le traversait, sa bouche se tordit amèrement. Elle était capricieuse, faible et perfide. Elle l'avait dupé, trompé et, avec une insouciance espiègle, avait transformé sa vie en enfer. Dégoûté de sentir son propre corps le trahir, il s'éloigna brusquement d'elle et proposa d'une voix froide :

— Avec un peu de chance, je pense réussir à faire en sorte que nous soyons mariés demain soir. Et nous continuerons à vivre comme maintenant.

Il se leva et s'apprêtait à partir quand Catherine l'arrêta en demandant :

— Jason, serons-nous vraiment mariés ? Je... je veux dire, cela sera-t-il un mariage légal ?

Furieux, Jason pivota sur lui-même et cracha :

— Ne vous inquiétez pas, Lady Catherine... Vous avez réussi à me mettre le grappin dessus ! Rassurez-vous, le mariage sera légal et irrévocable. Je n'ai pas l'intention de me limiter à une cérémonie factice qui vous décevrait !

— Oh ! Arrêtez ! Vous déformez mes pensées. Je désirais tout simplement le savoir. Il s'agit de ma vie à moi aussi, ne l'oubliez pas ! Vous n'êtes pas le seul à être forcé de vous marier contre votre volonté. Rappelez-vous que je suis l'autre moitié offensée ! Souvenez-vous, si vous le pouvez, que c'est moi qui fus violée et enlevée. Et non vous !

— Un point pour toi, mon amour. Mais tu n'es pas, toi non plus, totalement innocente... Et... cela me rappelle — maintenant que nous sommes au seuil d'une union indissoluble et qu'il ne devrait donc plus exister le moindre secret entre nous. Que cherchais-tu ce matin-là à l'auberge ? Croyais-tu que j'allais oublier ce petit incident ? Ou encore tes rapports avec Pendleton ?

21

Tel un coup de couteau, la question frappa Catherine presque physiquement. Au cours des semaines précédentes, tout s'était effacé de son esprit : l'intérêt de Clive pour une vague carte possédée par Jason ainsi que la menace de chantage proférée contre Rachel. Depuis ce matin où, dans la garçonnière londonienne de Jason, elle avait marchandé sa liberté contre cet aveu et que Jason avait refusé sa proposition, elle l'avait complètement oubliée. Maintenant, au moment où elle s'y attendait le moins et où elle avait les nerfs à vif, il la prenait à l'improviste avec cette question. Déconcertée par l'interrogation soudaine, sans rapport apparent avec leur discussion, elle ne remarqua pas la légère teinte de jalousie qui colorait la dernière question de Jason.

Il était tard, elle était fatiguée ; de plus, elle ne devait pas fidélité à Clive — en fait, c'était absolument le contraire. En conséquence, à mots hésitants, elle raconta la vérité à Jason sans omettre la menace de Clive de nuire à sa mère. Elle n'élucida pas ses relations avec lui car, à son avis, il n'y avait rien à expliquer : Clive avait été tout simplement le filleul de son père.

Elle apprit à Jason que Clive l'avait obligée à rechercher une carte. La première fois qu'elle y fit allusion, l'Américain fronça les sourcils. Concentrée sur son histoire, les yeux rivés sur ses mains, Catherine ne vit pas la vilaine lueur qui éclaira les yeux de Jason lorsqu'elle exposa avec minutie la méthode employée par Clive pour la forcer à exécuter ses ordres. A la fin de son récit, elle leva rapidement les yeux vers lui en signe de défi.

— Voilà tout ce que je sais... Je n'en ai jamais su davantage ! Que vous le croyiez ou non !

Avec douceur, il affirma d'une voix traînante :

— Calme-toi, ma petite chatte renfrognée. Je n'ai pas dit que tu mentais. Cela m'intrigue seulement. Clive n'est pas stupide, il ne doit vraisemblablement pas courir après des chimères... Par conséquent, ou bien il me confond avec quelqu'un d'autre, ou bien il s'est laissé duper par un conte à dormir debout. Es-tu certaine qu'il voulait seulement une carte ?

— Il a dit une carte... non, attendez ! Il a dit qu'il se pourrait qu'il y ait une carte. Et que, si je ne la trouvais pas, il devrait fouiller votre appartement de Londres.

— Qu'il devrait fouiller... ou qu'il avait fouillé ?

Déconcertée par cette étrange attention, Catherine contempla Jason une minute.

— Je ne m'en souviens pas exactement. Mais je suis absolument certaine qu'il a affirmé ne pas encore l'avoir cherchée là-bas. Si je ne trouvais rien, quelqu'un se chargerait pour lui d'en retrouver la trace à Londres.

Ces paroles ne correspondaient visiblement pas à la réponse que Jason attendait. Après lui avoir souhaité une bonne nuit, il quitta subitement la chambre, l'air absent.

Jason avait cru un instant avoir trouvé les raisons de la présence de l'homme dans son appartement. Mais si Catherine — que cela semblait bizarre de lui donner ce nom ! — avait dit vrai, ce qu'il croyait, Pendleton n'était lié en rien à cet événement-là. Toutefois, il en savait maintenant davantage et puisqu'il ne possédait aucune carte, cela offrait un nouveau champ d'éventualités.

Si Catherine lui avait raconté que Pendleton lui avait demandé de rechercher des documents officiels, ceci aurait été une tout autre affaire. L'Espagne, l'Angleterre et la France avaient toutes trois de bonnes raisons de s'intéresser aux projets de Jefferson à propos de la Louisiane. Mais, à moins que cette mystérieuse carte n'ait une quelconque signification militaire, il ne comprenait pas pourquoi elle suscitait un tel intérêt — à supposer que le rôdeur de Londres fût en quête de la même chose que Pendleton !

Cette énigme le tourmentait. Couché sur le dos, détendu et indolent, Jason réfléchissait avec une violente énergie. Quelques instants plus tard, il s'impatienta de ne pas trouver la réponse. Avec inquiétude, il sentait qu'elle se trouvait hors d'atteinte mais qu'il connaissait pourtant la solution.

Ce soir-là, ni l'un ni l'autre ne purent dormir. Emotionnellement épuisée par la découverte soudaine de son identité ainsi que par l'odieuse scène qui en avait résulté chez Monroe, Catherine passa la nuit à attendre patiemment le coup fatal comme un animal mortellement blessé. Elle acceptait avec résignation la déclaration de Jason qui avait affirmé qu'ils se marieraient ; cependant, une partie de son être se révoltait contre l'apathie dans laquelle elle était tombée. Telle une renarde prise au piège, elle chercha sans cesse, avec frénésie, un moyen de s'enfuir. Aucun ne semblait exister ; la douce lumière de l'aube dissipa petit à petit la noirceur de la nuit avant qu'elle ne tombât dans un sommeil agité.

Bien qu'il ait lui aussi peu dormi, Jason se leva et sortit dès l'aube. Sa matinée fut fructueuse. Pour éviter que l'on ne découvrît un jour la date exacte de leur mariage, il se rendit à cheval hors de Paris dans un des petits hameaux situés à quelques milles de la capitale. Il y découvrit un magistrat, heureusement peu bavard, qui consentit à célébrer le mariage. Il laissa une gratification excessivement généreuse, en échange de quoi on l'assura qu'on obtiendrait pour lui une licence spéciale et que tous les papiers légaux seraient prêts en temps voulu. Vu les circonstances, Jason apprécia avec un certain soulagement qu'il n'y ait, depuis la Révolution française, que des mariages civils immédiatement ratifiés.

Lorsqu'il revint à l'hôtel, il lui restait juste le temps nécessaire pour se débarrasser de l'odeur des chevaux et de la poussière et pour remplacer sa tenue équestre par quelque chose de plus conventionnel avant sa rencontre avec Lord Tremayne. Durant l'entretien avec son oncle, Catherine resta très calme ; le comte mit les ombres pourpres qui cernaient ses yeux et son attitude morne sur le compte de l'heure tardive à laquelle elle était rentrée la veille au soir — et peut-être également du remords qu'elle devait éprouver pour la façon dont elle avait traité sa mère.

La rencontre se déroula de manière satisfaisante ; le comte apprécia les dispositions excessivement généreuses qu'offrit Jason qui, sa décision prise, s'occupait de l'affaire avec une froide efficacité. Seule Catherine était mécontente — non pas pour le montant de la somme que Jason lui consentait comme rente — mais plutôt pour la facilité avec laquelle on la vendait ! Car c'était le seul angle sous lequel elle pouvait envisager l'affaire.

Bien qu'il eût beaucoup d'affection pour elle, son oncle se souciait beaucoup plus des transactions financières — même si c'était en sa faveur à elle — que de ses sentiments. Pas une fois, il ne s'inquiéta de son bien-être et de savoir si elle était heureuse.

Avec fermeté, elle cessa de s'apitoyer sur elle-même en se rappelant que son oncle croyait, bien qu'à tort, qu'elle s'était enfuie avec l'homme qu'elle aimait. Il la présumait par conséquent heureuse. Par ailleurs, comme il était persuadé qu'elle avait laissé Rachel dans l'ignorance de ses projets, et ceci sans aucune pitié pour elle, il compatirait peu avec elle si jamais il apprenait qu'elle était malheureuse et qu'elle regrettait ce mariage irréfléchi. Cependant, elle était ulcérée de voir qu'il pouvait disposer d'elle à la légère sans s'assurer auparavant qu'elle était vraiment heureuse et satisfaite. Un pli rebelle se dessinait au coin de sa bouche, mais le comte, extrêmement soulagé de voir si bien s'achever ce qui aurait pu devenir un grand scandale, ne remarqua pas ce signe qui proclamait à l'évidence que tout n'allait pas bien. Un peu plus tard, il partit.

Jason l'accompagna jusqu'à la porte. En revenant vers Catherine, il remarqua son expression. Un sourire nonchalant aux lèvres, il lui demanda d'une voix traînante :

— Qu'est-ce qui te ronge, mon chaton ? Tu trouves que je ne me suis pas montré suffisamment généreux ?

— Ce n'est pas cela. C'est l'idée elle-même. Je me sens comme quelqu'un qu'on vient d'acheter ! Vous venez de m'acquérir comme un de vos chevaux !

— Je dois admettre que tu t'es révélée une petite pouliche coûteuse, murmura-t-il d'un ton ironique, avec un sourire de plus en plus large.

Catherine faillit s'étrangler sous la fureur qui l'étouffait ; néanmoins elle ne répliqua pas, se contentant de serrer les lèvres et de le foudroyer du regard. Une seconde s'écoula avant qu'elle ne se décidât enfin à interroger Jason d'une voix dure :

— Avez-vous pris toutes les dispositions nécessaires ?

Jason acquiesça lentement de la tête ; simultanément, son sourire disparut.

— Nous avons rendez-vous à Saint-Denis ce soir. Le fonctionnaire de l'endroit accepte de fermer les yeux sur notre désir subit de nous marier ; il veillera aussi à ce que tous les papiers nécessaires soient remplis. Ne craignez rien, ma chère Lady Catherine, dans quelques heures vous serez réellement Mme Savage !

Catherine détesta le timbre légèrement railleur de Jason à ces dernières paroles ; néanmoins, elle se retint d'exploser.

— Combien de temps nous reste-t-il avant notre départ ?

— Pourquoi ? Ne me dis pas que tu attends la visite de Mme Elouise pour qu'elle te fasse à la hâte une robe de mariée ? interrogea-t-il d'un ton sarcastique.

348

— Je m'informais tout simplement de l'heure à laquelle vous vouliez que je sois prête. Mais je m'aperçois que vous êtes d'humeur déraisonnable. Donc, quand vous serez prêt, faites-le-moi savoir !

Elle commençait à partir, mais Jason l'arrêta en saisissant son poignet. Gentiment, il expliqua :

— Je suis désolé. Je ne devrais pas me laisser pousser par mon dégoût devant cette situation, ce qui ne fait qu'empirer les choses entre nous. Saint-Denis se trouve à quelques milles d'ici ; donc, à moins que tu ne souhaites changer de vêtements, il serait préférable que nous partions dans l'heure. Quand tu seras prête, je commanderai la voiture.

Etonnée par cette excuse inattendue, Catherine le contempla un instant. Elle portait une robe en soie pourpre qui donnait à sa peau un éclat laiteux et intensifiait la nuance améthyste de ses yeux. Elle n'aurait évidemment pas choisi cette tenue comme robe de mariée, mais elle ne voyait pas la nécessité d'en changer. « Cette toilette conviendra tout aussi bien qu'une autre », pensa-t-elle tristement. Ce fut dans cet état d'esprit qu'ils se mirent en route pour Saint-Denis.

Le contrat signé, ils quittèrent le petit village à la tombée de la nuit. Ils étaient donc légalement, irrévocablement mariés ! Hébétée, Catherine avait les yeux rivés sur le lourd anneau d'or qui encerclait maintenant son doigt. Il lui semblait incroyable que les quelques mots prononcés par un fonctionnaire au visage inflexible et à la voix sèche aient pu l'unir à Jason Savage. Mais il en était ainsi ; l'esprit ailleurs, elle regardait fixement devant elle. Jusqu'ici, elle n'avait jamais rêvé au jour de son mariage ; elle savait toutefois qu'elle n'aurait pas souhaité un mariage en grand tralala... Les fleurs d'oranger et des mètres et des mètres de dentelle blanche ne paraissaient définitivement pas faits pour elle ! Néanmoins, elle aurait aimé quelque chose de mieux que la cérémonie rapide et impersonnelle qu'elle venait de subir. Elle s'émerveilla toutefois de constater que Jason avait songé à acheter une alliance — car, hormis cette preuve tangible, seule une récitation plate et simple rappelait qu'il s'agissait d'un mariage.

Jason restait lui aussi étrangement silencieux. Tandis que la nuit tombait et que l'obscurité augmentait, le silence qui régnait entre eux devint presque palpable. Chacun était extrêmement conscient de la présence de l'autre et tous deux luttaient contre l'intimité dans laquelle les enveloppait la pénombre de la voiture. La lune s'était levée ; dans sa faible lumière, Catherine discernait à peine les traits de son compagnon, assis juste en face d'elle. Le clair de lune ne révélait pas ses yeux mais tombait sur son nez droit et arrogant ainsi que sur sa bouche pleine et mobile.

Il était son mari. Il avait donc maintenant légalement le droit de faire tout ce qui lui plaisait avec elle. Non seulement sa fortune mais également sa vie venaient de passer dans ces mains qui pouvaient la remplir d'un tel délice tout comme d'un grand effroi. Un bref soupir lui échappa. L'entendant, Jason se pencha et recouvrit de ses chaudes mains les doigts qu'elle tenait étroitement joints sur ses genoux.

— C'est si épouvantable d'être mariée avec moi ? lui demanda-t-il doucement.

Les yeux presque pourpres dans la lumière diffuse, Catherine avoua d'une petite voix :

— Nous ne nous connaissons vraiment pas très bien. De plus, il semble que nous passions notre temps à nous battre à couteaux tirés. Je ne vois donc pas comment nous pourrions l'un ou l'autre parvenir un jour à être heureux.

Le ton de Jason se durcit légèrement :

— Essayons seulement avec plus de force. Nous sommes mariés et rien ne pourra y remédier ! Avec le temps, nous tirerons peut-être une certaine satisfaction de nos relations, sinon du bonheur.

Catherine approuva de la tête et non de la voix de peur que celle-ci ne la trahisse. A cause des ténèbres épaisses qui enrobaient la voiture, Jason ne vit pas le petit mouvement, aussi s'informa-t-il sèchement :

— Eh bien ? Tu n'es pas d'accord ?

Lorsque Catherine répondit d'un ton hésitant, elle se trouvait visiblement au bord des larmes.

— Oui. Je sais que vous avez raison. Dans quelques années, tout ceci nous semblera différent. Je... je désire seulement que... que...

Elle s'interrompit car elle avait du mal à résister aux larmes brûlantes qui montaient dans sa gorge ; un bref sanglot de désespoir lui échappa. Ce bruit déchira le cœur de Jason comme une balle ; il traversa instinctivement l'espace qui les séparait pour la prendre doucement sur ses genoux et dans ses bras.

Sa gentillesse inattendue causa la perte de Catherine. Elle fondit en larmes et remarqua confusément que les lèvres de Jason lui caressaient doucement les cheveux tandis qu'il lui murmurait des paroles apaisantes. Le torrent de larmes cessa enfin ; elle se tint alors calmement entre ses bras ; seul un petit hoquet rompait de temps en temps le silence.

Tel un père réconfortant une enfant blessée, Jason essuya doucement avec son propre mouchoir les traces que les larmes avaient laissées sur les joues de Catherine. Ce geste rappela vivement à la jeune femme une autre scène dans la prairie. Jason devait y penser également car il chuchota :

— On dirait que je passe mon temps à te faire pleurer. Ce n'est pas la première fois que nous nous retrouvons ainsi.

Les yeux voilés de larmes, elle le regarda et Jason respira avec difficulté. « Dieu ! Qu'elle est belle ! » pensa-t-il en contemplant ses longs cils humides des larmes récentes et ses lèvres douces toujours frémissantes. Sa bouche se ferma sans réfléchir sur la sienne en un baiser pressant qui laissa Catherine hors d'haleine et avide d'un autre baiser. Comme malgré lui, Jason grommela :

— Oh, mon chaton, écoute-moi ! Tout va mal entre nous, mais c'est notre nuit de noces. Nous n'en aurons jamais d'autre. Ne pouvons-nous pas, pour une fois, mettre de côté causticité et reproches et... et...

Il hésita à poursuivre... ses lèvres caressèrent le visage tourné vers lui.

— Oh ! Diable ! Je ne sais pas très bien exprimer ce que je veux ! Ne me combats pas... au moins cette nuit. Nous devons réussir notre mariage ! s'écria-t-il, finalement.

Plus que désireuse d'acquiescer, Catherine s'abandonna contre lui, sa bouche levée en une invite irrésistible. Jason poussa une plainte et ses lèvres trouvèrent une fois encore celles de la jeune femme. Absorbés l'un par l'autre, ils sursautèrent lorsque la voiture s'arrêta enfin devant l'*hôtel Crillon*. Jason s'en réjouit toutefois — encore quelques milles de cet abandon inespéré chez Catherine et il n'aurait pu se retenir de consommer leur mariage sur le plancher de la voiture !

Jason s'efforça de ne pas se conduire comme un animal en rut et se montra singulièrement prudent lorsqu'ils eurent regagné l'intimité de leur suite. Refrénant étroitement le désir qui le tenaillait, il s'obligea à commander un léger repas à servir dans leur appartement et laissa à contrecœur Catherine se rafraîchir.

Elle ignorait volontairement la douloureuse pensée qui persistait en elle : tandis qu'il manifestait clairement la faim qu'il avait d'elle ainsi que son désir de les voir tous deux parvenir à un accord, Jason n'avait pas une fois mentionné ou insinué qu'il l'aimait ni qu'elle avait à ses yeux plus de valeur que toutes les autres femmes ! Farouchement, elle écarta vivement ces désagréables réflexions. Fiévreuse à l'idée de la nuit à venir, elle ordonna hâtivement à Jeanne de lui préparer un bain.

Pour la première fois de sa vie, elle voulait consciemment se rendre désirable. Tout en fouillant presque frénétiquement dans l'armoire débordante pour y prendre une robe, elle songea qu'elle ignorait ce qu'un homme trouverait irrésistible. Ses yeux s'éclairèrent finalement lorsqu'ils tombèrent sur un déshabillé que Jason lui avait donné peu après leur arrivée à Paris. Elle n'avait jamais songé le porter un jour, en partie par pure perversité, en partie également par la connaissance instinctive que l'on avait dessiné ces vêtements dans un but précis.

La chemise de nuit et la robe de chambre étaient en soie pourpre, d'un pourpre tellement chaud et foncé qu'il tirait sur le noir ; contre la peau d'albâtre de Catherine, l'ensemble paraissait sensuellement évocateur. La chemise lui collait aux seins comme une seconde peau avant de tourbillonner en un nuage pourpre jusqu'à ses pieds grâce à des mètres et des mètres de tissu. Elle n'était retenue aux épaules que par deux rubans minuscules ; l'estomac noué, Catherine savait pertinemment que dans quelques minutes seulement, Jason les déferait d'une petite secousse.

Le déshabillé avait des manches longues et bouffantes d'une telle transparence que la blancheur de ses bras luisait à travers leurs plis. Lorsqu'elle pénétra dans la pièce où l'attendait Jason, la longue traîne flottait derrière elle.

Il lui tournait le dos et regardait par la fenêtre. Elle resta un moment dans l'encadrement de la porte, remarquant la petite table dressée pour deux, le charme particulier créé par la lueur douce des bougies. Puis ses yeux se reportèrent sur l'homme, toujours inconscient de sa présence. Il s'était changé et portait une robe de chambre soyeuse ; ses cheveux brillaient d'humidité, indiquant par là qu'il avait pris lui aussi le temps de se baigner.

Elle hésitait, soudainement incertaine. C'était le moment ou jamais de faire demi-tour et de courir... maintenant, avant qu'il ne sente sa présence. Elle avait encore la possibilité de se glisser dans sa chambre et d'envoyer Jeanne l'informer qu'elle se sentait mal, qu'elle ne le verrait pas ce soir. Elle savait intuitivement qu'il ne la violerait pas. Mais, tandis qu'elle réfléchissait, il se retourna lentement pour lui faire face.

L'éclat qui jaillit dans ses yeux faillit pousser Catherine à quitter très vite la pièce. Mais elle refusa de prêter attention à la secousse effrayée qui bouleversait son cœur, lui sourit malicieusement et l'autorisa à l'aider à s'installer à table. Le repas qui suivit resterait éternellement confus dans son esprit car, tout le temps qu'il dura, elle eut trop conscience de la présence de Jason, de ses grands yeux verts obscurcis par cette flamme ardente où se lisait un désir possessif, de sa bouche aux lèvres pleines et terriblement sensuelles. Ce qu'ils mangèrent et burent, elle ne s'en souvint jamais, mais le visage de son mari, impassible hormis cette étincelle au fond des yeux, brûla dans son esprit pendant tout le repas. En observant les doigts de Jason qui encerclaient un verre en cristal de Baccarat, Catherine fut incapable de maîtriser le frisson de désir qui faisait frémir tout son corps. Ces mains maigres tiendraient bientôt son corps à leur merci ; à cette pensée, elle sentit une crispation presque douloureuse dans les reins.

Incapable de supporter l'incertitude qui pesait sur la pièce calme, Catherine se dressa soudain en balbutiant :

— Il... il... il fait terriblement chaud ici ! J'ai bien envie de prendre une bouffée d'air frais !

Avec nonchalance, Jason surveilla la jeune femme qui traversait la pièce en direction des portes à double bat-

354

tant qu'elle ouvrit toutes grandes, permettant ainsi à l'air de la nuit, légèrement parfumé par les acacias en fleur, de pénétrer dans la pièce. Simultanément le corps de Catherine se tendit davantage ; elle contemplait d'un air vague l'avenue qui s'étendait devant elle. Soudain, elle sentit, plutôt qu'elle ne vit, Jason qui s'avançait derrière elle. Ses mains, qu'il avait chaudes et douces, se refermèrent sur ses épaules ; elle ne parvint pas à maîtriser totalement le léger raidissement de crainte qui la parcourait.

Jason attira fermement son corps contre le sien ; toutefois, pendant plusieurs secondes, il se contenta de caresser lentement ses bras et ses épaules tandis que ses lèvres voyageaient avec légèreté sur sa chevelure, jusqu'à effleurer le point sensible où son cou rejoignait ses épaules lisses. Lorsqu'il la sentit complètement détendue contre lui et seulement alors, il la fit doucement pivoter pour l'amener face à lui. Devant l'expression qui marquait le visage de Jason, l'émotion prit Catherine à la gorge.

Eclairés par la lune, ils s'examinèrent gravement ; enfin, Jason l'embrassa, d'un baiser doux et interrogatif en même temps qu'exigeant mais la passion le durcit soudain. Incapable de résister au désir qui l'assaillait, Catherine écarta les lèvres avec empressement. Le sang lui martelait les tempes lorsque Jason leva enfin la tête ; elle sentit alors une douleur affamée lui battre les reins. Les yeux de Jason fouillèrent son visage ; puis, sans un mot, il l'enleva dans ses bras et la porta dans la chambre à coucher.

A gestes rapides et réfléchis, il lança robe de chambre et chemise de nuit sur le plancher et l'allongea sur le lit avec un rire grave et rauque.

— J'espère que cette fois-ci tu ne projettes pas de te retirer au moment crucial ? demanda-t-il d'un air taquin ; ses dents blanches étincelaient dans l'obscurité.

Trop consciente du corps chaud et dur au-dessus

d'elle, Catherine ne put que le contempler en silence. Quand il la rejoignit sur le lit et qu'il l'attira vers lui, elle eut l'impression de se retrouver dans une seconde peau ; son corps épousa celui de l'homme et ils furent soudain si près l'un de l'autre que rien, pas même une ombre, n'aurait pu se glisser entre eux. La bouche de Jason se referma sur la sienne et il se réjouit de sentir Catherine répondre instinctivement. Puis, sous la poussée du désir, ses lèvres ouvrirent celles de la jeune femme et il s'abreuva ardemment à la douceur de sa bouche ; en même temps, ses mains explorèrent son corps.

Il se montrait doux avec elle, prenant son temps ; sa bouche suivait ses mains qui caressaient les épaules et les seins de Catherine. Les émotions qu'elle éprouvait tourbillonnaient sauvagement en elle. Alors, instinctivement, ses mains inexpérimentées se mirent à voyager avec hésitation sur le corps de son compagnon, longeant lentement sa musculature, son dos large et ses fesses fermes avant de rassembler leur courage pour le toucher comme la première fois, à l'auberge. Catherine n'eut pas besoin d'encouragements car Jason guida doucement mais sûrement sa main et quand sa paume se referma autour de lui, il laissa échapper un long grognement de plaisir.

— Chaton... *mon petit cœur*... ah... pas comme cela... comme ceci !

Il lui enseigna habilement comment satisfaire un homme : sa main posée sur la sienne lui montrait adroitement la façon de le faire ; à mots doux, il l'encourageait à aller plus loin quand elle hésitait. Il poussa bientôt un petit rire et commanda :

— Tout doux, tout doux, mon bijou, sinon ce sera terminé avant que nous ayons même commencé !

Il s'écarta alors légèrement d'elle ; mais ses mains toujours caressantes poursuivaient leur exploration, se mouvant avec lenteur sur son ventre plat pour descen-

356

dre ensuite vers ses cuisses tremblantes. Elle ne put se retenir de serrer les jambes dans un mouvement involontaire et les mains de Jason interrompirent immédiatement leur quête.

— Chaton ? lui demanda-t-il, ses lèvres près des siennes.

Et il l'embrassa profondément. Perdue, elle écarta les jambes pour le laisser explorer son être intime.

Au contact de son mari, le corps de Catherine s'embrasait. Sous les lèvres et les mains qui continuaient à l'éveiller au-delà de tout ce qu'elle avait connu jusqu'alors, Catherine gémit inconsciemment et ses mains se tendirent vers lui avec ardeur. Cette fois-ci, elle n'eut pas besoin de guide tandis qu'elle mettait en pratique ce que Jason venait de lui enseigner. Elle remuait la tête de droite à gauche sous la force de la passion qui la maintenait captive. Puis, quand elle crut pouvoir répondre par des cris au plaisir qu'il lui donnait, il la pénétra doucement, lentement. Heureusement soulagée de se sentir enfin possédée, elle laissa échapper un soupir de satisfaction, ce qui fit rire Jason.

— Ce n'est pas encore terminé, ma douce. Tu apprends !

Il commença alors à se mouvoir profondément en elle et les fortes émotions qu'il avait éveillées semblèrent s'accroître et se combiner pour former une sensation dure et douloureuse entre ses cuisses. Avec frénésie ses mains caressaient le dos de l'Américain, l'exhortant inconsciemment à poursuivre. Répondant à ses prières, Jason s'enfonça plus profondément et plus durement en elle. Le corps tendu comme un arc, Catherine sentit jaillir l'énorme bouillonnement d'extase qui enflait en elle, ce qui la laissa éblouie et flottant sur un nuage de plaisir purement sensuel.

Sa propre réponse l'étonna tellement qu'elle ne profita pas de l'éruption de Jason qui suivit rapidement la sienne. Quand elle revint à la réalité, elle s'était blottie dans ses bras, le corps toujours en proie aux caresses de son compagnon.

Tout au long de la nuit, Jason la mena à maintes reprises au bord de la folie avant de la prendre. A chaque fois, elle éprouva ces mêmes émotions exquises, prélude à l'accomplissement. Il ne semblait pas pouvoir la laisser, ne lui permettant de somnoler que légèrement avant de la posséder à nouveau. Catherine aspirait tout autant que lui à cette possession et elle répondait au feu qui le tenaillait par un embrasement de tout son corps. Elle ne l'arrêta qu'une fois : la tête sombre de l'Américain voyageait amoureusement sur son ventre, ses lèvres allaient suivre ses doigts en elle quand elle laissa échapper un soupir choqué et se raidit avant de s'écarter brusquement de lui en bégayant :

— Non... non... je... non !

Un étrange sourire aux lèvres, Jason murmura :

— Tant pis. Je t'apprendrai un autre jour tout ce qu'il est nécessaire de savoir sur ce qui se passe entre un homme et une femme. Tu es une élève tellement douée, mon amour, que j'en ai oublié que tu es encore presque vierge.

Puis ses lèvres reprirent celles de Catherine et elle ne pensa plus à rien tandis que les mains et le corps de Jason jouaient avec le sien, l'enfonçant encore davantage dans sa source de plaisir.

Le sommeil l'envahit alors que l'aube se déversait déjà dans la chambre. Elle s'éveilla beaucoup plus tard et découvrit qu'elle se trouvait dans sa propre chambre. Perplexe, elle regardait fixement les tentures familières lorsqu'elle rougit au souvenir de tout ce qui s'était passé la nuit précédente. A ce rappel, elle se pelotonna comme une enfant sous les couvertures. Avec netteté, elle se souvenait que Jason l'avait prise dans ses bras pour la transporter ici, dans sa chambre à coucher.

Après l'avoir installée sous le chaud couvre-pied, il avait embrassé avec lenteur sa bouche meurtrie par l'amour avant d'enfouir son visage contre sa gorge en murmurant :

— Si je te gardais dans mon lit, je te ferais l'amour tout au long de la journée aussi bien que toute la nuit ! Tu enflammes mon sang et je ne me sens pas rassasié de toi.

Il s'apprêtait à la quitter quand, avec une confiance toute neuve, Catherine avait tendu les bras pour le toucher délibérément. Avec un gémissement, il s'était laissé tomber à ses côtés et une fois de plus la magie s'était installée entre eux.

Maintenant cependant, au souvenir de sa hardiesse, elle rougissait à l'extrême tout en se demandant comment, après les événements de la nuit dernière, elle oserait le regarder en face. Toutes les pensées désagréables et malvenues écartées la veille refirent surface pour la harceler impitoyablement.

Pendant la nuit, même au paroxysme de leur passion, Jason ne lui avait pas une fois parlé d'amour. A dire vrai, il lui avait chuchoté des mots doux, allant jusqu'à l'appeler son petit amour, mais jamais il ne lui avait donné la preuve qu'il attendait d'elle autre chose qu'un simple corps répondant dans ses bras.

Catherine pouvait s'illusionner une fois, mais il lui était insupportable de penser aux autres nuits où il la posséderait — alors qu'elle saurait qu'il ne l'aimait pas ! Après la nuit précédente, comment pourrait-elle le repousser quand il viendrait, ce qu'il ne manquerait sûrement pas de faire, réclamer d'exercer ses droits de mari ? Si seulement il lui avait dit qu'il l'aimait... si seulement il l'aimait !

Ces pensées malheureuses continuèrent à la perturber pendant qu'elle se baignait machinalement et qu'elle autorisait Jeanne à l'habiller. Devant la glace tandis que Jeanne brossait ses cheveux brillants et les arrangeait, Catherine observait son visage avec intensité : elle cherchait la preuve qu'elle était maintenant différente. L'image que lui renvoyait le miroir était le visage qu'elle connaissait bien, et pourtant, elle était autre — impossible de le nier.

Jusqu'à la nuit dernière, jusqu'à ce qu'elle se fût donnée à lui avec tant de volupté et qu'elle eût pris conscience au plus profond de son être qu'elle l'aimait, elle s'était constamment sentie la même, toujours la même Catherine, celle qui avait si splendidement prémédité la chute de Jason avec l'aide de la vieille Ilone ; toujours la même Catherine, celle qui, à Londres, s'était juré si férocement d'amener Jason à lui demander pardon. Mais tout cela appartenait au passé. Depuis, elle l'avait épousé et il y avait eu la nuit dernière. Elle se sentait actuellement perdue sur une mer d'incertitude. Dépouillée du sentiment d'injustice qui la soutenait, elle se sentait curieusement vide... comme si, d'une façon quelconque, elle s'était égarée.

Confuse, irrésolue, Catherine se dirigea vers le petit salon, déterminée à éviter une rencontre avec Jason tant qu'elle ne serait pas parvenue à se calmer. Elle envisageait de se faire amener son cheval, avec l'espoir qu'une fois loin du lieu rappelant leur récente intimité, elle réussirait à trouver une solution, quand la voix passionnée de sa cousine Elizabeth la cloua sur place. Par la porte de communication ouverte, le ton mordant d'Elizabeth lui arrivait avec netteté.

— Comment avez-vous pu ? Les instants où vous me faisiez l'amour ne signifiaient-ils rien ? Comment avez-vous pu me faire l'amour une nuit pour vous enfuir avec elle le lendemain ?

— Juste ciel ! Elizabeth, tout ceci était déjà fini. Je ne vous aime pas et ne vous ai jamais aimée ! J'ai joui de votre corps... mais quel homme ne l'aurait pas fait ? Je n'ai jamais hésité ! Mais je n'aime aucune femme ! s'écria Jason d'un ton froid.

Catherine était incapable de bouger et frissonnait à chacune de ces paroles qui détruisaient ses faibles illusions car elle avait espéré que ses sentiments pour elle étaient plus profonds qu'un appétit bestial. Cette douleur glacée s'enfonça davantage dans son cœur en entendant Elizabeth :

— Vous ne l'aimez pas ?

— Ne soyez pas stupide ! Je viens de vous dire que je n'aime aucune femme ! cracha Jason qui s'obligeait à parler ainsi pour se débarrasser d'elle.

Néanmoins une menace perçait sous ses mots.

Mais Elizabeth ne voulut pas tenir compte de l'avertissement :

— Alors, pourquoi l'avez-vous épousée ? s'écria-t-elle.

— Parce qu'il est temps que j'aie une femme et, éventuellement, un fils pour hériter de mes propriétés. Votre cousine est jeune et suffisamment forte pour me donner autant d'enfants qu'il me plaira.

— Moi aussi !

— Non ! Avec Catherine, je serai certain que mes fils seront mes fils et non ceux du dernier homme auquel vous aurez ouvert votre lit !

Catherine entendit un grognement outragé et le bruit d'une gifle cuisante, puis la voix froide de Jason :

— Je l'ai méritée. Mais vous n'auriez pas dû venir ici sans qu'on vous ait invitée et encore moins pour me jeter au visage nos rapports antérieurs. Vous n'avez pas le droit de m'interroger sur les motifs qui m'ont poussé à épouser votre cousine. Je crois que vous feriez mieux de partir. Vous en avez assez dit et je n'ai rien à ajouter à cette détestable conversation.

— Nous verrons cela ! Je me demande ce que votre jeune épouse penserait en apprenant les raisons qui vous ont froidement incité à vous marier avec elle. Je me demande également si elle apprécierait de savoir qu'elle ne représente à vos yeux rien d'autre qu'une poulinière destinée à engendrer une multitude de petits Savage.

— La question ne se pose même pas. Vous allez sortir d'ici et, si vous tenez à la vie, un conseil : laissez ma femme tranquille ! s'écria-t-il d'une voix menaçante.

Elizabeth étouffait de rage. Il y eut un instant de silence, puis Catherine entendit la porte extérieure claquer bruyamment.

Paralysée par ce qu'elle venait de surprendre, l'esprit en déroute, Catherine était en proie à un désespoir glacé. L'idée même que Jason ait pu partager avec une autre femme des moments aussi intimes que ceux de la nuit précédente la rendait littéralement malade. Et ce qui l'écœurait encore plus était d'apprendre l'identité de cette femme : Elizabeth, sa propre cousine.

Elle porta une main tremblante à sa bouche car elle luttait contre une nausée qui la submergeait. Avec un petit gémissement, elle s'enfuit vers sa chambre. Son corps tout entier tremblait. Chaque parole surprise s'imprimait au fer rouge dans son cerveau. Elle se laissa lentement tomber sur le plancher près du lit et eut presque des haut-le-cœur en se souvenant que Jason lui avait fait l'amour sur ce même lit. Elle devait s'éloigner ! Après ce qu'elle venait d'apprendre, elle risquait de devenir folle s'il la touchait à nouveau. Elle ne pourrait pas le supporter ! Parcourant la pièce d'un œil attentif et fiévreux, son regard désespéré s'arrêta sur le coffret à bijoux posé sur la coiffeuse, resté ouvert depuis le matin, lorsque Jeanne lui avait placé un collier de perles autour du cou.

22

Quelle odieuse scène avec Elizabeth! Jason se réjouissait sincèrement de la voir pour la dernière fois. *Sacrebleu*! Quelle femme acariâtre! Quelle mégère! Elle aurait mieux fait de s'abstenir de l'affronter comme un ange vengeur. Personne n'avait le droit de l'interroger sur ses affaires de cœur ou sur ses raisons à prendre femme. Elizabeth moins que quiconque! Il sonna Pierre et lui ordonna de servir un léger repas sur le balcon. Il espérait à demi que Catherine le rejoindrait. Comme elle ne venait pas, il se sentit légèrement désappointé.

« La petite dort sans doute encore profondément », pensa-t-il tendrement. Il lui vint alors immédiatement à l'esprit un tableau qui la représentait endormie, les lèvres vermeilles et les joues empourprées des suites de leurs ébats amoureux. Il faillit quitter la table pour se mettre à sa recherche. Mais non. La nuit dernière avait dépassé, et de loin, toutes ses espérances. Il supporterait maintenant très difficilement qu'elle ait changé d'état d'esprit et soit redevenue la créature combative et versatile qui avait hanté si longtemps ses rêves. Elle ressemblait à une pouliche fougueuse à demi domptée qui se dérobait à la selle et luttait si violemment qu'à chaque fois on devait recommencer. Obnubilé par Catherine, il s'appuya contre le dossier de sa chaise, l'esprit rempli par des visions de la jeune femme. D'une secousse, il se dégagea finalement de l'humeur presque tendre qui l'envahissait. S'il n'y prenait garde, il rêvasserait à sa propre femme comme un garçon qui se languit d'amour!

Malgré ces résolutions, il ne put réprimer le sourire qui se dissimulait au coin de sa bouche ni l'étincelle de satisfaction qui luisait dans ses yeux verts lorsqu'il laissa un billet pour son épouse endormie avant de partir gaiement rendre visite à Monroe.

L'entretien avec Monroe se prolongea tard dans la soirée. Les négociations prenaient un tour alarmant pour Monroe. Il n'aimait pas se jeter étourdiment dans une affaire, et la façon dont Livingston dirigeait celle-ci le contrariait un peu. Il déversa une part de sa mauvaise humeur sur Jason qui passa le plus clair de sa visite à écouter Monroe converser avec lui-même.

— Jason, je vous affirme que cette impatience de Napoléon à vendre a quelque chose de suspect. Expliquez-moi pourquoi il compte nous voir acheter le territoire tout entier alors même qu'il se refuse à avouer que la France en est propriétaire ?

Soit qu'il n'attendît aucune réponse, soit qu'il la devinât, le diplomate poursuivit sa discussion à bâtons rompus :

— Comme je l'ai mentionné la nuit du bal, Livingston s'inquiète au sujet de la question de propriété. Il prétend que nous devrions précipiter les choses et ne nous préoccuper qu'ensuite de l'acte d'authenticité... Moi, je ne sais pas. Il serait affreux que nous nous engagions pour les Etats-Unis à payer une somme énorme à la France en échange de la terre pour découvrir après que la France ne la possède pas ! Mon Dieu... Il m'est insupportable d'y penser !

Paresseusement vautré sur le canapé du bureau de Monroe, Jason regardait pensivement le tapis d'Aubusson aux couleurs étincelantes qui s'étendait sous ses pieds.

— Pourtant, la France n'a-t-elle pas admis que l'Espagne lui a rétrocédé le territoire ? questionna-t-il.

— Non ! Cependant, la France doit posséder cette terre car Napoléon lui-même ne pourrait pas encourager une escroquerie de cette envergure !

— Eh bien, alors ?

364

— Eh bien alors... rien ! Si seulement Livingston acceptait d'attendre que nous ayons des nouvelles de Jefferson ! Nous ne pouvons prendre une mesure aussi importante sans avoir consulté au préalable le Président.

Après un instant de silence, le diplomate poursuivit, d'une voix légèrement étonnée :

— Réfléchissez-y, Jason... Par ce seul acte, nous doublerions la taille du pays !

Avec une légère incertitude, il développa ensuite la perspective de ce que leur travail pourrait signifier pour les Etats-Unis.

Sur les instances de Monroe, Jason resta dîner puis retourna d'un pas vif au *Crillon*. Devant l'obscurité des pièces où se tenait habituellement Catherine, il pressentit que quelque chose allait de travers. Un pli barrant son front, il prit sa bougie et se rendit dans la chambre de la jeune femme où l'accueillit un silence désolé. L'armoire béante était vide ; comme son regard errait à travers la pièce, il remarqua qu'il n'y restait plus aucune trace de la présence de Catherine. Ses brosses et ses parfums, généralement éparpillés, ne se trouvaient pas davantage sur la coiffeuse. Comme il ne percevait pas encore l'entière signification de tout ce déménagement, il ouvrit un tiroir de la commode en bois de rose. Il ne fut qu'à moitié surpris de le découvrir débarrassé des vêtements légers qui s'y trouvaient encore la nuit précédente.

Apparemment calme, mais avec une ride plus profonde au front et un rictus désagréable au coin de la bouche, Jason rôda dans la pièce vide comme un loup affamé qui cherche l'odeur d'un lapin caché. Et il le trouva sous l'aspect d'un simple billet posé sur le manteau de la cheminée. Son nom était griffonné sur le devant. Il s'en saisit d'une main prête à trembler comme s'il en connaissait déjà le contenu. Il s'agissait d'une petite lettre solennelle qui ne trahissait rien du désespoir qui avait rongé Catherine pendant sa rédaction.

Cher Jason,
Je vous quitte. Je n'aurais pas dû différer mon départ aussi longtemps. Je suis désolée que vous m'ayez épousée. Ne me recherchez pas... vous ne me trouveriez pas. Je vais rejoindre quelqu'un qui s'occupera de moi.
Je ne sais pas exactement comment on divorce, mais je pense que, d'ici quelque temps, vous pourrez divorcer d'avec une femme qui vous a abandonné.
J'emporte avec moi tout ce que vous m'avez donné. Un jour, je vous rembourserai... un jour, dans longtemps, peut-être, lorsque nous serons tous les deux remariés et que nous nous souviendrons de cet épisode comme d'une époque où nous étions un peu fous.

Catherine Tremayne

De plus en plus sombre au fil de sa lecture, Jason s'assit brusquement sur le sofa tout en étudiant l'écriture enfantine. Lorsque ses yeux se rivèrent enfin sur la signature, une douleur de colère le transperça. Il avait pris petit à petit l'habitude de la considérer comme sienne et, pas plus tard qu'hier au soir, pratiquement à la même heure, il lui avait accordé son nom. Comment osait-elle signer du nom de Tremayne ! Elle était sa femme ! Catherine Savage !

Il ne perçut nullement l'illogisme de son raisonnement. Il devait la retrouver... elle était son épouse ! Sa femme ! Comment pouvait-elle le quitter après la nuit dernière ? Il aurait pourtant juré qu'elle avait répondu spontanément à ses assiduités passionnées et qu'elle y avait même trouvé autant de plaisir que lui. Comment osait-elle l'abandonner de la sorte ? Il se mit alors à rire avec amertume. Et dire qu'il avait commencé à apprécier l'idée d'épouser Catherine et à croire qu'il y avait peut-être entre eux un peu de cette chose que l'on appelait amour et qui semblait s'emparer de tous les hommes, même des plus intelligents.

Eh bien ! sa petite gitane venait de le guérir de cette théorie absurde. Pour atténuer la blessure cruelle qui le frappait, d'autant plus douloureuse qu'inhabituelle et inattendue, il se rappela volontairement les nombreuses fois où elle l'avait agacé et irrité, depuis l'épisode de la vieille sorcière hideuse qu'il avait trouvée dans son lit jusqu'à la dissimulation de sa véritable identité. Il amassa crime sur crime sur cette tête absente jusqu'à ce qu'il réussît à étrangler résolument tout l'amour qu'il avait pu ressentir pour elle. Il n'admettrait jamais, même en son for intérieur, que Catherine avait représenté pour lui davantage que toutes les autres femmes qu'il avait emmenées dans son lit... et qu'elle était *sa* femme !

Il était incroyable qu'elle se fût permis de lui infliger un tel affront. Il la retrouverait ; s'il ne tordait pas son joli cou à la minute même où il l'apercevrait, elle apprendrait que, consentante ou non, elle resterait à ses côtés et qu'il ne serait pas question de divorcer. Ni maintenant... ni jamais !

Il passa froidement en revue les possibilités qui s'offraient à elle. Elle pouvait convertir en or ses bijoux et autres babioles, ce qui lui permettrait de subvenir à ses besoins pendant un certain temps. Mais où avait-elle pu aller ? Elle ne connaissait personne à Paris... sauf sa tante et son oncle !

Il partit de très mauvaise humeur pour l'hôtel où résidaient le comte et la comtesse de Mount. Malheureusement, lorsqu'on l'introduisit dans leur appartement, il découvrit Elizabeth assise sur un canapé en satin, près de sa mère. Le comte se leva à son entrée. Vêtu d'une élégante tenue de soirée, il se tenait devant la cheminée. Le sourire de bienvenue qu'il adressa à l'Américain détruisit immédiatement l'idée que sa femme s'était réfugiée chez ses parents. Le comte semblait un homme sans malice ; par conséquent, si son épouse dévoyée était venue demander assistance aux Tremayne, le comte ne l'aurait pas accueilli de la sorte.

Les Tremayne étaient sur le point de partir à une réception au palais du comte d'Artois ; comme il ne souhaitait pas créer un nouveau scandale, Jason fournit une excuse hâtive pour expliquer sa présence.

— J'ai dû mal lire le billet de ma femme. J'ai cru qu'elle m'annonçait qu'elle venait vous rendre visite. Mais, puisque je ne la vois pas ici, je n'ai donc pas encore appris à déchiffrer ses pattes de mouches.

Le comte sourit, amusé.

— L'écriture de ma nièce a longtemps fait le désespoir de sa famille. Mais considérant l'âge qu'elle avait quand on a entrepris son instruction, elle a de la chance d'écrire comme elle le fait ! Cependant, elle n'est pas avec nous. Au reste, je ne l'ai pas vue depuis hier, dans vos appartements.

Edward se tourna ensuite vers sa femme pour l'interroger :

— Catherine n'est pas venue ici aujourd'hui, n'est-ce pas ?

— Naturellement que non ! Pourquoi serait-elle venue ? murmura Ceci d'un ton chagrin car elle était encore terriblement contrariée de voir sa nièce alliée à un aussi bon parti.

— J'ai dû me tromper, répondit brièvement Jason, coupant ainsi court à la remarque apaisante qui errait sur les lèvres du comte.

Puis il s'inclina courtoisement et prit congé. Ses pensées s'éloignaient déjà tellement des Tremayne qu'il ne remarqua pas le sourire malicieux qu'Elizabeth lança dans sa direction. Se souvenant du visage de sa cousine qui exprimait tout son désespoir et l'étendue de son malheur lorsqu'elle était venue lui réclamer son aide dans l'après-midi, Elizabeth sourit encore plus méchamment. Si Jason ne s'était pas trouvé en proie à une fureur froide, il n'aurait certes pas manqué de s'interroger sur ce sourire ; mais, ce jour-là, le sourire entendu d'Elizabeth ne pénétra pas sa conscience.

Revenu directement au *Crillon*, il envoya chercher Jeanne et, pour la seconde fois de la journée, il reçut un choc désagréable. Par le concierge, confus, qui vint dans sa suite, il apprit que Jeanne avait quitté le service de l'*Hôtel Crillon* dans l'après-midi, et ceci sans préavis. D'après ce qu'il savait, elle se trouvait maintenant au service de Madame. Y avait-il quelque chose qui n'allait pas ? Jeanne avait-elle mécontenté Madame ? Jason lui donna une réponse anodine avant de le raccompagner à la porte.

Dans la minute qui suivit, la colère froide et la fureur de Jason augmentèrent encore plus. Dès le départ de l'homme, l'Américain se mit à jurer. Satanée fille ! Donc, elle avait maintenant une femme de chambre à son service, n'est-ce pas ? D'une certaine manière, cela rendait les recherches à la fois plus aisées et plus dures. Deux jeunes femmes seraient plus faciles à découvrir qu'une seule mais Jeanne parlait français, ce qui donnait à Catherine un avantage avec lequel il n'avait pas compté. Allait-elle rester en France ? Non, naturellement pas ! Qu'il était stupide de ne pas avoir deviné que, à l'image des épouses qui désertaient, elle s'était sûrement réfugiée dans son pays, chez sa mère !

Comme il était trop tard pour partir pour l'Angleterre ce soir-là, Jason aboya des ordres à Pierre pour que son cabriolet l'attendît à l'aube, puis il passa le reste de la nuit à s'agiter dans son lit. Au fil des longues heures, des pensées contradictoires alternaient dans son esprit : il maudissait sa femme en fuite et puis, ensuite — prenant soudain conscience des dangers que courait une jeune femme sans protection masculine —, il espérait qu'il ne lui arriverait rien — avant qu'il ait pu mettre ses mains autour de sa gorge frêle !

A l'approche de l'aube, sa fureur première s'était apaisée, laissant toutefois dans son sillage une colère profonde et glacée beaucoup plus dangereuse. La fierté de Jason était en lambeaux et ce fut cette fierté lacérée et arrogante qui le conduisit, impitoyable, à travers la France et l'Angleterre jusque dans le Leicestershire. Personne n'avait jamais osé le traiter comme elle l'avait fait. Pardieu, elle allait en souffrir ! Il s'arrêta à l'*Auberge du Renard* juste le temps nécessaire pour se renseigner sur la direction à emprunter pour atteindre Hunter's Hill. Quelques minutes plus tard, il menait ses chevaux épuisés le long de l'avenue bordée de chênes qui aboutissait au château Tudor, demeure de Catherine.

La construction de Hunter's Hill, en brique au rouge passé, datait du règne d'Elizabeth Ire. Si Jason y était venu pour des raisons moins urgentes, il aurait certainement pris le temps d'admirer ce très bel exemple d'architecture Tudor. Mais cela ne l'intéressait pas en ce moment. Après avoir jeté les rênes au jardinier étonné, Jason monta précipitamment les marches et demanda à entrer au maître d'hôtel grisonnant qui répondit à son coup de marteau impatient.

Surpris d'être abordé par cet étranger de grande taille, large d'épaules et aux yeux hagards, le maître d'hôtel était plutôt porté à discuter. Mais, après une course presque ininterrompue à travers deux pays, au bord de l'épuisement, Jason n'était pas d'humeur à supporter qu'on lui fît perdre son temps. D'un ton glacial, il menaça le serviteur :

— Mon brave, si vous ne me conduisez pas immédiatement à votre maîtresse, je me verrai contraint de vous enlever de mon passage et de me mettre seul à sa recherche — jusque dans son bain si nécessaire !

La bouche du maître d'hôtel forma un « oh ! » scandalisé puis il introduisit le jeune homme au visage sinistre dans un petit salon où Lady Tremayne brodait la manche d'une robe en mousseline rose.

Jason était tellement certain de trouver sa femme dans la pièce qu'il fut un instant paralysé lorsqu'il se découvrit en la seule présence de Rachel. Durant les minutes qui suivirent, il fut fermement convaincu, et ce par la force des choses, que non seulement Catherine n'était pas ici mais encore que, jusqu'à son entrée dans le salon, Lady Tremayne ignorait encore complètement où demeurait Catherine depuis sa disparition du camp gitan !

Jason passa ensuite la demi-heure la plus poignante de sa vie. Il dut non seulement expliquer à cette femme au visage blême, assise à l'écouter dans un silence affligé, qui il était mais aussi lui apprendre qu'il se tenait pour directement responsable de la disparition de sa fille. Comme si cela ne suffisait pas, il eut également la tâche désagréable de l'informer qu'il s'était amendé en épousant la jeune fille mais que — et ceci fut la partie la plus blessante du récit —, pour une raison inconnue de lui, il l'avait malheureusement perdue !

Un silence terrifié accueillit les dernières paroles de l'Américain, silence que rompit finalement Rachel en demandant d'une voix faible :

— Ne voulez-vous pas vous asseoir, monsieur... euh... Savage ?

A n'importe quel autre moment, la situation ainsi que les paroles prosaïques de Rachel lui auraient semblé ridicules. Mais comme son sens de l'humour était sérieusement altéré, il ne vit là rien de risible. Toutefois, il apprécia, avec un certain soulagement, l'absence de crise de nerfs chez cette petite femme.

— Est-ce tout ce que vous avez à dire ? questionna-t-il avec un sourire tendu.

Rachel respira profondément avant d'affirmer :

— Non, monsieur Savage, ce n'est pas tout. Mais il semble que vous ayez donné une réponse à mon inquiétude la plus pressante ! Je sais maintenant que ma fille est vivante, ce que j'ignorais il y a encore un instant ; de plus, je sais aussi maintenant que, jusqu'à sa toute récente disparition, elle était saine et sauve !

— Et ?

— Et que, si vous avez voyagé aussi vite qu'il le paraît, vous l'avez sans doute dépassée en chemin. Je ne pense pas que la diligence soit aussi rapide que vos chevaux.

Jason la contempla d'un air vague. Sa détermination à atteindre la maison de Catherine l'avait absorbé à un point tel qu'il en avait dédaigné la possibilité d'arriver avant elle ! Un sourire désagréable lui déforma la bouche à l'idée de l'horreur qu'il lirait sur le visage de sa femme quand elle le verrait sur le pas de sa porte !

Rachel était beaucoup plus éprouvée qu'elle ne le laissait paraître et les émotions qui la bouleversaient ne concernaient pas toutes sa fille. Lorsque Jason, qui ressemblait beaucoup à son père, avait fait irruption dans la pièce de façon aussi arrogante, elle avait eu une seconde l'impression que le temps avait fait marche arrière et qu'elle devrait une fois de plus revivre ce dernier entretien si terrible avec Guy. Mais ce n'était pas Guy. C'était son fils ! Elle scrutait très attentivement son visage qu'elle comparait avec les souvenirs d'un homme qu'elle n'avait pas revu depuis vingt ans. Guy avait-il un nez aussi effronté ? Un visage aussi tanné ? Une expression aussi dure ? Jason n'avait pas hérité de ses yeux froids, du gris de la mer. Ces yeux gris de mer qui pouvaient abriter dans leurs profondeurs une si grande chaleur d'amour ! A ce souvenir, le frisson d'une douleur presque oubliée la traversa.

Jason se méprit sur l'expression de Rachel. Avec une note très sincère de regret dans la voix, il s'excusa :

— Je suis désolé, madame, d'être à la fois la cause et le porteur de nouvelles aussi mauvaises. J'espère qu'un jour vous oublierez mes actes, si peu dignes d'un gentilhomme, et que vous m'accepterez alors comme gendre.

Elle le fixa curieusement quelques secondes avant d'affirmer sèchement :

— Je ne crois pas avoir le choix. Vous avez déjà pris personnellement les affaires en main, il me semble.

Jason inclina rapidement la tête en signe affirmatif.

— C'est exact. Mais, si vous le désirez, vous pouvez rendre encore pire cette situation déjà déplorable — quoique je ne voie pas ce que vous y gagneriez.

Un faible sourire crispa brusquement les lèvres de Rachel.

— Vous ne semblez pas un gendre très soumis, n'est-ce pas ?

Pour toute réponse, Jason lui adressa un de ses plus charmants sourires. A son grand étonnement, sa nouvelle belle-mère lui plaisait. En réalité, elle l'enchantait. Pas de crise de nerfs, pas de larmes, une simple et calme acceptation des faits !

Pendant les quatre jours suivants, il ne revint jamais sur cette première impression favorable. Rachel, découvrit-il au fil des jours, était quelqu'un de calme et de réservé qui cachait une nature chaude et aimante sous l'extérieur majestueux de la comtesse douairière de Mount. Sous ce calme et cette sérénité apparents, Jason sentait que la disparition de sa fille la minait.

Le sourire qui à l'occasion lui rappelait de façon éclatante celui de Catherine semblait tendu, et les yeux bleus, si larges et si confiants, arboraient une expression d'inquiétude qui augmentait à chaque jour qui s'écoulait sans nouvelles de Catherine. Le soir du quatrième jour, ils comprirent tous deux qu'elle ne viendrait pas ou bien que quelque chose l'en avait empêchée. Assis devant un dîner que ni l'un ni l'autre n'essayait de manger, Jason jouait avec son verre de vin et Rachel poussait sans but précis un morceau d'agneau rôti à point tout autour de son assiette.

Observant avec une colère sans cesse grandissante le manque d'appétit de sa belle-mère, Jason ajouta ce crime à la liste déjà longue de ceux de Catherine. Comment osait-elle inquiéter avec une telle insouciance une personne aussi noble que sa mère ? En observant le visage aux traits tirés qui lui faisait face, il ressentit un bref accès de remords à la pensée du rôle qu'il avait tenu dans toute l'affaire. Puis, d'une manière bien à lui, il maudit à nouveau Catherine.

Le lendemain matin, il rejoignit Rachel dans le petit salon où il s'était précipité le premier jour. Après quelques minutes d'une conversation banale et paisible, il annonça sans ménagement :

— Si elle avait pensé venir ici, elle serait déjà arrivée. Elle doit donc se trouver encore en France. Je n'apprécie pas l'idée de vous quitter sans que nous ayons une indication sur l'endroit où elle réside, mais je ne peux pas non plus tourner en rond ici indéfiniment.

Ces paroles ne firent que confirmer les tristes pensées de Rachel et elle fondit subitement en larmes. Profondément embarrassée par son manque de maîtrise, elle essuya ses larmes avec un délicat mouchoir de batiste.

Se sentant plus coupable que jamais, Jason s'agenouilla devant elle et enserra ses mains tremblantes dans les siennes en s'écriant :

— Mère ! Mère ! Où qu'elle soit, elle est sûrement en sécurité ! Elle doit l'être ! Ne pleurez pas ainsi ! Avant mon départ pour la France, j'irai m'entretenir avec Roxbury. Mon oncle est un homme puissant. Si elle se trouve actuellement en Angleterre, il la découvrira. Quant à moi, il ne me reste d'autre choix que de rentrer en France pour l'y rechercher. Je vous en supplie, ne vous inquiétez pas trop. Entre Roxbury et moi, nous la trouverons !

Plus tard dans la journée, pendant son trajet vers Londres, Jason aurait aimé se sentir aussi sûr de soi. Sa colère en grande partie apaisée, il ne lui restait plus qu'un désir violent et frénétique d'apprendre où Catherine se cachait et qu'elle était saine et sauve. Il voulait toujours l'étrangler — mais pas avant de savoir qu'elle n'était pas blessée. Pour calmer ses craintes, il se persuada qu'elle n'était pas bien loin et qu'elle riait sans aucun doute du bon tour qu'elle lui avait joué.

Le lendemain soir, à l'approche des faubourgs de Londres, il songea à quelqu'un qui n'allait pas rire du tout. Sa prochaine rencontre avec le duc ne le réjouissait absolument pas. D'avance, il prévoyait que celui-ci formulerait quelques remarques excessivement cinglantes sur sa moralité et sa manière de se conduire. Il en méritait certes la plupart, et cette conclusion lui donna presque des haut-le-cœur.

Que diable lui était-il arrivé ? Lui qui conservait habituellement la tête froide semblait avoir perdu cette lucidité d'esprit dès l'instant où ses yeux s'étaient posés sur cette petite ensorceleuse au regard violet. Mais maintenant qu'il s'était ressaisi, selon lui, jamais plus elle, ni aucune autre femme quelle qu'elle soit, ne compliquerait sa vie sentimentale.

Le duc ne manifesta aucune surprise lorsque Jason se présenta. Il souleva simplement un sourcil noir et l'invita d'un geste à s'asseoir dans un des nombreux fauteuils en cuir de son bureau. Hormis cela, il se contenta d'attendre patiemment le récit de son neveu ; seuls ses yeux gris trahissaient une certaine curiosité. En termes dépouillés, Jason lui fit un compte rendu rapide et non expurgé de son problème. Lorsqu'il cita le nom de Tremayne, le duc se raidit et, comme Jason s'arrêtait, Roxbury le pria de poursuivre.

— Continue. Tu m'intéresses.

D'un ton clair et impassible, Jason s'exécuta. A la fin de son exposé, son oncle murmura :

— Tu as épousé la gamine, n'est-ce pas ? Bien, bien. Après tout, on dirait qu'il existe une justice poétique.

— Qu'entendez-vous par là ? demanda sèchement Jason avec un regard noir.

— Hmm..., rien. Tu dois pardonner mes... euh... petites équivoques, répliqua le duc avec douceur. (Puis, apparemment indifférent à Catherine ou à sa cachette, il poursuivit :) Comment se déroulent les négociations ? Je m'attendais continuellement à apprendre la conclusion du marché.

Percevant un grognement agacé, Roxbury lança un regard réprobateur en direction du jeune homme. Jason savait que tant qu'il n'aurait pas satisfait la curiosité du duc il n'obtiendrait rien de lui ; aussi mit-il Roxbury au courant de la situation. A la fin du récit concis sur le développement de l'affaire, Roxbury arborait un sourire de contentement.

— Parfait ! La rédaction des papiers définitifs ne doit plus être qu'une question de jours. Ne peux-tu inciter Monroe et Livingston à aller plus vite ?

— Mon cher oncle, Monroe est suffisamment nerveux comme cela ! Et je ne pense vraiment pas qu'un mot de moi puisse être d'un poids quelconque. Au contraire. Voyez-vous, j'ai le douteux honneur d'être considéré comme un agent double.

Le duc émit un gloussement tranquille.

— Bon. Je suppose qu'on pourrait t'appeler ainsi — et de bien d'autres noms encore.

Son neveu ne lui renvoya aucun sourire en échange. Roxbury l'observa par en dessous : Jason semblait fatigué, son visage amaigri portait des rides nouvelles qui n'apparaissaient pas la dernière fois où il avait vu le jeune homme. Son mariage ne lui avait visiblement procuré jusqu'ici que peu de joie. Cela lui ferait du bien de souffrir ! Les choses — de même que les femmes — lui étaient toujours venues trop facilement. Qui savait ce qui pourrait se produire ? Catherine ferait peut-être de lui un homme. Il était grandement temps que quelqu'un lui infligeât une solide raclée émotionnelle. Et, apparemment, la petite Tremayne possédait jusqu'à présent une bonne chance de se glisser sous sa garde vigilante. En examinant certaines actions passées de Catherine, dont lui avait parlé Jason, il sourit. Il aimerait décidément beaucoup rencontrer la toute nouvelle Mme Savage !

— Quelque chose vous amuse ? interrogea froidement Jason.

— Mmm... oui. Mais je doute fort que tu en devines la cause ! répondit le duc.

Puis, changeant brusquement de sujet, il demanda :

— Dis-moi. Cela ne t'intéresse-t-il pas de savoir si j'ai découvert de plus amples renseignements sur ton visiteur inconnu ?

— Ah ? questionna Jason avec irritation.

En effet, l'humeur souriante de son oncle ne l'amusait pas du tout.

— Oui, précisément. Ton intrus n'était qu'un homme répugnant appelé Henry Horace. C'était un voleur de petite envergure qui avait fréquenté plus d'une fois les geôles de Newgate. Sa... euh... femme, du moins je crois qu'elle se nommait ainsi elle-même, est serveuse dans une taverne du côté des docks. C'est elle qui a identifié le corps.

Le duc s'arrêta et Jason demanda avec impatience :

— Alors ?

— Elle affirme que, la nuit en question, son mari semblait très intime — ce sont ses propres termes et non les miens — avec un individu aux cheveux noirs. Elle leur a servi de la bière, mais l'étranger est resté dans l'ombre ; elle proclame donc qu'elle ne l'a jamais vu nettement. Cela ne nous avance pourtant pas beaucoup car, pour ce genre de personne, tout individu qui ne vient pas des environs de Londres est un étranger. Quand je l'ai interrogée sur leur conversation, elle s'est montrée brusquement plutôt timide et j'ai dû aider sa mémoire grâce à quelques pièces d'or.

Une grimace de dégoût traversa le visage du duc au souvenir du regard cupide et de la main sale tendue par la femme. Puis, il poursuivit :

— D'après ce que j'ai pu comprendre, cet homme engageait Horace pour fouiller ton appartement. Pourquoi ? cela reste toujours un mystère, de même que l'identité de cet homme à la chevelure noire, naturellement. Et nous risquons de ne jamais le découvrir. A moins que... tu n'aies quelque chose à ajouter ? demanda le duc en décochant un regard pénétrant à l'adresse de son neveu.

Comme cet événement vieux de plusieurs semaines ne l'intéressait pas particulièrement, Jason haussa les épaules.

— Catherine m'a avoué que Pendleton recherchait une carte. Je me demande si, par hasard, Horace ne recherchait pas la même chose, admit-il.

— Une carte ! Quelle sorte de carte ?

— Mon cher oncle, si je le savais, je vous l'aurais dit ! Je n'en ai aucune idée ; de plus, je ne possède pas ni n'ai jamais possédé de carte. Tout à fait franchement, ce sujet m'ennuie assez. Ma femme m'inquiète beaucoup plus !

Jason sortit la phrase d'une voix mordante comme si on lui arrachait cet aveu de force. D'un ton pincé, il ajouta :

— Je rentre en France demain. Je ne resterai pas ici à faire le pied de grue en attendant que cette petite vipère que j'ai pour épouse décide de se montrer. Il est très possible qu'elle n'ait jamais quitté la France, et, tout en continuant à jouer au petit chien de salon avec Monroe, je poursuivrai là-bas mes propres recherches à son sujet... mais... j'ai besoin de quelqu'un pour essayer de la retrouver si elle est ici en Angleterre.

— Me demandes-tu un service ?

— Sacré nom... oui ! Je peux engager un détective, si nécessaire, mais vous possédez tellement de ressources que si elle réside en ce moment en Angleterre, vous la découvrirez avant même qu'un détective ne l'ait flairée.

— Une requête aussi gracieuse me comble, murmura Roxbury.

Un large sourire apparut subitement chez Jason et son visage s'adoucit.

— Me raillez-vous, mon oncle ?

— Oui, sois-en sûr ! A mon grand regret, tu te prends beaucoup trop au sérieux. Doutais-tu sincèrement de mon aide ? Te l'ai-je un jour refusée ?

Jason crut de bon ton de paraître mal à l'aise.

— Non ! Et je m'excuse pour mon air hargneux. Ce mariage m'a ébranlé plus que je ne le réalisais.

Devant l'humeur presque humble de Jason, Roxbury faillit éclater de rire. Une expression grave dissimulant le sourire qui animait ses lèvres, le duc reprit :

— Ne parlons plus de ce sujet... sauf une dernière question : je présume qu'avec ton arrogance habituelle, tu as déjà informé Lady Tremayne de m'écrire si la jeune fille arrivait dans le Leicestershire, n'est-ce pas ?

Jason approuva de la tête, avec soudain un vrai sourire.

— Dans ce cas, je ferai tout ce qui est en mon pouvoir. Dès que j'apprendrai quelque chose, aussi faible que soit la nouvelle, je te l'écrirai. Puis-je avoir ta parole que tu me communiqueras la date de ton départ de France pour l'Amérique ?

Une ride creusa le visage de l'Américain.

— Si on ne l'a pas retrouvée d'ici là — d'ici la fin des négociations — je ne rentrerai sans doute pas directement aux Etats-Unis mais viendrai plutôt vous rendre une nouvelle visite.

Roxbury se leva brusquement et regarda durement Jason. En choisissant avec soin chaque mot qu'il allait prononcer, il expliqua lentement :

— Non ! Je préfère t'avertir qu'il est dans ton propre intérêt de quitter la France avant la mi-mai. Il ne serait pas prudent de t'y attarder après cette date ; d'ailleurs, tu ne pourrais rien entreprendre ici que nous n'aurions déjà tenté. Me suis-je bien fait comprendre ?

Soudain en alerte, les yeux verts de Jason se durcirent en se portant sur les yeux gris, durs eux aussi. Un silence tendu remplit la pièce.

— Me l'ordonnez-vous ? répliqua-t-il très doucement.

Déchiré entre son devoir et son affection, le duc opta pour l'affection. Il savait également que s'il insistait trop, Jason n'en ferait qu'à sa tête. Il était plus rassurant de savoir où se trouvait son turbulent neveu ou encore ce qu'il était en train de faire.

— Non, Jason. Je te le demande... pour ta propre sécurité, pourrait-on dire, ajouta le duc qui ne voulait pas céder trop lâchement.

Plus soulagé qu'il ne se plaisait à l'admettre par la capitulation de son oncle, Jason s'obligea à sourire et fut à deux doigts de mettre le duc en colère en exposant négligemment :

— Vous... vous m'avertissez donc que la Grande-Bretagne est en train de frapper le premier coup et de rouvrir les hostilités avec Napoléon !

Il irrita encore davantage le duc en réfléchissant audacieusement à haute voix :

— Je me demande quel côté je choisirais pour combattre. Ayant un grand-parent français des deux côtés de l'arbre généalogique et une seule lignée anglaise, qui s'infiltre du reste partout, cela rend le choix plutôt difficile, ne croyez-vous pas ?

— Jason ! Ne me pousse pas à bout, lâcha Roxbury.

Tout comme le duc venait de le dire, Jason reconnut qu'il valait mieux en rester là. Il lui sourit largement.

— Très bien ! Pardonnez-moi de vous énerver. Vous

vous êtes beaucoup trop diverti à mes dépens tout à l'heure pour que je vous permette de vous en tirer sans représailles !

23

Jason avait un dernier compte à régler avant son retour en France. En quittant la maison de Roxbury, il se dirigea promptement vers le logement de Pendleton avec l'espoir de l'y trouver.

La chance lui sourit. En effet, comme il n'était pas encore complètement remis des suites de son duel avec Jason, Clive menait une vie de reclus dans son appartement. Jason dépassa rapidement le valet qui avait répondu à son coup de marteau sec et entra à grandes enjambées chez Clive, tel un vent du nord impétueux.

Le bras soutenu par une écharpe en soie noire, Clive reposait sur un canapé, une bouteille de porto à portée de la main. Il venait de feuilleter distraitement la toute dernière gazette lorsque Jason pénétra comme une bourrasque dans la pièce. A la vue de son visiteur, Clive se leva d'un bond, jeta la gazette au sol et grommela :

— Qui vous a laissé entrer ? Je n'ai rien à vous dire.

Jason lui jeta un regard dégoûté avant de l'agripper par les revers de sa veste d'intérieur en brocart.

— Moi, j'ai quelque chose à te dire. Prends ceci comme un avertissement amical, salaud... Ne menace plus jamais Catherine ! Et si tu inquiètes Rachel une seconde, je t'assommerai !

Les yeux de Clive devinrent aussi durs que du marbre. En se contorsionnant, il réussit à se libérer de l'étreinte de Jason et cracha :

— Ainsi donc, la petite garce vous a parlé ! J'aurais

dû me garder de l'utiliser. J'aurais aimé, pour une fois, qu'une femme exécute ce qu'on lui commande !

Les poings sur les hanches, Jason s'avança d'un air menaçant.

— Clive, Catherine est maintenant ma femme ! Et si tu la regardes un tant soit peu de façon incorrecte, cela ira mal pour toi. La prochaine fois, ce ne sera pas une balle dans l'épaule que je t'enverrai... mais dans le cœur. Je vise très bien, comme tu le sais. Rappelle-toi cela, si jamais il te venait à l'esprit d'entraîner l'une ou l'autre dans une situation similaire.

— Vous l'avez épousée ! s'exclama Clive avec un scintillement étrange dans les yeux.

Puis il se laissa tomber dans un fauteuil et persifla :

— Quelle association convenable — une gitane et un sauvage de la Louisiane ! Vous vous valez bien tous les deux !

— Peut-être. Mais je t'avertis que je ne supporterai pas une seule insulte sur ma femme. De plus, tu ferais mieux d'oublier les relations que tu as eues avec elle par le passé.

— Vous voulez dire que je devrais oublier qu'elle a été ma maîtresse ? demanda Clive ironiquement.

Jason lui adressa un coup d'œil meurtrier.

— Cette farce ne prend plus, *gros lourdaud* ! Elle n'a jamais été ta maîtresse — bien que toi et cette vieille gitane ayez essayé de me le faire croire. Je me suis souvent demandé pourquoi tu m'as joué ce tour.

— Cela me convenait, affirma Clive avec irritation.

Puis il fixa Jason d'un air malveillant et murmura amèrement :

— J'envisageais de l'épouser. Vous et Catherine... vous êtes mes deux échecs.

Devant le regard interrogateur de l'Américain, Clive éclata d'un rire dur. Comme il n'avait plus rien à perdre, il se vanta :

— Oh, oui ! C'est moi qui ai engagé ces deux hommes

qui n'ont pas réussi à vous tuer. Et j'ai également échoué avec Catherine. Elle n'aurait jamais dû réapparaître après que je les eus donnés, aux gitans, elle et son satané frère. Mais voilà ma veine ! Reina s'est prise d'affection pour elle et m'a trahi. La petite donzelle devrait normalement être morte et se trouver au fond de la mer, avoua-t-il en décochant à Jason un regard débordant de haine.

D'une voix bizarre, l'Américain le questionna :

— Si je te comprends bien, c'est toi qui as organisé l'enlèvement de Catherine ? Pour l'amour de Dieu, pour quel motif ?

Clive lui jeta un coup d'œil moqueur.

— L'argent ! pour quoi d'autre ? J'étais le préféré du comte jusqu'à la naissance de cette petite garce. Dieu ! Comme je l'ai haïe et détestée ! Il m'aurait tout laissé s'il n'avait épousé cette insipide Rachel qui lui a donné par-dessus le marché une enfant ! Je...

Clive ne termina jamais sa phrase car Jason le saisit brusquement à bras-le-corps et le lança violemment à travers la pièce.

Pendleton ne pouvait pas se défendre contre les poings qui le bourraient de coups et lui martelaient le corps. Aveuglé par la rage, en proie à une force sauvage qui le poussait à tuer, Jason le frappait sans trêve, s'arrêtant juste avant de le battre à mort. Fixant la masse ensanglantée qui gisait sur le plancher, il expliqua doucement :

— Je devrais te tuer, vermine... et je le ferai si tu croises encore mon chemin.

Ensuite, écœuré par Pendleton tout autant que par lui-même, le visage plein de dégoût, il sortit de la pièce d'un pas mal assuré.

Mais, ce soir-là, Jason ne fut pas l'unique visiteur inattendu de Clive. L'Américain à peine parti, Clive venait tout juste de réussir à soigner ses nombreuses blessures et coupures lorsque son serviteur entra en annonçant :

— Il y a ici un autre homme qui ne m'a pas donné son nom. Il veut voir Monsieur !

Davalos, qui se présenta une seconde plus tard, s'arrêta de surprise à la vue du visage marqué de Clive.

— *Dios !* Que vous est-il arrivé ?

— Je viens de tâter d'un certain Savage, pourrait-on dire !

— Jason ? Il est revenu ? demanda rapidement Davalos.

— Naturellement, espèce d'idiot ! Qui d'autre ?

— J'ignore tout de vos amis ; d'autres pourraient aussi vouloir vous blesser, rétorqua Davalos, fier et lointain.

Avec un haussement d'épaules impatient, Clive s'éloigna et, d'une main qui tremblait encore, porta un verre d'eau-de-vie à ses lèvres.

— Jason est donc revenu de l'endroit où il se cachait. La première chose qu'il fait est de venir vous voir. Pourquoi ? demanda Blas doucement tout en observant Clive.

— Comment diable le saurais-je ?

— *Amigo*, je trouve cela plutôt difficile à croire. Je vous ai versé une forte somme d'argent pour que vous accomplissiez une certaine tâche ; et jusqu'à présent vous ne l'avez pas fait. Vous affirmiez que Jason avait subitement disparu de Melton Mowbray et que vous ne pouviez pas le trouver. J'ai appris par d'autres sources qu'il s'est entretenu très peu de temps après avec un représentant d'une banque importante. Et maintenant, le voilà qui apparaît toujours aussi soudainement, et qui, sans raison évidente, se met à vous rosser sérieusement... Avez-vous essayé de me duper — tout comme Jason, peut-être ?

Clive n'était pas d'humeur à supporter les commentaires de Davalos. Mais il fit une erreur fatale en ne comprenant pas la nature de l'homme qui se tenait si près de lui. Irrité, amer, à la recherche de quelqu'un sur qui décharger sa colère, il ricana :

— Vous aimeriez le savoir, n'est-ce pas ?

Les traits de Davalos s'assombrirent et une expression qui aurait dû avertir Clive lui traversa le visage. Debout près d'une fenêtre, il jouait avec un cordon en soie noué autour des tentures. Lentement, comme distraitement, Blas décrocha le cordon, laissant ainsi la tenture tomber librement. Le lacet de soie dans la main, il répliqua :

— *Sí !* J'aimerais le savoir. Et j'aimerais également savoir où Jason était et où il se rend maintenant.

Clive, qui ne se préoccupait pas des gestes de son visiteur, grimaça un sourire.

— Mon ami, vous n'avez pas payé pour cela. Donc, si vous tenez à le savoir, payez !

— C'est vrai, approuva Davalos calmement tandis que de façon presque caressante il faisait glisser le cordon dans ses mains.

Puis il reprit :

— Mais je vous ai payé pour que vous me remettiez une carte.

— Prouvez-le ! lança sèchement Clive.

— Dois-je comprendre que je n'obtiendrai rien en échange de mon argent ? s'enquit Davalos d'une voix très posée.

Clive lui adressa un sourire ironique et affirma d'un ton sec en lui tournant le dos :

— Exactement. Sortez d'ici. Je pense...

Clive ne termina jamais sa phrase car, tel le reptile auquel il ressemblait, Davalos frappa. Il glissa le mince cordon de soie autour de la gorge de son hôte et serra. Les doigts de Clive étreignirent en vain le lien qui lui serrait le cou. Un sourire aux lèvres, Davalos augmenta la pression. Sous sa force, Clive se ploya presque en arrière.

— Vois-tu, *amigo*, il n'est pas prudent de me contrecarrer, lui exposa Blas d'une voix sifflante à l'oreille.

En proie aux ténèbres qui tombaient devant ses yeux,

Clive entendit à peine ses paroles. Il luttait désespérément mais inutilement. Quelques minutes plus tard, son corps glissa au sol.

Davalos le contempla un moment, avant de quitter rapidement la pièce. Il ne rencontra personne dans le petit hall. Si la chance était de son côté, on ne découvrirait pas le corps avant plusieurs heures... peut-être même pas avant le matin. Tout dépendait du temps qui s'écoulerait avant que le serviteur n'aille vérifier ce qui se passait dans la pièce.

En atteignant la rue, Davalos s'enfonça avec hâte dans la nuit. Il n'avait maintenant plus d'autre choix que de quitter immédiatement l'Angleterre avant que l'on entamât des recherches. Mais cela convenait à ses desseins. Jason s'apprêtait certainement à partir pour La Nouvelle-Orléans — et lui, Davalos, le suivrait de près.

Toutefois, Davalos calcula mal. Jason ne prenait pas la direction de La Nouvelle-Orléans. Comme plus rien ne le retenait en Angleterre, il partit cette nuit-là pour la France. Son retour vers Paris s'accomplit presque aussi rapidement que sa ruée vers l'Angleterre. Et tandis que son cabriolet parcourait les routes à présent familières qui menaient à la capitale, les yeux de Jason ne cessaient de rechercher une silhouette élancée, aux yeux violets. Les brèves questions qu'il posa dans les auberges de poste le long du parcours ne lui apportèrent aucun renseignement nouveau.

A chaque jour qui s'écoulait sans offrir la moindre trace de son épouse disparue, le visage de Jason devenait plus dur et ses yeux verts prenaient une expression glacée qui fit peur à plus d'un.

Lors d'une conversation privée avec Monroe, il annonça que la situation en Europe était telle qu'il avait estimé nécessaire d'envoyer sa femme chez lui, en Louisiane. A ceux qui lui demandèrent par la suite des nouvelles de son épouse absente, il raconta la même histoire.

386

Incapable de supporter le vide des appartements du *Crillon*, il fit transporter ses affaires à une adresse moins prestigieuse et se mit à commettre de tels excès qu'on lui attribua bientôt le titre de « Fou de la Louisiane ». Aucune gageure ni aucun pari ne lui semblait trop téméraire ni trop dangereux. Il se battit deux fois en duel, dont une fois contre le chevalier d'Arcy qu'il tua du premier coup d'une balle entre les yeux. Seul le fait qu'on détestait universellement d'Arcy sauva Jason d'une histoire très désagréable. Napoléon fronça les sourcils en apprenant le duel. Mais, comme la mort de d'Arcy n'était pas une perte et que Jason était lié, bien que de loin, à la très délicate question de l'achat de la Louisiane, l'Empereur estima de bonne politique de fermer les yeux.

Résolu à se détruire lui-même, Jason élut comme lieux de prédilection les salles de jeu et les arènes de combats de coqs. Chaque soir, une nouvelle femme, belle, se pendait à son bras. Cette fierté qui l'avait conduit au début à courir après une épouse fugitive lui interdisait maintenant de la rechercher. « Elle ne veut rien de moi, n'est-ce pas ? Eh bien, dans ce cas, qu'elle aille au diable ! » Il n'allait pas perdre son temps à languir comme un sot malade d'amour pour une créature qui ne le voulait pas... surtout quand il y en avait tant qui attendaient avec impatience le grand plaisir de partager son lit. Et, partager, elles le faisaient ! En possédant un grand nombre de femmes, il se donnait l'illusion d'arracher de sa mémoire le beau visage de Catherine.

Un billet de Monroe interrompit brusquement ses folles occupations ; il réussit même à arriver à la Légation américaine le visage à peine marqué par ses dernières débauches. Assis derrière son bureau, Monroe examina la haute silhouette qui allait et venait dans la pièce et nota que le jeune homme manquait légèrement de concentration.

Ses yeux verts contenaient un éclat téméraire qui n'existait pas auparavant ; sa lèvre inférieure avait définitivement adopté une crispation cynique. Troublé par la marche incessante de son visiteur, Monroe l'interrompit en remarquant avec humeur :

— Jason, pourriez-vous vous asseoir et arrêter de vous agiter ainsi ! Comment voulez-vous que je puisse me concentrer si vous errez dans la pièce comme un lion en cage ?

Lançant à Monroe un regard impatient, Jason s'obligea à s'installer dans un grand fauteuil placé près du bureau. Il étendit ses longues jambes serrées dans un pantalon en daim collant, fourra ses mains dans ses poches, s'appuya contre le dossier du siège et reposa sa tête brune sur le haut du fauteuil.

— Satisfait ?

Monroe l'observa avec prudence. Jusqu'ici il n'avait jamais rencontré ce côté de la personnalité du jeune Savage et il n'était pas sûr de l'aimer. Jason lui rappelait énormément un feu contenu : derrière cette apparence extérieure, une flamme ardente ronflait et il en faudrait très peu pour libérer l'enfer que Savage maintenait avec peine ; se refusant à une conversation courtoise, Monroe dit brusquement :

— Nous avons accepté de payer à la France soixante millions de francs en échange de la Louisiane.

Jason haussa un sourcil et murmura :

— Livingston et vous avez donc finalement surmonté vos différends. L'étendue du territoire est un point resté obscur. Les Français vous ont-ils éclairés avec précision sur la situation des frontières ? Barbé-Marbois a-t-il présenté une preuve que la France en est propriétaire ?

Vexé, Monroe se mordit la lèvre avec inquiétude. Il fallait faire confiance à Savage pour mettre le doigt sans se tromper sur les deux points auxquels Livingston et lui préféraient ne pas penser. Le contrat comportait implicitement une guerre avec l'Espagne au sujet du territoire. Ni Livingston ni lui n'avaient d'idée précise sur la façon dont les Etats-Unis pourraient payer les quinze millions de dollars.

Devinant très exactement les pensées de Monroe, Jason le questionna avec douceur :

— Savez-vous même où se situe la frontière occidentale du territoire ?

— Comme Robert n'était pas satisfait des réponses de Barbé-Marbois sur ce sujet, il en a discuté avec Talleyrand, rétorqua sèchement Monroe.

— Et qu'a expliqué le rusé ministre des Affaires étrangères ?

Comme il lui répugnait de révéler son ignorance à ce jeune homme incroyablement insolent, Monroe hésita. Se rappelant alors la toute dernière lettre de Jefferson dans laquelle le Président affirmait qu'on devait faire implicitement confiance à Jason, Monroe avoua d'un ton froid :

— A nous de la construire selon nos désirs !

Jason sourit en lui-même. Quel homme intelligent que ce Talleyrand ! Qu'on s'en remette à lui pour donner des réponses ambiguës !

— Cela vous plaît-il de considérer les Etats-Unis comme propriétaire ? demanda Monroe, ce qui interrompit les pensées de l'Américain.

Jason haussa les épaules.

— En ce moment, je vois peu ce que ce changement apportera. En outre, le Congrès peut ne pas approuver ce que vous venez de faire... mais cette pensée ne vous est peut-être pas encore venue à l'esprit ?

Si ! Livingston et lui avaient déjà discuté entre eux de la question de savoir si la Constitution allouerait au gouvernement fédéral le droit d'acheter des terres étrangères. Ils étaient tous deux sûrs que les Fédéralistes poseraient des questions sur ce point... ainsi que plusieurs républicains, membres du Congrès.

Cependant, l'achat de ce territoire, légal ou non, permettrait de résoudre les très nombreux problèmes qui avaient frappé dernièrement les Etats-Unis : l'Espagne ne contrôlerait plus le Mississippi ; le pays serait en paix et non en guerre avec la France, bien que la guerre avec l'Espagne ne fût pas résolue ; et, chose encore plus importante, les Américains ne s'agglutineraient plus à l'est du Mississippi. Avec de la chance, le Congrès et Jefferson adopteraient le même point de vue. De toute façon, Livingston et lui avaient signé un contrat et la seule chose qu'ils pouvaient faire était d'en informer Jefferson et leur nation.

— Maintenant que voilà nos négociations terminées, avez-vous une autre raison de rester en France ?

— Aucune, rétorqua Jason d'un ton étrange après une brève hésitation.

— Alors, accepteriez-vous de continuer à servir Jefferson comme par le passé en lui remettant ces dépêches qui lui expliquent le traité ?

C'était vraiment plus une affirmation qu'une question et les deux hommes en connaissaient déjà la réponse.

Deux jours plus tard, du pont d'un navire américain, Jason observait la côte européenne qui disparaissait. Il rentrait chez lui et, dans une pochette en cuir autour de sa taille, reposaient les documents en provenance de Paris.

En contemplant l'étendue bleu-vert de la mer qui allait en s'élargissant, son visage demeurait impassible. Quelque part, de l'autre côté de cette distance qui augmentait sans cesse, il avait laissé une épouse... une épouse qui risquait d'être saisie dans l'holocauste de la guerre qui menaçait d'éclater entre l'Angleterre et la France. Une sorte d'angoisse le transperça une minute au souvenir des deux yeux violets qui souriaient. Puis il reprit son apparence glaciale. Après un dernier coup d'œil, il se retourna avec un haussement d'épaules indifférent et se dirigea vers le pont inférieur.

TROISIÈME PARTIE

AMÉRIQUE

Été 1803

24

Après cinq bonnes semaines en mer, Jason apprécia de sentir sous ses pieds le sol de la mère patrie. « Mon Dieu ! Qu'il est bon d'être de retour », pensa-t-il en souriant de plaisir tandis que son regard embrassait les collines verdoyantes et accidentées de Virginie. Mais son contentement était mitigé : il avait encore à remettre les dépêches à Jefferson, ce qui allait l'obliger à affronter le long voyage par terre à travers les régions dangereuses de Natchez Trace, avant de se retrouver enfin chez lui.

A Norfolk, il perdit une journée entière à attendre avec impatience qu'on débarquât ses affaires. Puis, décidant au dernier moment d'emmener Pierre avec lui, il prit les dispositions nécessaires pour le transport de ses bagages à La Nouvelle-Orléans par un bateau qui partirait à la marée du soir ; il ne voulait pas courir le risque de les perdre en les emportant avec lui. S'il n'y avait pas eu ces lettres à remettre, Pierre et lui auraient emprunté ce même bateau pour entreprendre la dernière partie de leur voyage.

Mais, puisqu'il en était ainsi, il loua deux montures convenables, du moins l'espérait-il, pour leur trajet jusqu'à la ville fédérale, qu'on commençait déjà à appeler Washington. Le 15 juillet 1803, Jason Savage remettait au président Thomas Jefferson les papiers concernant l'achat de la Louisiane.

Il faisait chaud ; le soleil brillait. Magnifique dans un pantalon de nankin chamois et une veste en tissu tabac superbement coupée, Jason aurait aimé passer de façon différente une matinée aussi délicieuse. Mais il s'était engagé à jouer ce rôle de courrier et il le ferait !

Tandis que Jefferson dévorait avec avidité les dépêches, Jason promena son regard autour du bureau du Président et remarqua avec satisfaction les grandes fenêtres largement ouvertes qui laissaient pénétrer dans la pièce une bouffée d'air frais.

A la fin de la lecture du dernier feuillet, le Président posa lentement la page sur son bureau et adressa un sourire comblé à Jason. Un égal sourire de contentement brisa l'expression grave de son visiteur. Pendant quelques instants, les deux hommes se regardèrent avec des airs satisfaits. Puis Jefferson rompit le silence :

— Ainsi... c'est fait !

Jason accueillit ces paroles par un lent signe de tête ; puis son sourire disparut et il ajouta :

— A part le Congrès.

Jefferson ferma à demi ses yeux bleus et ses mâchoires se durcirent.

— Ce sera un combat. Mais, ils ratifieront ce traité !

— Peut-être ! Les Fédéralistes s'y opposeront sûrement et je ne vous envie pas, une fois que les journaux l'apprendront ! Vous êtes bon pour un été chaud, et ce de plus d'une manière, monsieur.

Les yeux remplis de visions, Jefferson approuva d'un vague hochement de tête.

— Et vous ? Quels sont maintenant vos projets ? demanda-t-il en revenant au présent avec effort.

Jason haussa les épaules.

— Je pars cet après-midi pour *Greenwood* afin de voir mon père ; je rentrerai ensuite chez moi. Ceci, bien sûr, si vous n'avez plus besoin de moi.

— Jason, une telle bienveillance m'inquiète, se moqua Jefferson.

Puis, s'apercevant que Savage parlait sérieusement, il reprit :

— Une fois le traité ratifié, je compte sur votre aide à La Nouvelle-Orléans. D'ici là, j'aimerais que vous me teniez informé des réactions du peuple. Mais, pour l'instant, je n'ai aucune tâche particulière à vous confier. Rentrez chez vous et profitez de l'été. Quand j'aurai besoin de vous, je saurai où vous trouver.

En quittant Jefferson, Jason se rendit directement à *Greenwood*. Il avait envoyé Pierre en avant pour avertir Guy de son arrivée.

Jason n'envisageait pas avec plaisir sa rencontre avec son père. A l'annonce de son mariage, Guy se montrerait plein d'enthousiasme mais, supposait Jason, il serait furieux en apprenant que la femme de son fils ne l'accompagnait pas... et, qu'en fait, elle l'avait abandonné. Cette pensée assez blessante, Jason devait la supporter ; toutefois, il ne se réjouissait pas de révéler cette rupture à son père. Ah ! Si Monroe s'était contenté de s'occuper de ses propres affaires au lieu de s'empresser d'écrire la nouvelle à Guy, il n'y aurait rien eu à expliquer ! songea Jason.

Il atteignit *Greenwood* un mercredi dans la soirée. Guy ne s'y trouvait pas car il s'était rendu à une invitation à dîner prévue de longue date. Jason retrouva son lit avec un certain soulagement auquel cependant se mêlait un sentiment de culpabilité à l'idée de son épouse absente. Malheureusement, il ne pourrait pas différer très longtemps cette désagréable nouvelle et le matin arriverait bien assez tôt !

Le lendemain, Jason entra dans la pièce réservée au petit déjeuner où l'accueillit un Guy radieux quoique très curieux. Ils se saluèrent, puis Jason s'assit à la table, en face de son père. Comme il regrettait que Guy n'ait pas réussi à engendrer d'autres fils avant de rompre définitivement avec sa femme ! Au moins, dans ce cas-là, l'obligation de perpétuer la lignée familiale n'aurait pas reposé sur ses seules épaules et la question du mariage ne se serait jamais posée. De son fauteuil, Jason examinait pensivement son père. Guy paraissait encore capable d'engendrer une progéniture de bonne ampleur. A cinquante ans, c'était toujours un bel homme viril. Seules quelques rides marquaient son visage tanné et, ici et là, des fils d'argent émaillaient une chevelure noire indisciplinée, ce qui augmentait son charme aux yeux des femmes. Ses épaules étaient aussi droites et puissantes que celles de son fils, mais un peu moins larges. Jason le dépassait d'un pouce ou deux mais Guy possédait une résistance de fer que même Jason respectait. En le regardant, Jason se mit à espérer qu'ils n'en vinssent pas aux coups d'ici la fin du jour. Guy semblait pour l'instant détendu et attentif ; néanmoins son fils savait que cette bonne humeur pouvait très rapidement s'évaporer. Imaginant quelle allait être la déception de son père, Jason détestait les nouvelles qu'il lui fallait annoncer.

Guy avait appris que son fils était arrivé tard la veille au soir et seul, ce qui l'intriguait. Tout de suite, il s'enquit avec empressement de l'épouse absente de son fils.

Cette heureuse disposition se transforma en colère lorsque Jason l'interrompit brusquement en expliquant :

— Ce mariage fut une erreur du début à la fin ! Ma jeune épouse... et moi-même ne vivons pas ensemble. Elle préfère l'Europe... Je l'y ai laissée !

— Tu as fait quoi ? hurla Guy, le regard en feu.

— Je l'ai laissée là-bas. Et, Père, vous feriez mieux de ne pas me harceler davantage sur ce sujet ! reprit Jason d'un ton hargneux.

Frustré, Guy examina son fils pendant quelques secondes. Cet homme futile, au caractère emporté, contrôlait en ce moment son courroux avec difficulté. Jason ne fit rien pour écarter l'orage qui couvait. On aurait dit qu'il accueillait soudain avec joie cette occasion de se libérer d'une infime partie de sa blessure ainsi que de sa rage devant les coups du sort.

Il s'ensuivit une discussion très animée, et les deux hommes se séparèrent les lèvres serrées. Cela se comprenait : Jason refusait de répondre aux questions de son père et de lui fournir le moindre renseignement, à la grande contrariété de Guy.

Ils ne se virent pas pendant plusieurs heures, chacun regrettant à sa façon les paroles dures qu'ils s'étaient lancées. Finalement, ils se retrouvèrent en fin d'après-midi et acceptèrent une trêve. Assis dehors, sous une tonnelle couverte de chèvrefeuille, ils goûtaient la fraîcheur qu'elle leur procurait. Guy essaya de ne pas aborder le sujet de leur altercation mais n'y réussit pas.

— Tu pourrais au moins t'expliquer un peu. Bigre ! Parle-moi au moins de la fille ! Descend-elle d'une bonne famille ? Monroe m'a simplement écrit que tu avais épousé une personne extraordinairement belle.

Paresseusement étendu dans son fauteuil, Jason adressa à son père un regard résigné.

— Je remarque que vous ne me demandez pas si nous nous aimons ! Je crois me souvenir que vous estimiez l'amour plus important que tout !

— Vous ne vous aimez visiblement pas, sinon vous ne seriez pas séparés en ce moment. Je ne vois donc pas pourquoi je t'interrogerais sur quelque chose dont mes propres yeux saisissent l'évidence. Et puisque ce n'est pas un mariage d'amour, tu as dû contracter une belle alliance. Une héritière, peut-être ?

— En fait, oui. Elle est de bonne naissance. Son père, accidentellement décédé, était comte. Vous auriez pu le rencontrer : le comte de Mount, Lord Tremayne. Son frère Edward porte maintenant le titre. Sa mère, Rachel, en compagnie de qui j'ai passé quelques jours, est une femme délicieuse... vous l'aimeriez.

Guy émit un curieux bruit étranglé. Jason lui lança un coup d'œil surpris : son père était livide.

— Ça ne va pas ?

— Si ! Je... euh... j'étais tout simplement étonné. Tremayne, dis-tu, hein ? interrogea Guy d'une voix bouleversée.

Jason observa Guy avec attention et ses yeux se rétrécirent. Mais son père demanda simplement :

— Ta femme, Catherine, est-elle la fille cadette ?

— Oui. Maintenant que vous me le demandez... Sa mère était mariée auparavant et je crois qu'elle avait eu un enfant de ce mariage. Quelle importance ?

— Aucune, aucune. Simple curiosité de ma part, rétorqua hâtivement Guy.

Chose surprenante, après cette révélation, Guy ne sembla plus avoir envie de discuter du sujet. Ravi d'abandonner la question, Jason n'ajouta rien. Néanmoins leurs rapports demeurèrent tendus et Jason ne vit pas de raison de prolonger sa visite. Il prépara donc son départ pour le vendredi à l'aube. Il eut peu de chose à faire car il voyageait avec le minimum de bagages. Il se contenta de choisir les chevaux et de veiller à ce que l'on empaquetât la nourriture nécessaire.

Cependant, il se montra excessivement prudent dans la sélection de ses chevaux car il avait besoin de bons animaux possédant endurance et vitesse, dépourvus toutefois de l'aspect racé qui risquerait de susciter l'envie ou la convoitise parmi les habitants de Natchez Trace. On avait assassiné des hommes et laissé leurs corps pourrir sur le Trace uniquement pour un cheval fougueux.

Comme prévu, Pierre et Jason partirent peu avant l'aube. L'air matinal annonçait déjà la chaleur qu'il allait faire. Le voyage serait hasardeux. A plusieurs reprises, Pierre suggéra qu'il serait peut-être plus sage de revenir à Norfolk et d'y attendre un autre bateau. Mais, nanti du couteau à longue lame familier qui reposait contre sa cuisse vêtue de peau de daim et du fusil placé sur sa couverture enroulée, Jason était prêt à affronter le moindre danger qui surviendrait sur le Trace.

Le Trace ! Pierre frissonna à cette idée et jeta des regards noirs au large dos de son maître. « *Mon Dieu !* Monsieur est fou, décida-t-il avant de penser avec dégoût : Regardez-le, habillé comme quelque rustre des forêts, avec ses cheveux noirs qui lui couvrent la nuque... Ces cheveux qu'en temps ordinaire on coiffe à la mode ! »

Vêtu avec élégance, Jason représentait cette espèce d'homme que Pierre aurait volontiers suivi en enfer. Mais Monsieur, avec ses déplorables vêtements en peau, était si négligé qu'en le regardant rapidement on pouvait se tromper sur la personne et le prendre pour un trappeur métis ! Cette apparence révoltait le sens très aigu des convenances que possédait Pierre.

La région qu'on appelait Natchez Trace existait de longue date. La première piste avait été creusée par les animaux sauvages, daims et buffles, qui se rendaient dans les vastes pâturages.

Puis vinrent les Indiens qui suivirent les traces laissées par leurs proies. Les Blancs ne changèrent que peu la « Piste », qui serpentait de Nashville à Natchez — cinq cents milles de piste dangereuse autour de marécages infranchissables et à travers des bois vierges. Le parcours normal commençait au nord de Natchez : en effet, la plupart des gens empruntaient de là le Mississippi pour se rendre dans le Sud. Mais, après toutes ces semaines en mer passées à observer les vagues de l'océan, Jason ne tenait pas précisément à voyager par eau.

Il voulait sentir sous lui un bon cheval et subir la fatigue qu'entraînait une longue journée de piste. Il brûlait également plus ou moins de se battre. Chaque nuit, Pierre priait avec ferveur pour qu'ils n'attirassent pas l'attention de la déplaisante population de Natchez. De son côté, Jason éprouva une certaine déception quand ils atteignirent sans incident la *Taverne du Roi*, qui marquait la fin de la « Piste » et de la portion la plus éprouvante de leur voyage. Il ne leur restait plus maintenant que la longue descente du Mississippi vers Beauvais.

Comme l'énorme plate s'écartait de Natchez, Pierre pria pour que le pilote ait une certaine expérience et qu'il connût tous les bancs de sable et tous les courants du grand fleuve ; il pria également pour que les pirates du fleuve fussent occupés ailleurs. Le chaland était chargé de bois de charpente en provenance du Nord ainsi que de diverses marchandises en partance pour La Nouvelle-Orléans. La richesse même de cette cargaison rendait le chaland irrésistible aux yeux des nombreux gangs du fleuve qui pillaient ces sortes de bateaux plats.

En dépit des craintes de Pierre, le voyage se déroula sans événement marquant. Toutefois, le petit valet ne put retenir un soupir de soulagement après leur débarquement aux docks de Beauvais, une fois qu'ils eurent enfourché leurs chevaux. Entendant ce soupir, Jason se tourna sur sa selle et lui sourit.

— Heureux d'être de retour ?

— Oh oui, monsieur !

Jason partageait ces paroles exprimées du fond du cœur tout en scrutant avidement des yeux la terre familière et bien-aimée qui s'étendait devant lui. Pressant son cheval au galop, il parcourut à vive allure la large route bordée de chênes qui menait à la demeure de la plantation. Le chaud soleil de la Louisiane s'infiltrait à travers les énormes arbres d'un grand âge. De leurs branches massives pendait, immobile et spectrale, de la mousse espagnole vert-de-gris. Les arbres se terminèrent brusquement et *Beauvais*, demeure majestueuse et blanche, apparut. Ses grands piliers scintillaient à la lumière du soleil, et la pelouse émeraude, véritable manteau de velours, retenait le regard.

Ralentissant son cheval auquel il fit adopter le trot, Jason guida l'animal par-delà l'allée qui décrivait une courbe devant la maison et le dirigea vers un des bâtiments bas et blancs qu'un épais bosquet d'arbres dissimulait presque. Derrière s'étendaient des acres et des acres de grandes cannes à sucre.

Au bruit du cheval qui approchait, plusieurs personnes sortirent d'un bâtiment. Reconnaissant Jacques parmi eux, Jason arrêta sa monture près de lui et en descendit. Ils eurent à peine le temps d'échanger des salutations que Jacques l'interrompait :

— Eh bien ! vous voilà de retour. Avez-vous vu le vieux maître ?

Un large sourire aux lèvres, Jason tendit les rênes à un serviteur et répondit :

— Non. Je ne suis pas encore allé jusqu'à la grande maison. Va-t-il bien ?

— Oui. Mais il vous attend depuis des jours et des jours. Vous feriez mieux de vous réconcilier avec lui.

Toujours souriant, Jason s'éloigna en direction de la maison. Ses pieds ne faisaient aucun bruit sur le sentier bien entretenu qui conduisait au-delà de la cuisine en longeant une luxuriante roseraie dont l'odeur embaumait fortement. Déjà prévenu de son arrivée, Armand, son grand-père, descendait précipitamment les larges marches du perron pour venir à sa rencontre. Ses yeux foncés trahissaient l'affection qu'il portait à son unique petit-fils.

Ils s'examinèrent mutuellement une seconde. Jason remarqua avec tendresse que le vieil homme semblait tout aussi vif et joyeux que dans son souvenir. Le grand-père de Jason n'était pas un homme grand. Il arrivait à peine à l'épaule de Jason et sa minceur naturelle le faisait paraître maigre. Il se mouvait avec la grâce et la souplesse d'un homme moitié moins âgé que lui. Très orgueilleux de ses soixante et onze ans, Armand était également fier de constater que, malgré un certain nombre de rides et de plis naturels qui marquaient son visage aux traits délicatement dessinés, sa peau paraissait toujours aussi douce et veloutée que celle d'une femme.

Avant de l'engloutir, comme un ours, dans une étreinte rapide, Jason adressa un large sourire à son grand-père. Puis les deux hommes montèrent ensemble les marches du perron et pénétrèrent à l'intérieur où les accueillit une douce fraîcheur.

Tout comme Guy, Armand était naturellement impatient d'entendre parler de la femme de Jason. Contrairement à son entretien avec Guy au cours duquel il avait dissimulé à ce dernier certains renseignements, Jason raconta à son grand-père l'histoire dans sa totalité. Jason découvrit que cela l'aidait de narrer cet incident comme s'il était survenu à quelqu'un d'autre. En entendant le ton impersonnel et mesuré adopté par son petit-fils, Armand, qui le connaissait pourtant bien, ne devinait certainement pas la douleur et le regret qui l'accablaient. Jason termina froidement son récit. Armand avait peu à dire... Que dire ?

Armand hésitait ; il aurait aimé offrir à Jason quelques paroles de réconfort mais il y renonça devant l'expression rébarbative des yeux verts, et abandonna le sujet.

Ils dînèrent ensemble et sans hâte. Comme la paix et

400

le calme de *Beauvais* s'emparaient de lui, Jason comprit que, pour la première fois depuis des semaines, il se détendait. *Mon Dieu !* Qu'il était bon d'être de retour ! Plus tard, ce soir-là, assis dans la grande galerie sur le devant de la maison, Jason parla dans ce sens à son grand-père.

Une étincelle dans ses yeux gris, celui-ci affirma d'un ton moqueur :

— Tu dis toujours cela, *mon fils*. Pourtant, d'ici un mois, tu te mettras à arpenter les terres comme une panthère des marais prise au piège ; ensuite, ce Buveur de Sang et toi vous partirez vivre en sauvages, *n'est-ce pas* ?

Un large sourire aux lèvres, Jason reconnut la vérité dans cette déclaration.

— C'était ainsi... dans le passé... Cette fois, j'ai l'intention de me ranger. J'estime que poursuivre l'aventure sauvage juste de l'autre côté des collines perd maintenant tout son attrait.

— Cette épouse qui t'abandonne... en est-elle la cause ? interrogea Beauvais, avec des yeux brillants et railleurs.

Triste, le regard embarrassé, Jason rétorqua avec peine :

— Je l'ignore. Mais je suppose qu'elle y est rattachée d'une manière ou d'une autre. Jusqu'à ma rencontre avec Catherine, je n'avais jamais été confronté à ce genre de chose. De toute ma vie, je n'ai jamais ressenti une telle impuissance et une telle frustration.

— Tu essaies donc maintenant de te perdre... et peut-être de te retrouver par un dur travail. Très bien. Depuis longtemps, je souhaite te céder la direction de la plantation, mais, jusqu'ici, je craignais toujours que tu ne fusses pas prêt pour cette tâche. Tu ressembles trop au vent : une minute ici, la suivante à des milles de là. Mais je crois que tu peux le faire aujourd'hui car tu as besoin de *Beauvais* plus que la plantation n'a besoin de toi !

Ils ne se séparèrent que des heures plus tard. En grimpant lentement l'escalier qui menait à sa chambre, Jason comprit qu'il ne dormirait pas de la nuit. Tout ce dont son grand-père et lui avaient discuté occupait trop son esprit ; il espérait également ne pas décevoir le vieillard. Quand il entra dans sa chambre, la surprise le cloua sur place ; ses yeux se posèrent sur la grande silhouette appuyée avec une grâce animale contre la colonne du lit. Un sourire d'affection sincère passa sur son visage ; il ferma rapidement la porte derrière lui et secoua avec empressement la main qu'on lui tendait.

— Bon Dieu ! Quel plaisir de te revoir ! Comment as-tu appris mon retour ?

Buveur de Sang sourit lentement ; ses yeux foncés scrutèrent le visage de son compagnon. Devant ce qu'il y vit, il plissa légèrement le front. Durant les mois de leur séparation, il était sûrement arrivé quelque chose à son ami. La chose était-elle bonne ou mauvaise ? Il l'ignorait encore.

Le visage de Jason semblait plus mince, les minuscules rides en bordure de ses yeux paraissaient plus accusées et les creux dans ses joues étaient plus profonds quand il souriait. Ses yeux verts arboraient un air sombre, différent de leur brillance habituelle, de l'étincelle claire qui y pétillait autrefois. Tout ceci troubla Buveur de Sang.

— Ce voyage en Angleterre t'a transformé. Dis-moi ce qui est la cause des signes que je vois sur ton visage ? demanda-t-il sans ménagement.

De manière rapide et concise, Jason relata tout ce qui s'était passé tant à Londres qu'en France, laissant pour la fin Catherine et les événements qui avaient entraîné son mariage. Buveur de Sang devina ce qui était arrivé plus d'après ce que Jason taisait que d'après ce qu'il expliquait. Cependant, il n'approfondit pas la question. Il existait des choses qu'un homme se devait de surmonter seul. Il n'offrit aucune parole de réconfort ou de sympathie car il savait que Jason les rejetterait avec dégoût. Il se contenta de lui demander :

— Et maintenant ? Vas-tu devenir l'ombre de ton grand-père ?

Jason sourit largement.

— Sûrement pas ! Cependant, je vais prendre les rênes de *Beauvais*... du moins pour l'instant. Nous venons d'en parler longuement ce soir, mon grand-père et moi. Au début, je pensais pouvoir marcher sur ses traces — il voulait du reste me voir agir ainsi. Mais, comme nous en discutions plus sérieusement, nous avons décidé tous deux d'en faire d'abord l'essai. Il me connaît mieux que je ne me connais. Je vais donc rester ici pour le moment. Si des événements changeaient par hasard mon état d'esprit, nous en reparlerions alors.

— Tu as pris une bonne décision. Tu n'apprécierais jamais d'emprunter un chemin déjà débarrassé de toutes les pierres.

Jason haussa les épaules et changea de sujet.

— Qu'as-tu découvert sur notre ami Davalos ? Si j'ai bien compris, il était en Louisiane pour son propre compte, n'est-ce pas ?

Buveur de Sang acquiesça de la tête.

— Il m'a fallu quelque temps pour le découvrir. Apparemment, il a demandé à partir en invoquant une crise familiale et son capitaine lui a donné l'autorisation de quitter son service. J'ai approfondi mes recherches afin de m'assurer que c'était bien la vérité et non un conte inventé pour nous édifier. Visiblement, tout est vrai.

— Où se trouve-t-il maintenant ?

Un sourire s'insinua dans les traits de Buveur de Sang.

— Au Mexique. J'ignore ce qu'il fomente, mais je peux t'affirmer que j'ai passé tout mon temps à garder sa trace après ton départ. Sais-tu qu'il t'a suivi en Angleterre ?

Considérablement surpris, Jason eut la conviction étrange et subite que Davalos était caché derrière une partie des ennuis qu'il avait eus en Angleterre. Il n'exprima pas ses pensées... c'était inutile. Buveur de Sang en était déjà arrivé à la même conclusion, et il le confirma en ajoutant :

— Peut-être est-ce lui qui a engagé l'homme chargé de fouiller ton appartement ?

— Mmm. Cela se pourrait. Tu dis qu'il est parti immédiatement après moi ?

— Pas immédiatement. Mais dans le mois suivant. Après avoir découvert tout ce que j'ai pu à La Nouvelle-Orléans, je suis revenu en Virginie où j'ai retrouvé sa trace. J'ai alors appris son départ pour La Nouvelle-Orléans. J'étais furieux à l'idée d'avoir peut-être laissé passer un indice sans le voir. Je craignais par conséquent qu'il fût vraiment aux ordres de l'Espagne. Devant ce dilemme, j'ai résolu d'écrire à Jefferson ce que j'avais appris. Ensuite, je suis retourné à La Nouvelle-Orléans.

— Avais-tu oublié quelque chose ?

Buveur de Sang secoua la tête.

— Non. Après avoir passé de nombreuses semaines à aller et venir comme un lapin poursuivi par un loup, après avoir vérifié tous mes renseignements sur les activités de Davalos, devine ce qui m'arrive ? Notre ami apparaît soudain à La Nouvelle-Orléans pour disparaître tout aussi soudainement en direction du Mexique. Si j'étais tout simplement resté à l'attendre à La Nouvelle-Orléans, comme nous l'avions envisagé au début, je me serais épargné une grande perte de temps, termina-t-il, dégoûté.

Jason approuva distraitement, l'esprit occupé par la conduite fantasque de Blas Davalos. Davalos représentait certainement le parti intéressé par la mystérieuse carte à laquelle Catherine avait fait allusion. Mais une carte de quoi ? Que faisait Davalos au Mexique, en ce moment ?

Il soupira, regrettant une nouvelle fois que les sentiments confus qu'il ressentait pour Davalos ne lui aient pas permis par le passé de tuer l'homme quand il en avait eu l'occasion. Même s'il jurait maintenant de l'occire, le souvenir d'une autre époque à demi oubliée détournerait toujours le coup mortel. Jason respira profondément. Qu'il enviait la clarté des sentiments de Buveur de Sang !

— Tu ne peux toujours pas te résoudre à l'éliminer, n'est-ce pas ? s'enquit Buveur de Sang qui suivait le cheminement des pensées de son ami.

Jason l'admit à regret.

— Je sais qu'il a mérité la mort — qu'il est nécessaire qu'on le tue, et je meurs d'envie de le faire. Mais je ne peux l'envisager de sang-froid. Dans un accès de rage, je le pourrais... facilement. S'il était sur le point de me faire violence ou de menacer l'un des miens, je n'hésiterais pas. En mémoire de Philip, je devrais le tuer. Mais je me souviens que Philip connaissait les risques qu'il courait et qu'il a, peut-être, seulement subi les conséquences de ses propres actes. Je dois à Philip de le tuer, mais...

Jason arrêta là ses propos embarrassés. Sa propre indécision l'irritait.

L'affaire Davalos était une question qui le rongeait comme une gangrène. Une seule autre personne avait un jour réussi à susciter chez lui une hésitation aussi profonde que celle ressentie devant cet homme, autrefois son ami. Comme s'il était possible de calmer une douleur en souffrant d'une autre encore plus terrible, Jason se mit soudain à penser à Catherine.

— Quel idiot je suis ! Incapable de garder une épouse, incapable de tuer un ennemi. Vraiment, je suis tombé bien bas ! s'exclama-t-il.

Buveur de Sang s'abstint de toute réponse. La douleur de Jason appartenait à son ami et à lui seul. Il était impuissant à la soulager, même légèrement. Jason lui lança un coup d'œil et vit ses propres tourments se refléter dans les yeux noirs de son compagnon, ce qui le fit rire durement.

— Cela ne finira jamais ! Bientôt, je pleurerai comme un bébé parce que l'on m'aura marché sur les pieds. Bah ! Nous avons d'autres chats à fouetter. Je vais devenir planteur, et toi ?

Buveur de Sang hésita avant de répondre calmement :

— Pendant de nombreux mois, j'ai passé mon temps à exécuter tes ordres. Le moment est maintenant venu de m'occuper de mes propres affaires. Je dois veiller à beaucoup d'entre elles.

Jason approuva d'un signe de tête.

— Restes-tu ici cette nuit ?

Tout en hochant la tête négativement, Buveur de Sang murmura, une lueur d'amusement au fond des yeux :

— Comme ton grand-père ignore ma venue, ce n'est pas la peine de le mettre mal à l'aise. Si, au matin, il me découvrait ici, il serait convaincu que j'envisage de t'attirer loin de lui. Il vaut mieux que je parte comme je suis entré.

Il serra la main que lui tendait Jason et poursuivit :

— Quand tu auras besoin de moi...

Après le départ de Buveur de Sang par la fenêtre, Jason demeura pensif quelques minutes, puis il se secoua, bien décidé à se libérer de la mélancolie qui menaçait de l'accabler. Il reporta alors son attention sur les projets dont il avait discuté avec son grand-père dans la soirée. Il pensa avec plaisir aux mois à venir et se prit à souhaiter que la plantation le soulage quelque peu des idées qui le torturaient si souvent ces derniers temps. Il avait plus besoin de *Beauvais* que la propriété de lui ; son grand-père l'avait affirmé et il était suffisamment intelligent pour s'en rendre compte lui-même. Quand il s'endormit finalement, pour la première fois depuis la disparition de Catherine son esprit était rempli d'espoir à la pensée du jour à venir.

Beauvais s'administrait facilement, comme Jason le découvrit dans les mois qui suivirent. Les récoltes — canne à sucre, riz et un peu d'indigo — poussaient facilement dans le sol riche et brun puis mûrissaient rapidement sous les rayons du soleil. Le compétent régisseur de son grand-père s'assurait que les esclaves effectuaient bien les récoltes et les chargeaient ensuite sur le chaland qui descendait le Mississippi jusqu'à La Nouvelle-Orléans. Une fois arrivé dans cette ville, le représentant de *Beauvais* veillait à ce que tout le nécessaire fût emmagasiné et vendu ; il s'occupait également de la paperasserie qui accompagnait ces démarches.

Au premier abord, Jason aurait peu à faire. Mais, à maître fantasque ou indifférent, esclave capricieux ou négligent. Jason travaillait donc aussi durement et longuement que le dernier de ses esclaves. Il y avait des décisions à prendre concernant ce qu'il fallait planter l'année suivante, des voyages à faire à La Nouvelle-Orléans pour sélectionner les plus belles semences et graines ainsi qu'une multitude d'autres problèmes à résoudre. *Beauvais* elle-même, avec ses rouages bien huilés, n'échappait pas à des catastrophes telles qu'une rupture de digue entraînant l'inondation d'un champ nouvellement semé ou encore du grain qui poussait avec peine sous la chaleur humide ; comme toutes les affaires qui prospéraient, il y avait bien sûr des escrocs et des charlatans prêts à agir et à s'emparer pour leur propre compte de tout ce qu'ils pouvaient saisir. Le coup d'œil vigilant de Jason supervisait jusque dans les moindres détails tout ce qui touchait de près ou de loin à *Beauvais*, ce qui allait de l'achat d'un nouvel esclave à la vente de la récolte à La Nouvelle-Orléans, en automne.

A l'arrière-plan, Armand observait avec affection, satisfaction et parfois un faible pincement d'inquiétude les progrès de son petit-fils. Le garçon se surmenait, ce n'était pas bon pour lui. Une telle diligence à travailler aussi durement ne pouvait qu'engendrer un brusque revirement contre le harnais qui l'enserrait. On ne se sert pas d'un mulet récemment dressé — l'expression fit sourire Armand — pour labourer tout un champ. Non ! On y habitue l'animal progressivement. Armand suggéra donc doucement à Jason de remonter le Mississippi en direction de la Vallée de la Rivière Rouge pour y examiner l'état de *Terre du Cœur*, cadeau de sa mère pour son vingt et unième anniversaire.

Jason approuva avec empressement mais pas pour les raisons auxquelles pensait Armand. En présumant que son petit-fils se fatiguerait de ses responsabilités, il faisait injustice à Jason. Celui-ci avait changé et prenait ses fonctions très au sérieux ; mais *Beauvais* appartenait à son grand-père et il avait beau savoir que la plantation lui reviendrait un jour, cela ne changeait pas le fait qu'elle ne lui appartenait pas pour l'instant et qu'il s'agissait d'une propriété déjà en cours d'exploitation.

Terre du Cœur, c'était autre chose ! Il y avait une maison presque aussi grande que celle de *Beauvais* ainsi que plusieurs dépendances attenantes. Mais la terre elle-même était sauvage et inculte — des acres et des acres de prairies où le bétail paissait, ainsi que des étendues de pins, de bosquets, de bois qui procuraient des cachettes pour le gibier et les oiseaux. Des années auparavant, quand ces terres lui avaient été octroyées, Jason y avait installé un régisseur et s'était débarrassé de l'affaire. Mais maintenant, il avait besoin de se façonner son propre *Beauvais* — et de créer également son propre avenir.

Les chauds mois d'été faisaient à présent partie du passé. Alors qu'octobre approchait, Jason n'avait toujours pas reçu de message de Jefferson, et l'Espagne possédait encore apparemment la Louisiane. Jason était légèrement inquiet de voir que les Etats-Unis n'avaient pas, jusqu'alors, ratifié le traité secret judicieusement rédigé. Les nouvelles mettaient tellement de temps à voyager d'un endroit à un autre qu'une lettre de Jefferson empruntait peut-être en ce moment la route incertaine qui menait jusqu'à lui. Pour cette unique raison, il discutait de la sagesse à quitter *Beauvais*. Cependant, décida-t-il, si un message arrivait, son grand-père le lui transmettrait. Toutefois, avant son départ, il écrivit au Président pour lui expliquer qu'il se rendait dans sa plantation du Nord.

Sa lettre avait dû croiser celle de Jefferson car il avait à peine déballé ses affaires et commencé à s'organiser à *Terre du Cœur* qu'un cavalier arrivait déjà de *Beauvais* avec la convocation attendue. D'un air pensif, Jason lut la grande écriture désordonnée du Président et ordonna ensuite à Pierre, grandement scandalisé, de faire les bagages... ils allaient partir pour La Nouvelle-Orléans.

25

La Nouvelle-Orléans bourdonnait car on venait d'annoncer la cession par l'Espagne de la Louisiane à la France. Dans les rues, les créoles, radieux, s'accostaient pour commenter la nouvelle stupéfiante.

— N'est-ce pas merveilleux, Alphonse ? Maintenant, nous voilà à nouveau vraiment français !

— C'est surprenant de former une colonie française ! Vive la France !

Ecoutant vaguement les bavardages sur l'événement, Jason se demanda quelle serait leur réaction lorsqu'ils découvriraient que le gouvernement français allait être court — très court, en effet ! — et que bientôt la France, qui avait solennellement accepté de retourner la colonie à l'Espagne si elle ne tenait plus à la conserver, allait l'abandonner aux Etats-Unis, la vendant très habilement sans souci de ses propriétaires légitimes. Un large sourire éclaira son visage tandis qu'il imaginait la fureur de l'Espagne et l'étonnement atterré de la population créole lorsque les Américains téméraires arriveraient pour prendre la succession.

En atteignant La Nouvelle-Orléans, le premier geste de Jason avait été d'ouvrir la maison de ville des Beauvais. Il ne souhaitait pas vivre avec sa mère ; de son côté, s'il l'avait suggéré, cette femme froidement sophistiquée en aurait été horrifiée. Antonia Beauvais Savage préférait ignorer son mariage et son fils. Elle possédait sa maison personnelle, élégante, et son propre cercle d'amis ; elle refusait inflexiblement de parler de Guy ou de Jason, au grand amusement des aristocrates créoles de La Nouvelle-Orléans.

Malgré l'attitude de sa mère, tout le monde accueillit de nouveau Jason à bras ouverts. Les femmes appréciaient tout spécialement de voir sa silhouette aux larges épaules et aux hanches étroites circuler en ville ; les hommes, quant à eux, se plaisaient en sa compagnie charmante, dans les nombreux endroits de divertissement masculin qui faisaient la célébrité de La Nouvelle-Orléans.

— Le jeune Savage est un magnifique compagnon, n'est-ce pas ? Il est si drôle et si amusant... et tellement fort au pistolet et à l'épée !

Une fois de plus et sans effort, Jason se glissa facilement au sein de la société mondaine de La Nouvelle-Orléans, qui menait une existence frivole et amusante : se lever tard, se rendre en flânant dans un des nombreux cafés pour y rejoindre ses amis ; assister à une course de chevaux ou à un combat de coqs dans

410

l'après-midi. Ensuite, après le dîner : jouer, boire ou aller admirer la nouvelle merveille que Madame avait introduite dans sa maison. Néanmoins, Jason estimait que de telles activités l'ennuyaient à l'excès ; il se sentait enchaîné à La Nouvelle-Orléans par la lettre de Jefferson et par les événements qui se produiraient dans les mois à venir. Il aurait mieux aimé se trouver à *Terre du Cœur*.

Jason se mit à rester fréquemment chez lui le soir, préférant sa propre compagnie à une soirée en ville. Hésitant encore à se résoudre à choisir un livre et à s'installer comme un vieillard près du feu, il errait sans trêve ce soir-là dans la bibliothèque lorsque son maître d'hôtel entra pour lui annoncer qu'un certain Señor Davalos désirait le voir. Au moment d'ordonner à Williams de dire à Davalos d'aller au diable, Jason changea d'avis. Pourquoi pas ? Il découvrirait peut-être ainsi les réponses à quelques questions ; une joute verbale avec Blas valait également mieux que d'user le beau tapis à force d'arpenter la pièce tapissée de livres.

Leur dernière rencontre datait d'une année environ et s'était déroulée près de la demeure de son père en Virginie. Jason ressentit son aversion habituelle lorsque Davalos s'inclina d'un air formel et s'installa confortablement sur le canapé à haut dossier devant la cheminée. Jason lui offrit un verre d'eau-de-vie puis, devant le regard indécis de Davalos, il affirma d'un ton sarcastique :

— Il n'est pas empoisonné. Quand je te tuerai, je le ferai de mes propres mains. Je n'utiliserai pas un moyen lâche pour me débarrasser de toi. Tu devrais le savoir !

Davalos lui lança un sourire pincé, tandis que ses yeux noirs et froids étincelaient d'émotion.

— Donc, tu recommences la controverse ? *Sí ?*

— Pourquoi pas ? Tu t'attendais peut-être à ce que je t'embrasse affectueusement ?

411

— Non. Mais je me souviens d'une époque où nous étions *amigos*. Une époque où tu aurais été heureux de me voir, *amigo*.

Les paroles de Davalos contenaient une douce accusation.

— Ah, oui. Mais c'était avant que tu aies assassiné un de nos amis communs, murmura calmement Jason, les yeux voilés.

— *Diablo !* Mettras-tu toujours la mort de Nolan entre nous ? C'était un espion, je te l'ai déjà dit ! J'avais ordre de l'arrêter. Si un coup de feu l'a atteint, ce fut un accident, cria Davalos avec passion.

Ces affirmations ne touchèrent pas Jason. Durant une longue et énervante minute, il fixa froidement son hôte importun puis haussa les épaules et répliqua avec indifférence :

— C'est ta version. Est-ce la raison de ta venue ? Protester de ton innocence une fois de plus ?

Sans laisser à Davalos le temps de se justifier, il ajouta :

— Cela fait peu de différence, tu sais. Moi aussi, j'ai mes espions. Je sais que c'est toi qui as monté Gayoso contre Nolan et qui as préconisé avec insistance l'envoi de troupes sur ses traces. Cela te dérangerait-il de m'expliquer pourquoi ?

Un muscle de la joue de Davalos se contracta. Devinant que Jason resterait sceptique quels que fussent ses propos, il rétorqua d'un ton vindicatif :

— Je pense que tu le sais.

Un sourcil noir se souleva lentement.

— Ne me dis pas que c'est à cause de Fanny, hein ? Je sais que tu lui as porté beaucoup d'attention avant l'apparition de Philip à Natchez, mais personne n'a pu tenter sa chance avec elle dès l'instant où elle eut posé les yeux sur lui. Et si tu as cru qu'elle accepterait l'homme qui lui a tué non seulement son premier mari mais encore son second, tu t'es grandement mépris sur

la dame ! Il est beaucoup plus probable qu'elle te tran-
cherait la gorge !

— *Dios !* Crois-tu que je tuerais pour une femme ?
Pff... ! Elles sont moins que rien !

— Alors pourquoi ? demanda implacablement Jason.

Un léger sourire détendit les lèvres minces de Blas.
Croisant les jambes avec désinvolture, il exposa :

— Pour la même raison que celle pour laquelle tu as
eu un entretien des plus secrets avec cette banque en
Angleterre.

Jason se raidit et posa avec précaution son verre en
cristal.

— Et que sais-tu de cela, *mon ami* ?

Davalos parut étudier une seconde le dessin du gilet
de son compagnon, puis ses yeux rencontrèrent son
regard concentré.

— Imaginais-tu qu'après la mort accidentelle — et
c'était un accident, crois-moi — du seul homme à part
toi qui en connaissait l'emplacement, j'allais te laisser
organiser une expédition qui le déroberait à ma barbe ?

Il aboya de rire et poursuivit :

— Oh, non, *amigo* ! Je ne suis pas stupide ! Mais toi
tu l'es suffisamment pour tenter d'emprunter l'argent
nécessaire pour le récupérer. Ces conservateurs de banquiers n'ont-ils pas eu confiance en ta carte ?

— Ma carte ?

— *Sí !* Tu possèdes bien un moyen de retrouver ton
chemin. Tu dois l'avoir... Nolan ne l'avait pas !

— Voilà pourquoi tu as engagé Horace pour fouiller
mon appartement. Peux-tu me dire quand tu m'as suivi
en Angleterre ?

— Pourquoi ? Cela importe peu ! L'essentiel est que
je t'aie suivi et que je sois au courant de ta rencontre
avec Hope et Baring. Depuis, je m'intéresse beaucoup
à tes mouvements. A la suite de ta si brusque disparition d'Angleterre, j'ai supposé que les banquiers voulaient investir de l'argent. Crois-moi, poursuivit Davalos,

apparemment inconscient de la dangereuse immobilité de Jason, ... j'étais tellement certain que tu avais échappé à mes filets et que tu étais déjà en route pour La Nouvelle-Orléans que j'ai pris le premier navire en partance pour la Louisiane. Tu imagines ma confusion lorsque j'ai découvert que tu n'étais pas encore arrivé ! Tu m'as mené en bateau, *amigo*. Je t'ai cherché partout au Mexique ; et qu'est-ce que j'ai appris en rentrant bredouille ? Que tu étais ici, à La Nouvelle-Orléans, et visiblement content de toi.

— Où aurais-je dû me trouver, selon toi ? Pourquoi serais-je allé au Mexique ? répliqua négligemment Jason en levant lentement son verre d'eau-de-vie.

Les sourcils froncés, Davalos surveillait le mouvement désinvolte d'un air suspicieux. Devant l'impassibilité de Jason, Davalos éclata d'un rire agressif.

— Ne me prends pas pour un idiot ! Je sais ce que Nolan et toi avez découvert.

— Et qu'avons-nous découvert ?

— Cibola ! Les sept cités d'or ! lâcha Davalos avec hargne car cette joute verbale l'ennuyait au plus haut point.

Grâce à son sang-froid, Jason réussit à ne pas ouvrir la bouche d'étonnement. Quand la portée totale de ces paroles l'atteignit, il faillit éclater de rire. Telle une chatte pour ses chatons, il s'était inquiété inutilement, et tout cela parce qu'il avait craint que Davalos n'aille bouleverser d'une manière ou d'une autre le traité dans sa totalité ! Alors que cet idiot avouait être à la poursuite de quelque bêtise légendaire ! Il se calma rapidement car il réalisait que l'Espagnol croyait vraiment à l'histoire des sept cités d'or.

Un goût amer dans la bouche, Jason fixa sans cligner des yeux l'homme irrité qui se tenait devant lui. Davalos avait assassiné une des deux personnes qu'il considérait comme une autre moitié de lui-même. Apprenant que la cupidité en était le seul motif, il tremblait presque de l'envie d'anéantir lentement Davalos. Blême, dissimulant sa rage derrière un sourire tendu, Jason ordonna avec douceur :

— Va-t'en, Davalos ! Pars maintenant si tu tiens à vivre une minute de plus !

Blas pensa tout d'abord avoir mal compris les paroles de son vis-à-vis ; puis il regarda l'étincelle qui brillait dans les yeux verts et sentit qu'il ne plaisantait pas. Sans prononcer un mot, il se leva rapidement et se dirigea vers la porte. La main sur le bouton en cristal, il se retourna et cracha :

— Cela ne se passera pas toujours ainsi ! *Amigo*, un jour tu iras chercher l'or et, ce jour-là, je ne me trouverai pas loin derrière toi. Tu ne m'échapperas plus et je te préviens : tu ne traverseras pas la Sabine sans que je le sache. Ne renouvelle pas l'erreur de Nolan !

Jason se leva d'un mouvement souple et menaçant mais Blas, son acte de bravoure passé, quitta hâtivement la pièce et, aussi hâtivement, franchit la porte d'entrée où il croisa un Williams étonné.

Pensif, Jason ferma la porte de la bibliothèque d'une légère poussée. Il s'était ressaisi, mais si, vers la fin, Blas n'avait pas cessé ses menaces, il l'aurait déchiré membre après membre.

Cette victoire ne lui apporta que peu de satisfaction. La conversation de ce soir confirmait uniquement que la carte mentionnée devait être la même que celle dont Catherine avait parlé.

Après avoir terminé son verre d'une seule traite, Jason s'en versa un autre et se remit à arpenter la pièce. Les sept cités d'or ! Cibola ! Mon Dieu ! Il n'arrivait pas à y croire. Fallait-il que Blas fût stupide et aveuglé par la cupidité pour croire à l'existence d'un tel endroit et qu'il l'avait découvert en compagnie de Nolan !

Jason connaissait assez bien la vieille histoire. Comme tout le monde, du reste. Les rumeurs sur ces cités remplies d'or et de turquoises avaient précipité les premiers conquérants au nord de Mexico pour les rechercher. En dépit du fait qu'au milieu des années 1500, l'expédition de Coronado avait découvert que les rumeurs étaient sans fondement, certaines histoires sur la richesse cachée de Cibola persistaient.

Tout en mordant sa lèvre inférieure, Jason prit distraitement dans la bibliothèque un volume relié en cuir dont il parcourut les pages d'un œil absent, l'esprit encore occupé par les paroles de Davalos.

Les cités pouvaient exister — la chose était possible. Erudits et hommes de science ne proclamaient-ils pas qu'une montagne de sel blanc pur se dissimulait quelque part dans les régions inexplorées de la Louisiane ? Ne déclaraient-ils pas également qu'une tribu d'Indiens blancs parlait le gallois ? Pour essayer de soulever l'enthousiasme en faveur du territoire, Jefferson s'était exprimé dans le même sens dans les journaux. Il était exact qu'il existait des milles et des milles de territoire espagnol où pas un Blanc n'avait osé s'aventurer. Qui sait ce qu'il y avait là-bas ? Les cités existaient peut-être.

Sa main glissa inconsciemment le long de son bras vers le bracelet en or serti d'émeraudes caché sous sa veste en velours. Evidemment, si Blas avait trouvé celui de Nolan, cela n'avait sans doute fait que confirmer ses soupçons de leur découverte des cités légendaires. Convaincre Blas du contraire se révélerait une tâche impossible, une tâche que Jason n'avait aucune intention d'entreprendre.

Un sourire amer apparut sur ses lèvres — maintenant, il ne parierait pas sur les chances qu'aurait Davalos de lui échapper ! Appuyant sa tête contre le fauteuil, il relégua Davalos au fond de son esprit et but lentement un autre verre, le regard rivé sur les flammes jaunes qui vacillaient ; en même temps, ses pensées glissaient librement vers des sentiers dangereux. Il paraissait fasciné par le feu, mais ce n'étaient pas les flammes qui retenaient son attention — c'était le souvenir d'une paire d'yeux violets, d'une bouche arquée et ensorcelante, qui dansait devant son regard fixe.

Où était-elle ? Au milieu de mai, l'Angleterre avait ouvert les hostilités avec Napoléon et l'Europe était à nouveau en guerre. Il n'avait reçu aucune nouvelle du duc ni de Rachel qui pût lui donner un indice quelconque sur l'endroit où demeurait Catherine. Il n'avait même pas le réconfort de la savoir en sécurité en Angleterre. Elle était peut-être morte ! Mais son esprit recula devant cette idée avec horreur.

Non ! Elle n'était pas morte. Elle était trop intelligente et trop intrigante pour qu'il lui fût arrivé quelque chose, pensa-t-il avec mépris. Oh, non ! Son petit chaton se trouvait probablement quelque part en toute sécurité et elle riait à l'idée qu'elle s'était montrée extrêmement intelligente en réussissant à prendre au piège du mariage un homme attrayant, et suffisamment rusée ensuite pour avoir réussi à le séduire au point de lui faire perdre la tête.

Examinant de près pour la première fois ce qu'il ressentait, il admit à contrecœur que Catherine l'avait presque ensorcelé. Si elle n'avait pas disparu, il aurait pu commettre la folie inexprimable de tomber amoureux d'elle ! A cette idée, il éclata d'un rire dur. Enfer ! Bien avant leur mariage, il était déjà plus ou moins épris de la gamine... et trop aveugle pour le réaliser ! De plus, malgré les circonstances, personne n'aurait pu l'obliger à l'épouser s'il ne l'avait pas voulu. Et il l'avait voulu, s'avouait-il enfin.

Un sourire amer se dessina sur ses lèvres. Jésus ! Quel aveu ! S'il l'avait exprimé à voix haute, son grand-père l'aurait contemplé avec incrédulité.

Armand adoptait un point de vue très français au sujet des femmes. Elles étaient un mal nécessaire. On devait se marier pour assurer la continuité de la lignée familiale. Si une épouse apportait une certaine fortune dans sa corbeille, c'était d'autant mieux. A vrai dire, aucun Beauvais n'aurait épousé une femme pauvre. Pour quel usage un homme aurait-il besoin d'une épouse si ce n'était pour avoir un fils ? Sur la plantation, on rencontrait des négresses obligeantes ; à La Nouvelle-Orléans, si l'on désirait davantage qu'un simple corps docile trouvé dans un bordel, il suffisait de se rendre dans les splendides bals des quarterons où les hommes pouvaient choisir à volonté une jeune femme instruite dès sa plus tendre enfance dans l'art et la manière de plaire à l'homme le plus averti. Et les belles étaient légion avec leurs teints clairs, leurs superbes chevelures foncées et leurs yeux — ah, ces yeux ! avait soupiré jadis Armand d'une manière expressive, ces yeux qui allaient du noir des ténèbres au vert enchanteur. Puisqu'il existait un si magnifique déploiement de jeunes femmes volontiers disponibles, à quoi servait donc une épouse... si ce n'était à engendrer des fils ? C'est comme cela qu'il faut vivre, *n'est-ce pas ?*

On avait élevé Jason dans cette croyance et le mariage orageux de ses parents n'avait certes pas développé chez lui un penchant pour la félicité conjugale. Au contraire. Dès son plus jeune âge, son père et son grand-père l'avaient encouragé à entretenir une kyrielle de maîtresses, ce qui n'avait pas non plus arrangé ses opinions sur le mariage. Armand avait même poussé la chose jusqu'à lui offrir une belle et jeune négresse pour son treizième anniversaire. Plus tard, Jason lui fut souvent reconnaissant du choix du cadeau et de la femme. Car Juno, grande beauté aux membres longs qui avait environ dix ans de plus que lui, avait initié son jeune maître de façon experte à l'art de l'amour physique. Elle avait enseigné à son élève empressé comment satisfaire une femme lentement et amoureusement et comment en recevoir également satisfaction.

Il était alors très épris de Juno. D'autant que jusque-là, il n'avait eu que peu de contacts avec des femmes : sa grand-mère était morte et sa mère avait d'autres soucis que de se préoccuper d'un fils qui lui rappelait un mari détesté. Il était donc devenu très naturellement amoureux de la seule femme qui lui eût témoigné de l'amour et ceci d'une façon... de l'unique façon qu'il comprenait. Malheureusement pour lui, Guy avait observé son attachement pour Juno avec de profondes appréhensions tant et si bien qu'en rentrant de Harrow, Jason avait découvert que, durant son absence, son père avait vendu la jeune négresse à un trappeur qui se dirigeait vers l'ouest.

Il en avait été furieux, puis sa douleur s'était atténuée. Mais il n'avait jamais oublié cette leçon. Les femmes étaient des compagnes délicieuses... auxquelles il ne fallait jamais permettre de prendre beaucoup trop d'importance. Dès lors, il les avait toujours considérées sous cet angle. Il les regardait d'une manière très comparable à celle dont il contemplait les gambades charmantes d'un petit chien ou dont il admirait une pouliche pur-sang particulièrement bien proportionnée. Il s'était comporté ainsi jusqu'à Catherine... jusqu'à ce qu'elle lui ait tiré si impudemment la langue, jusqu'à ce qu'elle l'ait blessé gravement en se dérobant à ses avances, jusqu'à ce qu'enfin elle l'ait rendu douloureusement conscient qu'elle était une personne, une personne à part entière et non pas simplement une poupée de plaisir.

Mais à quoi bon le savoir ? Puisqu'il ne pouvait même pas découvrir sa cachette, comment la convaincre qu'elle représentait pour lui davantage qu'un corps chaud ! Jason fixait pensivement ses longues jambes étendues vers le feu mourant ; sa mâchoire se durcit sous ces réflexions amères. Diantre ! Cela changerait-il quelque chose ? Elle ne voulait rien de lui. Qu'il soit damné ou maudit si jamais il entretenait de douloureuses pensées sur ce qui aurait pu être. Non ! Il agirait dans le sens de son message et verrait son avocat la semaine prochaine ! On pourrait mener le divorce à bien de façon discrète. Excepté Guy et Armand, peu de gens connaissaient son mariage et, en Louisiane, on n'avait jamais entendu parler de Catherine Tremayne. Leur divorce n'offrirait donc que peu de prise aux commérages.

En cet instant précis, Jason, qui s'était peut-être mis à aimer un beau brin de fille, se durcit, et il refusa de songer plus avant à la jeune femme. Dans les semaines suivantes, le visage de son épouse ne hanta pas une fois ses rêves. Mais, s'il avait endurci son cœur, il ne réussit pourtant jamais à trouver le temps nécessaire pour rendre visite à son avocat.

La nouvelle de la cession par l'Espagne de la colonie à la France appartenait déjà au passé. Le 23 novembre 1803, dans la fraîcheur du matin, Jason se trouvait dans la foule de créoles français et espagnols, excités et rieurs, qui bordait les rues d'où ils observaient la descente officielle du drapeau espagnol. Après plus de cinquante ans d'un régime espagnol indifférent, ils voyaient ainsi flotter à nouveau au-dessus de La Nouvelle-Orléans la fleur de lis de la France. Jason arborait un sourire sardonique : l'événement le laissait en fait indifférent. Alors que les autres l'ignoraient, lui savait que dans moins d'un mois la France abandonnerait définitivement son titre et que la colonie passerait dans les mains tendues des Américains ! Ces mêmes Américains que la population française considérait avec beaucoup de dédain et d'inquiétude.

Une autre lettre de Jefferson envoya Jason en amont, à Natchez, pour rencontrer William Claiborne qui allait devenir bientôt le premier gouverneur américain du territoire. Il rencontra également le brigadier général James Wilkinson, futur responsable de la branche militaire du gouvernement, à La Nouvelle-Orléans — Wilkinson qui avait considéré Nolan comme son fils et qui avait espionné pour le compte de l'Espagne !

On ne lui présenta pas Wilkinson ; c'était inutile car

Jason le connaissait bien et se méfiait de lui. Il savait que Nolan avait été le protégé de Wilkinson et même ce fait ne l'aidait pas à surmonter l'aversion qu'il éprouvait pour l'homme. Wilkinson s'était trouvé mêlé à de trop nombreuses opérations louches et proches du scandale au goût de Jason. Tout comme Jefferson, Claiborne était un homme de Virginie et l'ancien gouverneur du Mississippi. Jason ne savait rien de plus sur lui.

Claiborne n'impressionna pas tout d'abord Jason. Il se demandait même comment les créoles, volages et amoureux du plaisir, se prendraient d'amitié pour ce jeune homme presque triste, aux cheveux blond-roux et au visage grave. Mais après un long entretien à l'hôtel de Claiborne, Jason se sentit extrêmement confiant dans les capacités du futur gouverneur. L'homme était loin d'être sot. Jason lui offrit ses services, ce que Claiborne accepta promptement. A l'avenir, Jason ferait partie de l'équipe gouvernementale en qualité d'agent de liaison entre les Américains et les Français. Claiborne savait qu'il serait sage de rassembler le plus de créoles possible dans son équipe car si le nouveau gouvernement devait les traiter sans ménagement pour leur faire avaler de force les coutumes américaines, ce serait un désastre.

Comme Jason l'avait pressenti, les résidents français et espagnols furent mécontents lorsque, le 20 décembre, Claiborne, Jason, ainsi qu'une troupe d'au moins une trentaine de militaires américains arrivèrent et que le territoire passa très tranquillement des mains de la France dans celles des Etats-Unis. Il faisait gris ce jour-là, presque froid... on ne voyait aucun sourire sur les visages de ces hommes qui observaient avec consternation le remplacement du drapeau français, qui s'élevait si joyeusement un mois à peine auparavant, par les étoiles et les rayures du drapeau américain.

Devant les expressions attristées de ses compagnons, Jason comprit que les jours à venir n'allaient pas être faciles. Tout en se livrant à ces pensées, il étudiait d'un regard nonchalant le groupe assemblé une fois de plus en face du Palais du Gouverneur pour observer la brève cérémonie. Son regard s'arrêta avec indifférence sur un jeune homme grand, aux cheveux noirs, âgé d'une vingtaine d'années environ, qui riait en baissant les yeux vers sa ravissante compagne qui, le visage levé, lui souriait. Ils se tenaient juste en face de Jason, dans la cour pavée du Palais de Justice, et s'ils ne s'étaient pas trouvés les seuls à sourire dans cette mer de visages attristés, il ne les aurait sans doute pas remarqués. Son regard les avait déjà dépassés lorsque, soudain, il se raidit. Tel l'acier attiré par l'aimant, ses yeux revinrent se river sur la fille.

Un sentiment de joie violente et incrédule monta en lui ; ses yeux dévorèrent avidement les traits inoubliables. C'était Catherine ! Impossible de se tromper sur ses cheveux noir bleuté ou sur la couleur gardénia de sa peau ou encore sur sa bouche enchanteresse aux lèvres rouges. Un millier de questions se bousculèrent dans son esprit durant la demi-seconde qu'il lui fallut pour la reconnaître ; il s'avançait déjà d'un pas impétueux lorsqu'il remarqua trois choses qui le clouèrent sur place.

Premièrement : elle contemplait son compagnon avec une affection non déguisée. Deuxièmement : son cavalier lui retournait ce regard. Troisièmement enfin, et ceci était le plus éprouvant de tout, comme la foule s'écartait légèrement, il eut une excellente vision de son ventre arrondi qui indiquait une grossesse !

Jason examina froidement le couple qui bavardait en bordure de la foule. Ils étaient pour l'instant encore inconscients de l'examen serré dont ils faisaient l'objet ainsi que de la nature dangereuse de l'observateur. Le compagnon de Catherine était un beau brun, aux vêtements visiblement coûteux ; de son côté, et mis à part son ventre épanoui, Catherine était encore plus belle que dans le souvenir de Jason.

Un sourire amer et dépourvu de toute trace d'amusement traversa son visage. Bien ! Il s'était toujours douté qu'elle retomberait sur ses pieds et là, à l'autre bout de la cour, à quelques pas à peine de lui, il en voyait la preuve. Il se demanda quel conte elle avait tissé pour réussir à prendre au piège cette escorte apparemment éblouie et si, indifférente au fait qu'elle possédait déjà un mari, elle en avait pris un autre !

Soudain, comme consciente du regard dur qui voyageait sur son corps, Catherine porta avec curiosité son attention au-delà de l'espace qui les séparait. Ses yeux violets accrochèrent alors le regard vert et glacé de Jason. Pendant d'interminables minutes, ils restèrent comme figés — les yeux de Catherine s'élargissant d'incrédulité et le vilain sourire de Jason déformant sa bouche.

Un petit gémissement d'angoisse s'échappa des lèvres blêmes de la jeune femme ; involontairement elle se cramponna plus fort au bras de son compagnon. Jason observa avec dérision le regard inquiet que le jeune homme adressa à Catherine. Toutefois cette inquiétude disparut lorsque le jeune homme chercha la source de son évidente détresse et que ses yeux bleus, à demi fermés, heurtèrent le regard méprisant de Jason.

Les deux hommes se défièrent en silence. Puis, Jason eut à peine le temps d'avancer d'un pas que la foule se déplaça. Il vit alors avec impuissance Catherine discuter véhémentement avec son escorte. Brusquement, elle interrompit son torrent de mots et se fraya avec colère un chemin à travers la foule pour s'écarter du centre de la scène où avait eu lieu leur confrontation. Son compagnon resta indécis une minute encore puis, après un regard courroucé à l'adresse de Jason, il plongea dans la foule sur les traces de Catherine.

26

Le cœur battant la chamade, Catherine se fraya un passage vers le bord de la foule. Avec défi, elle regarda soudain en arrière, s'attendant presque à voir Jason se dessiner derrière elle comme quelque dieu vengeur. Mais l'homme aux cheveux sombres et à la peau brune qui arriva à ses côtés n'était pas son furieux mari, mais tout simplement son frère Adam, lui aussi en colère.

— Ah, zut ! Kate ! Pourquoi t'enfuir ainsi ? Tu finiras bien par le rencontrer et tu n'as rien à craindre car, s'il pose une main sur toi, je le tuerai !

Désirant mettre le plus d'espace possible entre elle et son époux, Catherine serra les lèvres avec entêtement et marcha du plus vite qu'elle le put en direction de leur hôtel. Sa hâte et sa condition physique la rendaient gauche mais lorsqu'elle eut trébuché pour la seconde fois, Adam passa un bras sous celui de sa sœur en grommelant :

— Je n'aurais jamais dû te laisser me convaincre de t'emmener ! Si tu étais restée dans ta résidence de Natchez, cela ne serait pas arrivé !

— Non ! Tu aurais eu simplement un beau petit entretien avec Jason durant lequel tu lui aurais dit : « Désolé de vous ennuyer, mon vieux, mais n'aimeriez-vous pas que votre femme vous revienne ? Elle est sur le point de vous faire père et j'estime que sa place est à vos côtés ! »

— Kate ! Quel mensonge mesquin, tu le sais ! J'aurais d'abord regardé l'individu pour voir de quoi il retournait. Tu sais bien que je ne te remettrai jamais entre ses mains ainsi ! rétorqua Adam, blessé.

Honteuse de son explosion, Catherine reconnut le bien-fondé de cette déclaration. Il ne l'avait jamais forcée à quitter *Bella Vista*, sa maison près de Natchez. Bien qu'incontestablement épouvanté lorsqu'elle était arrivée en compagnie de Jeanne, toutes deux épuisées et crottées après le long voyage par mer jusqu'à La Nouvelle-Orléans et le trajet en chariot jusqu'à Natchez, Adam s'était rapidement et généreusement mis à la hauteur de la situation. En un rien de temps, les deux femmes se trouvaient installées dans sa maison de célibataire comme si elles y demeuraient depuis des années.

Il avait appris par bribes toute la détestable histoire. Devant une Catherine peu disposée à discuter des raisons qui l'avaient poussée à fuir à travers la moitié du monde, Adam avait eu pas mal de difficultés à ordonner les quelques vérités qu'elle lui avait racontées la nuit de son arrivée. Petit à petit, il avait découvert l'histoire sordide. Catherine ne lui cacha rien — rien, depuis la première fois où elle avait posé les yeux sur Jason jusqu'à l'humiliante conversation qu'elle avait surprise entre Elizabeth et Jason en ce matin décisif.

Elle s'était montrée d'une complète honnêteté sauf sur un point : elle ne pouvait se résoudre à admettre qu'elle aimait ce mari indifférent. Par fierté, elle se refusait à avouer même à son frère bien-aimé qu'elle était tombée amoureuse de Jason. Elle ne voulait pas non plus lui expliquer que c'était sa fierté blessée qui l'avait poussée à s'éloigner de lui.

A juste titre, Adam s'était mis en colère devant ces révélations. Comme il était d'un caractère aussi emporté que Jason, il aurait sans aucun doute tué son nouveau beau-frère s'il avait pu mettre la main sur lui à l'arrivée de sa sœur. Mais depuis, son premier accès de colère passé, il avait admis honnêtement en lui-même que tout le blâme ne revenait pas uniquement à Jason. L'individu était riche et respectable, n'est-ce pas ? Il n'était pas avare de son argent et ne la battait pas, n'est-ce pas ? Il l'avait épousée, n'est-ce pas ?

Le frère et la sœur en avaient discuté avec âpreté et acharnement. Adam avait adopté un parti auquel il s'accrochait : il désapprouvait violemment les méthodes de Jason mais l'homme avait réussi à corriger sa faute. Par ailleurs, et toujours selon Adam, si elle ne s'était pas conduite comme une friponne libertine la première fois qu'ils s'étaient rencontrés, il ne se serait rien passé.

Catherine pinça de plus en plus les lèvres et devint de plus en plus têtue jusqu'au jour où, après une discussion longue et humiliante, elle s'écria avec désespoir :

— Oh, Adam ! Et moi qui pensais que si quelqu'un pouvait me comprendre, c'était bien toi !

Les yeux fixés sur le visage malheureux de sa sœur, Adam avait senti toute sa résistance disparaître. Il la comprenait ! Il n'y avait pas chez lui une once de désapprobation véritable envers sa conduite. Comme il connaissait bien le caractère fantasque qui l'habitait ! N'était-il pas lui aussi tourmenté par des émotions identiques ? Seulement voilà, il était un homme et à cause de cela, personne ne s'interrogeait sur ses faits et gestes.

Mais Kate était différente. Il reconnut également qu'il ne s'était pas encore remis du changement qu'il avait remarqué en elle. Quand il avait quitté l'Angleterre, Catherine était une petite friponne aux yeux vifs, avec des tresses brillantes qui lui tombaient jusqu'à la taille. Il lui était maintenant difficile de concilier cette image avec celle de la femme qu'elle était devenue.

Tandis qu'Adam essayait de rapprocher Kate, sa petite sœur effrontée, de la belle créature aux yeux violets qui avait envahi sa maison, Catherine tentait de découvrir le frère qu'elle avait connu en Angleterre.

Adam Saint-Clair, le demi-frère de Catherine, avait toujours été un garnement irritable, aussi emporté et explosif que sa sœur. Ce fut en partie à cause de l'indocilité d'Adam que son beau-père l'envoya à Natchez —

pour cela et parce que Robert ne pouvait supporter le garçon. Le jeune Saint-Clair était un constant rappel d'événements qu'il désirait oublier ainsi que du fait qu'il n'avait pas eu de fils. Donc, à dix-huit ans, il y avait plus de trois ans de cela, le comte avait expédié Adam à *Bella Vista*, la propriété qu'il possédait en Amérique. Robert ne s'était pas occupé de la terre depuis qu'elle lui était tombée entre les mains vingt-deux ans plus tôt. Il s'était simplement contenté d'en posséder les titres de propriété. D'un ton railleur, il avait expliqué à Adam :

— Cela te formera. Voici un défi à relever : faire de cette terre une affaire qui rapporte. Cela t'occupera peut-être suffisamment pour t'éviter de causer des scandales — du moins je l'espère sincèrement !

Saint-Clair semblait avoir perdu beaucoup de son ancienne insouciance, mais il avait conservé une vitalité qu'il maîtrisait dans son corps souple et mince. Lorsqu'il était profondément ému, ses yeux, dont le bleu saphir surprenait dans ce visage bronzé, pouvaient encore briller d'un feu ardent. Il avait mûri dans beaucoup de domaines. Parce que c'était un homme et que dans sa jeunesse il s'était montré beaucoup plus mondain que sa sœur cadette, il en arriva vite à affirmer que la seule solution possible à la situation fâcheuse de Catherine consistait à décider d'une réconciliation entre son mari et elle. Les gens de leur milieu ne divorçaient pas !

Pourtant, Catherine s'en tint fermement à son serment de n'avoir plus aucun rapport avec Jason. Finalement, Adam convint tristement que cela valait sans doute mieux. Qu'importait le désagrément qui en résulterait ! Avec le temps, Savage passerait sur son dégoût bien naturel du divorce, et accepterait une dissolution du mariage.

Mais lorsque Catherine découvrit avec horreur qu'elle était enceinte, rien ne put changer l'opinion d'Adam. Il y avait un enfant auquel il fallait penser et qui la liait plus à son mari que cette brève cérémonie précipitée. Jason et elle devaient mettre bas les armes et arriver à une sorte d'entente.

— Bon sang ! Qu'au moins cet homme sache qu'il va être père ! avait crié Adam.

Obstinée et déconcertée, Catherine n'avait pu que secouer la tête en un non inflexible.

Ils évitèrent d'en discuter après les premiers mois. Néanmoins, Adam remettait à l'occasion le sujet sur le tapis, ne se résignant toujours pas à accepter la décision de sa sœur.

— Voyons, Kate — laisse-moi aller le voir. Il doit maintenant être rentré de France et d'après ce que tu m'as dit, je devrais pouvoir le trouver sans trop de peine. Je ne lui dirai pas que tu es ici — je me présenterai simplement et tâterai le terrain.

Prétexte valable auquel Catherine réfléchit, au moins cette fois-ci.

Un soir qu'après le dîner ils étaient tranquillement assis dans la bibliothèque, Adam reparla de l'affaire. Sa grossesse déjà évidente sous la robe en laine douce, l'air distrait, Catherine essayait de broder une minuscule chemise de nuit. Adam la sentait malheureuse. Sans réfléchir, il avait laissé échapper les paroles auxquelles elle semblait méditer, à sa grande satisfaction. Elle posa enfin son ouvrage et fit un petit signe de tête négatif.

— Adam, cela ne sert à rien ! S'il te plaît, ne me tourmente plus avec ce sujet. Je connais tous tes arguments. Crois-tu que je n'en aie pas soutenu d'identiques en moi-même ? Aimerais-tu que l'on me considère comme une poulinière ?

Baissant les yeux sur son ventre qui se développait, elle s'était mise à rire tristement avant de poursuivre :

— Bien que, pour l'instant, je ressemble effectivement beaucoup à une poulinière !

Le visage d'Adam s'adoucit immédiatement. Il l'adorait et s'il avait abordé ce sujet c'était seulement parce qu'il savait que derrière ces sourires et ces pas légers se dissimulait un cœur douloureux. Il mettait une partie de la tristesse de sa sœur au compte des caprices d'une femme enceinte. Il savait toutefois que la situation trouble qui existait entre Jason et elle pesait lourdement sur son esprit. Il eut subitement une idée qu'il exposa sur-le-champ :

— Voilà ce que nous allons faire : les récoltes de l'année sont terminées et nous ne commencerons pas les plantations de printemps avant quelque temps... Profitons-en pour descendre le fleuve jusqu'à La Nouvelle-Orléans. Tu as besoin de te distraire.

Puis il jeta un coup d'œil à son ventre et eut une expression découragée.

— Kate, excuse-moi. Je n'y pensais plus. Nous irons là-bas après la naissance du bébé, murmura-t-il.

Une étincelle inattendue dans les yeux, Catherine lui répliqua :

— Pourquoi ? Je ne suis pas si grosse que cela. Et descendre le fleuve ne me fera aucun mal. J'aimerais voir La Nouvelle-Orléans. A notre débarquement, Jeanne et moi étions tellement impatientes d'atteindre Natchez que nous avons à peine vu la ville. Allons-y, Adam !

Une moue indécise aux lèvres, Adam hésita un moment avant de s'expliquer :

— Je ne sais pas, Kate. Ce n'est pas le voyage d'aller qui m'inquiète... mais celui de retour.

Catherine se pencha, câline.

— S'il te plaît, Adam ! Je n'attends pas le bébé avant trois mois environ. Du moment que nous serons de retour à la mi-décembre, tout devrait aller.

A contrecœur, il capitula. Dans les jours qui suivirent et devant le plaisir que cette idée de voyage procurait à sa sœur, il se convainquit qu'il avait bien agi. La Nouvelle-Orléans leur plut beaucoup. Catherine s'émerveilla devant les douces nuances de rose, de bleu et de pourpre qu'arboraient les maisons aux délicates ferronneries. Les résidents construisaient habituellement leurs demeures tout à fait au bord des trottoirs en bois, que l'on appelait banquettes à La Nouvelle-Orléans, et cette coutume fascina la jeune femme. Les yeux grands ouverts, ils flânèrent ensemble au Marché Français, qu'Adam connaissait déjà, et où ils purent contempler des rangées superposées de légumes, fruits, tissus, colifichets pour les dames, objets en cuir pour les hommes, avant d'atteindre enfin le bloc des esclaves disposé au centre même du marché. Des Indiens de grande taille erraient à leur gré à travers les bas-côtés étroits, certains la tête ornée de plumes, d'autres au contraire avec une seule bande étroite de cheveux noirs au centre de leurs crânes et des couvertures colorées drapées sur leurs corps à demi nus ; les squaws suivaient humblement derrière leurs maris à l'allure hautaine. Ce qui les frappa par-dessus tout, ce fut d'entendre la foule s'exprimer en une demi-douzaine de langues : des matrones espagnoles marchandaient avec des vendeurs cajuns, des planteurs français examinaient les marchandises d'un négociant indien, ou un Américain discutait du prix qu'un esclave affranchi désirait pour ses marchandises.

Célèbre grâce à son port, la ville offrait une grande diversité d'objets à acheter. En se promenant à travers les boutiques bien pourvues, Catherine dépensa une bonne partie de l'argent provenant de la vente de la récolte de l'année en articles pour *Bella Vista* : un fauteuil en velours pour le salon principal, un miroir à cadre doré qui correspondait exactement à ce qu'elle recherchait pour sa chambre ; et... cette cage à oiseaux chanteurs, n'était-elle pas belle ? Heureusement qu'Adam était un homme riche tout autant qu'intelligent.

Ils auraient quitté La Nouvelle-Orléans longtemps

avant le 20 décembre si Catherine n'avait pas souffert d'une infection rénale. Elle dut rester une semaine au lit et passa une autre semaine à se reposer avant qu'Adam ne l'autorisât à sortir de la suite qu'elle occupait à l'hôtel. Il la voulait complètement rétablie avant d'entreprendre leur voyage de retour à Natchez. Et, puisque leur séjour prolongé les rapprochait de la naissance du bébé, il décida d'attendre encore une semaine avant de partir.

Ils avaient assisté par hasard à la cérémonie du matin : Adam avait fait faire à sa sœur le tour des centres d'intérêt qu'offrait la ville ; après avoir vu le couvent des Ursulines, rue de Chartres, il l'avait emmenée au *cabildo* — ce qui expliquait leur présence dans la foule en cette matinée importante.

Quand Adam avait annoncé qu'ils resteraient une semaine supplémentaire en ville, Catherine s'en était secrètement réjouie. Mais maintenant, elle ne cessait de trembler depuis qu'elle avait vu Jason et elle souhaitait se trouver déjà à mi-chemin de Natchez !

Adam ne parla pas de l'événement jusqu'à leur arrivée à l'hôtel. Une fois dans leur appartement, et sans même lui donner le temps de retirer son manteau, il lui demanda brusquement d'un ton sec :

— Alors, maintenant, Kate ? Où cette comédie va-t-elle te mener ?

— Adam, je t'en prie ! Ne t'emporte pas contre moi ! plaida Catherine avec lassitude.

Tout en lui jetant un regard irrité, il se dirigea à grandes enjambées vers l'une des larges fenêtres qui donnaient sur la rue du Canal. Tel qu'il se présentait actuellement, avec ses cheveux foncés qui effleuraient le col de son élégante veste bleue, ses longues jambes légèrement écartées, enserrées dans un pantalon en peau de daim, ses mains croisées derrière le dos, il rappelait énormément Jason. Catherine s'en rendait compte avec acuité. Tout comme son mari, Adam s'était retenu avant d'exploser.

Catherine, qui se raidissait en vue de la discussion à venir, posa avec soin son manteau sur le lit et pivota ensuite sur elle-même pour regarder attentivement le dos inflexible et raide de son frère.

— Que proposes-tu ? questionna-t-elle avec calme.

Soupçonneux, Adam lança un coup d'œil par-dessus son épaule et s'informa d'un ton bourru :

— M'écouteras-tu ?

— Oui... mais je ne peux pas te promettre d'obéir, répliqua-t-elle avec un minuscule sourire au coin des lèvres.

Elle s'assit au bord du lit comme un enfant sur le point de recevoir un sermon et son attitude résignée attendrit son frère. Il traversa la pièce rapidement, s'agenouilla près d'elle et serra ses mains dans les siennes.

— Kate ! Tu dois me croire quand je t'affirme que je ne te forcerai jamais à quitter ma maison. Je ne peux pas te dire combien j'apprécie que tu t'en occupes pour moi ni combien je suis impatient d'y arriver sachant que tu t'y trouves. Jusque-là, je ne réalisais pas à quel point tu me manquais. Mais (il s'interrompit volontairement un instant) tu as épousé Savage et je doute que quelque chose puisse y remédier. Tu n'as aucune raison de divorcer ! De plus, tu portes son enfant. Tu ne peux pas ignorer le fait que ce qui est arrivé est arrivé. Tu ne peux pas refuser non plus d'accorder à l'enfant son patrimoine.

— Tu es certain que ce sera un garçon ? questionna-t-elle étourdiment.

— N'essaye pas de changer de sujet... tu sais très bien ce que je veux dire ! rétorqua Adam en plissant le front.

Catherine mordilla sa lèvre avec incertitude.

— Adam... tu l'as vu. Ressemble-t-il à ce type

d'homme qui accepterait de reprendre une femme dévoyée sans lui poser de questions ?

Au souvenir de l'étranger au visage dur et aux yeux impitoyables, Adam fut contraint d'avouer avec sincérité :

— Je ne pense pas que l'affaire soit facile... mais nous devrions essayer d'arranger les choses entre vous.

— Comment ? Tu as vu son air furieux. Je représente à ses yeux moins qu'une esclave inutile ! Il n'est motivé que par sa fierté. Comment peux-tu désirer me voir passer le reste de ma vie à ses côtés ?

Devant la tristesse de sa sœur, Adam soupira :

— Très bien, Kate. Laissons les choses se faire... pour l'instant du moins. Mais cette situation ne peut pas durer éternellement. Aujourd'hui, nous avons eu de la chance. As-tu réfléchi qu'il se peut que nous ayons des amis communs et qu'il est extrêmement possible que nos chemins se croisent au moment où nous nous y attendrons le moins ? Et si... que Dieu me pardonne, quelque innocente hôtesse allait te présenter à ton mari ? Ah, en vérité, quelle belle surprise !

Catherine approuva d'un signe de tête malheureux.

— Adam, s'il te plaît ! Je connais tous tes arguments. Cessons d'en parler pour aujourd'hui. Rentrons à la maison et laisse-moi réfléchir. Après la naissance du bébé, nous résoudrons peut-être ce problème.

— Kate, le problème ne va pas s'évaporer ! Plus tu attendras, plus ce sera dur.

Adam abandonna le sujet. Il connaissait plutôt bien sa sœur. A force d'insistance, elle s'enfermerait dans son opiniâtreté et refuserait obstinément d'agir. « Petite bourrique ! » pensa-t-il affectueusement.

Ils partirent de bonne heure le lendemain matin en direction de Natchez. Catherine ne respira pas normalement tant qu'ils n'eurent pas mis plusieurs milles entre eux et La Nouvelle-Orléans. A tout instant, elle s'attendait à ce que la voix forte de Jason la clouât sur place. Elle ne fut jamais aussi contente de voir la maison d'Adam que la nuit de leur retour. Elle avait l'impression de rentrer chez elle car elle aimait *Bella Vista*. La propriété portait ce nom à cause de sa situation en haut d'une falaise qui surplombait le Mississippi et les plaines de la Louisiane. La majeure partie de la propriété se trouvait en Louisiane ; mais, à l'image de la plupart des plantations de Natchez, la maison elle-même s'élevait sur la rive est du Mississippi. Comme elle était située en hauteur, elle était plus salubre. Tout en étant une grande source de richesse pour Adam, les plaines marécageuses offraient d'excellentes terres pour les moustiques. La malaria était une maladie courante durant l'été.

Bien que plus petite et moins prétentieuse que d'autres dans la région, la maison avait immédiatement attiré Catherine. A son arrivée, la jeune femme l'avait trouvée dans l'état typique de la demeure d'un célibataire. Mais malgré l'hésitation de son frère qui ne manqua pas de s'exclamer : « Bigre, Kate ! J'aime cette pièce telle qu'elle est actuellement ! Pourquoi veux-tu la changer ? », elle avait fait de *Bella Vista* une demeure aussi élégante et confortable que toutes celles qui dominaient plus bas le Mississippi boueux.

Cette nuit-là, elle poussa un soupir de satisfaction en jetant un coup d'œil amoureux autour de sa chambre à coucher avec ses murs vert pâle, son tapis champagne et ses rideaux légers qui voilaient les larges fenêtres. Tout en se pelotonnant dans un demi-sommeil entre les draps à l'odeur de lavande, elle songeait que, malgré son opposition du début, Adam reconnaissait quand même que la maison lui semblait plus séduisante depuis qu'elle en avait pris les rênes.

Epuisée par le long voyage, Catherine ne pouvait dormir d'autant qu'un récent mal au dos la tourmentait profondément. Elle rendait le voyage responsable de cette douleur qui l'avait tenaillée par intermittence tout le jour. Après s'être retournée avec peine dans tous les sens pendant ce qui lui parut des heures, elle décida de se lever. Enveloppée dans une robe de chambre, les pieds nus, elle descendit à pas feutrés le large escalier jusqu'au bureau de son frère. Il n'était pas très tard. A peine plus de minuit. Mais Adam s'était retiré de bonne heure. Une fois dans le bureau, elle alluma une chandelle et fourgonna dans l'âtre où des braises se consumaient. Après avoir réussi à ranimer un point lumineux, elle y jeta quelques petites bûches et s'agenouilla maladroitement face au feu.

La lueur vacillante des flammes l'hypnotisait presque. Pendant un certain temps, elle demeura immobile, l'esprit vide. Cependant, petit à petit, insidieusement, elle se mit à penser à Jason jusqu'à ce que, sans avertir, le souvenir de son regard froid vînt au premier plan de sa conscience.

Qu'il semblait en colère ! Mais ne s'y était-elle pas attendue ? Oui, admit-elle en silence avec lassitude. Une épouse ne quitte pas son mari d'un jour sans savoir qu'il réagira d'abord avec colère !

Quand elle bougeait, la douleur de son dos augmentait à chaque mouvement. L'esprit préoccupé, elle s'obligea à examiner avec objectivité sa rupture avec Jason. Adam avait peut-être raison. Il fallait sans doute qu'elle lui permette de voir son mari pour essayer de trouver une solution. Qu'elle était stupide de ne pas mettre de côté sa fierté et, par là même, d'oublier qu'elle avait surpris cette vilaine conversation !

Si seulement, pensa-t-elle douloureusement, ... si seulement elle ne l'aimait pas ! Si seulement, à l'instar de Jason, ses sentiments n'entraient pas en ligne de compte, alors peut-être pourraient-ils vivre ensemble. Ils auraient l'un et l'autre leurs amis personnels ainsi que leurs amants et maîtresses qu'ils rencontreraient discrètement. Ils deviendraient des étrangers courtois, amenés, par hasard, à partager un nom et une maison. Sans doute pas la maison, décida-t-elle avec cynisme. Jason tiendrait très vraisemblablement à l'enterrer quelque part à la campagne tandis qu'il continuerait de son côté à mener une vie de débauché. Elle en arriva à la conclusion que, excepté les visites qu'il lui rendrait en vue de procréer, il préférerait oublier l'existence de sa femme.

Elle aurait pu accepter un tel arrangement — fort courant parmi de nombreuses personnes de sa condition — si elle n'était pas tombée follement amoureuse de ce mari rétif. Car, l'aimant comme elle l'aimait, elle n'aurait pu lui dissimuler longtemps ses sentiments.

Catherine était par nature une créature chaleureuse et généreuse ; tôt ou tard, tout le monde se serait aperçu de son amour pour Jason. Elle ne supporterait pas alors le mépris amusé que manifesterait Jason devant une femme que son innocence et sa naïveté rendaient trop expansive. Oh ! Il se montrerait bon à son égard, elle le sentait. Mais cette bienveillance même dessécherait quelque chose en elle. Dans ce cas, peut-être qu'avec le temps, elle deviendrait aussi dure, cassante que ces femmes sophistiquées et insensibles qui semblaient trouver plaisir à leurs nombreuses liaisons sous les yeux ennuyés et souvent indifférents de leurs maris.

Non ! Cela, jamais ! Mieux valait se conduire comme elle l'avait fait. Mieux valait le chasser à jamais de sa vie plutôt que de voir, année après année, son amour détruit et sa fierté piétinée.

Une douleur aiguë lui déchira les entrailles et l'arracha brusquement à ces pensées pénibles. Avant qu'elle ait eu le temps de reprendre son souffle, une autre, plus dure et plus longue que la première, la frappa à nouveau. « Ce n'est pas le bébé, pensa-t-elle immédiatement. Je ne l'attends pas avant un mois environ. Ce n'est pas encore le moment. » Mais lorsqu'un autre élancement douloureux lui lacéra le corps, elle comprit que, attendu ou non, son enfant arrivait.

Elle se souvint soudain de son irritation à l'annonce de sa grossesse et du coupable espoir qu'elle s'était à demi forgé de faire une fausse couche. Un appel silencieux et fervent lui vint à l'esprit. « S'il vous plaît, mon Dieu, que l'enfant soit bien portant... s'il vous plaît ! »

Haletante, à cause des efforts qu'elle faisait, elle s'efforça de se mettre sur ses pieds et réunit toute son énergie. Elle poussa un petit cri de protestation lorsqu'un autre spasme lui traversa le corps. La contraction terminée, elle s'appuya contre le fauteuil en se demandant comment réveiller la maison. Soudain, la porte s'ouvrit. Les cheveux ébouriffés, un pistolet à la main, Adam la regarda fixement.

— Mon Dieu, Kate ! Que fais-tu ici ? J'ai cru entendre quelqu'un bouger et je suis venu vérifier. Tu as sacrément de la chance que je n'aie pas tiré sur toi !

Incapable de parler, en proie à une nouvelle contraction, Catherine tenait les yeux fixés sur lui sans pouvoir ouvrir la bouche. Une fois la douleur temporairement disparue, elle expliqua d'un ton haletant :

— Je suis en train d'accoucher !

— Mon Dieu ! s'écria Adam, horrifié.

Il traversa la pièce en deux enjambées, souleva sa sœur et monta les marches trois par trois tout en hurlant le plus fort possible pour ameuter les serviteurs.

— Bon sang ! Où sont-ils tous ? grogna-t-il en allongeant Catherine sur le lit.

Le chaos régna pendant les heures qui suivirent, mais Nicolas Saint-Clair Savage, impatient de naître, se précipita dans le monde à peine trois heures plus tard. Ce fut une naissance rapide et pénible. Angoissée à la limite de l'agonie par l'inquiétude qu'elle se faisait sur le bon état de santé de l'enfant, Catherine s'évanouit de soulagement lorsqu'on plaça entre ses bras le minuscule morceau d'humanité mâle parfaitement formé et qui braillait.

Si, à sa naissance, Nicolas était minuscule, dans les mois qui suivirent, il poussa et gagna en taille et en poids, tant et si bien qu'à quatre mois, il avait surmonté les mauvais effets d'une naissance prématurée. Avec une mère qui l'adorait, un oncle gâteau et tout le personnel de *Bella Vista* à ses ordres, Nicolas avait peu de raisons de ne pas trouver plaisir à ce nouveau monde dans lequel il entrait.

Après sa naissance, Catherine estima aussi que le monde se révélait un endroit très agréable. Elle s'épanouit, ses sourires s'adoucirent, ses mouvements devinrent plus assurés et confiants. Sa silhouette à peine transformée retrouva sa souplesse ; seul son visage montrait les traces d'un changement : les os semblaient plus finement dessinés et ses yeux avaient acquis une profondeur supplémentaire.

Elle était femme à part entière ! En compagnie de son fils, elle passa les mois de printemps à paresser, assise sous les énormes magnolias groupés près de *Bella Vista*, ou tranquillement installée dans la grande galerie sur le devant de la maison. Pendant toute cette période, sa beauté s'intensifia.

La créature éblouissante qui vivait maintenant dans sa maison étonnait Adam. Tout en l'observant qui riait à son fils aux yeux verts, il remarquait avec une légère stupéfaction ses cheveux longs et ondulés dont la brillance rappelait une aile de corbeau, son teint abricot sous la chaleur du soleil, ses lèvres qui ressemblaient à des cerises mûres et ses yeux qui luisaient comme des améthystes.

Après force discussions, Catherine l'avait finalement convaincu du bien-fondé de sa décision. Dès lors, le frère et la sœur reprirent leur train de vie ordinaire comme si le cours de leurs vies demeurait inchangé. Ensemble, ils avaient annoncé à Rachel la naissance de son petit-fils et, dans leur lettre, ils avaient tous deux exprimé leur désir qu'elle vînt les rejoindre à Natchez.

Catherine tenait tout particulièrement à la présence de sa mère. Si elle n'habitait pas *Bella Vista*, elle pourrait tout au moins s'établir dans une maison de Natchez. On aurait dit que la naissance de son propre enfant l'éclairait sur la souffrance que Rachel avait dû endurer lorsque Reina les avait volés, Adam et elle. Ce sentiment la poussa à renouveler et à sceller les liens de sang qui les unissaient. Rachel n'avait plus aucune raison de rester en Angleterre toute seule, surtout lorsque ses deux enfants vivaient en Amérique et réclamaient sa présence. Catherine lui écrivit dans ce sens.

C'était la troisième lettre qu'elle envoyait à sa mère depuis sa disparition. Dans ses deux précédentes missives, elle avait supplié Rachel de ne pas dévoiler l'endroit où elle habitait si jamais Jason essayait de le découvrir. Rachel avait obéi à cette requête et s'était contentée d'envoyer des réponses vagues aux lettres du duc de Roxbury qui s'enquérait de l'épouse de son neveu. Mais à la lecture de la dernière lettre de Catherine, son cœur fondit de tendresse à la pensée de ces deux êtres — Jason et Catherine — si jeunes, si fiers et néanmoins si stupides !

Le message ne faisait aucune allusion à Jason mais en apprenant la naissance du fils de l'Américain, l'image de l'homme remplit l'esprit de Rachel. Après l'arrivée de la lettre, elle resta songeuse pendant de nombreux jours.

Comme Catherine l'avait si justement écrit, plus rien ne la retenait maintenant en Angleterre. Relativement riche, elle ne craignait pas d'être ni de devenir une charge pour ses enfants. Dieu merci ! Elle était capable de subvenir à ses besoins ! Cette idée de vivre avec

439

Adam et Catherine lui parut le paradis. Toutefois elle était suffisamment sensée pour comprendre qu'avant de se lasser de la nouveauté d'habiter tous les trois ensemble sous le même toit, elle devrait se trouver une petite maison, simple et soignée, dans la ville la plus proche.

Ses yeux bleus brillant à la pensée de l'aventure qui se préparait, Rachel remit ses affaires entre les mains d'un homme respectable et d'une banque de bonne réputation. Edward la traita de folle et de sotte, mais elle ignora ces critiques et continua ses préparatifs en vue de rejoindre ses enfants. Avant de partir, et après de nombreuses nuits sans sommeil, elle décida finalement d'aller à Londres rendre visite au duc de Roxbury.

Une lueur ironique dans ses yeux gris, le duc ne montra aucune surprise lorsque Rachel posa la lettre de Catherine devant lui. Avec une légère intonation de défi dans la voix, elle lui affirma :

— Je savais depuis un certain nombre de mois où se trouvait Catherine. Je ne vous l'aurais jamais révélé s'il n'y avait pas eu la naissance du garçon. Je n'entends pas que l'on démunisse cet enfant de son patrimoine !

Imperturbable, Roxbury se saisit de la lettre qu'il lut lentement, avant de dire enfin :

— Donc, Jason est père d'un fils... et il l'ignore. Dois-je considérer que vous souhaitez que je l'en informe ?

Rachel hésita. Fixant ce visage encore jeune, ces mèches qui ondulaient doucement et ces yeux bleu vif, le duc se demanda distraitement si l'enfant qu'elle avait eu, de très nombreuses années auparavant, ressemblait à Rachel ou plutôt à son père.

Rachel rappela rapidement à l'ordre Roxbury dont les pensées s'égaraient lorsqu'elle lui expliqua ses projets.

— Je pars rejoindre Catherine et mon fils à Natchez. Une fois là-bas, j'ai l'intention d'essayer de débrouiller ce nœud. Je vous propose d'écrire vous-même à Jason pour lui demander de ne rien tenter avant que je ne l'aie

moi-même rencontré. Je le lui écrirais bien personnellement, mais vous... (elle lui décocha alors un regard de
défi) ... vous vous y connaissez pour aplanir les affaires
de cette nature. Vous ferez sans aucun doute du meilleur travail !

— Sans aucun doute, rétorqua-t-il d'un ton sec avant
de s'enquérir avec désinvolture : M'en voulez-vous toujours, ma chère ? J'ai agi pour le mieux, vous savez.

Rachel rougit douloureusement comme elle ne l'avait
pas fait depuis des années.

— N... non, naturellement.

Les yeux mi-clos, Roxbury contempla une minute sa
déconvenue puis il lui demanda :

— Croyez-vous que votre décision d'aller à Natchez
soit sage ?

Rachel ne fit pas mine d'ignorer ce qu'il sous-
entendait.

— Il se peut que non. Mais je ne vois aucune raison
de rester vivre en Angleterre comme une vieille femme
solitaire alors que je peux le faire près de mes enfants.
Vous le savez, je ne suis pas une femme possessive.

Le duc approuva lentement de la tête, soudain très
fatigué.

— Si votre décision est prise, je ne tenterai rien pour
vous en faire changer. Je vais écrire dès ce soir à Jason.
Dois-je lui annoncer que vous le rencontrerez à La
Nouvelle-Orléans ?

— Non ! Il faut tout d'abord que je m'entretienne
avec Catherine. En ce moment, j'ai l'impression de la
trahir. Elle est inébranlablement persuadée que rien ne
la poussera à être la femme de Jason.

— Dans ce cas, au nom du ciel, qu'espérez-vous
accomplir ?

Les yeux braqués sur ceux du duc, la bouche serrée,
elle lui répliqua de façon irréfutable.

— J'envisage d'obtenir qu'ils acceptent tous deux de
partager au moins leur fils. Il n'est pas juste qu'un

garçon grandisse sans connaître son père. Et s'ils ne peuvent vivre ensemble, qu'ils se rencontrent au moins de façon courtoise !

Rachel quitta la maison du duc l'esprit troublé par cette rencontre. Elle atteignit avec soulagement son appartement à l'hôtel, où elle reconquit difficilement son calme. Puis, elle s'assit à un petit bureau pour écrire à Catherine. Au fil des lignes, son agitation s'apaisa. Un petit sourire qui anticipait sur l'avenir errait aux coins de ses lèvres quand elle termina sa lettre. Dorénavant, ses enfants ne partageraient plus seuls aventures et gaieté. Bientôt, très bientôt, elle les rejoindrait. Ils passeraient ensemble énormément de temps !

Si Rachel avait eu vent du contenu de la lettre que le duc envoya à Jason, son sourire se serait assombri. Le dédain total de Roxbury face à sa requête l'aurait à juste titre courroucée et horrifiée. Jason aurait pu la prévenir de ne jamais faire confiance à Roxbury car il agissait toujours selon son gré... Elle-même aurait dû s'en souvenir !

27

En ce beau mois de mai qu'épargnait encore la chaleur humide de l'été, Catherine profitait à fond des journées délicieusement chaudes. Le mois précédent, son lait s'était tari subitement et on avait remis à regret un Nicolas, indigné, entre les mains d'une nourrice sèche. Puisqu'elle n'avait plus à l'allaiter et que les nombreux serviteurs noirs étaient prêts à bondir au plus léger cri de son fils, Catherine avait de plus en plus de temps devant elle.

Elle avait rencontré plusieurs camarades d'Adam. Mais comme il s'agissait en majeure partie de jeunes célibataires, elle menait une vie mondaine très restreinte. Sa grossesse l'avait naturellement empêchée d'accepter les invitations formulées à son arrivée. Elle s'efforçait maintenant d'élargir le champ de ses connaissances ; après tout, elle allait faire de Natchez son foyer.

Parmi les amis très respectables d'Adam se trouvait Stephan Minor, un ancien gouverneur, marié à une jeune femme prénommée Katharine. Celle-ci et Catherine se prirent instantanément d'amitié. Katharine Lintot Minor, une blonde au visage frais et allongé, admirait la réserve de Catherine sans comprendre qu'elle provenait de sa timidité et de sa crainte de rencontrer quelqu'un qui connût Jason. La « Duchesse Jaune » — ainsi appelait-on Katharine Minor — fit connaître son approbation au sujet de Catherine, ce qui permit son intégration dans la société de Natchez. Comme elle n'avait jamais connu les délices des bals et des soirées où se réunissaient les épouses et les filles des planteurs, elle se réjouit d'y assister, d'autant qu'elle était la toute dernière personne à la mode.

Toutefois, son horizon n'était pas exempt de nuages noirs. Quelques sourcils se soulevèrent même lorsque l'on s'aperçut que le mari d'une créature aussi belle ne semblait jamais faire acte de présence. Bien sûr, il n'y avait personne d'assez hardi pour oser demander franchement à Catherine où se trouvait son mari. Mais cette absence suscitait néanmoins chez les femmes un grand nombre d'hypothèses.

A celles qui essayaient de fouiller l'affaire plus à fond que ne le permettaient les bonnes manières, Catherine répondait habituellement de façon désinvolte. Cependant, elle avait un jour frissonné de crainte lorsqu'une vieille dame, resplendissante de diamants, lui avait murmuré :

— Savage, dites-vous ? Y a-t-il un rapport avec les Beauvais-Savage ?

Catherine avait feint de ne pas entendre et détourné rapidement la conversation de ce sujet brûlant.

Quelqu'un pourtant ne voulait pas comprendre à demi-mots qu'elle n'aimait pas discuter de ce mari absent, et elle en arriva à redouter la vue du souriant et mince lieutenant espagnol, Blas Davalos.

Le lieutenant semblait un fervent admirateur de Catherine. Mais celle-ci avait détesté la lueur soupçonneuse qui avait jailli dans ses yeux noirs à la mention de son nom de femme mariée. Dès lors, il lui fit une cour empressée, s'arrangeant toujours pour couper l'herbe sous le pied des autres admirateurs et elle n'eut d'autre choix que de subir ses compliments et ses avances. En dépit des rappels réitérés de Catherine qui affirmait qu'elle était mariée, Davalos la poursuivait ouvertement, et ceci à la très grande désapprobation des matrones.

Une nuit où elle se trouvait au *Concorde*, la grande demeure des Minor construite dans le style espagnol, Davalos l'entraîna rapidement hors de l'étincelante salle de bal pour une promenade dans la chaleur de l'air nocturne. Catherine fut contrainte de rappeler le lieutenant à l'ordre.

— C'est inconvenant. Je suis mariée et vous ne devriez pas me mettre dans une situation aussi compromettante. Ramenez-moi immédiatement à l'intérieur !

Devant cette explosion, Blas se contenta de sourire nonchalamment et, sans tenir compte de ses désirs, il entraîna Catherine, récalcitrante, dans un sentier qui serpentait parmi les grands rosiers au parfum délicat. Il ajouta même à son anxiété croissante en lui demandant d'un ton mielleux :

— Mais l'êtes-vous vraiment, ma chère ?

Catherine lui lança prudemment un coup d'œil à la lumière des lanternes suspendues.

— Suis-je vraiment quoi ?

— Mariée...

444

— Bien entendu ! Comment osez-vous me poser une question aussi intime ? s'écria-t-elle d'un ton sec où la colère semblait l'emporter sur la peur.

— Je remarque que vous ne me menacez pas du courroux de votre mari. Se pourrait-il qu'il ignore votre présence à Natchez... ou encore votre existence même ?

Catherine n'avait aucune réponse à lui offrir. Elle arracha son bras de l'étreinte légère de Blas, pivota sur elle-même et retourna d'un pas décidé vers la salle de bal tandis que sa robe de soie topaze se soulevait derrière elle. Blas arrêta sa retraite en réfléchissant à voix haute :

— Je me demande... Jason vous a-t-il épousée ? Ou vous a-t-il tout simplement déshonorée ? Certes, votre fils me le rappelle et je ne peux vous blâmer d'avoir inventé ce mariage pour cacher votre honte.

Consternée, le visage blême, Catherine rétorqua :

— Je vois peu de raisons de discuter de mon mari avec vous ! Et si vous pensez que ce J... J... Jason n'est pas mon mari, alors pourquoi ne le lui demandez-vous pas ?

— Je pourrais le faire ! Mais je préférerais, au lieu de lui poser moi-même la question, que vous vous comportiez vis-à-vis de moi avec plus de sincérité.

Intérieurement malade devant la menace contenue, elle lui jeta un regard plein de répugnance.

— Vous êtes abject ! Allez demander à Jason tout ce que vous voudrez, quant à moi, j'aimerais mieux mourir que de rester une minute de plus en votre compagnie !

La tête haute, elle se dirigea vers la salle de bal. Tout ce que Davalos aurait souhaité dire tourna court car Godfrey Anderson, un autre admirateur de la jeune femme, s'avançait vers eux. Il parcourait le sentier, visiblement à la recherche de Catherine. Adressant sans y réfléchir un sourire au jeune homme stupéfait, elle se laissa escorter jusque dans la maison où elle flirta avec lui durant tout le reste de la soirée, empêchant ainsi Davalos de poursuivre leur conversation.

Cette discussion l'avait épouvantée. Pendant des jours et des jours, elle vécut avec la peur que Blas ne mît sa menace à exécution. Lorsqu'elle apprit, par hasard, qu'on l'avait rappelé dans ses fonctions en Louisiane, sa crainte augmenta encore. La semaine suivante, on lui remit un billet de Davalos dans lequel Blas exprimait son affliction devant leur déplaisante séparation. Cette missive donna à Catherine l'espoir qu'il ne dirait rien à Jason... si tant est qu'il connût vraiment Jason Savage !

La curiosité qu'éveillait son mari absent continuait en sourdine. Mais comme l'ancien gouverneur et sa femme trouvaient en Catherine une compagnie agréable, on accepta unanimement la jeune femme dans les demeures des planteurs, même chez ceux qui possédaient le plus de morgue. L'aura de mystère qui planait autour d'elle ajoutait encore à son charme auprès des jeunes hommes. Il y avait peu de réunions auxquelles elle assistait où l'on n'écartât pas Adam pour laisser la place à un groupe de galants avides de la compagnie de Catherine.

Celle-ci s'efforçait au maximum de tenir le rôle de jeune mère d'un fils qui grandissait. Il lui était toutefois difficile de s'asseoir pour converser tranquillement avec des femmes plus âgées tandis que ses pieds frappaient inconsciemment le sol en mesure au son d'une valse. C'était particulièrement dur, avec tant d'hommes délicieux qui désiraient ardemment la faire tourbillonner autour des pistes de danse bien cirées.

Une nuit qu'ils revenaient à cheval d'une très agréable soirée au *Concorde*, Adam l'avertit :

— Tu ferais mieux d'y veiller, Kate. Certains pensent que ton mari n'est qu'une invention pour expliquer la naissance de Nick. Si tu n'y prends garde, quelqu'un pourrait prendre le temps de faire des recherches pour découvrir s'il existe vraiment un M. Savage ! Quel dommage que nous n'ayons pas accolé un autre nom à ton véritable nom et que nous ne l'ayons pas répandu. A ce propos, je n'aime pas les regards énamourés que te jette le jeune Anderson. Son père est un vieux conservateur guindé et je parie que, s'il croit son fils unique sur le point de proposer le mariage à une femme au passé douteux, il remuera ciel et terre pour faire toute la lumière sur ton état civil.

Un sourire ravi aux lèvres, Catherine lui rétorqua d'un ton ironique :

— Adam ! Le guindé, dans l'affaire, c'est plutôt toi ! A t'entendre, on s'imaginerait que tu as au moins cinquante ans !

Une lueur d'amusement scintilla dans les yeux de son frère.

— Tu as absolument raison, Kate ! Je prends mon rôle beaucoup trop au sérieux. Je ne t'ai jamais vue encourager un soupirant, aussi endurci fût-il. Je dois t'avouer que ces temps-ci je vis dans la très grande crainte d'avoir à jouer le rôle du père accablé refusant plusieurs demandes en mariage.

Catherine cessa de rire et l'interrogea avec anxiété :

— Tu ne parles pas sérieusement, n'est-ce pas ? Je me suis comportée fort discrètement et n'ai encouragé personne. Je sais que je suis mariée et de ce fait j'ai essayé de me conduire convenablement.

— C'est vrai, et cela fait partie de la fascination que tu exerces. Tu es tellement séduisante, avec cette note de passé mystérieux qui s'oppose à la jeune femme courtoise et réservée que tu parais être. Ils te mangent tous dans la main !

Devant la crainte qui perçait dans la voix d'Adam, Catherine éclata de rire. Puis elle posa affectueusement sa tête sur l'épaule de son frère en lui demandant d'un ton léger :

— La prochaine fois que j'assisterai à une soirée,

devrai-je m'y rendre les cheveux tirés en un petit chignon bien net et vêtue de la façon la plus stricte possible ?

— Mon Dieu ! Comme j'aimerais voir leurs têtes si tu le faisais ! murmura Adam, les yeux pétillants.

Tous deux souriaient encore lorsque la voiture s'arrêta devant *Bella Vista*. Tout en se déshabillant pour se coucher, Catherine pensait toujours avec amusement à la discussion qu'elle venait d'avoir avec son frère. Un léger bruit lui parvint soudain par la porte ouverte. L'entendant, elle se dirigea rapidement vers la chambre de Nicolas. Endormi, il suçait tranquillement son pouce avec un bruit satisfait, sous l'œil attendri de sa mère.

Qu'il ressemblait à son père ! pensa-t-elle en le contemplant. Une tignasse noire indisciplinée couronnait déjà le large front qui, un jour, serait la réplique exacte de celui de Jason. Aux yeux clairvoyants de la jeune femme, le nez de Nicolas s'avançait en une imitation réduite du nez arrogant de son père. Mais Nicolas lui rappelait surtout Jason par les yeux ; fermés, leurs longs cils soyeux lui ombraient les joues, et quand l'enfant les ouvrait, leur surprenante couleur émeraude lui remémorait constamment et de façon saisissante une autre paire d'yeux.

Le sourire de Catherine s'évanouit. Au fil des jours, Nicolas lui rappelait de plus en plus vivement Jason ; bientôt la ressemblance avec son père serait même trop évidente pour ne pas soulever de commentaires ; la remarque de Blas à ce propos lui revint à l'esprit, et elle ressentit un certain malaise. Bien qu'ayant aperçu une seule fois Jason Savage, Adam reconnaissait que Nicolas était tout le portrait de son père.

Roulée en boule dans son lit, Catherine décida de réfléchir à ce problème en temps voulu. Il était inutile de discuter et de combattre des situations qui ne se présentaient pas encore. Sur cette pensée, elle s'endormit.

Le matin suivant augurait d'une nouvelle journée

claire et ensoleillée. A dix heures, Nicolas s'amusait joyeusement sur une large couverture posée sur la pelouse, sous la surveillance d'une servante noire. Assise sur une chaise en rotin à haut dossier, ses cheveux dénoués ondulant gracieusement autour du visage, Catherine buvait une tasse de café fort, boisson si chère au cœur des Américains. Tous trois se tenaient en bordure de la maison, à demi protégés du soleil par les branches déployées d'un énorme magnolia. Catherine et Adam commençaient fréquemment leur journée dans cet endroit : ils s'y asseyaient souvent pour prendre leur petit déjeuner tout en surveillant avec ravissement les jeux du jeune Nick.

Comme Adam semblait les rejoindre plus tard qu'à l'ordinaire, Catherine présuma, à juste titre, que ce retard devait avoir un rapport avec le cavalier épuisé arrivé peu de temps auparavant. Quelques minutes plus tard, le front barré d'un pli, Adam sortit par les portes à la française et s'avança vers elle ; ses paroles confirmèrent les suppositions de la jeune femme.

— Kate, c'est épouvantable ! Je dois vous quitter pendant quelques jours. Harris que voici (d'un brusque mouvement de la tête, Adam indiqua le cavalier) m'apporte de mauvaises nouvelles : la digue s'est rompue dans la zone que nous dégageons actuellement ; il vaudrait mieux que j'aille en surveiller la réparation. Je serai absent une semaine environ.

Une demi-heure plus tard, Adam enfourchait son cheval et disparaissait au bout de la longue allée. Un peu attristée par ce départ imprévu, Catherine erra à travers la maison. Enfin, pour passer son ennui, elle se fit seller un cheval et partit dans la direction empruntée par son frère.

Elle revenait d'un galop insouciant le long des falaises rouges qui surplombaient le Mississippi lorsque

Godfrey Anderson la rejoignit. Il la rencontra à l'instant même où elle guidait son cheval dans l'avenue qui menait à *Bella Vista*. Apercevant la blondeur de sa chevelure et son beau visage qu'éclairaient des yeux bleus, elle se demanda pourquoi il n'éveillait en elle rien de plus que de l'amusement.

Qu'un des célibataires les plus riches et parmi les plus beaux partis du district se fût indéniablement épris d'elle aurait dû la flatter. Les coups d'œil langoureux qu'il lui jetait et la ferveur bégayante de son élocution trahissaient manifestement ses sentiments. Bien que légèrement plus jeune que lui, Catherine se considérait néanmoins beaucoup plus mûre. Par conséquent, l'inquiétude moqueuse qu'éprouvait Adam à l'idée d'une éventuelle demande en mariage l'avait peu impressionnée.

Aujourd'hui, le jeune homme paraissait vouloir se déclarer. S'en rendant compte, Catherine essaya frénétiquement d'orienter ses pensées dans une autre direction. L'annonce du départ subit d'Adam sembla plonger Godfrey dans la mélancolie et Catherine, d'humeur plutôt triste, comprit rapidement que Godfrey n'était sorti à cheval ce matin-là que pour requérir d'Adam la permission de faire sa cour à sa sœur.

Déçu, le jeune visage de Godfrey s'assombrit à la nouvelle de cette absence inattendue. Désolée pour lui, Catherine l'invita, avec ménagement, à venir prendre un rafraîchissement à *Bella Vista*. Elle choisit pour leur tête-à-tête la véranda, longue et fraîche. Une fois tranquillement assise, elle demanda au majordome de leur servir un grand verre d'une boisson glacée.

— Madame, il y a là un autre monsieur qui veut voir Madame. Je l'ai fait entrer dans le salon bleu. Madame désire-t-elle le recevoir maintenant ? chuchota doucement James dont le visage noir contrastait avec la tenue blanche.

— Qui est-ce ? N'a-t-il pas donné son nom ? s'enquit Catherine en fronçant les sourcils.

Légèrement mal à l'aise, James avoua :

— Il s'y est refusé. Mais de toute évidence, c'est un gentleman... et il a insisté pour attendre Madame.

Pensive, Catherine suivit des yeux James qui franchissait les portes-fenêtres pour rentrer dans la maison. Inquiète, elle soupçonnait Davalos d'être ce visiteur indésirable. Dans ce cas, il attendrait bien un instant !

Elle se tourna en souriant vers son invité avec lequel elle essaya d'entretenir une conversation courtoise. Elle cherchait, plutôt désespérément, quelque chose à dire pour rompre le silence tendu et gênant lorsque, prenant son courage à deux mains, Godfrey la déconcerta profondément. Il s'agenouilla soudain devant elle, lui saisit la main et balbutia avec ferveur une demande en mariage.

Consternée, le souffle momentanément coupé, Catherine regarda fixement son visage sérieux. Puis elle libéra sa main avec détermination et le rappela calmement à l'ordre :

— Monsieur Anderson, vous prenez trop de libertés. Je crains que vous n'ayez oublié que je suis mariée. Et vous auriez dû en discuter avec Adam avant de m'approcher, ajouta-t-elle d'un ton apaisant comme il ouvrait la bouche pour protester.

Le bruit d'une porte que l'on claquait et d'une voix traînante qui affirmait : « Bien joué, mon amour ! Que tu as fait cela joliment ! » figea Catherine sur sa chaise tandis que Godfrey, rougissant de colère, se levait d'un mouvement furieux pour faire face à l'homme qui se tenait avec une désinvolture nonchalante dans l'encadrement de la porte.

— Comment osez-vous ! De quel droit vous moquez-vous de moi ? s'écria le jeune homme en serrant ses poings sur les hanches.

— Je suis tout bonnement le mari de la dame ! expliqua froidement Jason, un sourire insolent au coin de la bouche.

Toute couleur disparut instantanément des joues de Godfrey qui devint blanc comme un linge. D'un air interrogateur, il fixa Catherine dont les traits étaient aussi blancs que les siens.

— Est-ce vrai ? Est-il vraiment votre mari ? s'enquit-il avec incrédulité.

Incapable de parler ou même de porter son regard sur son époux, Catherine approuva de la tête, misérablement.

— Pardonnez-moi, mais comme vous n'apparaissiez jamais et que... et que... Mme Savage ne semblait pas vouloir parler de vous, je... je supposais que vous étiez... euh... mort ! Si vous désirez me provoquer en duel, je serai heureux de nommer mes témoins.

Un silence éprouvant pour les nerfs s'établit entre eux tandis que, le regard brillant, Jason observait le jeune homme. Puis, avec un grognement exaspéré, il rétorqua :

— Je ne vois pas pourquoi vous devriez mourir simplement parce que ma femme évitait de parler de moi. Oubliez-la, enfourchez votre cheval et partez. La prochaine fois que vous déciderez de faire une demande en mariage... assurez-vous que la dame est libre !

Devant le mépris qui perçait dans la voix de Jason, Godfrey faillit le défier. Puis, comme il comprenait que, vu les circonstances, il s'en sortait avec bonheur, il jugea plus prudent de s'incliner d'un air guindé avant de descendre de la véranda et de disparaître rapidement en direction des écuries.

Le silence qu'il laissa derrière lui devint écrasant. Les deux jeunes gens restèrent immobiles un moment. Puis la voix de Jason, toujours teintée d'un amusement presque indulgent, parvint jusqu'à Catherine.

— As-tu l'intention de me présenter ta nuque toute la journée ? C'est une très belle nuque, mais je préférerais voir ton visage. Après tout, il y a plus d'un an que je ne t'ai admirée... mon amour !

— Rien ne vous arrête !

D'un mouvement souple, il quitta sa place et vint se placer juste derrière le siège de sa femme.

— Quelle délicieuse invitation ! Dois-je considérer que tu me pries de me joindre à toi ?

D'une main fine, il captura le menton de Catherine et leva son visage vers le sien. Lentement, sans se presser, ses yeux parcoururent les traits de sa femme, remarquant les flammes qui scintillaient dans ses yeux violets ainsi que le pli déterminé de ses lèvres. Troublant, son regard descendit ensuite jusqu'aux pulsations qui martelaient furieusement la base de sa gorge. Incapable de soutenir cet examen qui frôlait l'insolence, Catherine libéra son menton d'un mouvement brusque et bondit de sa chaise qu'elle renversa dans sa hâte.

— Que voulez-vous ? cracha-t-elle.

— Eh bien, mon amour. Quoi, selon toi ? Est-ce une façon d'accueillir un mari perdu de vue depuis longtemps ? lui reprocha-t-il en levant un sourcil étonné et moqueur.

Les yeux fixés sur son mari, prête à l'attaque, Catherine se mordit la lèvre, indécise. Cette attitude indolente et ironique la stupéfiait. Si elle avait imaginé cette réunion, elle n'aurait certainement pas vu Jason sous cette apparence froide et ironique.

Ignorant un moment sa femme, Jason redressa la chaise. Puis, avec un petit sourire qui ne diminuait en rien la dureté de ses yeux verts, il s'assit. Et, comme s'il le faisait quotidiennement, il l'invita d'un geste à prendre place en face de lui.

— Assieds-toi mon amour. Nous avons beaucoup à discuter, n'est-ce pas ? Ah ! Très bien... euh... James, c'est son nom, je crois ? demanda-t-il tandis que le majordome faisait sa réapparition avec un grand plateau en argent chargé d'une cruche remplie de punch glacé. Posez-le là, voulez-vous ?

James jeta un regard surpris à sa maîtresse. Mais devant le hochement de tête de celle-ci, il exécuta l'ordre reçu. Après avoir versé au couple silencieux deux verres fuselés du liquide pétillant, il s'en alla à pas feutrés. Oh ! Qu'il regrettait l'absence de son maître ! Il n'aimait pas du tout les regards de cet homme étrange !

Les regards de cet homme étrange ne plaisaient pas non plus à Catherine ; mais elle n'y pouvait rien changer. Comme il semblait s'installer confortablement, Catherine s'assit en face de lui avec précaution, tout en le surveillant pendant qu'il étendait ses longues jambes devant lui et qu'il commençait à boire.

— De quoi voulez-vous discuter ? demanda-t-elle prudemment en s'obligeant au calme.

Jason abandonna sa contemplation du brin de menthe qui décorait son verre pour reporter ses yeux durs sur sa femme.

— Cela dépend de toi, n'est-ce pas ?

Devant cette absence apparente de mauvaise humeur, Catherine se détendit et le regarda avec assurance, presque hypnotisée par ses yeux verts. Tout son corps frissonna au rappel qu'éveillait en elle la vue de cette bouche fermement dessinée qui savait la réduire à un état de soumission aveugle.

— Comment m'avez-vous trouvée ? interrogea-t-elle en se forçant à demeurer aussi impassible que son mari.

— Mmmm... Ce ne fut pas trop dur grâce à la complaisance de ta mère qui alla jusqu'à avouer ta cachette à mon oncle.

— Ma mère vous l'a indiquée ? questionna-t-elle, suffoquée et incrédule.

— Pas ta mère, ma petite... mon oncle !

Etonnée, Catherine ne put que le fixer quelques instants sans parler. Finalement, elle bégaya :

454

— Ra... Rachel ne m'aurait pas trahie !

— Ne parie pas trop là-dessus ! J'ignore ses raisons, mais elle l'a bel et bien dit à mon oncle et mon oncle m'a écrit que je pouvais te trouver dans une plantation nommée *Bella Vista*, près de Natchez !

— Etait-ce tout ? Il ne vous a rien écrit d'autre que Rachel aurait pu lui apprendre ? demanda-t-elle prudemment.

— Il ne m'a pas écrit que tu étais sur le point de me faire cadeau d'un bâtard ! ajouta-t-il d'un ton mielleux en fermant à demi les yeux.

Les yeux étincelants de fureur, Catherine se leva et rétorqua :

— Vous avez affirmé que ce dont nous devions discuter ne dépendait que de moi. Parfait ! Mon opinion n'a absolument pas varié depuis que je vous ai quitté à Paris. Par conséquent, je ne vois aucune raison de poursuivre cette détestable conversation !

Elle avait projeté de passer rapidement et à une allure royale près de lui, mais Jason tendit une main et assit vigoureusement Catherine sur ses genoux. Trop consciente des dures cuisses sur lesquelles elle se trouvait, elle frémissait de tout son corps. Elle pinça les lèvres de colère et le foudroya du regard.

— Jason ! Laissez-moi partir !

Sans tenir compte de son ordre, Jason la tenait prisonnière contre lui et ses lèvres commencèrent leur magie que se rappelait si bien Catherine : caressantes, elles voyagèrent le long du cou où le sang battait frénétiquement pour s'élever lentement jusqu'à sa bouche. L'aimant et le haïssant tout à la fois, la jeune femme était impuissante à arrêter la vague de désir que le contact de Jason soulevait en elle. « Juste ciel ! pensa-t-elle avec désespoir, il y a tellement longtemps qu'il ne m'a pas tenue ainsi. Et je l'aime tant... sacré Jason ! »

En vain, elle lutta pour se dérober à ses lèvres. Quand la bouche de son mari captura enfin la sienne, elle céda au frisson d'envie ardente qui la secouait. Contre sa volonté, elle sentit ses sens qui l'étourdissaient répondre aux exigences de Jason. Avec un minuscule soupir de défaite, ses lèvres s'ouvrirent sous les siennes et elle le laissa explorer profondément sa bouche. Puis, lorsque son cerveau se mit au diapason des battements sourds de son cœur, Jason leva subitement la tête et Catherine ne vit dans ses yeux verts que du mépris et non les flammes de désir qui les animaient dans ces circonstances-là.

Il se leva, la déposa sans cérémonie sur le plancher et s'écria :

— Garce ! Toujours la même petite grue excitante, à ce que je vois ! Pas étonnant si ce jeune fou s'apprêtait à déposer son cœur et ses terres à tes pieds.

Trop étonnée pour répondre, Catherine se leva et, d'une main tremblante, arrangea sa jupe. Il avait été aussi excité qu'elle — elle le savait. Elle avait senti son désir pressant contre son corps doux. Mais, comme par le passé, il se préparait maintenant à la blâmer, pensat-elle avec amertume. Alors, elle leva la tête et regarda avec assurance dans sa direction.

— Puisque vous voilà confirmé dans l'idée que je suis une garce, j'estime que nous n'avons plus rien à nous dire et que vous n'avez plus aucune raison de rester ici. Vous êtes d'accord là-dessus, n'est-ce pas ?

— Non ! Je n'ai pas l'intention de rester ! Mais je n'ai pas non plus l'intention de te laisser derrière moi ! rétorqua-t-il en l'étudiant avec insolence de ses yeux qui étincelaient dangereusement.

— Vous... vous n'envisagez tout de même pas de m'emmener avec vous ? bégaya-t-elle, frappée de stupeur, le regard rivé sur son mari.

— Pourquoi pas ? Tu es ma femme et je pense t'avoir prêtée à Saint-Clair suffisamment longtemps ! Il ne me plaît pas de t'emmener d'ici sans le remercier pour la tendre attention qu'il a portée à mon épouse, mais cela vaut peut-être mieux. A moi la mère, à lui son enfant !

Sans bien saisir la portée de ces paroles, Catherine secoua la tête, tandis que les yeux de Jason se promenaient froidement sur son corps.

— Visiblement, l'accouchement ne t'a pas abîmée. Dis-moi, que lui as-tu donné ? Un garçon ou une fille ?

Sous ces mots et ce ton persifleur, Catherine cligna des yeux, des yeux que l'incrédulité rendait immenses. Non ! Comment pouvait-il prononcer des accusations aussi terribles ? Ne devinait-il pas que l'enfant était son fils à lui ? Ces pensées bourdonnaient dans son esprit comme des guêpes affolées.

— Eh bien, qu'est ce petit bâtard ? demanda Jason avec hargne et impatience.

— Un garçon. J'ai eu un garçon, avoua-t-elle d'une voix sans timbre.

La bouche de Jason se tordit en un rictus de souffrance qui s'effaça rapidement — si rapidement que Catherine crut l'avoir imaginé. Et sa voix ne laissa percer aucune émotion lorsqu'il s'exclama :

— Tant mieux ! Un garçon a plus besoin d'un père que d'une mère. Tu ne lui manqueras donc pas.

— Qu'entendez-vous par là ?

Une vilaine lueur éclaira les yeux de Jason.

— Je suis venu reprendre une épouse dévoyée. Mais que je sois damné si j'envisage d'attacher ton bâtard à mes basques. Lorsque nous partirons — dès que tu auras emballé des vêtements de rechange — je n'emmènerai pas ton fils avec nous !

Il se tenait face à elle, le visage dur et fier. Le cœur de Catherine se serra d'angoisse. Comment avaient-ils pu procréer ensemble Nicolas tout en étant aussi méfiants et prêts à croire le pire chez l'autre ? Pourquoi n'existait-il pas un moyen de résoudre leur différend ? Pourquoi ces ridicules malentendus s'élevaient-ils à chacune de leurs rencontres ? « Et comment, se demandait-elle avec irritation, comment puis-je aimer un homme qui pense que j'appartiens à cette catégorie de femmes qui profanent leurs vœux de mariage et font étalage des fruits de leurs relations adultères ? » Dégoûtée par cet attendrissement qu'elle éprouvait intérieurement, Catherine luttait farouchement entre le désir de lancer la vérité à la tête arrogante de Jason et son intraitable fierté qui lui ordonnait : « Il pense le pire... Eh bien ! Qu'il le croie donc ! »

Puis une lueur combative monta dans ses yeux violets et elle murmura pour elle-même :

— S'il croit que je vais abandonner mon fils, il va avoir incontestablement un choc désagréable !

Telle une pouliche sauvage et fougueuse, elle leva la tête, posa ses poings sur les hanches, le défia.

— Je vous ai laissé m'entraîner jadis dans une situation compromettante, mais que je sois damnée...

Elle sourit en elle-même devant le regard surpris de Jason lorsque la malédiction tomba de ses lèvres avec tant de facilité. Volontairement, en y prenant presque plaisir, elle la répéta :

— Que je sois damnée si je vous laisse le refaire ! Je ne partirai pas d'ici avec vous ! Ni aujourd'hui, ni jamais !

Jason éclata d'un rire inattendu et sceptique qui agaça Catherine à l'extrême. Devant son amusement, elle plissa le front et affirma d'un ton grinçant :

— Je le pense, Jason ! Je ne pars pas !

Instantanément, les yeux de Jason cessèrent de pétiller et il menaça sa femme d'une voix douce :

— Tu viendras avec moi ! Parfaitement ! Ou tu viens avec moi, ou moi je reste pour affronter Saint-Clair. Cela te plairait-il de voir ton amant abattu ? Parce que je le ferai, je te le promets. Je me suis promis ce plaisir depuis que je l'ai vu avec toi à La Nouvelle-Orléans. La seule chose qui m'arrête, c'est son fils ! Donc ne me dis pas ce que tu vas faire !

Les mots tombèrent comme des gouttes de poison mortel dans une mare de silence. Catherine renonça à lutter. Confronté à cet étranger aux yeux froids, Adam relèverait le gant jeté avec empressement. Elle refuserait que cela se produisît. Comment pourrait-elle supporter que son mari ou son frère fût tué ? Toutefois, comment pourrait-elle abandonner son fils ? Non ! Impossible ! Elle irait même jusqu'à raconter la vérité à Jason, si besoin en était, pensa-t-elle avec obstination.

— Eh bien ? réclama Jason que le silence de sa femme rendait impatient.

— Je vais faire mes bagages, se résigna à dire Catherine à voix basse tout en se haïssant pour cette soumission.

Sur l'instant, cette acceptation lui semblait la façon la plus facile de s'en sortir. Vu l'état d'esprit de son mari, il rejetterait avec colère toute explication qu'elle pourrait lui présenter et elle imaginait aisément l'incrédulité qui percerait dans son regard si elle lui racontait qu'Adam était tout bonnement son frère !

Elle s'apprêtait à sortir lorsque Jason lui saisit le bras. Avec un sourire tendu, il lui demanda d'une voix traînante teintée de méchanceté :

— Tu ne verras certainement aucun inconvénient à ce que je te surveille... tu as une si fâcheuse habitude à disparaître !

Elle haussa les épaules et, ensemble, ils pénétrèrent à l'intérieur de la maison.

Ses yeux marron fixés sur la main qui étreignait le bras de sa maîtresse, James écouta sans broncher la voix basse de Catherine qui lui ordonnait d'envoyer une servante remplir une malle pour elle et pour Nicolas. Lorsqu'elle donna ce dernier ordre, Jason lui jeta un regard glacé.

— Nicolas ? grommela-t-il dès que James commença à monter l'escalier.

— Oui. Nicolas — mon fils, expliqua tranquillement

Catherine qui paraissait beaucoup plus calme qu'elle ne l'était en réalité. Je ne le laisse pas, Jason. Vous pouvez menacer Saint-Clair, briser chaque os de mon corps... Je n'abandonnerai pas mon fils !

Devant cette détermination qu'aucune crainte ne semblait affaiblir, il aboya avec un rire rauque :

— Emmène le moutard, alors — mais ne compte pas sur lui pour te dispenser de tes devoirs d'épouse.

Rougissante, elle se libéra d'un geste sec et monta l'escalier en courant. Jason la suivait de près afin de pouvoir observer le moindre de ses mouvements.

Une heure plus tard, elle était assise dans la voiture d'Adam, Nicolas à ses côtés et une Jeanne aux yeux agrandis de frayeur en face d'elle.

Après un rapide coup d'œil à l'intérieur de la voiture, Jason claqua la portière et enfourcha son cheval. Comme ils s'éloignaient de *Bella Vista*, Catherine poussa un léger soupir de soulagement. Son fils se tenait près d'elle, en sécurité, et, chose surprenante, en la circonstance, Jason lui avait permis d'écrire un mot bref à Adam. Cette autorisation concédée, Jason avait lu le billet avant de le jeter négligemment sur la table. Toutefois, elle se réjouissait à l'idée qu'Adam serait averti avant son retour au domaine, et qu'il n'apprendrait pas par les serviteurs troublés l'arrivée de Jason et son départ à elle.

Dans son billet, elle annonçait simplement que son mari était venu pour les emmener, Nicolas et elle. Catherine espérait qu'Adam accepterait les termes de sa lettre et n'entreprendrait aucune action subite — ou tout au moins, qu'il ne ferait rien avant qu'elle n'ait eu le temps d'informer Jason des faits réels. Elle avait déjà suffisamment de difficultés à surmonter sans qu'Adam vienne, par sa présence, tout compliquer.

28

Le soleil était chaud. Avec une pointe de ressentiment, Catherine observait Jason dont la tête était couverte d'un chapeau en toile blanche. Elle se demanda
comment son mari réussissait à paraître aussi frais et
plein de vitalité. Quant à elle, elle se sentait comme une
chiffe molle. Repoussant en arrière une mèche de cheveux, elle grimaça, sentant la sueur couler à ses tempes.
Sa robe lui collait au dos, et pour la centième fois, elle
s'interrogeait sur leur destination.

Cinq jours plus tôt, ils étaient montés à bord d'une
plate à Natchez et avaient entrepris la descente du
Mississippi. Catherine avait alors cru qu'ils se rendaient à La Nouvelle-Orléans, mais le matin du second
jour, ils avaient débarqué à l'un des quais qui s'échelonnaient le long du fleuve. Depuis, ils poursuivaient leur
voyage vers une destination inconnue par cheval et chariot — Jason à cheval, les femmes et l'enfant dans un
chariot.

Les chariots étaient chargés, les hommes et les chevaux avaient attendu l'arrivée de Jason. Nettement
inquiète, Catherine avait remarqué les caisses de provisions qui remplissaient quatre chariots. Un cinquième
servait apparemment de cuisine. A la vue de l'individu
au visage maussade qui en avait la responsabilité, elle
se prit à souhaiter que la nourriture ne fût pas un pro-
longement de sa personnalité.

Elle avait découvert avec un soulagement extrême
qu'on avait placé à l'écart pour son usage personnel un
sixième chariot, couvert celui-ci. Il offrait un abri aux
regards curieux des hommes ainsi qu'une certaine protection contre les assauts du soleil brûlant. Il régnait
néanmoins en fin d'après-midi une atmosphère lourde

et renfermée ; Nicolas se chargeait souvent de le faire savoir à tous.

Jeanne et Catherine étaient les seules femmes à l'exception d'une petite jeune fille à peau bistre que Jason avait imposée à sa femme en lui expliquant d'un ton sec :

— Si j'avais su que j'allais avoir une nursery sur les bras, je t'aurais fourni des serviteurs en plus grand nombre. Mais, comme je l'ignorais, vous devrez vous contenter, madame, de Jeanne et de Sally que voici !

Dès le début, Catherine remarqua la bonne organisation du voyage dont le mérite revenait à Jason ; elle nota aussi que ces hommes aux yeux durs dont la plupart étaient barbus travaillaient pour lui. Il les connaissait à fond ; ceci, Catherine s'en rendit compte d'après les bribes de conversation qu'elle surprenait lorsque à la nuit tombée les hommes étaient rassemblés autour du chariot-cuisine. Le groupe comprenait plusieurs Noirs ; mais comme ils préféraient leur propre compagnie, ils formaient toujours un groupe plus petit que l'autre, un peu à l'écart. Elle ne savait s'ils étaient esclaves ou affranchis et quand elle avait interrogé Jason sur ce sujet, une des rares fois où il s'était arrêté pour lui parler, il lui avait lancé d'un ton sans réplique :

— Quelle importance ?

Déconcertée par l'hostilité qui perçait dans sa voix, Catherine hocha la tête et respira de soulagement lorsque après lui avoir jeté un coup d'œil froid et vague Jason pressa son gros hongre bai pour s'éloigner du chariot. Il se rendit alors en tête de la caravane pour converser avec un petit homme parcheminé auquel on attribuait le nom de Goliath.

Un soir où Jason paraissait de meilleure humeur, elle se força à l'interroger au sujet des Indiens. Les voyageurs s'enfonçaient visiblement dans des terres peu civilisées, et Catherine, la tête remplie de contes effrayants sur les sauvages et ce qu'ils étaient capables de faire, se tourmentait à l'idée que sa vie finirait peut-être d'un coup de tomahawk.

Jason avait ri de son inquiétude.

— Ecoute, chaton, les Natchez ont formé jadis la tribu la plus puissante de la région, mais, après la quasi-destruction de la vieille ville de Natchez, les Espagnols, aidés des Natchitoches, brisèrent à jamais leur puissance. Au fil des années, les Natchitoches furent exterminés par la maladie ou tout ce que tu veux. Dans cette région-ci, il n'y a jamais rien eu de comparable à la coalition iroquoise. Cela ne veut pas dire pour autant qu'au début il n'y eut pas de combats amers et sanglants avec les colons ; toutefois notre problème indien n'a jamais atteint l'ampleur de celui qu'ont connu les colons de l'est des Etats-Unis.

— Ne reste-t-il pas quelques Indiens ? s'enquit Catherine les yeux grands ouverts.

Jason sourit avec indulgence et répliqua :

— Naturellement. Mais maintenant, nos Indiens n'attaquent que rarement. Il y a parfois des explosions de violence, dues généralement à une poignée de braves que la boisson déchaîne. Ils ne nous attaqueront certainement pas. Nous sommes trop nombreux et trop bien armés — de plus, par sécurité, je poste des gardes.

Cette réponse ne rassura pas entièrement Catherine, mais elle reprit courage à la vue des carabines et des pistolets que tous les hommes portaient. Petit à petit, elle en vint à connaître ses compagnons et fut même bientôt capable de placer un nom sur chaque visage. Elle savait, bien sûr, que le Noir à dents en or et chauve qui conduisait son chariot s'appelait Sam, que le cuisinier se prénommait Henry et que l'unique Indien du groupe, un grand Chiroquois remarquablement beau qui menait son cheval comme s'il était né en selle, portait un nom à faire frissonner : Buveur de Sang. Sa présence avait inspiré à Catherine sa crainte la plus récente à l'égard des Indiens. A plusieurs reprises, elle avait surpris le regard fixe de ses yeux noirs posé sur elle et, de ce fait, était convaincue qu'il avait des vues sur sa longue chevelure.

Le reste des hommes lui demeurait étranger. Conscients de l'œil vigilant que Jason gardait sur elle, ils se tiendraient à distance jusqu'à leur arrivée. L'écart entre la femme du maître et les hommes aux manières rudes qu'il employait était profond, presque féodal. En sa qualité de femme de chambre de Catherine, Jeanne se trouvait elle-même à l'abri de leurs avances.

D'habitude, une Sudiste de bonne naissance ne fréquentait pas les hommes que son mari embauchait pour travailler sur ses terres. Dans le cours normal des événements, Catherine, et par conséquent Jeanne, n'auraient probablement jamais rencontré ces individus et leur auraient encore moins parlé. Les hommes avaient leur place et les femmes de la maisonnée du maître la leur.

Une chose intriguait tout particulièrement Catherine. Hormis quelques Blancs instruits, Adam ne faisait marcher sa plantation qu'avec de la main-d'œuvre composée d'esclaves noirs. A en juger d'après le groupe mélangé qui comptait sur Jason pour commander, il semblait que l'Américain employait autant de Blancs que de Noirs. A part les questions qu'elle se posait sur ces hommes, ce qui intriguait le plus la jeune femme était Jason lui-même ainsi que le but de leur voyage.

Néanmoins, avec un fils endormi en toute sécurité derrière elle dans le chariot oscillant et avec un mari de haute stature, toujours distant, qui ne chevauchait pas trop loin d'elle, Catherine éprouvait bizarrement une étrange satisfaction. Les yeux grands ouverts et fascinés, elle scrutait avidement la région qu'ils traversaient et qui chaque jour révélait un paysage nouveau totalement différent.

Ils avançaient lentement vers le Nord-Ouest. Lorsqu'ils quittèrent les plaines marécageuses créées par l'énorme cours du Mississippi, ils commencèrent à monter doucement. Les voyageurs apercevaient maintenant de plus en plus rarement les signes à peu près immobiles des méandres délaissés, d'une couleur sombre, qui sillonnaient la région. La végétation changeait d'apparence.

Absents, les cyprès gris moussus aux racines enchevêtrées comme de grands genoux noueux qui émergeaient de l'eau saumâtre des plaines inondées. Disparus, les chênes des marais aux branches largement déployées. Disparus également, les palmiers de haute taille, raides et en forme de lames de rasoir. A leur place, s'élevaient maintenant sur des milles et des milles des pins à longues aiguilles, des hêtres à l'écorce grise et des frênes ombreux, étendues boisées que la main de l'homme blanc n'avait pas encore touchées.

En dépit de leur beauté terrifiante, Catherine avait quitté avec soulagement les plaines marécageuses. Car si, durant la journée, elles offraient un régal pour les yeux, la nuit, elles présentaient un aspect différent d'où ressortait une sensation de danger et de menace que ne parvenaient pas à dissimuler les murmures doux et graves des grenouilles et des grillons ni le cri obsédant de la chouette. Après l'obscurité qui l'avait effrayée, Catherine avait tremblé d'une peur primitive au grondement d'un alligator mâle et même, plus d'une nuit, elle émergea brusquement d'un sommeil profond en entendant le cri perçant d'un puma en chasse ou, soudain, le cri aigu d'une bête poursuivie qui mourait sous les griffes ou les crocs du chasseur. Les marais étaient un endroit primitif. Plus la caravane s'en éloignait, plus Catherine s'en réjouissait.

Ils poursuivaient leur voyage régulièrement vers le nord-ouest, et la jeune femme en vint à perdre toute notion du temps car chaque journée se fondait doucement dans la suivante. Leur voyage lui rappelait vivement l'époque de sa jeunesse en compagnie des gitans qui erraient de place en place dans leurs roulottes gaiement colorées. La nuit, assise, les genoux ramenés sous le menton, elle regardait les flammes jaune rougeâtre qui bondissaient, et ces petits feux allumés pour la cuisine évoquaient en elle avec encore plus de force des souvenirs du temps passé : dans son enfance, elle s'était tenue ainsi, Adam à ses côtés, tous deux occupés à observer Reina qui préparait le repas du soir. Là aussi il y avait de la musique — non pas le gémissement des violons gitans qui vous remue l'âme, mais la musique des Noirs plus enjouée et parfois plus mélancolique ; cette musique soulevait l'enthousiasme et s'élevait dans la nuit tranquille.

Après quelques jours de voyage seulement, Jason avait ordonné à Catherine et à Jeanne de rester près de leur chariot sauf pour leurs petits trajets dans les bois. Elles ne se joignaient même pas aux hommes pour les repas — Sally cuisinait pour elles sur leur petit feu personnel. Après avoir goûté à l'affreuse nourriture préparée par Henry, cet arrangement ravit Catherine. Sa rapide soumission surprit visiblement Jason. Cependant, au lieu d'atténuer un peu la tension qui existait entre eux, ce geste contribua étrangement à l'accroître.

L'atmosphère se chargeait d'une violente émotion sous-jacente toutes les fois qu'ils se retrouvaient côte à côte. Cela augmentait à chaque mille parcouru. Et pourtant ni l'un ni l'autre ne faisait sciemment quelque chose pour augmenter à cette sensation. Mis à part les quelques commentaires énoncés à *Bella Vista*, Jason ne souleva même pas la question de leur rupture et de l'éloignement de sa femme.

Il ne mentionnait pas Nicolas... il l'ignorait. Cédant à une vague de dépit toute féminine, Catherine s'arrangea pour faire parader son fils sous le nez désapprobateur de son mari lorsqu'il recherchait sa compagnie. Il ne regardait jamais l'enfant — dans le cas inverse, il aurait pu s'interroger sur ces yeux vert clair si semblables aux siens. Mais il ne faisait jamais plus que lancer un coup d'œil au petit diable à la chevelure noire qui lui ressemblait tant. Si bien que, finalement, le désir qu'avait eu Catherine d'attirer son attention sur le bébé mourut et un sentiment de défaite le remplaça. A quoi bon ? pensa-t-elle avec lassitude. Jason avait décidé que l'enfant n'était pas le sien, et, de son côté à elle, sa fierté blessée l'empêchait de lui avouer la vérité, reconnut-elle à regret. Par la suite, elle changea complètement d'attitude et s'arrangea pour que Jason ait le minimum d'occasions d'observer Nicolas.

Catherine passa également plus d'une nuit sans sommeil à tenter de comprendre le comportement de son mari vis-à-vis d'elle. Qu'avait-il exactement prévu ? Il affichait à son égard une froideur proche de l'indifférence. Hormis veiller à ce qu'elle ne manquât de rien et ralentir son cheval pour avancer au côté du chariot de Catherine afin de prendre de ses nouvelles, il la traitait comme il traitait Nicolas, ou presque... il l'ignorait !

Pourquoi ? se demandait-elle en silence, nuit après nuit. Pourquoi cet éloignement ? S'il n'attendait rien d'elle, pourquoi avait-il pris la peine de la rechercher et de l'obliger à l'accompagner ?

Certes, ils étaient peu intimes, mais malgré tout ils auraient pu parler en maintes occasions s'il l'avait voulu, s'obstinait-elle à penser. A l'habitude de Jason de la regarder fixement, elle aurait préféré un entretien tout simple sur des sujets d'ordre quotidien. Cela lui rappelait douloureusement leur séjour à Paris. Pourtant, elle avait remarqué plus d'une fois avec étonnement une étincelle dans ses yeux, mais elle avait disparu si rapidement qu'il lui avait été impossible d'en définir la nature. Du désir ? De la haine ?

Ce silence de Jason sur leur avenir obsédait impitoyablement Catherine. Elle s'interrogeait et s'inquiétait constamment de ce qu'il envisageait pour elle. Une nuit de désespoir, elle décida que Jason devait avoir à l'esprit une revanche subtile et qu'il ne voulait pas éveiller indûment ses craintes tant qu'il n'était pas trop tard. Ces déplaisantes pensées lui ôtèrent tout espoir de dormir ; avec précaution, elle rampa vers la sortie du chariot, s'assit sur le dur siège en bois et contempla la nuit.

Les doux rayons argent que projetait la lune pâle rompaient l'obscurité. Le camp dormait tranquillement, à l'exception des hommes de garde. Ici et là, à la faible lueur des braises du feu mourant, elle discernait les silhouettes des hommes couchés sur le sol, endormis. Elle se demanda vainement ce qu'ils pensaient de la situation étrange qui existait entre Jason et elle. Et comme toujours, ses pensées se reportèrent vers son mari. Où était-il ? Endormi, là dehors, sous ses yeux ? En train de faire des rondes pour s'assurer que les sentinelles restaient bien sur le qui-vive, l'œil aux aguets ?

Soudain, comme si ses pensées l'avaient fait apparaître, Jason se dressa près d'elle et s'enquit d'une voix dure :

— Que diable fais-tu là ?

Etonnée, elle se tourna en direction de la voix et serait tombée du chariot si le bras de son mari, véritable muscle d'acier, n'avait brusquement jailli pour lui éviter la chute. Il l'écrasa contre son corps et elle resta suspendue un moment, à demi appuyée à son torse, le visage levé vers le sien, les jambes encore à l'intérieur du chariot. Mais cet instant ne dura qu'une seconde. Alors, en murmurant un juron, il la souleva pour la déposer au sol où il la tint étroitement serrée tandis que sa bouche affamée cherchait la sienne.

Se souvenant des réactions de Jason lorsqu'elle avait

répondu instinctivement à son baiser, à *Bella Vista*, Catherine lutta contre le désir vertigineux qui la submergeait comme une vague sauvage. Cette fois, il n'allait pas rejeter sur elle la responsabilité des émotions qu'il ne contenait plus ! Elle se raidit, son corps aussi éloigné du sien que l'étreinte de Jason le lui permettait et sa bouche, ordinairement si chaude et si docile, hermétiquement close. Instantanément conscient de ce qu'elle faisait, sans en comprendre néanmoins la raison, Jason relâcha son étreinte et leva la tête. Ses yeux scintillaient d'une faible lumière.

— On joue à nouveau les taquines ? questionna-t-il d'un ton velouté.

Sa main remontait et descendait légèrement sur le bras dénudé de Catherine, ce qui la rendit insupportablement consciente de la transparence et de la finesse de sa chemise de nuit qui recouvrait à peine ses seins. Assoiffée à l'extrême du corps de son mari, elle se mit à trembler quand, de ses yeux baissés, Jason caressa les contours de ses mamelons que le tissu dévoilait.

Si elle éprouvait du désir, elle ressentait aussi une certaine colère — colère devant sa faiblesse incontrôlable pour lui, colère aussi car, quoi qu'elle fît, c'était mal ! Ses yeux qui scrutaient le visage fermé de Jason remarquèrent la tension inquiétante de sa mâchoire et le léger muscle qui agitait sa joue par saccades. D'une voix grave que secouait une irritation violente et subite, elle cracha :

— Que voulez-vous, Jason ? Lorsque je réponds, vous me traitez de garce ; lorsque je m'en abstiens, je deviens une taquine. Dites-moi simplement quel rôle je dois jouer pour vous convenir ! termina-t-elle avec méchanceté.

Jason eut un rictus de colère et sa main se resserra douloureusement autour de son bras. Puis il expliqua avec effort :

— Nous avons à parler. Mais ce n'est ni l'endroit ni

le moment. Que tu te sois assise intentionnellement ou non à l'extérieur du chariot, vêtue comme tu l'es, à cette heure de la nuit, tu offrais une invite manifeste pour tous les hommes. Je suis désolé d'avoir mal interprété ton attitude, ajouta-t-il ironiquement.

— Pourquoi ? Vous ne l'avez jamais été dans le passé, rétorqua-t-elle de façon aussi sarcastique.

Elle arracha ensuite son bras de l'emprise de Jason et pivota pour grimper dans le chariot. Mais les mains de son mari se refermèrent sur ses épaules comme des étaux et il la fit tourner sur elle-même pour la placer face à lui.

— Bon sang ! Tu es la mégère la plus têtue et la plus emportée que j'aie jamais rencontrée. Il semble que nous ne puissions communiquer que d'une seule manière, affirma-t-il.

Puis, avant même qu'elle ait compris le sens de ses paroles, il s'empara d'une couverture posée près du chariot.

— Etait-ce là que vous dormiez ? demanda-t-elle intriguée tout en fixant la couverture d'un air stupide.

— Oui ! Toutes les nuits ! Comme un chien fidèle qui protège sa maîtresse !

Il poussa un rire dur et l'entraîna à grandes enjambées rapides à l'extérieur du camp endormi.

Subitement consciente de ce qu'il projetait, Catherine s'exclama avec angoisse :

— Jason, laissez-moi ! Laissez-moi !

— Sûrement pas ! Nous n'avons qu'une seule façon de parler et... je me sens l'envie de parler !

Quand ils furent dissimulés à la vue des chariots par les arbres et les broussailles, Jason s'arrêta brusquement et jeta la couverture sur un doux tapis d'aiguilles de pin.

— Je vais crier ! menaça Catherine en un ultime effort.

— Non ! Tu ne le pourras pas ! Ta bouche sera beaucoup trop occupée !

470

Il la tira vers lui et ses lèvres se refermèrent sur les siennes. Cette fois-ci, il n'acceptait pas de refus !

Sans force, avec une sensation d'inévitable, Catherine laissa malgré elle Jason l'emporter dans la passion — elle le voulait, pourquoi prétendre le contraire ? Elle ne lutta plus contre ce désir qui lui brûlait les reins en un tourbillon douloureux, et lorsque Jason la renversa sur la couverture et lui enleva sa chemise, elle n'offrit aucune résistance. Dans une infime partie de son cerveau, elle savait confusément qu'ensuite elle se haïrait et qu'elle haïrait également Jason. Mais le désir éclata dans ses veines. Impossible de se refuser à lui. Impossible de maîtriser le spasme qu'un étrange besoin animal répandait comme du feu dans chaque fibre de son être. Instinctivement, sa bouche sollicita celle de son mari et ses mains se révélèrent aussi hardies et impudentes dans leurs caresses que les siennes.

Elle fit courir ses doigts le long de sa poitrine, chacun laissant une trace de feu. Puis, lentement, lentement, elle atteignit son estomac plat et descendit jusqu'à son aine. Sous ce supplice de Tantale, Jason se durcit.

— Pour l'amour de Dieu, chaton ! grommela-t-il comme la main de Catherine rôdait, taquine.

Avec rudesse, il fit descendre sa main. Puis, comme pour la punir de l'effronterie dont elle avait fait preuve en l'excitant, il joua avec elle, la poussant presque à bout. Sa bouche et ses mains suivirent les courbes gravées dans sa mémoire jusqu'à ce qu'enfin il glissât doucement un genou entre les cuisses de Catherine dont il étendit les jambes. Ses mains et ses doigts la sondèrent profondément, créant une agonie tellement agréable que Catherine pensa mourir s'il ne la prenait pas bientôt. Avec frénésie, son corps se tendit. Jason posa sa bouche sur ses lèvres, ce qui interrompit le petit ronronnement de chatte satisfaite qu'elle poussait alors qu'il se glissait enfin en elle. Comme il bougeait, elle éprouva une sensation exquise au contact du corps de

Jason dont la poitrine s'écrasait sur la douceur de ses seins et dont les mains placées sous ses fesses contrôlaient les frissons qui la secouaient. Catherine perdit conscience de tout hormis de Jason. Il la fit entrer dans un monde de contentement intense et brûlant où le nom de l'Américain se répercutait à travers tout son corps tendu comme un arc frémissant... Jason, Jason, Jason !

Lorsqu'elle revint sur terre, les mains de Jason continuèrent à la caresser doucement et ses lèvres mordillèrent la vallée de sa gorge. Alors, comme venue de très loin, elle entendit une voix rieuse lui demander :

— Petit chat sauvage ! Avais-tu besoin de me griffer le dos ? Hmmm..., chaton, tu m'as tellement manqué ! Tu enflammes mon sang. Mais je ferais mieux de te ramener au chariot avant que l'un des gardes ne tombe sur nous... ou pire encore, avant que quelqu'un d'hostile aux amants ne décide d'orner sa ceinture de nos scalps, ajouta-t-il à regret.

Il se mit à enfiler son pantalon à gestes rapides tout en poursuivant :

— Et il serait préférable que le veilleur chargé de cette section ne nous découvre pas.

Percevant un léger bruit derrière eux, Jason pivota, s'accroupit automatiquement, et dans sa main apparut comme par magie un couteau que Catherine n'avait pas remarqué jusqu'ici. Les yeux dilatés, elle roula vite et instinctivement hors du passage de son mari, en entraînant la couverture avec elle. Soudain, Jason poussa un rire grave ; Catherine leva alors brusquement les yeux et aperçut devant elle, tout près, le visage impassible, Buveur de Sang !

Le grand Indien fixa un moment Jason d'un air éloquent puis disparut, telle une ombre.

— Est-il resté là tout le temps ? questionna Catherine, mortifiée.(Ses joues cramoisies se reflétaient dans la lumière de la lune.)

Jason haussa les épaules, le visage traversé d'un large sourire.

— Probablement ! Buveur de Sang est mon meilleur homme et personne ne peut faire un mouvement sans qu'il le sache. Mais ne te tracasse pas, chaton... Il est discret et possède un sens très subtil des bienséances. Le connaissant comme je le connais, il a certainement détourné les yeux, ignoré tes cris de plaisir et s'est assuré que personne ne risquait de nous interrompre — ami ou ennemi.

Submergée par l'embarras, furieuse devant l'insouciance indifférente de Jason, Catherine chercha dans l'obscurité, gauchement et à tâtons, sa chemise de nuit abandonnée. Quand elle l'eut trouvée, elle l'enfila à la hâte, puis se dirigea d'un pas rapide vers le chariot sans tenir compte de son mari. A chaque pas, l'outrage devenait de plus en plus évident. Tandis qu'elle grimpait à l'intérieur du chariot, le rire grave de Jason parvint à ses oreilles, ce qui ne calma en rien sa mauvaise humeur. Tout en s'allongeant dans l'obscurité apaisante, elle sentit ses joues brûler d'une honte rétrospective. A la pensée de se retrouver le lendemain en face du Chiroquois, Catherine souhaita avec ardeur que le sol s'ouvrît pour l'engloutir. Comment Jason pouvait-il traiter cette affaire avec autant de désinvolture ?

Le jour suivant, Catherine se montra si calme et si repliée sur elle-même que Jeanne en vint à lui demander avec sollicitude :

— Madame ne se sent pas bien ?

A cet instant précis, Buveur de Sang arriva à sa hauteur. Catherine rougit soudain car elle tenait pour suspect le sourire qui contractait les lèvres énergiques du Chiroquois, et répondit sèchement d'une petite voix tendue :

— Non ! Occupe-toi de tes affaires !

Etonnée, car Madame se montrait notoirement gaie, Jeanne s'enferma dans un silence réprobateur et décida que ce long voyage devait commencer à porter sur les nerfs de sa maîtresse. Nicolas poussa un gazouillis heureux, ce qui détourna son attention ; elle oublia alors complètement Catherine et son humeur étrange.

Mais Catherine ne parvenait pas à chasser si allégrement le souvenir des événements de la veille. D'un air sombre, elle grimpa sur le siège, l'esprit rempli d'une centaine d'images qui représentaient Jason et Buveur de Sang en proie aux tortures les plus atroces et les plus affreuses que son imagination pouvait inventer. Mais au fil de la matinée, au cours de laquelle elle se trouva à de nombreuses reprises en présence de l'Indien, son embarras disparut sans pour autant que s'apaise son irritation. Lorsqu'elle se mit à réfléchir à l'attitude de Buveur de Sang venu plusieurs fois près de son chariot où il ralentissait l'allure de son cheval pour poser à Sam une question sans intérêt, soi-disant à la demande de Jason, Catherine fut saisie d'un soupçon. A midi, quand les chariots s'arrêtèrent pour un bref repos, elle partit avec détermination à la recherche de son mari.

Elle le trouva assez rapidement monté sur un alezan racé, une longue jambe posée avec désinvolture sur le pommeau de la selle, la chemise blanche ouverte jusqu'à la taille et le chapeau ramené sur la nuque. Il était occupé à rouler un long cigare mince et Catherine profita de cet instant de distraction pour l'observer : les mouvements de ses doigts effilés la fascinaient. Sa tâche achevée avec satisfaction, Jason alluma le cigare, dont la fumée tourbillonna dans ses narines et parfuma l'air. Alors, il haussa un sourcil interrogateur dans la direction de la jeune femme. Catherine sentit son cœur se gonfler bêtement d'amour, et elle se tança en silence : « Tu es une oie stupide ! »

— Je veux vous parler, expliqua-t-elle à haute voix, d'un ton dur.

— Eh bien ! parle donc. Je ne m'y oppose pas, répliqua-t-il, railleur.

— Pour quelle raison Buveur de Sang vient-il poser à Sam une multitude de questions inutiles ? Il ne se passe pas de mille qu'il n'arrive avec des demandes idiotes !

Une étincelle dans le regard, une grimace au coin de la bouche, Jason gardait les yeux rivés sur elle, des yeux qui voyageaient sans se presser sur son corps, remarquant avec un amusement non dissimulé la montée et la descente rapides de ses seins tandis qu'elle attendait sa réponse. Enfin, alors qu'elle allait frapper du pied de rage, il retira son cigare d'entre ses dents et l'examina avec une extrême application tout en avouant lentement :

— Après ce qui s'est passé la nuit dernière, je me suis figuré que tu te sentirais légèrement mal à l'aise par rapport à Buveur de Sang, aussi ai-je décidé que la façon la plus rapide de venir à bout de cet embarras était que tu te retrouves fréquemment en sa présence !

— Merci infiniment ! Votre bonté et votre prévenance me confondent ! rétorqua-t-elle avec une courtoisie guindée.

Dépourvus de toute trace de rire, les yeux de Jason s'immobilisèrent une minute dans ceux de sa femme avant qu'il ajoutât :

— Tu n'as peut-être pas apprécié mes méthodes, chaton, mais je fais ce que j'estime être le mieux. Buveur de Sang représente quelqu'un d'important pour moi et il ne me plaît pas que des rapports tendus puissent exister entre des personnes qui me sont nécessaires. Compris ?

La menace sous-entendue anéantit Catherine qui foudroya son mari du regard. La minute suivante, elle pivotait sur ses talons et retournait fièrement à son chariot.

Buveur de Sang ne rendit plus visite à Sam mais Catherine n'en retira qu'une faible satisfaction. Jason avait exposé son point de vue et elle savait qu'il s'en tiendrait là. Malheureusement, elle n'était pas d'humeur à admirer ses vertus... « Si tant est qu'il en ait quelques-unes ! » poursuivit-elle mentalement.

Le reste de la journée se déroula rapidement pour Catherine. Non en raison d'un changement particulier dans la routine quotidienne ou encore d'une notable différence dans l'aspect du terrain, mais tout simplement parce qu'elle avait grand besoin de réfléchir. Plus d'une fois, elle rougit au souvenir de Jason lui faisant l'amour la nuit précédente ; pourtant, les mots qu'il avait prononcés ensuite troublèrent davantage ses pensées. De tout son corps, elle voulait désespérément trouver une signification plus grande à ses paroles et à ses actes de la veille. Mais effrayée — presque terrifiée — par la crainte de se tromper ou de mal interpréter les motifs cachés derrière les agissements de Jason, elle mit ces mots au compte de ce que tout homme dit à une femme dans les instants de passion.

L'attaque affamée, violente et brusque que Jason avait fait subir à son corps s'expliquait certainement de la même façon — il ne l'avait pas aimée lorsqu'il l'avait prise pour la première fois, pourquoi en aurait-il été différemment cette fois-ci ? pensait-elle avec amertume. Ce long voyage, il le poursuivait sans femme — voilà toute l'explication ! Elle s'accrocha fermement à cette idée et se promit silencieusement d'éviter toute situation qui risquerait d'entraîner une nouvelle confrontation avec Jason ! Peu importait comment elle s'y prendrait ! Car chaque fois, son corps trahissait son esprit et répondait à la passion que son contact éveillait trop rapidement pour qu'elle le maîtrisât. En examinant les événements de la veille avec du recul, elle savait qu'il lui suffisait encore maintenant de le toucher pour que l'attitude réservée qu'elle adoptait avec beaucoup d'efforts s'effritât comme un parchemin ancien.

Mais comme si les agissements de la nuit passée avaient renversé la barrière dressée entre eux, Jason se mit dès lors à rechercher sa compagnie et à déployer ce charme qui lui faisait fondre le cœur ; avec ténacité, elle lutta pour ne pas y succomber. Le visage impassible, souvent détourné, Catherine feignait d'ignorer les brusques sourires dirigés vers elle. Elle affectait de ne pas l'entendre lorsqu'il lui parlait et l'exaspérait par son calme glacé. Les questions que Jason lui posait ne recevaient que des réponses monosyllabiques.

Il se mit à rejoindre Catherine pour le repas du soir. Il s'allongeait ensuite sur le sol, le dos appuyé contre une roue du chariot et tentait de la faire sortir de la coquille dans laquelle elle s'était enfermée ; mais l'attitude fuyante de sa femme le rendait fou. Physiquement, elle était là, si près de lui qu'il lui aurait suffi d'avancer la main pour la toucher. Catherine aurait été étonnée d'apprendre qu'il souffrait souvent de ne pouvoir la prendre dans ses bras et la tenir contre lui.

Mais elle se méfiait de toutes ses initiatives et comme elle était fermement déterminée à étouffer toute trace de faiblesse dans la carapace protectrice qu'elle avait érigée en elle, elle se glaçait intérieurement chaque fois qu'il se trouvait à ses côtés. Elle se montrait polie quand il lui adressait la parole et s'intéressait à ce qu'il lui disait, mais uniquement lorsqu'il exprimait des propos impersonnels. Devant ce sourire digne d'une étrangère qu'elle réservait à lui seul, Jason aurait aimé pouvoir la secouer au point d'entendre ses dents s'entrechoquer... ou encore l'embrasser jusqu'à ce qu'elle s'abandonnât contre lui.

Néanmoins, malgré tout ce qui restait irrésolu entre eux, ils apprenaient lentement à se connaître. Par un accord tacite, ils ne discutaient pas de leur passé ; ni même de leur avenir. Ils acceptaient volontiers de s'entretenir des incidents survenus avant leur rencontre au camp gitan ainsi que de ceux qui se produisaient actuellement, pendant leur voyage.

Irrésistible, le rire en cascade de Catherine résonnait fréquemment lors d'un récit particulièrement amusant de Jason. Il restait toutefois complètement inconscient de l'effet que produisait sur sa femme son sourire nonchalant et oblique : le cœur de Catherine battait douloureusement vite. Il ignorait également qu'il offrait un tableau très séduisant, appuyé confortablement contre la roue du chariot, une étincelle de joie dans ses yeux verts. Par contre, Catherine en avait une conscience presque accablante lorsqu'elle l'observait, les paupières mi-closes.

— Cette fois-ci, j'espère bien que demain nous allons atteindre notre destination. Tu seras certainement contente de voir se terminer ce voyage en chariot, lui expliqua Jason une nuit qu'ils étaient assis à bavarder — ou plutôt à éluder poliment des questions dangereuses pour eux.

Catherine leva la tête d'un mouvement brusque. Puis elle s'enquit avec une curiosité naturelle :

— Où nous rendons-nous ? Vous ne me l'avez jamais dit.

— Tu ne me l'as jamais demandé, rétorqua-t-il froidement en haussant un sourcil.

Ravalant le désir qui l'incitait à lui répliquer d'un ton sec et sarcastique, Catherine préféra le questionner d'une voix douce :

— Eh bien, je vous le demande maintenant. Où allons-nous ?

Un sourire inhabituel erra sur les lèvres de Jason ; son regard devint rêveur et sa voix prit une intonation douce qui poussa Catherine à l'observer attentivement.

— A *Terre du Cœur*. Le domaine comprend des acres et des acres de terre qui s'étendent à mi-chemin entre Natchitoches ou Fort Saint-Jean-Baptiste, comme l'appellent encore quelques anciens, et Alexandrie sur la rivière Rouge. Ma mère me l'a donné en héritage à ma majorité ; elle-même le tenait de sa mère. C'est sauvage, indompté et plus beau qu'on ne peut l'imaginer, poursuivit-il d'une voix presque songeuse.

Puis il décocha un coup d'œil malicieux à la jeune femme et murmura :

— Comme toi.

Mais le sourire de Catherine se figea, et il ajouta à la hâte :

— Il y a une maison ainsi que des dépendances dont la construction remonte à la jeunesse de ma mère ; toutefois on n'a guère travaillé à rendre la terre productive. La majeure partie servait à engraisser le bétail et quelques acres seulement furent défrichées pour cultiver du coton. Comme les femmes de ma famille ont toujours fait de bons mariages, elles n'en ont pas eu besoin. Cette terre ne me serait probablement pas revenue si nous avions été plusieurs enfants, mais la position de fils unique a ses avantages tout comme ses calamités !

— Pourquoi ne vous en êtes-vous pas occupé avant aujourd'hui ? interrogea prudemment Catherine en le regardant fixement, les sourcils froncés.

— Jusqu'ici, je n'avais pas d'épouse ! ironisa-t-il.

Catherine changea aussitôt de sujet et, dans sa hâte, en bégaya presque. Dans sa précipitation à détourner la discussion, elle ne remarqua pas la faible lueur de déception amusée qui vacilla dans les yeux verts de son mari.

QUATRIÈME PARTIE

TERRE DU CŒUR

Eté 1804

29

Même si Catherine devait vivre jusqu'à cent ans, elle n'oublierait jamais sa première vision de *Terre du Cœur* avec la maison qui allait devenir son foyer.

Telle une véritable parure topaze, la demeure couronnait une petite éminence et se dressait sur une luxuriante pelouse veloutée de grande dimension. De nombreuses années auparavant, on avait teinté en jaune pâle les grandes colonnes en bois du premier étage mais maintenant que le soleil les avait décolorées elles viraient au blanc crème sous le soleil de fin d'après-midi. Les intempéries et les rayons brûlants du soleil avaient blanchi la brique, jadis d'un ocre étincelant. Construite du temps où la grand-mère espagnole de Jason n'était encore qu'une enfant, *Terre du Cœur* révélait son origine ibérique par le large escalier incurvé à l'extérieur de la maison qui formait une ample voûte conduisant à l'étage supérieur, frais et recouvert de vigne vierge. En retrait, des portes-fenêtres ouvraient sur les vérandas ombragées qui entouraient la maison de trois côtés ; pourvu d'un arêtier, dont l'inclinaison fortement protectrice s'avançait au-delà des vérandas, le toit les transformait en refuges contre la chaleur de la journée. Chèvrefeuille et jasmin recouvraient des balustrades délicatement ciselées ; leurs feuilles brillaient d'un vert foncé contre la pâleur du bois. Des fleurs jaunes et orange flamboyaient vivement dans la masse feuillue ; le doux parfum du chèvrefeuille flottait dans l'air.

Catherine ne s'attendait pas à trouver une maison, et encore moins une maison flanquée de pins et d'énormes chênes à l'odeur âcre, au milieu d'un endroit aussi manifestement sauvage. Surprise, la jeune femme cligna des yeux lorsque la piste qu'ils avaient suivie s'ouvrit sur la grande clairière où s'élevait la maison. A l'approche des voyageurs, la demeure — qui semblait déserte au premier abord — s'anima brusquement. En quelques secondes, les nouveaux arrivants furent engloutis dans une foule d'hommes, de femmes et d'enfants souriants et excités qui apparurent subitement pour les accueillir.

Par la suite, Catherine apprit que *Terre du Cœur* ressemblait plus à une colonie qu'à une simple plantation ; que derrière la maison principale, une ceinture de grands pins cachait des maisons plus petites où vivaient avec leurs familles la plupart des hommes qui avaient entrepris le voyage avec Jason. Mais ce jour-là, malade à cause du balancement du chariot, elle se réjouit simplement que ces serviteurs noirs, au visage souriant, transforment les premières heures qu'elle devait passer dans son nouveau foyer en instants délicieux.

Jason revint vers le chariot où elle se trouvait. L'étreignant par la taille, il la souleva pour la faire descendre. Entourant alors Catherine de ses bras, il pencha la tête et l'embrassa longuement, profondément, sous l'œil intéressé de toute la communauté. Puis, écartant sa bouche de la sienne, il lui dit avec douceur :

— Bienvenue à *Terre du Cœur*, ma petite saltimbanque.

482

L'esprit troublé, étonnée par le ton caressant de son mari, Catherine se laissa conduire sans résistance à l'étage par une petite femme empressée que Jason appelait Susan. Celle-ci fit entrer Catherine dans une pièce fraîche et claire avant de disparaître en murmurant qu'elle devait s'assurer que les autres serviteurs remplissaient correctement leur devoir.

La tête ailleurs, Catherine resta un moment les yeux fixés sur le plancher nu, sur les murs complètement blancs et dépourvus de tout ornement ainsi que sur les rares meubles. Un lit en acajou à colonnes massives luisait faiblement contre la blancheur des murs. Une armoire également massive mais délicieusement sculptée et, dans ce même style lourd typiquement espagnol, une coiffeuse et son tabouret recouvert de velours rouge représentaient le seul mobilier de cette pièce épouvantablement grande. L'énorme cheminée en brique qui en occupait un coin ne parvenait même pas à amoindrir les dimensions de la pièce.

Ne sachant pas trop ce qu'elle devait faire, Catherine préféra retourner à l'extérieur. De la véranda, elle se mit à observer ce qui se déroulait sous sa fenêtre : on déchargeait les chariots avant de les éloigner de la demeure. Elle ressentit un petit pincement au cœur lorsqu'elle vit le sien démarrer et passer le coin de la maison. A cet instant, il lui semblait tendrement familier et, malgré la dureté du siège en bois, elle aurait presque aimé que le voyage se poursuivît.

Sans but précis, Catherine rentra dans la pièce dont la fraîcheur la ravit et y remarqua immédiatement une seconde porte voûtée à double battant. Elle donnait sur une seconde pièce entièrement vide, plus grande encore que celle qu'elle venait de quitter. Aucun objet n'en déparait le vide impressionnant. Les sourcils froncés, la jeune femme revint lentement dans sa chambre et se figea en voyant Jason nonchalamment allongé sur le lit, un large sourire aux lèvres.

— Eh bien, qu'en penses-tu ?

— C'est horriblement grand, n'est-ce pas ? répliqua Catherine avec sincérité.

— Hmm, peut-être. Mais lorsqu'on y aura ajouté tous les meubles et bibelots dont tu la rempliras, j'aurai probablement du mal à me déplacer sans trébucher sur un objet ou un autre.

— Qu'en savez-vous ? Et où trouverai-je tous ces meubles et bibelots auxquels vous faites allusion ? Ici ? Au milieu de nulle part ?

Jason enleva ses bottes d'un coup de pied et les laissa tomber au sol avec un bruit sourd.

— Petite, je te montrerai bientôt les resserres. Comme ma grand-mère avait jadis pensé vivre ici, elle avait apporté avec elle une quantité de Dieu sait quoi. Après tant d'années, je suis sûr que certaines étoffes seront inutilisables ou abîmées, mais il t'en restera suffisamment pour commencer à t'occuper. De plus, mon amour, les chariots que nous avons traînés avec nous ne sont pas particulièrement vides ! Est-ce que tu approuveras mon choix de tissus ? Ça c'est une autre histoire !

Les poings sur les hanches, le cœur lourd de ressentiment, Catherine le foudroya du regard.

— Est-ce la raison pour laquelle vous m'avez amenée avec vous ? Afin que j'aménage votre maison ?

Jason s'accouda et promena ses yeux, sans se presser et avec une intention précise, sur le corps élancé de sa femme.

— Non. Ce n'est pas uniquement pour ça.

— Où mettrez-vous mon fils ? Je le veux près de moi. Je désire qu'il dorme dans la même chambre que moi, exigea Catherine avec raideur sans s'arrêter à la lueur moqueuse qui brillait dans les yeux verts ainsi qu'au défi qu'insinuaient les paroles de Jason.

Il cessa de sourire et sa mâchoire se durcit.

— Je crains que tu ne sois trop occupée à partager

une chambre avec moi pour t'inquiéter de lui ! Mais, afin de calmer tes frayeurs de mère, sache que je ne l'ai pas envoyé dans les quartiers des serviteurs. On l'a installé quelques portes plus loin, de l'autre côté du hall, avec Jeanne et Sally à ses petits soins. Car elles sont maintenant tout autant capables que toi de veiller sur lui. D'ailleurs, il y a suffisamment de serviteurs pour qu'il ne soit pas négligé !

Sous ce ton nettement sarcastique, Catherine faillit succomber au désir de lui lancer violemment au visage l'identité de Nicolas. Mais, comme elle était aussi fière et têtue que Jason, elle ravala les paroles qui lui brûlaient la langue et préféra le questionner ouvertement :

— Dois-je partager une chambre avec vous ?

— Où croyais-tu donc que j'allais m'installer ? Actuellement, cette pièce est la seule à posséder un lit. Mais tu t'attendais peut-être à ce que j'aille dormir dans les quartiers des hommes ou des serviteurs, non ?

Il se leva subitement du lit et s'avança vers Catherine dont les yeux brillaient de désappointement et de colère. Quand il l'atteignit, il repoussa avec douceur derrière l'oreille de la jeune femme une boucle égarée. Catherine devint alors insupportablement consciente de la chaleur des doigts qui effleuraient sa joue et du corps dur et mince si proche du sien.

Elle ne croiserait pas son regard ! se promit-elle. Cette intention à l'esprit, Catherine tint les yeux fixés sur le sol. Elle combattait l'impulsion perfide qui l'incitait à se jeter dans les bras de Jason et à lui crier que l'endroit où il dormirait lui importait peu du moment qu'il la prendrait avec lui ! D'une voix enrouée par l'émotion, Jason la cajola doucement :

— Est-il si désagréable que cela de partager un lit avec moi ?

Ces mots ne firent rien pour ralentir le pouls de la jeune femme qui battait rapidement. Comme elle maintenait son regard braqué vers le sol, Jason glissa une main le long de sa joue et captura son menton ; relevant le visage baissé, il le tourna vers le sien. Ses yeux cherchant ceux de Catherine, il ajouta lentement :

— Tu l'as fait jadis, mon chaton. De plus, il me semble me rappeler que nous sommes convenus d'essayer de faire quelque chose de ce mariage né sous une mauvaise étoile. M'as-tu trouvé si déplaisant après une nuit seulement que tu aies dû mettre un océan entre nous pour m'offrir le fils d'un autre ?

« Ô Dieu, Jason ! Quelle erreur ! Mais comment notre mariage pourrait-il prendre une tournure différente quand vous n'avez jamais rien voulu d'autre qu'une poulinière ? » s'écria en silence le cœur de Catherine.

Elle garda ces paroles pour elle car, blessée une fois de plus par Jason qui lui lançait délibérément des pointes pour la pousser à bout, elle se contraignit à répondre froidement :

— Cela vous tourmente-t-il donc de m'imaginer dans les bras d'un autre homme, ses lèvres m'embrassant tout comme les vôtres et nos deux corps unis pour créer une vie distincte ?

Jason serra si durement le menton de Catherine que des larmes de douleur lui obscurcirent les yeux. Comme s'il voulait éviter à sa bouche d'en dire davantage, Jason y posa la sienne, jusqu'à la meurtrir. Ce baiser ne contenait ni joie ni passion, il n'était destiné qu'à punir et blesser. Eloignant finalement ses lèvres, il s'exclama avec hargne contre la bouche frémissante de Catherine :

— *Mon Dieu !* Tu le demandes ! Oui, cela me tracasse ! Après t'avoir vue à La Nouvelle-Orléans, j'ai passé des nuits et des nuits éveillé à rêver que je tenais ta douce gorge entre mes mains et si mes rêves... (il rit durement) — le mot cauchemar conviendrait mieux — étaient devenus réalité, je t'aurais étranglée pour ôter la vie à ce corps si séduisant !

Inconsciemment, la main de Jason avait encerclé le

cou frêle de Catherine qui leva la tête et fixa sans crainte le visage émacié et sombre qui la dominait. Les yeux de Jason étaient rivés sur sa bouche et une ride au coin de ses lèvres révélait plus clairement que des mots la fureur qui avait dû le torturer. Poussée par une force incontrôlable, elle se gaussa :

— Qu'est-ce qui vous en empêche ?

Elle sentit le corps de Jason se détendre légèrement sous son défi ; ses lèvres esquissèrent un sourire profondément sensuel et sceptique. Sa main quitta le cou de Catherine et il la tint étroitement serrée contre lui.

— Non, oh, non, mon petit amour : si je devais te tuer, tu hanterais mes rêves jusqu'à ma mort. Actuellement, je t'ai là où je te veux, quand je te veux et tu ne peux nier, pas plus que moi du reste, l'attirance qui existe entre nous !

Puis sa bouche prit celle de Catherine et il la souleva pour la porter jusqu'au lit. Sous l'emprise de ses sens qui l'étourdissaient, Catherine ignora résolument le cri de fierté outragée qui lui demandait de résister à ce après quoi soupiraient les fibres de son corps consentant. Elle répondit avidement aux instances passionnées de Jason pour lui faire l'amour.

Ce fut vite accompli. Sans beaucoup de préliminaires, le corps de Jason se fondit rapidement dans le sien comme si une force irrésistible les entraînait ensemble. Comme toujours, ils firent l'amour merveilleusement. Puis, comme ils gisaient nus sur le lit froissé, leurs corps toujours étroitement enlacés, Jason murmura contre la gorge de son épouse :

— Pourquoi agissons-nous ainsi ?

Sa voix sourde trahissait une note d'angoisse. Les yeux illuminés par la passion, Catherine ne put que fixer en silence le plafond à la recherche d'une réponse qui ne lui vint pas.

Les lèvres de Jason suivirent doucement la ligne de sa mâchoire ; ses mains caressaient maintenant délicatement l'endroit où elles s'étaient montrées plus tôt douloureusement exigeantes.

— Pourquoi nous déchirer par des mots ? Il suffit que je te touche pour que plus rien d'autre n'existe... en ce moment je pourrais tout te pardonner, mais je sais, et toi aussi, que d'ici une heure nous nous blesserons mutuellement, chacun essayant d'être le premier à faire saigner l'autre !

Ces paroles exprimées à voix basse, Jason les avait prononcées plus pour lui-même que pour Catherine. Devant ces intonations qui laissaient percer une tristesse étonnée, Catherine sentit tout son être fondre d'amour. Timidement, ses doigts glissèrent à travers la chevelure foncée dont le contact la ravissait. Pour la première fois, sous l'impulsion de l'amour plutôt que de la passion, elle le caressa volontairement ; mais ni l'un ni l'autre ne le remarquèrent.

Soudain, Jason s'éloigna comme s'il avait honte d'admettre l'attirance qui existait entre eux. Il quitta alors brusquement le lit et s'habilla ; il ne restait plus trace chez lui de l'état d'esprit dans lequel il s'était trouvé précédemment. Son visage reprit l'aspect sardonique qu'il arborait habituellement, ce qui tua les paroles hésitantes qui montaient aux lèvres de sa femme.

Catherine se leva silencieusement et enfila ses vêtements avec la même rapidité que son mari. Ce petit interlude marqué par une étrange introspection venait de se terminer, quelle qu'en fût la signification cachée. L'hostilité froide qui résidait ordinairement entre eux réapparaissait en force.

La première semaine que Catherine passa à *Terre du Cœur* s'écoula en un kaléidoscope de scènes diverses. D'humeur étonnamment aimable, Jason la familiarisait avec le domaine. Les tout premiers jours, elle souffrit horriblement de la chaleur car, lorsqu'ils parcouraient la propriété à cheval, elle portait constamment l'élégante amazone faite en France. Un matin, en regardant son visage humide de transpiration, Jason dénicha une malle qu'il fit monter dans la chambre de Catherine. La jeune femme y découvrit avec ravissement des vêtements de Jason lorsqu'il était beaucoup plus jeune et qu'il avait abandonnés en grandissant. La plupart de ces habits masculins ne lui seraient d'aucune utilité; toutefois, la malle contenait également plusieurs culottes pratiquement neuves qui ne lui allaient pas trop mal ainsi que des chemises en toile et en soie d'un blanc neigeux. Avec l'aide de Jeanne et d'une autre femme, elle retoucha les vêtements, si bien que, par la suite, elle ne monta plus que vêtue des culottes et des chemises rétrécies ayant appartenu à Jason.

Une fois cette question vestimentaire résolue, Catherine profita pleinement des randonnées qu'elle fit à travers la plantation sous la conduite de son mari. Il l'emmena d'abord dans les endroits qu'il estimait importants en tant qu'homme. Elle vit donc tous les travaux effectués sur la plantation avant de pouvoir fouiller parmi les objets fascinants que renfermait sans aucun doute la resserre.

Mais elle demeurait encore trop proche de la Catherine qui menait autrefois Sheba à une allure effrénée sur les collines du Leicestershire pour ne pas apprécier les écuries avec leurs fougueux occupants à la robe luisante. La grande étable en brique avec son grenier qui respirait la propreté ainsi que les bâtiments nouvellement blanchis qui abritaient plusieurs chevaux achetés en Angleterre ravirent la jeune femme au point que Jason eut presque du mal à l'en éloigner. De temps en temps, elle s'arrêtait pour regarder fixement un cheval qui lui paraissait familier, mais elle mit cette impression sur le compte de son imagination. Catherine ressemblait à une enfant à laquelle on aurait promis le plus gros bonbon qu'elle pourrait trouver. Heureuse, elle marchait d'un pas léger d'un bout à l'autre du complexe réunissant étables, écuries et paddocks. Elle interrompait souvent sa promenade pour parler avec intelligence aux hommes qui s'occupaient de l'endroit, ou pour offrir d'un air joyeux une pomme à un superbe étalon. Un sourire indulgent sur les lèvres, Jason lui permit d'errer en toute liberté. Il s'amusa fréquemment des questions pertinentes qu'elle posait aux palefreniers, et la compréhension qu'elle avait des difficultés qu'entraînait l'élevage des fougueux pur-sang le surprit souvent. Jason espérait secrètement qu'un jour ou l'autre ces pur-sang rendraient *Terre du Cœur* célèbre auprès des éleveurs des Etats-Unis.

Un matin, ils se dirigèrent lentement vers le dernier bâtiment, nouvellement construit ; Jason avait expliqué à Catherine qu'il l'avait installé à l'intention des juments pleines ou qui venaient de mettre bas. Catherine se retrouva donc à une certaine distance des autres constructions, en bordure d'une grande prairie où quelques gracieuses juments accompagnées de leurs poulains aux jambes longues et frêles paissaient en toute tranquillité.

Un bras passé sous celui de Jason, le visage abrité du soleil par un chapeau à large bord délicieusement féminin, Catherine poussa un soupir de véritable bonheur.

— Oh, Jason. Tout est tellement beau. C'est même plus beau que Hunter's Hill et pourtant je n'aurais jamais imaginé pouvoir lui préférer un autre lieu !

— Tant mieux. Souviens-toi qu'il s'agit dorénavant de ton foyer, lui répondit-il d'un ton sec.

Le visage animé de la jeune femme s'assombrit une minute.

— Nous ne reviendrons jamais là-bas ? demanda-t-elle pensivement.

Puis, frappée subitement par une pensée, elle s'enquit brusquement :

— Qu'adviendra-t-il de mes terres ? J'espère convaincre ma mère de rester en Amérique. Si j'y parviens, il n'y aura donc plus personne en Angleterre pour gérer les propriétés.

— Pourquoi ne pas remettre tes biens entre les mains d'un bon régisseur ? De plus, j'ai des parents en Angleterre qui consentiront à garder un œil vigilant sur ton domaine. On ne te dupera pas, j'y veillerai ! A l'occasion, nous retournerons sans doute en Angleterre et nous pourrons tout contrôler par nous-mêmes de temps en temps. Qui sait ! Nous aurons peut-être un enfant qui préférera la Grande-Bretagne à l'Amérique, acheva-t-il d'un ton dégagé.

— Dans ce cas, cela vous ennuierait-il ? Après tout, vos racines sont ici, demanda calmement Catherine après avoir longuement scruté le visage de son mari.

Jason lui adressa un large sourire puis effleura d'un doigt l'arête de son petit nez et la taquina :

— Chère madame, j'ai l'intention d'engendrer tant d'enfants que si plusieurs réclamaient à grands cris la possibilité de vivre en Angleterre, il en resterait encore suffisamment pour *Terre du Cœur* !

Déchirée entre l'envie de rire à son affirmation immodérée et la douleur de voir qu'il révélait aussi ouvertement la façon dont il voulait l'utiliser, elle réussit à arborer un sourire indécis.

— Qu'importe ! Montrez-moi le champ de courses que vous venez de faire construire, m'avez-vous dit.

Celui-ci s'étendait juste au-delà d'une petite zone boisée, vision incongrue au milieu de cette région sauvage. Pour l'instant, on n'avait dégagé que la piste et une grossière barrière en bois remplaçait les palissades blanches qui la borderaient par la suite.

— Envisagez-vous vraiment d'élever des pur-sang et de les faire courir ici ? questionna Catherine.

— Hmmm. Pourquoi pas ? Il y a un début à tout. En outre, ma dame désapprobatrice, les chevaux ne sont pour moi qu'une marotte. Ne t'inquiète pas. Ton pain et ton beurre ne dépendent pas d'eux !

— L'issue financière n'entre pas en ligne de compte et vous le savez bien ! Pourquoi déformez-vous tout ce que je dis ?

Les yeux fixés sur le visage irrité, Jason rit doucement.

— Mais, ma chère, comme il est tellement rare que nos pensées empruntent le même chemin, j'ai automatiquement supposé que tu verrais la chose sous cet angle. Je m'excuse.

Très embarrassée et absolument pas d'humeur à entamer en vain une nouvelle discussion, Catherine retourna vers l'écurie des poulinières.

Elle aimait l'odeur âcre des pins ombreux qu'elle traversait en parcourant le petit sentier étroit qui menait aux écuries. Des massifs de délicats hypoxis[1] bordaient ce sentier et des tapis de fleurs sauvages, de phlox, d'asters et de menthe s'éparpillaient à travers la forêt. Il restait encore quelques traces des jasmins jaunes qui fleurissaient au printemps. Le visage encadré par le chapeau de paille, vêtue d'une robe à taille haute en mousseline lavande, Catherine ressemblait elle-même à une fleur sauvage.

A l'approche du bâtiment, Jason précipita son allure, laissant sa femme parcourir seule les derniers mètres. De temps en temps, elle s'arrêtait pour regarder avec curiosité à l'intérieur de l'écurie dont elle remarqua les stalles spacieuses. Jason l'attendait précisément près de la dernière, appuyé avec désinvolture contre un poteau, les mains dans les poches, un pied botté croisé par-dessus l'autre. Malgré son attitude nonchalante, Catherine crut déceler chez lui une légère tension ; mais le mouvement que fit le cheval parqué dans la stalle la plus proche détourna son attention.

Comme Catherine s'avançait, la jument cessa de sentir du museau l'amas disgracieux de viande à longues pattes que représentait son fils pour coller sa tête d'un noir vif sur la partie inférieure de la porte. Figée, Catherine contemplait le museau soyeux si familier.

1. Hypoxis : herbe sans tige possédant une rosette de feuilles et des fleurs.

— Sheba ! chuchota-t-elle.

Incrédule, elle se rapprocha de la jument et fit courir une main le long du cou chaud de satin noir. Au bout d'une minute, elle se tourna enfin vers Jason auquel elle voulait poser des douzaines de questions. Mais, comme elle ne savait par où commencer, Jason eut pitié de son étonnement manifeste. S'avançant d'un pas, il expliqua :

— Lorsque je suis allé voir ta mère après ton départ, j'ai passé un temps fou à me familiariser avec tes écuries, tout en attendant ton apparition. Comme il ne faisait aucun doute dans mon esprit que je... te retrouverais finalement et t'emmènerais en Louisiane, je n'ai vu aucune raison de laisser en Angleterre ton stock d'animaux, que j'estime digne des plus grands éloges. Je ne pouvais, en particulier, me résoudre à abandonner Sheba qui représente pour moi certains souvenirs.

Comme si l'événement datait de la veille, Catherine se rappela vivement le jour où, dans la prairie, Jason l'avait rendue pour la première fois si consciente du pouvoir qu'il avait sur son corps. Le fait que Jason s'en souvînt lui aussi l'apaisa étrangement.

— Je suis terriblement heureuse que vous l'ayez amenée, murmura-t-elle, soudain intimidée.

— Ne peux-tu faire mieux que cela ? railla Jason.

— Merci beaucoup de l'avoir amenée jusqu'ici, répliqua-t-elle, rougissante, tout en lui envoyant un regard rancunier.

Jason éclata brusquement de rire, ce qui n'atténua en rien son agacement. Néanmoins, elle ajouta, avec détermination :

— J'en suis réellement et sincèrement heureuse.

Un vague sourire aux lèvres, Jason secoua la tête. Puis il plaça la main de Catherine sur son bras et ils s'éloignèrent en direction de la grande maison.

— Tu devrais faire mieux que cela... mais, pour l'instant, je m'en tiendrai là ! expliqua-t-il tout en avançant.

Il n'y fit plus allusion. Mais, tous les matins à dater de ce jour, lorsqu'elle descendait en courant offrir à Sheba quelque régal, elle s'interrogeait à chaque fois sur la raison que cachaient les actes de son mari. Ces derniers temps, il se montrait tellement gentil ! Gentil n'était pourtant pas le terme exact. Indulgent ? Peut-être. Prévenant, certainement, en particulier lorsqu'il l'aidait à se familiariser avec la plantation.

Pendant plusieurs jours, elle parcourut à cheval, en sa compagnie, le vaste domaine. Elle regardait avec attention les vallées qu'il lui signalait, vallées où le bétail engraissait grâce à l'herbe luxuriante et où s'élèveraient peut-être un jour des cotonniers et des champs de canne à sucre. On avait déjà défriché et planté quelques zones. Catherine contempla donc avec curiosité les acres de canne à sucre d'un vert vif plantées près du fleuve ainsi que les champs de coton, situés sur un sol plus sec et plus élevé. Un jour que, arrêtés sur une légère montée, ils regardaient en arrière les récoltes qui poussaient rapidement sous le soleil chaud, Catherine murmura :

— On dirait du velours.

Jason sourit à cette note d'émerveillement. Les jours qui venaient de s'écouler l'avaient ravi et il espérait qu'enfin ils allaient tous deux aboutir à une entente. La pensée de Nicolas et du père de l'enfant l'emplissait encore d'une fureur noire et violente ; mais il l'avait elle, Catherine, et la jeune femme ne paraissait visiblement pas trouver ses avances trop désagréables.

Malgré ce qu'il lui avait laissé entendre, Jason ne partageait pas sa chambre. Il se retenait de la forcer à l'accepter dans son lit, comme s'il savait à quel point elle haïssait et redoutait les instants où son corps répondait involontairement aux exigences de celui de son époux. De cela, Catherine lui était reconnaissante même si la conduite de Jason l'intriguait et l'inquiétait.

Sally, la jeune Noire que Jason avait imposée à Catherine au début de leur voyage pour *Terre du Cœur*, était extraordinairement éprise de Nicolas. Tellement éprise, en fait, qu'elle devint excessivement jalouse de tous ceux, y compris Catherine, qui avaient un rapport quelconque avec ce jeune homme-là. Jeanne reprit donc son rôle de femme de chambre de Catherine ; mais, comme elles étaient extrêmement attachées l'une à l'autre, le rôle de Jeanne s'apparentait davantage à celui de dame de compagnie qu'à celui de servante.

Lorsqu'il jugea sa femme suffisamment familiarisée avec sa nouvelle demeure, Jason montra enfin à Catherine les resserres. Ah ! Quelle richesse de trésors ! Depuis trois générations, les femmes Beauvais ou leurs maris avaient expédié à *Terre du Cœur* tous les objets qui n'avaient pu trouver grâce à leurs yeux. Ils s'y empoussiéraient donc. Catherine imaginait un parent de Jason expliquant : « Après tout, ne le jetons pas. Quelqu'un lui trouvera peut-être un jour un usage ! »

A chaque nouvelle génération, personne ne s'était préoccupé d'inventorier les objets déjà remisés. Par contre, on en avait ajouté, d'où le véritable chaos qui en résultait.

Dans un carton perché de façon précaire sur le bras d'un vilain fauteuil, Catherine découvrit un beau service en cristal de Baccarat, détesté par Antonia. Jeanne tomba sur un service de vaisselle en porcelaine anglaise, cadeau de mariage offert aux parents de Jason. Mais Guy n'avait pas aimé le dessin qui le décorait : des feuilles d'un vert délicat rehaussé d'or.

Quelques objets, dont plusieurs tableaux, étaient très endommagés. En les regardant à la forte lumière du soleil, Catherine remarqua leurs teintes ternes et leurs thèmes insipides. Elle les ajouta avec plaisir à la pile sans cesse croissante de choses à brûler. Mais la vue d'un tapis espagnol vraiment beau, malheureusement mangé par les mites et les rats, la déprima. Qu'il aurait fait bien dans le grand salon !

Jason considérait d'un œil indifférent ce genre de

désastres. Aussi, lorsque Catherine continua à s'affliger de cette perte, il lui proposa avec désinvolture :

— Fais une liste de ce que tu désires, y compris tes satanés tapis. Je l'enverrai avec Buveur de Sang !

— Retourne-t-il à Natchez ? s'enquit-elle, surprise.

— Pas à Natchez, mon amour. A La Nouvelle-Orléans. J'ai besoin de certaines choses. Il partira dans quelques jours avec plusieurs hommes.

La soirée commençait à peine. Jason et Catherine, qui venaient de terminer leur dîner, se trouvaient encore dans la grande salle à manger. Une nappe d'un blanc éblouissant séparait les époux assis chacun à une extrémité de la table. Catherine avait découvert la nappe dans une vieille malle, ainsi que les deux candélabres en argent et cristal qui décoraient la table. Tout en observant le visage de son mari à la lumière vacillante des bougies, elle se demandait si elle arriverait un jour à le connaître.

Même si tout allait beaucoup mieux entre eux, ils étaient toujours dans une impasse. Chacun se refusait à être celui qui soulèverait une question personnelle ou explosive.

Jason donnait à Catherine tout ce qu'elle désirait, dans les limites du raisonnable. Elle avait une belle demeure dont il se plaisait à lui laisser l'entière liberté de transformation ; elle avait des serviteurs pour répondre à ses requêtes les plus minimes ; et certes, il n'exigeait rien d'elle.

Elle le savait occupé avec la plantation. Il venait de travailler particulièrement dur pendant plusieurs jours à défricher une nouvelle zone que l'on planterait de cotonniers l'année suivante. Avant l'automne, on marquerait au fer rouge le bétail qui errait dans de nombreuses vallées ; on choisirait ensuite dans ce troupeau certaines bêtes que l'on vendrait à La Nouvelle-Orléans. Catherine se demandait si toutes ces occupations empêchaient Jason de rechercher son lit. Elle n'y tenait bien évidemment pas ! se rappela-t-elle en hâte.

Voyant l'attitude détendue de son mari à l'autre bout de la longue table, une main enserrant le pied d'un verre en cristal, Catherine s'en voulut de devoir rompre l'agréable silence qui les enveloppait. Mais, en évoquant le voyage de Buveur de Sang, Jason avait ouvert la voie à quelque chose qui l'inquiétait depuis des semaines.

— Puis-je envoyer une lettre par l'intermédiaire de Buveur de Sang ? demanda-t-elle brusquement, prenant son courage à deux mains.

Jason se raidit légèrement, la fixa pensivement puis l'interrogea :

— A qui veux-tu écrire à La Nouvelle-Orléans ?

Décidée à ne rien taire, Catherine expliqua d'un ton précipité :

— A personne à La Nouvelle-Orléans. Ma mère doit être arrivée, à présent. J'aimerais lui faire savoir où je suis. Buveur de Sang pourrait porter la lettre jusqu'à La Nouvelle-Orléans où il trouvera sûrement quelqu'un qui la fera parvenir à Natchez. Maman doit résider à *Bella Vista*.

— Chez ton amant ? C'est cocasse ! rétorqua Jason avec méchanceté, les narines élargies sous la colère.

Rougissant légèrement, Catherine faillit lui lancer la vérité. Mais elle préféra ravaler ses paroles.

— Puis-je envoyer la lettre ? insista-t-elle, regardant tout sauf son mari car elle savait que son visage porterait une expression arrogante.

Jason but d'une traite le reste de son vin avant de répondre sèchement :

— Pourquoi pas ?... Mieux que cela : pourquoi ne pas inviter ta mère ici ? Elle n'a rien à faire à Natchez puisque tu es ici, ajouta-t-il au grand étonnement de Catherine.

— Vraiment ? Cela ne vous ennuie pas ? murmura-t-elle, incrédule, les yeux grands ouverts.

— Non. J'ai apprécié sa compagnie. D'autre part, je sais que tu dois te sentir seule et aspirer à une nouvelle présence féminine.

Stupéfaite, Catherine le fixa, n'en croyant pas ses oreilles. Alors, trop heureuse d'une victoire si facilement gagnée, elle arbora un sourire ébloui qui exprimait un étrange bonheur.

Jason observait sous ses paupières à demi fermées ce beau sourire qui envahissait le visage de sa femme et la joie évidente qui jaillissait de ses yeux violets. A cette vue, son cœur se serra. Bon sang ! Comment arriver à obtenir qu'elle le regardât ainsi sans avoir pour cela recours à la corruption ?

30

Buveur de Sang partit deux jours plus tard, et avec lui, la lettre de Catherine. Son cœur avait fait un bond terrible lorsque, après qu'elle lui eut tendu la missive scellée, Jason l'avait retournée entre ses doigts pendant de nombreuses minutes. Il avait longuement fixé sa femme d'un regard dur avant de porter ses yeux sur la lettre adressée simplement à Rachel Tremayne, *Bella Vista*, Natchez, Mississippi.

Avec un sourire étrange, il avait enfin confié la dépêche à l'Indien qui attendait. Du seuil de la maison, Jason et Catherine avaient surveillé côte à côte le départ de la demi-douzaine de cavaliers.

Ce départ laissait Catherine dans un abattement total. Elle avait mis un long moment à écrire cette lettre sur le bureau en chêne foncé qui se trouvait maintenant dans sa chambre. Elle n'avait pour ainsi dire rien caché à sa mère, car elle jugeait impératif de l'informer de ce qui se passait entre Jason et elle.

Emotionnellement épuisée par la rédaction de cette missive, Catherine s'esquiva, monta jusqu'à sa chambre où elle resta couchée plusieurs heures en vue de rassembler ses forces pour la prochaine bataille avec son mari. Elle sourit intérieurement avec joie : jusqu'ici leur vie ne semblait qu'une succession de combats, certains gagnés par Jason, quelques-uns par elle-même. Toutefois, jusqu'à présent, ni l'un ni l'autre n'avait remporté de victoire décisive.

Peu à peu, la maison prenait forme entre les jeunes mains de Catherine. Des tapis intacts — il en existait quelques-uns — trouvèrent place dans un certain nombre de pièces où ils ajoutèrent utilement une note de chaleur et de beauté. L'épouse de Jason avait rajeuni des meubles tapissés, abîmés par des taches apparemment. Dans ce but, elle s'était servie des réserves d'étoffes, inépuisables, apportées par Jason.

Susan était une excellente couturière. Avec son aide, celle d'une jeune fille et celle quelque peu maladroite de Jeanne, Catherine avait remplacé les étoffes maculées et décolorées par des satins et des damas chatoyants. Le problème des rideaux se trouva résolu lorsque Catherine découvrit des pièces de soie champagne en quantité. Depuis, de gracieuses tentures ornaient les larges fenêtres et les portes vitrées.

Construite en hauteur, *Terre du Cœur* possédait le maximum d'ouvertures en vue de capter la moindre bouffée d'air frais. Presque toutes les pièces comportaient des portes-fenêtres qui ouvraient sur de larges galeries ou sur le patio, à l'arrière de la maison.

Celui-ci était entouré par le corps principal de la demeure et par les deux longues ailes basses qui s'élevaient en parallèle de chaque côté de la maison. Une clôture en brique agrémentée d'une grille de fer forgé en guise de portail fermait aux yeux indiscrets la partie ouverte du patio.

Dans ce patio, assise sous de la glycine accrochée à l'arrière de la maison, Catherine passait des heures agréables à surveiller amoureusement Nicolas qui jouait sous le soleil matinal. Il commençait maintenant à ramper et à se lever.

Une grande fontaine se dressait au centre du patio ; des baquets en bois remplis de gardénias ainsi que de diverses petites plantes entouraient la surface de façon symétrique. C'était un endroit agréable où l'odeur de la glycine et celle des gardénias se mariaient dans l'air et où le bourdonnement des abeilles qui volaient de fleur en fleur se mêlait au ruissellement de l'eau dans la fontaine.

Ce matin-là, vêtue d'une légère robe blanche en mousseline ouvrée, les cheveux en bandeaux, Catherine observait attentivement Nicolas dont les petites jambes potelées tremblaient sous l'effort ; il se tenait debout presque tout seul, une minuscule main cramponnée au rebord le plus bas de la fontaine.

Il garda une seconde un équilibre vacillant puis perdit confiance et s'assit brusquement avec plus de hâte que de grâce ; d'après l'expression de son visage, on voyait qu'il venait d'accomplir des merveilles. Catherine rayonnait de fierté maternelle devant les réussites de son fils lorsque Jeanne l'appela d'une petite pièce qui donnait sur le patio.

Cette pièce servait de salle de couture. Sans quitter Nicolas des yeux, Catherine se dirigea vers l'encadrement de la porte d'où elle donna son accord pour une gaze d'un vert doux que lui présentait Jeanne.

— Oh ! Quel beau voilage pour les chambres à coucher ! Croyez-vous qu'il y en ait assez ?

Puis, après un nouveau coup d'œil à son fils dont toute l'attention était rivée sur ses orteils qu'il découvrait depuis peu, elle fit quelques pas dans la pièce.

Au moment même où Catherine pénétrait dans la salle de couture, Jason montait les marches du perron. Il avait chaud et les événements de la matinée l'avaient exaspéré : le défrichage de ce matin aurait dû logiquement bien s'effectuer, mais un mulet s'était estropié. On lui avait alors substitué une bête plus jeune et inexpérimentée, ce qui avait entraîné des perturbations. Le fait de le harnacher à l'une des autres équipes n'avait pour ainsi dire servi à rien d'autre qu'à perdre du temps. Avec impatience, Jason avait finalement renvoyé l'équipe incomplète. Le groupe à peine parti, une des cordes utilisées pour tirer les souches se rompait d'usure. Comme il commençait à faire très humide et très chaud et qu'on ne pouvait se méprendre sur les signes annonciateurs d'un orage, Jason avait décidé que, le mieux étant l'ennemi du bien, tout le monde passerait le reste de la matinée au frais.

Jason tendit son chapeau au maître d'hôtel puis traversa le hall frais en direction du patio où il savait trouver Catherine à cette heure de la matinée.

Le patio était vide. Toutefois, une cruche et un verre à demi rempli de sangria lui indiquèrent que sa femme s'y était tenue plus tôt. Il se retournait déjà pour rentrer dans la maison lorsque Nicolas, qui s'était levé avec bravoure, fit l'erreur de relâcher son étreinte sur la fontaine et tomba durement sur son petit derrière rond.

Plus surpris que blessé, il laissa échapper un petit sanglot de contrariété et ses yeux se remplirent de larmes de déception. Comme à l'accoutumée, Jason avait jeté un coup d'œil à l'enfant sans le voir ; mais le bruit du sanglot attira son attention. Comme il connaissait peu les bébés, il pensa que l'enfant apparemment abandonné s'était fait mal et s'en approcha rapidement.

Il ne savait pas encore comment lui venir en aide. Mais il ne l'avait pas plus tôt atteint que Nicolas, diverti par son apparition, arrêta le hurlement de colère qui menaçait de surgir et se contenta de fixer le grand étranger, la bouche ouverte. Les yeux baissés vers Nicolas, Jason contempla soudain avec incrédulité la réplique enfantine de ses propres traits, ce qui le cloua sur place. Tel un homme en extase, haletant, il s'accroupit lentement sans cesser de dévorer le jeune Nicolas des yeux.

Parfaitement heureux d'être l'objet de cette attention, Nicolas envoya à l'adulte un sourire éblouissant, si semblable à celui de Catherine que Jason frémit d'une sorte de délice. Le sourire était peut-être celui de Catherine mais les yeux étaient indéniablement les siens ! L'enfant était le leur !

Parcourant avidement le bébé des yeux, Jason remarqua la tignasse noire indisciplinée, héritage de l'un ou l'autre de ses parents. Mais surtout, l'enfant possédait ses yeux ! Le bébé devait être le sien ! Sinon, comment aurait-il pu hériter de ces yeux émeraude et de cette copie miniature de son nez effronté ?

D'une main étonnamment douce, Jason toucha presque timidement la petite tête noire. Son fils ! Et il ne le savait pas ! Une douleur l'étreignit. Catherine le haïssait-elle tant ? Au point de le priver de son propre fils, sa propre chair, son propre sang ? Alors la colère, une colère jamais encore éprouvée de toute sa vie, balaya sa douleur et le laissa glacé de fureur devant cette dernière trahison.

Le regard fixé sur son fils, Jason blêmit et un rictus se forma sur ses lèvres serrées. Etendant une main, il souleva Nicolas et se sentit soudain inondé d'un amour douloureux pour cette petite partie de lui-même.

Nicolas qui appréciait toujours d'être dans les bras de quelqu'un poussa un gargouillement de satisfaction tandis que son père le berçait tout en le contemplant de toutes ses forces comme pour essayer de mémoriser ses traits, preuve de leur parenté. Catherine les trouva dans cette position lorsqu'elle sortit de la salle de couture et qu'elle pénétra dans l'ombre douce fournie par le toit bas en surplomb. Baignés par la lumière brillante du soleil, l'homme et l'enfant étaient absorbés l'un par l'autre — Nicolas, qui trouvait dans le nez de son père un objet fascinant, l'explorait de sa petite main ; de son côté, Jason étreignait son fils contre sa poitrine d'un geste protecteur, ses yeux ne parvenant pas à se détacher du visage de l'enfant.

La jeune femme se transforma en statue. Le sang quitta son visage ; remplie d'une vive joie malgré son effroi, elle fixait son mari et son fils. Conscient de sa présence, Jason leva les yeux. Le regard avec lequel il transperça le corps rigide de Catherine l'aurait abattue sur place s'il s'était agi d'une épée. Elle sentit alors la haine qui brûlait dans ses yeux verts la poignarder. Devant le pas involontaire qu'elle fit dans leur direction et entendant le petit cri de douleur muette qui s'échappa de ses lèvres blêmes, Jason resserra son étreinte sur l'enfant comme s'il craignait qu'elle le lui arrachât.

Pendant ce qui leur sembla une éternité, ils restèrent figés : l'homme et l'enfant près de la fontaine, le chant de l'eau se mêlant au bourdonnement des insectes qui résonnait avec douceur dans l'air chaud ; la femme, tel un petit fantôme blanc, dans l'ombre du toit en pente. Puis Jason jeta à Catherine un coup d'œil qui alliait haine, mépris et... pourquoi pas souffrance ?... et pivota sur ses talons pour entrer à grandes enjambées dans la maison sans cesser de tenir son fils tout contre lui.

Ebranlée par le choc, ses dents s'entrechoquant sous l'émotion et la souffrance qui déchiraient son corps, Catherine observa la grande silhouette au dos raide qui disparaissait dans la maison. Telle une vieille femme brisée, elle traversa le patio d'un pas mal assuré. Son corps était la proie d'une souffrance intérieure qui menaçait de la déchirer. Elle atteignit enfin un fauteuil dans lequel elle s'effondra. L'esprit ailleurs, ses yeux regardaient fixement au-delà du patio silencieux.

Se pouvait-il qu'une heure à peine auparavant, elle eût surveillé Nicolas de cette place, heureuse, tout en édifiant des rêves improbables sur le jour où Jason l'aimerait et comprendrait les motifs confus qui l'avaient poussée à lui cacher que le garçonnet était son fils ? Sous la douleur, sa bouche se déforma en un rictus amer.

Quelle idiote ! Elle aurait dû dire la vérité à Jason dès le début. Quelle importance s'il n'avait pas cru son explication ! Quelle importance qu'il l'ait considérée comme une menteuse ou une fourbe jusqu'à ce que ses yeux aient eu la preuve de sa sincérité ! Cela aurait été préférable à ce regard chargé de haine — oui, de haine — qui avait brûlé au fond de ses yeux verts !

D'un geste las, Catherine enfouit sa tête dans ses mains, possédée par une folle envie de pleurer comme une enfant battue. Mais non ! Elle avait renoncé depuis longtemps au recours des larmes. Les pleurs étaient l'apanage des imbéciles ! Elle se souvint alors vaguement d'un vers extrait d'une pièce de théâtre grecque qu'on lui avait enfoncé dans la tête chez Mrs Siddon : « J'en ai déjà pleuré une fois ! »

Eh bien ! Elle n'allait pas pleurer... Non, pas aujourd'hui.

Son cerveau se mit à travailler furieusement mais avec calme. Elle examina les voies qui s'offraient à elle. En dépit de la fièvre qui la rongeait intérieurement, elle pouvait se risquer à l'affronter maintenant. Toutefois, une autre partie de son être l'avertissait de ne pas bouger... pas tant qu'il était encore sous le choc provoqué par cette révélation. Pas tant qu'ils étaient encore tous deux bouleversés au point de se lancer sans doute des paroles blessantes, impossibles à oublier plus tard et encore moins à pardonner. Il lui fallait attendre — attendre comme une lâche ! railla-t-elle. Mais elle n'était pas lâche ! Non ! La crainte ne l'empêchait nullement de se précipiter dans la maison à la recherche de son mari. Mais c'était plutôt son bon sens qui lui disait de patienter... de le laisser se reprendre et méditer sur la situation avant de se retrouver avec lui face à face. En son for intérieur, elle se mit à murmurer : « Oui. Donne-lui la possibilité de s'armer contre toi, laisse-le se prémunir contre ses propres émotions et il t'anéantira comme par le passé. Imbécile ! Crois-tu qu'il essayera d'examiner tes motifs ? Qu'il essayera de comprendre ton point de vue ? »

Ces pensées qui s'insinuaient dans son cerveau la gênaient. Néanmoins, la sagesse, qui la poussait à attendre jusqu'à ce que l'apparition d'un conseil sérieux prévalût, l'emporta finalement. Elle se renfonça dans son fauteuil et ferma les yeux, aspirant à la tranquillité.

Des tout prochains jours dépendraient peut-être leurs chances de bonheur; des paroles emportées détruiraient tout. Elle devait à tout prix rester calme et éviter la colère furieuse qui allait certainement suivre la découverte de ce jour. Elle reconnut toutefois volontiers que Jason avait un certain droit d'être irrité.

Pourquoi s'être laissé dangereusement entraîner, par pure fierté, dans des situations qui auraient pu être évitées ? se demandait-elle, déprimée. « Ne peux-tu apprendre à agir plus sagement ? s'interrogea-t-elle avant de se disculper : Ce n'est pas ma faute ! Je n'agirais pas ainsi s'il n'était pas aussi enclin à croire le pire et tellement arrogant, sûr de lui ! C'est également sa faute ! »

Catherine succomba finalement à une curiosité toute naturelle et partit à la recherche de Jason et de Nicolas. Elle les découvrit dans le bureau de son mari, toujours enchantés l'un de l'autre, puis s'éloigna sur la pointe des pieds car elle souhaitait passer inaperçue. Désireuse d'éviter une confrontation avec Jason, elle se changea rapidement, enfila un pantalon et un chemisier en soie blanche. Tel un petit garçon, elle coiffa un chapeau d'homme à large bord et se glissa sans bruit hors de la demeure.

Quelques minutes plus tard, elle guidait un hongre à longues jambes à travers la forêt de pins imprégnée d'une calme fraîcheur. Le tapis d'aiguilles assourdissait le martèlement des sabots du cheval. Catherine se dirigeait vers son lieu de prédilection situé à une courte distance de la maison. Il s'agissait d'un coin paisible, d'un vallon feuillu où des hêtres minces et de grands frênes remplaçaient les habituels pins à longues aiguilles. Un large ruisseau courait paresseusement en son centre ; elle s'asseyait souvent sur une large pierre d'où elle agitait ses pieds nus dans les eaux chauffées par le soleil.

Aujourd'hui cependant, l'endroit ne lui procura pas d'apaisement ; ses vêtements lui collaient désagréablement à la peau à cause de la chaleur lourde ; de plus, il lui était pénible de supporter longtemps le soleil brûlant. Elle observa avec une sorte de soulagement les nuages sombres qui s'amassaient à l'horizon ; l'orage qui menaçait d'éclater rafraîchirait l'air, même si l'humidité ambiante en était accrue.

Toujours indécise, un œil prudent rivé sur les nuages qui approchaient, Catherine enfourcha son cheval et revint à l'écurie à une allure assez rapide. Elle n'avait heureusement pas suivi son penchant qui l'incitait à flâner car, à peine avait-elle atteint l'abri de la grande écurie en brique, qu'un éclair inquiétant fendit le ciel obscurci et les cieux s'ouvrirent sur un déluge de pluie.

Immobile, protégée de l'eau par l'encadrement de la porte, Catherine observait la pluie tout en espérant que l'on n'aurait pas remarqué son absence. Elle informait en général un serviteur de l'endroit où elle se rendait ; mais aujourd'hui, Jason et leurs problèmes avaient tellement absorbé son esprit qu'elle avait complètement oublié cette précaution.

Lorsque la pluie diminua, Catherine se précipita vers la maison, en souhaitant toujours que l'on n'ait pas découvert son départ. Malheureusement pour elle, au moment où elle posait le pied sur la première marche du perron, la voix irritée de Jason l'arrêta :

— Où diable étais-tu ? N'as-tu pas assez de bon sens pour ne pas disparaître lorsqu'une tempête s'annonce ?

Le regard contrit de Catherine fut ce jour-là sans effet sur lui. Les lèvres de sa femme blêmirent soudain, et il eut une grimace cruelle. Que la petite garce aille essayer ses roueries sur quelqu'un d'autre ! Il ne se laisserait plus jamais mystifier par une paire d'yeux violets ensorceleurs ou par un regard doux et vulnérable qui, même maintenant, le prenait à la gorge. Cette sensation l'agaçait au plus haut point.

— Eh bien ? Réponds-moi !

506

— Je... je... je voulais le dire à quelqu'un mais j'... j'... j'ai oublié, bégaya-t-elle, surprise par l'attaque de Jason.

— Pourquoi ?

Le mot retentit comme un coup de pistolet et plana lourdement dans l'air entre eux. En effet, tous deux comprenaient soudain que la question n'avait aucun rapport avec la situation actuelle.

Catherine secoua la tête en silence, priant le sol de s'ouvrir sous ses pieds pour l'engloutir. Elle n'était pas prête pour cela... elle ne le serait jamais ! En jetant un coup d'œil craintif à son grand mari, elle se rendit compte qu'il ne l'était manifestement pas davantage. Il demeurait encore sous l'emprise de cette première fureur. Pâle, elle reconnut que d'ici une minute toutes les résolutions qu'elle avait prises de sang-froid s'envoleraient. Alors, telle une tigresse, elle montrerait à nouveau les dents... et la bataille reprendrait de plus belle ! Elle balaya du regard les environs en quête d'un moyen d'arrêter l'explosion imminente. Mais rien n'empêcherait Jason de lui dire sa façon de penser.

Jason interpréta mal son appréhension.

— Je te fais peur ? demanda-t-il d'une voix douce et menaçante.

Puis, perdant tout contrôle, il saisit brutalement un bras de Catherine, approcha violemment son visage du sien et reprit avec hargne :

— Fichtre ! Tu as raison ! Sacrebleu ! Je pourrais te tuer après ce que tu m'as fait !

Ensuite, il la tira brusquement et la traîna dans le hall. Résistant à chaque pas, Catherine se débattit pour se libérer de l'étreinte de fer. Ses doigts s'enfoncèrent dans la main d'acier qui la faisait avancer si facilement dans le bureau.

— Arrêtez, Jason ! Vous n'êtes pas en ce moment d'humeur à discuter de quoi que ce soit ! plaida-t-elle, haletante.

Se retournant alors sur elle, comme un serpent qui menace, Jason cracha d'un ton venimeux :

— Et quand cela conviendra-t-il ? Quand mon fils sera adulte ? Quand je reposerai sur mon lit de mort ? Quelle sera ta version ? Je serais curieux de la connaître. Je vois ça d'ici : « Oh, à propos Jason, j'ai oublié de vous en informer, Nicolas n'est pas le fruit de mes relations de catin avec un autre homme, mais votre propre fils. Songez-y ! »

— J'avais l'intention de vous le dire. Je vous l'aurais dit ! Mais vous étiez tellement certain que l'enfant n'était pas le vôtre que je vous ai laissé dans cette erreur. Vous devez me croire... je voulais vous l'apprendre ! chuchota Catherine.

— Quand ? tonna Jason.

— Quand l'envie m'en aurait pris ! Et si j'avais pu vous offrir un bâtard, croyez-moi, je l'aurais fait ! Une douzaine de bâtards ! hurla-t-elle, ses remords évanouis.

Aveuglé par la rage, presque fou de douleur, Jason la frappa. Le coup fendit la lèvre de Catherine et sa tête alla heurter le mur, avec un bruit sec qui ramena Jason à la réalité. Un goût de bile envahit sa bouche et il fut rempli d'horreur.

La meurtrissure fonçait déjà sur la joue blême de Catherine et un mince filet de sang rouge vif s'écoulait au coin de sa bouche. Jason perdit toute colère. Malade à la vue de sa propre violence, il tendit une main tremblante.

— Pourquoi ? Pourquoi nous faisons-nous tant de mal ? murmura-t-il d'une voix où perçait une surprenante douleur.

Telle une aile de papillon, sa main tremblante voyageait sur la joue meurtrie et la caressait. Les yeux violets avaient un regard fixe, dépourvu de toute expression. Catherine frissonna et aussitôt Jason pinça les lèvres.

— Chaton, chaton ! Je n'avais pas l'intention de te blesser ! Pourquoi tout est-il si ignoble entre nous ? Nous semblons résolus à nous détruire mutuellement.

Traumatisée, Catherine contemplait sans le voir le visage navré qui se tenait si près du sien. Ses pensées s'embrouillaient ; elle était incapable de réfléchir. Ah ! Si seulement sa tête cessait de bourdonner... elle pourrait alors se concentrer, songea-t-elle, l'esprit confus.

Repoussant doucement Jason qui tentait de la bercer, elle se redressa fièrement et sortit tranquillement de la pièce. Sans tenir compte du coup d'œil choqué que lui lança le majordome, elle traversa le hall avec assurance en portant toute son attention sur chaque pas qu'elle faisait. Tel un animal blessé, elle monta l'escalier et se rendit à sa chambre.

Dans ce refuge frais, elle réalisa soudain que le goût désagréable qu'elle avait dans la bouche était celui du sang. Sa lèvre coupée commençait à enfler et à lui élancer. Solennellement, comme une enfant punie, elle se déshabilla et grimpa dans son lit. Elle n'avait plus qu'une seule pensée à l'esprit : dormir... dormir et ne pas rêver. Avec reconnaissance, elle tomba dans un profond sommeil.

Dans son bureau silencieux comme une tombe, le regard vague, Jason gagna une table sur laquelle reposait une carafe en cristal. Il se versa un grand verre d'un whisky corsé qu'il but d'une traite. Mais l'alcool ne parvint même pas à chasser par son feu le remords et la honte qui ravageaient son corps.

Qu'est-ce qui n'allait pas entre eux ? se demanda-t-il. Seraient-ils éternellement destinés à se détruire ?

Il se servit alors un autre verre et fixa le liquide ambré d'un air songeur. Il n'avait pas eu l'intention de frapper Catherine. Dieu savait bien que non... Elle était la personne la plus importante de sa vie !

Alors, furieux de cet aveu maudit, le visage de marbre, il s'interrogea : comment diable avait-il pu laisser cette petite friponne s'emparer de son cœur ? Comment lui avait-il permis de prendre sur lui un pouvoir tel qu'elle le rendait presque fou de rage ?

Jason avala encore un peu de liquide, mais cette fois-ci plus lentement pour en savourer le goût. Légèrement calmé, il se mit à contrecœur à examiner certains aspects de l'attitude de Catherine, et un sourire sans gaieté traversa son visage. Qui sait ? S'il avait été une femme — que Dieu le pardonne ! — et s'il avait usé de tout ce dont se servent logiquement les femmes, il aurait peut-être agi de la même façon, reconnut-il brusquement.

Certes, il comprenait la fierté qui scellait les lèvres de Catherine au point de lui laisser croire ce qu'il voulait croire. Combien de fois avait-il regardé par-delà l'apparence de sa femme ? Il se demandait fréquemment pourquoi elle agissait comme elle le faisait mais y avait-il un jour réfléchi plus attentivement pour en rechercher les raisons ? S'en était-il même soucié ? Au fil des minutes, il s'irritait de plus en plus contre lui-même.

Oh, diable ! A quoi bon ? A quoi servirait-il de le savoir ? s'interrogeait-il. « A rien... A rien si tu ne mets pas tes conclusions à profit ! » se gaussa une petite voix dans son cerveau.

D'un geste las, il se passa une main sur le visage, envahi par l'amertume. Il avait tout pour être le plus heureux des hommes : une belle épouse, un fils en bonne santé, la jeunesse et la richesse. Et pourtant, quel gâchis ils en avaient fait ! Elle, en se conduisant de façon stupide et entêtée ; lui, en s'imaginant qu'il pouvait s'emparer impunément de tout ce qui lui plaisait.

Son rire dur rompit le silence. Juste ciel ! Il ne commettrait plus jamais cette erreur !

De longues heures plus tard, ayant surmonté sa douleur, il se pencha sur l'avenir : mais celui-ci lui parut aussi sombre que le passé. Incapable de supporter le silence et les pensées qui le torturaient, il quitta finalement la pièce. Comme poussé par une force dominatrice, il se dirigea instinctivement vers la chambre où dormait Catherine.

Jason resta quelques minutes à contempler le visage de sa femme que le sommeil adoucissait et il blêmit en voyant l'inflammation qui décolorait une joue sans défaut et sa lèvre fendue et enflée. Comment avait-il pu lui faire cela ? Au lieu de se laisser emporter par une rage folle, pourquoi ne l'avait-il pas écoutée ? Pourquoi avait-il refusé d'arrêter là leur dispute ?

« A cause de ma fierté... Ma fierté blessée par les agissements de Catherine ! Et en raison de mon caractère, reconnut-il. Peu importe ce que je fais, elle seule semble avoir la faculté de me faire sortir de mes gonds ! »

Il n'était pas l'unique fautif ! Sous la colère, Catherine lui avait lancé des paroles blessantes. Elle avait jeté de l'huile sur le feu ! Ah, diable ! Leurs tempéraments les astreignaient tous deux à vivre comme des loups montrant les dents, ou des panthères malveillantes.

Il sourit tristement et ses yeux se remplirent de tendresse en parcourant lentement les traits de Catherine. Si par bonheur ils parvenaient un jour à maîtriser leurs caractères enflammés, ils réussiraient alors peut-être leur union !

Jason fit courir lentement ses doigts sur le visage de son épouse, comme si, par ce geste, il pouvait effacer les souvenirs du violent conflit qui venait de les opposer. A ce contact, Catherine ouvrit les yeux et Jason se noya quelques secondes dans les étangs améthyste.

Catherine était tombée dans une sorte de coma. Sa conscience miséricordieusement assoupie, son cerveau n'avait toutefois pas cessé de chercher une solution à leur tout dernier affrontement. De cette multitude de réflexions, une chose avait émergé : la certitude qu'ils ne pouvaient plus continuer d'emprunter ensemble ce chemin autodestructeur. Dans son sommeil, elle s'était remémoré les paroles prononcées par Jason la nuit de leur mariage et ce rappel lui martelait, lui vrillait l'esprit.

Jason avait jadis souhaité qu'ils tentent de bâtir quelque chose à partir des événements fâcheux qui les avaient unis... rien que pour engendrer un héritier... Avant même que Jason ne la touchât, elle se mit à combattre les profondes vagues de sommeil qui l'engloutissaient. Une pensée prédominait dans son esprit : cette fois-ci, c'était à elle de demander qu'ils essayent de surmonter les différends qui mettaient leurs vies en lambeaux.

Rêvait-elle ? Etait-ce un fruit de son imagination ? Il était penché sur elle, un triste sourire aux lèvres, et lui caressait doucement le visage !

Elle le contempla avec étonnement, surprise par la tendresse qui resplendit brièvement dans les yeux verts avant de disparaître. Ce sentiment à peine entrevu l'incita à proposer d'une voix grave :

— Jason, vous m'avez demandé une fois de vous aider à faire quelque chose de la situation dans laquelle nous nous trouvions. Je vous supplie maintenant de m'aider ! Je ne peux supporter de continuer à vivre ainsi. Et si vous ne pouvez pas ou ne voulez pas essayer, alors dans ce cas, laissez-moi partir !

« Partir ? Où ? Chez ton amant ? » rétorquait en silence et avec hargne une partie de lui-même. Mais, au souvenir de ce qui venait de se produire, Jason ravala sa jalousie, s'assit sur le lit aux côtés de sa femme, lui prit les mains qu'il retint légèrement entre les siennes et répondit pensivement :

— Je le voulais alors et n'ai pas changé d'avis depuis. D'autres se sont trouvés, comme nous, mariés à de parfaits étrangers et ont réussi à survivre et même à obtenir une certaine dose de bonheur. Je ne vois pas pourquoi nous n'y arriverions pas nous aussi !

Un sourire trembla sur les lèvres de Catherine.

— Ces couples avaient-ils des tempéraments comme les nôtres ?

— Probablement pas ! Mais, puisque nous savons tous deux que les nôtres explosent facilement, essayons de nous montrer plus compréhensifs à l'avenir ! répliqua-t-il d'un ton léger, un large sourire adoucissant soudain ses traits durs.

L'honnêteté le contraignit à ajouter :

— Si je t'avais écoutée plus tôt et si j'avais attendu d'avoir acquis un semblant de bon sens, nous n'en serions pas venus aux mains. Cette fois, tout le blâme m'incombe... malgré l'énormité de la provocation !

Une lueur moqueuse dansa un instant dans ses yeux, puis disparut et il s'enquit abruptement :

— Comment as-tu pu me cacher la naissance de notre fils ?

Catherine examina longuement son visage avant d'avouer douloureusement :

— Je ne pensais pas vous revoir un jour et croyais que vous étiez en train de divorcer de moi, ce qui me semblait la meilleure solution pour nous deux. Mais je vous l'aurais appris à *Bella Vista* si vous ne vous étiez pas montré si impérieusement certain que Nicolas n'était pas de vous.

Observant la dureté qui envahissait le visage de son mari, elle poussa un minuscule soupir et ajouta avec ténacité :

— Jason ! J'ai autant de fierté que vous... de plus, vous m'accusiez de choses horribles. Je ne pouvais pas vous dire la vérité à ce moment-là, pas plus que je ne peux nier aujourd'hui que Nicolas est votre fils.

Jason se força à sourire. Puis il lâcha les mains de Catherine et se leva.

— Je ne vous ai pas encore remerciée, madame, pour mon fils. Je le fais donc maintenant. La tournure que prennent les événements aujourd'hui est peut-être un bienfait. J'envisage, certes, de mieux connaître Nicolas et...

Sa voix prit une tonalité intime et ses yeux, franchement amoureux, errèrent sur les lèvres de sa compagne avant qu'il ne poursuive :

— J'ai également l'intention de me rendre excessivement agréable à sa mère !

31

De plus en plus soulagée, Catherine suivit des yeux Jason qui sortait de la chambre. Il savait que Nicolas était son fils ! Lui cacher la vérité avait pesé sur elle et ce secret fardeau de culpabilité la quittait maintenant.

Le cœur curieusement léger, elle s'habilla pour le dîner en prenant un soin particulier à sa toilette. Une application de poudre de riz aida à dissimuler la plus grosse partie du bleu sur sa joue et une série de compresses froides réduisirent l'enflure de sa lèvre sans pour autant en retirer la sensibilité.

Elle choisit soigneusement une robe décolletée en soie bronze et surveilla d'un œil critique Jeanne qui la coiffait d'un chignon avec de minuscules boucles. Quelques touches d'un parfum exquis de chez Houbigant complétèrent l'ensemble. Elle était prête pour affronter son mari !

Son cœur martelait sa poitrine, son sang galopait dans ses veines tandis qu'elle descendait l'escalier blanc et s'avançait vers le grand salon. En ouvrant la porte, elle éprouva quelque chose qui oscillait entre l'ivresse et la crainte étouffante d'avoir rêvé la scène de tout à l'heure dans sa chambre.

Mais elle n'avait pas rêvé. Détendu et confiant, Jason s'approcha d'elle avec empressement au moment où elle pénétrait dans la pièce. Vêtu de sa veste écarlate et de sa chemise en dentelle tuyautée dont la blancheur faisait ressortir son visage basané, il était d'une beauté à couper le souffle et Catherine se sentit bouleversée.

Durant la soirée, Jason traita son épouse avec une courtoisie et une galanterie qui balayèrent tout ce qui restait de leurs discussions antérieures. Pendant le dîner et après, lorsqu'il l'accompagna en haut de l'escalier, Catherine fut convaincue qu'il percevait son émotion à la pensée de ce qui risquait d'arriver sous peu. Mais quand ils atteignirent la porte de la chambre de Catherine, Jason s'inclina poliment et poussa doucement sa femme dans la pièce où elle se retrouva seule. Etonnée, elle tint plusieurs secondes les yeux fixés sur la porte fermée et sa perplexité augmenta lorsqu'elle entendit la porte de la chambre de Jason se fermer calmement.

Pensive, elle se laissa déshabiller par Jeanne qui l'avait attendue. La femme de chambre défit également ses boucles. Ces soins apaisèrent Catherine. Lorsque les longues mèches brillantes ondulèrent sur ses épaules comme un manteau de satin noir, Jeanne s'arrêta et demanda la permission de se retirer. L'instant d'après, Catherine se retrouvait seule, le corps à peine dissimulé par une chemise de nuit en fine soie couleur flamme.

Seules quelques chandelles éclairaient la pièce. Le cœur en émoi, Catherine attendait l'ouverture de la porte à deux battants qui la séparait de son mari. Maintenant qu'il la savait seule, Jason viendrait sûrement. Mais, au fil des minutes, elle devina à regret qu'il ne rechercherait pas son lit cette nuit. Déçue, nettement frustrée, elle se glissa entre ses draps, l'esprit préoccupé par l'absence incompréhensible de son mari.

Le sommeil la surprit enfin sans lui apporter toutefois de réponse à cette attitude bizarre.

Le lendemain, les yeux pleins de curiosité, elle rejoignit Jason pour le petit déjeuner. Se souvenant douloureusement que son humeur pouvait rapidement changer, elle s'attendait presque à être reçue par l'étranger froid et arrogant qui l'irritait tant. Mais il l'accueillit au contraire avec un sourire chaleureux et caressant lorsqu'il l'aida à s'asseoir à la table. Il entretint également une conversation agréable durant le repas. A la fin, comme si ce geste lui était coutumier depuis des années, il déposa un baiser désinvolte sur le bout du nez de sa femme avant de partir pour les champs.

Intriguée au plus haut point, Catherine garda les yeux fixés sur le dos de Jason qui s'éloignait. A quel jeu jouait-il maintenant ? se demandait-elle.

Au cours des jours suivants, elle réfléchit sans cesse à cette question jusqu'à ce que l'idée lui vînt que Jason attendait peut-être qu'elle fît elle-même les premiers pas pour rétablir entre eux des liens intimes. Cette supposition la perturba à l'extrême. Tout d'abord hésitante, elle mit sa théorie à l'épreuve par petites étapes.

Au bout de quelques jours, elle reconnut qu'elle ne s'était pas trompée. Lorsqu'elle souhaitait la compagnie de son mari, il lui suffisait pour l'obtenir de murmurer : « Comme je m'ennuie seule ici à longueur de journée ! »

Instantanément, dissimulant un sourire, Jason lui répondait automatiquement : « Que la cuisinière remplisse un panier ! et joins-toi à moi aujourd'hui. On s'échauffe mais cela te plaira peut-être de nous regarder travailler plutôt que de surveiller Nicolas ! »

Ils passaient donc ensemble de nombreuses heures dans une ambiance agréable. A midi, Jason s'arrêtait. Ils s'éloignaient tous deux vers un coin tranquille où ils mangeaient en tête à tête l'excellent repas préparé par la cuisinière. Puis, gorgé de ce petit festin, Jason posait sa tête sombre sur les genoux de Catherine et ils parlaient de tout et de rien comme de bons amis. Voilà comment évoluaient leurs rapports. Jason semblait toujours choisir comme tâche pour la journée ce qu'elle souhaitait. Il lui suffisait de suggérer qu'elle aimerait son aide ou son avis pour telle ou telle chose pour qu'immédiatement et sans hésitation Jason satisfît son caprice.

Quand on le lui demanda, Jason, de lui-même, indiqua que le lourd bureau en chêne qui se trouvait dans la chambre de Catherine ferait mieux dans son bureau à lui. Pour le remplacer, il dénicha un secrétaire féminin délicatement ouvragé. Il exhuma également une voiture ouverte à bonne suspension qu'il réserva à l'usage personnel de sa femme et il se chargea même, en maîtrisant des remarques cinglantes avec une admirable retenue, de lui apprendre à conduire les chevaux fougueux qui tiraient l'attelage.

Les jours s'écoulaient dans une exaltante incertitude pour Catherine. Elle devenait sans cesse plus hardie, allant même jusqu'à présenter à Jason ses lèvres en quête d'un baiser les jours où elle ne l'accompagnait pas. La première fois qu'elle lui offrit sa bouche, il n'hésita qu'un instant avant de l'embrasser beaucoup plus profondément qu'elle ne s'y attendait. Quand, sous la chaleur de ce baiser, elle avait élargi les yeux de surprise et s'était contrainte à s'éloigner, il l'avait embrassée à nouveau — un baiser dur qui la laissa pantelante.

A dater de ce matin-là, sans attendre qu'elle fît le premier mouvement, Jason l'embrassait pour un lent au revoir ; un étrange sourire brisait alors la dureté de ses traits. Elle avait parfois l'impression inquiétante qu'il riait d'elle en secret. Mais, d'un mouvement de tête provocant, elle continuait à parcourir prudemment le chemin qu'ils empruntaient maintenant ensemble.

Jason ne dissimulait pas le ravissement qu'il éprouvait à la vue de son fils, et cela ajoutait au bonheur de Catherine. Lorsqu'ils observaient ensemble un exploit particulièrement amusant ou étonnant qu'accomplissait Nicolas, leurs yeux se rencontraient avec émotion. En ces occasions-là, Catherine sentait son cœur éclater de joie. La maison semblait irradier d'un bonheur croissant et l'on entendait maintenant fréquemment le rire joyeux de Catherine souvent suivi d'un rire plus grave, preuve que Jason s'amusait.

Deux nuages assombrissaient toutefois l'horizon de la jeune femme : d'abord, elle était encore indécise sur les sentiments qu'éprouvait Jason ; lorsqu'elle dormait, les paroles qu'il avait adressées à Elizabeth hantaient ses rêves heureux. Le second nuage qui la désolait était de dormir seule. Elle voulait son mari et elle le voulait dans son lit ! La pensée la torturait parfois qu'il ne la désirait plus de cette façon ; alors, elle se retournait misérablement entre ses draps, le corps enflammé de désir. « Ah ! Qu'il ouvre donc d'un coup de pied cette porte qui sépare nos chambres et qu'en me faisant frénétiquement l'amour, il abatte le dernier obstacle entre nous ! »

Un soir, avant de s'habiller pour le dîner, elle foudroya du regard cette porte et s'agita avec colère sur le tabouret de sa coiffeuse. Soudain, ses yeux se rétrécirent. Puisqu'il ne venait pas à elle, elle irait à lui !

Elle mit longtemps à choisir une robe simple mais de coupe provocante en soie lavande et passa plus de temps encore à se décider sur le négligé qu'elle revêtirait ensuite. Après avoir écarté presque tous les vêtements de nuit qu'elle possédait, elle choisit une robe rose très foncé, qu'elle posa respectueusement sur son lit avec un sourire satisfait.

Pour sa coiffure, elle demanda à Jeanne de lui passer simplement dans les cheveux un large ruban en velours vert fougère. Elle donna ensuite sa soirée à Jeanne puis s'avança d'un pas de plus en plus déterminé à la rencontre de Jason qui l'attendait pour dîner. Elle se sentait belle dans la robe lavande qui épousait étroitement son corps élancé, et ses seins débordaient du corsage de façon attrayante. Elle remarqua plus d'une fois le coup d'œil qu'il lança sur ses hanches minces ainsi que sur sa poitrine. Elle se conduisit de manière excessivement provocante en se penchant vers lui lorsqu'il lui offrit son bras pour la mener à la salle à manger. Un frisson la parcourut lorsqu'elle sentit la légère tension qui envahissait le corps de son compagnon à son contact. Il la désirait ! Elle en était maintenant certaine. Une lueur malicieuse au fond des yeux, elle passa toute la soirée à le séduire.

Comme le temps passait, elle vit que la moue sensuelle de Jason devenait de plus en plus prononcée et que les feux qui étincelaient dans ses yeux brûlaient plus vivement.

Elle crut une douzaine de fois qu'il allait tout écraser sur son passage pour la prendre rapidement dans ses bras ; une douzaine de fois, il réprima ce mouvement involontaire. Tel un chaton jouant entre les griffes d'un tigre, elle l'agaçait. Mais aucune des ruses qu'elle employa ne vint à bout de la rigide maîtrise de soi qu'il s'imposait.

Lorsqu'elle se prépara à monter seule l'escalier qui menait à sa chambre, il donna pour la première fois un signe encourageant. Il l'escortait habituellement jusqu'à sa porte, mais, ce soir-là, il ne fit aucun geste pour l'accompagner. Elle attendit, indécise, car elle ne voulait pas le laisser seul en bas et se sentait trop embarrassée pour lui demander de l'accompagner. Devant son apparente incertitude, Jason lui murmura, un sourire errant sur ses lèvres pleines :

— Tu trouveras bien ton chemin toute seule ce soir, n'est-ce pas ?

— Ne montez-vous pas, vous aussi ? questionna-t-elle, incapable de dissimuler son désappointement.

— Pour une raison qui m'est personnelle, mon lit solitaire ne m'attire pas outre mesure. Or, comme je ne tiens pas à bouleverser l'harmonie qui existe entre nous, je préfère rester ici un moment.

— Oh ! s'écria-t-elle, déçue.

Puis, poussée par le souvenir du déshabillé rose qui reposait sur son lit, elle demanda timidement :

— Resterez-vous longtemps en bas ? Je... je...

Les mots moururent dans sa gorge et elle fixa Jason en silence, inconsciente de l'appel muet que lançaient ses yeux violets.

Jason posa son verre et s'avança vers elle d'un pas prudent. Avec lenteur, pour lui donner tout loisir de s'enfuir, il l'attira dans ses bras et ses lèvres trouvèrent la bouche de Catherine. Ils restèrent enlacés d'interminables secondes et elle oublia tout sauf le bonheur qui la submergeait. Alors, Jason l'écarta brusquement de lui et la poussa vers l'escalier en lui expliquant d'un ton bref :

— Je ne suis pas un garçon qu'on peut exciter et auquel on se refuse ensuite. Si tu restes une minute de plus avec moi, je crois bien — oui, je crois très nettement — que je relèverai ta jupe et te prendrai ici même, sur l'escalier ! Bonne nuit !

Quand il pivota pour revenir d'un pas irrité dans le salon, Catherine rassembla tout son courage et laissa échapper :

— Je ne cherche pas à vous séduire !

Jason se raidit, fit demi-tour pour se trouver face à elle et ses yeux verts étincelèrent. Les genoux de Catherine faiblirent subitement. Ils restèrent les yeux dans les yeux quelques secondes puis Jason dit :

— Je serai en haut dans quelques minutes. Si tu me veux, je me tiendrai dans ma chambre !

Et il s'éloigna.

Son sang courant plus vivement dans ses veines, Catherine monta l'escalier à toute vitesse. Une fois dans sa chambre, elle arracha sa robe. Ses mains tremblaient lorsqu'elle l'abandonna en un tas près du lit et qu'elle couvrit, à la hâte, son corps nu du négligé rose. Elle se contempla ensuite avec inquiétude dans le miroir et ses yeux se dilatèrent lorsqu'elle vit à quel point la robe était transparente. On apercevait nettement le contour de ses petits seins à la pointe corail ainsi que le triangle foncé entre ses jambes. Perdant subitement toute confiance en elle, elle faillit changer d'avis mais elle entendit le déclic indiquant que Jason fermait sa porte. La gorge serrée, elle sut qu'elle allait devoir ouvrir cette porte haïssable qui les séparait. Elle attendit nerveusement en changeant d'avis une bonne douzaine de fois.

Jason lui avait clairement dit que tout changement dans leurs rapports ne viendrait que d'elle. Tremblante, Catherine s'avança donc, hésita une seconde, releva ensuite bravement la tête en prenant une profonde inspiration et ouvrit la porte.

Seule la flamme vacillante d'une bougie posée près du lit éclairait la pièce. Inconsciente du fait que la lumière plus forte qui provenait de sa chambre accentuait la transparence de sa robe, Catherine s'arrêta, indécise, sur le seuil, le corps baigné de rose, ses longs cheveux noirs ondulant jusqu'à la taille.

Un mouvement près du lit retint son attention. Ses yeux scrutèrent la pénombre et son sang se glaça immédiatement. Figée, elle suivit du regard Jason qui se levait lentement du lit sur lequel il était allongé. Seuls ses yeux trahissaient la tension qu'il éprouvait.

Comme Catherine ne tentait plus de franchir l'espace qui les séparait, Jason s'avança sans se presser, les yeux illuminés d'une douce moquerie.

— Hmmm... A quoi dois-je cet honneur ?

Mais la langue de Catherine resta collée à son palais car elle devinait que son mari était nu sous sa robe de chambre en soie verte. D'un regard amusé, Jason parcourut nonchalamment sa silhouette et ses yeux s'attardèrent sur les ténèbres entre ses cuisses blanches. Son amusement disparut subitement.

Il saisit alors les épaules de sa femme, l'attira brutalement à lui et murmura d'une voix enrouée :

— Tu es venue à moi aujourd'hui. Mais si je te fais l'amour cette nuit, cette satanée porte ne pourra plus t'offrir de protection à l'avenir !

En silence, elle lui retourna son regard, les sens inondés de délices en sentant les mains de son mari autour de son corps. L'attente lui donnait le vertige. Elle le voulait sincèrement, à un point tel qu'elle frémissait de désir :

— Oh ! Taisez-vous, Jason ! s'écria-t-elle d'un ton sec qui dénotait une certaine colère.

Puis elle s'abandonna contre lui en chuchotant :

— Taisez-vous et faites-moi l'amour !

Un rire assourdi accueillit sa demande. Jason la souleva dans ses bras et porta son corps impatient vers le lit, sa bouche capturant celle de sa femme. Cette fois, il n'eut pas à déchirer la robe de Catherine car elle s'en défit elle-même avant d'entourer de ses bras soyeux le cou de son mari et de presser violemment son corps contre la dureté musclée de son compagnon. Elle avait faim de lui et le lui fit savoir en usant de toutes ses connaissances. Ses mains explorèrent le corps de Jason avec une assurance croissante tandis que la bouche et les doigts de son mari effleuraient la douceur albâtre de son corps. Comme pour la punir de ne pas être venue plus tôt à lui et d'avoir laissé la porte fermée entre eux, Jason joua de ses sens comme un maître d'un instrument et ses caresses annihilèrent bientôt la réticence naturelle de son épouse.

Telle une traînée de feu, la bouche de Jason descendit lentement le long de son cou, s'arrêta sur ses seins fermes qui se soulevaient pendant que ses doigts parcouraient son ventre plat pour atteindre la douceur attirante de ses cuisses. Catherine gémit quand il la toucha enfin et elle se sentit submergée de plaisir lorsque ses doigts commencèrent à bouger au rythme de son corps. Mais elle voulait plus encore ! Exigeante, elle se mit à caresser le large dos de son compagnon au rythme de son désir jusqu'à ce qu'il lui murmurât, en étouffant un rire :

— Très bien, petit démon ! Très bien !

Il s'enfonça profondément entre ses jambes, son rire disparut et la violente émotion qui déchirait son corps le secoua, tandis que la passion qui croissait en Catherine rencontrait la sienne. Pressant le corps de sa femme contre le sien, sa bouche brûlante contre la sienne, Jason se retenait volontairement. Il augmenta délibérément le plaisir qu'il donnait jusqu'à ce que Catherine oubliât tout sauf l'extase qui la frappait. Lorsqu'il sentit le corps de Catherine se convulser sous l'accomplissement de leur acte, il se permit alors d'exploser de plaisir.

Assouvie, bercée dans les bras de son mari, Catherine faisait amoureusement courir ses mains sur son visage, explorant les traits bien-aimés, les sourcils de Jason, arrogants, puis son nez. Elle toucha ensuite sa bouche — une bouche sensuelle ! — et ses doigts en tracèrent le contour.

Il souriait, elle s'en rendait compte malgré l'obscurité. Se rappelant comme il pouvait la conduire sur les chemins de la passion aveugle, incohérente, elle rougit, heureuse qu'aucune lumière ne vienne trahir son embarras. Ils ne se parlaient pas, mais comme s'il éprouvait la gêne qui naissait si souvent ensuite, Jason attira Catherine plus près de lui et le corps de la jeune femme se moula inconsciemment au sien. Puis il captura d'une main ses doigts errants dont il embrassa les extrémités avant de murmurer :

— Je ne pensais absolument pas que tu allais ouvrir cette satanée porte ! Et j'ignorais pendant combien de temps encore je parviendrais à me retenir. C'est regrettable à admettre, mais si tu n'étais pas venue à moi ce soir, j'aurais recouru à la domination du mâle pour te forcer à m'accepter... je te remercie de t'être faite l'alliée de mon moi intime, ajouta-t-il en riant doucement.

Catherine se raidit, mais Jason roula sur son corps qu'il emprisonna sous le sien et lui caressa l'oreille en chuchotant :

— Chaton, chaton ! Ne me combats plus maintenant. Nous avons parcouru une si longue route qu'il serait triste de tout gâcher simplement parce que je ne peux résister à te taquiner.

Comme lutter contre lui était le dernier de ses vœux, Catherine resserra ses bras autour de lui et ils oublièrent tout sauf eux-mêmes car les feux du désir recommençaient à brûler.

A dater de cette nuit-là, leurs rapports prirent une nouvelle tournure et il y eut peu de nuits qui ne les trouvèrent pas enlacés, dans les bras l'un de l'autre, leurs jeunes corps exprimant tout ce que des paroles ne pouvaient dire. Et là, dans l'obscurité, Jason enseignait chaque nuit à Catherine une nouvelle façon de lui procurer du plaisir ; il lui montrait également toutes les manières dont un homme peut satisfaire une femme.

Presque folle de joie, Catherine accueillait avec joie chaque jour qui commençait et qui lui apportait un bonheur croissant : « Bientôt, bientôt ! » chantait le sang dans ses veines... bientôt il admettrait qu'il l'aimait. Elle serait alors la femme la plus heureuse du monde ! Néanmoins l'incertitude lui donnait parfois la chair de poule et elle attendait avec impatience le jour où elle pourrait lui demander la signification des paroles odieuses qu'il avait lancées à sa cousine. Elle effaça volontairement de son esprit l'idée que Jason, conformément à son explication, se souciait uniquement de procréer un autre enfant.

Mais ce bonheur tranquille qui augmentait au fil des jours se brisa soudainement en morceaux.

Il faisait chaud et lourd ce matin-là ; Catherine en souffrait. Sa robe légère en toile blanche ne parvenait même pas à adoucir la moiteur qui semblait se former dans l'air humide. Elle sentait ses cheveux coller à ses tempes et souhaitait vivement l'apparition à l'horizon des nuages noirs, prémices d'un orage. Une averse rafraîchirait momentanément l'atmosphère.

Dans la véranda du rez-de-chaussée, assise dans un fauteuil à dossier canné, Catherine fixait distraitement par-dessus la pelouse verte des bouffées de fumée blanche qui dérivaient paresseusement sur les pins vert foncé. Soudain, Jason accourut à bride abattue en compagnie de l'équipe occupée à défricher une portion de terrain près de l'extrémité nord de la plantation.

Un pli dur au coin de la bouche, Jason descendit de cheval, jeta les rênes à l'un des hommes et aboya :

— Rentrez les chevaux et rentrez vous-mêmes. Vous savez ce que vous avez à faire.

Etonnée, Catherine suivit des yeux les hommes qui chevauchaient rapidement en direction des écuries. A grandes enjambées, Jason s'empressa de monter les marches du perron avant d'ordonner d'un ton sec en voyant sa femme :

— Catherine, rentre à l'intérieur et restes-y !

Piquée au vif, elle se leva promptement et s'écria d'un ton fier :

— Parfait ! Je te demande pardon !

Les traits de Jason se détendirent instantanément et il reprit plus doucement :

— Chaton, ne discute pas. C'est important. Fais simplement ce que je te demande.

La colère de Catherine s'évapora et elle obéit immédiatement. A peine était-elle entrée dans la maison que les épouses et les enfants des travailleurs arrivèrent dans le patio. Embarrassée à l'extrême, la jeune femme les regarda fixement jusqu'à ce que Sara, une des épouses, lui expliquât :

— Nous venons toujours à la grande maison lorsque l'on attend des troubles. Il est plus facile de défendre un seul endroit que plusieurs. De plus, M. Savage a toujours beaucoup de provisions en réserve pour faire face à n'importe quel cas d'urgence.

Tout le monde, à l'exception de Catherine, paraissait savoir exactement ce que l'on attendait. Une crainte soudaine et inexplicable la poussa brusquement à aller vérifier si Nicolas se trouvait bien en sécurité. Après avoir jeté un regard distrait aux femmes, elle monta précipitamment l'escalier. Nicolas dormait profondément. Les yeux dilatés par la crainte, Sally s'assit près du berceau en jurant de protéger l'enfant endormi, au péril de sa vie si besoin était. Incapable de demeurer calme, Catherine redescendit au rez-de-chaussée, et trouva Jason qui arpentait le hall, une longue carabine sur l'épaule et un pistolet passé dans son ceinturon.

— S'agit-il des Indiens ? ne put-elle s'empêcher de demander avec nervosité.

— Non ! Et comme je le regrette ! Ecoute, chaton : je ne crois pas qu'il y aura beaucoup de troubles ; de plus, mes hommes sont armés et en place. Mais, au cas où il y aurait des coups de feu échangés, reste là-haut avec Nicolas et éloignez-vous des portes et des fenêtres. Promis ?

La gorge nouée, Catherine approuva de la tête sans prononcer un mot. Mais elle savait pertinemment qu'au moindre danger, elle tenait à se trouver aux côtés de Jason — et non pas enfermée là-haut en compagnie de femmes en pleurs et l'esprit préoccupé par le sort de son mari.

Entendant des cavaliers approcher, Jason l'empoigna brusquement, pressa un baiser sur sa bouche et la poussa vivement vers l'escalier avant de s'avancer à l'extérieur. Catherine le fixa, stupidement. Puis, avec un gémissement de crainte — crainte pour lui et non pour elle-même —, elle traversa le hall à toute vitesse pour regarder dehors.

Une troupe d'une trentaine d'Espagnols environ, dans des uniformes rendus mous par la chaleur, était rassemblée devant la maison. Davalos tenait la tête de cette colonne.

— Ainsi, *amigo*, nous nous rencontrons à nouveau, dit-il à Jason en guise d'accueil avec un sourire désagréable.

L'ombre profonde que jetait le toit en surplomb sur la véranda dissimulait partiellement Jason. Ignorant les paroles de Davalos, il demanda d'une voix calme :

— Que veux-tu, Davalos ?

De plus en plus souriant, Davalos commençait à descendre de selle lorsque le bruit de plusieurs carabines dissimulées dont on armait le chien le contraignit à se remettre lentement sur sa monture tout en regardant attentivement autour de lui pour découvrir d'où l'ennemi le menaçait.

Alors, Jason reprit doucement :

— Tu devrais te montrer plus raisonnable et ne pas chercher à me prendre par surprise. Les limites de mon territoire sont grandes, mais quelques minutes m'ont

suffi pour apprendre que tu traversais *Terre du Cœur*.
Voilà des semaines que je t'attends. Pourquoi as-tu mis
tant de temps ? Afin de rassembler ton courage pour
m'affronter ? Avais-tu peur que je ne te tue dès que je
t'aurais aperçu ?

— Je trouve ton hospitalité bien médiocre, grommela l'Espagnol.

— Tu as raison, *mon ami* ! Je te suggère de continuer ton chemin. Il n'y a rien pour toi à *Terre du Cœur*
— pas même la courtoisie que l'on offre habituellement. Je déteste la présence de serpents dans ma
maison !

Davalos se raidit, son visage arbora une expression
méchante et sa main descendit inconsciemment vers le
pistolet qu'il portait au côté. Catherine blêmit soudain
au déclic du chien de la carabine de son mari, qui suivait lentement mais précisément les mouvements de
Davalos. « Ô Dieu ! Faites que Jason ne soit pas tué ! »
supplia-t-elle en silence. Puis, avec détermination, elle
courut jusqu'au bureau de son mari, arracha une carabine de la vitrine et la chargea d'une main tremblante.
Elle revint ensuite rapidement à son poste d'observation d'où elle remarqua que rien n'avait changé pendant
ses quelques secondes d'absence.

Elle examina attentivement la scène qui se déroulait
sous ses yeux, une seule idée à l'esprit : si Davalos tirait
sur son mari, il ne vivrait pas suffisamment pour goûter
son triomphe. Sa carabine braquée sur la poitrine de
l'Espagnol, elle attendit que quelqu'un rompît ce
silence éprouvant pour ses nerfs tendus.

Lorsque Davalos poussa soudain un rire sarcastique,
elle resserra douloureusement ses doigts sur la détente
et se pencha en avant pour entendre les paroles furieuses que prononçait l'intrus.

— Parfait, *amigo* ! Tu as encore gagné, mais tu ne
seras pas toujours prêt ! Qui sait : à ma prochaine apparition, tu ne t'y attendras peut-être pas ! Tu as eu de la
chance cette fois-ci, mais il n'en sera pas toujours de

même. Souviens-toi que *Terre du Cœur* est très loin de La Nouvelle-Orléans !

Souriant froidement, Jason reconnut le bien-fondé de cette affirmation.

— Tu as absolument raison. Mais ne me menace pas trop, Blas, sinon je te descendrai comme un sale chien et accepterai les risques auxquels je m'exposerai devant les autorités. Quel procès intéressant : mes hommes témoignant contre les tiens ! Je me demande lesquels le jury croira ? Mais cela ne changera pas grand-chose pour toi car tu seras mort, n'est-ce pas ? ironisa Jason.

Le visage sombre devant son impuissance, les dents découvertes par un rictus cruel, Davalos ricana :

— Cette fois, tu as de la chance, mon ami. Ne me laisse pas te prendre au dépourvu à l'avenir !

Avec effroi, Catherine comprit que si Davalos avait surpris les hommes pendant qu'ils travaillaient dans les champs ou pendant que Jason se trouvait seul avec elle et les serviteurs dans la maison, cette rencontre se serait terminée de façon très différente. Oui ! Ils avaient eu de la chance aujourd'hui ! Un sombre pressentiment l'envahit alors qu'elle surveillait la colonne d'Espagnols qui faisait demi-tour et s'éloignait... Ils reviendraient... Elle le savait !

Jason entra rapidement dans la maison, ce qui interrompit ses pensées tournées vers l'avenir. Jetant sa carabine à terre, elle se précipita dans ses bras.

— Oh, Jason ! J'avais tellement peur pour toi. Que voulait-il ?

— Ce n'était rien, ma petite. Ce bravache de Davalos est persuadé que je possède quelque chose qu'il convoite, murmura-t-il dans les cheveux de Catherine qu'il tenait étroitement serrée contre lui.

— Et tu l'as ? questionna-t-elle en regardant intensément son mari.

Le visage de Jason perdit sa dureté et il sourit légèrement avant de hocher négativement la tête.

— Non. Mais cela ne l'empêchera pas de poursuivre ses tentatives pour s'en emparer. Tôt ou tard, je devrai le tuer ! Dieu sait que j'aimerais l'éviter ! Un homme peut supporter beaucoup de choses, mais jusqu'à un certain point seulement, or Davalos va bientôt dépasser les bornes !

Cette constatation dissimulait une détermination glacée qui n'échappa pas à Catherine. Le visage de Jason garda un moment sa dureté et son implacabilité. Catherine s'accrocha encore plus étroitement à lui comme si la chaleur de son amour pouvait éloigner ce côté terrible qu'elle devinait chez lui.

Comprenant instinctivement que Jason s'était presque réjoui de cette confrontation, Catherine lui demanda abruptement :

— Puisque tu vas le tuer de toute façon, pourquoi ne pas l'avoir fait aujourd'hui, quand tu en avais l'occasion ?

— Parce que, mon furieux petit amour, tu risquais d'être blessée... sans mentionner une bonne vingtaine d'autres raisons. Davalos ne veut que moi et il me veut vivant ! Tant qu'il y aura de nombreux hommes armés alentour, Blas ruminera sa colère, puis il renoncera et partira.

— Comment en es-tu si sûr ? Rien ne prouve qu'il abandonnera aussi facilement !

Jason hésita un instant, puis, comme s'il venait de prendre une décision, il entraîna sa femme à travers le hall carrelé jusqu'à son bureau. Une fois dans la pièce, il se jeta sur un grand canapé en cuir, attira Catherine sur ses genoux et berça son corps contre le sien. Troublée, elle leva les yeux vers son visage basané. Exceptionnellement, la chaleur de ce corps si proche ne lui procura aucun réconfort.

Evitant ce regard interrogateur, Jason enlaça ses doigts aux siens, toute son attention apparemment absorbée par cette simple tâche. Ils tinrent tous deux les yeux baissés une seconde sur les fins doigts blancs mêlés aux doigts bruns plus puissants, puis Jason rompit cette tranquillité en expliquant lentement :

— Je dois me reporter quelques années en arrière pour que tu comprennes ce qui s'est passé aujourd'hui et pourquoi l'apparition de Davalos ne m'alarme pas.

Une expression sérieuse sur le visage, un petit sourire au coin de la bouche, Jason contempla pensivement le visage tourné vers le sien et commença calmement :

— Vois-tu, Blas et moi avons grandi ensemble — de façon intermittente. Je l'ai toujours connu et même si j'ai passé mon enfance entre *Beauvais* et *Greenwood*, la propriété de mon père en Virginie, nous restions néanmoins bons amis. Malgré mes années d'études à Harrow en Angleterre, nous demeurions camarades. Chaque fois que je revenais à *Beauvais*, nous retrouvions le fil de notre amitié aussi facilement que si nous nous étions quittés la veille. C'était une amitié naturelle, sans exigences. Blas traversa tout comme moi une série de malheurs.

Jetant à Catherine un regard légèrement embarrassé, il avoua :

— Lorsque j'étais beaucoup plus jeune, la situation entre mes parents me tourmentait beaucoup et continuellement. Blas avait des parents bienveillants et compréhensifs qui se consacraient l'un à l'autre... Je crains de l'avoir — de les avoir enviés.

Il s'arrêta, un pli lui barrant soudain le front. Catherine brûlait de le toucher pour l'effacer. Mais l'incertitude l'arrêta et elle attendit silencieusement la suite. Choisissant ses mots avec soin, Jason poursuivit :

— Je ne pense pas qu'il aurait changé si la famille de Blas n'avait pas perdu sa plantation ainsi que la plus grande part de la fortune familiale dans l'échec des récoltes d'indigo[1], il y a des années de cela. J'ignore si, dans le cas contraire, un changement se serait produit. En tout cas, tout devint terriblement différent pour eux

1. Indigo : plante dont on extrait une matière colorante bleue.

après la vente de la plantation. La majeure partie de l'argent issu de la vente servit à payer les dettes ; son père et sa mère retournèrent en Espagne. Je crois que quelques enfants plus jeunes les y accompagnèrent. Je sais que Blas avait des parents au Mexique car nous leur avions rendu visite une année.

Son visage blêmit une minute et Catherine comprit qu'il songeait à un Blas différent, plus jeune que celui qu'elle connaissait. Puis, Jason poursuivit d'une voix dure :

— L'armée avait toujours passionné Davalos et il eut dans un certain sens la chance d'obtenir son brevet d'officier avant la disparition totale de la fortune familiale. Mais c'est une chose d'être lieutenant dans l'armée espagnole avec une famille riche et influente derrière soi, c'en est une tout autre de devoir vivre uniquement avec la solde d'un lieutenant. Je sais que cela le froissait. Non seulement le manque d'argent l'ennuyait, mais il considérait comme un déshonneur personnel la faillite de la plantation.

Jason ramena son regard lointain sur le visage de sa femme et sourit légèrement.

— Je suis désolé de mettre un temps si long pour te raconter cela, mais tout ceci contribue à expliquer un peu sa personnalité. Vois-tu, ce fut seulement après la disparition de l'argent qu'il se mit à chercher d'autres moyens de récupérer ce qu'il avait perdu. Les méthodes qu'il employa dans ce but ne furent pas toutes droites et honnêtes. Il acceptait les pots-de-vin et usait du chantage plus que quiconque. Ces activités-là, et non la perte financière, lui aliénèrent tous ses vieux amis. Mais Blas ne le considéra jamais sous cet angle ; il se délectait à harceler ceux d'entre nous qui avaient survécu au désastre — presque comme s'il nous rendait coupables de ses propres infortunes. Il est vrai que nous avions de la chance à *Beauvais* car mon grand-père avait orienté ses récoltes vers la canne à sucre et le coton l'année qui précéda la dévastation des récoltes d'indigo par les insectes.

Jason sourit soudain à sa femme d'un air nonchalant qui serra le cœur de son épouse, et il se moqua :

— Nous, les Beauvais, sommes des hommes d'affaires très malins !

Sa voix reprit sa gravité lorsqu'il poursuivit :

— En fin de compte, Blas et moi commençâmes à nous affronter de plus en plus souvent jusqu'à ce qu'il ne restât même plus un semblant d'amitié entre nous. Blas aime mettre le passé sur le tapis mais nous savons tous deux que c'est fini. Du moins, il devrait le savoir ! Il y a deux ans, je me suis battu en duel avec lui et si j'avais été plus calme, je l'aurais tué. Il sait ce que j'éprouve pour lui !

Sentant son mari de plus en plus tendu, Catherine serra tendrement sa main. Jason lui jeta un coup d'œil, les yeux durcis par ces souvenirs désagréables. Elle attendait la suite, mais comme il se taisait, elle demanda prudemment :

— Qu'est-ce qui a provoqué ce duel ?

Devant sa question innocente, tout le corps de son mari se raidit.

— Cela ne te regarde pas ! Qu'il te suffise de savoir que nous nous sommes battus ! grogna-t-il d'un ton caustique.

Il n'avait pas voulu s'exprimer avec hargne ; mais le souvenir de la mort de Philip le rendait toujours un peu fou et il ne pouvait pas, même maintenant, se résoudre à en parler. Un jour, peut-être, il évoquerait pour elle le culte professé par un jeune garçon pour un être merveilleux, plus âgé et épris d'aventures. Mais pas encore — pas tant que la douleur causée par la mort de Philip restait une plaie encore ouverte.

Blessée par le ton de sa voix, Catherine se mordit la lèvre et répliqua :

— Je le demandais simplement ! N'en deviens pas désagréable pour autant !

Un sourire d'excuse traversa le visage de son mari qui l'étreignit davantage et tenta de l'apaiser :

— Ne te vexe pas ! Je n'avais pas l'intention de me comporter comme un ours... mais, parfois...

La phrase resta en suspens.

— Pourquoi Davalos est-il venu ici ? Pourquoi maintenant ? s'enquit froidement Catherine car l'excuse de Jason ne l'avait pas encore complètement adoucie.

— Je peux facilement répondre à ta seconde question. Je parie que sa troupe a été rappelée au Mexique. Or, que cela lui plaise ou non, Blas doit obéir aux ordres. Il a simplement allié travail et intérêt personnel en faisant un détour... un détour considérable qu'il couvrira aisément d'une excuse quelconque : il pourrait par exemple expliquer qu'il surveillait tout bonnement l'étendue de l'empiétement américain en territoire espagnol. L'Espagne est très jalouse de ses terres et nous considère d'un œil inquiet.

— S'il a été rappelé au Mexique, il ne peut pas s'attarder ici trop longtemps, réfléchit lentement Catherine en fronçant les sourcils.

— C'est exact, mon amour. Ses chances de m'attraper sont donc faibles et il l'a tenté aujourd'hui avec l'espoir de me surprendre, répondit Jason avec un large sourire.

— Pourquoi t'en veut-il tellement ? interrogea Catherine qui ne perdait pas son idée de vue.

— Te souviens-tu de cette carte que Clive voulait ?

Nettement intriguée, Catherine acquiesça de la tête.

— Eh bien, Davalos croit que j'ai découvert un endroit légendaire appelé Cibola — ou les sept cités d'or. Il suppose par conséquent que je possède une carte pour m'y conduire et en revenir. Il m'a suivi en Angleterre, certain que j'allais là-bas solliciter l'appui de personnes qui investiraient leur argent afin de former une expédition chargée de retrouver l'or.

— Et l'as-tu fait ?

— Non ! Je suis allé en Angleterre pour acheter des chevaux. Mais Blas m'a suivi. Grâce à quelques personnages douteux avec lesquels il était en rapport, Clive a dû avoir vent de l'affaire car il s'est mis à s'intéresser à moi. Plus précisément, à la carte que j'aurais dû posséder.

— Jason, as-tu trouvé Cibola ? ne put s'empêcher de demander Catherine, aussi excitée qu'une enfant.

Jason hocha négativement la tête et sourit devant la déception de sa femme.

— Petite fille cupide ! Ne suis-je pas assez riche pour toi ? se moqua-t-il avec douceur.

— Oh ! La question n'est pas là ! Mais que ce serait excitant si tu l'avais découvert !... Ne pourrais-tu pas expliquer à Blas que tu n'as pas trouvé Cibola ? questionna-t-elle sérieusement car ses pensées n'avaient été que momentanément détournées.

— Non ! répondit-il catégoriquement, toute trace d'amusement ayant disparu. Rien au monde ne pourrait le convaincre que je ne l'ai pas trouvé et que je n'en thésaurise pas la connaissance pour moi seul !

— Mais c'est épouvantable ! S'il croit que tu sais le localiser, il restera sur tes traces ! Ô mon Dieu, Jason ! Que faire s'il te capture ? chuchota Catherine, le corps parcouru d'un frisson et les yeux remplis de crainte.

Pour calmer son angoisse, Jason lui parla doucement :

— Je le connais bien et me considère suffisamment intelligent pour rester hors de ses griffes. N'oublie pas que Davalos est entravé par l'armée. Il doit aller où on l'envoie. Comme l'Espagne n'a plus d'influence sur la Louisiane, il devra stationner quelque part en territoire espagnol. On pourrait même le rappeler en Espagne !

— Mais tu ne le sais pas ! Tu ne sauras jamais quand il risquera de revenir !

— Catherine, écoute-moi ! Je peux manœuvrer Davalos. Il n'est pas particulièrement brave... s'il l'était, il me donnerait un bon nombre de nuits sans sommeil. Il est sournois et lâche. Il l'a prouvé aujourd'hui.

N'importe quel homme normal m'aurait fait ravaler les insultes que je lui ai lancées. Ne te tracasse pas à cause de lui ! J'ai posté des hommes à travers *Terre du Cœur*, dans des lieux stratégiques. Leur seule tâche est d'épier l'arrivée d'hommes de son espèce. S'il revient, ils nous en avertiront à temps.

Devant le scepticisme de Catherine, Jason la secoua légèrement et reprit :

— Davalos ne risque d'être dangereux que s'il me trouve seul. Comme je ne suis pas un imbécile, j'ai la ferme intention de me tenir sur mes gardes. Je t'assure que je n'ai aucune envie de me promener seul pour lui faciliter la tâche ! Souviens-t'en pour ton propre compte également. A dater de maintenant, ne va plus chevaucher sans escorte. Je ne crois pas que tu aies à craindre quelque chose, même si... je suis sa proie !

Ceci ne convainquit pas son épouse qui interrogea d'une voix tendue :

— Comment peux-tu être aveugle à ce point ? Vas-tu passer le reste de ta vie à regarder derrière toi, en te demandant où il est et quand il frappera ?... Que je souhaiterais que tu l'aies tué aujourd'hui ! jeta-t-elle sans attendre de réponse à ses questions.

— Je n'ai pas l'intention de passer le reste de ma vie à m'inquiéter de Davalos. Et crois-moi, j'aurais pris grand plaisir à le jeter à bas de son cheval... Pour tuer un homme, il ne suffit pas de décider de le faire ! Ma petite saltimbanque, on doit parfois attendre des circonstances propices ou les rendre telles.

Sur ces paroles, il quitta Catherine et sortit de la pièce à grandes enjambées décidées. La jeune femme s'enfonça dans le sofa, toutes ses craintes encore vives. L'étrange prémonition d'un désastre l'envahissait.

« Ah, les hommes ! pensa-t-elle avec dégoût. Ils font tout à leur idée alors que leurs épouses doivent rester à l'arrière à surveiller et à prier pour le bon déroulement des choses. » Si elle était un homme, elle ne se serait pas arrêtée à des subtilités telles que le fait que

Davalos n'avait pas dégainé le premier ! Il se trouvait sur la terre de Jason et, aspect plus important encore, il représentait une menace... voilà les excuses dont elle aurait eu besoin et elle l'aurait visé et tué !

« Pourquoi, avec leur code incompréhensible de l'honneur, les hommes se laissaient-ils contrôler par les raisons les plus étranges ? » se demanda-t-elle avec désespoir. La question n'offrait pas de réponse possible. Une ombre de mélancolie sur son beau visage, elle monta l'escalier en courant pour chercher du réconfort auprès de son fils.

Mais plus tard, ce soir-là, une expression figée sur ses traits, elle se rendit dans l'antre de Jason, à l'arrière de la maison. Ouvrant un tiroir qu'elle savait contenir plusieurs couteaux de chasse, elle découvrit finalement une petite lame délicatement équilibrée qui convenait à son dessein. Elle cacha rapidement et adroitement cette arme à la mode gitane sous ses vêtements. Se sentant considérablement plus en sécurité, elle quitta la pièce. Au moins, Davalos ne l'attraperait pas démunie !

Elle demeura très tendue durant la semaine qui suivit. Au bruit d'un cavalier qui approchait, elle lâchait tout ce qu'elle faisait, vérifiait que son couteau se trouvait en lieu sûr et volait à travers la maison, la longue carabine de Jason serrée dans ses mains. La seconde fois qu'elle rencontra son mari dans cette attitude, Jason dressa un sourcil amusé et murmura :

— Sais-tu te servir de cette chose-là ?

Le visage écarlate, elle admit qu'elle n'en était pas certaine mais croyait bien que oui ! Dissimulant un rire, il se mit en devoir de passer l'après-midi à lui montrer les points très délicats d'amorçage d'une carabine. Il mit également à l'épreuve son adresse au tir. Catherine était une élève douée qui apprenait vite et facilement. Comme ils avançaient ensemble vers la maison à l'issue de ce plaisant après-midi, Jason semblait content et Catherine radieuse, d'autant que le sourire approbateur de son mari la réconfortait. Le lendemain matin, lorsque Jason revint à l'improviste, elle rayonna encore davantage lorsqu'il lui annonça :

— Ne t'inquiète plus au sujet de Davalos. Comme nous le supposions si justement, il rentre au Mexique. Il a traversé la Sabine il y a trois jours, visiblement en direction de Nacogdoches.

— En es-tu certain ? Comment le sais-tu ?

— Tu devrais avoir plus confiance en moi, mon amour. Croyais-tu que j'allais le laisser s'éloigner à cheval pour se cacher et m'attendre ? Davalos a toujours eu deux de mes hommes sur ses traces depuis qu'il a commis l'erreur de se montrer. Tu devrais savoir à présent que très peu de choses m'échappent !

L'irritation que lui causait son insolence et le soulagement que lui procuraient ses paroles se disputèrent un moment dans sa poitrine. Mais le soulagement l'emporta et un délicieux sourire éclaira tout le visage de Catherine. Ebloui comme toujours par ce sourire, incapable de se maîtriser, Jason l'étreignit et l'embrassa profondément.

Catherine conservait encore une certaine méfiance à l'égard de Davalos, mais les rapports harmonieux qui s'installaient entre Jason et elle la rendaient heureuse à un point tel qu'elle repoussa l'Espagnol au fin fond de son esprit. Elle avait la jeunesse, un fils et un mari. Bien que celui-ci ne lui ait jamais dit clairement qu'il l'aimait, tout son cœur lui criait qu'il devait l'aimer... il le devait !

Oh ! Qu'elle brûlait d'admettre à haute voix qu'elle l'aimait et de l'entendre dire la même chose ! Car, en dépit de leur intimité croissante, elle n'était toujours pas très sûre de ce qu'il éprouvait pour elle. Il se montrait prévenant et, la veille encore, son corps chaud et dur avait possédé le sien. Elle n'avait jamais douté du désir qu'il avait d'elle. Mais était-ce tout ce qui le poussait à l'attirer dans ses bras la nuit ? N'y avait-il pas quelque chose de plus ? « S'il vous plaît, mon Dieu, faites qu'il y ait plus ! »

32

Les semaines qui suivirent le départ de Davalos s'écoulèrent agréablement et paisiblement. Catherine passa de nombreux jours avec Jason qu'elle accompagnait à cheval vers les divers lieux où sa présence était nécessaire.

Vêtue d'un pantalon étroit et d'une chemise en toile blanche, ses cheveux tressés dissimulés sous un chapeau à large bord, la « petite m'ame », comme on l'appelait, ressemblait plus à un garçon mince qu'à l'épouse du maître. Sous cet habillement, elle devint une vision familière aux hommes des champs ainsi qu'à leurs épouses et à leurs enfants. Catherine était partout, s'intéressant vivement à toutes les activités de *Terre du Cœur*. La petite scierie que Jason avait commencé à installer la fascinait tout autant que le travail excitant et souvent dangereux qui consistait à marquer au fer rouge le bétail qui paissait dans les vallées éloignées. A l'annonce que la femme de Sam accouchait de son septième enfant ou que le plus jeune des Horace était couché avec de la fièvre, elle se rendait rapidement vers les maisons de ceux qui réclamaient son aide. Ne jouant pas à la maîtresse hautaine et arrogante, elle devint réellement la « dame du domaine ».

Jason observait toute cette évolution avec un plaisir amusé. En général, on faisait appel à Catherine pour résoudre les conflits domestiques. Les journées du couple étaient donc bien remplies ; toutefois, ils se réservaient toujours du temps pour Nicolas. Ce jeune gentilhomme, pourvu de parents aimants qui raffolaient de lui, grandissait, hautement satisfait de lui-même.

Un matin, Jason, un peu inquiet de ce penchant, dit à sa femme :

— Si nous ne voulons pas avoir un vrai polisson, nous ferions mieux de nous occuper de lui fournir plusieurs frères et sœurs pour partager sa gloire. Sinon, il risque, en grandissant, de se comporter avec mon arrogance.

Catherine lui décocha un sourire indécis. Elle ne savait jamais exactement comment prendre ce genre de remarques. La pensée d'avoir d'autres enfants lui rappela douloureusement les paroles blessantes qu'il avait jetées à Elizabeth. Pourtant, elle en portait peut-être déjà un dans son sein !

Après le départ de Jason, elle eut une nouvelle crise de nausées. Calmement, elle admit en son for intérieur qu'elle était bel et bien enceinte. Comme elle ne l'était sans doute que de deux mois environ, elle calcula que cela datait de la nuit où Jason lui avait fait l'amour dans les bois, la nuit où Buveur de Sang les avait découverts. Inquiète, elle se demanda si, informé de son état, Jason allait cesser de lui faire l'amour jusqu'à la naissance de l'enfant et s'il attendrait pour reprendre leurs rapports intimes le moment qu'il jugerait opportun pour la mettre à nouveau enceinte. Cette pensée lui déplut et son cœur se serra légèrement à cette idée. « Bon ! Dans ce cas, chère dame, tu ferais mieux de le savoir immédiatement. Parle-lui-en sur-le-champ. »

L'occasion se présenta plus tôt qu'elle ne s'y attendait : l'après-midi même ! Il faisait chaud et lourd ; la nausée du matin l'avait laissée blême et apathique. Au déjeuner, elle mangea du bout des lèvres. Jason, bien que préoccupé par d'autres sujets, remarqua sa pâleur.

— Tu ne te sens pas bien ? s'enquit-il, après quelques minutes d'observation intense.

— Je vais avoir un autre enfant ! répondit-elle d'un ton morne car ce souci envahissait tout son esprit.

La réaction de Jason ne correspondit en rien à ce qu'elle avait prévu : il la regarda d'un air vague et lâcha uniquement un « Oh ! » comme s'il s'en moquait éperdument.

A dire vrai, Catherine avait mal choisi son moment pour lui apprendre sa grossesse. Leurs rapports étaient encore hésitants, aucun n'étant absolument certain de ce que l'autre éprouvait. Même s'il se réjouissait de la venue d'un second enfant, et que cela correspondît à un désir de Catherine, Jason reconnaissait que cela compliquait la situation. Et il y avait toujours Davalos. L'arrivée inattendue de ce dernier le préoccupait plus qu'il ne le laissait voir et il s'en inquiétait non pas pour lui-même mais à cause du danger que risquaient de courir Catherine et Nicolas... et tous ceux qui demeuraient à *Terre du Cœur*.

Irritée par le manque de réaction de son mari, qui ne manifestait ni surprise, ni plaisir ni aucune autre émotion, Catherine lui jeta des regards furieux et quitta la table.

— Est-ce tout ce que tu as à dire ?

Jason contempla sa femme dont le visage était déformé par une colère naissante et en conclut que sa mauvaise humeur provenait de cette future naissance qui lui déplaisait. « Que dois-je faire maintenant ? » se demandait-il. Mécontent, légèrement blessé par cette attitude de Catherine, les yeux mi-clos, il lui répondit la pire chose possible en la circonstance :

— Que dire ? Tu es jeune et en bonne santé. Quant à moi, j'ai assurément contribué à ce que tu deviennes enceinte. Tôt ou tard, cela ne pouvait manquer.

Furieuse et consternée, Catherine le regarda avec dégoût avant de s'enfuir vers sa chambre où elle se jeta sur le lit, le visage dans les couvertures. Les yeux brillant de larmes contenues, elle admit le bien-fondé de toutes ses craintes. Il ne cherchait en elle qu'une pouliche et s'il avait agi envers elle avec bonté c'était pour mieux la désarmer. Les poings serrés, elle se traita d'imbécile ! Elle avait réellement cru qu'il avait changé. « Dieu merci, je ne lui ai pas laissé voir qu'il m'a gravement dupée et à quel point je l'aime... même encore maintenant, en dépit de tout. »

Catherine se leva soudain au bruit de sabots qui s'approchaient. Alarmée, le visage tendu, elle traversa précipitamment la pièce, agrippa la rambarde et aperçut deux cavaliers qui venaient vers la maison sans se presser.

Ce n'était pas Davalos mais des personnes qui lui étaient étrangères. Non ! Elle reconnut la silhouette mince de Pierre derrière le grand individu dégingandé qui se tenait en tête. Un chapeau à large bord dissimulait le visage de l'homme mais ses vêtements ainsi que la grâce élégante du pur-sang qu'il montait indiquaient la richesse.

Rentrant à toute vitesse dans sa chambre, Catherine se regarda rapidement dans le miroir, remit en ordre d'un geste automatique sa robe jaune citron et ramena d'un doigt nerveux une mèche égarée sous sa lourde couronne de tresses. Comme elle était pâle, elle se mordit hâtivement les lèvres pour les colorer et se pinça les joues jusqu'à ce qu'elles rosissent. Ensuite, elle descendit au rez-de-chaussée, l'esprit troublé.

Elle savait que Pierre était resté à La Nouvelle-Orléans à la demande de Jason. En effet, le serviteur s'était tellement plaint de leurs déplacements ininterrompus que son mari avait estimé que des vacances lui feraient du bien. Jason n'avait fixé aucune date pour son retour. Mais Pierre était convaincu que son maître ne pouvait rien faire sans lui. En souriant, Jason avait donc expliqué à Catherine que lorsqu'il considérerait que son maître se serait débrouillé suffisamment longtemps seul, Pierre apparaîtrait soudain à *Terre du Cœur* comme si de rien n'était.

L'arrivée de Pierre corroborait visiblement le jugement de Jason. Catherine connaissait quelqu'un que la venue de Pierre allait réjouir : Jeanne. Bien qu'elle eût affirmé le contraire, l'absence de Pierre à la plantation l'avait terriblement déçue. Catherine en avait conclu que Jeanne éprouvait pour le valet guindé et digne des sentiments plus forts qu'elle ne l'admettait.

Un bref sourire détendit les traits de Catherine à cette idée. La main posée sur la rampe en chêne foncé, elle hésita sur le palier. D'après les murmures rassurants qui lui parvenaient de la véranda, elle déduisit que ces hommes que l'on n'attendait pas étaient des amis. « Bon ! Puisque Pierre l'accompagne, il s'agit obligatoirement d'un ami ! » pensa-t-elle.

Elle avait à peine descendu la moitié de l'escalier que Jason, un sourire poli aux lèvres, pénétrait dans la demeure, suivi de l'étranger, maintenant tête nue. Elle remarqua instantanément une similitude entre les deux hommes. Ils se ressemblaient par leur haute taille, leur souplesse et leur chevelure noire. Toutefois, Jason était plus grand et plus large d'épaules que l'étranger aux tempes argentées. Catherine comprit aussitôt que cet inconnu n'était autre que le père de son mari et les paroles que prononça Jason confirmèrent sa supposition.

— Ah, Catherine ! Descends pour que je te présente à mon père ! la pria Jason qui venait de la remarquer dans l'escalier.

Aussitôt, Guy leva vivement la tête et, pour la première fois, Catherine vit nettement son visage. En effet, les deux hommes se ressemblaient. Mais son cerveau surpris enregistra l'étrange impression que les traits fins de Guy lui rappelaient fortement ceux d'Adam. Avant qu'elle ait pu mettre de l'ordre dans ses idées, Guy grimpait déjà les marches deux à deux, un sourire charmant sur les lèvres. Arrivé près d'elle, il lui étreignit la main en s'exclamant :

— Ma chère ! Vous n'avez pas idée à quel point je suis heureux de vous rencontrer. J'espère que vous me pardonnerez de m'imposer à vous de la sorte, mais il m'était impossible de ne pas venir. Comme j'attendais depuis longtemps le mariage de Jason, je tenais à vous souhaiter la bienvenue dans notre famille.

Cette voix si chaleureuse plut à la jeune femme qui décida instantanément qu'elle allait adorer son gra-

542

cieux beau-père. Répondant à son charme, elle lui retourna aussitôt son sourire. Puis ils descendirent l'escalier côte à côte, surveillés par Jason dont le sourire sarcastique s'approfondit lorsque Catherine répondit :

— Moi aussi, je suis très heureuse de faire votre connaissance ! Jason m'a très peu parlé de sa famille. Je vous assure également que vous ne nous importunez absolument pas... Votre venue me réjouit d'autant plus qu'elle rompra la monotonie de notre vie, ajouta-t-elle en défiant son mari du regard.

Une lueur malicieuse dans les yeux, Jason interrompit cet échange de civilités :

— Mais on ne s'ennuie pas ici ! Il vous reste à rencontrer votre petit-fils. Ah ! Que je vous annonce une nouvelle encore plus excitante : Catherine attend notre second enfant. Vous voyez : j'ai suivi votre conseil avec empressement !

Guy parut mal à l'aise ; les yeux de Catherine s'assombrirent de chagrin. Néanmoins, Jason poursuivit, en se délectant visiblement :

— Oui, ma petite femme ! Je ne te l'ai jamais dit, mais mon père m'avait conseillé avec beaucoup de sérieux de me marier et... euh... de lui engendrer quelques petits-enfants. Si je me souviens bien, ce sont ses propres paroles !

— Maintenant, Jason... commença Guy d'une voix troublée.

Mais Jason l'interrompit en affirmant :

— Comme vous semblez sympathiser, je vais vous laisser faire plus ample connaissance. Vous serez certainement du même avis en ce qui concerne mes défauts et passerez du bon temps à me mettre en pièces. Je vous abandonne donc à cette tâche car, moi, j'ai du travail !

Consterné, Guy allait parler lorsque Catherine s'interposa, la voix dure :

— C'est une excellente idée ! Maintenant que les présentations sont faites, rien ne te retient plus ici, n'est-ce pas ? Je me ferai un plaisir de montrer son petit-fils à ton père. Je crains malheureusement de te décevoir et tu sais pourtant à quel point je déteste cela : j'ai peur que nous ne soyons tous deux beaucoup trop occupés pour trouver le temps de discuter de ton manque de qualités.

Jason pinça les lèvres et un éclair de méchanceté brilla dans ses yeux verts.

— Ne vous gênez pas ! fit-il avant de se précipiter hors de la maison.

Guy se tourna vers Catherine. Il était atterré, ce qui se comprenait facilement.

— Ma chère, je suis sincèrement désolé d'être arrivé chez vous à un si mauvais moment.

Les larmes qu'elle refoulait voilaient ses yeux. Néanmoins, elle se mit à rire.

— Ne soyez pas stupide ! Je ne peux vous dire ce que signifie pour moi votre venue. Comptez-vous rester longtemps ?

Emboîtant le pas à la jeune femme, Guy répondit d'un ton léger :

— J'attendrai pour partir que cette espèce d'abruti au mauvais caractère qu'est mon fils me jette dehors !

Les heures qui s'écoulèrent ensuite s'inscrivirent parmi les plus agréables que Catherine ait passées jusqu'ici à *Terre du Cœur*. Nicolas séduisit positivement son grand-père et lorsque ce dernier parla de l'état de sa belle-fille, la joie manifeste qu'il éprouvait à la pensée d'un second enfant toucha beaucoup Catherine. Au fil de l'après-midi, cet homme courtois et prévenant l'attirait de plus en plus.

Guy la complimenta pour les changements qu'elle avait apportés à la maison :

— Quelle différence ! J'aime tout particulièrement la sensation de fraîcheur et de sérénité qui ressort de votre choix de couleurs. Jusqu'à présent, la maison me paraissait triste, mais maintenant !...

Par un accord tacite, ils ne firent aucune allusion à la

conduite de Jason. Ayant de nombreuses années de pratique derrière lui, Guy fit tout pour détendre Catherine et lui donner l'impression qu'elle le connaissait depuis toujours. Elle avait redouté l'instant du dîner, mais comme son beau-père serait là pour servir de tampon entre son mari et elle, elle envisageait maintenant le repas avec plaisir, sinon avec sérénité. De fait, il se déroula étonnamment bien — Guy se montrant courtois et Jason, le visage fermé, s'obligeant à un simulacre de politesse. Catherine resta silencieuse la plupart du temps, se contentant de sourire aux plaisanteries de Guy. Elle sentit fréquemment le regard dur de Jason posé sur elle et la pensée de se retrouver bientôt en tête à tête avec lui la bouleversait.

Après le dîner, ils s'installèrent confortablement dans le salon, les hommes un verre de whisky ou de cognac à la main, Catherine buvant du thé dans une tasse en fragile porcelaine. Tandis que le père et le fils discutaient de la situation à La Nouvelle-Orléans, les pensées de la jeune femme vagabondaient. Soudain les paroles de Guy retinrent son attention :

— Combien de temps encore comptes-tu rester à *Terre du Cœur* cette année ? Je sais que Claiborne t'a donné un congé d'un an, mais il attend désespérément ton retour à La Nouvelle-Orléans. Il lutte jusqu'à présent de façon admirable, cependant il a besoin d'un maximum d'appuis, et pas simplement dans le domaine politique.

Encouragé par l'attention que lui portait Jason, Guy poursuivit :

— Les Français et les Espagnols font preuve d'intolérance envers les Américains, réflexe normal et compréhensible car certains des tout derniers arrivants se conduisent en maîtres de la ville et considèrent les créoles d'un œil dédaigneux et méprisant.

Guy risqua un coup d'œil en direction de son fils qui remarqua simplement :

— Et alors ?

— Eh bien, tu sais comment c'est ! Claiborne a traversé des moments difficiles pour essayer de réunir les deux clans de la ville. Si tu le souhaites, je peux même te citer deux exemples pour démontrer la chance qu'il a eue ces derniers temps.

Jason grommela une approbation. Guy expliqua donc :

— Claiborne assistait récemment à un bal. Comme d'habitude, les invités français entamèrent un quadrille, ce qui suscita d'acerbes remarques de la part de certains Américains. Quelques-uns réclamèrent, sur un ton moins que courtois, une danse américaine. Cela n'offensait personne en particulier, mais on se lança des coups d'œil furieux.

« On aurait pu en rester là si un médecin américain, aveuglé par la colère, n'avait ordonné aux musiciens de jouer un autre répertoire... un répertoire américain. Bien entendu, cela exaspéra les créoles. Claiborne intervint en toute hâte et réussit à apaiser les esprits. Mais, plus tard dans la soirée, un autre Américain insista pour que l'on supprimât les danses françaises du bal. Or, comme toutes les femmes étaient françaises, elles refusèrent naturellement de danser et quittèrent la salle en masse. Crois-moi, le gouverneur s'est trouvé dans une situation très embarrassante !

— Je l'imagine. Mais à quoi vous attendiez-vous donc ? Après tout, La Nouvelle-Orléans a toujours été française de cœur. Vous ne pensiez tout de même pas qu'ils allaient s'adapter allégrement aux coutumes américaines ? rétorqua Jason.

Guy ne tint pas compte de l'interruption et poursuivit :

— Les choses empirèrent lorsque le général Wilkinson assista à une autre réunion peu de temps après et que son état-major se mit à chanter « Salut l'Amérique ! » Devant cette insulte qui touchait grandement les Français, l'un d'entre eux entama « La Marseillaise ».

Tout le monde se mit de la partie et la soirée se termina dans un bruit effroyable car chaque clan essayait de crier plus fort que l'autre.

« C'est amusant à certains égards, mais tu comprends maintenant pourquoi Claiborne a besoin de quelqu'un dans ton genre... accepté par les deux parties et dans une position qui lui permette d'aplanir et d'aider à éviter de tels accrochages. Claiborne s'y emploie de toutes ses forces mais la chose n'est pas facile pour lui. Les créoles refusent d'apprendre l'anglais ; le chaos règne dans les tribunaux, puisqu'ils sont américains. Les Français ne comprennent pas les Américains et ces derniers ne les comprennent pas, et quand on jette parmi eux un Espagnol, cela ajoute à la confusion. Il faudra des années et des années pour abattre la barrière du langage, sans parler de celle des coutumes... Je comprenais mal jusqu'ici à quel point nous pouvions leur paraître différents... et réciproquement !

— Nous ? questionna Jason d'un ton sarcastique.

— Tout du moins, les Américains. Heureusement, n'ayant pratiquement pas quitté la région depuis des années, je me suis habitué à La Nouvelle-Orléans et ne changerais pas de ville pour tout l'or du monde. La population de La Nouvelle-Orléans aime la vie, le jeu, la boisson, la nourriture et la musique. Par contre, les Américains ne se consacrent qu'au travail et sont trop occupés à gagner de l'argent pour se détendre en menant la vie nonchalante des créoles. Or cette attitude dépasse l'entendement des créoles et les rend perplexes.

— Tout cela est vrai, mais mon retour ne résoudra rien, remarqua Jason qui se levait pour se servir un autre verre d'alcool.

— Je le sais bien ! rétorqua Guy avec irritation car l'indifférence de son fils l'exaspérait. Mais ta présence y contribuerait. Tu connais ces gens ; tu sais à quel point ils sont d'un tempérament chaud... comme tu l'es toi-même, tu le sais obligatoirement ! Tu pourrais te rendre utile en aidant Claiborne à ne pas se tromper dans sa conduite envers les créoles... De plus, tu l'as promis à Jefferson !

Le front plissé, Jason fixa son verre avant d'admettre finalement :

— Exact. Vu l'état de Catherine et les informations que vous apportez, je suppose que plus tôt nous rentrerons à La Nouvelle-Orléans, mieux cela vaudra. Dans quelques mois, Catherine ne pourra plus voyager. Il serait donc préférable que nous arrivions là-bas et que nous nous y installions avant... bien avant, termina-t-il après une hésitation.

Les deux hommes se tournèrent pour regarder la jeune femme, assise silencieusement sur un canapé en damas vert. Une question que nul ne formulait planait dans l'air, aussi Catherine y répondit-elle.

— La date du départ m'importe peu. D'autant que mes désirs n'ont jamais eu grande importance dans l'agencement du programme de Jason.

Jason serra plus fortement son verre et ses yeux brillèrent d'une brusque colère lorsqu'il s'exclama :

— Eh bien ! Voilà qui conclut l'affaire ! Comme les souhaits de mon épouse m'indiffèrent, je ne vois aucune raison de discuter de ce problème avec elle. Venez, Père ! Nous continuerons cet entretien tête à tête !

Guy n'avait d'autre choix que de suivre son fils. Mais, avant de quitter la pièce, il prit le temps de serrer la main de Catherine pour la rassurer et de lui adresser un regard compatissant. Après leur départ, elle resta assise encore quelques minutes puis se dirigea, tout engourdie, vers sa chambre. Mais l'engourdissement la quitta presque immédiatement, et elle se mit à trembler en réaction contre l'attaque qu'elle avait stupidement portée contre son mari. Terrifiée à ce rappel, elle se prépara à se coucher. Comment avait-elle pu se montrer aussi sotte et insolente en présence de Guy ? Alors qu'il s'était tout particulièrement astreint à rendre la soirée supportable, pourquoi avait-elle prononcé des paroles acerbes qui avaient gâché l'atmosphère ? « Zut, zut,

zut ! pensa-t-elle, d'abord irritée contre elle-même puis contre Jason. Mais, diable, pourquoi faire attention à la moindre de mes paroles ?... il ne le fait certainement pas, lui ! »

Guy et Jason se dirigeaient à grandes enjambées vers les écuries et le premier profita de l'instant pour conseiller à son fils :

— Tu sais, ne te mets pas dans tous tes états : tu t'es montré passablement dur avec elle cet après-midi.

— Laissons ma femme hors de tout cela, si vous n'y voyez pas d'inconvénient ! L'état de votre mariage ne vous autorise certes pas à me donner des conseils pour le mien !

Guy ravala une réponse irritée et préféra demander :

— Etais-tu sérieux quand tu parlais de rentrer à La Nouvelle-Orléans ?

— Oui. Et les petits cancans que vous avez lâchés devant Catherine n'y sont pour rien ! Car vous ne faisiez que poser la base de quelque chose d'autre. Dites-moi donc maintenant la véritable raison qui se cache derrière votre visite et pourquoi Claiborne tient réellement à ce que je revienne.

Seuls le bourdonnement des insectes nocturnes et le coassement étrangement apaisant des grenouilles rompaient la tranquillité de la nuit. Les deux hommes s'arrêtèrent près d'une palissade en bois. Jason posa le pied sur le barreau du bas, s'accouda sur celui du dessus et se tourna vers son père. Appuyé contre la palissade, les mains dans les poches, la tête inclinée, Guy reconnut :

— Je ne tenais pas tellement à en parler devant Catherine. Si Claiborne te réclame, c'est pour un motif plus sérieux : le marquis de Casa Calvo habite encore à La Nouvelle-Orléans !

— Le représentant espagnol ? Je croyais que l'Espagne et la France devaient toutes deux quitter la région après l'arrivée des Américains ?

— Logiquement oui. Mais Calvo semble s'être découvert un amour profond pour la Louisiane et affirme ne pouvoir se résoudre au départ. J'ajouterai qu'il en est de même pour les troupes françaises ou leurs officiers. Comme tu le sais, ils devaient partir dans les trois mois suivant l'échange. Or, celui-ci a eu lieu il y aura bientôt un an et ils sont toujours là !

Jason siffla doucement.

— Il n'est donc pas étonnant que Claiborne soit nerveux. J'étais certain qu'ils dépasseraient la date limite car ils occupaient encore La Nouvelle-Orléans au moment de mon départ... mais on disait à l'époque qu'il ne s'agissait que d'un bref retard...

Jason sourit en entendant son père grogner et rétorquer :

— Un bref retard ! Comme tu vis ici dans l'isolement ! Tu n'as donc pas suivi l'évolution de la situation ? Calvo continue à sourire et à déverser de petits aiguillons empoisonnés qui n'aident en rien les relations hispano-américaines. Pire encore, Claiborne reçoit constamment des rapports fort peu encourageants qui indiquent que les forces espagnoles s'amassent et font de mystérieuses marches vers Dieu sait où et pour Dieu sait quelle raison. De leur côté, les Français proclament ouvertement que dès qu'il aura battu les Anglais en Europe, Napoléon prendra la place d'Armes à La Nouvelle-Orléans !

— Alors ? demanda Jason qui savait toutefois ce qui allait suivre.

— Alors, comme tu es apparenté à un bon nombre de Français ainsi qu'à plusieurs familles espagnoles, ce qui est également important, tu peux les côtoyer librement sans éveiller de soupçons.

— Je dois espionner mes parents ? murmura Jason.

Guy parut attristé.

— Ne sois pas vulgaire ! Tu n'espionneras pas vraiment... tu garderas simplement un œil vigilant sur les événements. Il va de soi que si tu entendais parler de quelque chose...

— Je devrais me précipiter comme un bon petit garçon chez Claiborne !

— Te montres-tu difficile à vivre par obligation ou par nature ?

— Mais, par nature, *Père* !

— Vas-tu le faire ? s'enquit Guy en souriant légèrement à son fils qui menaçait d'éclater de rire.

Jason haussa les épaules.

— Probablement. Quelqu'un doit s'en charger. Et je ne veux pas voir la Louisiane déchirée comme un os par des chiens affamés.

Un silence amical s'établit entre les deux hommes immobiles dans l'obscurité, où leurs chemises blanches faisaient des taches claires. Jason alluma bientôt un long cigarillo du plus pur tabac virginien, que lui offrit son père. La fumée odorante se mit à flotter dans l'air tandis que les bouts incandescents formaient de minuscules points rouges dans la nuit sombre. Guy rompit finalement le silence en remarquant :

— Bon ! Je vais me coucher. J'ai plusieurs longues journées sur les épaules. Je deviens trop vieux pour voyager dans une région aussi sauvage que celle-ci.

— Pourquoi êtes-vous venu ? Mis à part la situation à La Nouvelle-Orléans ?

— Roxbury ! rétorqua laconiquement Guy, comme si ce seul nom expliquait tout.

De fait, pour Jason cela suffisait. Se souvenant de la lettre qu'il avait reçue de son bien cher oncle, il imaginait aisément celle que son père avait reçue.

« Sacré Roxbury ! Pourquoi ne pouvait-il pas laisser les autres en paix ? » pensa Jason qui sourit en songeant à la joie qu'avait dû éprouver le duc en rédigeant ces missives. Mais Roxbury était Roxbury et s'il jouait parfois le rôle de Dieu avec un soupçon de malice, pourquoi l'en blâmer ?

Les deux hommes regagnèrent ensemble la maison et se séparèrent en haut de l'escalier. Jason s'approcha de sa chambre d'un pas traînant, entra, se déshabilla et enfila une robe de chambre de soie verte. Il hésita ensuite un moment devant la porte à double battant qui menait à la chambre de Catherine. Mais le souvenir de la façon dont ils s'étaient séparés lui arracha un sourire amer et, au lieu d'ouvrir, il se dirigea vers son lit solitaire.

Eveillée, les yeux secs, Catherine entendait tous ses mouvements et, si elle avait besoin de preuve supplémentaire pour expliquer l'usage insensible et froid que Jason faisait d'elle, ces pas qui battaient en retraite lui donnèrent la réponse. Incapable de dormir, elle se glissa hors des draps. Tel un pâle fantôme, dans sa chemise de nuit transparente, pensive, elle se rendit dans la véranda. La tête appuyée contre le pilier de bois, elle regarda fixement par-delà la pelouse ; ses yeux s'attardèrent sur les formes sombres des pins qui s'élevaient vers le ciel.

Divers sentiments l'agitaient. L'annonce d'un second enfant ne la réjouissait pas vraiment, mais ne la désolait pas non plus. Elle n'éprouvait même aucune irritation à l'égard de Jason. Il n'avait jamais caché les raisons pour lesquelles il l'avait épousée. Donc, si elle avait imaginé un autre sens à ses actes, elle n'en était que plus stupide !

Désenchantée décrirait peut-être mieux ce qu'elle ressentait. Les jours précédents l'avaient remplie d'un tel espoir qu'aujourd'hui, tel un fragile verre en cristal qui se brise contre de la pierre, tous ses rêves gisaient en mille morceaux à ses pieds.

Elle frissonna en soupirant et prit une ferme résolution : cet enfant serait le dernier qu'elle aurait de Jason. S'il voulait un jour d'autres fils, il engendrerait des petits bâtards car ils ne viendraient plus de son corps.

Il lui était impossible de s'enfuir une nouvelle fois et, en son for intérieur, elle ne le désirait pas. Mais elle devait vivre. A dater de cet instant, elle mènerait sa vie de son côté ; le temps, Nicolas et le futur enfant l'aideraient à apaiser la douleur qui serrait son cœur.

A l'avenir, Jason n'aurait plus de raisons de se plaindre ; elle tiendrait sa maison, en serait l'hôtesse et élèverait leurs deux enfants ; mais son corps et elle-même lui seraient à jamais refusés. Excepté lorsqu'ils se trouveraient ensemble par la force des choses, elle ne souhaitait plus rien de lui... plus de ces chevauchées exaltantes côte à côte ; plus de ces paisibles piqueniques dans les forêts de pins ; plus de ces nuits exquises et passionnées lorsque son corps s'enflammait de désir au contact de celui de Jason !

Cyniquement, elle décida qu'il assouvirait dorénavant ses besoins de mâle avec une autre femme et qu'il devrait la laisser trouver seule ses propres amusements. Un sourire ironique aux lèvres, elle se représentait les réactions de son mari si elle prenait un jour un amant. Puis ses yeux se rétrécirent à mesure que l'idée s'insinuait en elle. Que ce serait risible de tromper Jason et de lui présenter l'enfant d'un autre ! Quelle belle revanche ! Le piquant de la farce serait qu'il le sût, d'autant qu'il se trouverait dans l'obligation de reconnaître l'enfant comme le sien ! Préoccupée, elle réintégra sa chambre et se coucha, l'esprit plein de plans de vengeance.

Le lendemain, elle se comporta avec une aimable politesse vis-à-vis des deux hommes au cours du petit déjeuner qu'ils prirent dans le patio ensoleillé. Consciente des regards prudents que lui jetait Jason, elle lui sourit doucement chaque fois que leurs yeux se croisaient. Mais les yeux violets étaient graves. Tout en buvant avec plaisir une dernière tasse de café parfumé à la chicorée, Jason fronçait les sourcils.

Guy devait passer la journée à inspecter avec son fils les nombreuses transformations apportées à la plantation.

— Te joindras-tu à nous ? questionna Jason d'une voix sèche, à la dernière minute.

Catherine ouvrit de grands yeux et répondit d'un ton léger :

— Que c'est gentil de penser à moi ! Malheureusement, vu mon... état délicat et l'importance qu'il y a à procréer un nouvel héritier, je ne pense pas pouvoir vous accompagner.

Les yeux durcis, Jason hocha brusquement la tête et demanda à son père s'il était prêt. Guy acquiesça et peu après la jeune femme se retrouva seule, les yeux fixés sur la fontaine. Au bout d'un certain temps, elle sortit enfin de l'état léthargique qui menaçait de l'engloutir, et rentra dans la maison où elle réussit à s'occuper.

Aidée de Jeanne, assistée d'une servante noire, elle vida la dernière resserre. Plusieurs malles poussiéreuses recelaient des rouleaux d'étoffe et quelques robes qui avaient dû appartenir à la grand-mère de Jason. La vue de ces toilettes inutilisées lui rappela qu'elle ne pourrait plus porter ses propres robes dans quelques mois. Elle se remémora avec plaisir les pièces de tissu commandées à La Nouvelle-Orléans sur l'insistance de son mari. Dès l'arrivée de Buveur de Sang, elle se ferait plusieurs tenues amples qui conviendraient à sa silhouette qui allait en s'épanouissant. Mais elle sombra vite dans la mélancolie en se rappelant qu'ils partiraient sous peu pour La Nouvelle-Orléans.

Elle aimait de plus en plus *Terre du Cœur* ; la pensée de devoir quitter le domaine lui déplaisait. Elle reconnut secrètement qu'elle souhaitait que son second enfant naquît ici... oui, dans cette maison qui lui avait procuré un bonheur si éphémère.

— As-tu une idée de la date du retour de Buveur de Sang ? demanda-t-elle le même soir au cours du dîner.

— On l'attend d'un jour à l'autre, maintenant. Pourquoi ? s'enquit Jason après l'avoir regardée attentivement.

— Mmm... Simple curiosité.

Les yeux de Jason s'attardèrent une seconde encore sur elle. Puis, comme si cet examen lui paraissait de peu d'intérêt, il se mit une fois de plus à bavarder avec son père. Les deux hommes abordèrent les possibilités de la culture du coton et du plan de développement des troupeaux de bestiaux préconisé par Jason. Catherine, qui s'ennuyait de plus en plus, s'excusa et monta se coucher.

Ayant passé la veille une nuit agitée, elle dormit profondément et s'éveilla tôt le lendemain. Comme la matinée était claire, lumineuse et magnifique, elle fut soudain prise d'une envie de chevaucher à travers les bois dans la fraîcheur du matin. En toute hâte, elle enfila un pantalon et un chemisier, fixa sur sa tête le chapeau à large bord qu'elle portait habituellement quand elle sortait et courut d'un pas léger jusqu'aux écuries.

Une promenade à cheval effectuée à une allure paisible ne la blesserait pas... pas encore, de toute façon. La colère que ne manquerait pas de manifester Jason après qu'elle eut décliné la veille son invitation ajoutait à la joie de la jeune femme et un sourire mauvais traversa son visage, généralement doux.

Comme il était encore tôt et que le soleil se levait à peine, la plantation commençait juste à s'éveiller. En riant, elle annonça au garçon d'écurie encore tout endormi qu'elle sellerait elle-même son cheval, ce qu'elle accomplit avec rapidité et efficacité en se rappelant les matins à Hunter's Hill où elle faisait de même.

Elle se hissa sans effort en selle et allait éperonner la jument grise pour l'amener à un petit galop lorsque Jason apparut soudain et posa une main ferme sur la bride afin de l'empêcher de partir.

— Que diable comptes-tu faire ? Je croyais que le cheval n'était pas bon pour toi ! s'exclama-t-il d'un ton sec, les yeux froids et la bouche pincée.

Catherine lui sourit effrontément.

— C'était hier... avec toi ! Aujourd'hui, j'ai envie de me promener seule !

Tout en terminant sa phrase, elle remarqua un homme près d'un cheval couvert d'écume. D'un air distrait elle se demanda si Jason était là à cause de cet étranger.

— Ce monsieur attend visiblement pour te voir. Ne te mets pas en retard à cause de moi !

— En effet, je sais qu'il m'attend. Et il apporte une mauvaise nouvelle. Même si tu n'étais pas enceinte, je t'interdirais de sortir seule à cheval. Descends tout de suite de cette fichue jument et va m'attendre à la maison !

Catherine lui sourit avec impudence, puis, comme aveuglée par une rage subite, elle arracha d'un geste brusque les rênes que tenait encore Jason et lança :

— Mon ami si tendrement aimé, tu me sembles oublier que je ne suis pas une servante !

En vain, Jason avança un bras pour saisir la bride, la jument, apeurée, se cabra et battit l'air de ses pattes antérieures. Jason eut tout juste le temps de s'écarter pour éviter un coup de sabot. Catherine maintenait son assise et reprit facilement le contrôle de la jument qui dansait nerveusement sous le poids léger de la jeune femme. Comme Jason approchait à nouveau, elle lui décocha un regard moqueur et enfonça ses talons dans les flancs soyeux de l'animal. Telle une flèche, la jument s'élança et faillit renverser Jason qui tentait une nouvelle fois de s'emparer de la bride. Le cheval passa rapidement près de lui. Haletant, les mains sur les hanches, les yeux mi-clos, Jason suivit des yeux Catherine qui s'éloignait au galop.

— A quelle distance dis-tu qu'ils étaient ? questionna-t-il brusquement en se dirigeant vers l'homme qui attendait.

— Une heure au maximum. J'ai presque tué mon cheval pour arriver le plus vite possible ! Packy les suit toujours. Même s'ils ne viennent pas directement ici, nous connaîtrons ainsi leur position.

Les yeux encore braqués dans la direction empruntée par Catherine, Jason, indécis, se mordit la lèvre avant d'ordonner :

— Réveille tout le monde et fais monter les femmes et les enfants à la grande maison.

— Et pour la ma'me ? s'enquit soudain l'homme, intimidé mais soucieux d'exprimer son inquiétude.

Devant le regard glacé qu'il reçut en guise de réponse, il comprit qu'il aurait mieux fait de réfléchir avant de parler.

Bigre ! pensait Jason avec irritation. Quel danger attendait Catherine ? Davalos ne voulait que lui. Il ne pouvait cependant pas courir le risque de voir sa Catherine, têtue et volontaire, rencontrer l'Espagnol qui revenait à *Terre du Cœur*. D'autant que celui-ci pouvait faire du mal à la jeune femme. Et Jason ne le supporterait pas. Mieux valait informer Guy de la situation et prendre ensuite quelques hommes avec lui pour aller à la poursuite de Catherine.

Tout en criant à un garçon de seller son étalon noir préféré ainsi qu'une demi-douzaine d'autres chevaux, il se dirigea vers la maison. Par chance, il rencontra Guy qui descendait les marches du perron.

Guy souriait car il venait de passer quelques minutes fort agréables en compagnie de son petit-fils. Mais, devant l'expression de Jason, son sourire disparut et il demanda à son fils :

— Que se passe-t-il ?

— Davalos revient ici et Catherine est partie à cheval, il y a quelques minutes à peine, comme une walkyrie. Il faut que je me mette à sa poursuite, répondit Jason.

Il s'arrêta, regarda son père et reprit :

— Je n'ai pas le temps de vous donner les détails, mais les hommes et leurs familles savent tous ce qu'il faut faire. Je veux que vous oubliiez sur-le-champ tous les bons souvenirs que vous pourriez garder de Davalos. Rappelez-vous seulement que j'envisagerais d'un œil beaucoup plus indulgent l'approche d'une troupe de Comanches pilleurs que celle de Blas !

Aussi sérieux que son fils, Guy hocha rapidement la tête en signe d'acquiescement. Jason le quitta immédiatement après pour se rendre aux écuries. En chemin, il remarqua que les femmes et les enfants montaient à la maison escortés par les hommes, armés pour la plupart. Jason en appela plusieurs auxquels il expliqua brièvement la situation. Le visage anxieux, le petit groupe se dirigea rapidement vers les écuries, enfourcha en toute hâte les chevaux prêts à partir et s'élança à la vitesse du vent dans la direction empruntée par Catherine un peu plus tôt.

« Bon sang ! Où est-elle allée ? » s'interrogeait Jason avec inquiétude. Et il maudit l'absence de Buveur de Sang — car ce Chiroquois réussissait à suivre les pistes les plus invisibles ! Bien qu'il excellât lui aussi dans ce domaine, Jason aurait ardemment aimé que l'Indien l'accompagnât dans ses recherches. Malgré les pressentiments qui le tourmentaient, il découvrit assez facilement la trace de Catherine ; elle le mena à un des larges cours d'eau qui traversaient la propriété.

Comme si elle devinait que Jason la suivrait à la trace, Catherine pressa son cheval vers le centre du ruisseau peu profond. Lorsqu'il atteignit l'endroit, Jason jura car les hommes perdirent de précieuses minutes à trouver l'indice leur révélant où le cheval avait quitté l'eau. Ils le découvrirent finalement à un mille environ en aval. Aussitôt, oppressé car il sentait l'urgence de sa poursuite, Jason guida sa monture au cœur de la forêt de pins.

Soudain, des coups de feu retentirent. Le cœur serré, Jason frappa l'étalon du pied pour le pousser dans un galop fou en direction des coups de feu. Ses compagnons le suivaient de près. Il leur fallut presque quinze minutes d'une chevauchée sauvage sur le sentier sinueux, la tête baissée afin d'éviter les branches, pour atteindre le vallon vers lequel Catherine s'était précipitée... Mais ils arrivèrent trop tard !

Le vallon était désert à l'exception d'un cheval sans cavalier penché sur une silhouette immobile étalée de tout son long sur le sol. Blême, Jason glissa à bas de son étalon et courut vers la forme immobile. Il ne s'agissait pas de Catherine mais Jason reconnut immédiatement Packy, le garçon chargé de suivre Davalos. Malade de peur, il s'agenouilla près du blessé.

A son approche, Packy ouvrit ses yeux bleus et murmura :

— Ils ont la ma'me, ces sales Mexicains ! Elle a lutté comme une panthère, mais ils étaient trop nombreux.

La voix affaiblie par le sang qu'il perdait en abondance d'une vilaine blessure et qui tachait sa chemise, Packy poursuivit courageusement son explication :

— J'ai essayé de les arrêter. Je pense en avoir touché un, mais la ma'me se trouvait juste au milieu et je craignais de l'atteindre !

Pour apaiser le garçon, Jason le félicita :

— Tu as bien fait. Ne t'inquiète pas. Nous la ramènerons. Pour l'instant, tu as besoin de soins... Avant que je te laisse, peux-tu me dire combien ils étaient ? ajouta-t-il en se forçant à sourire au garçon.

— Vingt ou trente... On aurait dit la même bande que la dernière fois.

Une expression cruelle sur le visage, l'esprit volontairement vidé de toute pensée, Jason porta le blessé sur sa monture jusqu'à *Terre du Cœur*, et attendit d'avoir extrait la balle et de s'être assuré que Packy reposait confortablement pour répondre aux questions angoissées de son père. Sans paraître en proie à une émotion quelconque, la voix parfaitement contrôlée, il expliqua brièvement ce qui venait de se passer.

— Tu dois partir sur ses traces ! Tout de suite ! s'exclama Guy, horrifié.

Jason le fixa de ses yeux glacés et fit non de la tête.

— Et pourquoi ? C'est ta femme, et même si elle est fautive, tu n'as pas le droit de l'abandonner entre leurs mains !

— Ce n'était pas sa faute ! admit Jason d'une voix grave et passionnée. Je lui ai caché que Davalos était de retour dans le coin. Si je l'en avais informée, elle ne m'aurait pas désobéi, quelle que fût sa colère contre moi !... Je la connais tellement bien ! ajouta-t-il d'un ton amer.

— Alors, qu'allons-nous faire maintenant ?

— Attendre.

— De grâce ! As-tu perdu l'esprit ?

Le calme que montrait Jason dissimulait en réalité ses craintes personnelles. Ses yeux se heurtèrent à ceux de son père qui exprimaient toute sa fureur avant qu'il ne réplique d'une voix paisible :

— Davalos me veut. La capture de Catherine représente pour lui un heureux accident. Sa vie pèse peu dans l'esprit de Blas. Acculé, il la tuera. J'aurais certes pu abandonner Packy pour les poursuivre, lui et sa troupe, mais je ne les aurais vraisemblablement pas rejoints. Dans le cas contraire, si je m'étais trouvé à portée de tir, Davalos aurait certainement tué Catherine sur-le-champ. A quoi cela nous aurait-il avancés ? Avez-vous pensé que je pouvais moi-même la blesser dans un échange de balles ? Je ne peux courir ce risque. Et rappelez-vous ceci : je sais comment fonctionne le cerveau de Davalos. Il se servira d'elle comme appât pour m'attirer. Que cela vous déplaise, je le conçois, et dites-vous bien que cela ne me plaît pas non plus. Mais connaissant Davalos, il m'enverra très rapidement ses conditions. Tout ce que nous pouvons faire pour l'instant, c'est attendre... attendre et prier.

Tout en regardant son fils avec dégoût, Guy se demandait comment il avait pu un jour engendrer un être aussi insensible. Incapable de supporter plus longtemps la vue de ce visage blême et fermé, il sortit bruyamment de la pièce.

Les nerfs tendus, ils attendirent toute la journée. Puis, conformément aux prévisions de Jason, Davalos lui envoya un mot. Un cavalier émergea sans qu'on pût savoir d'où dans un grand nuage de poussière, dépassa la maison protégée à la vitesse de l'éclair et lança à travers la fenêtre un message noué autour d'une pierre.

Une salve de coups de feu le suivit, mais l'incident dans sa totalité s'était produit en un temps si bref que le cavalier put s'éloigner sans mal.

Les doigts tremblants, Jason détacha le morceau de papier. D'un ton impersonnel, il lut à haute voix le billet :

— « J'ai ta femme. Tu la trouveras sous ma surveillance à l'ouest de la Sabine. Je t'attends à la *Clairière du Marchand.* »

— Quand pars-tu ? demanda calmement Guy.

L'esprit ailleurs, Jason regarda dans sa direction et répondit avec lenteur :

— A l'aube. Je n'y gagnerais pas beaucoup en partant cette nuit ; j'ai certaines choses à faire d'ici là.

33

L'imminence du danger ayant disparu, les hommes et leurs familles quittèrent la grande maison et rentrèrent chez eux à pas lents. Ils formaient un groupe silencieux où les enfants eux-mêmes se tenaient pour une fois tranquilles et parlaient à voix basse. Le destin de Catherine occupait le premier rang dans beaucoup d'esprits.

Un verre de whisky à la main, Jason s'appuya contre un pilier massif, dans la véranda du rez-de-chaussée. Il ne regardait rien, l'esprit complètement vide. Tant qu'il ne penserait pas à sa femme et à ce qui pouvait lui arriver, il réussirait à se maîtriser. D'autant que, pour la ramener saine et sauve sans être lui-même atteint, il lui fallait garder la tête froide et dresser des plans. Dans ce but, il ne devait penser à elle que comme à un objet qu'on échange ! Il refrénait sa crainte ou sa terreur car l'une ou l'autre risquerait de l'influencer.

Il se raidit soudain et scruta l'horizon à travers le crépuscule de plus en plus profond car un bruit lui parvenait de la forêt. Il entendait avec netteté le grincement des roues de chariots ; peu après, il descendit accueillir Buveur de Sang.

— Tu es de retour ! déclara-t-il inutilement.

— Il m'est venu à l'esprit qu'il fallait que je sois là ce soir, expliqua simplement le Chiroquois tout en scrutant le visage aux traits tirés de son ami.

Ils n'eurent pas besoin d'en dire plus pour se comprendre. En silence, ils se mirent à surveiller les chariots qui émergeaient des bois. Attirés par le bruit, les habitants de *Terre du Cœur* surgirent de leurs maisons pour accueillir les nouveaux venus. Guy vint se placer sur la première marche du perron, aux côtés de son fils, très pâle, dans une attitude figée.

Buveur de Sang lança un coup d'œil perçant à Guy lorsqu'il les rejoignit puis reporta son attention sur un chariot qui se séparait de ceux qui se rendaient aux écuries et dégageaient ainsi le périmètre devant la demeure. Comme ce chariot approchait lentement de la maison, Jason interrogea l'Indien du regard.

— Ta belle-mère ! répondit celui-ci, et Jason soupira.

Pauvre Rachel ! Pour elle, il était constamment le messager de mauvaises nouvelles. Cette fois, il lui faudrait l'éclairer sur l'enlèvement. Inutile cependant de trop l'inquiéter, s'il pouvait l'éviter.

Son père poussa une exclamation étranglée qui détourna Jason de ses réflexions et il regarda Guy avec curiosité. Tendu, celui-ci fixait avec incrédulité la petite femme qu'un jeune homme de grande taille aidait à descendre du chariot. Jason porta aussitôt son regard sur la scène qui se déroulait sous ses yeux et se raidit en découvrant Adam Saint-Clair !

Il l'avait vu une seule fois, mais ses traits de faucon étaient gravés à jamais dans son cerveau. Irrité, il s'avança à la rencontre de son rival. Mais il se devait tout d'abord de saluer Rachel. Dissimulant son ressentiment, il prit les mains qu'elle lui tendait et les porta à ses lèvres en affirmant d'une voix douce :

— Mère! Quel plaisir de vous accueillir ici! Je regrette de n'avoir pu vous escorter moi-même jusqu'à *Terre du Cœur*, et j'espère que le voyage ne vous a pas trop fatiguée.

Rachel ébaucha un sourire charmant, semblable en tout point à celui de sa fille, et se mit à rire.

— Oh, Dieu merci, non. Bien que ce voyage n'ait ressemblé en rien à un voyage à travers l'Angleterre. Jason, que c'est bon de vous revoir. Je suis tellement contente que Catherine et vous, vous vous soyez enfin retrouvés!... Mais, dites-moi, où est-elle? interrogea-t-elle en regardant alentour dans l'espoir de voir surgir sa fille.

La question innocente plana un instant dans l'air et Jason resserra douloureusement son étreinte. Un étrange sourire aux lèvres, il avoua:

— On dirait que je l'ai une fois encore perdue!

De ses yeux bleu vif, marqués par la fatigue, Rachel sonda lentement le visage de son gendre.

— Une fois encore?

Jason approuva d'un signe de tête. Conscient, avec une certaine irritation, de l'intérêt tranquille mais profond que lui portait l'homme qui se tenait à deux pas du perron, Jason lança un coup d'œil arrogant dans sa direction.

Adam lui retourna froidement son regard de ses yeux bleu saphir dont l'intensité augmentait tandis qu'il répondait à l'examen minutieux et hostile auquel Jason le soumettait. « Kate a bel et bien récolté comme mari un gredin à l'humeur noire! pensait Adam avec une sorte d'amusement. Elle ne lui a sans doute pas encore tout expliqué! » supposa-t-il, un poids au creux de l'estomac. Avec un soupir intérieur, il espérait que Jason ne le tuerait pas avant de découvrir la vérité. « Quel dommage de ne pouvoir la lui apprendre moi-même! »

Il s'inquiétait inutilement car le regard de Jason devint soudain plus perçant.

— Ai-je bien l'honneur de rencontrer le frère de Catherine ? demanda-t-il avec dureté en fixant à nouveau Adam.

Détournée de ses pensées, Rachel se contraignit à rire, d'un rire légèrement tendu.

— Que je suis stupide ! Bien entendu, vous ne vous connaissez pas, tous les deux. Comme tu l'as deviné, Adam, voici Jason Savage, le mari de Catherine.

Les deux hommes se serrèrent la main avec circonspection. Jason était déchiré entre l'envie de rire, car il éprouvait un grand soulagement, et un ressentiment amer à l'idée que Catherine l'avait laissé se torturer à imaginer que cet homme était son amant. La lueur d'amusement sympathique qui brillait dans les yeux d'Adam décida pour lui de l'attitude à adopter et, pour la première fois ce jour-là, il sourit de façon naturelle.

— Ah ! Si seulement vous saviez ce que votre coquine de sœur m'a laissé croire !

— Ne me le dites pas... je l'imagine aisément. C'est depuis toujours une friponne têtue et irritante !

Buveur de Sang avait observé la rencontre avec attention. Satisfait du résultat, il s'éloigna et se fondit dans l'obscurité, abandonnant le trio derrière lui. Les yeux voilés de larmes, Rachel regardait les deux jeunes gens, grands et beaux, qui se tenaient très près l'un de l'autre. Aussi noir de cheveux que Jason, Adam mesurait cependant un pouce de moins et était plus mince.

— Si je ne me trompe pas, tout à l'heure vous nous avez annoncé que Kate avait à nouveau disparu, n'est-ce pas ? s'enquit Adam qui rompit ainsi le silence.

L'apparence détendue que Jason arborait depuis un moment s'envola et il admit :

— Oui ! Mais ne vous inquiétez pas. Comme je sais, cette fois, l'endroit exact où elle se trouve, je la ramènerai dans un délai très bref.

Par un coup d'œil, Jason indiqua à Adam qu'il prononçait ces paroles réconfortantes pour ne pas tourmenter Rachel à laquelle il sourit ensuite en ajoutant rapidement :

— Vous devez me prendre pour un hôte bien médiocre : je vous laisse debout ! Entrez dans la maison et lorsque je vous aurai montré vos chambres et que vous vous serez un peu reposée, nous bavarderons en buvant des rafraîchissements.

Rachel était en effet fatiguée. Il lui semblait qu'elle voyageait depuis des mois et des mois, ce qui était du reste la vérité. Il y avait eu tout d'abord le long voyage à travers l'Angleterre, puis celui d'Angleterre à La Nouvelle-Orléans, ensuite celui de La Nouvelle-Orléans à Natchez et enfin de Natchez jusqu'à ce lieu sauvage. En découvrant qu'elle ne verrait pas encore sa fille, elle fut terriblement déçue et inquiète... et les paroles paisibles que Jason avait prononcées ne parvinrent pas à calmer la crainte qui croissait dans son cœur. « Peut-être qu'après quelques instants de repos, les choses m'apparaîtront sous un jour moins sombre », pensa-t-elle en cachant bravement son malaise. Elle étreignit avec douceur le bras que lui offrait Jason et avoua :

— Savez-vous que ces temps-ci je rêvais sans cesse de me prélasser dans un bain et de dormir dans un vrai lit ? Ce sera pour moi une nouveauté de me trouver à l'intérieur d'une maison après toutes ces semaines passées à la belle étoile !

Elle monta lentement les larges marches en brique qui menaient à la véranda. Puis, Jason fit entrer Rachel et Adam dans la maison. Guy semblait s'être évaporé et cette conduite étrange intrigua Jason. Il n'était pas dans les habitudes de son père de disparaître aussi précipitamment sans attendre d'être présenté ou de souhaiter la bienvenue aux invités. Bah ! il s'assurait probablement que l'on était bien en train de préparer les chambres. Sans rien pressentir de particulier, Jason confia Rachel à une servante.

Adam refusa de voir ses appartements et Jason reconnut sur son visage une expression que Catherine portait parfois lorsqu'elle était résolue à se faire écouter. Il ouvrit alors les portes du salon principal et offrit un verre à son beau-frère. Invitant d'un signe de la main Adam à s'asseoir dans un fauteuil confortable, il versa deux whiskies et tendit un verre à Adam.

— Vous désirez davantage de détails, n'est-ce pas ? demanda-t-il brusquement après s'être installé sur un sofa.

Sans quitter Jason des yeux, Adam approuva de la tête. D'une voix dépourvue d'émotion, Jason lui raconta exactement ce qui s'était passé.

— Mon Dieu ! Vous n'allez rien tenter ? Moi, j'aurais suivi Davalos sur-le-champ ! s'exclama Adam dont les yeux bleus flamboyaient de mépris.

Las, impatient, Jason lui rétorqua vivement :

— Faites-moi crédit, je connais mon ennemi ! Pour l'amour de Dieu, regardez dehors. Il fait presque nuit, mon ami, et il me déplairait de tomber dans un piège tendu par Davalos. En quoi cela arrangerait-il Catherine ? Rappelez-vous qu'il sait exactement où je me trouve mais que moi j'ignore l'endroit où il se cache. Je n'ai même pas la satisfaction de savoir qu'il fera ce qu'il a écrit, c'est-à-dire qu'il sera au rendez-vous de la *Clairière du Marchand*. Avez-vous envisagé la possibilité qu'on ait pu m'adresser ce message dans l'unique but de me lancer sur une fausse piste ? Que, tandis que je chevaucherai furieusement vers la *Clairière du Marchand*, Davalos et ses hommes pourraient emprunter une autre direction ? J'y ai réfléchi, croyez-moi ! Et avant de partir à la poursuite de Catherine, je dois m'assurer qu'ils se dirigent bien vers cette clairière, or, le seul moyen dont je dispose est de les suivre à la trace, ce que je ne peux faire dans l'obscurité. J'ai les mains liées et en ce moment je ne peux qu'attendre l'aube avec l'espoir que Catherine n'est pas blessée. Je m'inquiète tout autant que vous de sa sécurité, et je suis pleinement conscient du choc que cela représente pour votre mère... Je n'arrive pas à comprendre qu'une personne aussi peu exigeante et aussi douce puisse être la mère de deux saltimbanques insouciants tels que vous et tout particulièrement votre sœur ! ajouta Jason après un temps d'amère réflexion.

Profondément vexé par ces paroles, mortifié de s'être laissé aller à la colère sans motif, Adam répondit avec raideur :

— Excusez-moi. J'ai parlé sans réfléchir. Il est inexcusable que je veuille vous dicter votre conduite.

Adam parut soudain très jeune et très fier aux yeux de Jason qui lui sourit et lui demanda :

— Quel âge avez-vous ?

— Tout juste vingt-deux ans, lâcha Adam, étonné.

— A votre âge, et dans des circonstances identiques, j'aurais vraisemblablement réagi de la même façon ou pire encore : j'aurais très certainement engagé une querelle... Félicitations pour votre patience ! ajouta-t-il en levant son verre pour porter un toast.

On ouvrit soudain la porte : Guy entra et s'avança vivement au milieu de la pièce. A l'intrusion inattendue de Guy, les deux hommes se levèrent instantanément. Préoccupé par ses démons personnels, Guy ne remarqua pas Adam qui se tenait près de la porte.

— Il faut que je te parle immédiatement ! Il y a quelque chose que tu dois savoir ! s'exclama-t-il, le regard douloureusement fixé sur son fils.

Les yeux de Jason allèrent très rapidement du visage d'Adam au visage de son père et la vérité se fit enfin jour.

— Je crois savoir de quoi il s'agit, répliqua-t-il très calmement et très lentement.

— Tu sais de quoi il s'agit ?

Approuvant de la tête, Jason reprit d'une voix étrange :

— Père, laissez-moi vous présenter le frère de Catherine, Adam.

Les yeux à présent fixés sur Adam, Guy blêmit. Intrigué, légèrement mal à l'aise devant les émotions bizarres qui vibraient dans la pièce, Adam murmura poliment :

— Il vaudrait peut-être mieux attendre pour les présentations. Votre père désire visiblement se retrouver en tête à tête avec vous. Nous continuerons notre entretien plus tard, si vous êtes d'accord.

Luttant pour retrouver son sang-froid, Guy tendit machinalement la main au jeune homme.

— Enchanté, énonça-t-il d'une voix sourde.

Adam remarqua que la main qui serrait la sienne tremblait. Cette étreinte presque convulsive l'incita à contempler son aîné, d'un air perplexe. Indécis, il sourit à l'Américain.

— Jason a négligé de vous donner mon nom de famille. Je m'appelle Saint-Clair !

— Je sais, murmura Guy, les yeux brillant d'une émotion indéfinissable.

Ce nom frappa soudain Jason. Adressant à son père un regard moqueur, il chuchota :

— Saint-Clair ! J'aurais dû m'interroger là-dessus ! N'auriez-vous pas pu trouver mieux que le nom de jeune fille de votre mère ?

— Pardon ? demanda Adam qui n'y comprenait visiblement rien.

Sur le point de parler, Jason jeta par hasard un coup d'œil vers la porte ouverte et les mots moururent sur ses lèvres. Pétrifiée, Rachel se tenait sur le seuil de la pièce, les yeux rivés sur Guy. Ses boucles châtain foncé ondulaient doucement autour de son visage. Une robe bleu ciel assortie d'un coquet ruban blanc autour du cou remplaçait maintenant sa toilette salie par le voyage. Mais ses traits tendus étaient beaucoup plus pâles que ses dentelles.

Retenant une exclamation d'anxiété, Jason s'avança ainsi qu'Adam, mais Guy atteignit le premier la silhouette immobile. D'une main tremblante, il guida Rachel qui marchait comme une aveugle vers un canapé. Pour les yeux stupéfaits qui les suivaient, il

568

était manifeste que Guy et Rachel ne voyaient personne d'autre qu'eux deux, et les paroles de Guy flottèrent avec une clarté douloureuse à travers la pièce.

— Oh ! Rae ! Jamais je... si j'avais seulement... j'ignorais complètement que vous veniez ici ! Oh, mon amour, croyez-vous que j'aurais accepté de vous causer une minute de plus de détresse si j'avais pu l'éviter ?

Un horrible soupçon s'infiltra dans l'esprit d'Adam qui avança d'un pas déterminé vers eux, mais Jason tendit la main pour le retenir. Adam lui envoya un coup d'œil irrité et Jason lui dit doucement :

— Non, frère ! Nous sommes *de trop* et jusqu'à ce qu'ils se soient tous deux ressaisis, nous devons contenir notre gigantesque curiosité !

Il entraîna d'un pas rapide le jeune homme indécis à l'extérieur de la pièce, le suivit dans le hall et ferma la porte du salon d'un geste calme. Face à face, les deux hommes se regardèrent fixement avec une intensité nouvelle. Après un temps de silence qui mit leurs nerfs au supplice, Adam s'exclama finalement d'un ton mordant :

— Je ne le crois pas ! C'est impossible ! Mon père a été tué avant qu'elle n'épouse le comte !

Le regard impénétrable, Jason haussa les épaules.

— Peut-être. Mais vous ressemblez de façon rare à mon père et vous portez le nom de jeune fille de ma grand-mère. Ajoutez à cela les réactions qu'ils viennent de manifester l'un par rapport à l'autre, à mon avis, cela aurait dû vous donner à réfléchir.

Déconcerté, Adam serra les poings et regarda son vis-à-vis. Imperturbable, Jason lui retourna son regard et reprit d'une voix douce :

— Si c'est vrai, vous n'y pourrez rien changer. Quelle que soit l'histoire, ils ont pris grand soin de la tenir secrète... souvenez-vous de cela !

Une paix mêlée de gêne s'établit entre les deux hommes. Jason conduisit l'intransigeant Adam dans son bureau où ils s'assirent en silence pour attendre Guy et

Rachel. Fatigué, Jason se passa une main sur le front et réfléchit à ce qu'il projetait de faire le lendemain.

Il lui fallait voir Buveur de Sang ce soir car le Chiroquois l'accompagnerait naturellement, mais personne d'autre. Il ne pouvait courir le risque d'une franche confrontation avec Davalos tant que l'Espagnol tiendrait Catherine en son pouvoir. « Ah ! si ce matin j'avais prononcé les quelques mots qui auraient réussi à l'arrêter ! » pensa-t-il avec lassitude. Et Jason maudit une fois de plus l'orgueil et la colère qui le gouvernaient. Le cœur serré, il songea que les paroles irritées qu'ils avaient échangées le matin même seraient peut-être les derniers mots que Catherine lui aurait adressés... qu'elle était déjà peut-être morte !

Le visage gris d'angoisse, Jason se leva en grommelant :

— J'ai plusieurs choses à faire. Vous pouvez soit attendre ici soit m'accompagner ; mais je vous avertis que je n'aurai pas le temps de jouer à l'hôte courtois.

C'était une invitation peu aimable, pourtant ils avaient tous deux besoin de ne pas rester seuls. Sans un mot, Adam suivit donc Jason dehors.

Eloignant les pensées torturantes qui l'obsédaient, Jason choisit avec soin les chevaux que l'on devrait préparer pour son départ à l'aube ; il surveilla ensuite l'emballage méticuleux des provisions nécessaires à l'expédition. Comme il lui fallait envisager toutes les éventualités possibles, la liste des marchandises à emporter augmenta graduellement en dépit de son désir de charger au minimum les montures afin d'avancer plus rapidement. Morose, Adam observait les préparatifs. Il avait proposé — ou plutôt avait presque exigé — d'accompagner Jason mais celui-ci lui avait opposé un refus catégorique qui ne permettait aucune discussion. Se sentant excessivement jeune et inutile, Adam prévint son hôte qu'il allait l'attendre dans son bureau.

Pensivement, Jason le suivit des yeux tandis qu'il

s'éloignait. Il avait grande envie de le rappeler. Mais non ! Adam possédait bien fougue et détermination, cependant il n'entreprenait pas une partie de plaisir à laquelle pouvaient se joindre des jeunes inexpérimentés. Buveur de Sang émergea soudain de l'obscurité, ce qui le détourna de ses préoccupations.

— Tu as entendu ? demanda-t-il à l'Indien en se tournant vers lui.

— J'ai entendu, mon frère, lui répondit le Chiroquois en approuvant de la tête, gravement.

— Nous partirons dès l'aube.

Ils n'échangèrent pas d'autres paroles. Les préparatifs terminés, Jason revint au bureau où Adam feuilletait un volume relié en cuir. Ils bavardèrent à bâtons rompus quelques minutes puis la porte s'ouvrit sur Guy. Son visage exprimait toute une série d'émotions où se mêlaient un certain regret et une grande appréhension. Mais ce qui frappa les deux jeunes gens fut la joie calme qui embrasait ses yeux verts.

— Pouvons-nous entrer ? demanda Guy.

Jason approuva d'un signe de tête. Un bras possessif passé autour de la taille de Rachel, Guy menait la comtesse vers le canapé. Rachel, qui semblait presque totalement ressuscitée, adressa à Jason un timide regard d'excuse, mais elle ne put toutefois se résoudre à affronter Adam qui se tenait raide devant la cheminée. Guy s'éclaircit la gorge, mal à l'aise. Debout derrière Rachel, les mains reposant légèrement sur ses épaules, il expliqua d'un ton où perçait un certain défi :

— Nous avons quelque chose à vous apprendre à tous deux. Vous ne l'apprécierez peut-être pas, mais vous avez droit à une explication... Adam, en particulier.

Si la situation n'avait pas été aussi grave, et les trois autres personnes aussi tendues, Jason aurait éclaté de rire. Comme il ne voulait pas écouter Guy qui tournait autour du pot, il préféra aller droit au but :

— Adam est mon frère, n'est-ce pas ?

Rachel devint livide. Bravement, elle regarda pour la première fois son fils avec assurance en affirmant avec netteté :

— Oui !

Comme Adam se figeait, Rachel s'écria d'une voix pleine de détresse :

— Cela ne s'est pas passé comme tu le crois ! Nous étions certains que le mariage était valide.

Les yeux durs, Jason vrilla son regard dans celui de son père et demanda d'un ton ferme et grinçant :

— Votre mariage avec ma mère a dû avoir lieu quelques années avant votre rencontre avec Lady Tremayne. Comment donc le lui avez-vous expliqué ? Et moi ?

Les mains de Guy enserrèrent plus fortement les épaules de Rachel ; son regard enveloppa les deux jeunes hommes puis il se mit brusquement à parler :

— Mon mariage avec Antonia fut une terrible erreur. Je l'ai supporté aussi longtemps que je l'ai pu ; nous nous mîmes finalement tous deux d'accord pour nous séparer. Après en avoir discuté en détail, nous décidâmes qu'un divorce était l'unique solution qui s'offrait à nous, bien que cet acte représentât quelque chose de terriblement choquant.

Inconsciemment, Guy lança à Jason un regard implorant.

— Tu dois me croire si je te dis que nous étions très malheureux l'un et l'autre ! Antonia accepta de bon cœur l'idée du divorce. Comme tu le vois, je ne fus donc pas le seul instigateur de cette rupture !

Jason le fixa calmement et haussa les épaules.

— Vos relations avec ma mère ne concernent que vous... vous ne me devez aucune explication à ce sujet ! répliqua-t-il.

— Eh bien, je t'en remercie. Ta bienveillance me décourage presque, remarqua Guy avec raideur, en se maîtrisant.

— Avez-vous obtenu le divorce ? interrompit abruptement Adam.

Guy secoua négativement la tête sans quitter des yeux ce visage qui était la réplique en plus jeune du sien.

— Lorsque je partis finalement pour l'Angleterre, Antonia avait conclu un pacte avec moi. Nous avions décidé que, afin de causer le moins de scandale possible, elle retournerait à La Nouvelle-Orléans tandis que je m'occuperais des détails désagréables en Angleterre. Le divorce devait se faire dans le calme et la discrétion... Et si Antonia n'avait pas changé d'avis, tout aurait été réglé et terminé, ajouta-t-il d'une voix amère.

— Pendant que les avocats s'occupaient de leur travail, vous avez rencontré Rachel, n'est-ce pas ? interrogea Jason.

Les yeux de Guy s'adoucirent miraculeusement en se posant sur sa compagne.

— Oui. Comme j'étais un ami du comte de Mount, celui-ci m'invita à descendre en Cornouailles pour y séjourner un moment. Et j'ai fait là-bas la connaissance de Rachel, sa plus jeune cousine.

Etonné par cette révélation, Jason haussa les sourcils. Devant sa surprise, Guy ajouta sombrement :

— Oh, oui, cette parenté fut d'un grand secours quand il fallut cacher la pénible situation dans laquelle se trouvait Rachel.

— Voulez-vous insinuer que vous avez séduit ma mère ? demanda Adam, le regard douloureusement rivé sur Guy.

Incapable de se taire une minute de plus, Rachel se dressa, courut vers son fils et le supplia :

— Ecoute-moi, Adam ! La veille de son départ pour la Cornouailles, Guy avait reçu un billet de l'avocat l'informant que le divorce était conclu. Cela le surprit parce que tout s'était déroulé très rapidement et sans bruit. Il décida d'aller rendre visite à son avocat dès son retour, afin d'en avoir confirmation. Mais il est important que vous vous rappeliez tous deux qu'il se croyait libre !

Adam dégagea doucement le bras qu'étreignait sa mère. Un sourire légèrement tendu au coin des lèvres, il dit d'une voix plus aimable :

— Quelle merveille ! Asseyez-vous et ne vous tourmentez pas. Quoi qu'il se soit passé, je suis de votre côté !

Indécise, Rachel s'enfonça dans le canapé, les mains fortement serrées sur ses genoux.

Conscient d'être simultanément jugé par ses deux fils, Guy poursuivit son explication :

— C'est exact. Je me croyais libre. Avant d'offrir ma main et mon cœur à une autre femme, je l'aurais vérifié, même s'il n'y avait aucune raison pour ne pas croire la note griffonnée par l'avocat... mais je suis tombé profondément amoureux de Rachel que ses parents voulaient marier de force au fils du pasteur.

— Voyez-vous, comme nous faisions figure de cousins pauvres, maman et papa étaient ravis de recevoir une proposition respectable pour moi. Nous n'avions jamais pu nous permettre le luxe de passer une saison à Londres ou quelque chose dans le genre, ajouta Rachel avec peine.

— Quand j'ai appris ce qui arrivait, je suis allé immédiatement voir les parents de Rachel, mais ils insistèrent sur le fait qu'aucune de leurs filles n'épouserait un divorcé quoi qu'il ait à offrir. Donc... nous nous enfuîmes.

— A Gretna Green ? demanda Jason.

— Oui, car Rachel n'avait que dix-sept ans.

— Alors ? reprit Jason.

— Alors nous restâmes là-bas. L'Ecosse est belle et nous étions amoureux. Nous n'avions aucune raison de revenir.

Guy s'approcha de Rachel qui l'encouragea d'un petit sourire et chercha sa main. La voix teintée de tristesse, Guy poursuivit :

— Jason, j'étais à cette époque plus heureux que je ne l'ai jamais été de toute ma vie, avant ou depuis. Et quand Rachel m'annonça qu'elle allait avoir un enfant, ma joie ne connut plus de limites.

Guy s'arrêta et regarda le visage blême d'Adam.

— Je t'ai aimé, mon garçon, même si je n'ai pas pu faire ta connaissance.

— Voyez-vous, l'avocat avait fait une erreur. Lorsqu'on la découvrit, Guy ne se trouvait plus à Londres ; l'avocat vit donc Roxbury, chuchota Rachel.

— Roxbury ? Mon oncle ? questionna Jason, les yeux grands ouverts.

— Tu oublies qu'il est également mon frère, lui rappela vivement Guy. L'avocat fit ce qu'il croyait le mieux. Roxbury savait que j'étais parti en Cornouailles pour un mois environ. Comme je ne revenais pas, il en conclut tout simplement que j'avais prolongé mon séjour là-bas. Il n'a certainement jamais soupçonné que j'avais rencontré quelqu'un, que j'étais tombé amoureux et que je m'étais remarié. Même s'il avait agi immédiatement, cela n'aurait servi à rien car, dans l'intervalle, Rachel et moi étions déjà mariés et vivions en Ecosse.

Jason laissa échapper un sifflement de consternation et Adam demanda immédiatement :

— Lorsque vous avez découvert la vérité, pourquoi n'avez-vous pas continué les formalités de divorce ?

— Parce que, entre-temps, Antonia avait non seulement changé d'avis mais de plus elle vint en Angleterre arrêter la procédure !... Oh ! elle ne me désirait pas, et voulait toujours que nous nous séparions, mais elle avait tout simplement décidé que ce serait un rude coup pour sa réputation si elle devenait une divorcée, ajouta Guy après un rire forcé.

Connaissant sa mère comme il la connaissait, Jason le crut facilement. Il regarda Rachel avec pitié. Quelle horrible situation pour elle !

Avec lassitude, Guy acheva son récit :

— Lorsqu'on découvrit le malentendu, le comte et Roxbury décidèrent d'un commun accord de me renvoyer en Amérique pour mon bien. Rachel accoucherait dans un coin retiré d'Ecosse... Pour sauver sa réputation, ils concoctèrent une histoire de mari mort à l'armée. Avant mon départ, je me suis engagé par écrit à ce que les terres de Natchez reviennent au bébé — quel que fût son sexe. J'ai également pris les mesures nécessaires pour que, par l'intermédiaire du comte, l'enfant reçût les terres et une certaine somme d'argent lorsqu'il aurait atteint dix-huit ans. J'étais pieds et poings liés car, même si je l'avais mise au courant des faits, Antonia aurait encore refusé de reconsidérer la question du divorce. Dieu, que je l'ai suppliée ! Je n'avais aucun motif... sans compter le vrai scandale qui aurait jailli si on avait appris une partie de l'histoire.

Un silence tendu s'installa dans la pièce lorsque Guy s'arrêta de parler. Adam le rompit finalement en demandant d'une voix grave :

— Qu'allons-nous faire maintenant ?

— Rien, affirma Jason d'un ton décidé.

Puis il se dirigea vers Rachel et ajouta d'une voix douce :

— Vous devez en vouloir beaucoup aux hommes de ma famille... sans compter l'égoïsme de ma mère. Nous pardonnez-vous ?

— Vous n'êtes pas en colère ? s'enquit-elle presque timidement.

Jason hocha la tête.

— Vous ne m'enlevez rien. Le mariage de mes parents était un désastre bien longtemps avant que mon père ne vous ait rencontrée... vous avez été l'innocente qu'on a blessée. Et je n'envie pas à Adam la possession des terres de Natchez. Eclairez-moi toutefois sur un point : pourquoi avez-vous épousé le comte ?

Rachel osa un coup d'œil en direction de Guy.

— Il se montra bon envers moi et, après tout le mal qu'il s'était donné pour... pour sauver ma réputation... j'avais une dette envers lui. Il ne m'aimait pas, mais moi non plus je ne l'ai jamais aimé. Votre père possédait tout mon amour.

Elle hésita avant d'ajouter :

— J'aurais bien tout tenté pour faire de notre union un mariage réussi, mais, voyez-vous, le comte ne souhaitait qu'une chose : avoir un héritier, possibilité que je lui offrais avec Adam. Je crois qu'il s'est toujours senti dupé lorsque l'unique enfant que nous avons eu fut une fille, Catherine.

— Je suis content que vous l'ayez eue, affirma Jason avec un sourire étrange.

Soudain, Guy conseilla d'une voix bourrue et pleine d'inquiétude :

— Rachel, vous devriez vous retirer pour la nuit. La soirée a été riche en émotions pour nous tous, en particulier pour vous. Nous en reparlerons demain si vous le souhaitez.

Observant la façon dont son père veillait sur Rachel en la raccompagnant dans sa chambre, Jason pensait à sa mère en des termes peu amènes.

— Que va-t-il leur arriver maintenant ? demanda Adam, une fois la porte fermée derrière le couple.

Jason lui adressa un regard perçant.

— Cela dépend d'eux, non ? Ah ! une chose très importante : que ressentez-vous ?

— Eh bien, quelle surprise d'apprendre que l'on est vraiment un bâtard ! admit Adam avec sincérité.

Jason lui sourit.

— Que cela ne vous tracasse pas ! On m'appelle ainsi depuis des années.

Adam conserva une seconde une expression grave puis éclata de rire et affirma :

— Dans ce cas, si tu t'en moques, moi aussi !

Plus tard, ce soir-là, Jason se coucha, l'esprit curieusement troublé. Oh, pas en raison du passé car il trouvait étrangement agréable l'idée d'avoir un frère... mais l'avenir pour Guy et Rachel le préoccupait. Ils étaient manifestement toujours amoureux l'un de l'autre et l'écoulement des années n'y avait rien changé. Antonia n'accepterait pas de divorcer de Guy, pas plus maintenant qu'alors. Rien ne serait donc changé !

Rêveur, il décida de ne pas en vouloir à son père s'il faisait discrètement de Rachel sa maîtresse, mais, sans savoir pourquoi, il ne les voyait ni l'un ni l'autre accepter une telle situation. « Eh bien ! Qu'ils résolvent eux-mêmes leurs problèmes... Quant à moi, j'ai déjà suffisamment de mal à garder en ma possession ma petite chatte au poil hérissé ! » pensa-t-il.

34

La grisaille qui précède l'aube enveloppait encore la terre lorsque Buveur de Sang et Jason s'éloignèrent du domaine le lendemain matin. Il leur fallait chevaucher longtemps avant d'atteindre la Sabine. Le cheval de bât qui transportait les provisions et la monture prévue par Jason pour ramener Catherine entravaient légèrement leur course. Les deux hommes auraient préféré ne voyager qu'avec les vêtements qu'ils portaient sur le dos et une couverture roulée, attachée à l'arrière de leurs selles. Mais ils n'avaient aucune idée de l'état dans lequel ils trouveraient Catherine, de même qu'ils ignoraient la durée de leur expédition et la direction dans laquelle leur chasse les mènerait. Pour l'instant, ils s'acheminaient vers une petite clairière située à quelques milles à l'ouest de la Sabine.

Plusieurs années auparavant, on avait essayé d'établir dans cette région un comptoir de commerce. Optimiste, l'agent chargé de ce comptoir avait défriché la forêt et construit un petit bâtiment en troncs d'arbres ainsi que quelques appentis qu'il espérait sans doute remplacer plus tard par des magasins et des écuries. L'aventure avait malheureusement échoué, en particulier parce que la plupart des voyageurs qui se dirigeaient vers l'ouest préféraient emprunter la vieille piste espagnole qui passait beaucoup plus loin au sud. Le comptoir fut finalement abandonné et, ironie du sort, tout en n'étant d'aucun rapport, il devint un point de repère et une halte pour les quelques personnes qui s'enfonçaient dans le territoire espagnol pour des raisons habituellement peu avouables. C'était là, à la *Clairière du Marchand*, que Jason devait rencontrer Davalos. Le troisième jour, en fin de matinée, Jason et Buveur de Sang traversèrent la Sabine à quelques milles au nord de leur destination. Prenant grand soin de ne pas révéler leur présence, ils s'approchèrent de la clairière.

Elle était déserte. Jason crut aussitôt s'être trompé dans ses calculs, ce qui le terrifia. A moins qu'on ne leur tende un piège ! Dans cette éventualité, les deux hommes contournèrent la clairière et examinèrent attentivement la forêt pour s'assurer que les Espagnols ne s'y cachaient pas. Après quoi, ils tentèrent furtivement de gagner l'entrée du bâtiment.

En fouillant la forêt, ils avaient découvert la preuve que plusieurs cavaliers étaient partis très peu de temps avant leur arrivée. Le cœur serré, Jason entra prudemment dans la construction en bois par une fenêtre de derrière tandis que Buveur de Sang restait caché dans les grands arbres. La bâtisse était vide, mais Jason constata que, pas plus tard que la nuit précédente, quelqu'un — Davalos ? — avait occupé la pièce. Incapable de tirer des conclusions d'après les maigres indices qui restaient, il ouvrit la lourde porte et se glissa prudemment dans la clairière. Se faufilant sous le couvert, le fusil serré dans la main, il fouilla rapidement les appentis en ruine et ne trouva rien jusqu'à son entrée dans le dernier.

Le pur-sang gris que Catherine avait monté en ce matin fatal gisait mort. Il était encore sellé et bridé, mais on l'avait égorgé avec brutalité et le sol près de sa tête était couvert de sang. Jason estima que la mort de l'animal ne remontait pas trop loin dans le temps car le cuir était à peine froid sous ses mains expertes. Un couteau dont la lame était noircie de sang séché sortait de la selle et empalait un morceau de papier éclaboussé de sang. D'une main ferme, Jason arracha le couteau d'un geste brusque. Impassible, il lut alors lentement le message laissé par Davalos. Puis, sans un coup d'œil en arrière, il disparut dans la forêt où il rejoignit Buveur de Sang. Les deux hommes se dirigèrent rapidement vers leurs chevaux qu'ils avaient cachés ; en phrases concises, Jason fit part à son ami de ses découvertes.

En apprenant le passage du débauché et la destruction inutilement méchante du cheval, Buveur de Sang grogna de dépit. Mais, lorsque Jason lui annonça que Davalos emmenait Catherine à Nacogdoches, un fort espagnol situé au fin fond du territoire espagnol, ses yeux noirs étincelèrent de colère. Les deux cavaliers enfourchèrent silencieusement leurs montures et suivirent la trace que, dans son arrogance, Davalos n'avait pas estimé nécessaire de dissimuler. Blas se trouvait maintenant dans son propre territoire et il détenait Catherine, ce qui lui plaisait certainement beaucoup. Imaginant facilement le sourire de satisfaction que devait arborer l'Espagnol, Jason pinça les lèvres avec irritation.

A mesure que la journée s'écoulait, les deux amis parlèrent peu car les mots étaient inutiles entre eux. Ils connaissaient en effet tous deux les dangers auxquels ils s'exposaient et ils savaient également qu'ils seraient à la merci de Davalos si celui-ci réussissait à atteindre le fort où il serait relativement en sécurité. Leur unique espoir consistait à rattraper la troupe au cours des milles de forêt sauvage qui séparaient les Espagnols de leur abri. Ils les attaqueraient soit en dressant une embuscade soit en les prenant au piège afin de délivrer coûte que coûte Catherine. A leur départ de *Terre du Cœur*, Buveur de Sang et Jason n'avaient pas encore établi de plan bien précis car ils n'avaient qu'un seul objectif à l'époque : obtenir, par n'importe quel moyen, la libération de Catherine... même si, pour ce prix-là, Jason devait se livrer à Davalos !

Blas avait besoin de lui vivant. Dès que l'Espagnol le tiendrait entre ses mains, il tuerait sans doute Catherine tout comme il venait de tuer son cheval. A cause de cela, Jason ne pouvait que se plier aux exigences de son ennemi. Toutefois, Jason n'était pas absolument certain que Davalos se résoudrait à tuer la jeune femme — non par compassion pour elle, mais parce que, en les tenant tous deux en otage, il renforcerait sa position et se mettrait doublement à l'abri des représailles. Jason comprit également qu'en torturant Catherine, Blas lui délierait beaucoup plus rapidement la langue qu'en s'en prenant à lui personnellement ; et ceci, Davalos le savait ! Satané Davalos !

La crainte qu'il éprouvait sur le sort de Catherine croissait de minute en minute et le rongeait. Inconsciemment, il aiguillonna son cheval pour lui faire adopter un galop encore plus dangereux tandis qu'ils s'enfonçaient à travers les broussailles enchevêtrées pour suivre la piste.

D'après les traces qui jonchaient le sol, Davalos avait au maximum six ou sept heures d'avance sur eux. Jason avait la ferme intention de réduire cette distance à néant. D'un geste brutal, il tira les rênes du cheval de bât qui suivait derrière lui. Un moment il pensa abandonner les deux chevaux supplémentaires afin de diminuer plus rapidement l'intervalle qui les séparait de leur proie. Mais la prudence l'arrêta : ils auraient peut-être besoin d'une monture pour Catherine et de tous les articles qu'il avait choisis avec tant de soin. Cependant, avec chaque minute, chaque heure qui passait, la nécessité de combler l'écart et d'apercevoir enfin son ennemi attirait Jason en avant. Ils voyagèrent même la nuit car la pleine lune, dont la lumière argentait les arbres, éclairait nettement leur chemin à travers l'obscurité.

La prémonition qu'il devait atteindre Catherine la

nuit même prit une telle possession de son être que, poussé par le sentiment d'un danger imminent, Jason se transforma en un zombie vengeur gouverné par sa femme et lié à elle. Il se demanda un instant si elle était vivante et, si elle l'était, à quelles terribles épreuves Davalos l'avait soumise durant sa captivité. Etait-elle intacte ? Avait-elle été torturée ? Violée ? Sous l'inquiétude, ses yeux se voilèrent et sa bouche s'amincit jusqu'à ne plus former qu'une étroite fente.

Les deux hommes avancèrent à bride abattue jusqu'à ce que la prudence et le désir de ne pas tomber accidentellement sur le camp où dormaient les Espagnols les contraignissent à ralentir leur allure vertigineuse, ce qui permit aux chevaux, couverts d'écume, de reprendre des forces. Ils en avaient grand besoin pour pouvoir abattre ensuite la distance qui s'étalait devant eux. Comme il se faisait tard, seul le hululement d'un hibou ou le cri d'un puma en chasse rompait la tranquillité de la nuit. Les feuilles pourries et les aiguilles de pin qui s'amoncelaient depuis des siècles sur le sol assourdissaient le martèlement des sabots des chevaux qui traversaient maintenant la forêt au petit galop.

Jason ne cessait de se tourmenter sur le sort de Catherine. Serait-elle capable d'endurer l'allure impitoyable que Davalos adoptait en ce moment ? Qu'en était-il de l'enfant qu'elle portait ? Et, par-dessus tout, que pensait-elle ? Dans quelle mesure était-elle terrifiée ? Etait-elle trop effrayée pour garder les idées claires ? Trop effrayée pour pouvoir les aider, Buveur de Sang et lui, d'une façon quelconque ?

Jason avait tort de s'inquiéter au sujet de Catherine et de la peur qu'elle éprouvait sans doute. Car, même après quatre jours sous la conduite brutale de Davalos, elle était toujours livide de rage : rage envers Jason auquel elle reprochait de ne pas lui avoir expliqué pourquoi elle n'aurait pas dû se promener à cheval ce fameux matin ; rage envers elle-même pour s'être laissé dominer par la fureur car sa folie l'avait poussée à se jeter, tête baissée, dans les bras de Davalos ! Si jamais elle haïssait quelqu'un, c'était bien cet Espagnol aux lèvres minces ! Elle souffrait parce qu'il avait abusé de son corps ; néanmoins, elle possédait en elle une dose de venin telle qu'elle était devenue indifférente, insensible à tout ce qu'elle subissait.

Catherine n'avait pas peur. Au reste, elle n'avait même pas été effrayée lorsque Davalos et sa troupe s'étaient abattus volontairement sur elle, dans le vallon. Tel un animal indomptable, elle s'était sauvagement battue en griffant tout sur son passage et cette lutte l'avait trop accaparée pour qu'elle ait le temps de succomber à la peur. On l'avait maîtrisée... car elle n'était qu'une faible femme contre un grand nombre d'hommes. Malgré cela, elle avait réussi à crever — ou presque — l'œil d'un soldat en le griffant, tandis qu'un autre perdait une partie de sa joue sous ses dents blanches et qu'un troisième allait souffrir pendant quelques jours entre les cuisses là où elle l'avait frappé, sans manquer son but, avec l'extrémité pointue de sa botte de cheval. Lorsque, dans une tentative désespérée pour la sauver, Packy avait brusquement jailli des bois, le fusil à la main, elle en avait été terrifiée car le garçon risquait d'être tué. Impuissante, les yeux dilatés d'horreur, Catherine avait vu Packy s'effondrer sur sa selle avant de glisser lentement au sol, une tache de sang s'élargissant sur le bleu de sa chemise.

Davalos avait jeté Catherine en travers de sa selle puis il avait fait demi-tour ainsi que sa troupe pour se mettre à l'abri des bois. Tirant derrière eux le cheval de la jeune femme, ils s'étaient éloignés au galop pour se cacher et tendre une embuscade à quelques milles seulement de l'endroit où avait eu lieu la violente scène de l'enlèvement. Un bâillon sale serre entre ses lèvres empêchait Catherine de donner le plus petit avertissement et les cordes qui lui liaient fortement les mains derrière le dos rendaient toute fuite impossible. Mais elle n'avait pas cessé de se débattre comme un animal enragé pris au piège jusqu'à ce que Davalos la frappe à la tempe avec son pistolet. Les ténèbres de l'inconscience l'avaient alors doucement engloutie.

Quand elle se réveilla, il faisait sombre et elle découvrit qu'on l'avait posée en travers du dos d'un cheval. Elle avait terriblement mal à la tête et, à chaque foulée de l'animal, la douleur qui lui martelait le crâne semblait se répercuter dans tout son corps. Elle s'inquiéta soudain en pensant à Jason et à ce qu'il allait faire.

Reprenant progressivement conscience, Catherine faillit succomber à un sentiment de découragement lorsque l'ampleur de la situation fâcheuse dans laquelle elle se trouvait pénétra son esprit. Qu'importait ce qui lui arrivait ! Elle n'avait maintenant plus aucun but dans la vie. Si Jason était capturé ou tué à cause d'elle, le poids de sa culpabilité l'écraserait. Tandis qu'elle fixait d'un air vague le sol qui défilait sous ses yeux et que son corps se balançait à la cadence du cheval, une idée lui vint soudain : « Es-tu faible au point de renoncer à combattre ? Et ton fils, Nicolas ? Il grandira jusqu'à l'âge adulte élevé par des étrangers et sans jamais connaître l'amour d'une mère ? Et l'enfant qui grandit en toi maintenant, le laisseras-tu mourir ? » Ces réflexions tranchèrent sauvagement la léthargie qui menaçait de détruire sa volonté de lutte. « Concéderas-tu la victoire finale à Jason ? Lui permettras-tu d'être si facilement délivré d'un mariage qui lui coûte depuis le début ? » La tristesse disparut de ses yeux et fit place à une étincelle qui les rendit incandescents. Devant ce regard et cette mâchoire serrée, n'importe quel homme aurait hésité.

Davalos ne pouvait se forger une opinion sur Catherine que d'après leurs quelques rencontres. Or, ces jours-là, elle s'était efforcée de ressembler à un modèle de dignité ; et aujourd'hui, Blas n'avait pas devant lui une femme effrayée, pleurnichante, intimidée, mais plutôt une personne possédant une détermination inflexible. Mais Davalos n'avait pas remarqué cette attitude car il avait dédaigné les signes qui auraient dû l'en avertir.

Comme il ne connaissait pas l'histoire de sa vie, il ignorait également qu'elle avait appris des gitans certaines choses qu'elle n'oublierait jamais ; il ignorait aussi qu'elle portait, caché sur son corps, le petit couteau tranchant. Il ne lui était jamais venu à l'esprit de la fouiller pour s'assurer qu'elle ne dissimulait pas d'arme. Sachant toutefois que l'épouse de Jason ne ressemblait à aucune femme de sa connaissance, il se méfia d'elle lorsqu'ils campèrent le premier soir.

En détachant son bâillon, il s'attendait à des larmes et peut-être même à une crise de nerfs. Mais le calme de Catherine, proche du mépris, le dérouta complètement.

— Vous n'êtes qu'un sacré imbécile ! J'espère que vous avez joui de votre vie jusqu'à ce jour car Jason vous tuera dès qu'il nous aura rattrapés et ceci, quelque mal que vous me fassiez. Si j'étais vous, je laisserais ma prisonnière ici et mettrais le plus d'espace possible entre moi et Jason. Comme vous le savez, il s'emporte très facilement et je ne pense pas qu'il accueillera avec bienveillance ce que vous avez fait. Il vous tuera !

La surprise qui voila une seconde les yeux noirs de Blas avant qu'il ait recouvré son sang-froid réjouit Catherine. Erreur ! Car, avec un peu de chance, elle tuerait Davalos avant que Jason en ait eu l'occasion !

Sentant que ses hommes les surveillaient d'un air curieux, Blas donna libre cours à son tempérament vil ; se délectant de l'impuissance de Catherine, il la gifla méchamment en travers de la bouche et ordonna :

— Silence ! Comment oses-tu me menacer ?

Un goût de sang sur la langue, Catherine se mit à sourire, à l'étonnement des soldats.

— Quelle bravoure face à une femme attachée ! Déliez-moi les mains et voyons si vous êtes véritablement courageux, ironisa-t-elle.

Après avoir jeté un regard aux hommes assis en silence à proximité, elle ajouta d'un ton railleur :

— Craindriez-vous par hasard que je vous marque comme je l'ai fait pour eux ?

Et Juan, dont le visage porterait à jamais la trace de ses dents, fit involontairement un signe de croix. Quelle sorte de femme était-elle ? Il s'agissait sûrement d'un être diabolique !

Etouffant de fureur, poussé par le besoin d'effacer le sourire moqueur qui éclairait le visage de Catherine, Davalos lança son pied botté qui la frappa en pleine poitrine et l'envoya s'étaler de tout son long. Le souffle coupé, comprenant qu'elle devait se montrer prudente, Catherine retint la riposte qu'elle aurait voulu lui jeter au visage. Harceler cet homme dans le seul dessein de prouver qu'il était une brute et un poltron ne servait à rien... elle le savait déjà !

Davalos gardait les yeux baissés sur elle avec le secret espoir qu'elle allait à nouveau le défier, mais la jeune femme resta étendue sur le sol, les yeux scintillant de mépris, la bouche résolument close. Souriant à sa victoire soudaine, Blas l'abandonna et s'avança d'un air crâne vers ses hommes, content de leur avoir prouvé qu'elle n'était qu'une femme comme les autres. « Si l'on se montre suffisamment viril, elles se ressemblent toutes, pensa-t-il avec dédain. Elles se transforment en objets pleurnichants bons à être foulés aux pieds. »

Mais Davalos se trompait sur ses hommes. La capitulation de Catherine ne les rassurait pas et leurs regards s'éloignèrent anxieusement de cette étrange femelle qui souriait malgré les coups et dont les yeux brillaient d'un éclat singulier. Catherine n'entrait visiblement pas dans une des catégories qu'ils connaissaient ; elle éveilla donc un sentiment de crainte superstitieuse car, par inconscience ou parce qu'elle se moquait de ce qu'ils pensaient, elle avait invectivé Davalos et s'était gaussée de lui. De plus, lorsque Blas l'avait frappée, elle avait souri.

Avant leur arrivée à la *Clairière du Marchand*, elle ne vivait plus que sur les nerfs. La fierté la maintenait droite en selle et la colère lui donnait du courage quand elle allait chanceler. La vue du bâtiment en troncs d'arbres lui redonna espoir mais, devant son apparence déserte, elle comprit qu'elle ne trouverait ici aucune aide. Sachant que Davalos l'utilisait comme appât, elle ne cessait de se torturer l'esprit pour trouver un moyen de fuir. La présence du couteau la réconfortait et elle se serait libérée depuis bien longtemps déjà si l'on avait relâché un court instant la surveillance étroite dont elle faisait l'objet. A plusieurs reprises, et malgré les conditions défavorables, elle avait été tentée de se détacher, mais, comme elle savait qu'elle bénéficierait d'un seul essai, elle ne pouvait courir le risque de se faire prendre son couteau.

Les yeux de Catherine avaient brillé d'espoir lorsque l'Espagnol l'avait poussée dans une petite pièce et qu'il avait fermé la porte. Elle était tellement occupée à envisager la meilleure manière de profiter de sa solitude qu'elle ne remarqua pas que Davalos balayait son corps d'un long regard rusé. Une fois seule, elle écouta attentivement les bruits des hommes qui dessellaient les chevaux et installaient le campement pour la nuit.

« S'il vous plaît, s'il vous plaît, qu'on me laisse enfermée ici cette nuit », priait-elle en silence.

Ses doigts ne craignaient déjà plus les cordes qui lui attachaient les mains dans le dos et éprouvaient un désir violent de tenir le couteau caché. Elle avait besoin d'une seule chose : que les Espagnols se couchent. Lorsqu'elle serait certaine qu'ils dormaient, elle se libérerait en un éclair et sortirait par la fenêtre. Une seconde de plus et elle aurait un cheval — alors, rien ne l'arrêterait. Elle ferait tout pour qu'ils ne la reprennent pas, même si elle devait se noyer dans le fleuve pour les en empêcher. Un rire nerveux lui échappa lorsqu'elle comprit à quel point il serait stupide d'en arriver à cette extrémité.

Elle sentait la chaleur du feu de bois qui brûlait maintenant dans la fosse à cuisson inutilisée depuis longtemps. D'après les bruits qui lui parvenaient elle supposa que les hommes étaient installés dans la pièce principale et elle se demanda combien de temps ils allaient y rester. Etait-ce ici que Davalos envisageait de tendre un piège à Jason ? Que pourrait-elle faire alors pour éviter qu'il ne mette son projet à exécution ?

Catherine tressaillit de surprise en entendant la porte s'ouvrir. C'était l'Espagnol.

— L'heure de donner à manger aux bêtes ? demanda-t-elle d'un ton blessant, le sourcil levé avec mépris tandis qu'elle regardait l'assiette qu'il tenait à la main.

Mais, pour une raison qui lui était personnelle, Davalos sourit, posa l'écuelle pleine de haricots gras et lui délia les mains.

Elle attendit son départ en frictionnant vivement ses bras et ses mains engourdis afin d'y rétablir la circulation. Lorsqu'il se dirigea vers la porte et remit en place la barre en bois sans sortir, elle ressentit un vague malaise. Cependant, décidée à ignorer sa présence, elle mangea rapidement. Le repas achevé, elle attendit docilement qu'il lui liât à nouveau les mains. Mais, une lueur étrange au fond des yeux, il chuchota :

— Tu sais, je t'ai toujours admirée. A Natchez, tu me fascinais déjà. Ta façon de me défier me stimule, ajouta-t-il.

Glacée, Catherine le fixa et gémit intérieurement : « Ô Dieu, non ! Pas cela ! » Elle s'éloigna de lui à reculons avec l'espoir d'avoir mal interprété l'étincelle de désir qu'elle voyait dans ses yeux froids.

— Vous avez une curieuse manière de montrer votre admiration, murmura-t-elle, la gorge nouée.

— Tu vois ! Tu contres mes arguments, même maintenant ! N'importe quelle autre femme aurait posé des questions ou versé des larmes, mais toi, tu me résistes ! Cela m'intrigue !

Catherine le regarda avec une assurance feinte, et il la surprit en disant :

— Ton mari ne t'aime pas, et, comme visiblement tu te cachais de lui à Natchez, j'en conclus que tu ne lui portes aucun amour. *Amiga*, si tu t'en remets à moi, je peux te débarrasser de lui et faire de toi la femme la plus riche de La Nouvelle-Orléans !

Incapable de croire ce qu'elle entendait, Catherine resta muette de stupeur au centre de la pièce et secoua la tête comme pour essayer d'éclaircir ses idées. Souriant toujours, Davalos s'avança vers elle. Abasourdie, Catherine se méfia une seconde trop tard. Elle lutta ensuite comme une jeune tigresse qui cherche à s'échapper. Ses efforts semblaient ravir Davalos mais lorsqu'elle faillit lui échapper pour la troisième fois, sa colère s'accrut et il réussit à lui saisir les mains et à les lui attacher cruellement dans le dos. Tel un animal poussé à bout, Catherine chercha fébrilement une cachette pour se protéger de l'inévitable. Mais la pièce ne lui offrait que quatre murs nus.

— Vous vous prenez pour un homme ? Quelle sorte d'individu êtes-vous donc que vous ne puissiez « monter » une femme que lorsqu'elle a les mains liées ?

Davalos était en proie à un tel désir qu'il ignora volontairement ces paroles, préférant jeter Catherine au sol et lui déchirer son corsage. Il avança alors brutalement les mains vers ses petits seins fermes. Les bras solidement maintenus par le poids de son propre corps ainsi que par les cordes, Catherine ne put l'empêcher de lui enlever son pantalon. Remplie d'une crainte froide, elle vit le petit couteau tomber au sol lorsqu'il lança ses vêtements dans un coin. Heureusement le couteau tomba sous le pantalon, ce qui la rassura légèrement. Si Blas ne le remarquait pas, elle pourrait donc à nouveau le cacher.

Mais cela aurait lieu plus tard... après cet horrible moment. Elle lutta de toutes les manières possibles, se contorsionnant, lui donnant des coups de pied...

Quand elle comprit l'inutilité de ses efforts, elle serra fortement les jambes. Sans défense et sans moyen de protection, elle subit le contact de l'Espagnol. Elle eut la chair de poule lorsque ses mains explorèrent son corps. Mais quand il fut suffisamment imprudent pour essayer de l'embrasser, elle enfonça profondément ses dents dans sa lèvre inférieure et les y maintint cruellement jusqu'à ce que, d'un puissant coup à la tempe, Blas l'obligeât à relâcher sa lèvre. Mais rien ne pouvait plus arrêter Davalos. La lutte désespérée de Catherine semblait même l'enflammer davantage. Peu après, épuisée, à peine consciente, elle ne put l'empêcher de s'unir à elle.

Lorsqu'il bougea en elle, tout son corps fut secoué de spasmes, sous la rage meurtrière qui l'habitait.

— Finissez ! Terminez-en, que je puisse vomir ! Vous m'écœurez !

Enfin, cette horrible scène s'acheva. La douleur qu'elle ressentait entre ses cuisses cessa ; Davalos s'écarta et se rajusta.

Un sourire de satisfaction sur les lèvres, la respiration encore haletante, il affirma crûment :

— Je félicite Jason pour son bon goût. Après quelques mois sous ma tutelle, tu seras vraiment sans égale. Ton mari devra alors me remercier pour t'avoir appris tout ce que j'ai l'intention de t'enseigner !

Il s'arrêta et une étincelle calculatrice jaillit dans ses yeux qui parcouraient le corps de Catherine.

— Si je ne le tue pas, je serai ravi que tu le rejoignes en portant mon enfant. Cela vaudrait la peine de le laisser en vie rien que pour qu'il élève un bâtard. Il est tellement fier qu'il ne s'en remettrait jamais !

Davalos s'agenouilla soudain près de la jeune femme et ses yeux dévorèrent son corps d'albâtre, maintenant souillé par sa brutalité. Catherine pria le ciel pour qu'il ne la reprît pas. Ils restèrent ainsi un moment, les mains de l'Espagnol courant sur sa chair qui se contractait. D'après la flamme qui augmentait dans ses yeux, Catherine comprit que son excitation le reprenait. Frappée de terreur, elle riva son regard sur le plafond comme si le fait de fixer les poutres pouvait détourner son esprit de ce qui arrivait à son corps. Mais des bruits dans l'autre pièce interrompirent Davalos. Il regarda en direction de la salle principale puis se leva rapidement et lui délia les mains.

Telle une chatte aux griffes déployées qui cherche sa liberté, Catherine bondit vers son visage, mais, s'attendant à un mouvement de ce genre, l'Espagnol évita ce brusque geste et la frappa au menton du revers de la main. Ce coup faillit briser le cou de Catherine, laquelle vola à travers la pièce et atterrit sur le plancher près de son pantalon ; le corsage ne couvrait plus que très légèrement son corps nu.

— Je te laisse t'habiller. Si tu n'es pas vêtue à mon retour, j'en déduirai que tu as apprécié cet intermède ; dans ce cas, je te donnerai une autre leçon pour t'apprendre les joies que tu peux trouver entre mes bras. Et si tu me résistes, je laisserai aux autres le soin de t'enseigner qu'il est imprudent de me désobéir !

Catherine saisit son pantalon d'un mouvement brusque. Dissimulant le couteau, elle se traîna vers l'autre coin tandis que l'Espagnol ouvrait la porte et sortait. Elle s'habilla en quelques secondes et cacha une fois de plus son arme en souhaitant avoir suffisamment de volonté pour se plonger la lame dans la poitrine. « Mais c'est un geste lâche », reconnut-elle en se maudissant de ne pas avoir enfoncé la lame jusqu'à la garde dans le dos de Davalos lorsqu'il quittait la pièce. Son bon sens lui disait qu'elle gagnerait peu avec la mort de Blas car, sans lui pour les retenir, elle serait à la merci des soldats. Toutefois, même en le sachant, un pressant besoin de le tuer la tenaillait.

Lorsqu'il revint, il lui renoua méthodiquement les mains. Pensant à l'avertissement qu'il lui avait lancé, elle ne lutta pas. Cependant, lorsque sa bouche chercha la sienne et que ses mains errèrent avec familiarité sur son corps, elle eut du mal à maîtriser le frénétique désir qui lui prenait d'échapper à ce contact sordide. Mais il n'avait apparemment pas l'intention de l'obliger à se soumettre encore une fois cette nuit-là à ses exigences, car il lui jeta une couverture en disant :

— Tu dormiras ici en toute tranquillité.

Catherine lui lança un coup d'œil mauvais auquel il répondit par un désagréable sourire.

— Oh ! Je ne suis pas fatigué de toi... Mais certains hommes grognent et, si je ne veux pas te partager avec eux, je dois me priver de toi jusqu'à ce que nous soyons plus isolés. L'attente ne fera qu'augmenter mon appétit et lorsque nous aurons atteint Nacogdoches, j'ai bien l'intention de profiter de toi à ma guise... Je te donnerai peut-être ensuite aux hommes !

Catherine le fixa, et la haine qui brûlait dans ses yeux le mit légèrement mal à l'aise. D'un air menaçant, il ajouta :

— N'essaye pas de fuir ! Souviens-toi : j'ai des gardes qui patrouillent à l'extérieur et si jamais ils te capturaient, je suis absolument certain qu'avant de te ramener ici ils voudraient eux aussi goûter à tes charmes !

Davalos attendit une réponse qui ne vint pas, aussi la regarda-t-il alors d'un œil soupçonneux. Catherine baissa rapidement les yeux pour cacher le dégoût qu'elle éprouvait. Davalos balaya ensuite la pièce du regard. Quand il se fut assuré qu'elle ne pouvait s'échapper qu'en passant par la fenêtre, il partit, bien décidé à poster par mesure de sécurité un garde en ce point particulier.

Lorsque la porte se referma derrière lui, Catherine courut à la fenêtre et contempla la plaine éclairée par la lune. La vue des soldats qui faisaient des rondes la découragea. Quand l'un d'eux se détacha de ses compagnons pour se poster en face d'elle en lui adressant un large sourire dans l'obscurité, elle s'éloigna afin de regagner les ténèbres. En se mordant la lèvre d'hésitation, elle se laissa tomber sur la couverture. Une partie de son être la poussait à courir le risque d'une fuite à tout prix — même au prix de s'offrir au garde — tandis qu'une voix plus calme et plus raisonnable lui chuchotait :

« Attends ! Tu n'as droit à aucune erreur. Tu auras une seule chance ! »

Endolorie, souillée, Catherine passa la nuit à s'agiter sans trêve sur le plancher, incapable de dormir mais trop fatiguée pour rester éveillée.

Cependant, elle n'avait pas peur. Au contraire. Le viol perpétré par Davalos sur son corps la remplissait d'une rage froide — une fureur glacée qu'elle n'avait jamais éprouvée jusque-là. Lorsque Jason l'avait prise la première fois, avec brutalité, elle n'avait pas ressenti ensuite une colère aussi grande que maintenant. En son for intérieur, elle se félicita d'être déjà enceinte, ce qui contrecarrait le mauvais projet de Davalos. Elle sourit. Avec quel plaisir elle aimerait lui jeter cette nouvelle au visage ! Mais la prudence et le besoin de protéger l'enfant qui reposait en elle l'empêchèrent d'exploser, et elle se réjouit que son corps ne révélât rien. Cependant, elle s'inquiétait pour l'enfant : Davalos risquait de le blesser et cette crainte l'incita à moins le provoquer pour éviter de le pousser à la violence. Malgré le désagrément des trois jours précédents, elle ne pensait pas qu'il avait déjà endommagé le bébé. Mais l'anxiété la rongeait et elle comprit qu'il lui fallait s'enfuir.

Elle le devait, et au plus vite. Chaque mille, chaque jour l'engageait davantage dans ce territoire mal connu et elle ne devait pas trop longtemps différer sa tentative. Jusqu'à présent, elle n'avait pu le faire mais elle ne pouvait se permettre d'attendre. Elle se leva donc et revint à la fenêtre. Indécise, Catherine vit deux soldats se rencontrer près d'un appentis et se séparer ensuite. L'un alla vérifier le bâtiment principal où il s'arrêta une minute pour parler avec le garde posté près de sa fenêtre, mais hors de son champ de vision. L'autre sentinelle alla patrouiller vers les chevaux. Frustrée, Catherine faillit écraser son poing contre le mur mais elle se maîtrisa. Elle s'assit sur le plancher et étendit la couverture sur ses genoux.

« Tu ne peux donc pas t'échapper cette nuit. Mais demain soir, quelles que soient les conditions, tu devras te libérer. » Et elle pria le ciel pour que Davalos ne la touchât pas d'ici là car, dans ce cas, rien ne l'arrêterait, elle le poignarderait !

Au souvenir des moments dégoûtants où il l'avait possédée, elle eut la chair de poule et ne put retenir un violent haut-le-cœur. Ensuite, telle une statue blanche, elle resta assise pendant les quelques heures qui précédèrent l'aube, fixant sans la voir la porte en bois.

Ils étaient tous debout et prêts à partir quand Davalos obligea Catherine à assister à la mort de son cheval. Prenant un plaisir cruel à la tâche, il tua volontairement le pur-sang gris, et le cri d'agonie que poussa l'animal lorsque l'Espagnol enfonça profondément le couteau parut lui procurer une très vive joie. Catherine eut à nouveau mal au cœur.

— Un simple avertissement pour ton mari, murmura Blas en souriant à Catherine, figée.

Instinctivement, elle lui cracha au visage, ce qui lui valut une autre joue ensanglantée. Néanmoins, le sourire de Davalos disparut, remplacé par une sombre fureur.

— Voilà le courageux tueur d'animaux ! Voyez comme il est vaillant devant une femme impuissante ! ironisa la jeune femme avec dédain.

Jurant à voix basse, Davalos la lança sur le dos de son cheval et monta rapidement derrière elle. Comme ils s'éloignaient de la clairière, elle ne put se retenir de l'invectiver avec mépris.

— Votre geste vous coûtera cher, Davalos ! Le cheval vivant, vous auriez pu voyager plus vite mais maintenant...

Elle ne termina pas sa phrase, lourde de sous-entendus.

— Silence, chienne ! Ne m'oblige pas à t'arracher la langue ! lança-t-il d'une voix sifflante.

Mais Catherine ne fit que rire d'un air méprisant en rétorquant :

— Je ne vous crains pas ! Vous n'avez rien gagné en massacrant le cheval... J'ai l'impression que nous allons perdre beaucoup de temps aujourd'hui, ajouta-t-elle.

Ses prédictions se confirmèrent car ils ne parcoururent pas ce jour-là autant de milles que les jours précédents. Une fois la troupe installée pour la nuit, Catherine reprit espoir car on lui attacha les mains par-devant. Au fil des milles, une sorte d'insouciance semblait rendre Davalos plus confiant. Aussi cette nuit-là commit-il la désastreuse erreur de laisser Catherine dormir un peu à l'écart de la lumière que projetait un petit feu, à l'ombre d'une grande roche qui la dissimulait en partie. Catherine surveilla le feu qui diminuait d'intensité et bientôt l'obscurité l'engloutit complètement. A l'exception d'un garde somnolent adossé à un arbre, les autres soldats dormaient, allongés de l'autre côté du feu.

Catherine trouva rapidement le couteau et le glissa sans effort à travers le lien qui lui attachait les mains et les pieds. Prenant grand soin de faire le moins de bruit possible, elle tenta de donner à la couverture l'apparence exacte d'un corps endormi. Un coup d'œil plus précis aurait permis de remarquer la supercherie, mais elle espérait avoir parcouru un bon nombre de milles avant que quelqu'un ne s'en aperçût. Tenant fermement le couteau dans une main, elle s'accroupit brusquement derrière le rocher ; son cœur battait d'excitation et d'effroi. Elle surveilla une nouvelle fois le camp assoupi et sa bouche s'assécha car le garde clignait des yeux.

Les chevaux dessellés étaient attachés sur deux rangs à une corde tendue entre les arbres. Un des arbres était, malheureusement pour Catherine, celui contre lequel le garde avait choisi de s'adosser. Elle frémit tandis qu'elle avançait furtivement vers sa proie imprudente. Tuer un homme était déjà en soi un acte terrifiant mais agir de sang-froid, ramper sans bruit derrière le garde, plonger le couteau en un éclair dans sa gorge, d'un coup fatal, lui sembla plus monstrueux qu'elle ne l'imaginait... Pourtant elle le fit !

L'homme poussa un grognement étonné avant de mourir. Le menton tremblant de dégoût, Catherine empêcha le corps de s'effondrer sur le sol ; seule la tête s'inclina dans l'attitude de quelqu'un qui dormait. Elle vérifia qu'il restait adossé contre l'arbre. A la manière de son mari, elle jeta un coup d'œil écœuré au corps et essuya soigneusement la lame souillée de sang sur les vêtements du mort. Pendant un long moment, les yeux mi-clos, elle rechercha la silhouette assoupie de Davalos et ses yeux brillèrent d'une lumière intense. Comprenant qu'elle courrait un trop grand risque en le tuant, elle se glissa à regret vers les chevaux.

Les animaux s'agitèrent à son approche. Rapidement, Catherine choisit dans la deuxième rangée un hongre bien proportionné au poitrail bombé, détacha soigneusement l'animal et l'éloigna du camp. Le cœur battant, les jambes en coton, elle se mouvait avec prudence.

Le besoin de se hâter la taraudait, mais elle s'obligea à marcher lentement, guidant sans bruit l'animal en arc de cercle au large des Espagnols endormis. Ces quelques minutes de marche prudente l'éprouvèrent nerveusement. Lorsqu'elle se sentit suffisamment en sécurité, elle bondit sur sa monture avec la rapidité du vif-argent et ses jambes enserrèrent fortement les flancs de l'animal. Sous son poids, le hongre renâcla et rua un instant tandis qu'elle s'efforçait de distinguer si son départ avait alerté le camp. Mais, comme aucun bruit ne lui parvint, elle reprit confiance et pressa sa monture sur la piste qu'elle savait trouver à sa gauche.

Une fois de plus, elle se réjouit d'avoir passé quelques années parmi les gitans car ils lui avaient enseigné l'art de suivre les traces et, chose encore plus importante, lui avaient donné confiance en elle. Bien que seule dans une région sauvage et hostile, avec pour unique arme un couteau et pour seul avantage le hongre qu'elle montait, elle n'avait pas peur.

Catherine découvrit assez facilement la piste. Mais, poussée par la prudence, elle conserva une allure lente et calme. Au bout d'un mille environ, elle décida qu'elle se trouvait suffisamment loin du camp pour mettre son cheval au galop.

En d'autres temps, elle aurait apprécié cette chevauchée sauvage à travers la nuit éclairée par la lune tandis que l'animal parcourait vivement la piste tracée entre les pins parfumés. Mais cette nuit-là, elle n'oubliait pas que la dégradation, le danger et une mort probable l'attendaient.

Telles de mystérieuses formes noires, les ombres des arbres gigantesques traversaient son chemin et Catherine remercia le ciel que la lumière de la lune lui permît de presser son cheval à un galop encore plus rapide. Il lui fallait mettre le plus de milles possible entre Davalos et elle sans épuiser sa force ni celle de l'animal car elle ne pouvait s'offrir le luxe de s'arrêter avant d'avoir atteint *Terre du Cœur*. Elle fit alterner l'allure de sa monture : sous sa conduite, le cheval adoptait une marche vive, puis prenait un galop durant lequel il avalait les milles ; il ralentissait enfin avant d'avoir eu le temps de trop se fatiguer.

Catherine relevait infailliblement les signes qu'elle avait enregistrés afin de guider son retour : ici, cet énorme tronc de pin mort qui s'élevait comme une ombre rigide au-dessus de la forêt ; là, ce petit ruisseau sinueux qui traversait la piste que les Espagnols avaient suivie. Elle chevauchait ainsi avec assurance depuis bientôt deux heures lorsqu'elle prit soudain conscience de ne plus être seule.

Le martèlement des sabots de son hongre lui masqua au début le bruit des poursuivants, mais, quand elle ralentit, elle perçut immédiatement un tambourinement menaçant derrière elle et jeta un coup d'œil par-dessus son épaule. Irritée, le visage éclairé par la lune, elle enfonça ses talons dans les flancs de l'animal et le contraignit à adopter une allure vertigineuse. D'après les picotements qui envahissaient sa colonne vertébrale, en signe d'avertissement, elle comprit que ses poursuivants accéléraient leur allure et gagnaient du terrain. Alors, elle pressa son cheval à un galop encore plus téméraire. Ils abordaient un coude de la piste lorsque soudain, le cheval de Catherine heurta de plein fouet un tronc d'arbre à demi pourri qui gisait en travers de la piste. La jeune femme vola à bas de sa monture et atterrit avec un bruit sourd à quelques pas du hongre ; de son côté, le cheval s'écorcha les genoux et la mâchoire inférieure au contact du sol rugueux.

Une violente douleur déchira le ventre de Catherine et, avant de perdre connaissance, elle conserva une seconde encore toute sa lucidité et eut une dernière pensée cohérente :

« Ô mon Dieu... Je perds mon bébé ! »

35

Au réveil, le cerveau embrumé, Catherine comprit que l'enfant qu'elle attendait n'existait plus. Cette constatation la plongea dans le plus grand désespoir. Anéantie par cette nouvelle, elle resta quelques secondes à demi somnolente, le regard lointain, l'esprit uniquement préoccupé par cette terrible sensation de perte. Toutefois, elle comprit vaguement que quelqu'un la tenait dans ses bras ; tel un animal face au danger, elle se raidit et frappa à l'aveuglette les bras qui la tenaient avec beaucoup de douceur. On la maintint puissamment contre un corps dur qui lui semblait familier et ce qu'elle entendit lui apparut au début assourdi et confus.

Puis, en un éclair, les paroles de Jason prirent toute leur signification.

— Chut, chaton. Reste tranquille, mon amour. Tu t'es fait mal, mon cœur. Mon amour, ne te débats pas ainsi, s'il te plaît !

Sous ces caresses inhabituelles, Catherine cligna des yeux avec incrédulité et les leva silencieusement vers le visage tout proche du sien.

— Jason ?

Jason sourit, bien qu'il n'en eût guère envie. Ses lèvres effleurèrent le front de sa femme et il murmura :

— Oui, petite rageuse ! C'est ton odieux mari, mais tu es maintenant en sécurité. Je te tiens et tu n'as plus rien à craindre de Davalos.

— Pas odieux ! chuchota-t-elle, puis, comme une enfant fatiguée, une enfant qui en avait supporté beaucoup trop, elle enfouit sa tête dans son torse et s'évanouit.

Jason remarqua son effondrement et craignit une terrifiante seconde que ce ne fût définitif. Mais la respiration douce et égale de Catherine le soulagea de cette terreur et il posa délicatement la jeune femme sur la couverture que Buveur de Sang avait défaite à la hâte et jetée au sol. Tout en y enveloppant la mince silhouette, Jason dit sourdement à son ami :

— Elle a dû perdre le bébé et elle saigne. Je dois l'emmener le plus vite possible en sécurité, là où rien ne viendra la troubler. On ne peut pas la transporter trop loin car elle pourrait mourir d'une hémorragie... elle risque de toute façon de mourir ! ajouta-t-il, angoissé.

En silence, Buveur de Sang reporta lentement ses yeux de Catherine vers Jason. Il allait parler lorsque l'Américain le devança :

— Il y a une cabane de chasse à quelques milles d'ici. La distance n'est pas grande mais le refuge est difficile à repérer. Davalos ne le trouvera certainement pas. Je peux l'y installer assez confortablement. Une fois la cabane aménagée, je veux que tu retournes à *Terre du Cœur* afin d'en ramener le plus vite possible autant d'hommes qu'il faut pour dégoûter à jamais Davalos de chercher des relations plus intimes avec nous !

Buveur de Sang fronça les sourcils et Jason, qui prévoyait la discussion à venir, affirma d'un ton rapide :

— Ne t'inquiète pas pour Catherine et pour moi. La cabane est cachée dans une petite vallée, bien éloignée de toute piste connue. Je l'ai construite un hiver où j'avais décidé de m'exercer à tendre des pièges. Même si Davalos tombe par hasard sur la vallée, il ne trouvera pas facilement le refuge. Nous serons en sécurité.

L'Indien lui répondit par un coup d'œil un peu sceptique. Puis, sans rien ajouter, les deux hommes montèrent à cheval. Le corps de Catherine serré contre le sien, Jason montrait le chemin dans la forêt. Buveur de Sang suivait plus lentement car il effaçait les traces de leur passage et recouvrait la piste qui menait à l'étroite vallée indiquée par Jason. Il s'agissait vraiment d'un endroit caché car Jason, qui en connaissait pourtant l'emplacement, faillit manquer l'ouverture, malgré la lumière diffuse de l'aube. Le terrain en pente et la forêt épaisse se fondaient de façon tellement parfaite qu'aucun indice ne révélait l'existence de la vallée et Buveur de Sang grommela de satisfaction quand ses yeux balayèrent la zone.

L'espace où Jason les avait conduits ressemblait à un ravin peu profond jonché d'arbres, traversé en son centre par un petit cours d'eau claire. Ce ruisseau provenait lui-même d'un lac à l'extrémité nord de la vallée, là où, dissimulée parmi les arbres, Jason avait construit une cabane rudimentaire ne comprenant qu'une seule pièce. Bien que grossièrement bâtie, elle offrait un abri. Or, si les journées étaient encore assez chaudes, les nuits devenaient de plus en plus fraîches.

Ils n'avaient pas fini de défaire leurs bagages qu'il faisait déjà grand jour. Tandis que Buveur de Sang s'occupait de desseller les chevaux avant de les libérer dans un corral étayé de pieux, Jason remettait rapidement et efficacement la cabane en ordre. Lorsque Catherine reprit connaissance pour la seconde fois, elle était confortablement blottie sur une couchette en bois, simple et soignée, accrochée à un mur.

Elle leva la tête et parcourut la pièce avec curiosité, remarquant la petite cheminée en pierre qui était plutôt un trou et, contre le mur en face d'elle, les deux robustes chaises en pin ainsi qu'une table. La fenêtre au-dessus de la table était ouverte et ses épais volets en bois attachés contre le mur. Malgré les rayons du soleil et la fraîcheur de l'air, il régnait dans la pièce l'humidité et l'odeur de renfermé propres aux constructions inhabitées depuis longtemps.

Fatiguée, Catherine laissa retomber sa tête contre un oreiller plutôt bosselé. Fermant les yeux, elle murmura le nom de Jason. Il n'avait pas pu entendre cet appel, mais comme s'il la sentait éveillée, Jason ouvrit un instant plus tard la solide porte et s'approcha rapidement du lit.

Il était vêtu comme un pionnier, d'un pantalon et d'une chemise en peau de daim frangée. Ses pieds chaussés de mocassins ne firent aucun bruit lorsqu'il s'avança. Entendant la porte, la jeune femme ouvrit les yeux et les leva vers Jason, avec un étrange mélange d'amour et de désenchantement. Elle ne supposa pas un instant que son mari avait contracté depuis longtemps l'habitude de dissimuler ses émotions, ce qui expliquait son visage impassible et son regard lointain. Néanmoins, il ne put cacher la petite note d'inquiétude qui perça dans sa voix lorsqu'il lui demanda avec désinvolture :

— On se sent mieux ?

Catherine approuva lentement de la tête, ses yeux s'accrochant aux siens, sans se rendre compte que ses lèvres douces et pâles reflétaient une tension manifeste.

— J'ai perdu l'enfant, n'est-ce pas ? questionna-t-elle inutilement, et Jason acquiesça de la tête.

— Qu'importe, chaton. Nous en aurons d'autres. Pour l'instant, seule ta santé compte.

— Nous n'en aurons pas, tu sais, déclara-t-elle car elle voulait rendre la situation claire entre eux.

— Nous n'aurons pas quoi ?

— D'autres enfants.

— Ne t'inquiète pas pour ça. Il coulera suffisamment d'eau sous les ponts avant que nous en arrivions là, affirma-t-il en lui souriant d'un air rassurant.

Epuisée, elle n'eut pas la force de poursuivre. Pourtant, il lui semblait, avec un certain illogisme, que la chose la plus importante au monde était de lui apprendre qu'elle ne céderait plus aux exigences de son corps. Aussi, murmura-t-elle, obstinée :

— Je ne veux pas que tu me donnes un autre enfant !

L'expression indulgente, presque tendre, qui adoucissait le visage de Jason disparut et il pinça les lèvres.

— Nous en parlerons plus tard. Pour l'instant, repose-toi simplement et rétablis-toi.

Exténuée, affaiblie par la perte de sang, Catherine tourna son visage vers le mur et ferma les yeux, incapable de continuer la discussion. Jason fixa le visage las et ses yeux s'attardèrent sur les ombres mauves apparues sous les paupières baissées, qui montraient plus clairement que des mots qu'elle approchait de l'épuisement total. De sa vie, il ne s'était jamais senti aussi impuissant : il ne pouvait rien faire sauf espérer que le repos et ses soins inexpérimentés hâteraient sa guérison. Dans ce but, il refusa même de s'alléger de la haine froide qui l'avait envahi. Tant que Catherine ne serait pas saine et sauve, il lui fallait oublier sa vengeance contre Davalos. Mais il se promit que, dès que sa femme serait hors de danger et de retour à *Terre du Cœur*, il retrouverait l'Espagnol, avec l'aide de Buveur de Sang, et cette fois — cette fois-ci — il n'y aurait pas de merci, pas de seconde chance pour Blas !

L'entrée de l'Indien interrompit ses pensées. Se détournant de Catherine, Jason le rejoignit et les deux hommes s'assirent à la mode indienne à même le plancher près de la cheminée. Si quelqu'un avait regardé successivement ces deux visages minces et basanés, il aurait eu de la difficulté à différencier le sauvage du gentilhomme ; ils étaient tous deux vêtus de façon identique et leurs traits se ressemblaient par leurs pommettes saillantes et leurs nez droits et légèrement arrogants. Toutefois, aucune parenté ne les liait, à moins de compter pour telle le fait qu'à des étés de là ils s'étaient solennellement entaillé le poignet pour mélanger leurs sangs en se jurant de rester toujours frères.

Les yeux verts se fixèrent une minute dans ceux de l'Indien, noirs et impénétrables, puis Jason demanda à son compagnon :

— Tu ne vas pas retourner à *Terre du Cœur*, n'est-ce pas ?

Il s'agissait en fait plus d'une constatation que d'une question. Buveur de Sang acquiesça de la tête et expliqua d'une voix ferme et mélodieuse :

— Frère, cela me peine de désobéir à tes désirs, mais il faut détruire l'Espagnol, ce serpent venimeux. Pendant que nous sommes assis ici, il se prépare à attaquer une nouvelle fois !

— Sacré nom d'un chien ! Je le sais bien ! J'ai l'intention de le poursuivre, mais je dois d'abord m'occuper de Catherine.

Ce ton grave et irrité montrait la frustration de Jason. Buveur de Sang l'approuva lentement.

— Tu dis vrai. Et je ne te refuserais pas la vengeance à laquelle ton sang aspire... si tu n'étais entravé par tes obligations envers ta femme. Pendant que nous restons à attendre, le serpent risque de se cacher et il ne sera pas facile de le dénicher ensuite.

Jason le regarda d'un air sombre.

— Tu te proposes de le poursuivre... seul !

A nouveau Jason constatait plus qu'il n'interrogeait. Et, pour la première fois depuis des jours, une lueur d'amusement brilla dans les yeux noirs de l'Indien.

— Mon frère, ferais-tu moins pour moi ? demanda calmement le Chiroquois.

Non, Jason ne ferait pas moins. Dans le cas inverse, il agirait de la même façon. Mais, à la décision de Buveur de Sang, il objectait en particulier qu'il voulait lui-même, de toutes ses forces, tuer Davalos. D'autre part, Blas risquait de blesser son ami d'une manière ou d'une autre, et cette possibilité l'angoissait. Son plus vieil ami pouvait mourir en accomplissant un acte qu'il aurait dû effectuer lui-même et qu'il désirait ardemment. Cette pensée lui amena un goût amer dans la bouche. Jetant un coup d'œil à Catherine dont le visage était terriblement pâle, il éprouva un bref instant le besoin irrésistible de tuer Davalos. Il envisagea même une seconde d'abandonner sa femme et d'accompagner Buveur de Sang dans sa poursuite. Cependant, il ne pouvait pas et ne voulait pas le faire.

Comprenant qu'il ne parviendrait pas à détourner le Chiroquois de son projet, résigné sinon satisfait, il affirma :

— Je ne peux pas t'arrêter, mais ce sera dangereux — très dangereux. Il attendra que nous agissions et ta tâche n'en sera que plus dure.

— Le danger ajoute au plaisir du succès, rétorqua Buveur de Sang en haussant les épaules avec insouciance.

Soudain, ses yeux noirs se fixèrent sur un point derrière l'épaule de Jason. Tournant la tête dans cette direction, ce dernier vit que Catherine était réveillée.

Appuyée sur un coude, ses cheveux noirs emmêlés déployés sur une épaule, elle rivait douloureusement son regard à celui du Chiroquois. Observant attentivement les deux personnes, Jason eut l'impression qu'ils se transmettaient un message — comme si Buveur de Sang avait soupçonné quelque chose que lui ne devinait pas.

Les yeux brillants de fièvre, Catherine fixait, comme

604

hypnotisée, le visage impassible de l'Indien, étonnée de comprendre que — sans qu'elle eût prononcé un mot, sans lui avoir fourni le plus petit indice — l'Indien savait exactement ce qu'on lui avait fait ! Un signe de tête imperceptible confirma son hypothèse et, à travers ses dents serrées, elle ordonna d'un ton sifflant :

— Tuez Davalos, Buveur de Sang ! Tuez-le pour moi !

Ramené à son corps défendant au rôle de spectateur, Jason répliqua d'un ton sec, les yeux durs :

— Il semble que je sois mis en minorité. Nous sommes au moins tous d'accord. Il faut tuer Davalos.

Catherine ferma les yeux et s'allongea de nouveau. Jason s'approcha rapidement d'elle. D'un geste doux, il écarta les cheveux qui lui couvraient le front et murmura d'une voix moqueuse :

— Quelle petite donzelle assoiffée de sang ! Tu devrais te reposer au lieu d'écouter notre conversation qui n'est pas pour tes oreilles délicates.

Catherine répliqua, avec un léger regain d'énergie :

— Si vous ne voulez pas que je vous écoute, allez ailleurs...

Après lui avoir caressé la joue d'un doigt léger, Jason revint vers Buveur de Sang et les deux hommes quittèrent ensemble la cabane. Observant la porte fermée, Catherine murmura, ennuyée :

— Ils n'auraient pas dû me prendre au pied de la lettre !

Jason aida son ami à seller rapidement un cheval puis il suivit des yeux l'Indien qui enroulait tout ce dont il aurait besoin dans une mince couverture qu'il attacha à l'arrière de sa selle. Le visage impassible, les deux hommes se serrèrent la main. Puis, après avoir longuement regardé Buveur de Sang, Jason conseilla :

— Prends soin de toi, mon frère. A ton retour, si nous ne sommes plus ici, tu sauras où nous trouver. Je t'attendrai pendant deux lunes et, si tu n'es pas rentré d'ici là à *Terre du Cœur*, je partirai à ta recherche.

Le Chiroquois hocha sobrement la tête en signe

d'acquiescement ; il savait bien que si Davalos ne mourait pas de ses mains, ce serait à coup sûr des mains de Jason. Une seconde plus tard, Jason vit le cheval et son cavalier disparaître dans la forêt. A contrecœur, il réintégra ensuite la cabane.

Il jeta un coup d'œil à Catherine qui semblait dormir. Comme il ne voulait pas la réveiller, il retourna dehors où de nombreuses tâches l'attendaient. Bien qu'il n'eût pas fermé l'œil de la nuit, il s'attela au travail car ces occupations le distrayaient des pensées qui le torturaient. Avec compétence, il vérifia les chevaux et fronça un moment les sourcils devant les genoux écorchés du hongre volé par Catherine ; mais l'animal ne semblait pas souffrir. Il remisa alors les selles et l'équipement dans le petit appentis près de la cabane. Puis, comme il était nécessaire de remplir l'abreuvoir et d'apporter de l'eau dans la cabane, il s'appliqua à ces deux tâches qui l'accaparèrent longtemps car elles exigèrent plusieurs voyages jusqu'au lac bleu. Le soleil était haut dans le ciel lorsqu'il coupa quelques petits arbres qu'il traîna ensuite jusqu'à l'arrière de la cabane où il se mit à les fendre en bûches de bonne taille pour la cheminée. Après quoi, il en empila quelques-unes devant l'appentis et porta le reste dans la cabane. A la nuit, il se risquerait à faire du feu.

Quand Jason entra, les bras chargés de bois, Catherine qui fixait vaguement le plafond se rendit à peine compte de sa présence. Il s'occupait de remiser les provisions qu'il avait apportées dans un des deux buffets près de la cheminée, meubles que Catherine n'avait pas remarqués jusqu'ici. Comme il poursuivait son travail sans se soucier d'elle, Catherine se mit à l'observer.

Il portait une barbe de plusieurs jours qui lui donnait une apparence incontestablement canaille mais Catherine estima que cela ne retirait rien à son charme. Vêtu de daim, il paraissait robuste et efficace ; elle n'avait donc plus d'inquiétude à se faire, et cette pensée la réconforta. Peu importait l'avenir, Jason veillerait sur elle et ne permettrait pas qu'on la blessât. Loyalement, elle n'accusait pas son mari de ce qui était arrivé, car Davalos aurait pu l'enlever sans que Jason eût appris sa présence sur ses terres. Elle lui reprochait néanmoins de n'avoir pas jugé utile de lui expliquer pourquoi elle ne devait pas sortir à cheval ce matin-là. Pourtant elle reconnaissait qu'elle portait aussi une part de responsabilité dans l'affaire. Que de douleurs ils auraient pu éviter, si elle avait tenu compte de ses ordres ! Elle poussa un sincère soupir de regret. Jason l'entendit et se tourna immédiatement vers elle.

— Pourquoi ce soupir ?

Elle avoua :

— Oh, je me disais simplement que si j'étais restée à la maison ce matin-là, tout aurait été différent.

Jason lui adressa un coup d'œil étrange qui semblait allier colère et remords et, lorsqu'il parla, Catherine écarquilla les yeux de surprise :

— Tu n'y es pour rien ! Depuis ce matin-là, je me suis maudit un millier de fois par jour pour ne pas t'avoir signalé que Davalos se trouvait dans le coin. J'aurais dû te l'apprendre immédiatement. Tout ce que je pourrai faire ou dire ne compensera jamais ce que tu as souffert à cause de mes actes arrogants, malencontreux et hautains.

Cette confession généreuse laissa Catherine muette de stupéfaction.

— Es-tu... es-tu en train de me dire que tu es désolé ?

Jason s'accroupit en face d'elle, prit sa main molle entre les siennes et murmura :

— Est-il si surprenant d'admettre avoir fait une terrible erreur de jugement ? Que je m'excuse pour la souffrance que tu as dû supporter à cause de mon amour-propre ?

— Amour-propre ?

— Oui. J'ai péché par excès de vanité car j'étais certain de pouvoir deviner ce que ferait Davalos.

Catherine s'agita, mal à l'aise. Cet étranger barbu aux

yeux charmeurs et à la voix douce la déconcertait. Mais la chaleur qui lui traversait le corps au contact de Jason l'effrayait davantage. Comme elle s'était attendue à de violentes récriminations, elle avait mentalement réuni toute son énergie en vue d'affronter la fureur de Jason qui, à son avis, jaillirait sûrement. Elle s'était donc à demi préparée à rencontrer un Jason furieux, exaspéré. Or, cet homme qui s'excusait calmement et lui parlait presque gentiment la plongeait dans la confusion la plus grande.

— Ce... ce... n'était pas totalement ta faute, balbutia-t-elle.

Jason observa la main fine qu'il tenait entre ses longs doigts bruns et qu'il caressait inconsciemment. Soudain, il leva la tête. L'expression glacée que Catherine vit dans ses yeux verts lui parut fâcheuse tout comme l'aspect pincé de ses lèvres. Elle ressentit aussitôt une pointe de chagrin car ce regard froid plein de colère lui était infiniment plus familier que l'expression tendre qu'elle avait découverte l'instant précédent.

— C'est vrai ! affirma Jason d'une voix dure.

Mais, devant l'affliction qui se peignit sur le visage de sa compagne, il soupira et murmura :

— Ce n'est pas le moment d'en discuter. Oublie ce que je viens de dire !... De plus, lorsque nous combattons, je préfère que tu sois debout pour me renvoyer la balle avec des paroles cinglantes ! Pour le moment, en te voyant, j'ai l'impression d'avoir écrasé un chaton d'un mois sous ma botte ! ajouta-t-il, une lueur moqueuse dans les yeux.

Catherine ne voulait pas de sa pitié !

— Que cela ne t'arrête pas ! lança-t-elle d'un ton sec car sa fierté meurtrie ne pouvait supporter ce sentiment.

Jason murmura presque tendrement :

— *Ma petite sorcière !*

Elle le foudroya du regard mais dit d'une voix plaintive qui dénotait un changement déconcertant d'attitude :

— J'ai faim !

Le rire de Jason retentit dans la petite pièce. Peu après, il préparait avec une efficacité surprenante un repas composé de tranches de pain épaisses, d'un peu de viande séchée et d'une tranche de fromage à pâte jaune.

Cette nourriture ne correspondait pas au régime d'une malade, mais Catherine la mangea rapidement tout en la trouvant très sèche. Jason lui tendit une tasse en fer-blanc remplie d'eau claire et fraîche dont elle arrosa avec reconnaissance le pain et la viande. Quand elle eut fini, Jason plissa le front, lui retira l'assiette blanche des mains et la posa sur la table en expliquant :

— A mon avis, ce repas n'est pas ce qu'il y a de mieux pour quelqu'un dans ton état. Avant qu'il ne fasse trop sombre, j'irai poser quelques pièges.

Puis il lui adressa un large sourire et reprit d'un ton moqueur :

— Sans me comparer au chef cuisinier de *Terre du Cœur*, je m'estime capable de réussir un ragoût ou un bouillon assez savoureux, pourvu que nous ayons de la viande fraîche !

Catherine, qui dépendait de lui pour tout, crut mourir d'embarras ce premier soir lorsque, malgré ses protestations, Jason nettoya avec des gestes doux son corps meurtri et sale. Pour ce faire, il se servit d'une éponge gonflée d'eau chaude provenant d'une énorme bouilloire noire posée au-dessus des braises dans la cheminée. Comme il avait jeté en tas dans un coin ses vêtements souillés de sang, il déchira une de ses propres chemises en toile qu'il utilisa pour un usage plus intime avant de l'habiller d'une autre dont elle apprécia le contact contre son corps endolori. Jason s'était comporté avec le professionnalisme d'une infirmière. Le visage toujours en feu à cause des soins intimes qu'il lui avait prodigués, Catherine s'enfonça avec délectation dans son lit.

Le visage de Jason avait gardé son impassibilité durant cette toilette sommaire. Il n'avait éprouvé aucune passion en la touchant pour enlever la crasse de son corps. Avec des gestes de mère, il l'enveloppa chaudement dans la couverture du lit qu'il venait de retaper.

Jason attendit que Catherine fût confortablement installée pour lui demander des détails sur son épreuve. Mais elle ne pouvait pas parler... ni du viol, ni de l'homme qu'elle avait tué. Lorsqu'il l'interrogea avec douceur sur sa fuite, elle enfouit sa tête dans l'oreiller et répondit d'une voix tendue :

— Je ne veux pas en parler.

Jason soupira et la laissa seule. Il serait toujours assez tôt pour apprendre la gravité des faits. Tout ce qu'il désirait maintenant était de la voir se reposer et recouvrer la santé. Il ne voulait pas penser au bébé perdu et se réjouissait à l'idée qu'ils possédaient au moins Nicolas et que leur enfant se trouvait en sécurité, entouré d'affection, à *Terre du Cœur*. Il sourit un moment — avec deux grands-parents épris de lui au point qu'il les faisait marcher au doigt et à l'œil, Catherine et lui allaient retrouver en Nicolas un enfant des plus terribles.

Le lendemain matin, Jason rapporta un jeune cerf pris dans un piège qu'il avait posé la veille. Fidèle à sa parole, il confectionna un bouillon savoureux que Catherine trouva délicieux. Il surveilla attentivement l'appétit de sa femme en s'assurant qu'elle mangeait tout ce qu'il lui présentait.

Autant que possible dans ces circonstances, Jason gâta Catherine pendant les quelques jours qui suivirent. Il observait son visage avec anxiété en quête du moindre signe de fièvre ou d'infection. Mais rien n'apparut, ce qui le soulagea légèrement car il se sentait coupable et craignait pour sa vie.

Il ne la laissait presque jamais seule. Ses courtes absences servaient à refaire le plein d'eau, à veiller aux chevaux et à vérifier les pièges à gibier. Il accomplissait ces tâches et revenait immédiatement à la cabane comme poussé par la crainte que, dans l'intervalle, il ne soit arrivé quelque chose de fâcheux à Catherine. Deux fois par jour, la première avant l'aube et la seconde juste après le crépuscule, il l'abandonnait le temps de se rendre à l'entrée de la vallée afin de s'assurer qu'il n'y avait aucune trace de Davalos. Il ne voulait pas risquer d'être à nouveau surpris. Cette vérification accomplie, il passait le reste du temps assis dans l'encadrement de la porte, le regard fixé sur l'horizon où les grands arbres vert foncé rencontraient le bleu clair des cieux. Comme son visage était inexpressif, Catherine n'aurait su dire s'il était ennuyé ou impatient. Il ne semblait pas d'humeur à bavarder sur des sujets futiles et se contentait de veiller aux besoins de sa femme, avec douceur. Elle soupirait désespérément après son fils, après *Terre du Cœur* et après sa mère car Jason lui avait annoncé son arrivée. Mais, par-dessus tout, elle attendait avec impatience la fin de leur tête-à-tête forcé.

Ils se parlaient rarement ; leurs conversations se limitaient aux questions brèves que posait Jason sur ses désirs et aux réponses monosyllabiques et lasses qu'elle lui donnait. Tous deux reconnaissaient intérieurement qu'il existait des sujets dont il était nécessaire de discuter, mais, tels des vétérans marqués par la guerre et qui s'armaient en vue d'une dernière et terrible bataille, ils attendaient. Catherine reprenait des forces au fil des jours, et le visage de son mari devenait plus sombre et plus fermé à chaque nuit qui s'écoulait. Le troisième jour, il la laissa se lever quelques instants mais, quand il vit qu'elle commençait à se fatiguer, il lui ordonna durement de retourner à sa couchette. Elle fondit immédiatement en larmes, ce qui les bouleversa tous deux. Jason referma instantanément ses bras autour du corps secoué de sanglots. Puis il s'assit sur le lit, appuya ses larges épaules contre le mur et la tint tendrement près de lui, ses lèvres voyageant avec insistance sur le visage trempé de larmes. D'une voix enrouée par l'émotion, il tenta de l'apaiser :

— Là, mon petit amour ! Ne pleure pas. Je n'aurais

pas dû te parler aussi vivement, mais tu es une petite créature tellement volontaire et têtue que tu me rends parfois fou. Calme-toi maintenant. Je suis une brute, et quand tu iras bien, tu prendras ta revanche.

Ravalant un sanglot, Catherine leva les yeux vers le visage de Jason qui reflétait un remords si affectueux qu'elle en ouvrit la bouche d'étonnement. « Ce doit être à cause de ma maladie. J'ai des hallucinations. Jason ne me regarde certainement pas avec tendresse ! »

— Ça va mieux maintenant ? murmura-t-il en déposant un léger baiser sur son nez.

Soudain, Catherine lui adressa ce sourire éblouissant qui l'étourdissait toujours un peu. Alors, il le lui rendit. Les yeux dans les yeux, ils semblaient en extase.

Le lendemain, il l'autorisa à se lever plus longtemps mais ne la laissa revêtir le pantalon et la chemise propres qu'il avait emportés pour elle qu'au bout du sixième jour. Il l'obligea à se reposer une partie de la journée, mais, après le dîner pris pour la première fois, ce soir-là, à la table en bois, il permit à Catherine de venir le rejoindre sur le seuil pour observer avec lui le coucher du soleil. Instinctivement, Jason passa son bras autour des épaules frêles et la rapprocha de lui en effleurant son front d'un baiser. Blottie près de son mari, Catherine surveilla la lumière d'abord rouge puis dorée qui disparaissait du ciel. Elle espérait de tout son cœur que cet instant précieux passé côte à côte durerait éternellement. Mais avec la disparition du soleil, la nuit devint très vite froide et Jason, qui la sentait légèrement frissonner, la ramena doucement à l'intérieur.

Après tant de jours passés au lit, l'idée de se coucher ne la tentait guère. Aussi préféra-t-elle se verser une tasse du café contenu dans la cafetière restée chaude au bord du feu ; puis elle s'assit sur une chaise et demanda :

— Il est trop tôt pour se coucher et comme je n'ai pas sommeil, qu'allons-nous faire ?

Jason lui adressa un sourire moqueur. Comprenant

ce qu'impliquait sa question posée en toute innocence, elle ajouta brusquement :

— Oh, je ne voulais pas dire cela ! Je... je voulais simplement dire que... que je ne voulais pas que tu me mettes au lit comme une enfant assommante.

— Je ne t'ai jamais mise au lit comme une enfant, se moqua Jason, une lueur d'amusement au fond des yeux.

Feignant d'ignorer le défi qu'il lui lançait, Catherine avala en toute hâte une gorgée de café et se brûla la langue. Avec rancune, comme si c'était la faute de son mari, elle le foudroya du regard. Mais, comme elle n'avait pas vraiment grande envie de se battre, elle lui sourit subitement et l'interrogea :

— Parle-moi de cette cabane. Comment en connaissais-tu l'existence ?

Jason se versa à son tour une tasse de café et s'assit en face de Catherine. En quelques phrases, il répondit à sa question en embellissant légèrement son récit pour l'amuser. Ils bavardèrent tranquillement, puis, sans raison apparente, les coudes sur la table, le menton dans les mains, Catherine demanda brusquement :

— Jason, qu'as-tu découvert là-bas ? Ce n'est pas Cibola, ça je le sais. Mais tu as tout de même trouvé quelque chose, n'est-ce pas ?

Cette question surprit Jason. Il la regarda attentivement puis, d'un mouvement appuyé, posa sa tasse sur la table et éluda la question.

— Comment le sais-tu ? Je n'en ai jamais parlé.

— Tu as trouvé quelque chose. A coup sûr ! Sinon, Davalos n'aurait aucun motif de croire que tu possèdes ce qu'il veut. Et ce bracelet en or serti d'émeraudes est, à mon avis, la clef de ce qu'il recherche.

Lentement, Jason passa une main le long de sa mâchoire barbue et expliqua d'un ton résigné :

— Le bracelet ne contient pas de clef. C'est tout bonnement un objet que je désirais.

Sans raison, il ajouta :

— Il fait — ou plutôt il faisait — partie d'une paire.

J'avais jadis un ami, Philip Nolan, et avec Buveur de Sang, nous avons tous trois découvert un trésor — pas un grand — et certainement pas Cibola.

Telle une enfant à qui on promet une histoire excitante avant de s'endormir, Catherine murmura :

— Continue !

Un soupir fatigué échappa à Jason qui appuya sa tête contre le mur. Il revoyait le soleil brûlant des hautes plaines du territoire comanche. Le souvenir de cette époque-là lui revint soudain si fortement à l'esprit qu'il eut l'impression de la revivre.

Il revoyait la grande paroi élevée du canyon Palo Duro et éprouvait à nouveau la stupéfaction ressentie quand il avait posé pour la première fois les yeux sur cette pyramide qui montait vers le ciel. Il essaya de communiquer à Catherine toute cette immensité mais, au lieu de cela, il se perdit dans le récit de ses impressions personnelles, de celles de Buveur de Sang et du fait que, selon Nolan, ils venaient de découvrir un temple aztèque. Il termina par la découverte de la caverne cachée et des bracelets jumeaux. Il était tellement gagné par son récit qu'il revint au présent à contrecœur.

— Y es-tu retourné ? demanda Catherine, fascinée par l'histoire.

— Non ! Je suis riche, pourquoi devrais-je piller pour avoir plus d'argent ? s'écria-t-il d'un ton catégorique.

— Je... je le demandais tout simplement ! Pas la peine de me rembarrer ! bégaya Catherine, consternée.

— Oublie cela ! C'est arrivé il y a longtemps. Nolan y est-il retourné un jour ? Je l'ignore... ou m'en moque !

Jason sourit cyniquement devant l'intérêt extatique qu'elle manifestait. Puis il se souvint qu'il avait à peu près le même âge qu'elle lorsqu'ils étaient tombés par hasard sur le canyon, et son expression s'adoucit. Catherine osa alors reprendre :

— Selon toi, est-ce le bracelet de Nolan qui a alerté Davalos ?

— Probablement. Davalos a toujours été cupide. L'Espagne ne s'est jamais remise du choc éprouvé en découvrant que le Texas n'était pas un autre Mexique. Je suis absolument certain que de très nombreuses personnes pensent encore que beaucoup de cités aztèques remplies d'or attendent là-bas qu'on les saccage.

Catherine poussa un profond soupir.

— J'aurais aimé être un homme ! Il est totalement injuste que vous, les hommes, ayez toutes les aventures.

Jason sourit et demanda d'un ton légèrement moqueur :

— Il ne te suffit donc pas que je t'aie enlevée ?

— Ce fut horrible ! Comment peux-tu comparer ce qui a ruiné ma vie tout entière avec l'excitation éprouvée devant une telle découverte ? s'écria-t-elle avec amertume.

Devant le visage figé de Jason, elle faillit pleurer de désespoir : dans son insouciance, elle venait de détruire l'harmonie fragile qui régnait entre eux.

36

A dater de cette nuit-là, le temps s'écoula lentement. Au bout de deux semaines environ, le rétablissement de Catherine avait nettement progressé. Par contre, leur intimité forcée la rendait de plus en plus irascible. Elle avait abordé avec détermination la question de leur départ mais Jason ne semblait pas pressé de rentrer. Exaspérée, elle lui demanda combien de temps encore il comptait rester dans la région.

— Pourquoi cette hâte ? Je ne te mangerai pas ! s'écria-t-il en lui adressant un sourire nonchalant.

— Ne va-t-on pas s'inquiéter de nous ?

— Un jour de plus ou de moins ne changera pas grand-chose, rétorqua-t-il.

— Que tu es cruel ! Je veux mon fils, et maman doit être morte d'inquiétude. Si ce n'est pour moi, que ce soit au moins pour eux. Rentrons vite !

Jason reposait sur la couchette. Une lueur étrange jaillit dans ses yeux et il renversa Catherine sur lui. Pressée contre son torse, le visage à quelques centimètres du sien, elle le foudroya du regard — cet homme qu'elle aimait malgré toutes les choses cruelles qu'il lui avait infligées —, et ce sentiment la désespérait. Contre la puissante force d'attraction qui existait entre eux, elle ne possédait qu'une arme : la colère, une colère qu'elle nourrissait fidèlement chaque jour. Parfois, cependant, il ne lui était pas nécessaire de se forcer pour paraître irritée car, certains jours comme aujourd'hui, par exemple, il lui était facile de les haïr, lui et son arrogance.

— Laisse-moi ! ordonna-t-elle en se débattant vainement contre les mains qui la retenaient captive dans une étreinte de fer.

Souriant avec une indolence et une insolence étudiées devant ses efforts désespérés, Jason la fit rouler sous lui et sa bouche courut sur son visage avec une hardiesse provocante.

— Pourquoi me combattre ainsi ? Je te soupçonne de lutter tout autant contre toi-même que contre moi, et j'aimerais bien savoir pourquoi.

Terrifiée par ce corps si proche, Catherine essaya de plus en plus frénétiquement de se libérer mais, avec une ridicule facilité, Jason l'empêcha de bouger, certain qu'à un moment ou à un autre elle s'abandonnerait comme elle l'avait fait si souvent par le passé. Malheureusement, Catherine estimait naturel de lui résister ; de fait, il ne sentit ni le frisson ni la fièvre du désir, incontrôlable et sauvage, qui demeuraient dans sa mémoire. Elle manifestait seulement de la panique, une panique horrifiée. Prise au piège de ses bras, Catherine transforma soudain dans son esprit Jason en Davalos et toute la dégradation et les conséquences de ce viol abject l'envahirent à nouveau. Tel un animal sauvage, elle lutta, les yeux dilatés par la terreur, et s'écria d'une voix pleine de dégoût et de crainte :

— Ne me touche pas ! Ô Dieu, s'il te plaît ! Ne me touche pas !

Devant ses tentatives pour se libérer, Jason resta d'abord sceptique puis, lorsqu'il vit ses yeux violets remplis de terreur et perçut un tremblement de panique dans sa voix, il comprit qu'elle luttait sous le coup de quelque chose qui dépassait sa résistance habituelle. Il la lâcha instantanément. Le front plissé, il l'observa qui s'éloignait péniblement pour aller s'accroupir dans un coin. Elle tremblait rétrospectivement et serrait les bras sur ses seins en le regardant fixement.

— Je... je suis... je suis désolée. Je... je... je ne veux pas que tu me touches ainsi.

Les sourcils toujours froncés, une mèche de cheveux sur l'œil, Jason lui jeta des regards furieux qui trahissaient son désappointement puis il ordonna :

— Catherine, il faut que cela cesse ! Je n'ai pas l'intention de te violer chaque fois que je te veux. Je ne désire pas non plus vivre constamment en état de guerre ! Il est temps que tu grandisses et affrontes le fait que tu es mariée — et que je sois damné si j'ai l'intention de vivre platoniquement avec toi ! J'ignore quelle lubie s'est incrustée dans ta tête, mais veux-tu, s'il te plaît, me dire ce que j'ai fait aujourd'hui pour soulever une telle antipathie ? Tu te comportais déjà de façon étrange avant ton enlèvement par Davalos et comme cela empire, veux-tu, pour l'amour de Dieu, m'expliquer pourquoi ?

— Le bébé, murmura-t-elle avec incohérence.

Exaspéré, Jason ramena en arrière sa mèche indocile et regarda Catherine qui se recroquevillait dans le coin comme un animal blessé.

— Le bébé que tu as perdu ?

Silencieusement, elle approuva de la tête.

— Mais quel rapport avec la façon dont tu me tenais à l'écart à *Terre du Cœur* ?

Irritée par la stupidité qu'il montrait, Catherine explosa :

— Je ne serai pas ta poulinière ! Prends quelqu'un d'autre pour jouer ce rôle ! J'ai entendu ce que tu as dit à Elizabeth un certain matin à Paris. Puisque tu n'as jamais eu envie de m'épouser, explique-moi pourquoi, au nom du ciel, tu ne l'as pas épousée elle, si tu souhaitais simplement quelqu'un qui pût t'offrir une kyrielle de marmots ?

— Sais-tu bien ce que tu dis ? Je ne le crois pas, et toi non plus, j'en suis sûr ! rétorqua Jason avec dégoût.

— Puisque je t'affirme que je t'ai entendu ! Tu expliquais à Elizabeth que je serais parfaite pour porter tes fils et que je ne te servirais à rien d'autre qu'à cela.

Avec sincérité, car il avait oublié depuis longtemps cette scène, Jason s'écria avec colère :

— J'ignore totalement de quoi tu parles. Si j'ai dit un jour une chose aussi stupide à ta revêche cousine, c'était certainement pour la décourager de s'imposer à moi !

A genoux, les poings serrés, ses petits seins se soulevant avec émotion, Catherine s'exclama :

— Je ne te crois pas ! Tu étais forcé de m'épouser et, à ta façon arrogante, tu as décidé que je conviendrais à tes desseins.

Le visage hermétique, Jason grommela :

— Je crois nécessaire de faire toute la lumière sur ce malentendu dont tu sembles être la victime. Personne n'aurait pu me forcer à t'épouser si je ne l'avais voulu. Tu aurais eu beau être la fille du roi d'Angleterre, si cela n'avait pas correspondu à mon choix personnel — mon propre choix, effectué en toute liberté — rien n'aurait pu me contraindre à t'épouser !

La colère de Jason égalait maintenant celle de Catherine, aussi ajouta-t-il d'un ton mordant :

— J'aimerais te signaler encore un détail : personne ne m'a tenu une épée dans les reins. Si tu veux bien te rappeler, c'est moi qui ai suggéré que nous nous mariions ! J'aurais tout aussi bien pu te ramener secrètement en Angleterre et prendre d'autres dispositions !

A ces mots, un sentiment de joie envahit brutalement Catherine ; mais comme cette conversation avec Elizabeth la tracassait depuis longtemps, il lui était difficile de l'oublier instantanément.

— Tu ne voulais qu'une poulinière. Tu l'as dit à Elizabeth !

Une dangereuse lueur dans les yeux, Jason lança :

— Défais-toi de cette idée ! Si j'avais voulu une femme dans ce but, je n'aurais pas choisi une capricieuse qui n'a que la peau sur les os. Elizabeth aurait beaucoup mieux convenu pour ce rôle... elle a des hanches joliment pleines, si tu t'en souviens, ajouta-t-il d'un ton mordant.

— Alors, pourquoi, si je corresponds si peu à tes souhaits, pourquoi m'as-tu épousée ? demanda-t-elle d'une voix méprisante, le visage blême.

Les lèvres pincées de fureur, Jason réagit rapidement. Il mit brusquement Catherine sur ses pieds et la secoua de bonne manière en criant :

— Dieu seul le sait ! Et certainement pas pour ton doux tempérament !

Jason maîtrisait avec difficulté son emportement et répondait comme toujours à la proximité de Catherine — au désir de la serrer dans ses bras en oubliant toute l'angoisse et le mal qui les poussaient à se maltraiter mutuellement. Soudain, il prit conscience de la véritable raison que cachait sa fureur. Doucement, avec stupéfaction, il avoua :

— Je t'aime, Catherine. Je crois que je t'ai aimée dès cet instant en France où nous étions dans la voiture, en route pour Paris... Je me suis réveillé et tu étais là, à regarder fixement par la fenêtre. J'ai su à ce moment-là que je voulais de toi plus que ton corps — et j'ai décidé d'obtenir davantage que ton corps !

Catherine était partagée entre un sentiment de méfiance et la joie qui naissait en elle avec toutes ses promesses. Les yeux déconcertés levés vers son mari indiquaient l'amer combat qui se livrait en elle. Elle vivait depuis tellement longtemps avec le besoin de l'entendre prononcer ces paroles qu'elles lui étaient maintenant devenues presque incompréhensibles. Troublée, indécise, mais souhaitant désespérément le croire, elle se détendit légèrement et se laissa aller contre lui. Pourtant, elle se raidit ensuite lorsqu'il lui affirma, d'une voix lente et étonnée :

— Peut-être ne t'aimais-je pas lorsque j'ai pris ta virginité, mais je sais qu'avant notre départ d'Angleterre tu faisais déjà si profondément partie de moi que je ne pouvais concevoir de te laisser.

— Par pure concupiscence, répliqua-t-elle avec conviction.

Jason secoua la tête.

— Je ne le pense pas, mon amour — mais qui sait ce qui attire en premier un homme vers une femme ? Peut-être la concupiscence ? Je l'ignore. Pourtant, après cette première fois, mon désir charnel a été remplacé par autre chose. Je suis même sûr que ce jour-là il ne s'agissait pas non plus de concupiscence. Car, dans le cas inverse, après t'avoir possédée, je n'aurais pas ressenti un besoin de toi... et je ne t'aurais pas emmenée en France ! Ah ça non !

Jason ne trouvait plus rien à ajouter, et cette situation étrange le rendait indécis sur la manière de poursuivre. Les déclarations d'amour qu'il avait employées si facilement et si fréquemment par le passé pour courtiser les femmes et les attirer dans son lit lui échappaient complètement maintenant. En cet instant d'une importance extrême, il était aussi gauche qu'un jeune homme. Pour la première fois de sa vie, il pensait sincèrement les paroles tendres qu'il prononçait. A cause de cela, il lui était peut-être dur de les exposer à haute voix ; d'autant que l'attitude accusatrice de Catherine ne l'encourageait pas. Elle restait silencieuse dans le cercle de ses bras, visiblement insensible à ses révélations. Aussi la secoua-t-il avec une légère impatience.

— M'as-tu entendu ? Je t'aime, toute gamine têtue et volontaire que tu sois ! Je t'aime !

Cette impatience de Jason convainquit finalement Catherine de sa sincérité car il n'avait jamais été humble. Alors, avec un grand soupir de bonheur, elle s'appuya contre lui. La gorge nouée par des larmes de joie, elle affirma d'une voix étouffée :

— Oh, je t'aime moi aussi ! J'ai cru mourir parfois à la pensée que tu ne m'aimais pas !

Un sourire tendre sur les lèvres, Jason murmura :

— Ne pouvais-tu parler, friponne ? Un homme n'agit pas comme je l'ai fait s'il n'aime pas une femme. Pourquoi t'ai-je épousée ? Pourquoi ai-je ramené par bateau ce damné cheval Sheba jusqu'à *Terre du Cœur*, si ce n'était pour toi ? Et pourquoi étais-je dévoré de jalousie lorsque je t'ai vue avec Adam ? Mon Dieu, chaton, si tu savais seulement les tortures auxquelles tu m'as soumis ! Chaque fois que je pensais à nous, tu te transformais en petite chatte sauvage, prête à m'arracher les yeux !

Catherine eut un petit rire tremblant et se serra encore plus contre Jason dont les lèvres erraient tendrement vers son oreille qu'il mordilla doucement. Son souffle chaud effleura le cou de Catherine lorsqu'il ajouta :

— Quand je te tiens dans mes bras, je perds l'esprit ! Ne sais-tu pas que toutes les controverses qui nous ont opposés auraient pu se terminer instantanément si tu t'étais tout simplement abandonnée dans mes bras comme maintenant ?

— C'est faux ! Tu as été odieux avec moi à *Bella Vista* lorsque je l'ai fait, lui reprocha-t-elle.

Le rire de Jason assourdi par ses cheveux la fit frissonner.

— Chaton, j'étais tellement fou de jalousie que j'ai failli t'étrangler ! Rappelle-toi : pendant une année entière, je ne savais absolument pas où tu demeurais et j'étais en plus certain qu'Adam était ton amant.

— Adam ? questionna Catherine avec curiosité, car Jason avait omis de lui annoncer l'arrivée de son frère, ce qui l'aurait obligé par là même à lui expliquer l'histoire de sa naissance.

A regret, il écarta Catherine de lui et lui raconta doucement que son frère était également le sien !

Les yeux en amande s'arrondirent de surprise. Mais, incapable de ressasser de sombres pensées en présence de ce bonheur si nouvellement trouvé et comme cette aventure était très vieille, Catherine se donna tout entière à la tâche excessivement agréable de prouver à Jason l'étendue de sa tendresse. Bercée dans ses bras robustes, elle parla sans difficulté de son amour et expliqua pourquoi elle avait agi si souvent avec violence. Ce fut un temps d'aveux pour eux deux, mais ils n'abordèrent pas tous les incidents. En effet, comme Catherine ne pouvait se résoudre à parler de Davalos, elle ne profita pas au mieux de cette période de joie. De ses mains impatientes, elle s'accrochait à Jason, tout en sachant qu'elle ne connaîtrait pas de joie totale tant qu'ils ne se pencheraient pas sur ce qui s'était passé avec Davalos. La tête posée sur la large poitrine de son mari, sa main jouant avec le bord de sa chemise, Catherine luttait pour s'exprimer, mais les mots restèrent prisonniers dans sa gorge.

Inconscient du combat intérieur qu'elle menait, Jason déposa un léger baiser sur sa tête inclinée et murmura :

— Je t'aime, Catherine. Tu es mienne ! Tu l'as toujours été... Mais tu étais trop têtue et volontaire pour le reconnaître. Je l'ai su cette nuit-là quand je t'observais qui dansais devant moi dans cette robe rouge au camp gitan. Je me souviens avoir pensé : Petite friponne, c'est la dernière fois que tu te pavanes devant des étrangers. Dorénavant, tu ne danseras que pour moi, et moi seul verrai ces charmes sans défaut que tu exhibes avec tant de séduction !... » J'étais déjà jaloux de tes éventuels amants ! ajouta-t-il avec un rire franc.

— Si j'avais eu d'autres amants, cela aurait-il eu de l'importance ? demanda-t-elle d'une voix pathétique, le corps frémissant.

Jason resserra son étreinte et lui chuchota vite :

— Oui ! Une importance énorme ! Après t'avoir possédée, je n'aurais jamais pu supporter la perspective que d'autres puissent coucher avec toi ! Que j'ai souffert à l'idée qu'Adam et toi étiez amants ! Mon Dieu ! Il m'est intolérable d'y repenser !

Rongée de douleur, Catherine reposait dans ses bras et savourait ces minutes de joie douce-amère... qui risquaient bien d'être les dernières. Elle essaya de tout raconter à Jason, mais les mots se refusèrent à sortir. Puis, les lèvres de Jason cherchèrent les siennes et, pendant une seconde, elle répondit avec tout son amour ; son corps ardent et jeune brûlait d'impatience. Mais, à nouveau, lorsque Jason approfondit son baiser et que ses mains se mirent à la caresser, elle frissonna. Horreur ! Elle n'avait plus Jason devant elle ! Cette bouche contre la sienne appartenait à Davalos ! A ce souvenir, elle éprouva une telle répugnance et une telle terreur que tout son corps trembla et qu'elle s'écarta violemment. Chacun de ses mouvements marquait sa répulsion.

Etonné, Jason fixa cette créature blême aux yeux farouches.

— Qu'y a-t-il ? demanda-t-il, intrigué.

— Ô mon Dieu ! Ne me touche pas ! Je ne peux le supporter ! s'écria-t-elle en sanglotant.

Elle était malade d'épouvante et incapable de se maîtriser.

— De quoi diable parles-tu ? questionna abruptement Jason, incrédule.

Un froid paralysant s'abattit sur eux et Catherine essaya une nouvelle fois de raconter son viol, mais sa langue refusa de lui obéir. Patiemment, comme un adulte face à un enfant particulièrement timide, Jason l'interrogea :

— Que se passe-t-il ?

Les lèvres de Catherine tremblèrent traîtreusement ; elle hésita un moment puis avoua finalement d'un ton brusque :

— Je ne peux pas te le dire. S'il te plaît, ne me pose pas de questions.

Les yeux mi-clos, Jason scruta impitoyablement le visage de sa femme puis lui expliqua d'une voix douce mais déterminée :

— Cette réponse ne me satisfait pas. A quel jeu joues-tu ? Tu me murmures que tu m'aimes et l'instant d'après tu t'éloignes de moi comme si j'allais te violer !

Catherine sourcilla. Soudain, avide de son corps, Jason l'attira à lui. Lorsque l'horreur maladive qui accablait Catherine traversa ses traits délicats, ils subirent tous deux un véritable enfer.

Elle s'arracha à son étreinte et se précipita vers la porte. Tel un animal aux abois, elle lui fit face, et ses yeux reflétaient la torture qu'elle subissait. Désireuse de dissiper la colère incrédule qui naissait sur le visage de son mari, elle gémit :

— Oh, Jason, ce n'est pas toi ! C'est Davalos ! Il... il...

Elle ne put en dire davantage, mais son explication était intolérablement claire.

Instantanément, Jason blêmit et ses yeux étincelèrent. Tout entière à sa propre douleur, Catherine ne vit pas l'angoisse qui perçait dans son regard. Par contre, elle remarqua la froideur de Jason lorsqu'il lui demanda d'un ton grinçant :

— Il t'a violée ?

Catherine répondit par un tout petit hochement de tête. Elle ne pouvait plus supporter la vue de ce visage, la vue du dégoût et du blâme qu'elle y lirait sans doute.

Serrée contre la porte, elle pleurait intérieurement, sans être consciente du petit monologue las qu'elle murmurait à voix basse.

— J'ai lutté contre lui, mais il m'avait lié les mains. Quel cauchemar ! Je ne pouvais pas l'arrêter. Je voulais mourir. Il ne l'a fait qu'une fois — Dieu merci ! Je crois bien que je me serais tuée s'il m'avait touchée une seconde fois !

Elle leva enfin la tête, fixa Jason et tressaillit. Malheureusement pour elle, elle se trompait du tout au tout en interprétant sa colère et sa fureur. Elle ne pouvait pas savoir qu'il souffrait, depuis qu'il avait compris, avec une intensité aiguë, l'immense dégradation qu'elle avait endurée à cause de lui. De même, elle ne pouvait supposer qu'il dirigeait une partie au moins de cette colère contre lui-même car il s'accusait de ne pas l'avoir mieux protégée, de ne pas l'avoir tenue à l'écart du danger, ce matin fatal, à *Terre du Cœur*. Il se maudissait pour sa propre stupidité qui l'avait empêché de soupçonner l'épreuve qu'elle avait subie. L'idée de tout ce qu'elle avait supporté le rendait malade. Et tout cela, parce qu'il avait perdu son sang-froid et qu'il lui avait parlé sur un ton hargneux au lieu de la cajoler. Davalos avait osé la prendre contre sa volonté. A cette pensée, Jason serra les poings et pinça les lèvres, ce qui révolta Catherine.

— Ô mon Dieu, Jason, ce n'était pas ma faute ! Je ne suis qu'une femme et j'avais les mains liées !

Puis elle fondit en larmes et se jeta sur le lit. Cette réaction calma Jason. Seul comptait pour lui le désir de la réconforter, de la prendre dans ses bras, de l'assurer de tout son amour et d'effacer d'une façon quelconque la honte et la douleur de ce qui s'était passé.

Il tendit la main, mais Catherine l'écarta brutalement. Au bord de l'hystérie, les yeux chargés de fureur, elle lança :

— Ne me touche pas ! Ne me touche plus jamais ! Je te hais ! Comprends-tu ? Je te hais !

A ce moment-là, Jason la crut et se renferma sur lui-même. La nuit leur parut sans fin à tous deux. Les yeux secs après cette première crise de larmes, Catherine fixait les poutres en bois avec l'espoir que la froideur qui irradiait de son mari la paralyserait au point de la rendre insensible à tout.

Le lendemain matin, elle quitta son lit avec lassitude. Mélancolique, elle observa Jason qui emballait leurs affaires.

— Nous partons pour *Terre du Cœur* ? lui demanda-t-elle d'une voix morne.

— Oui ! Plus rien ne nous retient ici maintenant, répondit Jason.

A l'instant même, Catherine fut certaine que son cœur se flétrissait.

Il ne fallut pas longtemps à Jason pour tout rassembler. Après avoir sellé les chevaux, ils les enfourchèrent en silence et quittèrent la vallée cachée, chacun déplorant la perte de cet éclatant bonheur qui avait été éphémère. Ils n'échangèrent pas une seule parole car ils n'avaient plus rien à se dire. Torturé par l'expression de Catherine, Jason éprouva un certain soulagement en s'éloignant par la pensée. Tandis qu'ils avançaient à une allure régulière en direction de *Terre du Cœur*, il se mit à penser longuement à Buveur de Sang et son esprit s'envola vers le Chiroquois.

Buveur de Sang n'avait pas besoin du soutien moral de Jason car son propre plan pour anéantir Davalos approchait de sa réalisation. Il avait trouvé l'Espagnol sans effort. Dissimulant habilement ses sentiments sous une façade inexpressive, il avait brusquement proposé à Blas de le guider vers l'or qu'il convoitait si désespérément. Soupçonneux, Davalos avait hésité. Mais Buveur de Sang emporta sa décision lorsqu'il lui affirma d'un ton méprisant :

— Tu ne l'apprendras jamais par Jason. Nolan est mort. Je suis donc le seul à pouvoir t'y conduire.

— Pourquoi acceptes-tu de me montrer le chemin ?

Buveur de Sang haussa les épaules et déclara avec une apparente candeur :

— Tel que je te connais, tu tourmenteras Jason tant

que tu ne posséderas pas cet or. Jason ne le convoite pas, mais si tu le partages avec moi à parts égales, je t'indiquerai son emplacement.

Cachant son exaltation, riant secrètement de la stupidité du Chiroquois, l'Espagnol avait approuvé doucement. Les soldats n'avaient jamais su ce que dissimulaient les faits et gestes de leur lieutenant — ils avaient tout bonnement suivi ses ordres. Ils supposaient par conséquent que Jason avait commis un crime contre l'Espagne et se réjouissaient de la capture de cette femme dont on pourrait se servir plus tard pour amener l'Américain à se livrer. Ils allaient aveuglément partout où Davalos leur ordonnait de se rendre. Mais, lorsqu'il leur commanda de pénétrer dans le territoire comanche, les soldats échangèrent entre eux des murmures effrayés. Le fait que leur guide soit un Indien ajoutait à leurs craintes.

Impassible, Buveur de Sang montrait le chemin sans parler plus que nécessaire. Mais une nuit, il fit signe à Davalos qu'il désirait l'entretenir en privé. Les deux hommes s'écartèrent alors un peu des autres et le Chiroquois demanda à son compagnon de route :

— Veux-tu le partager avec eux ?

Davalos refusa sèchement de la tête.

— Absolument pas ! Qu'en feraient-ils ? rétorqua-t-il d'un ton méprisant.

— Comment comptes-tu garder l'affaire secrète si je vous emmène tous là-bas ?

— Est-ce près ?

Buveur de Sang acquiesça de la tête.

— Très près ?

Après un nouveau hochement de tête, Davalos s'enquit, les yeux luisant d'avarice :

— Montre-moi !

— Les autres ?

Davalos se mordit la lèvre.

— Si nous partons pendant qu'ils dorment, tu pourras me montrer l'endroit. Nous les rejoindrons ensuite avant qu'ils ne commencent à soupçonner quelque chose.

Avec indifférence, Buveur de Sang approuva de la tête.

Donc, cette nuit-là, pendant que les soldats dormaient, les deux hommes s'éloignèrent. Ils chevauchaient en silence depuis deux heures lorsque Davalos se mit à geindre.

— C'était soi-disant très près !

— Mais c'est vrai !

Une nouvelle heure s'écoula.

— A quelle distance encore ? Nous n'aurons jamais le temps de revenir avant le réveil des autres, remarqua Blas d'un ton sec alors que l'aube apparaissait.

Buveur de Sang regarda lentement le canyon de long en large et de haut en bas. Dans une heure, le soleil brillerait haut dans le ciel ; en souriant légèrement, il remarqua la plaine sèche et aride qui s'ouvrait devant eux. Ils se trouvaient maintenant à des milles de tout, profondément engagés en territoire comanche. D'autre part, les soldats espagnols qui dormaient encore et qu'ils avaient abandonnés en arrière estimeraient impossible de suivre leur piste à travers les canyons par lesquels il avait conduit Davalos. L'Indien arrêta subitement son cheval, et se servit de la crosse de son fusil pour frapper Blas qui arrivait à sa hauteur. Le coup atteignit l'homme en plein menton alors qu'il ne s'y attendait pas et il tomba au sol comme un sac de farine.

Buveur de Sang sourit méchamment et se mit au travail. Avec des gestes rapides, il déshabilla complètement Davalos, le coucha sur le sable en lui maintenant les pieds et les poignets écartés. Il lia ensuite autour de ses poignets et de ses chevilles des lacets de cuir mouillé. Après avoir profondément enfoui quatre pieux dans le sol, il y accrocha le cuir. Satisfait de son œuvre, l'Indien observa la montée du soleil au-dessus du canyon. Alors, presque doucement, il poussa Davalos du coude pour le réveiller.

L'Espagnol ouvrit des yeux que la crainte dilata

lorsqu'ils virent le visage de la mort. Buveur de Sang s'accroupit près de lui et lui arracha les paupières sans se préoccuper des cris qu'il poussait. Dorénavant sans protection, les yeux de Blas étaient exposés aux brûlures impitoyables du soleil. Buveur de Sang s'assit ensuite à l'ombre d'une falaise en surplomb et attendit patiemment la mort de Davalos. Les arguments de l'Espagnol pour implorer grâce tombèrent dans le vide car le Chiroquois faisait la sourde oreille et attendait la fin de la veille qu'il s'était imposée.

Pour faire mourir Blas, il avait choisi une méthode cruelle, et il en était satisfait. Selon lui, Davalos ne pouvait mourir différemment. A l'aube du troisième jour, l'Espagnol était à peine vivant. Le visage impassible, Buveur de Sang s'accroupit une fois encore à ses côtés et expliqua d'une voix douce :

— Il n'est pas bon pour un homme de mourir sans savoir pourquoi. Je te tue de cette façon non à cause de la mort de Nolan que Jason aimait tant, mais parce que tu as osé t'en prendre à Jason, mon frère... Vois-tu, nous ne voulons plus vivre en sachant que tu gardes une lame pointée sur nos dos. Et j'ai choisi cette manière de te punir en raison de l'anxiété dont mon frère a souffert à cause de toi...

Si les yeux de Davalos, depuis longtemps mangés par les créatures du désert, avaient pu voir, ils auraient exprimé une grande terreur, car l'Indien promenait ses doigts sur le long couteau tranchant qu'il tenait dans la main. Il le posa un instant sur les parties génitales de Davalos, puis il dit d'une voix claire :

— Pour la femme de mon frère !

La lame s'abattit et le cri d'agonie que poussa Blas se répercuta dans le canyon. Sans un coup d'œil en arrière, Buveur de Sang abandonna le mourant qui gisait dans une mare de sang. Puis il enfourcha son cheval et entreprit le long voyage du retour.

Il arriva à la plantation bien avant la limite des deux mois fixée par Jason. Le crépuscule venait de se lever lorsqu'il s'arrêta devant la grande maison. Il rencontra sur les marches du perron un Jason rasé de près et habillé de nouveau comme un gentilhomme. Les deux amis se regardèrent un long instant.

— C'est fait ! annonça finalement Buveur de Sang d'un ton calme.

Jason lui étreignit le bras.

— Désires-tu l'apprendre toi-même à Catherine ?

— Non. Dis-lui simplement qu'il a souffert pour ce qu'il a fait, lui répliqua l'Indien qui avait encore dans la bouche le goût amer du geste qu'il avait accompli.

Pensif, Jason suivit des yeux le Chiroquois qui s'éloignait en direction de la maison réservée à l'usage des bûcherons. Puis il rentra lentement chez lui.

Guy, Adam et Jason prenaient un digestif lorsque l'on était venu faire part à ce dernier du retour de Buveur de Sang. Après son entretien avec l'Indien, Jason ne rejoignit pas ses compagnons mais préféra se diriger vers le grand salon où Catherine parlait avec animation à sa mère.

Il apprécia le tableau plaisant qu'elles formaient toutes deux — Catherine, lui semblant de plus en plus belle et aussi intouchable que la lune, et Rachel, complètement épanouie, les yeux étincelants de joie. Jason expliqua aux deux femmes qui levèrent les yeux à son entrée :

— Rien de grave, rassurez-vous. Catherine, j'aimerais te dire un mot ce soir avant que tu ne te retires.

— Est-ce important ? Ne peux-tu parler maintenant ?

— Cela attendra, affirma Jason en secouant la tête avant de quitter la pièce.

Après son départ, Catherine eut de la difficulté à se concentrer sur la conversation anodine qu'entretenait sa mère car ses pensées se reportaient constamment sur son mari. Que pouvait-il avoir à lui dire ? Sa joie gâchée, elle se sentit agacée sans raison. Prenant prétexte d'un mal de tête, elle se retira tôt.

Après que Jeanne l'eut aidée à se déshabiller, elle renvoya sa servante, enfila une robe de chambre légère en dentelle blanche par-dessus sa chemise de nuit et s'enfonça dans un fauteuil placé devant la cheminée. Elle fixa alors les flammes qui dansaient dans l'âtre. Extérieurement, elle ne semblait garder aucune trace de l'épreuve qu'elle avait endurée. Mais, intérieurement, elle était marquée d'une blessure tellement profonde qu'elle était certaine de ne jamais pouvoir s'en remettre. La situation qui existait actuellement entre Jason et elle lui paraissait pleine de douleur et de désillusion. Ils cachaient leur hostilité derrière une politesse glaciale et jouaient leurs rôles de mari et femme avec une telle perfection en présence de leur famille que tout le monde était dupe — sauf Adam.

Le jeune homme avait remarqué avec un certain chagrin la peur imperceptible que Catherine éprouvait au contact de son mari. Jason ne parvenait pas non plus à dissimuler à son regard clairvoyant la lueur de désolation qui vacillait dans ses yeux. Adam était donc persuadé que rien n'allait entre eux. Un fait l'intriguait pourtant : à son avis, il n'y avait pas deux personnes plus profondément amoureuses l'une de l'autre que ces deux êtres-là !

Catherine aurait pu expliquer à son frère que le contact de son mari la remplissait de crainte et lui donnait la chair de poule — non parce que cet homme était Jason mais parce qu'il se transformait instantanément dans son esprit en Davalos, par un étrange détour de la nature.

Catherine ressassait tout cela dans son esprit, mais ces sombres réflexions disparurent lorsque la porte de communication entre sa chambre et celle de Jason s'ouvrit. Avec effroi, elle vit son mari s'avancer vers elle. Jason se laissa tomber dans un autre fauteuil.

— Buveur de Sang est revenu. Il te fait dire que Davalos a souffert pour t'avoir prise, expliqua-t-il sans ménagement.

Jason dut se forcer pour employer ces termes car

l'amertume qu'ils engendraient en lui formait de la bile dans sa bouche.

Catherine découvrit avec surprise que la nouvelle de la mort de l'Espagnol ne lui apportait pas le soulagement escompté. Beaucoup trop d'obstacles s'élevaient entre son mari et elle, les vivants, pour qu'elle pût s'appesantir sur les morts.

Depuis leur retour, elle avait décidé que, si elle voulait mener une vie normale, il lui fallait surmonter son aversion pour le contact de Jason ; il lui fallait également écarter le passé et dominer d'une manière ou d'une autre le sentiment de trahison qu'elle avait ressenti devant les réactions de Jason lorsqu'il avait appris le viol. Mais jusqu'à présent, elle en avait été incapable. Comme il ne faisait pas mine de partir, Catherine lança à Jason un coup d'œil prudent et se raidit intérieurement devant la lueur dure qu'elle vit dans ses yeux. Ce qu'il fit ensuite n'apaisa en rien la crainte qui l'étreignait.

Avec nonchalance, Jason retira sa cravate. Il enleva ensuite ses bottes sans quitter Catherine des yeux afin d'observer ses réactions. Telle une panthère paresseuse en face d'un petit animal, Jason éprouvait une joie sauvage à la voir s'agiter nerveusement dans son fauteuil. Quant à lui, il avait étendu vers la chaleur du feu ses longues jambes musclées, enserrées ce soir-là dans un pantalon chamois. Son visage tanné était beau. Il portait encore la veste en velours émeraude qu'il avait enfilée pour le dîner et cette créature virile faisait battre le cœur de Catherine au point de l'étourdir.

Ses nerfs se tendirent sous l'examen de Jason qui la fixait avec une insolence qui démentait ce qu'il éprouvait intérieurement. Son regard s'attarda sur les traits de sa femme puis ses yeux à l'éclat brillant se fermèrent à demi. Catherine n'avait aucune confiance dans son petit sourire amer. Décidée à rompre ce silence, prémices d'une future querelle, elle demanda :

— Penses-tu que ma mère et ton père trouveront un

jour une solution ? Quelle situation épouvantable pour eux !

Jason lui jeta un coup d'œil et apprécia le tableau incontestablement séduisant qu'elle offrait. Ses cheveux noirs ondulaient sur la robe de dentelle d'une blancheur virginale qui donnait des aperçus torturants de la chair pâle qu'elle couvrait. Le vert du fauteuil en velours fournissait une toile de fond à son corps élancé. Malgré les ombres mauves qu'il voyait sous ses yeux, Jason la trouva plus belle et plus adorable que jamais.

Il laissa le silence se prolonger un peu avant de répondre à sa question.

— Je ne crois pas qu'ils trouveront facilement une solution. Ma mère habite à La Nouvelle-Orléans. Même maintenant, elle se refusera certainement à divorcer. Ils ont au moins la satisfaction de savoir que leur amour est réciproque.

Catherine ne vit pas l'accusation qui flamboyait dans les yeux verts.

— Penses-tu qu'ils... qu'ils... demanda-t-elle impulsivement car elle poursuivait le fil de ses pensées.

— Dorment ensemble ? termina Jason.

Catherine approuva de la tête et son mari rétorqua d'un ton froid :

— J'en doute ! Ils n'en sont plus à l'âge de la jeunesse passionnée, et du sang chaud. Ne te méprends pas sur mes paroles. Je suis certain que mon père désire pardessus tout ta mère... de toutes les façons dont un homme désire sa femme. Mais jadis, par un déplorable concours de circonstances, il a failli l'amener au bord de la disgrâce. Je pense qu'il l'aime trop aujourd'hui pour courir le risque d'un autre scandale. Ils n'ont pas dépassé l'âge d'engendrer un autre enfant. Je connais suffisamment mon père pour avoir une bonne idée de la façon dont son esprit travaille. Il adorera ta mère jusqu'à la fin de sa vie et lui accordera tout le respect possible en dehors des liens du mariage. Mais en ce qui concerne une union physique... j'en doute sérieusement.

Incapable de se retenir, Catherine avoua tristement :

— C'est terrible pour eux ! Quelle agonie que d'aimer quelqu'un sans rien pouvoir faire sur ce plan-là !

Elle se souvenait de la joie qu'elle avait éprouvée dans les bras de Jason.

— Oui, n'est-ce pas ?

Catherine leva rapidement les yeux vers Jason et la tendresse inattendue qu'elle lut sur son visage lui causa un émoi fébrile. Elle baissa rapidement les yeux sur ses doigts qui plissaient nerveusement sa robe tandis qu'une bataille se livrait en elle, opposant crainte et délice.

Jason se leva brusquement et se débarrassa de sa veste qu'il posa avec soin sur le fauteuil. Puis il sortit sa chemise de son pantalon et se mit à défaire les boutons nacrés. Ses yeux montraient détermination et tendresse lorsqu'il expliqua doucement à Catherine :

— Je pense qu'il est temps que nous fassions quelque chose au sujet de notre rupture de relations ! Je t'aime et tu es ma femme. Nous ne pouvons pas continuer ainsi. Traite-moi de vaniteux si tu le désires, mais je crois que tu ne pensais pas les mots que tu m'as lancés violemment au visage dans la cabane. Tu ne me hais point. Tes yeux te trahissent chaque fois que tu me regardes... T'imagines-tu que je ne le remarque pas ?

Catherine lui adressa un regard prudent mais, devant l'expression adoucie que reflétaient les yeux émeraude, elle détourna rapidement la tête.

— Catherine, je t'aime. Fais-moi confiance. Laisse-moi t'aider. Essayons de résoudre ensemble toutes les difficultés qui jonchent notre chemin.

Sa douceur persuasive obligea la jeune femme à lever une nouvelle fois les yeux et à regarder avec gêne la poitrine masculine et la toison brune que laissait voir la chemise ouverte. Cette vision lui rappela vivement des souvenirs qu'elle souhaitait oublier. Incapable de soutenir plus longtemps ce jeu du chat et de la souris auquel ils s'adonnaient, elle se dressa soudain et alla se placer derrière son fauteuil dont elle agrippa le dossier.

— Jason, je ne suis pas prête pour cette sorte de confrontation. S'il te plaît, pars ! Je ne veux plus parler ce soir !

Il secoua lentement la tête et sa chemise vint rejoindre sa veste. Puis il murmura, en souriant tristement :

— Non. Tu ne seras jamais prête de ton propre chef. A chaque jour qui passe, tu emmures le passé dans quelque chose de plus terrible que la veille. Comprends-moi bien ! Je ne minimise pas ce qui est advenu... mais c'est arrivé et maintenant c'est terminé ! Aucun de nous ne peut défaire ce qui est fait, même si nous le désirons désespérément. Davalos est mort. Par conséquent, j'estime que nous devrions enterrer avec lui ce qu'il a fait.

Les yeux dilatés, la bouche sèche, Catherine évita nerveusement l'homme à moitié nu. Lorsqu'il s'avança, elle s'enfuit à l'autre bout de la pièce avec un petit cri. Mais Jason la saisit par les bras et l'attira inexorablement contre lui. Raide de peur et de répulsion, Catherine supporta son autorité mais Jason se contenta de la garder entre ses bras. Sa bouche effleura les mèches délicatement parfumées puis il tenta de l'apaiser :

— Tu vois bien maintenant que ce n'est pas si épouvantable. Ma petite chérie, souviens-toi simplement que je t'aime et que tu m'as entraîné dans un sentier pierreux. Arrivé là, je n'abandonnerai certainement pas !

Le cœur de Catherine palpita car elle avait une folle envie de croire ces paroles rassurantes.

— Jason, pourquoi étais-tu si froid lorsque je t'ai parlé ? Tu me haïssais alors... je le sais ! Tu me blâmais... et tu ne l'oublieras jamais !

Jason glissa un doigt le long de sa joue jusqu'à son menton. Puis il obligea Catherine à lever la tête.

— Nous l'oublierons ! J'en ai assez que tu me dotes des pensées les plus abjectes. Catherine, je t'aime ! Je ne peux te dire ce que j'ai ressenti lorsque j'ai réalisé ce qu'on t'avait fait... mais pas un instant je ne t'en ai voulu ! Il faut que tu me croies ! Sur le moment, j'ai été horriblement déçu car une fois encore j'étais coupable. Je voulais assassiner Davalos pour ce qu'il t'avait fait. Ce que tu as lu sur mon visage ne concernait que Blas... jamais toi !

Catherine regarda son compagnon. Alors, elle le crut. Il souffrait manifestement autant qu'elle. Poussée par le besoin de le réconforter, elle se rapprocha instinctivement de lui et caressa son visage. Jason saisit sa main et y pressa ses lèvres.

— Catherine, ne crois surtout pas que je t'en ai voulu. J'étais écœuré à la pensée de l'angoisse que tu endurais car je te connais, mon petit amour, tu es une innocente au cœur pur. Je ne pouvais supporter l'idée que tu avais souffert encore une fois à cause de moi. Il semble que je ne sois capable que de te faire du mal, de la peine, admit-il avec amertume.

Catherine eut un petit soupir de joie et appuya sa tête contre la poitrine de Jason.

— Jason, tu m'as donné du bonheur. Nous avons Nicolas et... et... nous nous possédons mutuellement... n'est-ce pas ? Si tu penses vraiment ce que tu dis ?

Jason resserra son étreinte et murmura d'une voix altérée par l'émotion :

— Oui, je le pense vraiment ! Peu importe le passé. Si toute cette satanée armée espagnole t'avait violée, je ne t'en aimerais pas moins pour autant. Oublie Davalos !

Encore incertaine, elle affirma :

— Je le veux. Mais il se passe quelque chose en moi lorsque... lorsque tu commences à me faire l'amour. Subitement, la seule personne dont je me souvienne est Davalos !

— Fais-moi confiance, souffla Jason en la caressant doucement.

Elle obéit et demeura docile dans ses bras, déchirée entre l'espoir qu'il réussisse à écarter le souvenir de Davalos et la crainte qu'il échoue dans sa tentative. Tendrement, comme avec un enfant blessé, Jason l'allongea sur le lit et la déshabilla lentement. Quand elle reposa nue et tremblante devant lui, Jason envoya son pantalon rejoindre la robe sur le plancher et se glissa à ses côtés.

Catherine restait impassible et crispée. La certitude de se comporter ainsi jusqu'à la fin de ses jours amena des larmes au coin de ses yeux. Légère comme une plume, la bouche de Jason les effaça sous ses baisers et il soumit son corps à des caresses tendres et réservées. Ses mains parcouraient son corps, n'exigeant rien, et ses lèvres embrassaient avec douceur son visage et mordillaient délicatement ses oreilles et sa poitrine. Petit à petit, Catherine se détendit et ses bras se nouèrent autour du cou de Jason.

— Serais-tu en train de me faire des avances, ma dame ? se moqua-t-il gentiment.

Le visage de Catherine se creusa de fossettes. Prenant de plus en plus confiance en elle, elle embrassa Jason sur le bord des lèvres.

— Oui ! admit-elle, et cet aveu la surprit.

Jason lui sourit et l'embrassa à pleine bouche. Au début, Catherine demeura passive, goûtant la sensation de ces lèvres fermes et chaudes sur les siennes, mais lorsque l'ardeur de Jason augmenta, une panique aveugle resurgit en elle et elle communiqua à son mari la crainte qui l'accablait. Instantanément, Jason s'arrêta, soupira et leva la tête.

— Détends-toi. Souviens-toi que je ne ferai rien que tu ne veuilles. Et, par-dessus tout, accroche-toi à la pensée que je suis ton mari et que je t'adore !

Catherine se calma légèrement.

— Ce ne sera jamais pareil. Je n'y peux rien ! cria-t-elle d'un ton désolé.

Pendant plusieurs secondes, Jason garda les yeux baissés sur le visage tourmenté. Puis, comme s'il venait de prendre une décision, il remua délibérément et piégea les cuisses de sa femme sous sa jambe. Feignant d'ignorer qu'elle commençait à éprouver un grand malaise, il l'embrassa profondément. Catherine se sentit en proie à une répulsion subite et elle tenta de lui échapper. Le visage tiré, Jason ne la lâcha pourtant pas, préférant continuer son exploration. Ses mains errèrent tendrement sur la peau satinée et ses lèvres forcèrent les siennes. Catherine était apeurée, elle luttait pour se libérer. Mais Jason captura les mains qui battaient l'air. Il laissa se déchaîner dans tout son corps le désir ardent qu'il avait d'elle. Puis il oublia toute prudence et demanda au corps de Catherine de répondre à son ardeur ; ses lèvres écrasèrent les siennes.

Catherine ne se souvint jamais du moment exact où elle perdit tout dégoût et toute horreur, du moment où son corps trembla non de crainte mais de faim, ni du moment où elle n'éprouva plus qu'une envie aveugle, effrayante d'intensité, de le sentir profondément en elle. Resplendissante sous la sienne, sa bouche annonçait tout son amour et le désir ardent qui la possédait. Son corps remua contre celui de Jason, ses mains cherchèrent à lui transmettre mieux que des mots le feu qui la brûlait. Jason frissonna longuement. Avec un gémissement de soulagement terrifié auquel se mêlait le besoin palpitant de la posséder, il glissa doucement entre ses cuisses et ses mains soulevèrent les hanches de Catherine pendant qu'il s'enfonçait dans sa chair accueillante. Toute retenue et toute terreur disparues, Catherine s'empressa de répondre de tout son être. Pendant qu'ils firent l'amour, elle ne se préoccupa plus que d'une chose : plaire à son bien-aimé, rejetant ainsi à tout jamais le souvenir de Davalos. Alors, comme autrefois, il n'y eut plus pour elle que Jason... Jason qui éveillait dans son corps des sensations exquises comme lui seul en avait le pouvoir ; Jason qui mêlait son grand corps au sien pour qu'ils ne fassent plus qu'un ; Jason qui l'aimait !...

Assouvie, rassasiée, Catherine reposait dans ses bras, la tête posée sur sa large poitrine. Soudain, elle l'étreignit très fort en s'écriant :

— Jason, je t'aime tant ! Ne cesse jamais de m'aimer !

638

Jason se pencha sur elle en la regardant avec tendresse tandis que ses doigts se mêlaient à ses cheveux.

— Tu es ma femme. Sans-toi, je ne possède rien. Ton corps contient tout mon univers. Rassure-toi, je t'aimerai toujours.

Ses yeux caressaient le visage de Catherine avec une tendresse telle qu'elle ressentit une grande bouffée d'amour pour cet homme unique.

— Je t'aime, petite friponne volontaire et têtue. Sans toi, je ne peux vivre ! murmura-t-il contre sa bouche.

— Même si nous nous combattons ! déclara Catherine d'un ton moqueur.

— Si nous luttons ? Mon très cher amour, il est bien évident que nous nous disputerons ! Je suis toujours impérieux, arrogant, et toi, ma petite sorcière, tu vas encore me tourmenter impitoyablement.

Le visage grave, Jason emprisonna la tête de Catherine entre ses mains et la fixa en disant d'une voix calme :

— Quoi qu'il advienne, rappelle-toi toujours que nous ne formons qu'un... que nous nous aimons. Nous ressemblons à deux gladiateurs qui ont survécu à l'arène. Nous dissimulons tous deux en nous des blessures. Mais si nous nous accrochons à la certitude que nous avons gagné, que, par la grâce de Dieu, nous avons trouvé notre amour, alors ces blessures se cicatriseront et le bonheur nous emportera.

Le cœur débordant d'amour, Catherine noua ses bras autour de Jason, heureuse de savoir que tout ce qu'il venait de dire était vrai : ils avaient gagné ! Tel le bourgeon d'un magnolia, l'amour qu'ils avaient caché et renié si longtemps apparaissait, et il fleurirait bientôt sous le chaud soleil de la Louisiane.

3056

Achevé d'imprimer en France (Manchecourt)
par Maury-Eurolivres
le 3 mars 2006.
Dépôt légal mars 2006. ISBN 2-290-35194-6

Éditions J'ai lu
87, quai Panhard-et-Levassor, 75013 Paris
Diffusion France et étranger : Flammarion